U0926292

0852

蟹总 著

All this is fate [上]

青岛出版社
QINGDAO PUBLISHING HOUSE

图书在版编目（CIP）数据

0852 / 蟹总著. -- 青岛 : 青岛出版社，2017.1
ISBN 978-7-5552-4962-7

Ⅰ. ①0… Ⅱ. ①蟹… Ⅲ. ①长篇小说－中国－当代
Ⅳ. ①I247.5

中国版本图书馆CIP数据核字(2016)第297700号

书　　名　0852
著　　者　蟹　总
出版发行　青岛出版社
社　　址　青岛市海尔路182号（266061）
本社网址　http://www.qdpub.com
邮购电话　010-85787680-8015　13335059110
　　　　　0532-85814750（传真）　0532-68068026
责任编辑　那　耘
责任校对　耿道川
特约编辑　江玥梨
装帧设计　郑力珲
照　　排　孙顾芳
印　　刷　三河市鹏远艺兴印务有限公司
出版日期　2017年1月第1版　　2022年5月第4次印刷
开　　本　32开（880mm×1230mm）
印　　张　16
字　　数　300千
书　　号　ISBN 978-7-5552-4962-7
定　　价　59.80元（全二册）
编校印装质量、盗版监督服务电话　4006532017　0532-68068638

建议陈列类别：畅销·都市言情

目录
CONTENTS
上

0852

All this is fate

第　一　章　**初相见　\ 1**
第　二　章　**那个雨天　\ 12**
第　三　章　**结束。开始？　\ 24**
第　四　章　**打探　\ 37**
第　五　章　**梦　\ 51**
第　六　章　**都是你　\ 66**
第　七　章　**共处　\ 80**
第　八　章　**抉择　\ 95**
第　九　章　**吻　\ 110**
第　十　章　**旧账　\ 125**
第十一章　**波折　\ 141**
第十二章　**徘徊　\ 163**
第十三章　**雨过天晴　\ 177**
第十四章　**得逞　\ 192**
第十五章　**真相　\ 218**
第十六章　**天堂，地狱　\ 233**

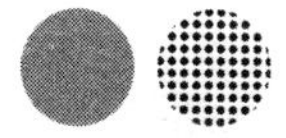

目录
CONTENTS
下

0852

All this is fate

第 一 章 分开 \ 253
第 二 章 心结 \ 270
第 三 章 调解 \ 284
第 四 章 母子连心 \ 299
第 五 章 修成正果 \ 312
第 六 章 吴琼之死 \ 326
第 七 章 风波 \ 341
第 八 章 崩溃 \ 359
第 九 章 参透生死 \ 373
第 十 章 短暂的平静 \ 388
第十一章 发芽 \ 404
第十二章 尘埃落定 \ 424
番外一 我的丈夫，陆 \ 444
番外二 你冷的时候，我来给你温暖 \ 457
番外三 邱震的独白 \ 465
小剧场 \ 476
问答 \ 499
后记 \ 503

0852

All this is fate

第一章　初相见

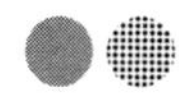

五月底，小牙河为响应当地政府对服刑人员人性化管理的倡导，破天荒地想到一项举措，为他们重新量体，制作一批新衣服。

杜华制衣接到这笔订单。

小牙河是漳州管辖内最大的监号，服刑的有几千人，群体特殊。此次任务量大，厂长将重任交给刚刚晋升的卢茵。

卢茵是杜华制衣的副设计师，毕业于省内某名牌大学的服装设计专业，这种学历本可以得到更好发展，凭她的能力，屈就在制衣厂，显然大材小用。她却为刘泽成放弃深造的机会，安于现状，深深扎根这块领域，一做就是五年。

周一一早，她带着两名裁衣师傅，赶去小牙河。

铜墙铁壁隔开两个世界，铁墙内的气氛压抑、可怖。

经过严格的登记和审查，三人随狱警穿过空旷的操场。菱形围栏的另一侧有犯人在放风，他们斜倚着栏杆，面色凶煞，目光不怀好意，一路追随着她们，精锐得像狼。

卢茵后脑发麻，感觉身上的每根汗毛都跟着立起来了。她强自镇定，目不斜视，跟着狱警走入一道门内。进门后是条长长的走廊，空荡无物，显得过分的冰冷和庄严。走廊内很静，只听得见她鞋跟轻叩在地面的声音。

卢茵不禁踮着脚，十分后悔今天穿了高跟鞋。

她们进入一扇铁门。房间很大，仅有一扇窗在墙壁的最上方，用拇指粗的钢筋密封着，房间有点暗，两盏白炽灯将墙壁照得惨白，只觉这里的气氛重得透不过气。

裁衣师傅比卢茵年纪还要小，平时活泼能说，这会儿闷不吭声地站在她的身后一动不动。

卢茵命令自己放轻松，朝后笑了笑，安慰她俩说："待会儿手脚麻利点儿，别的不管，量完我们就撤。"

两人应了声，回身准备量衣的工具。

一刻钟的光景，铁门被推开，一阵窸窣的响动，首先进来两名狱警。他们都一身绿色制服，上衣别在裤腰里，腰间扎着装备带，上面是一些从未见过的装备，手里还拿着一根粗长的警棍。

随后排队进来一群男人，紧贴墙壁依次站好。

卢茵看过去，那些人清一色的秃瓢儿，穿黑色背心和运动裤衩，高矮胖瘦，年老青壮，各色人物。

她站在原地，好一会儿才动了下。

狱警说："这些是按照身高体重筛选的代表，男女监分开，待会儿再去女监。"

卢茵拿起软尺："好。"

"那就麻烦了。"

她大方笑笑："不会，应该的。"

卢茵率先过去，她大略扫了眼，统共二十来人，动作快些半小时就能量完。

来人站成两排，卢茵走到后面，把前面一排留给裁衣师傅。她穿梭在一群男人中，除了闻到一股特殊气味，并无特别。这种气味像动物发情前吸引异性的标志，太特殊反倒无法形容。

这可以理解，男犯服刑期都是一年以上，高墙里难见女人，更别提碰一下。所以，他们此刻目光放肆、蠢蠢欲动，也在所难免。

卢茵手脚麻利，很快就量好两个人，她把软尺挂在颈上，垂眸在本子上记数据，顺便往角落错了一步，准备量下一个人。

“手臂平举。”她低着头说。

话音儿刚落，她动作微顿，额边绒发被一道气息吹拂，头皮发麻，敏锐地感觉到周围气场变强。她眼睛移上来，笔尖呲一声在纸上划出道豁口，人也本能地往后退了半步——面前咫尺之遥，似是有只巨兽朝她张开血盆大口……

头顶传来几不可闻的笑声，她稍微稳定心神，上前一步，重复道：“手臂平举。”

几秒后，对方懒洋洋地张开手臂。

卢茵目光闪躲，反复瞟那像墙一样厚的胸膛，胸肌挺括，隐隐泛着油光，上面是个黑色蛟龙文身，硕壮龙身挂在右侧肩膀，龙头在他胸前延伸，龙须飞舞，狰狞睚眦；鳞片均匀分布，层层叠加；整体文身黑灰色调，苍绿点睛，目光显得格外凶残。

蛟龙栩栩如生，仿佛下一刻就能从那人身上脱展而出。

卢茵动作机械，显然没有刚才冷静，步骤顺序混乱，她始终感觉一双眼在她身上游弋，和刚才那两人的目光不同，这次是一种极具侵略性的目光。

腰围、胸围、肩宽、领围，从下往上，视线不由得跟上去，然后她看到了他的脸。那人眼睛一瞬不瞬地和她对视，嘴角勾出个弧度，表情带几分玩味。

他右侧眉峰延伸到太阳穴的位置，有一道两厘米的刀疤，伤口的颜色略浅，与他偏古铜的皮肤形成鲜明的对比。眼窝凹深，双眉平阔，鼻梁直挺，唇部薄而润，配上那稍显凌厉的眼神，整个人带着几分不可言说的野性。

总之，怎么看都是副英挺的容貌，可她只觉他凶悍。

卢茵迅速移开目光，微微俯身给对方量臀围。

她双手张开，穿过他的身体，合拢手臂去够软尺。短短几秒，因为靠得太近，她又闻到那种味道，比刚才强烈数倍。

卢茵清清嗓子，别开视线。

软尺绕过那人臀部，在腿侧合拢。头上倏地传来一道声音："小姐，太紧了。"

那人语调缓慢，懒洋洋的，声音像沙砾磨牙般粗嘎，沙沙哑哑，一点儿都不好听。

卢茵一抖，手中软尺束得更紧。其余囚犯哄笑出声，有人取乐："强哥，有你手紧吗？"

随后一阵大笑，原本克制忍耐的气氛，随着这句问话，终于爆发出来。

"安静。"狱警喊了声，猛敲几下铁门，"都规矩站好。0852你消停点，快出去了你别犯事儿。"

安静少许，仍有犯人窃窃私语。

那人舔了下唇，低着头，面前的女人脸颊绯红，睫毛闪动，低低地喘着气。

她手还伸着，动作僵硬，心中有气却隐忍不敢发，低声顶了句："再松裤子就掉了。"

她的声音很小，并未引起关注，那人却听见了，闷闷笑出声。

卢茵起身，不敢看他的眼睛，只朝他的方向瞪了眼，又别过头去，量完裤长后迅速转向其他人，再没看他一眼。

三个人效率很高，二十分钟就全部完工，卢茵收拾东西准备出去，她没敢回头，却忍不住回想那只过肩蛟龙，它威风凛凛，嚣张至极，却又像被他驯服的宠物，趴在那宽厚的肩头，伺机而动。

卢茵甩了甩头，命令自己不要继续想，他们是两个世界的人，光明与黑暗，注定背道而驰，不会再相见。

从高墙里走出来时，卢茵心情大好。外面空气自由，天大地大，她多庆幸自己能站在阳光下，往后看了眼，心想这鬼地方，打死都不想再来第二次。

几人走后，狱警喊口号组织他们回去。

转身空当，老赖凑到陆强身边，低语道："强哥，刚才的小妞不错，瞧那身段，屁股也够大的，要是……"没接着往下说，老赖挑了下眉，心照不宣地坏笑两声。

陆强眯起眼，胡噜一把肩膀，刚才她的指尖擦过他的皮肤，那冰凉的触感仿佛还在，他笑了下，只觉有趣。

陆强垂头看了眼胸前，那女人一直偷瞄他的文身，明明胆小如鼠，还装得镇定自若，眼神游移却透着股简单的执拗，那样子娇憨好笑，他就忽然很想逗逗她。

里面的生活艰涩，总得找点乐子。

那天很快被卢茵遗忘。

后来跟小牙河相关部门沟通好款式和数量，这批衣服投入生产，那鬼地方她再没去过。

生活如常。又是一个周一，例会上卢茵开小差。

她拿着笔在底下写写画画，计算新房装修成本和未来开销。买完房子以后存款所剩无几，另外装修花去手头大部分现金，后面还要购置电器和家具，一条条卢茵都清晰地罗列出来。

其中琐事纷杂凌乱，她却乐此不疲，感觉充实满足。

卢茵掏出手机，对着本子拍了张照，用微信传给刘泽成。

上头领导还在讲话，她心不在焉，一下下敲着手机，屏幕忽明忽灭，发出的信息石沉大海。近半年总是这种状态，自从刘泽成升了主任，忽然之间，工作量好像加大几倍，信息很少回复，电话打了也寥寥几句，有时来了项目甚至待在研究所，几天不回家。

卢茵曾经怀疑过，但这种想法只在脑海中短暂盘旋，两人从大学到现在，深厚的感情基础，命令她抛开猜忌，对待彼此要绝对的忠诚。

好在，半年来他们平平稳稳，也即将顺利地修成正果，而她心中萌生的不安，也被一堆堆甜蜜的琐事掩盖起来。未来看似幸福而美好。

卢茵最终也没等到刘泽成的回复。

会议结束，大家散去，她随人流往外走。

杜厂长抻着脖子喊了声："卢茵，来趟我办公室。"

卢茵一怔，忙应了声。

只聊了大概十分钟。从厂长办公室出来，卢茵又给刘泽成发了条信息。她靠在墙边，低下头，直到屏幕转暗，才把手机揣回兜里。

下班的时候，刘泽成终于打来电话，说晚上回家吃饭。卢茵先拐去附近的市场，顺应他喜好，买了条新鲜鲇鱼、西芹和莴笋，想了想，又捎带两打啤酒回去。

进小区时，保安老李叫住她："小卢，有你的快递。"

小区大门是老式镂空的铁门，平时半开半合，路不算宽，每次只够一辆私家车出入。右侧有一个半新不旧的岗亭，土黄色的墙体七零八落，墙角斑驳，苔藓肆意生长。里面布局简单，总是传出收音机的电流声。

虽不是高端小区，但住久了，也有种安全踏实的感觉。

卢茵停了停，腾出只手："谢谢。"

老李说：“小卢，最近快递挺多的。”

她笑笑：“新房装修的材料多，在网上买了一些。”

“要搬家了？”

“还得过一段儿。”卢茵往前走，“新房还没完工。麻烦您了，李师傅。”

老李挥手：“别客气。”

卢茵走进小区。

她和刘泽成大学毕业后就住进了这里，已有五年。

几栋陈旧建筑在老城区已有些年代，好在周边设施齐全，生活便利，也难得还有物业管理。门口的岗亭，几名保安分昼夜轮流值班，平时居民换水修电闸都是他们来，治安也还不错。所以，虽然房子旧了些，但住得还算舒适，一直没换过。

卢茵回到家，换好衣服就进了厨房，稍晚些时候，几道菜刚刚炒完，门口传来门锁转动的声音。

她把盘子搁在桌上，探头说：“回来了？洗手吃饭。”说完又小步跑回厨房。

刘泽成没应声，低头换鞋，他放下背包去卫生间洗了洗手，在餐桌旁落座前，倾身啄一下卢茵的额头。

卢茵的脸颊被热气熏红了，细细汗珠顺颈上流下来，她笑着问：“研究所最近很忙吗？”

刘泽成喝了口汤：“嗯。”

“别光顾忙，那边休息不好，也没有可口的饭菜，晚上还是尽量回来睡吧。”

“嗯。”瓷勺撞了下碗沿儿，叮一声脆响，半刻后，他说，“小王请假了，这两天所里人手不够。”

卢茵说：“一会儿给你捏捏肩？”

刘泽成动作一顿，抬起头，看了她好一会儿，终是放下汤碗握住她的手。他目光宠溺，那双黑眸情生意动，直直瞧进她的眼睛里。

卢茵抿唇笑笑。当初在学校，是刘泽成追的她，她从不注重外貌，也没把过多的心思放在恋爱上，却无意中被他那双眼睛吸引。

懵懂的年纪，爱恋来自怦然心动，他们顺理成章地开始，一晃就过去了六年。

卢茵恍了下神，回握住他的手："怎么了？"

刘泽成捏了捏她的手骨，脸上带着略显疲惫和歉疚的笑："我多吃些苦没关系，是想你能过得更舒适些，以后的路还长着，我有很多时间陪着你。"

卢茵心一暖："我是怕你太累。"

"我懂。"

两人腻歪了会儿，好半天才又端起碗筷。

卢茵说起："新房那边基本完工了，接下来买家具的钱我这里可能不够……"

"好。"刘泽成往嘴里扒一口饭，接过话茬儿，"我明天取给你，两万够不够？"

卢茵说："差不多，剩下我再凑凑。"

一个话题，几句就交代清楚。

餐桌上恢复安静，一时无话，他低头吃饭。

卢茵咬住筷尖儿，想起杜厂长今天找她的事，她张了张口，刚想说话，那边电话铃响。

刘泽成放下筷子，扬起手机："研究所的，我去听一下。"说完走去阳台，反手关了客厅的门。

卢茵看着那方向，内心的不安再次冒出来，他始终背对着，她听不到他和对方讲了什么，整通电话将近十分钟，回来后他脸上一派轻松，连眼里都带了神采。

碗里的鱼肉被她戳烂了，卢茵随口问："是谁啊？"

"哦。"他动作顿了下，坐回餐桌旁，"就小王，讲了讲项目上的事儿，说能早些回来帮把手，以后能轻松点儿了。"

卢茵没再说什么，想起刚才的话题："今天我给你发的信息看到了吗？"

"你说单位安排培训的事儿？"

卢茵点头："机会挺难得的，去VR集团总部，我想问问你的意见。"

"什么时候去。"

"下月15号。"

刘泽成说："既然你觉得机会难得，可以去啊。"

卢茵说："我们月初结婚，一去就是小半年，你知道我想先要孩子的。"

刘泽成手指一紧，点了点桌面，安慰说："这事儿急不来。"

卢茵咬了咬唇："算了。"

她沉吟："还是不去吧。"

刘泽成沉默半晌，干嚼几口白米饭，在卢茵以为话题已经终止的时候，他说："随你。"

城市另一边，九点刚过已经陷入黑暗，和城里的车水马龙、璀璨无际形成鲜明对比。

朦胧的月色被窄扁窗户的栏杆分割开，细碎地洒在空旷的室内。

陆强双手枕在脑后，两腿随意交叠，身上还是那件黑色背心，胸前蛟龙在黑暗中仿佛收敛了肆意嚣张的气焰，跟随主人静静地盯着窗外那一小片天。

小牙河地处郊外，这一方夜空没受污染，窗外的天像泼了墨的丝滑绸缎，繁星点缀其上，将绸缎衬得熠熠生辉。只是中间被栏杆骤然分开，失了几许美感。

星空象征自由，是这里每个人心生向往的地方。

陆强说不出此刻的心情，下月初他就会刑满释放，曾经日盼夜盼，越临近反倒没了兴奋，内心变得越发平和。好比满心欢喜的东西，千辛万苦得到，反而不知该怎么用，变得相当茫然。

陆强翻了个身，侧躺着。

他住12人大监号，人多杂乱，空气中弥散着一种拘禁和腐朽的气息，不时有人呓语，也有人隐蔽在角落的铁床，发出吱嘎吱嘎有节奏的声音。在这里，这种现象太普遍，大伙儿见怪不怪，根本不放在眼里。

上铺鼾声震天，陆强睡不着，低低骂了声，朝上踹一脚床板。

上面动了动，终于没动静了。

旁边床位的人翻个身，伴随几声压抑的咳嗽。

陆强望过去，声音压得极低："邓老头，你睡不着？"

老邓说："要出去了，你不也睡不着。"

陆强嘿嘿笑两声："心虚着，落不着地儿。"

老邓问："出去找好落脚了？"

"里边儿给找了个工作。"

"也好。"老邓叹气，"出去就别再进来。"

陆强哼了声："我不在，没法儿照看你，以后多干活少说话，碰见挑事儿的就绕着点儿。"

"知道。"

"我出去了来看你，给你带吃的。"

老邓轻笑："甭管我，好着呢。"

老邓说完不理他了，用背冲着他。陆强嗤笑一声，目光再次投向窗外。

里边儿这六年，百态无常，一夕之间，种种画面仿佛历历在目。

他也曾叱咤风云，是个人物。可老话说高处不胜寒，站得越高摔得就越惨，树倒猢狲散。他混了这么久，也结下不少仇怨，仇家等着盼着他栽倒这天。现在想想，他如今一朝从天上摔到地下，能囫囵个儿活到现在，也算是奇迹了。

刚进来那段儿，他每天身上没有不带伤的，里面蹲着的，外面派来的，咬牙切齿地想要弄死他。

要不是邓老头，他早就死了。

一帮人弄他一人，削尖的牙刷险些插进他脖间的大动脉，最后时刻还是邓老头伸出手臂帮他挡了那一下。

当时众人都愣了，周围鸦雀无声。陆强盯着老邓肩上的伤口，双目猩红，青筋暴起，连带太阳穴的刀疤也要立即爆裂。

他歪头吐了口唾沫，蹲下来，拍拍老邓，声音沙哑得像被撕破嗓子："老头，忍着。"

他速度极快，下一秒，那支牙刷已从老邓肩上拔下来。

老邓闷哼，周围人也倒抽一口凉气。

事情只不过发生在片刻间，大伙还处在震惊中，只见陆强突然转身，一个猛扑，握住牙刷迅猛戳进对方肋骨，拳头狠狠向下使力，硬生生扯出一道口子，牙刷断裂，鲜血横流。

现场一片混乱，那帮人齐齐向他冲来，陆强无法兼顾，很快被抵在墙角。领头人捂住伤口，面色凶煞地把牙刷直刺向他眼球。

陆强以为在劫难逃，却听一声枪响，领头人动作一顿，身如烂泥般落了下去。

视线穿过空隙，门口有个女警端着麻醉枪，目光如炬。是那女警救了他，后来陆强才知道她叫谭薇。

风波平息，陆强蹲了小号，找碴的全部转到另外监区，那人伤势严重，被牙刷刺穿内脏险些丧命，在医院整整躺了半个月。

没多久，他被放出来。这回出了名，那帮人都知道陆强下手狠辣，以后再没人敢挑衅滋事找麻烦。

……

陆强心里一时五味杂陈，不知该骄傲缅怀，还是该一笑而过重新开始。

但他想，老邓有句话是对的。

"出去了，就别回来。"

0852

All this is fate

第二章　那个雨天

六月初。

当那扇厚重铁门在身后慢慢合拢，陆强还是定住身，斜眯着眼，回头看了半晌。

他还穿着进来那年的衣服，一件黑色短袖和牛仔裤，身边没行李，就这样独身从铁门走出来。

里面体力劳动繁重，脸朝黄土背朝天，他练出一身的硬疙瘩，肌肉自然强壮，健身房特意练的那种和他没法比。衣服紧了，包裹着刚劲的身躯，臂膀粗壮结实，手背上一根根经络清晰突现，一直向上，蔓延到小臂。

他低头瞅了瞅，裤子也瘦了，勒得前面不自在，于是伸手松了松裤腰。

正低头系腰带，陆强听见有人喊了声：“强哥！”

他抬头。

那人奔过来，气喘吁吁：“强哥，怎么就出来了呢？路上堵，我来晚了。”

他没说话，嘴角挂一抹笑，看了半刻，往那人后脑勺拍一巴掌："还跟个猴崽子似的，瞅你瘦那熊样。"

根子两眼泛红，瘪着嘴："强哥，我们想你了。"

陆强笑容僵了下，唇角平了，把根子往身前一搂："想我有毛用，又不是女人。"

根子瘦小，比陆强矮了将近一个头，被他夹在臂间，声音嗡嗡的："这几年你不在，兄弟几个没着没落的，恨不得跟你蹲进去。"

陆强一笑："大龙和坤东也知道？"

"那当然。"根子一梗脖子，"他们都知道你出来，非要跟我来接你，我给拦住了，都在馆子候着呢，给你接风。"

今非昔比，陆强没想到这几人六年后还记得他。

陆强喉头一热，搭上根子的肩膀："走。"

根子的面包车停在不远处空地上。两人过去时，见旁边停了辆高档轿车，后座车门大开，一位西装革履的男人站在旁边。那人见他们走近便迎上去，毕恭毕敬叫了声："强哥。"

陆强没吭声，拿眼打量那人。

对方解释道："是巢会的邱老板派我来接您的，他在'聚皇'给您接风。"

陆强了然，顿了顿，看向他："能不能转告邱老，今天恐怕不方便，我一身风尘，这种状态不宜见他老人家。"

那人为难。

陆强说："你给邱老拨个电话，我来跟他讲。"

电话很快打通，那人询问邱世祖的意思，随后把电话递给陆强。

一通寒暄过后。陆强说："邱老，您容我先收拾下自己，一身监狱味儿我都没脸见您，也怕给您添晦气。"

邱老哈哈笑起来："也好，随你，明天我等你。"

陆强又说了两句，挂断，把电话还回去。

那人恭敬欠身，转身上车，一溜烟开走了。

车子没了影儿，根子转头问："强哥，邱老是什么意思？是不是还想让你跟着他？"

"不知道。"

"那你怎么想？"

陆强眯了下眼，没答他。

两人正准备上车，车门拉到一半，被一阵喇叭声止了动作。一辆警车滑到面前，车窗徐徐落下，里面是个女人。那女人一头长发束成利落马尾，盖儿帽压眉，腰板笔直地坐在驾驶位上。

她面容严肃，道："陆强，你今天出狱？"

陆强看清来人，挑挑眼尾，走过去。他微弯身体，手掌撑住车顶，另一手支在窗框上："这不是谭警官吗？当谁呢。"

谭薇扫他一眼："就这么出来的？"

"可不，"他侧头往远处看看，目光又落回来，"我陆强人缘够好的，都抢着来接我。"

谭薇手一紧，脸不自在地红起来："你别臭美了，我来这边办事刚好看见你。"

"巧了。"

谭薇顿了顿："那正好，我事情刚办完，可以把你载到市区。"

她瞟他一眼："走不走？"

陆强一撇唇角："谢了谭警官，警车我可不敢乱坐。"

一句话把谭薇堵回去，她面子挂不住："拉倒。"

谭薇说完绷着脸，想尽量表现出符合身份的威严："你出狱以后要好好做人，别再做违法的事，让我抓到，再给你送进去。"

陆强说："当然，被党和国家教育这么久，我努力改造，早就洗心革面了。"

"最好说话算话。"

陆强一笑："有工夫请你吃饭。"

她挑眉："为什么？"

"报恩。"

“一顿饭把我打发了？”

陆强抬了下眼，用撑在车顶的拇指勾了勾下巴，笑道：“那你想要什么？就剩一个大活人，想要吗？”

谭薇的脸一热：“别油嘴滑舌。”

她把车窗缓慢升上去，到一半的时候停了停，仍旧没看他，用命令的语气说：“你好好工作，我有时间去看你。”

陆强没什么表情，手臂从车窗上撤下来，站直身，目送车子离开。

根子凑过来：“哥，她是不是之前总盯咱们不放那女的？”

陆强嗯了声，折身上车。

根子跟上，笑嘻嘻地问：“她好像对你有意思，哥，你看呢？”

“不感兴趣。”

根子不解：“那你还调戏人家。”

“来个火儿。”陆强从储物箱翻出一根烟。

烟点着了，陆强无所谓地答：“逗着玩儿呗。”

漳州银河大酒店。

转门两侧贴大红喜字，未燃的鞭炮在门口蛇形环绕，宾客聚集，热闹非凡。

乌云越聚越多，一道闪电将天划开道口子，大雨前夕空气闷热，宾客们躁动不安，却始终无人燃鞭炮，也不见新人的踪影。

半小时前，天空蔚蓝晴朗，阳光普照。

今天是七月八号，大喜的日子。

半个小时后，却风云骤变，乌云满天。

谁也没料到，皇历上说“吉凶难测，不宜嫁娶”竟然是真的。

酒店十二层新娘房，气氛诡异。一个年轻的女人坐在房间角落，她一身黑衣，脸色苍白，眼睛红肿像刚刚哭过，单手小心翼翼地捧着肚子，显然已身怀六甲。

刘泽成护在那女人前面，他不敢抬头看卢茵，两人已对峙许久，气氛压抑得令人窒息。

很长时间以后，刘泽成终于动了动食指，机械地抬起来，想去握卢茵的手。

卢茵像被解了穴道，深深吸一口气，避开了他。

她终于冷静下来，努力消化着遭背叛的事实。掌心还是麻的，浑身血液像要凝固，可她心中竟疯狂地觉得，事情这样发展才算合情合理。她早就敏感地察觉到了，不是吗？

刘泽成张着口，想说点什么，最后只叫了声："茵茵……"

卢茵努力控制面部表情，她想让自己看上去自然些，根本意识不到身体在发抖："我出去待一会儿。"

她夺门而出，所有冷静只维持到房门在身后闭合的那刻。

卢茵开了叶梵的车，冲上马路。

外面风声渐起，乌云密布，世间骤然陷入昏暗。不多时，伴随几声炸雷，酝酿已久的瓢泼大雨终于爆发。

卢茵视线模糊，窗外雨水将她拘禁在局促的空间里。

婚礼没了，第三者的肚子是最好的资本，而她变成了一个荒唐的笑话。

卢茵刚才打了那女人，她处事向来都温和妥帖，给人留有余地，从未这样失态过，而刚刚却扭曲疯狂得像个泼妇。

她把掌心贴在唇上，感受它滚烫的热度，茫然，没有目的。

卢茵开着车一直向前，车速极快。

她感觉自己像疯子一样横冲直撞，用车速宣泄心中的情绪。脑海中仿佛藏着炸弹，随便一个燃点，都会濒临爆炸。

前面是十字路口，交通灯还有几秒转成红色，她想一脚油门冲过去。车速丝毫不减，车身紧靠着左侧车道，她打左闪拐弯，没承想这当口一辆破旧面包车冲到她前面，在红灯下堪堪停住。

卢茵心惊，猛地踩了脚刹车，方向盘一歪，车左侧的保险杠擦上花坛边。

卢茵握紧拳，不顾形象，从副驾一侧爬了出去。

前面面包车停得稳当，窗上雨雾连绵，看不真切。

她猛敲了两下车窗："下车。"

她眯着眼，雨水在眼前断开一幅破碎的画面，只见里面的人侧过头来。

卢茵咬住唇，再次拍打玻璃："下车。"

隔了会儿，窗开了。

副驾上坐着一个魁梧的男人，秃脑袋，额头刀疤森森，垂眸瞥着狼狈的她。他嘴角叼一根香烟，并没点着，拇指无意识地滑动打火机的齿轮，一簇火光在雨帘中忽明忽暗。一看就不像个好人。

许久，那男人操着粗嗄的腔调："有事？"

卢茵下意识地往后退了步，胸口的怒火瞬间被惧怕所代替，脑中莫名地闪现几个数字：0852。

那人视线不离卢茵，她身上的婚纱被雨打湿，贴在皮肤上，胸脯露了一半，雨水顺沟壑滑进去，像上演"湿身诱惑"。

他盯着她的胸口看，片刻，淡笑："想搭车？"

"不是……"卢茵终于缓过神儿，咬着唇。

里面的人嗯了声，不急不躁，等着她说话。

卢茵突然道："请问淮冲路怎么走？"

陆强扑哧笑出声来，点着了烟，肘支在窗框上，冲她呼出一口，也不答她。

卢茵皱眉，退后一步。

陆强后脑勺抵着椅背，朝前抬下巴："不搭车，那你想搭讪？姑娘。"

卢茵心一紧，冲着他示意的方向看过去。

雨雾中，前方立着巨大的指示标牌清晰可见——淮冲路，前行500米。

陆强从后视镜中看到那女人落荒而逃。

她穿一件紧身鱼尾白纱，膝盖以下层层叠叠，在地上拖出很长。白纱是修身简体的款式，没有累赘装饰。为显身材，腰腹束得很紧，臀部凸起挺翘的弧度，整个曲线婉转柔美。被雨浇后，裙摆沉甸甸地往下坠，她手忙脚乱地弯下腰，撩起下摆，踉跄往回走。

交通灯转换，根子踩了脚油门，陆强手肘支着窗框，拿烟的手抵在唇上，斜眼看后视镜。

镜子中，那抹白色的背影被雨水洗刷得支离破碎，变得越来越模糊。

渐行渐远，直到车子转弯，他才收回视线。

陆强舔舔唇，就在那短短几秒，他好像想起她了。

……

这场雨持续了一个下午，直到晚上雨才歇，空气格外清新，扫去一天燥热。

给陆强的接风宴还在继续。

吃饭的地方是在饺子馆。很普通的地方，随处能听见大声叫嚷，破口骂娘。

巷子内，庭院深深，大门两旁的红灯笼把院子照得红彤彤的。

桌上堆满啤酒和二锅头，已有几人不胜酒力，只有根子、坤东还勉强陪着。

陆强左脚踩在凳子上，赤着上身没事人一样。

他往嘴里连塞两个饺子，眯眼看几人：“熊包。”

坤东碰了下他的酒杯，对瓶吹，半瓶酒下肚，嘴都歪了：“强哥，今后……我们又能跟着你干了，盼这天都多少年了，就等你东山再起呢，为这，咱必须走一个……”

话没说完，砰一声响，坤东连人带酒磕在桌面儿上。

陆强哈哈大笑。

根子也笑起来，他还算清醒："出息。"

他拿筷子往坤东头上抽两下，又看陆强："别人我不管，哥，以后我就跟着你了，有什么事，你得带着我。"

陆强进去这六年，从前的几个兄弟没人撑腰，只能自力谋生，渐渐脱离了原来的生活。现在他们有做小本生意的，有开出租车的，有凭技能做电工的，还有嘴皮子溜的干了销售。

几个兄弟没有刀口舔血、日进斗金，却能勉强糊口，过得还算踏实。

陆强划拉两下光秃的头顶："你今天问我，还回不回去跟邱老？"

根子："啊！对。"

"不跟了。"

根子微愣："为啥，哥？"

陆强抿一口酒，龇了龇牙，火辣辣的液体顺食道滑下去，通体舒畅。他不答反问："你现在过得怎么样？"

"凑合。"根子顿了两秒，一时不知道陆强什么心思。

根子又说："钱没有以前来得快，花钱总得算计着来。"

陆强又吃了两个饺子，嚼了两口，咽了说："我在里面这几年，除了刚进去那会儿有人找事，干了几架，往后白天上工，晚上睡觉，甭管多硬的床，躺下就着，睡得忒踏实。"

根子机灵，听出他话中意思："哥，那你后面什么打算？"

"里头不是给介绍工作了。"

根子夸张地啊一声："就那？"

"怎么？"陆强斜眼儿看他。

"没没……"根子干笑两声，"挺好的。"

散场已经深夜，坤东睡了一觉清醒不少，他打车把另几人送回去。

陆强没去处，暂时住根子那儿，两人没打车，顺着小路走了会儿，夜间凉风将酒气吹去大半。

男人在一起除了聊钱就是女人。

根子问："强哥，那里面儿没女人吧？"

陆强横他一眼："你说呢？"

"那你这几年都没碰过？"

陆强："……"

根子贼头贼脑："哥，我请你去个好地方。"

"不去。"

陆强侧头吐掉牙签。路边树叶被雨水洗刷得油亮，坑洼路段还积着一汪雨水，不断地反射城市的五颜六色。

陆强的眼前蓦地浮现一个身影，娇弱柔软，楚楚可怜，恨不能放怀里好好疼疼她。

陆强手伸进衣衫下蹭着肚皮，喝进去的酒在体内发酵，很热。

陆强回过神，半天才问："上哪儿？"

根子一愣："啊？"

十分钟后，一条隐蔽巷子里，灯红酒绿。路两边探出不断闪烁的灯箱，把雨后夜晚衬托得靡靡色色。偶尔有野狗经过，好奇又警惕地看着他们，壮胆地吠两声，又跑远。

根子轻车熟路，陆强不紧不慢地跟着。

陆强问："经常来？"

"嘿嘿，偶尔。我来只找固定的。"

陆强笑骂："你小子，别肾亏。"

根了带他左拐右拐，在一间不起眼的店前停下。

两人在柜台前站定，根子搓搓手，事先声明："哥，李轻是我的，你可别跟我抢。"

陆强极不屑："谁都一样，少磨叽。"

老板和根子相熟，给陆强找了个身段儿模样都不错的女人，顺便挨着摘两把钥匙给根子。

这种地方，房间多由老板改造，中间不是水泥砖块修葺的实体墙，全部都由极薄的木质胶合板隔开，房间毫无隐私可言，打个喷嚏旁边都听得清清楚楚。

当然，敢来这里的，并不担心这些问题。

根子把李轻带入房间，急不可耐地照姑娘脸上先啃两口。

他们结识于三年前。那时根子第一次来这种地方，他岁数小，有些放不开，别人见他长相打扮都不乐意接待。恰巧李轻刚下海，人老实没有花花肠子，并没嫌弃他，整个过程细致周到，体贴用心。

一来二去，他俩熟悉起来，这一联系，便是三年。

李轻娇嗔地躲了下，两人立刻缠一块儿滚到床上。

根子衣服还没脱尽，墙那边忽然传来女人的尖叫，随后是一阵铁床撞木板的声音，整间房地动山摇，恐怕要倒塌。

根子骇然咳了咳，继续之前的动作，他今天心不在焉，也许是外在刺激，很快就结束了。直到两人平静地躺在床上，隔壁女人还在撕心裂肺喊着疼，声音似痛苦似享受。

听了会儿，两人不免尴尬，李轻嘴上没说，眼神透的渴望显而易见。

根子把人一搂，干笑说："憋的，我哥纯憋的。"

"……"

陆强的确很久没干这事儿，算起来足有六七年。

他本身不是什么好人，进去前身边莺莺燕燕，赶都赶不走，根本不屑来这种地方。这是头次来，没多大感觉，女人对他来说差不多都一样。

他把那女人翻来覆去折腾个遍儿，那女人刚进来还算欢实，现在小口捯气，奄奄一息，修长手指覆上他精壮的胸肌，指尖摩挲着，流连地爱抚。

陆强单手抓住她一双腕子固定在空中，不让她碰他。他盯着她脸上的表情，目光冷漠、残酷，不见半点儿柔情……

最后时刻，陆强闭上眼，脑中蓦然浮现一幅画面。

——阴天，雨雾中，十字路口，一个模糊的白色影子。

耳边是濒临崩溃又强装镇定的柔弱声音，他看清她的脸，小巧白嫩，挂满哀伤。秀发打湿贴在颊上，那些水滴不知是雨还是泪，令她整个人显得过分狼狈。她零零落落地站在雨幕里，唇角漾开的朱红看上去妖冶又哀怜。

陆强心痒痒，不断打量她。

她穿着象征忠贞的白纱，细腰盈盈一握，随胯部到小腿形成曲折流畅的弧线。他视线忍不住看上去，她半个胸脯都露着，白得能看到皮肤下的细细脉络，雨水落在那片白皙的皮肤上，调皮地钻进深深的沟壑……

他想到家乡的雪，团在手里，来回揉捏成浑圆的雪团子，柔软、纯粹、不见尘埃，像他污秽世界里，最奢侈的珍宝。

陆强狠狠咬住牙齿，一声低吼溢出喉咙，就在这一刻，他听见心中有泉水叮咚作响，一个念头疯狂地冒出来，他感到激动而满足。可这样的念头只持续了几秒，身体的极乐根本无法取代内心的空虚。

陆强睁开眼，倏忽回到现实，身下躺着陌生的女人，每个表情都令人厌恶。他没等那股劲儿缓过去，突然抽身起来，稍作整理，躬身套裤子。

他在那房间逗留快一个小时，收拾妥当出来，往厅里沙发一坐，点了根烟。

根子去结账。

那女人随后也从房间出来，步伐虚浮，姿势别扭。对待这种雇主，她们既爱又恨，长得好看，又带一身阳刚汉子味儿，那方面持久没的说，就是不懂怜香惜玉，大多只在乎自己的享受：

脱裤子上床，穿裤子下床，凉薄无情，缺那么点人情味儿。

那女人软沓沓地倚在陆强身上：“哥，什么时候还来啊？”

陆强轻轻吐气，一道缥缈的烟圈儿升上去，慢慢扩大，直至消失。

他推开她：“边儿凉快去。”

女人被推个趔趄，起身扭了扭，扶着墙，不自然地走开。

根子走回来，把零钱揣兜里，看看那女人消失的方向，打趣地问：“强哥，你也太不怜香惜玉了。”

陆强哼笑一声：“又不是我媳妇。”

0852

All this is fate

第三章 结束。开始？

一周后。

卢茵请了长假，一直窝在住了五年的出租屋里。

她憔悴不堪，眼睛几乎总是肿的，不出门，不洗漱，偶尔恍惚，仍然不能接受现实。

她对待感情专一，和刘泽成恋爱这些年，没有轰轰烈烈、海枯石烂，却平淡中充满温馨，她以为会陪着彼此一直慢慢到老，可万万没想到，有一天他会背叛她。

她不敢回想那天是怎样收场的。

二十多年来，第一次疯狂发泄，又被一个有两面之缘的男人吓唬住，落荒而逃，不得已把车开回酒店停车场。

某种程度讲，卢茵承认自己胆小怕事，遇事只敢搁心里愤愤不平，和人吵架又有点欺软怕硬。她很少和人红脸，即使打人这也是头一次。她是个普通的小女人，不是圣人，沾染太多凡间的世俗气，她好面子怕丢人，在乎外人对她的看法，更介意别人在背后指指点点。

她双手紧紧地握着方向盘，终于冷静下来，已经顾不上伤心，只担忧闹剧该怎样收场。

那时典礼尚未开始，宾客还没到齐，多数是双方亲属和厂里的同事。

停车场里碰到一直等她的好友叶梵，叶梵给她带了衣服换上。卢茵并未露面，让叶梵代劳，通知婚礼取消。

在叶梵走后的一段时间，车内静得可怕，内视镜里映出一张惨白的脸。她头发凌乱，眼线晕开，在脸侧划开一道刺目的线，原本美艳的唇色也变得惨白。

卢茵拿出纸巾擦拭，那些红印顽固难消，就像她和刘泽成的六年，想立即拭去，太难了。卢茵跟自己较着劲，手上力道极重，口红印记渐渐变淡，却因为用力过大，细嫩的皮肤被刮出一道道红痕。

卢茵看着镜中的自己，感到深深的无力和疲惫，她捂住脸，颓然跌回椅背上。

待人散尽，卢茵回到新娘房，里面挤满刘家的亲戚，那女人已被刘泽成劝走。

刘泽成垂着头，目光呆滞地靠在沙发上。

事情发生得突然，他有错在先，但刘母仍埋怨卢茵不识大体，不该扔下烂摊子任性离开。卢茵的舅妈别的不管，只叫嚷着索要精神损失费。舅舅嘴笨，蹲在角落闷头抽烟，没人顾及卢茵的感受。叶梵忍不下去，指着刘家破口大骂。

一时间，屋里闹得不可开交。

刘泽成腾地站起来，拉住卢茵往外走。

卢茵挣了下，力量不及，被他拉到走廊上。

刘泽成还穿着典礼的黑色西装，剪裁规整，面料上乘，把一副好身材衬托得越发修长，只是里面衬衫皱了，领带松着歪在一侧，整个人显得有些烦躁。

刘泽成低头没看她，也不说话。

卢茵同样沉默地站着，隔开半米的距离，她忽然觉得眼前的男人格外陌生。

好一会儿，刘泽成终于开口："茵茵，婚礼非要取消吗？"

"你想我怎么样？"

刘泽成不敢和卢茵对视，他盯着卢茵的衣角，踌躇道："我和她，我们只是逢场作戏，只是不小心……"

他顿了顿，觉得难以启齿："发现得太晚，再想把孩子打掉，可能对她有危险……所以就搞成了今天的局面。"

卢茵指甲刺进掌心，他的每句话都像一把利刃割开她的胸口。

"我们俩在一起六年，我爱不爱你，你应该能清楚地感觉到，这件事真的只是一时糊涂……"刘泽成手足无措，"希望你能原谅我。"

"那她呢？"

刘泽成说："我保证，她以后不会打扰到我们的生活。"

"我们并存？"卢茵啼笑皆非，"我从前没发现，你这么贪婪。"

刘泽成无地自容，转移话题说："茵茵，以后我不会强迫你生孩子了。我们家九代单传，现在有了那孩子，我妈再也没什么好说的，以后就我们俩……好好过日子。"

卢茵冷冷道："孩子我自己会生。"

刘泽成脱口："可你生不出来……"在一起六年，同居五年，后面的一年从没特意避孕，她却没怀过他的孩子。

走廊顿时静了，卢茵心颤得厉害。

大雨滂沱，她把视线转向窗外，这一刻才终于明白，两人看似坚固的感情，在现实面前多么不堪一击。刘泽成最后一句话，终于判了她死刑，不会缓期执行，更没有改判或错判。

卢茵真正意识到，全心付出六年的感情，终于到了头……

房间铃声大作，卢茵躺在床上，很艰难才从回忆中抽身，她拿过电话，看了眼，是刘泽成。

卢茵盯着屏幕，那边自动挂断，直到复又响起，她才反应过来。

电话举到耳边，电流里混杂他的气息。

卢茵嗓子是哑的："什么事？"

那边说："茵茵，你在做什么？"

"有话直说。"

顿了顿，刘泽成道："既然婚礼没了，我想和你商量一下新房怎么分配。"

黄昏将近，橙红的余晖落满整个卧室，纱帘鼓动，有微风吹进来。

床上凌乱，旧书、衣服落了满地，桌上摊着吃完的泡面盒，刘泽成两天前搬走，这里几乎不剩他的东西。

接完那通电话，许久后，卢茵终于从床上坐起来。她拢好发，抹一把脸，眼中有了几丝神采，电话中刘泽成的语气不见半点悲伤，没说挽回的话，甚至流露出一丝不易察觉的雀跃。

刚分开，他已迫不及待地规划他的将来。

卢茵看着镜中的自己，脸颊上的水珠缓缓地滑进嘴角，良久，她忽然淡淡地笑了下，轻声说："你颓废给谁看？"

她收拾了整间房，杂七杂八又翻出不少刘泽成的东西，一些论文纸、实验报告、旧书和文献杂志。

稍晚一点儿，卢茵出门，她尽量打扮自己，穿休闲短裙画淡妆，两条笔直的长腿下，蹬一双布鞋。头发半干，披在脑后，除了面容有些憔悴外，像一个未毕业的女学生。

她先去饭馆点了几道菜，这些天蹲在房间几乎没出门，只吃饼干泡面也没觉得怎样。之后她又去了超市，床单、枕套、茶杯、碗筷和牙杯牙刷全部都换新的。

她从超市出来时，已华灯初上。

卢茵提了满满三个袋子，实在拎不动，叫了辆的士。

行至小区，大门半开只留一道缝隙，的士进不去。

司机按两声喇叭，里面毫无反应。

卢茵从车窗探出头。头顶有一盏半旧的路灯，柔和的光晕自上而下倾泻，她的头发散落下来，被微风轻慢地吹拂。整个暗淡的马路上，她成了唯一的亮色。

卢茵冲里面喊了声：“李师傅，您在吗？”

根本没人应。隔着镂空的铁门，岗亭里黑漆漆的，但隐约能听见那台老旧收音机正在发声。

她又喊：“麻烦开一下大门，我东西太多，提不了。”

岗亭仍然寂寂，等了片刻，卢茵想下车查看，将动的一瞬，见门口慢悠悠地晃出个人影。

卢茵微愣，忘记说话。那人并不是老李，光看外形比老李高大许多。他没穿保安外套，紧身黑衫的下摆扎进裤腰，戴了顶帽子，身材魁梧，腿修长，一条裤管自然垂着，另一条向上卷起几圈儿，停留在膝盖的下方。

对方站在阴影里，她看不清他的容貌，却能清晰地感受到他的注视，带一丝压迫，令她无所遁形和坐立难安。

卢茵不自然地缩了下发，咬咬唇，客气地说：“您能帮个忙吗？这车开不进去了……”

那人并不答她，又往这方向看了几秒，才上前把门拉开。

车子开进来，卢茵张了张嘴，一句谢谢没说全，已擦身而过。

回到家卢茵又一通忙碌，半小时以后，房间焕然一新。床单换成藕荷色，只留一个枕头一床被子。客厅干净清爽，不见乱扔的报纸杂志。卫生间里镜子光亮，前头摆一套新牙具，旁边挂着蓝粉色的毛巾。

一切都是新的，根本找不到其他人住过的痕迹。

卢茵浑身是汗，瘫在沙发上，望一眼空荡荡的房间，顿时觉得荒凉孤单，一股疼痛又从心底涌上来。

她呼了口气，命令自己不去想，目光落在门口那堆废纸上。半晌，她咬了下唇，拿起打火机和那堆旧物，上了天台。

夜风徐徐，洗去白天的燥热。

月亮被云遮住，只余一点朦胧的月色。

她站在天台上往下看，几盏孤落的路灯根本照不见前路，夜静极了，仿佛已陷入沉睡。

卢茵席地而坐，拿起手边一沓纸，是刘泽成的论文。月光很淡，根本看不清上面写了什么，但他的字迹就像刻进她的脑海里，驱散不灭。

打火机嚓的一声，黑暗里燃起一簇微小的火光，接着逐渐变大，空气里很快充斥一股烟灰味儿。

卢茵把手里的纸投进火盆，火光照亮她的脸，黑烟伴着尘埃飞舞在半空中，一切终会像它们一样，离她越来越远。

这堆废纸烧了好一会儿，火灭了，夜风吹走浮灰。

周遭再次陷入黑暗。卢茵坐了片刻才站起来，回身的瞬间，她突然失声尖叫。

通往楼下的门边斜倚了个男人，他穿着背心短裤，秃脑袋，嘴里叼根烟，自在悠闲，不知看了她多久。

卢茵惊魂未定，往后连退数步。

那人站直身，低声说："别动，再退就掉下去了。"

卢茵后脑一麻，浑身汗毛都竖起来，对方开口那一刻，她已经听出来。

她见过他两次，一次在小牙河，一次在大雨滂沱的十字路口。她不知道他的名字，只记得几个数字，0852。

卢茵颤着声："你怎么在这里？"

陆强轻挑眉，嘬了口烟："你认识我？"

她急忙否认："不认识。"

陆强没吭声，往前走了两步。

卢茵慌了，贴着墙边往后撤，夜很黑，但依稀可以看见他光亮的头顶。香烟在他的唇间明灭，映出他棱角分明的脸和一双深不见底的黑眸。

"再退可没人救你。"他声音沙哑。

卢茵慌张开口："你想怎么样？"

他停住，笑说："又没对你干什么。"

卢茵说："你走开，不然我叫保安了。"

"我就是。"陆强不慌不忙，走过去，用脚蹍死未灭的火星，

“新来的。”

卢茵愣怔。

他说：“居民投诉楼顶有人放火。”

卢茵半天才消化这个信息，找回声调：“我没放火，只是烧一些东西。”

“哦。”他说，“我看见了。”他不知在她背后站了多久。

卢茵不想多说，要绕过他先下去。

天太黑，根本看不见路，她横冲直撞，忽然被脚下的杂物绊倒，闷哼了声，脚腕儿尖锐地疼。

近期经历的事情，令她现在脆弱到不堪一击，一点疼痛，足够难受到掉眼泪。

好一会儿，她腰侧突然多了道力量。

他不知何时走近，倾身要抱她。头顶传来一道声音：“住几楼，我送你回去。”

卢茵屈膝往后挪了两下，逃出他的手掌，抹了把眼睛：“不用不用，我自己能行。”

她吸吸鼻子，声音怪委屈，带着难掩的谨慎。

陆强半跪半蹲，手肘搭在膝盖上，离她很近，壮硕的身躯像一堵墙。

唯一一点光亮被遮住，卢茵沉进黑暗里，迫人的压力使她不由得瑟缩了一下。

他看她：“你怕我？”

“没有……”她边答边轻轻活动了下，试着站起来。

陆强嘴角上挑：“那躲什么？”

卢茵一顿，挤出个笑：“真没有。”她故作轻松，尽量不去看他。手臂撑住地面，腰腹用力，挺身从地上站起来，脚腕儿疼痛，她屈了下膝盖。

陆强还蹲着，瞟向那圆润的小腿肚，往上看一点儿，她腿窝有两个小小的凹陷，脆弱的筋络连接细嫩长腿，在黑暗的掩饰下，柔弱又坚强地支撑着。

他搭在膝盖上的食指本能地动了下，又掀起眼皮看她。

卢茵试着往前挪了下脚，脚腕儿刺痛得无法前行，她呀了声，又跌回去，却意外地落进一副铜墙铁壁里。她的后背和腿弯儿刚好落在他的两臂间，臀落在他膝上，一抬头，他齿间叼的烟就在她脸旁。

卢茵愣了片刻，挣扎起来："对……不起。"

陆强大掌一收，任凭她有再大本事，根本无法逃脱。

怀中的人不安分，总想挺腰溜下去，一截细腰在掌中灵活地扭动，像条蛇。他若有似无地掐了一把，那具身体一僵，不敢动了。

陆强起身，垂下眸，扫了眼她胸前，她穿着居家白色背心，宽宽大大的款式，楼顶太暗，其实只看到一片白色，可贴着他胸膛的那面燥热又柔软，触感真实妥帖。

他最后看了眼地上的灰烬，转身往门口走。

这楼是老式住宅，共有六层，两段楼梯间安装了声控灯，陆强跺了下脚，灯亮了。

卢茵眯起眼，暴露在强光下，突然有种无所遁形的羞愧感。她匆忙埋下头，手不知该往哪儿放，不自然地理了下额前发丝。

头顶呵笑了声，问："你家住几层？"

卢茵说："二层。"

陆强问："失恋了？"

"没有。"她否认。

"那吃饱撑的，大半夜上楼顶装鬼。"

卢茵说："没装鬼，就烧点儿东西。"

"给死人？"

卢茵一噎，敢怒不敢言。

陆强抱她走得轻松，连下了两层："让人给甩了？"

卢茵警惕："你别乱讲，我……老公就在家里。"

"那没跟你一块儿上来？"

卢茵攥紧双手，垂下眸："他睡了。"

陆强没别的话问了，转过楼梯，到了三层，他跺一下脚，灯没亮，陆强重重咳了声。

他胸腔震颤着她的手臂，卢茵下意识地挪开："这层坏了。"

停顿几秒，他问："三层？"

"对。"卢茵说，"有一个月了。"

陆强没说话，半刻，忽然哼笑了声，继续往下走。

黑暗的空间，令身边一切显得越发寂静，她听得见他粗重的呼吸，伴着略微单调的脚步声。短短几步路，却比任何时候都漫长煎熬。

还剩几级台阶，她松一口气，却又屏住呼吸——陆强突然收手臂，把她往上颠了颠，粗糙的掌心划过她的大腿，像是调整姿势，又像故意测试她的重量。

卢茵的心跳到嗓子眼儿。

在二楼站稳，她忽然呀了声："我忘了东西在楼顶。"

陆强："哦？"

卢茵挺了下腰，示意他把她放下来。

陆强看她一眼，松左手，扶着她的后背，尽量轻缓地把她放地上。她的伤脚半踮着，并没觉得疼。

卢茵往后跳了步："嗯……能不能麻烦你帮我拿一趟？"

陆强看着她："是什么？"

她指了指旁边的门："房门钥匙。"

陆强看了她一眼，转身往楼上去了。

没有响动，二楼的声控灯很快熄灭，恢复黑暗。卢茵屏住呼吸向上瞅了眼，确认没有动静后，踮起伤脚连滚带爬地往三楼跑。

她从口袋拿出钥匙，开门的手都是抖的。

进了门，轻轻落锁，她倚着房门，泄了力，感觉快要虚脱。

卢茵花了点儿时间让自己冷静，拎起前襟抖动几下，一身的冷汗。等呼吸平稳，她才鼓足勇气从猫眼往外看。

没过多久，楼上声控灯亮了，卢茵瞪大眼，一眨不眨地盯着门外。视野里走进个高大身影，步伐扎实。他低着头，逆着光线，面容模糊，看不清表情。

越走越近，转弯处，他突然在门前停下，卢茵呼吸一顿，下意识地去摸开关，才想起，她进门根本没开灯。

那人在她门前站了片刻，侧着身，从兜里掏出根烟点上，抽了两口，火光明灭间，他捏着烟的手勾了勾额头，往楼下去了。

自始至终，他没朝她的方向看一眼。

卢茵悬着的心终于放下来。

陆强从三楼下到二楼，从黑暗走进光明。在二楼他没停顿，挑起眼皮往黑漆漆的三楼瞅了眼，又瞅了瞅头顶的灯泡，下楼去了。

他停在楼栋口，倚着破旧的防盗门，想抽完这支烟。

对面过来个女人，步伐婀娜，“恨天高”清脆地叩响黑夜。陆强本能地先扫那人身材，胸高耸，大长腿，腰胯左右摆动。

他眯了眯眼，抽一口烟。

女人走到跟前，笑问：“保安大哥，楼顶到底怎么回事啊？”

陆强说：“没啥事。”

“没啥事？”

她不信，往前走了一步：“没事儿闲的？好端端地上楼顶放火？”

陆强没吭声。

她追问：“男的女的？”

“女的。”

“年轻的？”

“嗯。”

她八卦：“准是受了什么刺激，让人给甩了吧？”

陆强说：“没有，她烧纸。”

“烧纸？”她一脸疑惑，“给谁烧？”

“死人吧。”

他的嗓音本就低沉，应景的，一阵夜风吹来，女人的裙角被掀起，腿下阴飕飕的。而此时，小区里几盏照明灯啪地熄灭。

女人尖叫，一头扎进陆强怀里。

陆强的烟还没抽完，他一手插兜，一手捏着烟，就那样懒散地靠在门框边，不抱她也没推开。

女人颤巍巍地道："刚才我在家就看见对面有人放火……真放火还好。可是，在楼顶烧纸……够瘆人了，那女的神经有问题吧？"

陆强说："谁知道。"

女人说："我有点儿冷。"说着，有意无意地拿胸蹭他的胸膛。

"冷你还换衣服。"

半个钟头前，有人打电话到保安室，说对面楼顶有人放火，陆强刚准备睡觉，套了条大裤衩往那方向去。这个打电话的女人早就等在楼下，穿着宽松的睡衣和布拖鞋，蓬头垢面，根本看不出身材。现在倒像换了一个人。

陆强掐了手头的烟，中指一弹，烟头飞进垃圾桶。女人抱得很紧，陆强环过手，摸她的屁股。

女人忍不住抖了下，被他捏得踮起脚尖，失控地哼出声。

陆强捏两把，动作顿了顿，手滑下去，摸她的大腿，最后手掌落在她的腿窝儿上。

那里是她的敏感地带，她向后屈腿夹住他的手，咯咯笑起来。

触感天差地别，陆强收回手。

女的说："保安大哥，要不你送我回去，我家就住这对面儿，太黑了我有点儿害怕。"

陆强看了她一眼："那你得找保镖，这不归我管。"

他拽下她的手，懒得看她，直接往远处的保安室走。

小区里静谧无声，前方是条黑漆漆的路，陆强身影寂寥，走得糊涂且盲目，就像他这半生。他摸了把光秃的后脑勺，忽然笑出声，为这个神奇而意外的晚上。

卢茵请假期间扭伤脚，不得已又在家休息了半个月。

一早来到厂里，同事们还没到齐，她寻个僻静的角落喝牛奶。

厂里餐厅其实是员工休息室，很宽敞，角落里堆着两台不用的缝纫机器，正中放个通长木桌，别人吃剩的咸菜和醋瓶摆在上面。阳光透过陈旧的玻璃，尘埃在光束下无处藏身，头顶电扇呜呜转着，整间屋子显得有些混沌。

卢茵收回目光，叹一口气。

走廊传来凌乱的脚步声，几个女同事叽叽喳喳地走过来，声音越来越近，卢茵蹭了蹭座椅，莫名地有些心慌。

几个女同事推门而入，在看到卢茵以后，谈笑声戛然而止。

卢茵低头喝了口牛奶，有人立即打招呼："茵茵姐，你来啦。"

"听说你扭到脚了，好些没有？"

"我这儿有豆浆，小卢，分给你点儿？"

卢茵理理头发，笑了下，一起回答："脚上是小伤，养几天就好了……我刚吃过早饭，不用了。"

那人笑笑，把豆浆搁在桌上，去帘子后的更衣间换衣服。

室内诡异地安静了几秒，各干各的，气氛有些尴尬。

卢茵如坐针毡，她收拾了桌上垃圾，笑说："我先回办公室了，回头再聊。"

几人忙道："回头聊。"

"好……"

"好好……"

那扇门在身后合上，门内传来窃窃私语，说了什么却听不清。她轻轻地攥了攥门把，感觉自己像乌龟，掩耳盗铃，缩进壳里，躲开外界就以为安全了。

其实同事并未给她难堪，甚至对取消婚礼的事情只字未提，可她忍受不了别人小心翼翼的避让和看上去善意的问候。别人瞧她的一双双眼中充满窥探、同情和惋惜，这让她感到自己越发可悲，像个失败的实验体。

有些时候，她觉得同情比重伤更难以接受。

一上午浑浑噩噩地过来，同事结伴去食堂吃饭，她不想去，桌上有她带来的三明治。

隔断被敲了几下，她抬头，是个男同事。

男同事说："一起去吃饭？"

卢茵摇头："你去吧，我早上吃得多，还不饿。"

男同事说："吃得多那也算早饭，现在是中午，不饿最好也去吃一些。"

"不去了……"

男同事刚想说话，门口有人叫："陈瑞，等你们呢，快点儿。"

"就来。"陈瑞喊了声。

他又压下身体，低声说："你不想成为焦点人物，最好的方法是不离群，要像从前一样若无其事，就当什么都没发生过。"

卢茵蓦地抬起头，不可否认逃避是她现在唯一想做的，但很显然，陈瑞说得有道理。

陈瑞顿了顿："你没什么变化，大家自然不会关注你，等时间长了，一切都会和之前一样。"

卢茵抿了下唇，慢慢地放下手中的笔。

陈瑞眼睛泛光，鼓励她："走啊！一起去吃饭？"

犹豫片刻，卢茵站起来，跟着他往外走。

食堂餐是最普通的三菜一汤，一荤两素，汤没什么味道。

几个同事围坐在餐桌旁，男的女的都有，边吃边聊，也能热火朝天。没人故意把话题扯到她身上，也没人特意用眼神打量她，看上去没人在背后议论那件事。

卢茵这才感觉到一丝轻松，后背不那么挺了，肩也放了下来。

外面进来个同事，冲这桌打了声招呼，看见卢茵来上班，目光立即变得耐人寻味，问了句："卢茵，你还好吧？"

满桌人立刻静下来，有人埋下头，有人尴尬地咳了咳。旁边同事撞了下那人胳膊，那人才意识到自己问了不该问的，支吾半天，找借口溜走了。

卢茵放下筷子，口中的东西味同嚼蜡。

刚才那同事是其他科室的，不过点头之交，而她和刘泽成的婚礼，根本没有邀请她。

0852

All this is fate

第四章　打探

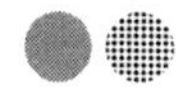

流言蜚语如同病毒，在隐匿的角落里疯狂传播。

卢茵心中沮丧，走出厂房的时候，像从牢笼中解脱出来，如芒在背的感觉也才稍微消散了点儿。

没走几步，后面的脚步声越来越近，有人喊了她一声。

卢茵脚步一顿，回过头，扯出个笑：“陈瑞。”

陈瑞小跑几步和她并肩，两人混在人潮里走出厂院大门。陈瑞看她一眼，欲言又止。

走了一段儿，卢茵抬起头和他告别：“我去前面等车，再见。”

“等一下。”陈瑞叫住她。

“有事吗？”

陈瑞拿手向后梳一下短发，顿了片刻才开口：“今天的事对不起。”

卢茵笑了笑：“你又没做错什么，根本不用和我道歉。”

见她笑，陈瑞放松了点儿：“其实你不用在意那帮人说了什么。他们没有恶意，就是闲着无聊，碎嘴讲些八卦。”

“我知道。”

“别太放在心上。”

卢茵敷衍："好。"

又停顿几秒，他低头看着她的脸，问出心中所想："你和他……你们真不结婚了？"

卢茵十分抵触别人问这个，下意识地皱眉，心里没来由地烦躁。陈瑞见她的表情，着急解释："我不是八卦好奇，跟他们不同，是真的……"

"关心你"几个字还没出口，卢茵打断说："不太想讨论这个话题。"

她侧头往旁边瞅了眼："车来了，我先走了。"

陈瑞唉了声，卢茵半步没停，上了驶来的公交车。

厂里离住处半小时车程，655路直达。下班的点儿，车上人多，卢茵往后走，寻了块儿空地站着。车里没开空调，空气燥热，没站多一会儿，卢茵脸颊的汗直往脖子里淌。

她一手拉着上面的扶手，另一手抹了把汗，车开起来，外面的风往里灌，可并没缓解多少，扑在脸上仍是热乎乎的。

卢茵目光投出去，窗外的人和路一晃而过，有些炫目。

她叹了口气，忽然觉得活着真累。

有些时候，她也厌恶自己，太敏感太在意别人的目光，凡事畏首畏尾，瞻前顾后，没有一刻是为自己而活。犹如现在，面对失恋和背叛，仍然在意别人在背后怎么议论她。

一路上胡思乱想。

她一时想着，厂里没法待了，应该认真考虑出路；一时又想，要不就舍脸问问老杜，去VR总部的机会还有没有，暂时离开，也许是个好办法。

正想着，兜里电话振了下，她腾出只手，拿来看，是条某银行的订阅信息，上面显示有一笔钱转入，金额十三万八千五百元，一分不多，一分也不少。

卢茵咬住唇，不由得有些发抖，她狠狠攥紧手机，过了两秒，又振起来，这次是打来了电话，她直接给挂断了。

想了想，卢茵敲了几个字过去："已收到。"

那边没再打来，隔了很久，那边用短信回复一个字："好。"

卢茵看着屏幕，手指动了动，紧跟着手机又蹦进来一条信息："茵茵，对不起，你要好好的。"

那个称呼骤然跳入她眼中，他曾经深情款款、语调温柔地叫她茵茵，她一遍一遍答应，那时候日子甜蜜美满，做梦都会笑醒。不过半个多月的时间，物是人非，他再次叫她，除了心痛，还有种无法抑制的恨意和厌恶，一切回忆都变得面目可憎。

卢茵心脏猛然抽搐，像铁锥扎在上面，疼痛蔓延，到脖颈然后疼到后脑。窗外景象模糊了，变成无法聚焦的斑斓色块儿。她抬起头，睁大眼睛拼命克制想哭的情绪。

车子停靠，卢茵拨开人群下去，眨了下眼，一滴水落在地上，眼前的世界终于恢复清晰。

七年的感情，能经历岁月消磨，却经不起风吹雨打的侵蚀，所有过往，在这一刻彻底瓦解。

他要房子，她要钱，分道扬镳，以后再无瓜葛。

天渐渐暗下来，后半程卢茵走路回去，她在小区外面的餐馆吃完饭，其间朝老板要了瓶啤酒。

卢茵有些上头，拎着背包，高跟鞋扭来扭去，步伐虚浮走不直，先前的坏情绪被酒精挥发不少，莫名地亢奋。

走到小区门口，老李喊住她："小卢，回来啦？"

卢茵定了定神，扭过头："李师傅，您没回呢？"

"这就回。"

老李拿抹布擦自行车座，想起件事又叫住她："有你个快递，今早到的……好嘛，挺重一包。"

他往后喊了声："小陆，你帮忙拿一下，在桌腿儿下面呢。"

卢茵听他说话，一歪头，才见后面还有个人。那人坐在岗亭外的长椅上，好像刚来换班，没穿保安制服，黑衣黑裤，左脚趿拉一只老北京布鞋，另一只鞋底朝天躺在地上，右脚跟儿踩着椅子边儿，正吃饭。

卢茵看清那人，心一跳，登时酒醒一半。

陆强嘴里嗯着，却没动弹，目光一直落在她的身上。

卢茵被瞅得浑身不自在，横移一步，借由老李身体挡住他的视线，想改天再取。

老李直皱眉，回头道："小陆，想啥呢？"

陆强目光移了下："吃完这口。"

他就着半包榨菜，把手里剩的馒头塞嘴里，摊开手左右找一圈儿，索性往裤子上蹭了蹭，又看了卢茵一眼，才回屋拿快递。

老李和她寒暄几句，陆强把快递搬出来。

他看老李："不是她的。"

老李以为自己眼花，就着陆强的手，皱着眼看："没错啊，11门302，卢茵。"

陆强说："她住二楼。"

卢茵的脸一热，想起那天是自己耍小聪明把陆强甩开的。

老李说："你新来的还不了解，小卢住三楼。"

陆强动了下嘴角，瞥她一眼，又道："二楼，她自己说的。"

老李疑惑，嘀咕着："之前我给她修过水管，错不了啊！"

卢茵顺了下鬓发，低垂着眼，目光飘忽不定。这会儿酒劲往上拱，发丝在微风下轻舞，脸颊又热又痒。她用手挠了挠，捋顺头发，又去拽裙摆，好一会儿，终于抬起头，干笑两声："那天我好像说错了。"

老李得意："你看看。"

陆强瞅一眼老李，又把视线移回来，看她表情窘迫，似笑非笑哦了声。

老李说："这就对上了，搞清楚了……哦还有，没给你们正式介绍呢！"

两人都不说话，陆强还垂眼追着她瞧。

老李未看出其中微妙变化，不说话等同默认，冲着卢茵：“这是咱小区新来的保安，叫陆强，外地人……看这块头儿。”

他扬手拍了下陆强肩膀，感慨道：“就应该多招几个这样的年轻人，居民才有安全感。我这老头子，也该考虑退休喽！”

卢茵说：“您把治安管理得很好。”

老李自嘲，摆摆手：“差远了。往后有事就找小陆，他人不错，敦厚老实，干啥活都任劳任怨，就是不爱说话。”

卢茵抿抿唇，飞快地看了陆强一眼。他原本光秃的头顶已经长出黑发，贴着头皮，极短的一层，看上去又硬又扎手，太阳穴那道伤疤被鬓发掩去一半，不那么显眼了，收敛不少锋芒。

她低头的一瞬，扫清了陆强的穿着，他身上的半袖松垮宽大，很薄，风一吹，仍然可以呈现健硕的轮廓，人站在那儿，高大挺拔，单看长相十分惹眼。

但先入为主，即使陆强并非十恶不赦，但她也认为老李形容得有偏差，卢茵并没觉出他敦厚老实，相反，她总觉这人隐隐透着一股危险的气息，看她的眼神太直白太肆无忌惮，有点儿不怀好意。

卢茵收回思绪：“行……李师傅，那我先回了。”

老李说：“这包裹太重，让小陆给你送过去。”

他转向陆强：“我替你盯会儿。”

卢茵一惊：“不用麻烦，我行。”她上前一步，要从陆强手里接箱子。

陆强没动。

她托住箱底，往自己怀里揽。

陆强说：“重。”

卢茵闷不吭声，用了点儿劲。

她脾气倔，不听劝。陆强轻动唇角，半刻，松开手。

箱子重量远超出想象，猝不及防，卢茵顺着箱子的力道坠下去，高跟鞋一歪，她半趴在箱子上哎哟一声，手忙脚乱地撑身体。

头顶传来一声笑，低低的，哑哑的，似是心情愉悦。

老李上前扶人，不忘数落陆强：“真不经夸，这就毛毛躁躁的了。”

陆强没有反驳，他看那小女人笨拙地折腾，她的脸颊绯红，抿着唇，明明气愤至极却不敢看他的眼睛，冲着他轻轻地白了一眼，模样自带娇憨。

陆强弯腰抱起箱子，往肩上一扛，根本不费力。

卢茵：“真……”

“跟上。”

陆强已经往前走了，卢茵看着他的背影，磨了磨牙，冲老李告别，小跑着跟上去。

他腿长，步子大，迈一步，卢茵要小跑三步。

她住的楼栋位置靠里，小路迂回曲折，步行需要七八分钟。

卢茵跟得吃力，呼吸稍稍乱了些。

过了几秒，陆强终于意识到什么，他回过身，停下，直到卢茵赶上才重新迈步，这次步调放缓不少。

两人并肩，反倒尴尬没有话说，比起以往几分钟的路，卢茵觉得这次相当漫长。

陆强倒自在，扛着箱子像散步，他往远处看了眼，公园里一群人在跳交际舞，男的女的，穿得花枝招展，扭腰旋转，裙摆飞扬。

他嗤了声，目光落回来。

“你天天这时候下班？”

“啊？”

卢茵本来走神，听他说话才转过头，目光有些茫然，她反应了一下，才答：“哦……没，去吃饭了。”

陆强看她半刻，笑着嘀咕：“真呆。”

“什么？”

他一笑，没重复：“这买的什么？”

卢茵说：“水晶灯。”

“网购的？”

她点一下头。

陆强说：“这东西分量不轻。”

"嗯，"她应道。想起老李说他话少，评价简直条条有误，又敷衍了句："三个房间的。"

"房子装修？"

她眼神一暗，抿唇点头。

陆强没继续这个话题，问道："你会用电脑买东西？"

她没搞明白："不都会吗？"

"我不会。"

卢茵看向他。

陆强漫不经心地说："之前学过，没学会，后来就进去了。"

卢茵："……"

进了楼道，陆强一口气上到三楼，头顶的灯没有修，黑得不见五指。

卢茵紧跟着上来："谢谢了，放这儿就行，我自己搬进去吧。"

陆强还扛着，说了句："开门。"

"真不用了，已经够麻烦你了！"

黑暗中传来他懒懒的声音："放心，我不是坏人。"

心思被戳穿，卢茵急忙解释："我没别的意思……"

一句话冲出来，陆强并不吭声，她张了张嘴，也觉得无趣，顿了几秒，安静的楼道里传出钥匙碰撞的脆响。

她往前蹭几步，仰头偷瞄了眼陆强，眼前黑漆漆的，他像个庞然大物，隐匿在黑暗里。

卢茵开了门，往后退一步，陆强进去，里面仍然没亮灯。

门内入口是个走廊，陆强侧过身："灯呢？"

"在你后面。"

他摸了半天："找不到。"

开关被陆强挡住，卢茵往前走一步，伸手去触。走廊本就窄小，堆满杂物，他身形高大，站那儿没有挪动的意思。两人距离近了，他身上的热气向她袭来，鼻端冲进一股男性的味道，掺杂少许汗味儿，倒也并不难闻。她抬了下眼，忽而与他的目光碰撞，窗外一点微弱的灯光映进他的眼底，目光晶亮，强势专注。

她心一颤，本能地往后缩。

一时间，狭小空间里静得出奇，衣角摩擦的声音清晰可闻。

两人在黑暗里站了会儿，陆强蓦地往前跨了一步，他的臂膀宽阔，块头儿压顶，肩上还扛着箱子，把她锁在角落里。

他突然欺近，卢茵害怕，一缩脖子，紧紧地闭上眼睛。

陆强却没继续，鼻端悬在她的耳旁。

卢茵浑身僵硬，屏住呼吸。

陆强顿了下，鼻翼微动，又微微低头闻了闻，一股清淡的酒香从她的身上散发出来，混杂着专属她的体香。

他声音沙哑："喝酒了？"

卢茵睁开眼，心怦怦跳："嗯？"

"喝了多少？"

"一点……"

陆强看了她半刻，往屋里瞅了眼，一笑："你老公没在家？"

黑暗里，卢茵只听见自己的心跳——扑通，扑通。

陆强站在她的眼前，他身上的热气紧裹着她，属于这个人的味道萦绕在鼻端，根本呼吸不到新鲜空气。可走廊狭窄，好像他们之间本就应该是这个距离，她找不到合理的理由推开或大叫。

他刚才问的话，令她瞬间顿住，像有一根刺卡在喉咙里，不知怎么答。

陆强并没退开，胸口一起一落，有规则地呼吸。

卢茵挨不住，想打破尴尬的僵局，往右侧门口移了下。

刚迈半步，她一激灵停住了。安静的空间里一声声振动显得格外突兀，卢茵顿了半秒，手忙脚乱地从包里掏电话，不着痕迹地退到门口。

她出了门，一个站门里，一个站门外。

卢茵看了眼来电，迅速接起来。

“老公？”

叶梵：“茵茵？是我……”

“你还要多久到家？”

对方静了两秒，提醒说：“我是叶梵！”

“快到小区了？正好我也刚进门。”

“你疯了？”

卢茵咬一下唇，硬着头皮问：“晚上想吃什么？我去买。”

那边暗骂了句，恨铁不成钢地道：“这都多久了，你能不能振作点儿。”

“就清蒸鲈鱼吧，还是糖醋小排或是香酥鸡。”

听筒里吼了句：“那浑蛋有什么好，值得你把自己搞成神经病。”

叶梵口气不善，卢茵听着，又往远处走了几步，顺手把话筒音量调低。

陆强微微呵笑了声，摇摇头，他还侧身站在门里，扭过头，看楼道里那个模糊的轮廓。此刻极静，电话那端情绪激动，一通乱嚷嚷。相反，卢茵说话轻轻柔柔，像夏夜绵软的风，那声“老公”叫得人骨头酥麻。

陆强手插进兜里，喝水太少，他的嘴唇有一道道干涸的竖纹。他用舌头在下唇上左右舔了几遍，润了润，唇湿了，却越发口渴，希望面前有杯纯净清爽的水。

卢茵说：“还有想吃的吗？”

“你……”叶梵思索片刻，忽然压低声音道，“你到底怎么了？是不是遇到了什么危险？”

“挺好的……就这么定吧。”

“你别吓唬我，如果真遇到什么事，你就嗯一声，我报警。”

“不用……”

卢茵脸烧得通红，急忙阻止她：“我去买，一会儿见。”没等那边说完，卢茵先掐断电话。

陆强又看她一眼，移开目光，一回手，准确地按亮走廊里的灯。

卢茵还直直地站在楼道里，突来的强光令她的眼睛不适，但她像是找回了安全感，心也一下子归了位。

陆强问："放哪儿？"

她回神，看了眼他肩头的箱子："放空地上就行。"

他把东西放下，又往屋里扫了眼，转身出来。

陆强经过卢茵身边，她往后挪了半步，小声说："谢谢。"

陆强停住，垂头看她。

她柔软的腰肢贴在扶手上，上身后倾，锁骨显得更加笔直，肩上有两个深深的凹窝，适合用手指勾勒它的一起一伏。他的目光往下移动，她此时的动作让她前面的形状迎向他，突出、招摇，她却不自知。

陆强勾了勾鼻梁，不动声色地往后退了步，怕自己再有什么举动，她会顺着掉下去。

僵持片刻，卢茵重复："谢谢。"

"不客气。"

"那……再见。"

"再见。"

陆强转身下楼，下了两级楼梯又站住，抬眼，额头露出两道浅短的纹路："你会做饭？"

卢茵莫名其妙："……"

"看样子会做不少。"

"……"

"小炖肉会不会？"

"没……做过。"

"学学，挺好吃。"

说完这句，他下楼，二楼的声控灯亮了，他再没回头。

卢茵在楼道里站了片刻，手里电话嗡嗡直叫，是叶梵。她进屋，反手关了门，立即和叶梵解释起刚才的事。

回到保安室，老李已经收拾妥当，跟路过居民聊天。

见陆强回来，老李摆了下手，居民往里走，碰见陆强又笑着打个招呼，陆强点一下头，先去屋里找水喝。

老李拍拍自行车座，抬起脚撑：“送到了？”

陆强仰头灌水，喝得速度猛，有一些顺下巴流到胸膛，他拿手一胡噜，鼻腔里嗯了声。

老李说：“那我走了。”

陆强没应声，脱了半袖，黝黑的胸膛像擦了一层油，他拿衣服随便抹两把，套上保安制服。有五颗纽扣，一颗一颗系上，到第三颗，他的动作顿了下，往外走，边叫了声：“老李。”

老李停住：“什么事？”

陆强眯了眯眼：“也没什么事。”

“那你叫我！”

陆强说：“刚才那女的叫卢茵？”

“啊。”

“住这儿几年？”

“有四五年吧，她家也不在本地，房子是租的。”老李看他，“你问这干什么？”

陆强说：“熟悉熟悉情况。”

老李了然，称赞地点了下头。

陆强递烟给老李，自己也点上一根：“她结婚了？”

“好像是。”

陆强烟到嘴边，动作一顿。

老李把脚撑重新支好，准备抽完这根烟再走。他想了想：“好像就这个月初的事儿。”

陆强没说话，好半天才吸了第一口，烟雾顺鼻腔轻轻地呼出来，没有风，烟圈儿聚拢不散，空气里都是辛辣刺激的味道。

老李瞟他一眼：“这也算了解情况？”

他低头不言语。

老李叹了口气，接着道："但是吧，人生无常，本来是件儿喜事儿。"他顿了顿，"可惜了……"

陆强挑起眼尾："可惜什么？"

老李道："也是听别人说的，不知道真假，那婚好像没结成，说是半道儿出来个第三者，在婚礼上大闹一场。"他拍了两下手，分开一摊，"一拍两散。"

"真假？"

老李白他一眼："说了是听说，谁知真假。"

陆强沉默了会儿，他回想那个雨天——狼狈的身影、落魄而悲怆的神情、一身白纱出现在不合时宜的十字路口。

"是几号？"

"什么几号？"老李问。

陆强重复道："她结婚那天是几号。"

老李吸一口烟，斜眼望着天空努力地回忆："八号？

他想了想，然后肯定地说："对，就是八号，我记得头天晚上发工资，正巧小卢来给送喜糖。"

一切都对上了。八号那天他出来，这日子陆强不会忘。

"是吗？"陆强不由得一弯嘴角，挺高兴地说，"这么熊？输给个小三儿？"

老李说："那女的孩子都快出生了，不成全又有什么办法。"

陆强瞧他："你倒够八卦。"

"也不是八卦，说起来，那男人最近都没见着，恐怕是早搬出去不在这儿住了。也难怪……"

老李顿了下："好像也有原因，是为了孩子。"

"怎么说？"

"听说两人在一起快六年了，可小卢肚子一直没动静。女人不能生，男人就有了外心。"

陆强又抬头看老李一眼，烟还剩半截，他一口吸满，两腮嘬进去，火星一明一灭，然后扔地上踩在脚下。

他换了个舒服的姿势，浑身放松下来，更懒散地站着。

刚才没有风，那股闷热糊在身上，非常难受。这会儿倒有微风吹拂，远处海棠开得正盛，从燥热的风里似乎能分辨出一丝清香，几分钟前的心浮气躁也跟着平静下来。

半刻，陆强哂笑一声："没准儿他不中用呢。"

老李听出点什么，拿手点点他："你小子别动歪心思，我看了，那可是个好姑娘。"

陆强一撇眼："我就像坏人？"

老李没回答他的问题，只上下扫了两眼，沉吟片刻："不合适。"也没说什么不合适。

陆强玩笑说："合不合适，得我说了算。"

老李一笑，也没当真，抽完烟，骑上车子回家了。

陆强看老李背影消失，转回目光。岗亭附近就剩他一人，小区花园又加入了一群跳广场舞的人，万年不变的欢乐曲调把远处渲染得热闹非凡。

他这里静谧无声，灯光从高处流泻，穿过茂密枝丫，到下面已经没有多少光亮。

他想起那个夜晚，万家灯火，微风徐徐，小区外有汽车鸣笛。

他坐在屋中木椅上，隔着玻璃，远远看见车窗里伸出个脑袋，风轻轻吹起她的发梢，她脖颈纤长，面孔清丽。

那张脸倏忽闯入视线的那刻，他听见咚的一声，胸口被狠狠砸了下。再刚硬的躯壳，都不足以掩饰那一刻猝不及防的喜悦。

周围都是暗淡的，只有她头顶散发光芒，那面容在昏黄的灯火下显得异样温柔。

他一直都不知道，原来，他在等待一场未知的重逢。

这晚陆强无睡意。

小区内越来越静，窗口的灯一盏盏熄灭，岗亭里没有电视，一台老旧收音机哇啦哇啦地响，正播一档情感节目，有人向主持人哭诉生活的苦楚和丈夫的漠不关心。

陆强转了下按钮，另一个频道正播放一首老歌，他两腿搭在桌子上，望向窗外，夜深人静，路灯都熄灭了。他按了下手机，手机还是他刚进去那年的流行款，反应半天屏幕才亮，他看一眼时间，已经凌晨一点钟。

同样没睡的还有一个人，卢茵翻来覆去，无法入眠。这样的情况已经持续半个月，即便她内心慢慢平复，可生物钟被打乱，想早一刻都睡不着。

她翻身下床，翻箱倒柜，从书架后面找出半瓶白酒，这酒还是刘泽成买的，她忘了清理。卢茵找来个玻璃杯，倒了半杯。

房间里没开灯，她借着月光踱到窗边，小口小口地啜饮。卢茵以往并不沾酒，也没什么酒量，此刻只想借助酒精催眠，别再那么清醒。

不懂酒的人，几口就能喝完，辛辣的痛感从喉咙一直灼烧到胸膛，又站了片刻，酒劲儿上来，她扶着墙壁躺回床上，闭了眼，头晕目眩却依然清醒。

她胡思乱想了一阵，拿出手机，按亮屏幕，已经凌晨一点钟。她刷完朋友圈，又去看微博，到最后实在没什么看的，打开百度搜索，鬼使神差地输入几个字——小炖肉的做法。

进度条缓冲了几秒，一行行信息罗列出来。

她点进第一条，做法说：五花肉焯水后切成小方块儿，加香料和老抽，大火煮开，转小火炖30分钟，浸泡12小时，再次大火煮开，小火慢炖一个半小时，最后放糖……

没什么难度，卢茵只随便扫了两眼。

手指往上滑，最下面还有一行字，用红色标注。

困意渐渐上来，她合了下眼，又睁开，勉强地读完那几个小字，

烹饪技巧：切记，温火慢炖，浸泡沉淀时间长，才会有滋有味。

0852

All this is fate

第五章 梦

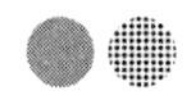

陆强陷在美妙的梦里，梦里有他和一个女人，在岗亭的小床上，酣畅淋漓。

他耳边的声音泫然欲泣，不成调的美妙节奏从女人口中逸出，陆强捏住一双腿弯儿，拇指下是个小小的凹窝儿，他狠劲地搓了搓，这触感似曾相识。

他很快乐，心里鼓胀般地满足，他从没这样认真积极地享受过。

梦中云里雾里，他不知道她是谁，努力睁大眼，却看不见那个人的脸。越看不见，他越着急。

他的手一点点移上去，手下的肌肤细滑，他的手在脆弱的脖颈上停留两秒，接着往上去。他手最终落在她的唇上，指头触到几滴水，是她动情时流下的泪。

陆强抚摸她的面孔，却仍然分辨不出来。

他骂了句，气恼地拧她的脸颊："你到底是谁？"

那女人痛呼一声，终于开口，那声音他熟悉："老公。"

她细如蚊蚋："我是茵茵……"

陆强一挺腰坐起，外头天光大亮，窗帘半掩，一缕晨光从空隙里钻进来。他眯起眼，按亮手机，才六点多。

他支起一条腿，背倚着墙，胸口一起一落。几滴汗顺额角淌下，浑身是水，胸肌的皮肤都在发光，好像真的大干了一场。

他抓过旁边的汗衫，往脸和胸前抹了把，意犹未尽地嘀咕："小娘儿们。"

等呼吸慢慢平缓，陆强后脑勺抵着墙壁，试着念道："茵……茵……"

有些僵硬，他触了触额头，又张口："茵茵……"竟自己笑出声。

陆强把手中的衣服扔开，冷静几秒，他低下头，裤子仍旧支棱起老高，伸手在外面揉了几把，越撩越难受。顿了顿，他抬手唰的一下把窗帘扯上，屋里昏暗，他靠回墙壁，闭眼回味刚才的梦，那一声"老公"和昨晚听的一模一样，叫得人骨头软。

他的手顺着裤腰伸进去……正欲罢不能，突然一声轻响，陆强敏锐地睁开眼，门口站着一个人，他慢慢止了动作，手却没拿出来。刚才眼中浓浓的欲望瞬间消散，他目光冷淡地移过去："不会敲门？"

来人愣在门口，哪想推开门会是这副情景，语塞数秒，羞愤地道："你……干什么呢？"

"不知道？"

陆强面无表情："解决生理问题，你男人没教过你？"

顿了几秒，那人顶回去："没有男人。"

之后别开眼努力淡定，那人脸还是涨红了，脚上仿佛有千斤重，想走又偏偏迈不开步子。

她未有动作，傻愣愣地杵在门口。

陆强手抽出来，一秒没停地甩过去个东西，他也没看是什么，砸到门上，啪一声响，东西四分五裂。

来人一抖，吼了声："0852！"

"0852谁？"

"你……"

"别你我的，有名有姓，老子叫陆强。"他目光煞人。

那人微怔，气咻咻红着脸，改口说：“陆强，限你一分钟之内穿戴整齐，到外面来找我。”

陆强：“滚。”

“你……”

她气得说不出话，半天才憋出一句：“酸脸猴子。”说完摔门出去了。

这种事被打断，陆强再提不起兴致，身下那东西也慢慢消停，他恶狠狠地骂了句，许久才降下心头怒气。

时间还早，小区里只有几个遛早儿的大爷，空气清新，喜鹊在枝头叫得欢。

门前背对站着个女人，腰板笔直，一身浅绿戎装衬得身材尤为挺拔。她揉了揉鼻子，掩饰刚才的尴尬。她内心陡然生出一种奇异的感觉，那绝不是气愤和不满，而是这种隐秘事给她和他之间带来的微妙感觉。

她低下头，身体不自觉地前后晃了晃。

“找我什么事？”后面忽然有人问话，仍然没有好口气。

谭薇回头，对上他的视线，又撇开，声调倒柔和了几分：“怎么这样就出来了，叫你穿戴整齐的。”

陆强反问：“我光着了？”

她一噎，又看过去。

他双手插在裤子口袋里，上身光裸，肤色黝黑，胸肌起伏，腹部一块块肌肉井然有序地排列，再往下，腰带边缘露出半截黑黑的粗毛，肩膀上那条巨龙更是飞扬跋扈。

谭薇目光闪烁，咬了下唇：“你这人，大白天也不干点儿正经事。”

陆强面无表情，往后面长椅上一坐：“什么正经，什么不正经？”

谭薇瞪他一眼：“你不都知道。”

他哼了声：“这不是监狱，伺候兄弟也要跟人打报告！”

"我不是这个意思。"

陆强心烦："到底什么事？"

"没事就不能来看看？"

"不能。"陆强说，"你坏我好事。"

谭薇心里泛酸："当我没来。"她一转身，眼泪差点掉下来。

"等会儿。"陆强叫了声，吼她几句也消气不少。

他站起来："行了，来了就待会儿吧。"

谭薇脚步一顿，听他语调放软，回过头看向他，正见一席阳光落满他的肩头，他的眉目深刻，鼻峰挺拔，一恍惚竟像回到六年前——她初出茅庐，跟着师傅监管"巢会"治安，当时管事儿的就是陆强，他脾气阴晴不定，高兴了讲几句荤话逗逗你，不高兴一翻脸就不认人。

多年过去，他好像仍然没变过。

这么想着，她也不别扭了。

在门口站了会儿，她迈步四处走动，打量着周围环境。陆强又坐回去，叉着手臂，心思缥缈，也没有管她的意思。

谭薇问："工作还习惯？"

陆强懒散道："凑合。"

"你后面什么打算？"

"没打算。"

谭薇脚步停住："那就一直做保安？"

他一斜眼："不是你们给安排的？"

谭薇顿了顿："这只是个起点，在出狱后的一段时间内，会不定时监察你，如果表现良好，可以尝试新的工种。"

"也不是什么光彩事儿，哪家愿意用劳改犯。"

谭薇郑重其事道："你知道，我始终相信你。"

陆强哼笑了声。

谭薇道："你别自暴自弃……"

“行了，别跟这儿上政治课。”

他的语调明显带了不耐烦，谭薇见他情绪抵触，忙收了话题，又打量起这个破旧的岗亭。

岗亭不到五平方米，进门一把椅子，木桌靠墙边放着，对面是一张床。那床又窄又短，他的身高恐怕连腿都伸不直，床头有一扇窗，看出去正对小区的大门。

窗帘是绿色的，拉得严实，她想了想，他刚才正靠墙坐着，侧面就是那扇窗……

谭薇阻止自己再想下去，把目光拉回来，岗亭斜后方有几个石礅儿和石桌，上面用红油漆画了棋盘，年代久远，边边角角已经看不出颜色。

她往前走了走，他坐在岗亭前面的长椅上，侧头看着什么，神情专注。

谭薇找话题：“我记得你好像还欠我一顿饭。”

没得到答案，陆强仍然侧着头。小区里面是一条长长的路，两侧立着五六层的板砖楼，跟岗亭一样土黄的颜色，楼前都是老树，参天蔽日。谭薇不知道他在看什么，也跟着望了望，除了远处有零星的几个人影，什么都没有。

谭薇：“跟你说话呢。”

陆强看她一眼：“你挑个时间。”

谭薇笑眼弯弯：“那行，我有时间给你打电话。”

随后谭薇又问了句：“邱世祖没找过你吧？”

陆强没说实话：“没。”

“要找你尽量别去，既然不走那条道儿了，就跟以前的人撇清关系，别重蹈覆辙……”

这话也不知他听没听进去，她顺着他的视线看去，远处的人已经走近。

那个人低着头，走得很慢，扎了个辫子，穿着明黄色运动短裙和半袖，脸色看上去有些憔悴。

谭薇把目光落回陆强身上，才确定他一直在看这女人。

谭薇不禁也跟着打量，那女人仿佛终于察觉到注视的目光，抬起眼，动作一顿，下意识要掉头往回走。

陆强起身："卢茵。"他直呼名字，顺手拽了屋里的衣服，手臂一伸，利索地套到身上。

卢茵往他的胸前瞄了眼，客套说："还没换班呢？"

两人隔了半米，陆强第一次在阳光下看她。

她皮肤很白，眉眼清淡，不算是美人，却长得过分精致，那种楚楚动人的气质，让人总想把她搂到怀里好好地疼。

阳光明媚。她仿佛就应该活在阳光下。

陆强说："八点换。"

卢茵点了下头，也不知该跟他说什么。

隔了几秒，陆强说："你起得挺早。"

"睡不着，就起来转转。"

陆强看一眼她的装束："在小花园跑步？"

"嗯。"

"现在上哪儿去？"

卢茵往小区外指指："去吃个早点。"

陆强没说话，卢茵正好顺着说："那我先走了，再见。"

陆强挡在前面，并没给她让路，卢茵从旁边快速绕过去，小跑了两步。阳光把她的衣衫衬得格外鲜亮，裙摆下露了小半截大腿，小腿光滑匀称，脚踝白皙，也就他手腕儿粗细。

陆强目光又往上移了移，落在她腿弯儿上，那里有两个小巧的凹窝儿，他的眸色一沉，今早的梦变得无比清晰。他下意识地搓了搓大拇指肚。

女人的心思敏锐，谭薇心里颇不是滋味，目送卢茵出去，短短几秒，已经把对方跟自己比较了一遍。待那身影消失，她去看陆强，他目光仍然追着那方向。

谭薇走过去："喂！"

陆强说："吃早点吗？"

"啊？"

"不是欠你顿饭吗？"

谭薇："……"

"去不去？"

"少想用顿早饭打发我。" 谭薇俏皮地挑了下眉，一脸神采飞扬。

陆强说："那我去了。"

小区外围有一排底商，早上在外面摆摊卖早点，十点来钟收回，中午做快餐，晚上还有夜宵。除去卫生状况不作考虑，这里生活算比较便利，消费也中等偏下。

卢茵昨天睡得晚，但是不到六点就醒过来，她还是积极地想改变生活状态，心血来潮地穿了身运动装去跑步。平时缺乏运动，没跑几分钟就喘得要晕倒，缓了缓，打算先出去吃早饭。

她随便找个小摊儿坐下，一碗豆浆，一根油条。拿手捡起一根油条，一截截扔进豆浆里，泡了泡，刚吃两口，头顶有人说话："旁边有人吗？"

她抬起头，没等回答，那人已径自坐下。他朝远处说了声："老板，三根油条，一碗豆浆，两个鸡蛋。"

老板哎了声，让稍等。

桌子是个大圆桌，对面还有吃饭的人，两人挨着坐，本来还算宽敞，他坐下，肩膀若有似无地擦着她，显得略微局促。

卢茵愣了片刻，笑了笑："你也来吃饭？"

陆强把一次性筷子掰开："不知哪家好吃。"

"都差不多。"

卢茵用小勺舀起一块儿油条，陆强看过去："就吃这么点儿？"

她本就别扭，也没抬头，轻轻嗯了声。

他的饭很快端来，旁边立即响起稀里哗啦的声音，没几秒就吞掉两根油条，豆浆也喝了半碗。过了几秒，旁边又突然安静。卢茵不安地侧过头去，恰巧与他投来的目光撞上，坦荡直白，看了她好一会儿。

卢茵心脏猛地跳了几下，内心生出一丝异样。

她忙低下头，听见耳边问："你那吃法好吃？"

"比较软。"

陆强手一顿，鸡蛋壳落在桌上，露出透亮的蛋清，圆滚滚一只，他两指轻轻捏了下，软嫩弹手。陆强笑了笑，抬手顺着她的碗沿儿滑进去，白白的蛋落在白白的汁水里。

卢茵愣怔地盯着他，陆强说："洗过手了。"

其实她已经闻到，他手伸过来那瞬间，传来淡淡的香皂味儿。他动作很轻，小心地控制不要让豆浆溢出来，短暂停留，她看清他的手背一根根青色的脉络，清晰得快要突出来。

而卢茵发现，她的关注点似乎脱离轨道，忙收回心思，头埋得更深。

陆强若无其事，又剥了另外一颗，一口塞进嘴里，也学着她的样子，把剩下那根油条泡在豆浆里。

卢茵食不知味，勉强地吃了两口，又听旁边的人说："是够软的。"

她抿紧了唇。

吃完后，老板来收钱："你的一块七，你的五块一。"

陆强说："一块儿算。"

老板："那六块八。"

卢茵不想欠他人情，赶紧摆手："不用，不用，我的自己来。"

陆强看她一眼："我没带钱，你先帮我付。"

"……"

她默默地付了钱，陆强说："等回头我请你。"

卢茵说："不用，也没几块钱，而且你昨天还帮我搬了东西。"

陆强坚持："一码归一码。"

卢茵看向了别处，只当他客气客气，也不想浪费口舌。

早点摊位桌挨着桌，有点儿拥挤，老板端两碗豆浆，喊着"小心起身，注意脚下"。卢茵没听见，刚想站起来，被陆强拽住，他大掌罩住她的后脑勺，往前按了按。

老板从后面侧身过去。

陆强沉声："小心点儿。"

老板走远，陆强忘记收手。卢茵挣了下，他的手流连片刻滑下来，在她后脖颈上若有似无地揉了揉，才松开。

卢茵脸颊涨得通红，隐隐地带着一丝恼怒，也不看他："我回去了。"

陆强笑了下，也站起来："一起。"

周日的傍晚。

陆强接到一份信函快递，蓝白相间的封皮，边角已经卷曲起皱。

他翻过来看了眼，不禁舔了舔嘴唇。

上面的字歪歪扭扭，再熟悉不过。

收件人一栏写着钱媛青，地址是淮州市武清县钱树林村。寄件人的名字是陆强。

他发出的快递，原封不动地被退回来。

陆强捏着边角的手紧了紧，过了几秒，他撕开快递的封条。里面的东西很轻薄，仅仅两张纸，一张十万元的支票，还有一封信。信上的内容洋洋洒洒地占了半页纸，却能看出是一笔一画字斟句酌写上去的。

他从头到尾读了一遍，折起来，手指一动，又对折一层，顿了片刻，忽然又将那封信撕得粉碎。

小区门口都是来来往往的居民，他退了一步，转过身，把手里的东西扔进快递袋子。有残片落在地上，隐约露出半个结婚的"婚"字，只一瞬间，便被风吹走了。

陆强看着那张支票，终是同那堆废纸一块儿收起来。

他往屋里走，有人叫他："强哥。"

陆强停下，根子手里拎了两兜子羊肉片和各种蔬菜，风风火火地跑进来："强哥，你电话怎么不通呢，我打了一整天。"

陆强瞟了眼他手里东西："坏了。"

"怎么就坏了？"

"摔坏的。"

根子一愣："没发生什么事吧？"

"没有。"

他没说是那天砸门上了，只说："不小心摔的。"

根子松一口气："你那老爷机也该换换了。"

他跟着陆强走进屋："等明天我给你买个智能的。现在科技可发达了，屏幕都指纹解锁，你说一句话，它就能帮你拨通电话。"

陆强没搭那个茬儿，把快递放桌上："怎么直接过来了？"

根子说："哥，咱多久没聚聚了，我看这地方挺好的，就自作主张地攒了坤东他们来撮一顿，东西都买好了，大龙去买锅了。"

陆强双腿叠着搭在桌子上，点了根烟，没说话。

根子心里没底，总觉得他今天心里有事儿，心情不大好。他试探地问了句："哥，方便吗？"

陆强吐了口烟圈儿，一撇眼："不方便。"

根子心惊，却见陆强忽然弯一下嘴角："晚点儿，等人少的时候。"

根子坐实了椅子，放松下来，这才观察这间不大的小屋。桌上电风扇吹的是热风，他眼扫过去，看见旁边放的快递，一伸脖子，上面的字模模糊糊，却也看清个大概，心中便明了。

他问了句："哥，又被退回来了？"

"嗯。"

"前几年你叫我寄那些钱也被打回来了，我又寄去你意大利的账户。"

陆强点了下头。

“你放心，我用李轻姐妹的账户转的，没人能发现。”

陆强：“嗯。”

根子不解：“我不明白，哥，你有钱不用，天天……”

他欲言又止，偷偷地打量陆强。他穿洗白的薄汗衫，老北京旧布鞋，平时啃馒头吃路边摊儿，要不是这张脸和身上的肌肉块儿能唬人，一准儿被别人当成乞丐。

陆强也扫一眼自己，自嘲说：“里面儿待得久，忘了怎么花钱。”

陆强顿了顿，眼睛瞟到快递：“想花的地方又花不出去。”

根子说：“要不就回老家看看？”

顿了有两秒，陆强望着窗外：“没脸回去。”

根子说：“现在出来了怎么都好说，等知道原因，总有一天她会原谅你，毕竟你们是……”

陆强打断说：“也没有解释的机会。”他拿脚后跟儿推了下快递，“打都没打开，信看不着。”

根子也不会安慰人，挠了挠后脑勺。

陆强却问：“你刚才说那智能手机怎么的？”

根子哦了声，挺直腰，又把那些功能重复了一遍。

陆强点点桌面儿：“你明天要没事儿来接我一趟。”

“嗯？”

陆强说：“找地方消费去。”

……

晚上十点，夜终于静下来，远处路灯洒下温和的光。

遛弯儿跳舞的人散得差不多了，只有零星几个晚归的，从门口匆匆过去。岗亭后面的石桌被临时用来放碗筷，中间的锅子咕嘟冒着泡，烟气袅袅，肉香四溢。

几个男人打着赤膊，围坐在石桌旁。陆强人缘好，偶尔过来个居民，非但不抱怨，还笑着打招呼，问一句吃饭这么晚。

坤东带了两瓶二锅头，没多久已经见了底，每个人都喝得面红耳赤，热气烤灼下汗流浃背，却爽快得很。陆强的身上多了一件跨栏背心，裹在身上已经湿透，他的肩头线条精壮又性感，肌肉在柔光下散发剽悍的美。

喝高兴了，几人扯着嗓门喊，吆五喝六的。

陆强皱眉："小点儿声。"

音量这才降下来。陆强挑起一筷子肉搁汤里来回涮两下，也不蘸调料，直接扔嘴里，吃完又去叼手上的烟，默默笑着，多半听其他几人胡侃。

时间过了一小时，酒喝够了开始涮肉吃菜，坤东瞟一眼门前小路，结伴过去两个女人。

坤东说："强哥，你眼福不浅啊，这地方美女倒不少。"

陆强头都没抬："当是你呢。整天尽寻思裤裆里那点儿事。"

坤东一噎。

根子接过去："就是。而且你透视眼啊？人都过去半天了，怎么知道是美女？"

坤东摸下巴："就这俩，一看身材，长得就错不了。"

根子扫了眼："你瞎啊！这还不错呢？屁股都垂脚后跟上了，赶不上李轻一半儿好。"

陆强扑哧笑出来："出息。"

坤东骂他："你眼不瞎，李轻屁股不垂，可胸都掉你姥姥家了。"

根子骂了声，一跃而起，拿筷子打他："你再说一遍……"

其他人哈哈大笑，大龙忽然吹一声口哨，陆强抬眼瞧他。

大龙眼睛都直了："快看这个，这个好……"

几人顺着大龙的视线看过去，门口刚进来个女的，从岗亭前面过。那人扎着马尾辫，低垂着眼帘，面孔清丽。暖暖的光把她圆滑的额头打亮，眉毛笔直，鼻梁挺翘。她穿一件略紧的黑色衬衫，胸前轮廓饱满，下摆束进白色的铅笔裤里，后腰窄窄一条，把臀包出个成熟的桃子形。

大龙又吹了声口哨。

这回那女的听见了，侧一下头，却没敢往这方向看，脚步微顿，步伐却比之前还急迫。

大龙跳起来："嘿，小妞儿。"

那女的就差跑起来了。

根子说："这个真是极品。"

"哪儿呢，哪儿呢？"坤东也跟着起身，"我刚才没看清……"

那个白色小点儿消失在视野，陆强拉回视线，一瞟那几人口水快流到饭桌上了，气不打一处来，把大龙踹回凳子上，呵斥道："都给我消停点儿。"

……

晚一些时候，那几人吃饱喝足拍拍屁股走人，陆强散步去花园醒酒。

路灯下的长椅上坐了对男女，两人中间隔着女士背包，好一会儿没说话，拘谨地坐着。

又过了一阵儿，女的转头看了眼旁边，小声说："太晚了，我要回家了。"

"别，再坐会儿。"

她又坐回去："你不是有话跟我说吗？坐了半小时，你又什么都不说。"

"也没什么。"

"那就是没话说了？"

"有。"

"那你说吧！"

"……"

女的脚掌搓了搓地面，起身说："我走了。"

"等一下。"

男的紧跟着站起来，挡住她的去路。

男的身材瘦小，语调轻缓，看举止像个南方人。女的跟他差不多高，注视着他，并没露出烦躁不耐，微抿着唇，眼神竟充满希冀和鼓励。可他却支支吾吾，半个字儿都说不出来。

此刻极静，没了人声嘈杂、车笛喧嚣，只有草中蛐蛐有节奏的鸣叫，一声声，像给大地唱的摇篮曲。

隐蔽角落的长椅上，有火星一明一灭，细细看，才能辨别那阴影里还坐着个人。

女的终于急了，往前跨了两步："那么难，要不别说了吧。"

"不是的，我只是……"

"只是什么？"

"……"

阴影里的人冷不丁地喊了声："不就看上人姑娘了？说句话真费劲。"

两人一激灵，同时往那方向看过去。

树荫下有个庞大的黑影，路灯照不到那里，只能凭借他指尖的一点红光，却根本看不出他的容貌。

陆强吸了口烟，嘀咕一句："表个白，看得真费劲。"

年轻男女对望一眼，惊魂未定。

在柔弱的女人面前，年轻的男人终于像个男子汉，把女人往怀里一搂："别怕，有我呢。"

又冲着陆强："跟你有什么关系，大半夜藏后面吓唬谁？醉鬼。"

陆强也没计较，看他们并肩离开，越走越远。两人手背无意地擦了下，分开了些，又轻轻碰触，乐此不疲地试探追逐，到最后，终于牵起彼此的手。

那画面平淡无奇，却又温暖地戳着人的神经。

陆强笑了下，把目光拉回来。地上烟蒂快堆成小山，他周身都是酒气和烟味儿。心里装着事儿，容易喝醉。

他猛吸了口烟，掀起眼皮。

对面是一栋居民楼，万家灯火逐一熄灭，窗口里暖黄的光是最柔情的颜色。他醉眼浑浊，眯眼数了半天才数清：六楼的灯全灭了，五楼还剩三盏，四楼的两盏，二楼四盏，一楼四盏。

三楼只亮着一盏。

没多会儿，三楼的窗口晃出一抹影子，屋内的光把她的腰形衬得极细，她穿了件小吊带，散着发，发丝被微风轻轻地吹起来。

吹了会儿风，她的手指插在发中拨弄两下，用手收到一边，抚了抚脖颈，一抬手拉严了窗帘。

陆强的手指勾了勾额头的疤，再看去，灯也灭了。

他猛地站起来，微晃了下，快步往那方向走去。

楼道的灯仍然坏着，那扇门紧紧闭合，黑暗尽头还是黑暗，他静静地矗立在门外。过了会儿，陆强抬起手，撑住了门板，指头在上面轻点了几下，始终都没叩响。

今天收到退回的快递，他不高兴，这个时候太孤独，就会试图通过某种方式取暖。

坤东之前拿了两瓶二锅头，他喝了将近一瓶，他怕自己真的喝醉了，理智不够完整。

偶尔的脆弱容易混淆他的判断，他不想行差踏错。

卢茵躺在床上试图入睡。

门口有轻微响动，黑暗中她睁大眼，往那方向看过去。屏息了几秒，寂静如初，卢茵收回目光，找了个舒服的姿势，重新闭上眼。

夜，漫长又难熬。

0852

All this is fate

第六章　都是你

昨天叶梵约卢茵吃饭，饭后去星巴克点了杯咖啡，两人聊了许久，回到家已经夜里十一点。

卢茵洗了澡，站阳台上吹了会儿风。面前视野宽阔，正对小区花园，夜深了，窗外安谧无声，人影少得可怜，小路上只有一对情侣渐行渐远。

卢茵用手拨弄着头发，让凉爽的风轻轻地吹动发梢，万籁俱寂，路旁的女贞树影婆娑，月色无边。树丛里有个红点忽明忽暗，一时看不出究竟。

卢茵没特意研究，望着天空，深深吸一口气，心情蓦地平静不少。

这晚她强迫自己没去碰酒，躺在床上的时候，竟然有了睡意。

一夜恍恍惚惚，不算踏实，却比平时睡得要长，睁开眼六点钟，她沿小区慢跑两圈儿，换了衣服去上班。

今天阴天，浓浓的乌云遮住半边天，满世界灰色，大夏天竟破天荒感觉到冷。

卢茵抬头看了眼天，想回去拿伞，又懒得爬楼梯，犹豫两秒，还是快步往外走去。

公交车没几分钟就来了，满车的人，卢茵最后挤上车。

车门勉强闭合，赶在最后一秒，后面突然蹿上个男人，轻轻地顶了下她的背。卢茵本能地缩缩肩，余光去瞧，竟觉得那影子有些熟悉，她的心跳莫名地快了一拍，忍住没有回头。

前面落脚的地方有限，卢茵将就着往上跨一级台阶，手抓着栏杆。

司机朝她身后喊了声："最后上车的，买下票……说你呢！投两块钱。"

后面没有应声，司机也不开车，怕有人逃票，抬头瞅着。过了会儿，卢茵右面多出只手，当当两声，两枚硬币投了进去。

司机这才关了门，启动车子。

身后的人上不去台阶，就站在门边，肩膀斜倚着。赶上上班早高峰，路很堵，公交根本开不起来。车里没开空调，两边窗户都敞着，暖风灌进来，闷热难当。

卢茵的背已经出了汗，后面像有个火炉烤着她。

公交一步一停，时间慢慢过去，满车人都心焦气躁。

卢茵身后的人说："司机，天太热，把空调开一下。"

司机懒散地看着前方，理都没理。

过了会儿，那人又说："叫你开空调，装听不见呢？"那声音压低几分，沙哑地带了颤声，没多大音量，却隐隐地带着不怒自威的震慑力。

司机不禁侧头看了那人一眼，那人也盯着司机瞧，一双眼睛幽暗阴沉，短硬的寸头下刀疤印记很深，让人不寒而栗。

司机咽了口唾沫，硬撑着没动。

有人当先说话了，里面自然有人附和，一时间后面都嚷嚷起来，乱得像一锅粥。

司机正好顺着台阶下，朝后面喊了声："把旁边的窗户都关上。"

空调启动五分钟，车厢的温度才慢慢降下来。

那股燥热降了，卢茵却脊背僵硬，始终放松不下来。刚才听他说话才发现，那声音就悬在她耳边，像一条细弦拉扯着神经。他离她竟那么近。

卢茵压低头，牙齿轻轻地抵了下指甲，下意识地往前挪了半步。

车刚才一直被堵在路口，一站还没走到。过了红灯，路况好起来，司机猛踩油门，恨不得把车当成飞机开。

左拐弯儿，人向右倾。卢茵站在台阶边缘，她膝盖一软，惯性地往后栽倒。

卢茵一声低叫卡在喉咙，她的臀先撞上那人的肚子，她控制不住身体，整个人都跌到他怀里，在做出反应之前，她只感觉后面忽然横出只手，把她拦腰搂住。她踮着脚尖，勉强地挂在台阶上，慌忙中扶住腰间的手臂，指尖触到他的皮肤，粗糙的，坚硬的。

卢茵下意识低头，他的手臂像钢筋，紧紧地卡在她胸下，掌心虎口处已经贴上她柔软的下缘。

车走了直路，渐渐平稳。

卢茵一阵耳热，用手扒他的手臂。

陆强的脑袋凑过来："别动。"

卢茵不好再装，侧过头，微一惊讶："是你啊。"

陆强挑眉："我以为你早看见了。"

"没……"卢茵低低地说。

她整个后背都在他的怀里，他站在台阶下面，两人竟一样高。

她又扒了下他的手臂："你先放开。"

"等会儿。"他轻轻说，吐出的气流吹进她耳朵里，"前面还有转弯儿。"

过了几秒，公交车拐了弯儿，终于在站台停靠。有人下车，有人上车。

陆强一提手臂，把卢茵拎起来，她跟着抬腿上了台阶。两人站在了同样的高度，他手臂自然往上提了些，拇指来回地动了动，卢茵咬紧唇，一把扣住他的虎口。

车厢本就拥挤，他这动作不经意，特定状况下根本挑不出毛病，卢茵心中恼火，被他拥着往里走，在一处站定，他放开了手，却始终贴着她的背。

卢茵暗自生气，眼垂下来。

车开出站台，陆强低头问："每天上班都这样？"

隔了几秒，她答得不情不愿："也不是，周一人比较多。"

"到单位几个小时？"

"半小时。"

"还在那服装厂干？"

卢茵没说话。

陆强顿了顿，又添一句："还是当初去监狱量衣服的那个？"

卢茵想起第一次见面的情形，对他极深刻的印象是胸口的那条龙、额头的疤和0852这几个数字。

她点点头："对。"

陆强："那厂子什么名儿？"

"杜华制衣。"

陆强在嘴里念叨了一遍，好像也不是真的想知道。

外面的天越压越低，车窗上斜着挂了一条条水印，没多会儿，路边有人打起伞，仿佛一瞬间起了雾，世界混沌模糊，这场雨终于下了起来。

但下雨天并没让她多好过，后面贴得太近，还是觉得热。卢茵稍微往前挪了挪，可没多久，后面的火炉又跟上来。

陆强接着问："昨晚上哪了？"

卢茵一时没明白。

"我在岗亭看见你了，当时我们几个吃饭呢。"

卢茵说："是吗？太黑了，我没注意。"

陆强垂眸看了眼她头顶，轻勾唇角："下次早点回，你一个女人不安全。"

卢茵一顿，她低下头，来自陌生人客套般的关心，竟让她的心微微地跳动了一下。

陆强问："听见了？"

卢茵嗓子里轻轻唔了声。

陆强看她一眼，没再问话。

两人的模式，好像从来都是他在问她回答。现在不说话，身体靠着，气氛比刚才还要尴尬。

卢茵忽然嘴欠，问了句："你坐这车，家是住这边？"

隔了两秒，陆强回答："不是。"

她诧异地回头。

陆强也低头望着她："我跟你上来的。"

卢茵语塞，没想到他会这么答，她随便挑的话题，原以为答案是肯定的，谁想他会说跟个半熟的人上车？

他这样答，最常理的反应是问一句：为什么？

可女人天生敏感，况且他话都这样直白，她多少猜出他的心思，再问下去，就真是个傻帽了。

卢茵沉默。

她不说话，他却没打算放过她。

陆强弓背，迁就着她的高度，拿下巴蹭了下她的耳尖儿，用只有彼此能听到的音量："不问问原因吗？"

卢茵缩脖子，咬紧唇。

陆强继续："听老李说，你婚礼取消，和你男人分手了？"

耳边嗡一声炸开，周围噪音放大无数倍，她的下唇齿印明显，脊背挺得笔直。

陆强说："你哪儿来的老公？"

拥挤的车厢，摇摆晃动，陆强把她锁在小小的角落，身后是躁动不安的人群。他拿臂膀隔开一个世界，仿佛只有她能畅通地呼吸。

卢茵没有说话，那男人抓着头顶栏杆，弓背，低头，半环着她，他们仿佛坠落到异度空间，周围乘客都变成了隐形人。

半晌，卢茵挪开视线，用力呼一口气。

这是她的禁忌，每次快要忘记时，总有人在面前不断提起，直往她心口戳。

湖面的平静终于被暗潮汹涌的旋涡搅碎，她一直以来退缩躲避，却忽然之间好像无所畏惧了。

后头的人懒声追问："嗯？说说，哪儿来的？"

卢茵冷下脸："不关你的事。"

"要关我事呢？"

她拿胳膊往后顶了下："你想怎么样？"

"能怎么样？"陆强眉眼含笑，"我还挺稀罕你的。"

卢茵哑口无言。

几秒后，陆强说："昨晚喝醉了，怕不清醒，躺床上我就想，要早起想的还是你，就过去找你。"

卢茵："……"

陆强又贴近几分："你猜我想没想你？"

到站了，卢茵拔腿就逃。

雨越下越缠绵，天地间织起一张轻柔的幔帐。

陆强不紧不慢地下了车，两手插在口袋里，望着她的背影。这里是漳州市近几年兴建的轻工业区，附近没有住户，都是一排排灰色的厂房。前面就是一个制衣厂，生硬的板房外是个宽阔的院子，有人进进出出，铁门上方写着"杜华制衣"几个大字。

公交站离工厂不到一百米，走到一半儿的时候，有人叫了卢茵一声。

她停下，没等回身，头顶一暗，一只黑色的大伞罩住她。

卢茵扭过头："早上好。"

"早，"陈瑞问，"没带伞？"

卢茵侧头看着陈瑞，借机用余光往后瞄，那人竟也下了车，站在台阶上，正往这方向看。她抿了抿唇，没有回头。

“卢茵？”

“嗯？”她反应过来，目光聚焦到陈瑞身上，“你说什么？”

“我说，今天下雨，你怎么没带伞呢？”

半句话没听进去，她又不由自主地分神。川流不息的街道，喧嚣从中间滑过；细雨如织，笼起轻轻的薄雾。

那人一身黑衣站在那儿，存在感强烈，一动也不动，仿佛没温度的雕像。

“喂！”

卢茵一惊，挽了挽鬓发：“抱歉，我没……”

陈瑞大方地笑笑，也没重复：“不要紧。”

两人往院子里走，卢茵把伞柄推远一些：“谢谢你，反正都淋湿了，你自己撑吧。”

陈瑞又往这边斜了斜：“我一个大男人怕什么，你别感冒了。”

卢茵客气又疏离地笑笑，没再说话。

陆强眯了下眼，看那两人推推搡搡地进了院子。

男人比她高了半个头，清清瘦瘦，穿着得体、讲究。黑伞向右倾斜得厉害，他左肩湿了一大块。

那女的小鸟依人，缩着肩膀，就差整个人贴在那个男人的身上了。

陆强紧咬牙齿，低头瞅瞅自己。

那人蓝衬衫，黑西裤，皮鞋被雨水洗刷得崭新又光亮。

自己穿旧汗衫，宽腿裤，布鞋落了雨，破破烂烂。

陆强又往那方向看过去，已经没有那两人身影，自始至终，她都没回头看他一眼。

他哼笑一声：“嘚瑟吧。”

陆强在站台上避了会儿雨，雨势并没见小，他抽了根烟，再没耐心，找地方打了个电话。

根子问：“哥，你在哪儿呢，我接你去。”

陆强看看周围，说了声：“谁知道这是什么鬼地方。”

……

根子找到这儿已经半小时后，陆强正蹲道边儿抽烟。后面是间破旧的杂货铺，废书纸壳堆在窗台下；旁边扔着一台快散架的自行车，锈迹斑斑已经骑不了；房檐儿滴下的水砸在路面上，散开一朵朵的水花。

他的胳膊垂在膝盖上，嘬着烟，不知想什么。眯起一只眼轻轻吐出去，烟雾在湿淋淋的世界里缥缥缈缈地往上升。

他仿佛融进了这个破败陈旧的雨天里。

根子按两声喇叭。

陆强没动，只把视线拉回来，看到是根子，狠吸了一口，把烟蒂投进水坑里。

陆强上了车，拿手撸了把脖子，头顶虽有片瓦遮头，他的肩膀仍然湿了一大块。

根子递过来一条毛巾，他也没嫌，直接拿来擦头发。

“哥。”根子侧目，“咱上哪儿去？”

陆强说：“消费。”

根子眼睛一亮，忙着掏手机：“那等会儿，我赶紧给李轻打个电话，让她等我。”

陆强瞟他一眼：“大白天的，发什么浪？”

“咱不是去泡妞？”

陆强笑：“泡你大爷。”

根子挺失望的，电话都通了，他直接给按了。

陆强说：“这附近哪儿有商场，买个手机。”

根子这才想起来：“好嘞。”他一打方向盘，车子改了道儿。

最近的商场也要十来分钟，雨小了些，淅淅沥沥地往下落。雨季还没过去，这种湿漉漉的天气不知要持续多久。

陆强把窗户开了道缝儿，暖风夹杂雨丝吹进来。

根子闲聊："哥你大早上怎么跑这儿来呢？"

陆强说："上错车了。"

"那你本来要去哪儿？"

"回家。"

根子纳闷："你不就住小区对面儿，还用坐车？"

陆强凉凉地扫他一眼，根子闭了嘴。

他们在商场溜了一圈儿，找到品牌手机的专柜，营业员给简单介绍完，也没听明白多少，便直接买了。

陆强粗糙的手指在手机上面触了几下，不知怎么用。

根子在一旁笑了。

陆强问："笑什么？"

根子说："哥，这手机不像是你的。"

陆强看他。

根子说："你这身打扮，像偷的。"

陆强骂了声，扬起手臂要打他，根子嬉皮笑脸地往后缩了下。

陆强掸掸衣角，不自然地又想起刚才那男的：蓝衬衫，黑西裤，一把黑色的伞全罩在卢茵的头上，举止绅士又体贴。

陆强心堵得慌，自然没有好脸色，收了手机，兀自往前走。

根子小跑两步跟上："接下来上哪儿去？"

陆强昂头扫视一圈儿，说："往楼上转转。"

"去楼上干什么？"

根子不解，紧跟两步："上面卖衣服的。"

卢茵上午工作心不在焉，记录样衣的数据错了两次，要不是同事在旁提醒，她差点拿去给上头看。

中午吃饭她和同事拼的桌，几人凑一起闲聊了几句，她没心情，只顾闷头吃饭。刚吃一半儿，陈瑞从外头走进来，他站门口瞅了半天，眼一亮，直接往这个方向走来。

卢茵的对面是空位，他大方地坐下，和几人打了声招呼，目光挪到对面。

陈瑞说：“我让师傅熬了点儿姜茶，你淋了雨，喝几口，祛祛寒。”

旁边两个女同事对望一眼，默契不语。

卢茵仍然不在状态，抬起头，面前多了一个保温杯。

她反应几秒，迅速地瞟一眼旁边，推回去：“不用了，谢谢，你自己喝吧。”

陈瑞说：“别逞能，感冒了再喝就来不及了。”说着把杯盖拧开，一股生姜的味道飘出来，杯口还冒着热气。

卢茵皱了下眉，继续推让也不好看，她起身去窗口取了四个空杯，摆在同事面前。

陈瑞没来得及阻止，卢茵把那杯姜茶分成四份儿，玩笑道：“陈瑞还挺贴心，为咱们女同事想得够周到的。”

陈瑞想了想，猜到她的顾忌，也跟着说：“都喝点儿，你们女的就是体质太弱。”

同事又对看一眼，哼哈应着。

有了这样一个小插曲，卢茵饭没吃好，只动了几筷，她就借口先回了办公室。

下午的工作仍然零散，外面的雨没停过，待到下班，雨下得极薄，变成了轻轻缈缈的雾。

陈瑞又在门口等她。

卢茵没来由地心烦，低下头，装看不见。

陈瑞跟了几步，到台阶下，把伞撑起来：“这个你拿去用，我家离得近，一会儿就能到。”

“不用，雨也没多大。”卢茵语调生硬，已经把拒绝表达得非常明显。

有同事过来，笑着打一声招呼。

陈瑞尴尬地收回手，说：“你……晚上有时间吗？没事的话一起吃个饭？”

“有时间。”卢茵停下，把话说清楚，“但不能跟你出去，孤男寡女的，你要别人怎么想呢？”

陈瑞说：“为什么去管别人的想法？我没有女朋友，而你……”

卢茵打断说：“如果我在乎一个人，我不会去考虑别人的想法。”

卢茵顿了顿：“但是现在，我心里没有可以在乎的人。”

陈瑞眼神暗淡，还想争取：“我想……”

卢茵笑了下：“无论你怎么想，陈瑞，我现在什么心思都没有，更不想成为别人的话柄，你的好意我心领了，真的对不起。”

她没给他说话的机会，路边来了辆的士，卢茵挥挥手，车停下，她迅速地开门上去。

在车上，卢茵给叶梵拨了通电话，想约她出来坐坐，那边说公司新招了批研究生，忙着培训，出不去。

叶梵给她五分钟时间，她们聊了几句。

卢茵的心情稍微好了点儿，她迟疑片刻：“有个事情跟你说。”

叶梵正填一份培训表，她肩膀夹着电话：“怎么了？”

卢茵咬咬唇：“上次我和你说的那个男人，就是我们小区的保安。”

她顿了顿：“今天又……”

“等等，茵茵。”叶梵叫住她，把手机贴在胸前，喊了声，“吴琼！把表格帮我发一下，待会儿培训用。”

很快，叶梵问：“茵茵你继续，今天怎么了？”

卢茵呼一口气，笑着说：“也没什么，改天见面，见面再和你说，你先忙。”

叶梵也没和她客气，挂断电话，走进会议室。

卢茵不想回去，在附近的商场吃了饭，又在楼下逛了几家店，试两件衣服，也没觉得多喜欢。晃晃悠悠地逗留了一个钟头，出来时，广场的音乐喷泉已经开了，有孩子在水旁嬉戏，也有情侣高举手机拍照。

雨水把城市洗刷得清透明亮，大理石地面积了一汪水，倒映出斑斓的夜色。风很凉爽，卢茵找了个干爽的椅子，傻坐了会儿。九点半，实在没有地方去，她才慢悠悠地往回走。

卢茵早上出来穿了高跟鞋，本来雨天就路滑，她走得格外当心，晚上又走了很长一段路，脚上吃力，踝骨已经磨红了。

这段路用了二十分钟，走过转角，她迅速地抬头瞅了眼，往日最热闹的门口一个人影都没有，简陋的岗亭关着门，死气沉沉。

卢茵松一口气，又不由得在心里嘲笑自己，这一晚纯属瞎折腾，别人没事逗逗她，还傻帽儿一样当真了，这样想着，心里又有点儿气，到最后究竟是什么心情自己也糊涂了。

拉满的弓突然折了，她才觉得累。

她加快脚步往家走。穿过小门，身侧吱呀一声，来不及反应，一道力量把她拽进岗亭里。

一路跌撞，卢茵头晕目眩，大脑恢复思考时，已被人顶在木门上。房间漆黑，月光从窗帘的缝隙透进来，窗门紧闭，周围的空气稀薄又潮湿。

她手掌抵住一副坚硬的胸膛，推也推不动。

卢茵情急之下狠狠地拍了两下，像打在石头上："你走开。"

"这是我的地盘儿，走哪儿去？"他声音低柔，隐隐带着笑意，大掌捏住她腰侧，恶意地揉了揉，这行为比早上还放肆。

窗户纸一旦被捅破了，狂风就肆无忌惮地往里吹，再也不用掩饰和手下留情。

卢茵粗喘着："那你放我走。"

"你也不能走。"

卢茵一惊："疯子。"她在夹缝里使劲地扭起来。

身前贴着的某个部分柔软异常，陆强呼吸微顿，火气一下子蹿起来，热得受不了。卢茵呼出的那道气息刚好吹在他的脖子上，喉咙里像有根羽毛来回地扫。

陆强抓起她乱打的腕子，固定在门板上："别乱动。"

他声音突然变得暗哑，三个字接近呵斥，卢茵被他唬得一跳，动也不敢动了。

陆强缓了口气，让身体稍微离开了些。

他低声问："还这么晚回来？"

卢茵咬唇不答。

陆强问："你手机呢？"

卢茵在黑暗中抬起头，窗外的微光映进她的眼睛里，亮晶晶的。

陆强解释说："我今天新买的手机，把你号码给我，我存进去。"

"不必了，"卢茵说，"我们根本就不熟。"

他垂眼扫了扫紧贴的身体，笑着："不熟吗？"

卢茵咬住唇。

"给不给？"

"没有。"

陆强得寸进尺："那我自己找。"说着，手已先行下去，一把扣住她的臀部。

卢茵一激灵，踮起脚，又扭起来。他两只手轮换着来，她左躲右闪，口中阻止，已经带了哭音儿。

卢茵颤着声："我给，我给，你别翻了，手机不在身上。"

陆强意犹未尽地收回手，她报出号码，他磕磕绊绊地输进了手机里，拨过去，听到铃声才肯罢休。

趁他分神，卢茵往右跨了一步，想逃出他的掌控，可哪会是男人的对手，被陆强一把捉回来。

他说："话没问完呢。"

"你还想怎么样？"

陆强沉默一瞬："今早我说的话，你想没想过？"他再说话时，没了之前的轻佻，一字一句都显得过分郑重，双眸在黑暗里紧盯着她，等她回答。

卢茵气不顺："没有。"

知道她被惹恼了，陆强也没逼她："不着急，这是个大事儿，总要认真考虑考虑。"

他停了两秒："我做事向来不会拐弯抹角，磨磨叽叽不是我的性格，认定了的就要采取主动，见你第二面儿就看上你了，后来能见着也算缘分。"他在黑暗中触了触额头，说出这番话好像也挺难为情的。

"反正你想想。"

"你……"卢茵语塞，憋了半天竟不知怎么反驳他。

那会儿对着陈瑞，思维冷静，干脆利落，几句话就把事情讲清楚了，这会儿竟像个哑巴，情急吐了三个字："不要脸。"

陆强一笑："没开玩笑。"

"我也没开玩笑。"

"我说真的。"

"真的假的都……"

陆强拿拇指压住她的嘴唇："先别急着答，好好想想，或者你想先接触了解也行，我们住得近，也方便促进交流感情。"

他说完往后退了步，把空间留给她。门就在卢茵身后，她反手握住门把，逃走前终于喊了声："咱俩没戏。"

这几个字毫无威慑力，倒像情侣间吵架闹脾气，卢茵悔得想咬掉舌头。她奋力跑了几步，小高跟嗒嗒踏在水泥路上，心跳仍旧无法平息。回想刚才的对话，没有一句是干脆果决，断了他念想的。

又想起陈瑞，冷静下来，才发现两人的差别。

陈瑞是人，而他，是吃人不吐骨头的野兽。

好容易调理好的睡眠，再一次失效。

卢茵躺在床上，反反复复，耳边一直回荡他的话——"你猜我想没想你。"

他当时说——"夜里梦的都是你。"

0852

All this is fate

第七章　共处

一连几个星期，她和那个男人没近距离接触，每次从门口过，她的心都七上八下无处安放。没看到他时，侥幸又轻松；看到他时，心跳如擂鼓，努力装作没看见。

那日他要走了号码，却从没有陌生电话打来，抑或短信骚扰。日子一天天过去，除了偶尔几次碰面，好像什么都没改变过。

陆强也没有故意为难，好像真的给她时间考虑。在外人面前，笑着问候一句，得体又友好。卢茵偶尔瞟他一眼，总能对上那双侵略的目光，一丝坏笑，一丝笃定。不知何时起，她只觉得这个男人嘴脸可恶，恨得牙痒痒，对他的惧怕却消失了。

但无论是什么心态，不可否认，她的生活被他搅乱了。就像长了针眼，他突然出现在她的生活里，一时半会儿除不掉，想忽略，又不断地在眼前晃。

一个周五，晚上下班回来，卢茵心血来潮地去市场买菜，想自己做顿像样的饭菜。

她提着大大小小的袋子往家走，在小区外的餐馆前碰到一个熟人。她几乎瞟一眼，就认出了他，那身影太熟悉，以至于不用特意搜索就能辨认。

卢茵迅速地转过身，迈了半步，已经晚了。

后面一道声音："茵茵？"

卢茵停下，那一刻，她眉心紧紧蹙起，下意识地往前快速走了几步，那声音寻过来："卢茵！茵茵？"

她背对着没有动，很快，脚步声越来越近，他绕到她的前头，两人隔了一米的距离。卢茵低着头，手上攥紧袋子，没有看他。

"真的是你。"

那声音能听出几分惊喜，是刘泽成。他顿了顿，慢慢转成小心翼翼："我以为是自己眼花，看错了。"

卢茵垂着眼，恰巧能看见他的鞋尖，从前油黑锃亮的皮鞋，现在布满灰尘。眼睫抬了抬，他衬衫的下摆挂在西裤外，边角皱得像抹布，如此狼狈邋遢的形象，是她从没见过的。

她终于对上他的眼睛，笑了笑，她知道，笑得应该不好看。

刘泽成见她笑了，也咧起嘴角，看她手里拎的东西："去买菜了？"

卢茵嗯了一声，没有别的话。

刘泽成又往她手上扫了几眼，透明的塑料袋，一目了然，里面有洋葱、排骨、西蓝花及两瓶白酒，没有鲇鱼和西芹。

刘泽成眼神暗淡，苦笑了下："家里来客人了？"

"没有。"卢茵说，"我自己吃。"

他顿了顿，像叹一口气："也对，自己做的才最健康。"

说完这句话，诡异地安静了几秒。刘泽成尴尬轻咳，想抬手挡一下，意识到手上都是累赘，半道儿又放了下来。

卢茵这才注意到他的双手，一边是大兜儿的零食和日用品，另一边提了三包尿不湿及打包的饭菜，肩膀斜挎着女士背包。她的心不可抑制地疼了下，她承认，直到现在她仍然做不到无动于衷。

脚尖转了个方向，她想离开，刘泽成却格外话多："今天吃的鲇鱼。想到咱家门口……"

意识到不对，他赶紧改口："这儿门口鱼做得不错，趁着今天有时间，就过来吃了……"

他声音模模糊糊，带着若有似无的眷恋和悔意，一双眼贪婪地看着她的眉眼，不愿移开。

又过了几秒，刘泽成往前挪动寸许，终于问出来："茵茵，你过得还好吗？"

他语调同情，暗淡的眼中也有歉意。

卢茵淡笑："就你看到的这样，上班、赚钱、做家务，偶尔做顿好的犒劳自己。"

她琢磨他的心情，问了句："当爸爸的感觉如何？"

刘泽成一堵，听出她的奚落。曾经被他无情挥霍的平静生活，对现在的他而言，都是奢侈。他沉默半晌，低声说："没，还有一个月呢。"

卢茵的指甲抠破薄薄的塑料袋："那提前恭喜你了。"

刘泽成垂下头，艰涩地说："谢谢。"

他话音儿刚落，后面有人唤了声："老公？"

刘泽成一激灵，赶紧应了声，招呼没来得及打，就往饭店门口跑。

门口站着一个女人，肚子挺大，扶着腰，从餐馆里走出来。

那人娇嗔："老公你干吗呢？"

"这不等你吗。"他伸出胳膊，递到台阶上，让她扶着下来。

女人抱怨："这什么破地方啊！厕所脏死了，再不来第二次了。"

刘泽成闷头不吭声，搂住她的腰，两人往相反的方向慢慢走。

女人忽然问了句："刚才见你跟人说话呢，我没看清，那谁啊？"

刘泽成一惊，垂下眼："没谁，一个同事。"

女人哦了声，也没追问，絮叨着："脚酸，回家帮我捏捏，头发也该洗了……对了，没给我买洗发露……"

刘泽成应着，状似无意地回了下头，原先站的位置空无一人，哪里还有卢茵的身影。

卢茵速度略快，走到家出了一身热汗，她洗过澡，去厨房准备晚饭。

她行为如常，和平时没什么不同。

烧水，焯排骨，冲掉血水后，裹上干淀粉，下油锅煎至金黄色；西蓝花择净，拍蒜瓣剁成粒状，油锅七成热，投进去快速翻炒……

她动作娴熟，手脚利落，两道菜很快端上桌，又倒了半杯酒，坐下来，迟迟没有动筷。总觉得太单调，又从冰箱里找出半包虾仁和青椒，虾仁用水洗净控水，青椒切成小块儿。

分别装盘后，她开始处理洋葱，剥掉外皮，用刀横着切开，没过几秒，一股辛辣的味道充斥在空气里，眼睛一阵刺痛，眼泪不受控制地从泪腺流出来，她吸了吸鼻子，抬手抹掉，又切一刀，眼睛里的水比之前还汹涌。

材料逐一下了锅，她的眼睛仍然疼得睁不开。卢茵放下锅铲，拧开水龙头，弓身凑过去用水冲洗。

她想到了那次，两人刚搬进来不久，共同组建的小家，哪里都是幸福，做什么都是浪漫。那时卢茵还不会做饭，山药外皮沾到皮肤上，又痒又疼，两人挤在巴掌大的厨房里，刘泽成捧着她的手，涂了陈醋，轻轻地吹……

这一想，心思就飘远了，龙头处水流如注，炒锅里的菜嗞嗞响，不知过了多久，一股烧焦的味道终于唤醒她，卢茵一惊，猛地拧下龙头，这边没等关掉煤气，一股加压的水柱朝她冲来。

她情急下把水龙头掰断了。

老住宅，设备陈旧，水龙头年久失修，本就脆弱不堪，平时用时小心谨慎，没想今天失手给掰断了。

卢茵蒙了一阵，反应过来，手忙脚乱地用手堵水龙头。

只一瞬间，卢茵全身湿透，白色背心贴在皮肤上。整个厨房水花四溅，下起雨来。

卢茵跑回客厅，拿手机打给保安室，她清楚记得，刚才回来时见到的是老李，上次厕所跑水，就是他给修好的。

电话很快接通，她焦急地说："李师傅，您快过来看看，我家水龙头又断了，往外冒水呢。"

那边静了片刻："你家有没有工具？"

"没有。"

卢茵说完一愣："李师傅呢？"

那边说："李师傅有事，和我换班了，这儿只有一个陆师傅。"

卢茵急得直跺脚，把目光投向厨房。

陆强问："用不用？"

卢茵咬了下唇："用。"

他又问："哪个位置断了？"

她试着形容："厨房的，水龙头……出水口……"

陆强唔了声。

卢茵完全乱了："我现在该怎么办？"

那边极淡定，声音低低哑哑，伴着沉稳的呼吸："待着，等我来。"

挂了电话，卢茵的心竟莫名地安定下来，抹了把脸上的水，她又跑回厨房堵水龙头。

没过五分钟，陆强赶来，卢茵跑去给他开门。

门开那刻，他鼻翼微动，皱起了眉。卢茵立在门前，形象狼狈搞笑，他从上到下扫了一眼，目光落回她的胸上，目光一暗，立即看向她的脸。

陆强走进来："哭了？"

卢茵吸吸鼻子："没有。"

他逗她："那被水浇的？"

卢茵这次没理他。

这是陆强第二次来她家，之前只站在走廊，不知里面什么样。屋里窗户紧闭，开着空调，不大的空间，充斥一股奇怪的味道。

他把所有窗户都打开，接着去厨房关了煤气阀。

卢茵紧跟着他，焦急地催促：“你在做什么？能快一点儿吗？”

厨房还在下雨，陆强脱了外套，里面是件黑色裹身的T恤，瞬间就被浇湿了。

他抽空瞧了她一眼：“你这什么鼻子，有股怪味儿，闻不到？”

卢茵一愣，才想起刚才本来要关煤气，水管就爆了，火被浇灭，所以她一时忘了关。

一阵后怕，卢茵往前几步，要开排烟罩。

还没碰到，被他斥了声，她缩回手，陆强说：“没点儿常识？排烟罩打火会产生火花，容易引起爆炸。”

他拿起两条毛巾对折几下，见她的眼睛红红的，又放软口气：“也没事儿，爆炸这种情况多是因为煤气大量泄漏……不过还是小心点好。”

卢茵抿唇站在门边，没吭声。

陆强笑了下，收回目光，把手上的毛巾缠在水管上，拿绳子绑紧，冲天水柱立即不见了，水流顺着毛巾流到水槽里。

卢茵瞪大眼，才想起来这样也可以。

陆强冷哼：“就知道哭，哭管用吗？”

“我没哭。”卢茵说。

陆强细细地看了她一眼：“再以后遇事儿动脑子想想，别乱。”

“是你让我等着的。”她小声辩驳。

“我让你等，你就等？”

卢茵：“……”

“呵，这会儿知道听话了。”他哼了声，“我还让你跟我好呢！你怎么不听呢？”

卢茵张了张口，想顶他几句，可总觉得现在的气氛挺怪的，便没有出声儿。

陆强打开工具箱，拿出钳子、扳手、金属扣和崭新的水龙头，嘀咕了句："成天瞪我，眼睛歪没歪？也就仗着我得意你，不跟你一般见识。"

他顿了顿，声音小很多："要换别人，就这暴脾气，眼珠子给他抠下来。"

他半蹲着，往金属扣上缠胶带，自言自语，也不知道她听没听见。余光里，一双小腿笔直地站在半米外，几根脚趾圆滚滚的，透着淡粉色，乖乖待在拖鞋里。他手上动作慢了，抬起头，眼睛顺着上去，这女人浑身水光，穿一条家居七分裤，白色的背心紧紧地裹着身体，曲线毕露，头发松散绑在脑后，几缕发丝贴在颊边。

陆强想起那个雨天，混沌模糊的车窗外，她突然出现。那刻起，一抹凄美的白，改变了他眼前的世界。

也是她，让他知道，她和别的女人有什么不同。

卢茵被他瞅得发毛，下意识地往后退一步："你看什么？"

陆强目光别有深意，问了句："蓝色的？"

这句话给卢茵问愣了，她眨眨眼："什么？"

陆强抬下巴："胸罩。"

卢茵脑袋嗡一声，迅速低下头，这背心穿了等于没穿，被水淋湿后，里面内衣的颜色清晰地透过来，宝蓝色，蕾丝边，半罩杯，挤出那部分鼓鼓的。

脸上的火噌噌烧起来，卢茵护住胸，折身往卧室走。

陆强看她身影消失，冷静数秒，转回头，集中精力到手头的工作上。

过了两分钟，卢茵磨磨蹭蹭地出来。他以为她会换件干爽的衣服，没想到她只在外面罩了件外套，黑色的，拉链一直拉到脖子下。

这点儿小伎俩，他一眼就看穿，防他跟防狼似的。

陆强呵笑一声，背过身没再看她。

卢茵帮不上忙，在门口傻站了会儿，先回客厅等，想想又不合适。

地上都是水，踩着两个人的脚印，小的那个是她的，大的足有四十三码。大大小小，有几个重叠在一起，散开一团污迹。狭小的空间，蹲着个大块头，平时冷清的厨房似乎又拥挤起来。

卢茵收回目光，去厕所拿来水桶和抹布，蹲在他的身后，把污水一点点移到水桶里。

他缠好了胶带，起身换水龙头，卢茵擦到他脚下，一抬眼，见他裤腿和布鞋都湿了。

陆强挪开半步，低头说："待会儿擦，脚不干净，又踩脏了。"

卢茵拿手背拨开碎发："我先把水吸走。"

陆强没再管她，瞟了眼旁边："这菜烧焦了？"

"嗯。"

"什么菜？"

卢茵说："茄汁虾球。"

"你会得倒不少。"

卢茵挤干抹布："刚开始不会，也是后来慢慢学的。"

"味道怎么样？"

"还可以。"

陆强手上动作没停，不禁低头瞅了她一眼。

头顶的光线朦胧，洒下一片暖色。她也就普通人的身高，蹲下来小小一团，挤在他的脚边，穿最普通的衣服，头发凌乱，擦着地，像只乖顺的动物。

不大的厨房里，锅碗瓢盆堆得满满的，鼻端的味道很复杂，食物香味、烧焦味、煤气味和淡淡的洗发水味道糅杂起来。

普通寻常的烟火气，他却很难闻到。

陆强蹭了蹭鼻梁，细微的笑意挂上唇角，自己竟没察觉。

换水阀是小事，他几下就搞定，碰了下旁边的锅："你这锅柄也松了。"

卢茵站起来："家里没找到螺丝，想着去买，又忘了。"

陆强在工具箱里翻了翻，没有螺丝，找到一根半尺长的铁丝。他拿手掰直了，从锅柄的小孔里穿进去，上面的半截弯了弯，在下面交叉，拿老虎钳紧紧扭在一起，扣到锅柄最下面，多余的部分剪掉。

这锅坏了半个月，他一分钟就给修好了。

陆强把老虎钳扔回工具箱，拿起来颠了颠，比用螺丝固定的还牢靠。那些生硬工具在他手中很灵活，好像这些技能是男人天生的。

卢茵表情有点呆，感觉很奇妙，像有个拿管子的小人儿，鼓嘴瞪眼，拼命往心里吹气。

他收好东西："擦完了？"

"嗯！"她动作一顿，弯腰提水桶。

陆强先一步："给我。"

一股气息压顶，卢茵的手抓了个空，抬起头，眼前的光被黑色遮挡住，看不见别的。他浑身湿透，一层薄薄的布料裹住健硕的肌群，胸膛异常结实。眼波流转，她目光顺着看上去，他头顶那刀疤清晰深刻，昭示着这男人的过去。

卢茵往后退一步，给他让路。

陆强也收了目光，数秒后，把水桶提到卫生间，出来时问道："还有没有坏的？"又逗她说，"下次收小费。"

卢茵说："没了。"

"真没了？"

"嗯。"

他瞥她："门口的灯修了？"

"没有。"

陆强哼笑一声，往外走，小声嘀咕："狗脑子。"

走廊里的灯只是线断了，他把灯泡拧开，线拆下来，断的地方衔接上，很快就修好。

陆强去卫生间洗了个手，出来经过餐桌，上面摆着两盘菜，糖醋小排和素炒西蓝花，旁边放了瓶竹叶青，开过封，还有大半瓶。

陆强扫了眼："没吃饭呢？"

卢茵说："还没。"

两人走到门口，卢茵说："今天谢谢你。"

陆强出了门，又往餐桌上看一眼："你吃饭吧。"

卢茵客气说："要不吃完再走？"

陆强一顿："也行。"

卢茵："……"

他就真越过她，又进了屋。

卢茵瞠目结舌，在门口愣了好一会儿。她只随口客套一句，任谁也不会当真，哪儿想他会接受。卢茵抿抿唇，站了几秒才不情愿地跟进去。

他在餐桌落座，她添一双碗筷："岗亭那里没人行吗？"

陆强不客气，扔一块排骨进嘴里："我锁门了。"

"那有人找你怎么办？"

"大晚上，能有什么事。"

"物业不会有人下来查吧？"

"都回家了，谁来查。"

陆强瞟她一眼："不用撵，吃完我就走，帮你忙活半天，你这娘……"

他及时住口："吃完就走。"

她低声说："不是那意思。"说完看他一眼，拿筷子夹起一朵西蓝花，搁嘴里半天嚼不出味道。

陆强没事儿人一样，捏着筷子，两个都尝尝，目光落在旁边的竹叶青上："还有杯子吗？"

卢茵："有。"

她取了一个杯子递过来，陆强给自己满上，抿一小口儿，咂咂嘴儿，味道淡而无味，酒劲儿跟二锅头根本没法比。

餐桌一时很静，各吃各的，没人说话。陆强喝了一会儿，见她面前的白酒一口未动。

陆强说："这酒度数低。"

卢茵筷子在嘴边迟钝片刻，接着送进嘴里，嗯了声。

陆强看着她，一时转了个心思，问："有下酒菜吗？"

卢茵不懂："什么算是下酒菜？"

"鸡爪，豆干，花生米。"

卢茵想了想："只有花生米。生的。"

陆强问："在哪儿？"

"冰箱里。"

他起身去厨房，没多久，里面折腾起来。先放了些底油进锅里，烧热后，把花生米投进去，快速翻炒，最后撒上少许盐花，关火装盘。

卢茵坐立难安，几次想过去，犹豫很久，屁股刚离开座椅，见他已经端着盘子出来。

她立即坐了回去。

陆强说："尝尝。"

她伸脖子看了一眼，红红的小豆子，饱满晶莹，上面裹着几颗白色盐粒，堆成了小山。

她摇摇头，没动筷。

陆强抬下巴："你倒的酒没喝呢。"

"又不太想喝了。"

陆强笑了下，也没强求，往嘴里扔两粒花生米，嚼得嘎嘣响，末了抿一口酒，喝得有滋有味。

他酒下去半杯，对面的人直咽口水。

陆强用手直接捏几粒扔嘴里，对面偷偷地瞄着他的动作。

当他倒第二杯酒的时候，卢茵终于忍不住了，学着他的样子，吃花生米，小口抿酒。

他没抬头，暗暗勾了下唇角。

卢茵接触白酒时间并不长，起初为发泄，后来是为改善睡眠，时间长了，觉得喝些也没什么不好，每次都浅尝辄止，能喝小半杯。

酒下了肚，气氛倒轻松不少，卢茵双颊泛红，衣领也拉开一些，露出细长的脖颈。

陆强明知道答案，还是找话说："你住这儿几年了？"

她算了算："大概五年。"

"挺久。"他说，"这地方方便，卖什么的都有，就是破了点儿。"

卢茵说："也习惯了，就不觉得破。"

她又嚼了粒花生米："你呢？也住这附近？"

陆强给她添酒："就小区对面，刚出来住朋友家，也不方便，就在附近租了间房。"

卢茵抿口酒，抬头扫他一眼，犹豫片刻："你……因为什么进去的？"

陆强的酒杯举到嘴边，动作顿住，突然抬眼瞧她。他像被人狠戳了下，反应强烈。

卢茵一惊，心颤了颤，他那一瞬的眼神带着几分冷冽，目光黑亮，凌厉迫人。

"不能说？"

他缓了缓，玩笑着："不能说。"

他这样答了，她便也不问，又转话题聊了别的。

不知不觉中，卢茵被他灌下一整杯，这已超出她的极限。她的眼神渐渐迷离，颊色绯红，连嘴唇都艳丽非常。

陆强起身坐她身边，距离近了，能闻到她身上淡淡的香气。

卢茵努力找回一丝理智，手臂轻飘飘地抵住他："坐远点儿……"

"多远？"

她推不动："再远点儿……"

陆强抓住胸口作乱的手，揉了揉，反倒把头贴过去："够不够远？"

卢茵盯着他的眼看了几秒，目光无法聚焦。她抽出手，抬腕看表："时间不早……你该回去了……"

陆强瞟了眼她光秃秃的手腕儿，笑了："再聊会儿。"

"聊什么？"

"聊聊你之前的男人。"

卢茵一顿，皱了下眉，似乎努力想了想那个人："他……有什么好聊的。"

"婚怎么没结成？"

"他看上别人了呗。"

卢茵目光落在远处："就没有婚礼了。"

陆强目光沉了沉，说不出什么感受："你们处几年？"

她掰开手指算："五年？六年？我的第一个男朋友啊！"

也许醉意醺醺，令卢茵卸下防备，她手撑着下巴："我们大学认识的，毕业就都留在了漳州，去年打算结婚，买房子那些钱是外婆留给我的，还有工作几年的积蓄，我使劲攒，什么也舍不得为自己买。"

她垂下眼皮："后来真有了房子，装修得很用心。结果是为他们准备。"

卢茵接着说："那小姑娘刚二十出头，有大把大把的青春，比我小七岁，又活泼又阳光，换作是我也会喜欢的。可这不是最关键，关键是我不能有宝宝……"

她声音哑了，双手掩面，拼命咽了下喉。

陆强从身上摸出烟，烟身潮湿，他点了几遍才点着。身体往后靠在椅背上，搭起一条腿，默默抽烟。

两人挨着坐，她整个背部落进他眼里，单薄弱小，陆强手指动了动，又攥紧拳，一句话也不说，目光散漫地盯着她。

卢茵缓了半刻，又喃喃道："太失败了，我这辈子没活明白，害怕别人说三道四，总是敏感多疑，有什么又不敢说，都在心里胡思乱想……

“畏畏缩缩又胆小怕事，看到他们从餐馆出来，我不是挺胸抬头走过去，而是转身就想逃跑。二十七岁了，真害怕一直活在他的阴影里。”

她半眯起眼，身体有些晃动。目光飘忽，却条理清晰，把自己的缺点罗列得头头是道。

陆强端着烟瞧她：“你这醉没醉？”

“……醉了。”

“逗我呢！”他推她一把，卢茵往旁边倒，他赶忙捞一把，大掌扶住她的腰，再也没松开。

面前的酒还剩一大口，卢茵举杯，猛地灌进去，陆强给抢下来，她猛咳，到最后眼泪都呛出来了。

陆强的手往上移，捏住她的腋下，轻轻一提，让她坐到他腿上。

他把手上的烟掐灭：“现在还难受？”

“嗯。”

她没抗拒，很乖地贴着他：“咳得胸口疼。”

陆强松气，换了种问法：“现在还惦着他？”

卢茵点点头，想了一会儿，又摇头：“今天看见他了，其实也没多难过，就觉得我挺失败的，一把年纪，总是被人耍着玩儿。”

她酒劲儿上来，皱着眉昏昏欲睡，又硬生生绷住嘴角。陆强突然心情很好地笑了下，房间出奇地静，他也不问了，把她拢紧，轻轻拍了几把。

两人都还穿着湿衣服，贴在一起，湿漉漉的，其实并不舒服。她暖暖的呼吸拂在他的胸口，臀落在他的腿上，慢慢地，屋里温度好像升上来，空调也无用，一股火猛地从他体内迸发。

原来他只想逗她喝酒玩儿，现在目的却无法单纯，垫在她腿下的手指刚好触到她膝窝儿，隔着一层布料，细小而脆弱。他手指有些僵硬，顿了两秒，轻巧地把她抱了起来。

他尚且存了一丝理智，给她留了件胸衣和底裤，半跪在床边，头上的汗水涔涔。那大片的白把他的眼睛晃得赤红，一掌布料遮住无尽的幻想，他更不敢往下看。

半晌，他伸出食指，在那露出的半圆上触了下，感觉电流顺着指尖麻酥酥地蔓延开。

她却熟睡无知。

陆强往她腰上狠拧了把，啐一声：“先留你个囫囵个儿。”

他起身，一把扯过被子扔她头上，错一下牙齿，冷森森地道：“等着。吃你骨头不剩。”

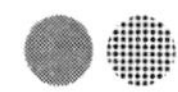

All this is fate

第八章　抉择

第二天，微风轻轻吹起纱帐时，卢茵睡醒。

清醒后，并没多少宿醉症状，只是头皮微微发涨，昨天的记忆断了片儿，停留在陆强坐对面，一直给她添酒上，至于两人聊了什么，一丁点儿印象都没有。

卢茵拍了拍额，在床上躺了几分钟，直到肚子抗议，才下床找吃的。

赤足挨着地面，站起来，她动作一顿，冰凉的触感从脚心一直蹿上来。余光里，地上扔着一摊衣服，白色背心、短裤和黑外套，都是她的。

卢茵的脚一软，又跌坐回去，猛地低头，她身上只穿着最贴身衣物，白裸的皮肤被光照得近乎透明，两块布料只遮住最要紧部位，聊胜于无。

卢茵惊讶地张着口，心脏狂跳不止，两手紧紧攥住床单，过了足有五分钟，才稍微冷静下来。

她试着动了下身体，一切正常，并没感到不适和异样。卢茵狠狠地照大腿拧了把，后悔昨天放松警惕，被他灌了酒。那男人恶劣成性，能怀什么好心思，即便没发生任何事，她这身装扮，能好到哪里去?

又呆坐片刻，她弓身捡起地上衣服，翻到下面，还是潮的。看着心烦，一并团了团，直接扔进洗衣机里。

客厅的餐桌已经收拾干净，上面只留一个玻璃杯，卢茵闻了闻，是清水。

她拿着放厨房水槽里，瞟到新换的水龙头，银亮的表面把她照得扭曲变形，不禁又想到，那男人昨天站这儿修水龙头的样子，简单的汗衫下，背脊如山，臂膀刚劲挺拔，个头很高，看他的眼睛，需要抬头仰望……

卢茵出神许久，才发现手里还攥着那杯子，她咬了下唇，在心里狠狠地鄙视自己。本来打算找些剩饭热热来吃，却只看到半盘儿花生米，昨天的菜被他吃光，瓷盘干干净净地码在架子上。

她在厨房站了一阵，才换了衣服去外面找吃的。

时间已进入九月，天气不似之前闷热，阳光还是明晃晃的，但偶尔吹来的风是凉爽的。

卢茵出了门洞，下意识地抬手遮太阳，没走两步，一眼瞧见那男人。陆强蹲在花坛上，正抽烟，他的脚跟没踩实，手肘撑着膝盖，肩膀微耸，目光已投向这边。

卢茵有一瞬的无措，掩饰性地挺了挺背，装没看见，绕着花坛走。那匆匆一瞥，她觉得他今天有些特别，太慌忙，又一时分辨不出来。

陆强眼神一直追着她，她走过去，他没动，又狠劲地吸几口手上的烟，把烟蒂踱在水泥面上。

她已走出十几米，陆强才从上面跨下来，几步就追上她。

他侧头："昨晚睡得行吗？"

卢茵没理。

他笑着："怕你感冒，帮你把湿衣服都脱了。"

卢茵呼吸一顿，猛然停下，他多走出一步，也停下，回头看她。

陆强一脸无辜："走啊。"

"你……"

"我怎么？"

卢茵的脸颊已经涨红了，气咻咻地瞪着面前的人："你做了什么？"

陆强成心逗她，放肆地往她身上使劲儿扫："该做的不该做的，都做了。"

过了几秒："你撒谎。"她声音已经发抖。

陆强说："骗你这个没用。你都那德行，我不干点啥，还是老爷们？"

卢茵的脸由红转白，双睫颤动，半天说不出话。

陆强见她表情："信了？"

卢茵眼神动了下。

"不识逗？"

他把她往前推了把："要真干了，你今天能好好站这儿吗？"

"你……"

"屁事儿没有，就把衣服给脱了，顶多看两眼。"

卢茵的耳根烧起来，大太阳下，轻飘飘有些眩晕。她暗自咬了会儿唇，对他多少还有忌惮，负气不说话。

这男人成功地刷新了她的认知下限，不止粗鲁凶悍，有时还无耻不要脸，口无遮拦，什么都能说，更不知哪句是真话哪句是假话。

陆强跟着她往外走："上哪儿去？"

卢茵低着头，余光看见旁边的大脚，穿一双素色的平板鞋，不禁侧头瞅了他一眼，这才发现他今天的不同。

他那身随性的装束终于换掉，穿了条黑色运动收腿裤，腿太长，踝骨在外露着。身上的旧汗衫也换了，是一件质地柔软的圆领T恤，裹着上身，手臂肌肉突展，胸肌发达，腰身劲瘦。

他刚刚剪过头发，短短一层，贴着头皮，看上去精神又利落。

卢茵只看一眼，迅速收回目光。

陆强："问你呢？"

"吃饭。"

他说："那正好，一起吧，昨晚也没吃饱。"

"……"

两人吃了顿早饭，十分钟不到就完事儿。

陆强问："你回家？"

卢茵点点头，往小区门口走，走了几步，见他还跟着，卢茵回头："你是去上班？"

"晚上的班。"

她张了张口："那这是……"

陆强说："你跟我去个地方。"

卢茵指自己："我？"

他没看她，随意嗯了声。刚巧路过公交站台，有车驶来又陆续开走。

陆强站边上看站牌，卢茵想溜，被他抓住腕子拎回来。

卢茵一扯："我不……"话没说全，他扶住她的腰侧，一把提上刚进站的长途中巴。

车身写着"新力客运站—齐罗山"，而他们的方向是往齐罗山。

卢茵扭开他，折身想下去，被陆强一挡。

她小声抗议："我不去。"

陆强皱眉，柔声呵斥："老实待一会儿。"

她顶着他的力道，脸被气得通红："你这人到底怎么回事！"

"怕我把你卖了？"

"你敢！"

"舍不得。"他痞气地说。用了点劲儿，把她身体往后带，车上人少，他们坐在了末位。

卢茵气息不顺："那地方半个人影都没有，你到底要干什么？我不想去。”

“谁说没有人。”陆强微笑，开了她那侧的窗，车子启动，带着微风送来清淡的香。

“我要下去……”

陆强挡在外面，抱着手臂，闭上眼，半点儿理她的意思都没有。

卢茵气急，推了他一把，外面的人纹丝不动，眼都没睁一下。

卢茵怒目而视，得不到回应，最后泄气般瘫回椅背上。

这时，晨间阳光正好，一缕缕，穿过楼宇，穿过树梢，穿过透明的玻璃，洒在两个人的身上。

陆强闭着眼，勾了下唇角。细碎的光落在他的脸上，那过分硬朗的五官竟也柔和起来。

一个钟头的颠簸，车终于在山脚停下。齐罗山是终点站，在这儿下车的人并不多。

这是漳州和洪阳的交界，卢茵没来过，只是前年去洪阳出差，从这儿经过。这山不算高，却跌宕起伏面积巨大，长满茂密的绿色植被，空气潮湿，连阳光到这里都很稀薄。

陆强走前面，看着周围，沉默好一会儿。

卢茵跟上几步："我们来齐罗山到底干什么？"

“散散心。”

“这儿有什么好散的？”

陆强告诉她："蹦极。"

卢茵一惊，脚步顿了下。陆强问："跳楼机玩儿过吗？跟那个意思差不多。"

“玩儿过，”卢茵说，“可跳楼机只有十几米。”

“这个也不高，山体垂直高度也就二十来米，待会儿你试试。”

卢茵不相信："蹦极不都五十米以上？"

“听谁说的？”陆强极不屑地瞟她一眼，“这个低。”

“你来过？”

隔了会儿，他说："年轻时候来过。"

两人又走了几百米，绕过一个小山丘，果然看到上山的缆车。这里有蹦极，她以前只听过，由于兴建的时间早，地处偏僻，平时很少有人来。

他们很快上去，路程也不过两分钟，如他所说，这山并不高。

卢茵有些动心，想试一试，尚还在犹豫挣扎中，陆强一再怂恿，她一时冲动上去了。可是当她绑好弹跳绳和装备带，站在塔架上时，她抓着栏杆不动了。

齐罗山一面是山，另一面却是断壁悬崖，塔架建在山顶，朝悬崖横向伸出，距离地平面20米，距悬崖底部却有70米。悬崖下一方碧水，被环山紧紧拥簇，波纹微荡，平息而安宁。

卢茵抓着栏杆不放手，脚下是无尽的深渊，那汪碧水像个旋涡，分秒钟将人吞噬干净。

身后工作人员细细地讲解动作要领，卢茵却像耳鸣，什么也听不清。

工作人员轻轻拍了她一下，卢茵回过身，抓住工作人员："我不跳了，太高我害怕。"

工作人员："……"

卢茵抖着声："我不知道这么高，是被骗来的，他说只有二十米……"

工作人员的衣服被她揪起，一脸无语。

陆强拍拍工作人员，朝后扬了下手："我来。"

他上前掰开卢茵的手，工作人员退出去，卢茵像壁虎一样立即转为攀住他，身体也往回顶："我不跳了，不跳了。你这个骗子。"

"你先站直。"

"我腿软。"她往下滑。

陆强双眼含笑，稳稳地固定住她的肩膀，胸膛像一面墙，堵在前头，不肯放她一条生路。

卢茵贴着他，双手如藤蔓，紧紧地抱住他的腰。陆强享受几秒，用了个巧劲儿，把她转了个个儿，按住她的手臂。

卢茵惊叫，差点跌下去。

陆强低低地开口："我太失败了，这辈子活得不明白，害怕别人说三道四，总是敏感多疑，有什么事压心里，不敢说出来……"

他顿了片刻，卢茵安静下来，觉得这话似曾相识。

他继续："畏畏缩缩又胆小怕事，看到他们从餐馆出来，不是挺胸抬头走过去，而是转身就想逃跑。我二十七岁了，真害怕一直活在他的阴影里。"

……

耳边风声呼啸，陆强贴住她的脊背，那一字一句清晰地传进卢茵的耳朵里，她终于明白，原来他说的全是她自己。

陆强说："他的阴影有多可怕？别人说三道四又怎样？等你从这跳下去，一切都是个屁。"

卢茵说："我不敢。"她开口时已冷静许多，这三个字不是胆怯，倒像临跳前的自我鼓动。

陆强说："你先跳，我再跳，没什么好怕的。证明给我看，你并不胆小。"

他一字一顿，缓慢地说给她听，粗糙的语调像催眠的符咒，她心中竟升起一种不顾一切的疯狂。

卢茵喃喃道："真的要跳吗？"

陆强撤开她的手臂："跳。"

卢茵的眼前渐渐虚无，她缓缓地闭上眼。

陆强说："想活出个样儿吗？想就跳下去。"

良久，卢茵说："你帮帮我。"

陆强抵住她的腰，轻声说："喊出来。"

跳下的那一刻，卢茵后悔了，像催眠突然被惊醒，那种濒死的感觉，瞬间将她淹没。心脏的位置空了，耳边是飕飕的风声，她无法呼吸，双手拼命地抓举，却够不到任何东西，那种失去控制的感觉，令人绝望极了。

身体急速下坠，四周的山壁往上飞驰，有那么几秒，卢茵想，也许这次真的没命了。

弹跳绳到了极限，没等反应，她又一次被绳索拽到半空，心脏再次移了位，刚才的惊心动魄要再次经历。卢茵想起陆强最后说的话，她不顾一切，大声释放出来。

她在半空不停旋转，不停摇摆，没有依附，恐惧而无助，转而又像一个破茧的蝶，经历生与死的考验，重生了一次，孤勇且奋不顾身。

半空中的五分钟，像一个世纪那么长。当绳索不再摇晃，她倒挂着，头顶距水面只有一米，卢茵眼角的泪终于掉下来，她想到了刘泽成。六年过往，像一帧帧旧照片，慢慢发霉腐烂，她模糊的视线里陡然浮现他和年轻女孩儿相携离开的背影，好像一瞬间，她的心突然就不疼了，没有恨，麻木到毫无感觉。爱的反面是淡漠，而在跳下来那刻，她终于做到了。

面对死亡，没什么比活着更重要。

原来，爱着一个人，也可能在刹那间就不爱了。

卢茵眨了下眼，一滴水顺眼尾落下，视野变得清晰，一叶方舟闯入她的世界。青山翠绿间，碧波无痕，小小的船桨掀起层层的涟漪，倒映的整个世界都跳跃地晃动起来。

那男人就坐在船头，叼着烟没有点，唇角挂着极淡的笑，表情张扬也暗含着柔情，目不转睛地盯着她，直到小船慢慢地靠近。

船夫把她身上的环扣卸下来，陆强一把接住她，卢茵手脚酸软，瘫坐在船上。

头顶传来一声笑，卢茵没来由地火大，挥着拳头往他身上招呼，不争气地哭出来。

三分委屈，三分激动，剩下的根本找不出原因。

陆强任她打，把嘴上的烟别在耳后，等她打够了，捉住那双冰凉的手送到唇边吻了吻："累了歇歇接着打。"

卢茵骂："浑蛋！"

陆强一笑："你让帮你的，现在反过来骂我？"

卢茵哭着："你怎么不跳？"

陆强说："本来想跳，看你那张牙舞爪去送死的样子，谁还敢跳？"

卢茵瘪瘪嘴，眼泪比刚才还汹涌。

陆强慢慢笑不出来，把她搂到身前，粗糙的大掌往她的脸上抹了把，根本抹不净。陆强认真地看了她一会儿，忽地埋下头，在她眼睑下方轻轻地啄了下。

怀里一僵。

陆强抬起头，近距离观察她的反应，气息凌乱，只几秒，再次覆上去，一点点吮吻她的泪。

一波一波的冲击，卢茵做不出反应，终于冷静下来，她忘了哭，呼吸错杂而谨慎。

陆强离开寸许，捏着她的下巴，直勾勾地望着她。呼吸相闻，他瞳孔里倒映一个小小的她。

卢茵想退开些，下巴上的手一紧，陆强说："跟我在一起，这玩意儿不会让你再跳第二次。"

卢茵心跳如擂鼓。

他说："跟我好，只要我有，要什么我都给。"

他们行在湖中央，小舟像一片叶子，孤独地漂荡。

能不能得到答案无所谓，陆强不想等。他慢慢压下来，轻触她的唇角，只顿了几秒，脑袋倾斜成一个舒服角度，向她的唇袭去。所有温柔都是伪装，除去最开始不安的试探，他原形毕露，化身成一头强势的猛兽，力道渐渐大起来，疯狂掠夺，再也不给她翻身的机会。

船桨乱了一池春水，卢茵大脑一片空白，像失去灵魂的木偶，任人摆布，任人捏扁搓圆。

这个吻他等得太久，像溺水到极限重获新生的人，拼命呼吸，拼命占有。氧气吸足了，他才缓下来，认真享受它的美好。

他闭着眼，深吻渐渐变成轻轻的触碰，许久后，终于分开，两人的距离仍旧很近。卢茵垂眸，睫上还有细小的水珠，他凑上去，拿下唇吮走，一路轻吻下来，又回到她的唇上。

卢茵轻哼一声，他动作微顿，偏了头，一口含住她的唇，舌头也狡猾地钻进去。

小舟行得很慢，水面如鳞片波波点点。

远处高空不时传来尖叫，有人正经历卢茵所经历的。一切声音都虚无缥缈，她耳边轰隆隆什么也听不见，所有呼吸被压在胸腔里，她若想活命，就不得不把自己交给他。

对面有船划过，交错的一瞬，年轻的船夫冲这边吹口哨。

陆强置若罔闻，成心把她吃干抹净，原先扣着她后脑的手缓缓下移，在腰间停留，微风吹起她衬衫的衣角，把他粗粝的手掌一同带进去，在她细嫩的腰间流连。

怀里的人终于察觉，从衬衫外阻止他，拍几下叫停。他无动于衷，卢茵那小手又转向他的脊肋，轻飘飘地掐了把。

陆强一抖，一把捏住那只手，掌握不好力度，卢茵低呼一声。

他终于离开，咬着牙："别碰我腰。"

卢茵没等反应，被他扔去对面坐好，她气息还不稳，咬了咬唇，暗骂这男人阴晴不定。

陆强缓了口气，看向对面："摔疼了？"

卢茵："没。"

陆强往裤腰下揉了把，卢茵别开眼。

他把夹在耳朵上的烟拿下来，烟身皱了，直接用舌头刷了下，点燃说："腰怕痒。"

卢茵小声："哦"。

他斜叼着烟，直接嘬了口，缥缈的烟雾从鼻端冲出，两人的中间像隔一层雾。陆强眯着眼，吹了口气，烟雾散开，她的脸才变得清晰起来。

他说："头发乱了。"

卢茵抬手拂了拂，目光飘忽，一直没有落在他的脸上。

"不对。"他把手伸过去，"那边儿。"

陆强粗手粗脚，把她头顶乱发分到两侧，不小心揪断了两根，卢茵缩缩脖子，忍着没吭声。

他的手顺着滑下来，拇指蹭着她的眉眼和脸颊，在柔软的耳垂上揉了揉，最后按住她的嘴唇轻轻地捻。

公开接吻和调情，卢茵从来没有过，船夫还在后面，想想都觉得难为情。

她打掉他的手，身体端正了些。

陆强收回去，往自己大腿上拍拍："还坐不坐？"

卢茵说："不坐了。"

"怎么？"

"船马上靠岸了。"

船靠岸，磕在简陋的码头上，船身一晃，卢茵两手撑住他的背。

陆强反应敏捷，回手稳住她。

下了船，需要穿过一个山坡，有电瓶车直接到巴士站。

陆强走在前面，卢茵在身后跟着，他回头，两人拉开几步的距离，陆强轻挑额角，站那儿等她。

卢茵走上来，他问："走不动了？"

她的一条腿踩在台阶上，握起拳头捶了捶："腿软，有点儿不听使唤。"

从百十来米的高空掉下来，心理加生理的承受力已到极限，她一个女的，能撑到现在不容易。

陆强站在台阶上，差距更高，他弓腰看了她一会儿，捏了捏她的下巴。

树林极静，没有人过，脚下的路迂回崎岖，层层阶梯一直蔓延到看不见的山坡上。

陆强往上拽了下裤腿，蹲下，撑着膝盖：“哪儿软？”

卢茵的目光从高转到低，脚一动，想收回去。

他按上她的腿。

卢茵推他：“不用，不用，我歇会儿就行。”

哪儿阻止得了他，那双毛糙的大手按在她白色的铅笔裤上，一下一下，慢慢地往上移。

卢茵又疼又痒，按住他的手：“不软了。”

“真的？”

“真的。”

“我这手法倒不错。”他勾了勾唇角，“刚捏两下就好了？”

卢茵不吭声。

陆强手没离开，垂下眼，雪白的裤子上，覆了一双黝黑的大掌，指头按压的地方凹下去，腿肉变了形。他的手上面还叠着另一双手，白白嫩嫩，纤细温暖，只盖住他手的二分之一。

陆强心底那股摧毁欲涌上来，他舔了舔下唇，拇指贴着内侧，若有似无地刮了刮。卢茵一把掐住他的手。

足有半分钟，陆强忍过去，放开来，转了个身：“背你上去。”

卢茵：“我真好了。”

“快点儿，蹲得腿麻。”

卢茵绞了绞手指，还没等动弹，前面的人没什么耐心，往后勾住她腿弯儿压到了后背上。

卢茵还没扶稳，他已起身往上走，铁臂勾着她的腿，步伐稳健有力。

从齐罗山回来已是傍晚，两人在小区门口分开，各自回家。

卢茵进门，洗澡的力气都没有，衣服也没换，一头栽到床上。体力透支，脑袋里那些乱七八糟的情节无法拼凑，到最后想的什么，自己也不清楚，趴着就睡过去了。

再醒来，房间漆黑，窗外一缕橘光冲破纱帘照进来，她翻了个身，看一眼时间，已经夜里十点。

迷糊中，她放下手机，两秒后，又举起来，上面有两条未读短信，轻点开，是个陌生号码。

一条发：睡觉呢？

时间是两小时之前。

另一条：还没醒？

卢茵坐起来，屏幕在黑暗中照亮她的脸，最后一条也在半小时前，她手指动了动，没有回过去。

随手按亮床头的灯，打算去洗澡，没等起身，电话响了起来。

还是那个陌生号码，不用想也知道是谁。

卢茵的心跳了一下，有些踟蹰，今天发生的事，像一场荒唐的梦，疯狂的，刺激的，释然的，还有心动的。

她仍存留疑惑，大脑在极度兴奋下获得的感知是否正确，而那种单纯的不讨厌、不排斥，还不足以战胜她心里的徘徊。

出了会儿神，那边自动挂断，她松一口气，没过几秒，复又响起。

卢茵攥紧手机，在最后一刻终于接起来。

那边说："磨磨蹭蹭干什么呢？"语调懒散至极，带着他独有的嗓音，未见一点儿不耐。

卢茵说："睡觉呢，才听见。"

电话里呵了声，也没戳穿她："晚上还吃不吃饭？"

卢茵坐在床边，低着头："不吃了吧，我想继续睡。"

"我给你送去？"

她蓦地抬头："你，在哪儿呢？"

"你家门口。"

卢茵呼吸微顿，不说话了。

陆强却笑起来："说什么都信。"

她默默地翻个白眼，轻哼了声。

寥寥几句后突然安静，他不说话，手机两端只有微弱的电流声。

卢茵屏息，那头窸窸窣窣，然后嚓的一声，他呼了口气。

原来是在点烟。

她的背稍微松了些，拿脚轻轻地搓着地板：“还有别的事吗？”

陆强问：“腿还软不软？”

“睡了一觉已经好多了。”

“待会儿泡泡脚。”

“嗯。”

陆强抽了口烟：“你今天还挺生猛，说跳就跳，跟傻大胆儿似的。”

“其实挺害怕。”

陆强嗯了声：“最大障碍是临跳那一下，很少有人能做到，你挺勇敢。”

卢茵有些无语：“是你推的。”

那边好心情地笑：“那后来呢，什么感觉？”

卢茵想了想，埋怨说：“上当的感觉，以为自己就要死了。”

“你还活着。”

“嗯。”然后她发现，没什么比活着更重要。

电话里静了几秒，那边偶有孩童嬉闹，伴着几声狗叫，卢茵猜他正坐在岗亭外的长椅上，这样想着，眼前已经浮现他的样子：短短的头茬，旧伤疤，犀利而黑洞洞的眼，宽阔的肩，薄汗衫，保安裤子，还有那双老布鞋……

陆强忽然叫了声：“茵茵。”

他这么叫，她的心跟着抖起来，手指抠住床单。

“还困吗？”陆强问。

“……”

“不困我去你家。”

“做什么？”她警觉。

陆强说：“亲也亲了，抱也抱过，是不是应该深入发展发展。”

他这话三分试探，七分本能，从山上下来，被她撩拨得满脑袋都是那档子事儿，直到现在还蠢蠢欲动。

陆强认准的，早晚跑不了，他向来干脆直接，对待猎物，就像豹子一样强势出击，可没承想，遇见一只小绵羊，所有果决专断，都在她身上失效了。

因为他说完这句，那边啪一声撂了电话。

陆强：“……”

他看着转黑的屏幕，愣了愣：“你个娘儿们……”没过一会儿又连连点头，自嘲说，“行。这反应就对了。”

他收了电话，嘀嘀咕咕：“小胆儿吧，跳十次八次都没什么大不了。”

抽完最后一口烟，他抬眼瞧，对面三楼亮着微弱的光，跟她的人一样，沉沉闷闷。

陆强压了压裤链下面，掐灭烟起身离开，微风卷走几片残叶，满地的烟灰化作最轻的尘埃，在空中飘来荡去。

夜已深，有人辗转反侧。

卢茵这一晚失眠，却不是再为同一个男人。

0852

All this is fate

第九章　吻

两人的关系有些微妙，中间那层窗户纸捅破后，陆强越发地明目张胆，闲来无事就电话短信轰炸，不知从哪儿学来的，往她办公室送过两次花，但没坚持多久就不送了，可能意识到，弄些花里胡哨的没有用，还是改为简单直接的方法好。

尾随卢茵回去了几次，赖在她家里吃晚饭。卢茵未表态，对他不冷不热，吃完就下逐客令，一点儿进一步的空间都没有。她性格温暾，脑回路发达，想事情喜欢弯弯绕绕，反复琢磨。陆强摸透她的脾气，这时候硬来也许会起反作用，只好经常出现，猛刷存在感。

这一晃又是几天。

卢茵在外面办事，快到下班的点儿，她不打算回厂里，此刻正好在科技城附近，叶梵就在楼上A座办公，卢茵从西饼店买了两盒蛋挞和奶茶，顺路去上面看看她。

叶梵公司接了新项目，加之新人培训，没日没夜地忙了一阵子，她们两人已有许久没见。

叶梵有独立的工作间，卢茵去时，她正埋头统计报表，直到一股香醇的甜味儿散发出来，叶梵的鼻翼微动几下，这才抬起头来。

卢茵坐在对面椅子上，笑眯眯地看着她。

叶梵惊喜地叫道："你什么时候来的？"

"刚刚到。"

叶梵放下笔："你是鬼啊！走路没有声音。"

"是你太投入。"

卢茵把肩头的包带取下来，舒服地靠着椅背："我不影响你工作吧？你好像挺忙的，还想晚上约你吃饭呢。"

她毫不客气地取了只蛋挞，咬一口说："可以啊。"

叶梵翻翻手头的工作："你不赶时间吧，可能需要等我一会儿。"

卢茵神思飘忽几秒："晚上没事儿。"

这时工作间的挡板被敲了两下，卢茵刚想回头瞧，包里电话振了起来，她埋头翻手机，耳边一个年轻的女声和叶梵交代事情。

卢茵点亮屏幕，陆强短信问她晚上吃什么。

她抿抿唇，回复过去：今天我在外面吃。

几乎只隔几秒，那边回短信：跟谁？

卢茵回：朋友。

发送后，她盯着屏幕看了会儿，心中有一丝不易察觉的期待，手指往上划几下，最终没有等到下文。

卢茵轻轻叹口气，收好手机。

那边谈妥工作，来人转身准备出去。

"小吴。"叶梵叫住对方。

叶梵把没开封的那盒蛋挞递过去："我朋友买了双份，吃不完，你和他们分了吧。"

小吴迟疑片刻，站着没有接。

她皮肤很白，齐耳短发盖下来遮住面孔，身材单薄瘦小。卢茵转过头，只能看见她模糊的侧脸和尖翘的下巴。

"别客气。"卢茵添一句。

她这才慢吞吞地接过蛋挞，也没看卢茵："谢谢。"

叶梵的工作七点才结束，她们走出办公楼的时候，天空灰沉，夜幕即将降临。

两人商量半天，决定去吃泰国菜，卢茵席间心不在焉，侧头连瞟了几次手机。

叶梵把汤匙送到嘴边，第三次拿眼观察她：“你一会儿有事儿？”

卢茵挑着声调嗯了声，立即否定：“没有。”

“那在等电话？”

“没。”

叶梵吮了下勺尖，点点头：“你最近在忙什么？上次见到刘泽成，他后来有没有骚扰你？”

卢茵搅了搅糯米饭：“怎么会，他孩子可能快出生了吧。”

叶梵细细地研究她的表情，她眉目舒展，未见一点儿反感或抵触。

叶梵问：“放下了？”

卢茵往嘴里送了几粒饭粒，看了叶梵一眼，索性放下筷子：“如果我说放下了，你会不会觉得我对感情不够忠诚？”

叶梵没有回答这个问题，反而问：“交男朋友了？”

卢茵心一跳，脸立即烧起来：“还没有，你不要乱讲。”

“‘还没有’就是已经有了考虑对象。他是做什么的？”叶梵也放下餐具，“你先回答我的问题”

卢茵顿了顿：“我们毕竟在一起六年。”

叶梵夸张地称呼她：“大小姐！

“你活在上个世纪吗？再过两年人他孩子都会叫爸了，你还死守着过去缅怀爱情呢！忠诚值几个钱？”

她手肘撑着桌面：“况且，以你我的年纪，已经没有多余资本去矜持或是怀念。”

卢茵垂着眼没说话。

叶梵又说：“碰到合适的人，可以相处看看。”

卢茵轻轻笑了笑。

“他条件怎样？”叶梵拿起汤匙，继续喝面前的海鲜汤。

卢茵一顿，有所保留地道：“普通条件。”

叶梵嗯了声，没有继续追问下去，嘱咐她：“你这次要擦亮眼，别再碰见刘泽成那种败类。不需要大富大贵，也不用过分地注重外貌。”

她想了想：“品行端正，人要靠谱。”

卢茵如释重负的心绪再次跌宕起伏，她最后的四个字准确地戳穿她的顾虑。

他蹲过监狱，从前不是好人，而至于是否靠谱，卢茵并不敢确定。

……

这晚九点多卢茵才到小区门外，夜市刚刚开始，路两旁小饭馆热闹非凡，大排档摆在外面，烧烤架前支起明亮的探照灯。烟熏火燎，到处都是烧烤和海鲜的味道。

卢茵闷头往前走，有人叫了她的名字。

她侧过头，陆强坐在紧靠岗亭那家饭馆外面吃烧烤，一张圆桌，就他一个人，踩了只脚在旁边凳子上，又冲她勾了勾手指。

卢茵在原地站片刻，往他那边挪过去。

陆强坐着，掀起眼皮看她：“回来了？”

卢茵点点头，随意问了句：“你晚上就吃这个？”

“嗯。”

他把脚拿下来，用掌心抹净旁边凳子：“坐。”

“不了，”卢茵说，“你吃吧，我先回去了。”

她抬腿要走，手腕儿被他扼住，陆强的另一手掐紧她的腰，把卢茵摁在凳子上：“陪我吃点儿。”

卢茵下意识地看一眼周围，拍掉他的手，往外挪了挪，也就没起来。桌面摆了几瓶啤酒，有两瓶已经见了底，旁边托盘上放着烤好的食物，另外还有一碗方便面。

陆强让老板再上一副碗筷，替她掰开一次性筷子，蹭掉上面的木茬儿，问道："喝酒吗？"

卢茵摇头。

"那吃点儿东西。"陆强说完不再管她，从托盘中拿起肉串，牙齿咬在当中，一并撸进嘴里。

他看了看她，卢茵干巴巴地坐着。

陆强咽下食物，杯中的啤酒一口饮尽，喉结只动了一下。

"不吃？"

"我很饱。"

陆强又拿起一串，不知烤的是什么，上面只有两大块儿，表面焦黑。

他咬下一块儿："晚上跟谁吃的饭？"

"和朋友。"

陆强两腮缓慢地咀嚼，状似无意地问："男的女的？"

这次没得到答案，卢茵不想乖乖地告诉他，别扭地看着头顶的探照灯，有许多小昆虫绕着光源飞。

渐渐地，她看得出神。

过了会儿，陆强捏她的下巴："魂儿飞了。"

"什么？"

陆强看她两秒，抬抬下巴："尝尝。"

他剩的一块放在她的碟子里："这是什么？"

"你尝尝就知道。"

"好吃吗？"

陆强眉目舒展："香。"

她将信将疑地夹起来，左右看看，看不出什么名堂，又闻了闻，附着的香辛料掩盖住食物原本的气味儿。她咬了一口，前几秒根本尝不出味道，慢慢地她咀嚼出来，有点儿涩口，有点儿腥，到后面又很香，总之口感奇怪。

"这到底是什么？"

陆强说："羊腰子。"

卢茵瞬间怔住，筷子一松，那东西掉回碟子里，她撑住陆强大腿弯下身，干呕几声，把口中的残余都吐了出来。

陆强哈哈大笑，用手捡起她吃剩下那半块送入口中："别浪费，这玩意儿对男人好。"

他坏笑地看着她："卖力气时候有劲。"

卢茵根本没听他说什么，脸都呕红了，抓过玻璃杯猛灌几口啤酒："你真恶心。"

他却没有搭话，目光顺着她的手臂移向桌边，玻璃杯口印着淡淡的口红印，和啤酒泡沫重叠起来，灯光下无比暧昧——卢茵一时情急，用了他的玻璃杯。

而恰巧她也意识到这一点，含糊不明的气氛在两人之间蔓延，致使热闹的叫卖都成为背景音，卢茵掩饰性地擦擦嘴角，别开头不吭声了。

陆强看她半刻，拿起酒杯，仔细地端详杯口淡淡的口红印，他贴着那印记，将剩下的一饮而尽。喝了一晚上啤酒，也只有这一口，他尝出了点儿味道。

没有久留，陆强几口吞掉面条，拿纸巾抹了下嘴，叫老板结账。

他扔掉纸巾，发号指令："走。"

卢茵跟在他身后。

小区里安静许多，一条长长的路没见几个行人，他们中间隔开一段距离，月光如水，地面上映出两个淡薄的轮廓，若即若离，缓慢地往前挪动。

几分钟的路，楼栋前，卢茵说："别送了，我自己上去吧。"

远处花坛里种了一圈儿月季，光照不到那里，黑漆漆一片。旁边似乎有个人影，鬼鬼祟祟，探头探脑地看过来。

陆强驻足，紧紧地盯着那方向。

人影仿佛察觉到他的注视，一转身，隐没进黑暗里。

陆强收回目光，手掌贴着她的脊背，像没听见："我送你上去。"

“不用。”

“别说废话。”他突然冷下声冲她说。掌上施力，把她带进楼道里。

卢茵开门进屋，反手关门被他拦住。

她拽着门把手，还气他刚才的阴晴不定。

陆强倒换了副面孔，笑呵呵道：“让我进去坐会儿。”

“太晚了，不方便。”

“我喝口水。”

“没烧。”

“那借个厕所用用。”

卢茵身体往门缝儿一挡：“停水了。”

陆强默默地看她几秒，手指抠住门边，也没用什么力气，但她无论如何都关不上。

他索性直接问：“你打算吊我几天？”

卢茵假装听不懂，手伸出去推他的胸膛。

陆强如山峦般纹丝不动。他目光黑沉：“拿捏拿捏得了，你别上脸啊。”

他威胁她：“把我等急了，有你受的。”那声音很柔，又不由自主地带着一股阴险的狠劲儿。

楼道里空荡无人，头顶的声控灯骤然熄灭，谁也没发出声音，只剩一个黑黑的轮廓堵在门口。

卢茵呼吸一顿：“你想怎样？”

他的手臂突然收紧，大力地掰开门板，卢茵低呼一声，身体被惯性带了出来，一头撞进他的怀里。

陆强紧紧地环住她的腰：“试试不就知道了。”

两人在门口纠缠了会儿，卢茵被他惹得面红耳赤，趁他不留神躲进去，一把扣上铁门。所住的是老房子，防盗门都是各家后来自己换的，她家没有换，仍旧用那种老式镂空的铁门。

她隔着栏杆瞪他一眼，砰一声，回身撞严里面那层木门。

陆强笑了笑，本就成心放她，刚才的异常也没有对她讲，在门口站了片刻，直到里面传来反锁的声音，他才转身下楼。

夜里十点钟，小区悄寂无声，起风了，树叶飒飒摆动。他在门边斜靠着，环过手埋头点了根烟，烟雾呼出那一秒，立即被风吹散。

陆强端着烟，侧头往那片月季花丛看过去，花朵偏过头，枝条在风中乱舞，完全没有阳光下赏心悦目的美感。那后面空荡荡，刚才出现的可疑人影已经不在。

他抽完这支烟，踩熄了，才悠闲地往家走。

这一夜陆强睡得沉，醒来天已亮透，在小区外买来油条和茶鸡蛋，去换老李的班。

陆强拎着袋子还没进去，里面有辆警车驶出来，他侧身让路，眼神追了几秒，转头看向门口岗亭。

老李身边站了几个人，比比画画不知说些什么。

陆强走过去，朝外抬抬下巴："干什么来的？"

老李说："六号楼老张家昨晚遭贼了，他儿子刚赶回来，报了警，警察来看看情况。"

陆强目光一紧，想起昨晚看到的那个可疑人物："丢了什么？"

老李同那几个居民摆摆手，给陆强散了根烟，把自己的点着了才说："一万来块钱，还有家里几样老古董。"

"人没事？"

"老张临睡前吃了两片安眠药，睡得沉，小偷进去了都不知道。"

"人没事就好。"

陆强拿手指捋了捋烟身，架在耳朵上没有抽，想想说："这几天晚班儿都我来，你看白天。今儿先这么着，你晚上就甭来了。"

他说完去里面换衣服，老李赞许地点头，拍了拍自行车座，冲里面打声招呼，准备回去。

老李刚走两步，见卢茵正好经过："上班儿啊小卢？"

"早上好，李师傅。"

老李又把车子支好："你听说没有？"

卢茵也停下："什么？"

"昨天晚上……"

"老李。"

他话刚说一半儿，陆强从屋里踱出来，手里捏了半截油条，到两人面前已经全部吞下。他笑着看卢茵，眼神在她身上徘徊几秒。她穿浅蓝立领雪纺衬衫配黑色哈伦裤，下摆整齐地收进裤腰，脚上蹬一双银色尖头细高跟，露出纤瘦脚踝和剔透脚面，整个人看上去利落又帅气。

她本身皮肤粉粉白白，还涂了艳色口红，看上去抢眼极了。

陆强冲她痞气地笑："卢小姐，上班去？"

他当外人面前这么叫她，别人听不出，但卢茵觉得，这称呼正经中总透出那么点儿下流，语调轻佻，叫人又讨厌又心绪紊乱。

卢茵抿了抿碎发，没看他，低低嗯一声。

陆强往前凑了两步，挡开老李的视线，用两个人能听见的音量问："穿这么漂亮。"

他微微弓下身："给我看的？"

卢茵的神经都绷起来，瞪他一眼，退开些："李师傅，您刚才想说什么？"

"哦，对了。"老李想起来，"我提醒你啊，昨天晚上……"

"卢小姐，你脸上有东西。"老李未说全，陆强又上前挡开他，抬起手来。

他突如其来的亲密举动令卢茵脸颊红透，两人几乎贴上，她下意识地往后错错脚。

陆强勾起唇角，用刚才抓过油条的手背靠近她脸颊却没碰："忘了。手上有油。"

他说完故意轮番看看两只手，又抬起另一只："这边儿没油。"

卢茵急忙躲开，哪儿还敢再逗留，说了声再见，匆匆逃开了。

陆强看着她的背影，心情舒畅地浅笑，她这身装扮把好身材完全展露出来，腰极细，臀浑圆。他收回目光，看看自己油腻腻的手指，又笑了笑。

老李嘿了声，终于反应过来："我说，你什么意思啊，怎么不让我说话？"

陆强看他一眼："吓唬个小姑娘干什么。"他折身往回走。

老李跟上："我是让她平时提防着点儿，这小偷谁说得准。"

"她家就自己，你说完她准害怕。"陆强坐椅子上，开始剥茶鸡蛋的壳。

"那万一……"

"万一什么，我是吃素的？"

老李扶着门框站半天，察觉出不对劲儿："你小子是不是动什么歪心思呢？"

陆强吐了口气："你走不走？不走我走了。"

"走，走。"老李手指点点，别有深意地看一眼他，转身走了。

就这样，陆强连上几个夜班，晚上睡得极晚，叼着烟满小区里晃荡，在小花园一坐就是半宿。然而，数天过去，风平浪静，半点儿风吹草动都没有。

一日清晨，阵雨过后，空气湿润清爽。

早晨六点钟，卢茵穿一双白色的运动鞋，绕着小区慢跑。她生活渐渐规律，到现在失眠的情况已经很少，晨间换换气息，整天下来都精力充沛。

小花园里是粗糙的水泥地面，她看着脚下的路，避开水坑，视野里蓦地出现一双大脚，就在她的右侧。卢茵没有抬头，光看那鞋也知道是谁。

她心肺功能不强，跑得很慢，陆强几乎大步走就能跟上她。

卢茵索性停下来，两手叉在腰侧，缓步往前走。此刻花园中央有几个练太极的老大爷，穿白衣，手持剑，动作静止。

卢茵收回视线，终于看向他："你老看我做什么？"

“昨晚睡得好吗？”

卢茵点点头：“还行吧。”

她突然想起什么：“我听说咱们小区有人家里被盗了？”

还是被她知道。陆强抱着臂：“听说了？”

“嗯，昨晚回来听楼下的大妈谈起。”

陆强没吭声。

卢茵抿唇：“他还会再来偷吗？”

“害怕？”

她说：“只是有些担心。”

“用我吗？免费陪睡。”

他问得一本正经，卢茵不禁瞪他一眼，小声说：“不要脸。”

陆强当没听见，从腋下抽出一只手轻捏鼻梁：“老张家住一楼，小偷是从窗户爬进去的，你家三楼，没事儿。”

他侧目看了她一会儿：“万一有什么事儿，立即给我打电话，这几天我夜班。”

卢茵不禁昂头看他，陆强却没给她回应，只抬起眼皮瞧着天上。天空依旧阴沉，乌云笼罩久久不散，仿佛正在酝酿一场大雨。

他们无声地走了会儿，在她以为没什么话题可聊的时候，陆强突然道：“放心睡，我在呢。”

卢茵的身体一紧，心都聚到一块儿，随后又渐渐舒展，落回它应在的位置，这感觉是长久以来未曾有过的安全感，没什么话比这六个字更有分量，她头一次有了被守护的感觉。

卢茵的鼻腔泛酸，吸了吸，小声顶嘴：“我没说害怕。”

陆强气笑，趁没人捏了捏她的后颈：“赶紧请老子吃饭，饿得慌。”

卢茵：“……”

这天一直没有放晴，到下午的时候雨又下了起来，淅淅沥沥持续到傍晚。

卢茵最近在赶一批订单，和同事加班到八点半，从厂里出来，雨水密得分不开。她犹豫片刻，还是撑起伞踏进雨里，在这种情况下，雨伞根本不起作用，没几秒，她浑身湿透。

冷意一点点袭来，卢茵缩肩等在公交站牌下，过很久才拦到的士回去。

陆强很早就打过电话，她骗他说已经到家。的士经过小区门口，岗亭的灯亮着，窗帘没拉严，她见他正仰靠在座椅里摆弄手机。

的士驶进来那刻，他眼尾一瞟，只来得及看清两盏明亮的车尾灯。

司机还算好人，把车停在楼栋口，卢茵道过谢，一步跨进门廊的避雨处，目送车子离开。

天色已完全黑透，路灯在这样的雨幕中仿佛暗淡下去，大雨砸下来，地面漫起水泡，一时间，万物混沌，黑蒙蒙分辨不清。

卢茵不禁打个冷战，甩了甩雨伞，快步往楼上跑。

侧面月季花丛悄无声息地走出个陌生人，穿黑色雨衣和雨靴。他碰见过卢茵几次，她独进独出，从来都是一个人。

半夜里，暴雨愈下愈大。天边像裂开一道口子，雨水好似瀑布倾泻而下，砸在窗上噼啪作响，不见收敛，大有天崩地裂的架势。

卢茵睡得熟，对外面雨势毫不知情，直到客厅传来一声异响，她突然睁眼。被惊醒以后心脏剧烈地跳动，双眼在黑暗里盯着房顶，雨声噪音很大，她沉了沉，又好像什么声音都没有。

卢茵等心率降下来，从枕头下摸出手机，时间的最后一位数字刚好由九变成零。已经凌晨两点钟。

她翻了个身，调整姿势，重新酝酿睡意，眼睛闭上那刻，仿佛察觉到什么，又骤然睁得巨大。她面对卧室的房门躺着，门下一道窄窄的缝隙，有一簇微弱的光亮在客厅晃来晃去。卢茵怕得不敢呼吸，滤掉杂乱的雨声，终于分辨出细微的脚步和翻箱倒柜的声音。

她半撑起来，弱弱地问了句：“谁在外面？”

幸好雨声足够掩盖一切，她瞬间反应过来，哆嗦着去摸手机，两三下才解开屏幕。

电话拨通那刻，她才猛然发现，深陷险境时本能竟是先打给陆强，可现在没时间思考原因，铃声响许久，窗外一道炸雷，伴着扭曲苍白的闪电，整座楼房都岌岌可危。

漫长的煎熬，雷声后电话终于接通，她一句陆强刚刚叫出口，一束手电光刚好晃到她的眼睛。

卧室的房门被人轻轻推开了。

……

陆强睡得本来就不熟，外面雨大，他没去小区转悠。一晚梦境不断，先是梦见坐火车回淮州，坐了几天几夜，却无论如何都不能到达目的地；又梦见小时候跟老爹摸鱼，一尺来长的鲫鱼在水里自由自在，眨眼的工夫，竟变成几十米的鲸鲨朝他冲过来；后来又梦到他出狱那天，卢茵穿着洁白婚纱被他束缚在怀里，她满脸泪痕，哭着闹着要给那个渣男打电话。铃声持续不断，电话接通才发觉拨错号码，打到了他的手机上。

恍恍惚惚又见她手里握一把刀，刺入他胸口，瞬间鲜血淋漓……

窗外闷雷炸响，陆强一打挺坐起来，冒出一身冷汗，耳边除了雨声，仿佛还伴着其他节奏。

他动作一顿，转头看向枕头旁倒扣的手机。陆强敛眸，待看清来电心一沉，接通后那边只来得及叫他的名字，随后一声尖叫，瞬间断线。

几乎只用几秒思考，陆强顾不得其他，开门一头冲进雨里。

他速度极快，两分钟就蹿上三楼，铁门虚掩着，门锁位置已经被人撬烂，弹簧里出外进挂在外面。他阴狠地咬紧牙关，手臂把房门扯开，门撞到墙上又自动弹了回来。

顺手按亮廊灯，陆强一步不停地冲进卧室。

卢茵被一个男人按在床上，对方慌张地掐她的脖子，另一只手掌捂住她的口鼻，阻止她叫喊求救。卢茵双腿乱蹬，嘴里发出孱弱的呜呜声，只感觉脖颈的力道越来越大，她脑袋涨痛，眼球凸出，呼吸越发困难。

卢茵差点以为自己支撑不下去，却在紧要关头，加诸在她身上的钳制倏忽消失。终于重获氧气，她拼命喘息，用力地咳嗽起来。

眼前是不断晃动的人影，陆强一把扯开那人，手臂一甩，那人整个身体飞出去撞在旁边墙壁上。对方似乎也没料到这种突发的状况，脚边的匕首还未捡起，陆强几步跨过去，一把揪起他，膝盖弯曲，连攻对方小腹数下，力道凶狠。只听声声哀号，那人弯下身，陆强手肘准确击中他的脊柱，掌风劈砍他的后脖颈。

对方毫无招架之力，电光石火间，身体瘫软在地，瞬间昏厥。

陆强这才住手，气喘如牛，他赤着上身，胸前雨水随呼吸隐隐泛光，又泄愤地补踹两脚，嘴里不干不净地骂不停。

冷静两秒，陆强动了下，抬手碰亮卧室顶灯，房间骤然大亮，一片狼藉收进眼底，他回身看向卢茵。她蜷缩在角落，头发凌乱，脸色暗红，眼里的惊恐仍未褪去，傻愣愣地直盯着自己。

陆强握紧拳头，手臂青筋交错着冒出来，他压下胸口的怒火，令自己表情看上去放松自然。他往前走了两步，冲她笑笑："茵茵，过来。"

听见他的唤声，卢茵终于回神，陆强真实地站在床边，赤裸上身，下面牛仔裤被雨打透，歪曲地贴在腿上，笑容柔和，朝她展开双臂，仿佛刚才的凶狠暴戾不是他。

外面大雨仍旧不息，嘈杂的雨声是房间里唯一的动静。

陆强两掌摊开，朝她鼓励道："过来。"

卢茵撇唇角，脚掌往前挪了半寸，她试着动了下，随后连滚带爬地扑向了他。这是她第一次主动靠近，她埋进那宽厚的胸膛，忍不住就轻声哭了出来。

陆强双臂扣紧，后怕至极，掌心一下一下地抚摸她的后脑，借由这动作，帮助自己和卢茵平静下来。他的膝盖顶住床沿，脊背微弓，下巴垫在她的头顶。

"没事儿，什么事儿都没有。"

他嗓音低沉，仿佛有抚慰一切不安的魔力。卢茵的手臂穿过去搂住他的腰，身体不可抑制地瑟瑟发抖，心却慢慢平定下来。

两人就这么安静地抱着。

许久，陆强站直些，用食指轻轻地抬起她下巴，认真看几秒，埋下头，小心翼翼地，在她唇上轻啄了一下。

卢茵没有反抗。

“是我的疏忽。”他说。

卢茵知道这不能怪他，轻轻摇了摇头。

她垂眼，透过床沿和牛仔布料的缝隙，看到他的脚：“你没穿鞋？”

陆强仿佛也才意识到，垂头看了看：“忘了。”

卢茵抿抿唇，抬起头，目光迎向他。

他还懂得开玩笑：“幸亏睡前穿着裤子，不然得裸奔。”

0852

All this is fate

第十章　旧账

后来陆强报了警，做完笔录警察把那人带走。

当晚陆强没回去，洗过热水澡，睡在客厅的沙发上，转天早起第一件事就是拆铁门。

卢茵睡得迷迷糊糊，被外面的动静吵醒，睡眼惺忪地扶着卧室的门框看他。天亮后他已经回了趟岗亭，换了干净的衣服过来，旁边地上摆着工具箱，手握锤子敲敲打打。

卢茵走过去：“你在干什么？”

“拆门。”他抽空看她，手上锤子一挥，合页颠出凹槽，铁门彻底从门框上脱离下来。

他好像什么都会。卢茵看得目瞪口呆。

把铁门支在旁边墙上，陆强问：“我吵着你了？”

“没有。”

卢茵愣了片刻：“时间也不早了。”

陆强把手上工具扔回箱子里，打量片刻，抬高她的下巴看了看，她细嫩脖颈上的痕迹还很明显，依稀能分辨出几个暗红的指印。

“疼吗？”他问。

卢茵偏了偏下巴，想躲却没躲开，“还好。”她细声说。

陆强又弯腰看了看："擦点儿药。"

他粗糙指肚覆上去，轻轻地蹭了两下："送防盗门的这就过来，里面那门也换，双层的。"

卢茵往上抬下巴，终于从他手指中逃脱："两层防盗门，没必要吧。"

"一步到位。"他倚着门框点了根烟。

卢茵一抿唇："那谢谢。"

陆强看着她笑："谢什么。"

尾音低迷，他朝下呼出烟雾："来点儿实际的更好。"

她哪儿能听不出他的暧昧语调，经过昨晚，两人基本已经确立关系。这场恐怖经历就像催化剂，虽然她心中游移徘徊，但就是有一双无形的手，把她往他面前推了一大步。而且，卢茵突然发觉，这样的结果，似乎也没有她想象中那么糟糕。

想着，她脸热起来，傻愣愣地问了句："什么实际的？"

显然有些意外，陆强挑挑眉峰，捏烟的手不经意地点了点，烟尘四散，轻飘飘往下落。

陆强垂眼看着她，降下捏烟的手，尾指在她胸脯上来回地轻扫了两下。

卢茵呼吸一顿，陆强坦荡道："有烟灰。"

楼上响起关门声，随后是一阵急促的脚步声。卢茵瞪了陆强一眼，赶在邻居经过以前，迅速地逃回了房间里。

那以后，陆强去她家混吃混喝也名正言顺起来。

结束一周夜班，他改上白天。

五点半，老李来了。陆强脱下保安外套，扔后面椅子上，在门口站了片刻。

老李把自行车停好，去屋里冲茶水，一抬眼，陆强还在那儿站着。

老李抬头看："小陆，怎么还不走？"

陆强嘴里叼着烟，也没点，侧了侧头："等会儿。"

老李好奇地问："等什么呢？连家都不愿意回。"

陆强含着烟，拢过手点燃："等人。"

"等谁啊？"

陆强看他一眼，笑说："喝你的茶。"

老李嘿一声："臭小子。"转身做自己的事儿，没再过问。

陆强抽了口烟，斜着眼看向门口，下班的点儿，不少人从外面回来，行色匆匆。

有熟人路过跟他打招呼，陆强抬一下手，算作回应。

过了一刻钟，门口晃进来个人影儿，T恤牛仔裤，一双平底鞋，散着发，步伐轻快。

陆强视线锁定她，她似乎也感应得到，抬了下头，眼神闪烁，片刻又低下去。

从岗亭路过，老李刚好出来："哟！小卢，下班儿了？"

卢茵笑了笑："唉，李师傅。"

"买了这些菜，自己能吃完吗？还是家里来客人了？"

"嗯。"

卢茵脚步没停，含糊着应了声："先走了，李师傅。"

老李点头说："慢着点儿。"

她走出十几米，陆强刚好抽完一根烟，拿两指揉灭，烟蒂弹进旁边的垃圾桶。

陆强抬腿跟着走。

老李问："你这又上哪儿去？"

"里面儿转转。"

"不等人了？"

陆强赏给他个背影，半句话都没留。

他步子大，慢走也能跟上她，距离拉近了几米，拿眼丈量那个背影。她穿一件墨绿长袖衫，掐腰的款式，下摆略短，露出雪白的一窄条；低腰裤，紧裹着臀，两胯随走路动作轻摆。

她今天背了个小巧双肩包，跟鞋是同色系，拉链上挂着银色环扣，被夕阳照得直晃眼。陆强目光移了移，她两手都拎着袋子，刚从市场回来，里面装了一条鱼和一些鸡蛋，还有些绿色蔬菜。

卢茵从正路拐进去，穿过林荫小路，一直走到底就是11门。她微微偏头，察觉后面脚步快了些，刚近楼栋，手上一轻，几个袋子换到了他的手上。

陆强跟在她身后，掂量掂量手里的东西："知道我要来？"

卢茵上台阶，没听清："什么？"

陆强道："买得挺多。"

"你饭量那么大。"她小声说，拐上去又添了句，"我怕不够吃。"

两人进门，卢茵洗了把脸，挽起衣袖，去厨房准备做晚饭。

她先把鲽鱼处理干净，放到锅上蒸。水开了，把西芹倒进去过水焯，等待的工夫，鸡蛋已经搅均匀。

卢茵做饭不分心，每个步骤都要在心里过一遍。

身后突然出声："需要帮忙吗？"

卢茵一激灵，筷子差点脱手，她回头，愣了愣，迅速别开目光："不用，你去外面等着就行。"

陆强说："葱要洗？"

卢茵嗯了一声。

卢茵又瞟他一眼："你能不能先把衣服穿上。"

陆强赤着身："屋里太热。"

卢茵说："都快秋天了。"

"那也热。"

"你可以把空调打开。"

"不用麻烦，这样就挺好。"陆强背过身，拧开水龙头洗大葱。

水槽太矮，他弓着背，肩胛骨随他的动作有力地摆动，皮肉结实，好像每一块肌体都有它的作用，有生命地动着。

卢茵盯着他的后背看，越惧怕越移不开眼，他整个背部布满迂回龙尾，背鳍如刀，鳞片密布，一只利爪从腰肋伸出，张牙舞爪，似乎能钩破侵犯者的喉咙。趋近下腰的部分倒干净，皮肤比背上白了些，脊柱一道凹窝，上下贯穿，笔直地淹没到裤腰里。

卢茵不自然地咬咬唇，迅速移开视线。

窗户外，夕阳淹没在楼宇后，仅剩一束余光，天空还亮着，却是灰蒙蒙的一片，正是一天中明与暗的交汇。

卢茵动作迟缓，突然觉得眼前一切缺乏真实感。身边的人熟悉又陌生，她对他的感觉也时而亲密时而抗拒，终究还是缺乏安全感。

她魂游太久，陆强碰碰她后脑勺："问你话呢。"

"干什么？"她回神。

陆强扫她一眼，拿着葱："切成什么样？"

"你会切？"

他挑眉："我应该不会？"

"没有。"卢茵说，"只觉得你这样的人不应该做这些。"

陆强取了刀："切葱花儿？"

卢茵点点头，他才又问："我是什么样的人？"

"又凶又大男子主义。"

陆强不在意地笑笑："凶也分人。"

他手下动作麻利，缓缓道："我老家是农村，五岁就学会砍柴，七岁能踩凳子给一家人做饭吃，十五已经在外头混了。监狱里哪样不得自己做，掉颗纽扣，拿吐沫星子也得给粘上。"

卢茵问："你老家是哪儿的？"

"武清县钱树林村。"

"家里还有别的人吗？"

好一会儿，他切完了："还剩个老娘。"

卢茵没说话，把焯好的西芹放到冷水里，听旁边问："你呢？"

"我？"卢茵说，"我家也不在本市，老家是黔源的。"

"你爸妈在那边儿？"

卢茵递个碗给他："我很小爸妈就不在了，是跟舅舅长大的，但他们条件不好，高中以后我一直寄宿，后来上了大学，都靠奖学金和打工。”

陆强不由得看向她。

卢茵回视，轻松地笑笑：“你别用那种眼神看我，我从小就独立，没觉得自己多可怜，心态也挺健康的，只是有点胆小罢了。其实我挺认命的，虽然舅妈……”

她顿了顿，还是没有说下去，笑着看他：“但舅舅对我很好的。”

陆强目光微闪，也恢复自然，哼笑说：“不光胆小，还爱耍小聪明。”

“哪儿有。”

陆强却转了话题：“所以，就因为那个男人，跟他在这儿混了五年？”

卢茵动作一顿，垂下眼。

陆强看她：“得。不提。”

他勾住她那小细腰，往她太阳穴上亲了口。卢茵推他，在他亲过的地方抹了下，小声嘀咕：“真讨厌。”

他勾了勾唇角：“还切什么？”

两人边做边聊，三菜一汤很快端上桌。

上回买的白酒没喝完，陆强劝她喝点儿，她这次长了个心眼儿，怎么都不肯。

他不勉强，自酌自饮，很快就喝完了两小杯。

饭后卢茵去洗碗，他累了，坐沙发上没动，看了会儿电视。卢茵回来连衣服都没换过，收拾好擦净手，在屋里转了两圈儿，抹几下桌子，洗完水果，又去阳台收衣服。

陆强追了会儿她的影子：“坐下歇歇。”

卢茵看墙上挂的表：“时间不早了，趁天还没黑透，赶紧回去吧。”

“黑怕什么，眼又不瞎。”他拍拍旁边，“过来。”

“我还有点活儿没……”

“屁大点儿地方，有什么活儿？”他打断，“我又不吃人，过来。”

卢茵顿了下，朝他走过去。他的手臂还搁在沙发椅背上，没等她坐实，那手臂一勾，卢茵半个身子都滚进他的怀里。

她撑住他的腿，低叫了声。

陆强笑说：“你这小腰可真细，我一手就能给掐断喽。”说完特意环住捏了两下。

卢茵稳住身体，拍他手：“你别乱掐。”

陆强不动了，大掌规矩地放在她的腰侧，仰躺着，眼睛瞟向电视，里面正播放一部连续剧，家长里短，鸡飞狗跳。

陆强根本没看懂，问了句：“这演的啥？”

一回头，见她不知盯着哪处，正出神。目光呆呆笨笨，嘴唇抿成一条缝，从他的方向看，那粉白的皮肤上挂一层极细的绒毛，鼻头圆润挺翘，颈部线条格外柔美。

陆强心猿意马，一伸脖子，循着那小嘴儿就亲上去。

卢茵最开始呜咽了几声，慢慢地，心底那一丝抗拒被身体真切的欲望点燃，手掌抵住他的胸膛，竟似推似迎。

陆强忍得难受，手也开始不规矩，卢茵反应过来，紧急叫停。

他粗喘着，已把她半压在沙发上，鼻息喷着她的颊边：“想睡你。”

卢茵后脑直麻，皱眉道：“你说话能不那么粗俗吗？”

陆强想了想：“约个时间，进行一下灵体沟通？”

“……”她脸一阵红一阵白，硬着头皮说，“我们认识刚多久，彼此也不那么了解，如果你单纯只为……这种事儿，我想，我不太……”

“得。”他吸了口气，立即打断她。

他把卢茵拽起来，哑着嗓子：“先给摸摸。”

卢茵来不及阻止，只感觉他的大掌从后背溜进去，勾住带扣往中间挤了下，前面一松又一紧，她呼吸一顿。不知过了多久，他手上的动作终于停止，没等松口气，他头又埋了下去……

卢茵内衣蹿上来，被他欺负得眼里雾蒙蒙的。

陆强也不好过，解了馋却发觉根本没有饱腹感，怕真的过了吓到她，帮她把衣服整理好。

“走了。”

他亲她的额头，嘀咕一句：“他娘的真折磨人。”

陆强住处是在市场尽头的一排楼房里，兴建的时间比卢茵住的还早两年，不是正规小区，孤零零的一栋板砖楼，里面多是租住客，大多都靠卖菜谋生。

从卢茵那里回来，出了小区，拐上一条僻静的路，路边的菜市已经收摊，烂菜叶子烂水果扔得到处都是，鱼腥水泼在路上，招了蚊子苍蝇，臭烘烘的。

他像闻不到，把外套甩在肩上，两手插着裤袋，也不看路，走得松散缓慢。这里没有路灯，住户不多，不是卖菜时间，很少有人从这儿过。

农历初一，无月光。四周静悄悄的，晚风卷起路边的塑料袋，在脚边乱舞。

陆强侧头吐了口唾沫，脚步微顿，他停下来。头还扭着，眼睛盯着虚空的某一点，目光一瞬变得精锐锋芒。

站了几秒，他收回视线，继续往前走。

这条路并不宽，笔直下去，走到头儿拐进一个胡同，就可以到家。

陆强把肩上的衣服拿下来，捏在手里，挺了挺肩膀，步伐比刚才大了些。

他耳朵微动，听见呼呼的风声伴着略混乱的脚步，陆强没回头，直接拐进胡同里。

胡同窄小，最多只容两个成人并排过。陆强走了几步，出口被两个黑影堵住，他偏头，黑眸向左瞟，后面也有脚步跟上来。

陆强索性停下，问了句：“兄弟，哪条道儿上的？”

没人答他，黑影缓慢移动，前后夹击，把他往中间堵。陆强横过身体，左右扫了眼，一面三个，另一面黑压压大概七八个。

他沉着嗓子："这儿就烂命一条，要求财的，哥几个恐怕找错人了。"

那当中有个挑头儿的，喊了声："给我上，别听他在这儿废话。"

一瞬间，那几个黑影全部压过来，手里拿铁棍的、钢索的什么都有。

陆强赤手空拳，手里只有一件衣服，两头的人扑上来，他纵身跃起，脚掌蹬住一侧的墙，跳了半米高。

两头的人撞一块儿，陆强往旁边踹下去，倒了两个。他踩住一个的胸口，手里的衣服当鞭子，甩在扑来的黑影脸上，那人哀号，手上一松，铁棍脱了手。

陆强夺下工具，铁棍在他手中像有了生命，臂膀轻轻一甩，左右开弓，没人能近得了他的身。那些黑影倒得七七八八，还剩下三个，陆强刚想抡过去，后面有人拍了几下掌，随后笑起来。

"陆强，多年没见，身手还这么好？"

陆强目光微缩，一瞬间，已经辨出那声音。

没等说话，有人一棍子砸下来，陆强抬手握住，臂力足以抵挡这一棍，然而他一顿，却松了手。

那一棍直直朝他肩膀砸下来……

陆强肩膀往上迎，加上他握住那一下做缓冲，这棍子伤不了他。

对面的人自动让路，从中间走出个人，天太黑，看身形轮廓又瘦又高，偏着脑袋，嘴边夹了根香烟。

那人挥着铁棍："陆强，好久不见。"

陆强抬了抬肩膀，没吭声。

那人说："怎么，几年不见，就不认识了？"

陆强笑了下："陈胜，久违。"

"呵，还知道我叫陈胜。"陈胜往前走了两步。

“你出来没个消息，也太不拿我陈胜当朋友，我也就算了，邱老面子都不给？怎么，攀上高枝了？”

陆强说：“没有。”

陈胜拿棍子点着他胸膛：“现在在哪儿高就啊？”

陆强低头看了眼那棍子，陈胜说：“听说你当小区保安呢？”

被撂倒的那几人逐个站起来，往这方向靠拢。

“真的假的？”

陆强说：“真的。”

一阵哄笑此起彼伏，陈胜也憋着笑两声，假模假式地挥了挥棍子，指着其他人：“我看谁敢笑！知道你们笑的是谁吗？眼前这位可是当年漳州赫赫有名的强哥，谁见了不害怕不绕道走，我都败在他手上好几回……看你们谁还笑……”

笑声熄了，陈胜又问：“怎么，浪子回头了？”

陆强说：“监狱蹲得挫了锐气，现在烂泥扶不上墙。”

陈胜啧啧嘴儿：“真可惜，我还特意找你来叙旧呢。”

陆强勾了下唇角：“我现在就一臭打工的，在你眼里连乞丐都不如，多谢你还记挂着，我陆强不配，就先走了。”

他转身，往前走了几步，两个黑影往中间一靠，挡住他的去路。

陈胜说：“还说自己烂泥呢，我看你刚才身手就挺好。也看出来了，你是想改邪归正上正道儿。”

陈胜又往前走：“不太甘心，还一直盼着你出来呢。这么着，也别让我白来，打赢我手上的棍子，之前一笔勾销。”

哪儿那么容易，陆强太了解这人性格，所以他手上棍子挥下来时，陆强没动。

一声闷响，是重物击打骨骼的声音，陆强身形微晃，半个音儿都没吭，这一棍狠狠地敲在他的后背上。见陆强没动，陈胜来劲了，又照陆强的后腿窝踹了一脚，陆强单膝前屈，顿了片刻，硬生生又站回来。

陈胜咬牙：“我让你硬，看你还能撑多久。”

说着铁棍连连挥下来，陆强被逼到墙边，双手抱头护住要害。陈胜体格并不健壮，打几下就气喘吁吁，骂着：“你亏心事做得比我都多，现在想改邪归正上正道儿，没那么容易。”

陈胜站在旁边缓了口气，其他几人跃跃欲试，从地上摸棍子，往这方向扑过来。

恰在这时，胡同的墙壁上映出红蓝相汇的光，刹那间，警铃作响，一侧出口被巡逻车挡住。

有人惊叫：“胜哥，跑吧，警察来了。”

没等动，一束强光射来，整个胡同亮如白昼，警察举着枪：“不许动，手都放头上，靠墙蹲好。”

陆强眯着眼，双手缓缓地扣住后脑，身形往下滑，蹲在了墙边，鼻孔喷出一声笑。

警察铐了其他人，最后走到陆强这边，拎起他的手臂戴上手铐：“你还能不能走。”

陆强说：“能。”

……

警车轰鸣，一路驶向宏华区无暇公安局。

审讯大厅里灯光大亮，临近午夜，仍然一派忙碌。一个老者坐在办公桌后，顺杯沿吹了口茶叶沫，抬头瞟向对面坐的人，半刻，不动声色地收回视线，喝了口茶，不紧不慢地问：“陆强，再问你最后一遍，你身上的伤是怎么造成的？”

陆强抬了下眼皮：“自己磕的。”

老者姓邢，又例行公事地问：“说实话，是不是他们打的？”

“不是。”

“你认不认识他们？”

陆强一顿：“认识。”

“他们找你干什么？”

“叙旧。”

“光叙旧？”

“对。”

老邢说：“你不用害怕，现在在警局，没人敢伤害你。”

陆强笑：“我没怕。”

静了片刻，老邢不说话了，低头慢慢喝茶，问话只是走过场，好像陆强的所有回答都在他的预料中。

蹲墙边儿的人不耐烦，没忍住站起来：“老头，人都已经交代了，跟我们没关系，赶紧放人。”

老邢一个眼风扫过去，喝了声：“蹲下。”

那人不情愿，非抵抗地站几秒才蹲下。

老邢说：“陈胜，你别太得意，奉劝你平时德行谨慎，一旦被我抓住把柄，抓你吃牢饭。”

他放下杯子：“这回算你运气好。”

这场审讯持续了一夜，问不出任何结果，只能放那帮人先回去。

陆强从警局出来已经是早晨六点，十月份，空气里带着一分清冷。他的外套在昨晚厮打中落在胡同里，现在只穿了件黑色半袖。

陆强站在警局门口点了根烟，眯眼吸了口，看向太阳的方向，阳光普照，晴朗无云。

抽了半根，他抬腿下台阶。

后面有人叫他，他停下。

老邢出来：“你身后的伤行不行？去医院看看？”

陆强说：“小伤。”

老邢问：“还有没有，给我也来一根。”

陆强看老邢一眼，把烟盒扔过去，老邢点着了才说：“你小子挺能忍的。”

“我忍什么了？”

老邢点点他：“做得好，想和过去划清界限，也许以后这种事还会发生，不要冲动，如果你还手了，这件事的性质就不同了。”

老邢顿一下：“不过，你这态度不提倡，什么都不说，警方怎么抓他？但反过来看，即使这次你说出来也治不了他们的罪，顶多关两天，不疼不痒的……但是，下回可不行了。”

陆强哼笑一声，没说话。

老邢说：“也巧，他们每天巡逻都不到那儿，昨天就给碰上了。”

陆强扫他一眼：“先走了。”

“等会儿吧。”老邢叫他，“谭薇这就来了，我让她带你去医院瞧瞧。”

“不用。”

陆强脚步没停，又看了眼太阳的方向，一笑：“着急回去。”

陆强头也没回地离开，他先去了昨晚的胡同，这个时辰行人很少，那件外套还在，像团破布扔在角落里，拿起来甩了两下，灰尘在清晨的光束里一团团盘旋，缓慢地往下落。

陆强直接套身上，回家洗了个澡。他赤身站在镜子前，后背纵横交错着几道血痕，前面伤在左胸上，一道红痕落在巨龙嘴边，视觉上，巨龙竟像一头嗜血的怪兽，牙龇可怖。

陆强屈肘转了转肩膀，肩上青紫，已经肿起老高。

他两手支着盥洗台，转了转脖子，好在脸未伤到。停顿片刻，他开了淋浴，温水浇洗着伤口，一阵灼痛，他咬紧牙，低哼了声。

七点半，陆强和老李换班，在门口站着，边吃早饭。

有人经过：“小陆，又吃馒头。”

陆强点点头：“慢着点儿。”

他向小区里看了会儿，一个馒头吃完，没见到想见的。小区外有人按喇叭，他没注意，喇叭声接二连三地响个不停，陆强回头，那车白蓝相间，车身端端正正地印了两个大字——警察。陆强顿了顿，走出去。

谭薇说：“上来。”

陆强立在车头：“哪儿去？”

“医院，”谭薇说，“早上听我师父说了，你赶紧，伤口可大可小，我带你去医院看看。”

陆强嗤笑：“你们公安都这么闲，怎么，天下太平没案办了？”

谭薇一噎，轻咳着：“你不一样。”

陆强笑了笑，装傻充愣：“哪儿不一样，我长三条腿？”

谭薇嗔怪地瞪他一眼，脸颊被阳光照得红彤彤，她大着胆子说：“陆强，我对你怎么样，你一直都是知道的。”

陆强看着她，慢慢地，嘴角落下来：“说人话，我听不懂。”

“你……”

“你什么你。”陆强回身，“忙你自己的去。”

谭薇急了，她下车：“等会儿，你干吗去？”

她抓住他的手臂：“就去趟医院，能费你多少时间？”

陆强扫了眼那只手，避开她：“上班呢。”

她的手落了空，一瞬，忽又抬起头：“你还欠我一顿饭呢，正好今天，我想现在吃。”

陆强说：“真想今天？”

“对。”

他想了想：“行。”

谭薇一喜，忙去开车门。

他没动，站原地拨了通电话，没说几句就挂断，对谭薇说：“你等会儿，我让根子陪你吃。”

谭薇问：“根子是谁？”

“我弟，”陆强说，“我拿钱，别的不用管，你吃就行。”

谭薇握住把手，把车门推回去，静了片刻：“以前你对我不是这样的，出来了，怎么越来越远呢？就算是警民关系，最起码一句玩笑都没了吗？”

陆强说：“以前行，现在不行。”

“为什么？”

他笑了下，一回头，有个身影擦身而过。陆强眼神跟过去，好半天，谭薇道：“陆强？”

陆强说：“帮我看会儿大门。”

谭薇气得直跺脚：“喂！”

陆强才不管她，几步追上卢茵。

感觉到身边的气息，卢茵侧头看了他一眼："怎么出来了？"

"送送你。"

卢茵笑着："我去上班。"

陆强盯着她看了会儿，她今天穿一件镂空翻领白衬衫，下摆扎进高腰牛仔裤里，一双运动鞋加一个双肩包。乌黑长发束成高高的马尾，露出额头，素净的脸上只抹了口红，笑容柔软。

陆强说："就送到公交站。"

卢茵弯了下唇，他问："早饭吃了吗？"

"面包和牛奶。"她看他，"你呢？"

"一个馒头。"

"这么喜欢吃馒头？"

"从小吃不够。"陆强说，"老娘做得最好，用乡下那种大铁锅，蒸一锅够吃好几天。"

说着到了站台，在外面，两人隔了半步的距离，各自站着，不说话，就像两个陌生人。

远处的车一辆接一辆，却没有卢茵要坐的。

她两手放在口袋里，无意识地搓了搓脚，侧过头，欲言又止。

陆强察觉到："有话就说？"

她咬嘴唇："刚才那人是谁啊？"

陆强一顿，笑着："你问哪个？"

卢茵说："就门口站着穿警服的那个。"

"你问那女的？"

"……嗯。"

陆强说："旧相好。"

卢茵呼吸一顿，手在兜里绞起来，看他一眼，目光又放到远处。

陆强心里一乐，推了她一把，逗着说："怎么，许你有个旧情人儿，就不许我有旧相好？"

卢茵往旁边挪了步，嘀咕："没说不行。"

他跟上，一把勾住她的后腰："不高兴了？"

卢茵赶紧抬头看周围，拿手肘推他："没有，你放手，这在外面呢。"

"跟我好，还不能公开了？"

"不是。"

陆强挑着眉："咱要块儿有块儿，长得不赖，活儿更没的挑，就让你拿不出手了？"

"不是，你先松开。"卢茵有点急。

她拽住他胸前的T恤往下拉，却动作微顿，眼睛盯着他的肩膀："这怎么了？"

陆强放手，调整T恤："没事儿。"

卢茵情急又拉他的衣服，陆强挡着，她够不着，踮着脚拽他的领口。

陆强第一次见她这么执着，好脾气地笑了："大白天的，别在这耍流氓。"

卢茵抿紧唇，狠狠地往他的胸口按了把。

这下陆强没提防，嘶了口气："疼！"

卢茵却冷下脸。

这当口，面前站台突然停了数辆车，一水儿的黑色奔驰把公交车道挡得严严实实，后面有车进站猛按喇叭，却无人理会。

陆强唇边一抹笑意早已隐去，他摆正身体，下意识地往卢茵身前站。

面前车窗缓缓落下："陆强。"

陆强颔首："邱老。"

邱世祖一头银发，十分富态，抽了口雪茄："先上车。"

陆强没动，眼神一瞟，见里面还坐着个人，久违的面孔，仍然未退去青涩。那人冲着陆强笑了笑，随后目光穿过他往后看，在卢茵身上停顿片刻。

陆强目光微缩，邱世祖也看见了她，问："这位是？"

顿了片刻，陆强拉车门："一个邻居。"

0852

All this is fate

第十一章　波折

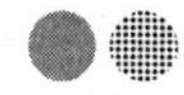

一个邻居。

卢茵的耳朵像扣了层玻璃罩，这四个字没什么重量，遥远而不真实。她努力向那方向看去，乌亮的车身反射着强光，晃得人睁不开眼。

后座的车窗缓缓升上，玻璃的颜色过分神秘和压抑。

陆强脸上隐去笑容和随意，一句话没交代，弓身上了那辆车的副驾驶，好像真如之前所说，他们只是邻居而已。

卢茵握紧背包带，眼角余光观察着这一切，副驾的车窗降到底，后面递来一根雪茄，又给递火儿，陆强稍微欠身往后迎合，几秒后，靠回椅背上。

雪茄比香烟粗了几倍，他拿拇指和食指捏着，剩余手指微微弯曲，呼出一口，他偏了偏头，躲开浓雾。

卢茵没挪步，眼神飘忽几秒，随后一寸寸地移动，最终落在陆强的身上。他额头的伤疤在阳光下无所遁形，短硬的头发乌黑浓密，侧脸的轮廓深刻立体，明明还是那张脸，却叫她有些不熟悉。但他稳稳靠在那里，和乌黑的车身，和指间的雪茄，和那突然间冷漠的表情，通通一切，仿佛都融为一体。他好像应该是这样的。

卢茵头垂了下去。

没多时，引擎声起，车队陆续驶离。而自始至终，他盯着前面，没有回头看她一眼。

卢茵心里空荡荡的，有那么一秒，她是希望得到回应的，一个眼神或一个笑，哪怕证明不了什么，都是一种安慰。

车子并入主道，陆强捏着雪茄，手臂搭向车窗外。一缕青烟被风吹散，火星落在手背上，他缓慢抖落下去，皮糙肉厚没感觉到疼。

陆强头靠着椅背，外人看来懒散不羁，双眸却状似无意地瞥着后视镜，看那女人低垂着头，无精打采。

司机踩了脚油门，她在镜中的影像越缩越小，直到落为模糊的小点儿。

后面有打火机的声音，陆强收回目光。

邱震给他点完，自己也点了一支，开了自己那侧的窗，手同样落在车窗外。

陆强抬眸看向车内视镜，邱震头发偏长，遮住右侧眉峰，发丝被风吹向后面，他用手立即捋顺了遮挡。陆强盯着看了几秒，撞到邱震的眼睛，眼尾略长，瞳仁乌黑，单眼皮，竟与自己有几分神似，只是少了些岁月的沧桑和沉积。

对视几秒，邱震说：“强哥，多会儿出来的。”

陆强说：“小半年儿了。”

邱震臂膀撑着前座椅背，健壮的体格跟陆强不相上下。

他说：“我这些年一直待在国外，前段日子听我爸说你出来了，你不回‘巢会’，也联系不上。前天刚下的飞机，现在来你别介意。”

“不介意。”陆强盯着后视镜，笑了笑。

“小震，越来越壮了。”

邱震说：“吃美国佬的东西，该补的都能补回来 。”

“这次不走了？”

邱震看一眼旁边："那要看我爸怎么安排。"

邱世祖冷哼："看你什么表现，成天不务正业，跟一帮男男女女鬼混的话，还把你弄出去。"

邱震暗自皱眉，嗯啊着答应，随意问陆强："强哥，刚站你旁边的那人谁啊？"

陆强弹烟灰的手指一顿，蓦地看向内视镜，那双眼中充满兴味，目光发亮，到底小他几岁，不懂得收敛和伪装，一个眼神足以暴露自己。六年过去，邱震一点儿都没变。

陆强冷眼无波："小区的邻居。"

"熟不熟？"

"不熟。"

"那你帮我……靠……"

邱震闷声低咒，捂着后脑勺："你打我干什么！"

邱世祖阴狠地道："老毛病又犯了，吃过亏也不长记性是不是？"

"您能别总提那些烂事吗？我听着都累。"

邱震心烦，也不敢明着顶撞邱世祖，只嘀咕："又没问什么。"

一路安静。

车子停在"巢会"的地下停车场，陆强随邱世祖乘电梯上去，不是营业时间，场子里空荡荡的，几名保洁人员正在清理昨晚的垃圾。

空气里，烟酒和香水的糜烂气息还没消散。

邱世祖带头走在前面，朝后挥了下手，立即有人过去清场。

大厅的正中是舞池，从旁边绕过去，有一条通长的走廊，走廊尽头是电梯，从那儿一直能到十八层。

一阵凌乱的脚步，皮鞋踏着光可鉴人的地面，头顶水晶吊灯散发出璀璨的光芒，琉璃和金属包裹的内壁招摇奢华，整个大堂都金碧辉煌。

陆强跟在众人后头，抬眸瞧了眼，这里曾经是他的地盘，装修翻新过后，他几乎不认识。六年没有踏足，物非人非，竟生出几分侥幸和怅然。

在一处宽阔的地方落座，邱世祖跷腿靠在椅背上，旁边有人递烟和火儿，点燃了烟，他才看向陆强。

陆强还穿着保安裤子和汗衫，脚上是那双老布鞋，出来急，他并没穿外套。

邱世祖上下扫了一圈儿："冷吗？我先找人带你换套衣服？"

"不必。"陆强前倾支着膝盖，"邱老，我待会儿就得走，那边没请假。"

邱世祖一双精锐的老眼透过镜片看他，神思不辨地笑："这'巢会'就是你的，还上哪儿去？"

陆强低头笑了笑。

邱世祖说："阿胜昨晚找你麻烦了？"

陆强没吭声，邱世祖又说："他以前就爱和你斗，明明不如你又不服气，你不在这些年，'巢会'都是他在帮我，看你出来，怕自己的地位受威胁，才冲动办了混账事。"

陆强说："没怪他。"

"我拿鞭子抽他了，现在还在后面跪着呢。"

陆强笑说："也没有必要，邱老，您别动气。"

邱世祖抽了两口烟，在烟灰缸里捻灭才说："上次见面太匆忙，新开的娱乐城正收尾进设备，没顾上你……"

邱世祖顿了顿："半年时间够你喘气儿了，现正需要人，何况我有让小震接手的打算，也需要扶持。"

邱震坐旁边，添了句："强哥，回来帮我吧，咱俩一块儿那么多年，我就相信你。"

陆强低垂着头，半天不吭气。

邱世祖看着他，没多久，蹙起眉头："你带小震去新场子。"

他顿了顿，又道："那边绝对干净。另外如果你想，'巢会'后面儿的事归你管，阿胜只负责经营。"

陆强拿手触了触额头，仍然不说话。

“强子，”邱世祖靠回椅背，声调降了，“什么时候变得这么婆妈，点头这么难吗，以前的魄力呢？”

陆强搓着手，几秒之后才抬起头：“邱老，您还惦记着强子就够了，但娱乐城我没法再接。”

“理由。”

陆强说：“昨晚进了趟公安局，差点腿软回不来，阿胜的事我一个字没敢提，怕惹麻烦，也怕再进去。”

他管旁边要了根烟，猛吸几口才道：“这几年在里面人不像人，鬼不像鬼，像做了场噩梦，现在出来了也心有余悸。您问我魄力呢，早被那帮条子磨光了。那是个漂洗场，不光洗了过去，扒了皮肉，志气跟着一块儿冲走了。

“我帮不上小震，现在就剩一副臭皮囊，对付活着。”

良久沉默，邱世祖叹一口气：“怪我。”

陆强说：“没有您就没有强子，这恩情我一辈子都忘不了。”

又坐了片刻，没再说这事儿，聊了聊别的，陆强寻借口起身告辞。

他没让邱世祖派车送，走出“巢会”大门，左右看看，找到最近的公交站。

后面有人叫他。陆强回头，是邱震追出来：“强哥。”

邱震慢跑着过了马路：“送你吧。”

陆强往站牌一指：“不用，公交挺方便。”

邱震翻翻口袋，掏出烟盒，给他敬了根烟：“六年没见着了，回头找个时间咱聚聚。”

陆强抽一口烟，并没正面回答：“小震，娱乐城好好做，毕竟留过洋，肚子里墨水比我们大老粗要多，学的都用经营上。”

邱震诚恳地说：“没有经验，强哥，我想你能回来。”

陆强说：“经验都是熬出来的。”

他拍拍邱震的肩膀：“时间问题，你能行。”

邱震张了张口，陆强往远处看了眼：“我先走，车来了。”

陆强没顾邱震的挽留，抬腿上车。

中午气温升上来，车里闷热，陆强出了一层薄汗，浸着背后伤口灼烧般疼。他神色仍不见波澜，单手握着拉环，另一手拽住后衣下摆，扇动两下。

回到岗亭，谭薇早已离开，桌上留一张字条，陆强扫了眼，团起随手扔垃圾桶里。

根子早上就来过一趟，半个人影没见着，傍晚听“巢会”里认识的人说了这事，手头的活儿不干了，当即又跑了来。

正值换班，陆强做完交接，和根子坐外面长椅上。老李爱热闹，也见过根子几回，站外面跟两人闲聊几句，才回屋泡茶喝。

根子往岗亭里扫了眼，焦急问：“哥，你怎么样？陈胜找你麻烦了？听说今天去了邱老那儿？”

陆强呵了声：“你消息倒灵通。”

根子窘迫地搔搔脑袋：“伤着没有？”

陆强看他一眼，也没隐瞒，直接撩起衣服给他看。

根子抽一口凉气，一激灵，好像伤在自己身上，也跟着疼起来。

“哥，这伤咱得去医院上点药。”

陆强说：“别大惊小怪，没流血没破皮儿，上哪门子药。”

“上药能好得快，这明天就得肿起来，天还热，里面儿万一发炎化脓，遭罪的还是自己。”

他想了想：“娘的麻烦。”

陆强站起来，忽然被冲过来的人影挡住去路。他垂眸瞧，一具软腻腻的身体直往胸前钻，冲鼻的香水味跟着扑过来。

女人一件紧身半裙只包住臀部，十月天，下面仅穿一条肉色丝袜，红唇鲜艳欲滴，大波浪长发遮住半边额头——是很久前投诉楼顶放火的那个女人。

女人姓张。

陆强拿手臂挡开，嘲弄地说：“张小姐，身体不舒服？”

张姓女一愣：“没有啊。”

“那站直喽说话。”

“讨厌。”

她捏嗓子嗔了句，离开陆强的手臂，往下拽了拽裙摆：“有我的快递没有？”

陆强说：“换班了，里面问老李。”

“你不知道？”

“不知道。”

“你这保安当的，真不称职。” 张姓女拿手指划了下陆强胸膛，娇媚一笑，踩着小高跟，扭臀往岗亭里去，没走几步，又扭头说，“哎！我家水龙头出水太小，恐怕是给堵了，哪天得空帮我看看？”

陆强没有回应。

她挑着眉：“就8号门，四楼。”

陆强一抬下巴：“这事儿老李在行。”

他往门外走，根子看着那女人的背影，半天才快步跟过来。

“哥，你这就给拒绝了？”

“你想来？”

“不是。”根子看他一眼，“你以前不是这样啊！”

“以前哪样？”

根子嘿嘿一笑，猥琐地挑挑眉。

陆强作势打他：“兔崽子。”

笑骂着往外走。

小区大门用来过私家车，步行都走旁边小门，门不算宽，勉强可供两人并排过。

陆强走前面，在门口顿了下，先给外面进来的让路，等了几秒，又有人过，这次他没让。

对面的人被挡住，脚步一顿。

卢茵抬起头，看他完好地站在面前，眼睛亮了亮，悬着一天的心倏忽落下来，瞅着这张脸，又莫名地生气，张了张口，刚要说话，见后面还跟着一个，手上的塑料袋下意识地背到身后，硬生生地把话憋回去。

卢茵往右挪了一步，想绕过他，陆强跨步挡住。她咬咬唇，又往左走，一下子撞进他的胸膛。

她羞怒地看他。

陆强弯唇角："卢小姐，走哪边儿？"

卢茵垂眸白了一眼："左。"

陆强没让路，她无法，只得往右走，没想他一步迈过来，不期然地把她抱个满怀。

头顶的笑声可恶至极："左右不分啊？"

卢茵暗暗掐他一把，整张脸涨得通红。

抱了几秒，后面有人过，陆强松开手，不再逗她，一偏身，放她过去。

擦身瞬间，卢茵用手肘撞他："讨厌。"

陆强后脑一麻，这两个字分人说，刚才张姓女那声低俗下贱，由卢茵说出，却带几分埋怨几分娇嗔，听到耳里别样动听。

她背影走出十几米，陆强收回目光，觉得浑身燥热，伤口又隐隐泛疼。

根子看愣神儿："哥，你把人调戏了？"

陆强说："以后你得叫嫂子。"

根子目瞪口呆："搞上了？"

陆强松松裤子："有意见？"

"不像啊。"他嘀咕一句，"那明显是个正经女人，跟不认识你似的。"

陆强往他后脑勺拍一巴掌："我就不正经？"

"嘿！没那意思。"

陆强说："那是只小耗子，胆儿忒小，不能急，得慢慢来。"

根子还没完全消化，又听陆强说："你今天先回，哥有时间请你喝酒。"

“那不去医院了？”

陆强望着走远的背影，早看清她手里拎着什么：“用不着了。”

卢茵到家没两分钟，刚换了身衣服，就有人敲门。

她心里憋一股气，想不理，忍着坐半天，末了还是给开了门。

卢茵转身进屋，陆强关了门，从身后一把将她拢住。她双脚离地，在空中蹬了几下，一只拖鞋甩到茶几上。

陆强逮住她的脖子啃咬几口，卢茵挣扎，却抵不过他的力气，啃咬变成轻吻，鼻息浓重，空气里的迷醉气息愈来愈强烈。

天还没黑透，屋里开着灯，窗帘没拉，他们这样纠缠，对面能看得一清二楚。

卢茵心怦怦跳，一张脸变成红番茄，情急地回手往他腰上掐。

陆强一激灵，把她扔开，沉了沉气息，指着她：“再碰老子的腰，下次弄死你。”发狠说着，却轻轻地揉了揉她的发顶。

陆强把茶几上的拖鞋拿过来，蹲下身：“抬脚。”

卢茵扶着他的肩膀，把鞋穿好，他起身，她往后退了半步。

那股冲动过去，陆强就不那么危险，转头见沙发旁边扔着那个塑料袋，鼓鼓囊囊一大包，他勾了下唇角，坐沙发上打开：“为我买的？”

卢茵嘴硬：“正好顺路。”

身上有伤，本来不想告诉她，早上被她撞见，也就不再隐瞒。他扯掉汗衫：“来帮我上药。”

卢茵看见他赤着的上身，虽有准备，还是骇然一怔。

她今天回来迟了，途中经过药店，犹豫再三，还是走进去。

营业员问她买什么。

她支吾半天，形容不出具体病状，最后林林总总买了一堆回来。

可她哪里想到，他会伤得这么重。

陆强见她表情呆滞，柔声叫：“过来，傻站着想什么呢？”

卢茵这才走过去，从他手中接过棉球，陆强拧开一瓶药水：“先消毒。”

他虚靠着沙发，盯着面前女人。

卢茵捏紧棉球，不知从哪儿下手，面前的胸膛微微起伏，右侧胸肌一条暗色血痕，挂在巨龙嘴边。巨龙眼睛发绿，嘴角嗜血，让人毛骨悚然。

她迟迟不肯伸手，陆强看出她的心思，捏住那小手，缓缓地覆在巨龙头上，他感觉到她的瑟缩和闪躲，掌中的手绷着一股劲儿，微微有些抖。

他看着她的眼睛：“怕？”

卢茵抿唇。

他和气地笑笑：“一个文身怕什么。”

陆强拿掉她手上的棉球，带着她的手轻抚自己胸膛，催眠般地说：“摸摸它，它认人，看着凶狠，其实很乖顺。尤其对我陆强的女人。”

卢茵忍不住看他一眼，他牵着她手指一寸寸地划过每个线条。她指下的皮肤坚硬饱满，却带着一股滚烫的热度。

卢茵蜷起手指，陆强不放，整个按上去，她掌下的心跳格外强劲。

“它没你想的那么可怕，也没有什么来头，就是年轻的时候瞎混，文着玩儿的。那时候都弄这个，文什么图案的都有。”

他笑了笑，凑近她耳朵：“还有人文在隐秘部位，我那时被怂恿，差点儿就文了。”

卢茵反应几秒，才明白他说的“隐秘部位”是什么意思，一股血往脑子上冲。

陆强扣住她后脑，作势往自己胸前按：“要不要亲亲，跟它套套近乎？”

卢茵一惊，抬手推他胸膛，还没使上劲，他已经放手，原来是在逗她。卢茵气呼呼地瞪眼睛，使劲抽出手，陆强哈哈大笑，一扫之前阴霾心情。

她这会儿倒真不怎么怕了，从他手里夺过棉球：“还擦不擦。”

“擦。”陆强忍住笑，坐正乖乖地给她擦。

房里一时无话，静得出奇。

整个过程他没吭一声，胸前却慢慢挂上一层冷汗。卢茵忍不住皱眉。

前面擦完，陆强翻了个身，趴在沙发上，背后的痕迹比前面还要重，卢茵手有些抖。

忍了半晌，她还是问：“你这伤怎么弄的？”

陆强闭着眼，轻描淡写：“昨晚碰见几个混混，要钱我没给。”

卢茵抿了下唇：“那今早那帮人呢？”

“以前的客户。”

“你以前是干什么的？”

“做生意。”

没一句真话，卢茵根本不信。

沉默半晌，她问：“做生意怎么会被关进去？”

这是她第二次问他。

陆强倏忽睁眼，她动作一顿，他起身，卢茵还坐在沙发边儿，他屈腿把她环在身前。

“茵茵，”他叫了她，“那是过去的事儿，你想要的交代我没法儿给，过去做坏事，是个浑蛋，现在我想做个平常人。”

他抚摸她的发：“你是我第一次动真格想要的人，咱俩好上，我陆强把所有好的都给你，这样够不够？”

卢茵垂下眼睑：“我只是觉得，我们并不合适……其实，是不是都应该冷静下来好好想一想？”

这是她苦恼了一天的问题，早上的一幕在眼前总是挥之不去，她不了解他的过去，冷静想想，他们根本就是两个世界的人，勉强结合也许不是一个最好的决定。

彻底静了，陆强却不答，反而挑起她的下巴道：“能看出来，你有点在乎我了。”

卢茵呼吸一顿，眼神闪烁。

陆强手指晃了晃："告诉我？"

卢茵不敢看他的眼睛。

他柔声："对不对？"

卢茵终是轻轻点头。

陆强拿唇轻轻地蹭着她的额头："刚才的话，我当你没说过。"

连续擦了几天药，陆强后背的伤变成赭红色，看去刺目，却疼痛减轻，只是肩膀的伤势略严重，还有些红肿。

他没当回事儿，后来药也不擦了，让它自然好。

转换了一周，陆强开始上晚班，白天时间自由，他坐中巴去了趟小牙河。

上月接到老邓头的会见通知单，日子刚好是今天，陆强顺道买一兜吃的、护膝和保暖内衣，太多里面不让带，陆强直接打几千块到他卡里，多了没用，里面有消费金额限制。

中巴要半小时，车上基本都是探监的，机会宝贵，每月只有一次。外面的人日盼夜盼都等这一天，他们神色各异，有的目光希冀，有的是呆滞的麻木表情。

陆强进去这六年没人探望他，邱老花了些钱，里外打点一番，却鞭长莫及护不了周全，根子给汇了几次钱，怕遭人怀疑，后来陆强就没让再汇了。吃穿用度都靠牢里，每天基本都是馒头咸菜白菜汤，偶尔吃一顿荤的。他犯的是刑事罪，在里面待遇最低，从事的劳动也最低级最劳累，农田耕种、矿山挖煤他什么都做过，目的就是为消除这类人的戾气，磨平野心，重新做人。

窗外的稻田一望无垠，随季节变换已经黄灿灿，正是秋收的季节，收割机在田里工作着。陆强坐在最后排，往外面瞅一眼，点了根烟。

他手臂搭着车窗，阳光虽耀眼，风已经带了干冷的气息。

旁边坐个女人，闻到烟味儿不适地咳嗽几声，陆强余光里，有只手在旁边左右扇动。他回头，对上一双嫌弃鄙夷的眼睛，目光扫下去，那女人身怀六甲。

陆强浑不在意，轻动唇角，目光重新落到窗外，一扬手，半截掐灭的烟蒂也跟着飘进风里。

探监手续颇复杂，尤其对他而言。

陆强多等了一倍的时间，东西交给狱警，之后要经过严格审查，办完一系列手续，他被带到探视厅。通长的大厅一分为二，特制的玻璃连子弹都穿不透，高窗只带进来窄条的日光，照明全靠头顶几盏白炽灯。

陆强坐在椅子上，看一眼对面紧闭的铁门，从前他在里面，现在他坐外面，一时五味杂陈。

不多时，里面那扇铁门缓缓地拉开，玻璃消音，钢铁浓重的碰撞声根本听不见。老邓是重刑犯，戴了手铐和脚镣，动作笨重迟缓。

他一眼看到外面坐的年轻人，那人懒散地靠着椅背，略微挑起一侧眉峰，唇角勾了个寡淡随意的弧度，神情张狂又沉稳，在一众探视者当中，显得尤为冷静内敛。

从第一次见到陆强起，他就知道，这年轻人并不简单。

老邓在凳子上坐下，狱警给打开手铐，随后背手站在他旁边。

他拿起面前的听筒放耳朵上，陆强见他动了，才摆正身子过来拿听筒。

老邓说："头发长了。"

"你瘦了。"

沉默片刻，两人相视无声地笑了下。

曾经六年牢狱生涯，他们住邻床，老邓救过他的命，也站在老者立场给他诸多的帮助和指引，陆强最悲痛最崩溃那段日子，老邓和他相依为命。

陆强知道，老邓虽杀过人，但却是个好人。

老邓笑了笑："你这头型挺酷的。"其实就是最平常的板寸头，但配上额头那道暗红的疤，没人比他更适合。

陆强的眸色清明了些："分人。"

“德行。”老邓点点他。

陆强问：“瘦这么多？”

“瘦了？”

“有人欺负你？”

“我老实本分，谁能欺负我，”老邓说，“最近变天，上工整日泡水里，一到睡觉关节疼得要命，吃不下去饭。”

陆强轻触额头：“往上报，让大夫开点儿药。”

“老毛病，看也没用。挺得住。”

陆强说：“我给你带了护膝，回头他们就能交给你。”

他顿了顿：“和你之前那副换着戴。”

之前那副是前妻梁亚荣给买的，已经戴了两年。掐日子算，老邓进去二十五年半，前妻看他不超过五次。

夫妻二人都是高级知识分子，很久以前，他们在漳州化工研究所工作，那年代搞科研阻力重重，老邓废寝忘食获得的成果，被同僚盗走，并申请了专利。他冲动之下捅了对方几刀，被以故意杀人罪判处无期徒刑。那时候梁亚荣刚刚怀孕，包办婚姻，跟老邓并没多少感情基础，孩子没出生就和老邓离了婚，再嫁给一直暗恋她的男同学。

老邓看不开也没办法，梁亚荣不会为他守寡一辈子，偶尔能来看看，已算仁至义尽。后来孩子出生，她告诉老邓是个女儿。老邓问孩子叫什么，梁亚荣犹豫着说叫邓琼，只给他带过一张满月照。一晃二十五年，那孩子却从没来监狱看过他。

老邓想，如果死了，也许这是他唯一的遗憾。

“谢了。”老邓苦笑，刻意忽略这些事，转而问他，“你出去过得怎么样？”

“还行。”他语调平淡，却无意识地挑了下眉。

老邓捕捉到，笑着：“看你这表情，应该过得不错。”

陆强不置可否。

“工作挺顺利的？挣到大钱了？”

他没说话，老邓接着问：“吃得好？睡得好？还是外面世界太精彩，朋友亲人都见着啦？”

陆强没吭声，侧过头看高窗的围栏边飞来一只小鸟，蹦蹦跳跳，叽喳叫着，好奇地往里张望。

半刻后，他一笑：“碰见个姑娘。”

老邓微怔，不大相信：“认真的？”

陆强斜睨他一眼。

老邓笑笑，怅然道：“好事儿，好事啊。”

两人零零散散地聊了几句，时间不知不觉过去，狱警给老邓戴手铐，陆强站起身：“下次再来看你。”

老邓站着，双手举起听筒：“甭来了。”

他低下头：“这不是什么好地方，你见谁出去了还往回跑的？”

陆强心里五味杂陈。

狱警提醒老邓离开。

他最后看一眼陆强，欲言又止。

陆强：“说。”

“你要有工夫，就帮我看看她们过得怎么样。”

陆强知道“她们”指的是谁，直接问：“地址？”

“市南区锦州道化工家属楼，一单元502。”

老邓把一串地址流利地背出来，这个地址其实早在他心里反复无数遍，只是快过去三十年了，不知道她们搬家了没有，也许生活富足美满，根本忘了他是谁。女儿是他唯一的牵挂，哪怕见不到，也想听到关于她的只言片语。

告别老邓，陆强回到家已下午三点多，心情有些沉郁。他枕着手臂躺在床上，想闭眼睡半个钟头，眼前总浮现刚进去那年的事。日子悲怆煎熬，不知怎么挺过来的，那时他第一次后悔走错了路，却没人给他重生的机会。

旁边有个老式写字台，高出床身半米多，陆强抬眼皮，瞟到桌角的快递袋子，里面装着一张支票和碎纸屑，扔在桌上几个月，一直没有拾起来。他抬手覆在上面，食指缓缓地点着。

烟瘾上来，陆强撑住手臂半靠着墙壁，叠起腿，从裤兜里掏烟点上。他睡的是单人床，旁边就是一扇窗，他住一楼，窗外有孩子嬉闹，菜农正装货车准备去集市。

烟灰结了一段儿，他拉回视线，直接弹在快递纸袋上。

一根烟抽完，陆强终于睡沉。

不知过了多久，电话在后腰振动，他一激灵从床上弹起，满头的冷汗。

窗外的天色陷入昏暗，他从身下翻手机，是老李打来的。

已经快六点，老李等了他快一个小时。

离得近，陆强十分钟就能到，老李有些埋怨："干什么去了，才来？"

"睡过头儿了。"

"你小子，大白天的睡什么觉。"老李换好衣服，"我走了。"

"嗯。"

老李拍拍车座，抬起脚撑着急回家。

陆强转身，听见有人跟老李打招呼："李师傅，还没下班呢？"

老李看了对方半晌，惊讶道："呦！这不是小刘吗？好些日子没见了，今天回来，来找小卢的？"

陆强脚步顿住，蓦地回身，老李面前站个年轻人，是生面孔，头发略长，贴着额头，浓眉下大眼炯炯，穿一身黑色的商务西装，看上去有些单薄。

那人半垂着头："她，应该在家吧？"

"在，在……"

老李迟钝片刻："刚才见她回来了。"

"谢谢。"

那人朝他不自然地笑笑，抬腿往里走。经过陆强旁边，明显感到一股无形的压迫感，本能地往那方向看去，不期然地碰到一束冷硬的目光。

刘泽成冲陆强友好地点了点头，陆强面无表情。

待人走远，老李还往那方向张望，陆强过去：“那男的谁啊？”

老李说：“就那谁，小卢之前的男人。”

他怕陆强听不懂：“就没结成那个。”

陆强问：“卢茵？”

老李答：“对啊，就小卢。”

陆强拳头在身侧握紧：“你再替我会儿。”

没等老李反应，陆强已经大步往小区里走。

门敲响时，卢茵正在厨房炒菜，声音持续了一会儿，她调小煤气，跑去开门。

这个时间段，应该没有别人。

卢茵直接开门，就要往回跑：“正炒着菜……”

话断了，脚步也停了，卢茵机械地转回身，手里还握着锅铲。

门口站着刘泽成，一身板挺西装，拎着公文包，热切地盯住屋里她的身影。她穿一件宽松的粗线毛衣，宽领口，脖颈修长，露出笔直纤细的锁骨，胸前水蓝色花边围裙，印着一排滑稽可爱的野鸭子。

她踩着拖鞋，方向一寸寸地转过来：“是你。”

刘泽成目光跟上去，她的头发随意抓起，高高地盘在脑后，颊边落下极细的一缕，发尾溜进了唇角。

他看向她手中的锅铲，满鼻都是居家饭菜的香气，一股久违的暖流溢满胸口，面前的女人站在光下，面孔温和柔软。

自从那日见过，往昔温馨的时光又涌现脑海，有比较，才知道她的好。

今天下了班，他漫无目的，不想回家面对无穷无尽的家务，不想伺候人，不想吃外卖，也开始厌倦那张美丽年轻的脸。

刘泽成抑制住抱她的冲动，嗓音激动：“茵茵。”

卢茵垂下手，冷冷问：“你找我有事？”

“没事。”他往前迈一小步，“就想过来看看你。”

卢茵把唇角的发丝拢到耳后，微笑：“我有什么好看的，没这个必要吧。”

他沉默一瞬：“能让我进去坐坐吗？”说着就要往里走。

卢茵一步挡住：“不能。”

“茵茵！”

刘泽成目光闪烁：“我后悔了。”

卢茵心一麻，没看他，也不吭声。

刘泽成有些哽咽：“这些日子，总想起我们上学恋爱那会儿……还记得有一次你肚子痛，我半夜买药送到你窗口。那时你住一楼，我们有时候就隔着窗户说话。你还记得吗？”

“忘了。”

她冷笑，心底那股极致的痛快越变越大，现在听他说话，除了恶心，并没有太大感觉。

不想继续纠缠，卢茵沉着脸，倾身拉回房门。

刘泽成一时情急，忽然扒住门框，稍一使力，她被带了出来。

卢茵惊呼，拖鞋在门框上绊了下，身体扑过来。

刘泽成伸手要抱她，可手还没触及，一股大力把他扯开。刘泽成一个趔趄，转眼间，卢茵落在陌生男人的怀里。

男人声音不善：“干什么的你？收电费、水费还是煤气费？”他又转向卢茵，声音同样冲，“叫你问好再开门，你听不懂话？”

卢茵小小的扭了下，那人护得更紧，呈占有姿势，把她整个收在臂膀下。

“你谁啊？”刘泽成稳住身体，揉着手腕儿，问完不由得拿眼打量对面的男人。

那人高自己足有十厘米，块头不是一般的壮，屋里大片灯光被他遮住，面孔一时看不清。

那人回：“她男人。”是陆强。

刘泽成看向卢茵，她在陆强怀里乖乖顺顺，身形显得过分小巧。

刘泽成啼笑皆非，要去拽卢茵，被陆强扼住手腕儿，狠狠往旁边甩开。他那小身板哪经得起陆强的蛮力，砰一声撞在旁边的墙壁上。

卢茵抽一口气，下意识地往前一小步。

陆强皱眉，对她的紧张反应颇为不满，狠狠瞪她。

刘泽成喘着气，半天才站直，西装袖子蹭上墙白，扣子挣开，领带歪了，显得有些狼狈。

门口的人挪了方向，一点光透出来，刘泽成看清他的长相和穿着，忆起几分钟前在门口见过他，有些不可思议。刘泽成没再上前，冲着卢茵："他说的是真的？"

卢茵抿唇不语，等同默认。

刘泽成缓缓地摇头，拿手指陆强："他？小区的保安？"

他一双眼瞪得浑圆："茵茵，你脑子坏掉了，还是被刺激的？你知道自己什么身份吗？居然找个保安。"

陆强嗤笑一声，放开卢茵，往前迈了两步。刘泽成下意识地退后，却不及陆强的胳膊长，一把被逮住脖领子。

刘泽成惊慌："你，想干什么？"

陆强臂上的肌肉鼓起，刘泽成脚跟离了地，只听耳边一道低沉的声线："不光是保安，我还蹲过监狱，杀过人，放过火，什么都干过。"

他一字一顿，阴狠地问："你怕不怕？"

"疯子！"刘泽成声音颤抖，"我喊人了！茵茵，快叫他松开。"

陆强一拳挥在刘泽成左脸上："茵茵！"他冷笑反问，"你配这么叫她吗？"

刘泽成歪头不吭气了。

其实陆强没用多大力，只是吓唬他一下。卢茵看得心惊，怕事情越闹越大，赶紧上前握住陆强的手："别打，我来跟他说。"

陆强看她一眼，把刘泽成往后推开。

刘泽成捂着脸，连退两步。

卢茵说："无论什么原因，希望你下次别来了，我现在生活得很好，过去的事不想再提，更不想看见你。"

刘泽成道："我只问你一句，你和他什么关系？"

“没关系。”她脱口，又意识到说错，赶紧添了句，“这不关你的事。”

陆强倏忽看向她，她垂着眸，并没给予任何回应。楼道里短暂静了下来，昏黄的灯光洒在几人身上。

刘泽成细细看她半刻，又拿眼尾偷偷瞟陆强：“你会后悔的。”

卢茵轻轻吸气：“后不后悔都是我的事，你走吧。”

不再看他任何反应，卢茵拽一把陆强，回身关了门，屋里倾泻的光变成一窄条，最后全部消失。

门关严了，才闻到一股烧焦味儿。卢茵惊觉手里握着铲子，跑去厨房关煤气，炒锅里黑乎乎的，分辨不出什么菜色，散发一股刺鼻的气味。

她把炒锅放到水龙头下面冲刷，眼睛盯着水柱，不知想什么。隔了会儿，她转过身，脚步连退了几步，屁股抵在案板上。

卢茵扯扯嘴角：“菜烧焦了，没法吃。”

陆强不知何时过来，堵在身前：“你跟他想法一样？”

“没有。”她下意识答。

陆强眯起眼：“你知道我问的什么？”

空气中有一些沉闷，卢茵垂下肩，推了推他：“你今天心情不好。”

陆强动都没动，捏着她的脸颊，强迫她和他对视：“觉得丢人？”

“没。”

“我们没关系？”这始终是他最在意的。

卢茵不吭声。

他贴近了，用极轻缓却阴沉的口吻：“你应该说清楚。”

“只是觉得没必要。”

“什么有必要？留着活口，等着续前缘呢？”

卢茵忍了忍，狠狠拍掉他的手：“等你心情好了再说吧，让一让。”

陆强冷笑：“心情不好，也是你们这对狗男女给气的。”

“你……”卢茵说，“你发什么疯。”

“这就发疯了？那你没看我发疯什么样。”他托住她的腰臀，把卢茵甩放到流理台面上，屈膝顶开她的双腿，单手扶腰，单手握肩。卢茵一惊，挣扎起来，毛衣坠下去，露出黑色的肩带，圆滑的肩膀落在他手中。

卢茵被捏疼了，往后退缩，伸手去掐他的腰。陆强看出她的意图，抓住那双手一同按在她背后，卢茵掌心湿腻，压到切好的西红柿，汁水顺着流下来，马上浸湿浅色的毛衣。

他嘴贴上来，吮吻她露在外面的皮肤。

这姿势难堪轻薄，没有一丝尊重可言。她想到他的过去，他的伤，他偶尔流露锐利锋芒的目光，她对他一无所知。

单靠喜欢和需要，她获取不到半分安全感，而他遇事只会动拳头，气不过就对她用强。

激动和气愤之下，他的所有好都变成不好，所有关心爱护都变成有所图谋，藏在心底的游移不定，终于破土而出。

这段感情，就像一座危房，根基不牢靠，一点风吹草动，都会楼毁人亡。

卢茵鼻子酸涩，有眼泪顺着流出来。

陆强触到她的脸上，动作微顿。

卢茵口不择言：“我要分手。”

所有动作停了，陆强咽了下喉，安静空间里，都是她抽鼻涕的声音。许久，陆强拉好手下的衣服，把她整个人都拢进怀里，抵着她额头。

冷静了，才知道可能吓到她。他轻抚她后背：“行了……下次不这样了。”

她推他：“你滚。”

“男人嫉妒心强，谁能看得过眼自己女人和旧相好待在一起？”

卢茵挣了挣：“我不想听你说。”

陆强抱得紧，鼻息长而缓地呼出：“我是没文化，但有钱够你花一辈子。那些钱都是你的，你想买名牌、想买钻石豪车或者房子随便你。”

“我不要。”

“我气你没和他说明白。”

卢茵心口一疼：“我们是对狗男女，以后要往一起勾搭。”

陆强苦笑：“别说气话。”

“不是气话，不是他也不会是你，你滚。”

卢茵不太冷静：“我要分开。”

陆强嘴角的笑僵住，她说：“我对你一无所知，我们本来就是个错误，彼此不了解，不是一路人。”

她吸鼻子：“今天正好，一次性说明白。”

卢茵脑子一团乱，思维已经跟不上她脱口的话。

面前拉开距离，他攥紧她的肩膀：“我对你什么都不算？”

“不算。”

“你对我没感觉？”

“……没有。”

“我们是个错误？”

“……对。”

陆强喉结滚动，过了数秒：“你不和我好了？”

卢茵咬紧唇：“是。”

一双深眸带着赤红的血丝，紧紧盯着她。陆强想到，几天前，她也提过和他分开，那次他当她没说过，这是第二次，他却不能。

不知过了多久，陆强冷笑一声，贴着她的耳朵：“你就是喂不熟的狼崽子。”

卢茵抿紧唇。

陆强道：“老子也不玩儿了。”

肩膀的束缚一松，他转头离开。

很久过后，卢茵还坐在流理台面上，耳边是关门的回声，她终于找回一丝理智，想开口解释点什么，可前面空荡荡，已经没有他的影子。

0852

All this is fate

第十二章　徘徊

起初的几秒很难熬，客厅挂钟的声音仿佛穿透耳膜，嘀嗒嘀嗒，她莫名心慌。不知响到第几声，卢茵从流理台跳下来，抓起钥匙，跑了出去。

楼道的声控灯一层层亮起，她一路追出楼栋，没有见到他的人。已经过去十分钟了，所以这并不稀奇。她脚步有些迟钝，这才发现自己还穿着不太合脚的布拖鞋。

卢茵很清楚陆强在哪里，只迟疑几秒，她往岗亭方向走去。她不太确定自己想表达什么，反悔或是解释，但哪怕最终还是这结局，最起码应该是心平气和地收场。

七点不到，小区中最热闹的时段，卢茵穿过广场，耳边都是嘈杂的音乐声。街灯初明，天空还挂一层暗灰，冷风飒飒，把她的鼻尖儿吹得通红，她不由得耸肩瑟缩，脚步时慢时快。直到这一刻，她才真正恨起自己游移不定的性子。

远远看见岗亭，橘黄暖光从窗户倾泻而出，天已黑透，小小房子隐在古树后头，墙壁上树影婆娑。

窗旁房门大敞，外面并没有那人的影子。

她脚步一顿，再次迈步时，心下便坚定地不容动摇。

还有五米不到，门口晃出个人影。那人影一刻钟前她见过，甚至于某个时刻，他们严丝合缝地紧贴彼此，可直到此时，卢茵才更直观更认真地观察对方，好像找到一直忽略的什么东西。

可是那人并没给她太多时间思考，像是有所感应，他蓦然侧头，面部表情略微诧异。他嘴角咬一根未燃的烟，手插着口袋，背脊不那么挺拔，目光落在她的脚上，半刻又移回来，眸中刻意的冷淡和疏离，是卢茵不太熟悉的。

她攥紧袖口，冷风从毛衣缝隙直击皮肤，纤长的脖颈裸露着，绒发轻轻扫着耳根。她刚才出了汗，被风一激，不禁打了个冷战。

那人还注视着她，她往前走了几步，又突然停住。

岗亭并不只有陆强一人，暖光里跟着晃荡出一个人，修长的身材裹在庄重的警服里，头发一丝不苟，警帽戴得端端正正。谭薇没有察觉卢茵的存在，目光始终落在陆强背上，两人不知在屋里说了什么。谭薇皱眉噘嘴，目光幽怨又舍不得从他身上移开，伸手轻轻往他的肩膀捶推了一下，像是不忍用力。

在旁人眼里，这动作没什么特别，却也狎昵有余。

陆强无知无觉，完全忽略身后的人，身体随谭薇的动作轻晃一下，仍然盯着暗处那个单薄身影，第一念头竟是担心卢茵这身穿着。

两人眼神对视着，谁也没有动。

渐渐，卢茵嘴唇泛白，口中干涩，周遭都是自己咚咚的心跳声。她很想故作轻松打个招呼，嘴角却始终弯不出漂亮的弧度，根本没有想象中的洒脱。

那二人站在门口，像是一张被暖光柔化的照片，谭薇个头到陆强鼻尖，目光安然凝望向身前，他们有着同样挺拔的身材，隔着不足半米距离，她勇敢地、大胆地站在他的身后，没有什么比这更和谐。

卢茵的心脏不可抑制地抽痛，眼前的画面刺激着她的眼球，她终究比预想的要在乎一点，只一点点……

她终于迈开步，却不是往前，有点慌不择路的意味。这行径落在陆强眼里，变成另一番解读，胆小、逃避、见不得光，因为有外人在，所以她才放弃过来的念头。

陆强长久地盯着黑暗。

谭薇发现他状态不对，拿手戳他："看什么呢？"

那方向一片昏暗，除了树影和笔直的路，什么都没有。

谭薇来了有半个钟头，老李让她在屋里等着。自受伤那次后他们二人再没见过，她刚忙完手头案子，就抽空先来看他，没想到他还是那副冷眉冷眼的样子。

谭薇声音怏怏："每次来看你，你脸都臭得要死，以为我稀罕呢！再也不来了。"

她往门口走了两步，没得到想要的回应，不甘地咬咬唇，很大声喊："喂！"

陆强终于回头，左腮无意识地鼓动。

谭薇说："我要走了。"

他鼻腔里嗯了声。

谭薇气急，狠狠瞪他一眼，摘下帽子拎手里，没走几步，却听后面叫住她。

陆强问："吃饭了吗？"

谭薇仍然背对着，身体微微摆动了几下，脸上笑容慢慢放大，等到回过身，却已变回严肃表情。

"没有。"

陆强没看她，越过她往门外走。

他们随便找了间小餐馆，点几个炒菜，几瓶啤酒。陆强面前一个杯子，喝自己的，没管她。

谭薇从没这样和他独处，偷偷瞟他："少喝点儿，你还要上班呢。"

陆强头都没抬，把杯斟满："晚上没人管。"

她没话找话："酒劲儿大不大？"

陆强不太想回答，基本一仰头就是一杯。

谭薇直接叫老板，也要了个空杯，独自开了一瓶，试探性地先倒半杯。

她看他脸色："你今天心情不好？"

陆强手一顿，嗤笑了声："对，心情不好。"

"因为什么？"

她撑着下巴，做出倾听的姿态："有什么不开心的，可以跟我说说。"

陆强大口吃菜："跟你说不着。"

"有什么说不着？"

她锲而不舍："说说呗，因为什么？"

"为女人。"

谭薇下意识地笑："别开玩笑了。"

陆强斜她一眼："我像开玩笑？"

谭薇略怔，随后嘁了声，端起面前酒杯抿一小口，秀眉微皱，之后慢慢平缓，竟将杯中全部饮尽。

这次倒满了，她半随意半试探地道："我可看不出来。你这人，总是阴晴不定，高兴的时候露个笑脸，不高兴时胡编乱造，说话没边儿没沿儿的，一点都不靠谱。"

陆强手腕垂着，筷尖支在桌面上，挑起眼皮看她，突然问："你看上我了？"

谭薇一口酒呛出来，忙用手捂住口鼻。

"我什么优点，你告诉告诉我。别人怎么就没发现呢？"他说这话时，面部露出难得的无奈。

谭薇脸颊绯红："干吗突然说这个？"半天总算憋出一句，"这种事情，怎么能说清楚……就是感觉挺好的。"

陆强觉得好笑，往嘴里扔两颗豆子："感觉当不了饭吃，劝你趁早打消。"

谭薇蹙眉看他。

陆强说："我有对象了。"

"你骗人。"

"咸盐吃多了骗你？"他扫她一眼，"刚好上的，看你往这儿跑得勤，怕你白浪费时间。"

谭薇捏紧杯子，终于开始相信他的话。蓦地，脑海闪现一个女人身影——面目清秀、曲线婉转、小鸟依人。这感应十分灵敏，立即坐实他刚才那一番话。

陆强喜欢的，应该是那种厨艺精湛、温柔持家、足够软、足够暖、能给男人归属感和依顺感的类型，而这些特质，从那女人身上不难体现。

反观自己，顿感一败涂地。

谭薇张了张嘴，发现自己没勇气追问下去。

后半段儿没什么话说，她基本接受这个现实。陆强不喝了，她开始一杯接一杯地往下灌。他只负责说清楚，谭薇是聪明人，不会死缠烂打，喝完这顿，清醒了，也就明白了。

陆强吃饱喝足，齿间叼一根牙签，百无聊赖地东看西看。这顿饭和初衷有所偏差，本意是利用女人作陪借酒浇愁，却发现兴趣缺缺。相比于六年前，陆强简直脱胎换骨，他讽刺地笑笑，命令自己多花一倍的耐心，作为他利用她的补偿。

从酒馆出来，谭薇走不了直线，陆强帮她维持平衡，伸臂捏着她的胳膊，避免不必要的身体接触。她不知有几分清醒，有意无意地往他身边靠拢，陆强无情阻止，始终和她保持一臂距离。

不知反复几次，他耐心耗尽，冷笑说："那些酒后乱性的，都是为搞姑娘找的借口。"

旁边的身体一晃。

陆强继续："即使喝醉，脑袋也无比清醒，绝对知道自己干了什么狗屁事，我没醉，也相信你能听懂。今天说的不是逗你，我现在所有精力都放那女的身上，天天想怎么让她服帖喽。"

陆强接着说："我没有时间应付你，你那些小心思趁早收一收，赶紧找个好人该处处该嫁嫁。"

顿了两秒，他又问："能不能走直？"

谭薇毫无反应，仍然走不直，却也不刻意往他身上靠了。

在路边拦了辆的士，陆强把她塞到后座，从警服外套摸出身份证，冲着司机："麻烦把这位女警送回家，地址是……"

他看一眼手中证件："谭林路32号。"

司机是个大叔，在内室镜里看他一眼，含笑点头。

陆强借着灯光，眯眼往挡风镜上瞅了眼，记住车牌号，随手关紧车门，目送车子缓慢驶入黑夜。

那晚过去，卢茵毫无悬念地感冒了，起初还轻，她没太在意，就热水吞了几片感冒药。

在厂子里，陈瑞又发现她和前几日不同，不知是病的原因，还是其他，她脸上那丝神采淡去，闷闷不乐，总是提不起精神。

老杜交给两人一笔订单，为城中某休闲场所做一批员工服装，陈瑞是产品开发部主管，业务由他负责。厂里原先有两位正牌设计师，其中一位正休产假，且此人为人处世刁钻另类，目中无人，老杜早想换人，所以借机提拔卢茵，之后给那人换个无关紧要的差使。

从老杜办公室出来，两人并肩穿过走廊，卢茵略微落后半步，陈瑞侧头："感冒还没好？"

"快了。"卢茵说。

"记得注意休息。"

自上个雨天，陈瑞知道她的心意，虽放不下，也只敢在背后默默关注。他来厂里三年，第一眼见到，便对卢茵颇有好感，只可惜当时她心有所属，完全没把他看进眼里。当得知两人分手的消息，他心情十分矛盾，终于鼓足勇气追求她，还是遭到了拒绝。

面对卢茵，他似乎只有苦笑。

卢茵侧了下头，淡淡地问："笑什么呢？"

"没有。"

他尴尬地咳嗽一声："那就按计划，下周四去一趟那边儿，记得多带些样板照片，他们要的种类太杂，这次可能会麻烦一些。"

卢茵说："没问题，我来办吧。"

又聊了几句工作上的事，两人在他办公室门口分开。

事情提前做完，她回来得早，慢悠悠地走到小区门口，老李还没走。

岗亭门口支了个长桌，老李上来热情招呼，卢茵止步，默默地往长桌后面看了眼，前面站着几家住户，那人坐桌后低头写字，他握笔姿势生疏，像碰到什么难处，手停在那儿，却连眼皮都没抬一下。

老李问："今天这么早？"

她笑笑："工作忙完了，就提前回来。"

卢茵站住脚跟："那是做什么的？"

老李答："咱小区新换煤气管道，这回变成天然气了，用起来更方便些。"

老李指指那边："这不都登记吗，小区住户少，就不挨家挨户通知了。你也过去，让小陆记录一下，换煤气家里要有人的。"

卢茵咬了咬唇，停顿片刻才往那方向挪去。

之前的人已经离开，她在他面前投下一片小小的阴影，陆强抬起眼皮，对上一双清澈水亮的眼，仰视的缘故，能看见她皮肤被光照得透亮，耳郭接近淡粉色。

她张了张嘴，刚想说点什么，陆强却面无表情地收回视线。

她口干舌燥，只听他问出三个字："叫什么？"

卢茵呼吸微顿，只能看见他的头顶，手不由得攥紧，顿了几秒："……卢茵。"

"电话号码？"

她轻轻呼气，报出一串数字。

"住哪儿？"

"什么？"

他抬头，像看陌生人："几门几号？"

卢茵下唇咬得没有血色，短暂时间里，紧盯他的眼睛。她不回答，他轻动唇角，低下头，直接在后面一栏里写下：11门302。

"什么时间家里有人？"他说着抬起头，心便被揪了一下。卢茵原本透亮的眸子里，水汽盈盈，像是要努力睁大眼睛，克制地叫劲着。

她就跟水做的似的，说哭就有眼泪。陆强咬住后槽牙，不敢问了，往本子上直接写了两个字。

他握紧笔杆，指头泛白，也许再多一秒，他会做出什么冲动的事。这女的眼泪太神奇，拥有摧毁一切刚强的魔力。

她一哭，全世界都变成了他的错。

陆强眯眼，直到她离开很远，才盯着那个背影肆无忌惮地瞧。

一转眼就到礼拜四，卢茵早起头痛欲裂，前晚头发没干，她在沙发上睡着。半夜被冻醒，手凉脚凉，电视机还开着，正播放一部老片子，卢茵关掉电视，在沙发上缓坐片刻，起身换卧室睡。

她脑袋昏昏沉沉，才好转的感冒又有加重的迹象。她赶到时，比约定时间晚了一刻钟，陈瑞靠在车旁看手机。

她抱歉地叫了他一声。

陈瑞闻声侧头，见到是她，嘴角漾起微笑，收了手机，往她的方向缓跑几步。

这家娱乐城刚刚落成，还未正式营业，外檐规整，内饰装潢刚进行一半，大厅正在安装吊顶，中间摆放一台小型升降机。

陈瑞从后虚扶她的手臂，把她让到稍微安全的地带，根据指引，他们乘电梯到二楼，由后勤组长接待。

卢茵支起电脑，里面是各类型工装的样板照片，缓慢滑动鼠标，她做适当讲解。

对方也是果决干脆的人，指出其中几版样式，提出修改意见。卢茵习惯用本子记录，一条条罗列得直观清晰，双方敲定在半个月内，先做出几件样品试穿，再决定是否大批量定制。

卢茵这边很快谈完，过程出奇顺利，剩下由陈瑞来谈长期合作和钱款问题，她在一旁听了几句，紧绷的神经松懈下来，才感觉太阳穴突突地跳。她稍稍放松肩膀，往后靠在沙发上，脑袋乱成一锅粥。

不知进行了多久，陈瑞轻轻叫了她一声，卢茵努力把眼神放清明，随他起身。

陈瑞早看出她状态不好，告别后，顺手去接她手里的电脑，卢茵手一紧，没松开，看他的目光一如既往地有距离。

陈瑞默默叹气，手里仍加重几分，故作轻松地说："其实你不用刻意疏远我，你的意思我已经明白，哪儿还能总舍脸追着你。"

他揉了揉鼻子："看你样子不舒服，即使普通同事，帮忙拎个电脑也没什么问题吧？"

这么一说倒显得她狭隘，卢茵有些不好意思，松了手："抱歉。"想了想，又改口，"谢谢。"

陈瑞接过，笑说："小事儿。"

两人往电梯方向走，走廊里堆满杂物，顶灯没装齐全，单靠穿透房间窄门照在墙壁上的日光照明，一步极暗，一步极明。

尽头的电梯正缓缓上升，快到门前，叮一声响。

陈瑞带她自动往旁边靠了靠，里面有人鱼贯而出，为首是个大块头，一身黑色西装叼着雪茄，鬓发遮住右侧眉峰，皮肤黝黑健康。

卢茵只无意瞟了眼，心脏便狠狠地往下一沉，忐忑半刻，才敢再抬头，这次心又落回原处，只余一阵庆幸和后怕。

只是相似而已，而并非本人。

等人走尽，两人上了电梯。

走廊里好像闹出不小的动静，远远看见之前接待他们的后勤人员正对着那群人迎出来。

陈瑞按了下行键，电梯门缓缓闭合。就在这时，那群人忽然停住，为首的大块头向后拨开人群，往这方向看来。那人站在昏暗的走廊，微侧着头，面目不清，眸里的光却冷硬森然。

电梯还剩窄窄的缝隙就要闭合，卢茵浑身一震，不由得往后退了半步。

一种莫名的熟悉感。不单单是神似，那早在公交站，她好像见过他，虽然只有车窗外匆匆的一眼。

走出前厅旋转门，骄阳当头，卢茵不禁抬头往上看，硕大的金色牌匾已经立在建筑上方——震天娱乐会所。

她眼睛被阳光晃了下，腿有些虚，连忙收回视线，索性厂里不去了，想坐公交回家。

陈瑞给拦下来，硬把她拉上副驾驶，送她回去。

陈瑞问："你感冒又严重了？要不先去医院看看？"

"不用。"卢茵轻松地说，"就昨晚没睡好，回家补觉就行，待会儿你帮我跟老杜请个假。"

陈瑞嗯了声："要不顺路买些感冒药？"

卢茵笑说："包里还有。"

他看她一眼："那告诉我前面怎么走。"

车程大概二十分钟。

拐过前面一排饭馆，在转角处，她解开安全带："今天麻烦你了，把我放路边就行。"

"就是前面的小区？"

"嗯。"

他打了个方向盘，靠近小区铁门："你先别动，我给你送进去。"

"别，别，不用进去，在旁边停下就行。"

话没说完，陈瑞按几声喇叭，小区大门只开了一扇，私家车无法通过。她愣神的瞬间，他又按了几声。卢茵咬住下唇，开了她那侧的门："我自己进去，谢谢。"

"哎！"

没听他说什么，卢茵匆匆忙忙转身，倏忽看见一道高大身影出现在不远处的岗亭前，那人沉默地站着，并没有开门的意思，面无表情，目光迫人地盯着她。

卢茵喉咙微微发干，站了片刻，意识到自己并没做错什么，挺了挺脊背，穿过旁边小门。

短短的路程一点都不好受，那人眼睛像长在她的身上，擦身而过时，也不见他说一句话。

卢茵走出好几米，心情一落千丈。

后面的人粗着嗓子叫了声。

她的心跳极快，又慢慢走两步才回过身。

陆强说："后天换管道，记得家里留人。"声音冷冰冰，听不出什么情绪。

卢茵抿紧唇，对上那双眼睛，突然不想回答他，胸口升腾一股气，也不知道自己气什么。

她用同样的语气回敬他："还有事吗？"

陆强停了足有十秒钟："没了……"

这声回答全无意义，他没说完，她挺胸抬头，发尾甩出漂亮的弧线，小腰一扭，快步走远。

他先是一愣，随后低低骂了声，两腮咬紧，磨了磨后槽牙，盯着她左右摆动的臀瓣儿，恶意地想以后怎么收拾它们。

陆强从兜里翻出烟来，用手圈住点燃，吸了几口，又往刚才的方向看去，卢茵的背影已经变得很小，一眨眼就被树丛挡住。他收回视线，对着天空呼了口烟，这才意识到门口还停着一辆私家车。

车里的人不知什么时候出来的，半靠着车门，视线缠绵地盯着院子里那道背影。那人一身浅灰的西装，袖口露出白色一截，转头看到陆强不算善意的目光，友好地摆了下手，将车开走。

陆强眯着眼，看他掉头、转弯、尾灯闪烁。这个人的背影总有几分熟悉，却一时忘了在哪儿见过。

他往那车屁股看了眼，标致408，三厢式，1.8L，十几万。

隔天陆强起晚了，他这周白班，到岗亭已经七点多，门开着，老李坐里面听广播，见外面有动静，抬头说："八点换班，你每次都来这么早。"

"你回吧。"

老李起身："早上就抽烟。吃饭没有？"

"没。"

老李放下帽子："我再等会儿，你去吃个饭？"

"不用。"陆强往院子里看了眼，"不饿。"

老李无奈摇摇头，只好随他。

直到中午，他才离开一会儿去吃饭。

下午的时候，煤气公司来人，管道分几天换，这周内必须陆续换完。陆强跟工人去里面走了一趟，个把小时回来，见岗亭门口站个男人，穿着西装，手里拎几个袋子，正探头探脑地往窗户里巴望。

陆强认出这人，昨天是这人开车送卢茵回来的。

他停在不远处："找谁？"

陈瑞回过身，见陆强这身打扮，忙打招呼："请问，卢茵住在哪栋楼？"

陆强明知故问："你哪位？"

陈瑞道："哦，我是卢茵单位的同事。"说着伸出右手，"我叫陈瑞。"

陆强双手还放在口袋里，低头扫了眼面前的手，修长白净，跟他的很不同。

陈瑞有些尴尬，刚想收回，便被对方握住，手掌很宽，粗粗硬硬，充满力量。

陆强说："这是住户隐私，没法儿给你。"

陈瑞为难道："麻烦通融通融，我同事生病了，给她打电话一直没人接，我怕出事，才急着赶过来的。"

陆强突然抬头："什么病？"

陈瑞一愣："感冒。"

陆强松一口气，斜眼看陈瑞："什么程度？"

"今天没来上班，中午发短信没有回复，就刚才电话也一直不通。"

他说多了，又问："那么地址？"

陆强听得皱眉："不能给。"生硬地拒绝后，就要往11门去，回身的瞬间，小区外进来个熟悉的身影，卢茵看到两人，也明显愣住。

卢茵穿一件米色风衣，扣子直接扣到领口，长发卷在脑后，略微松散。

她快走几步："你怎么来了？"是冲陈瑞说的。

陈瑞看她安然无恙，才轻松说："给你打电话怎么不接呢？"

卢茵瞟一眼旁边站的人："出去了，没带在身上。"

她手里拿着几盒药，不自然地背到身后。

陈瑞上前："你感觉怎么样？我带你去医院。"

卢茵躲开他伸来的手："真不用，今天和老杜请过假了，你发信息时我在睡觉，之后就忘记回复你。你真不用特意来，太冷了，我也该回去了。"

陈瑞的手僵了僵，看了半刻，觉得她精神还可以，便把手里袋子递过去："这些给你，吃完饭记得吃药。"

卢茵不接，陈瑞硬是拽过她的手，把袋子套上去，转身就走。

卢茵伸着手，往前跟了两步，最后无奈地目送他车子离开。

后面不知何时贴上个人，问道："感冒了？"

卢茵回身，闷闷地："嗯。"

"家里有药吗？"语气比昨天软了许多。

"有。"

"睡觉蹬被子了？"

"好像是吧。"

陆强不吭声了，垂眸看她。两人靠得略微近些，卢茵的个头只到他下巴，陆强能看见她红红的鼻头，顺着看下去，她左手拎的袋子沉甸甸。

他问了句："那人谁啊？"

"一个同事。"

"倒是挺关心你的。"他阴阳怪气。

卢茵说："普通同事。"

他呵一声："我运气就没这么好，碰到这种普通同事。"

卢茵抿嘴唇，抬头看他一眼，目光对上，竟像许久未见了。这感觉和之前不同，有点不安，有点小心翼翼。他贴得很近，仰着头，那黑眸里倒映出自己的影子，一举一动，无法逃脱。

下班时段，来来往往的人群从旁边过，她忘记避嫌，没躲开，竟也没觉得有多难堪。

陆强不说话，只盯着她眉眼看，气氛有些尴尬。

卢茵揉了揉鼻子，稍微往后错开一小步，随口问："还有事吗？"

细微的动作逃不过他的眼睛，陆强看看周围，忽然皱眉，不耐烦地摆手："走，没事儿，走，走……"

关系好容易缓和一些，就这样再次陷入僵局。

陆强咬牙，不再过问她的身体状况。

换班后，他在外面随便吃了口，回到家七点刚过。洗澡出来，房间昏昏沉沉，电视机的光线忽明忽暗，没放声音，里面像上演一部哑剧，他没心思看，早早便躺下。

之前在监狱里面，没有娱乐设施，基本新闻联播过后，洗漱完毕就返回班号。那时体力劳动八小时，晚上一闭眼就到天亮，这是许久来养成的好习惯。

今天例外，辗转反侧几个小时，毫无睡意。

他从身下翻出手机，屏幕点亮，不适地眯了下眼，电话本的第一条记录是"茵茵"，显示拨出时间在一周之前。

陆强手指动了动，挣扎片刻，还是在屏幕的左面轻触一下。

连续拨了两遍，那边无人接听。

陆强暗骂一句，单手举着往身上套衣服。

将要挂断那刻，里面终于不是单调的嘀嘀声。

陆强袖子穿到一半："喂？"

里面不说话，只有轻薄的呼吸声。

陆强屏息："卢茵？"

电话里静悄悄，他的动作静止，声调软下来："茵茵，说话。"

良久，他心一沉："你他妈又在哭。"

0852

All this is fate

第十三章　雨过天晴

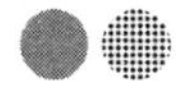

陆强真有点慌了，那边一句话不说就挂断，再打过去又没有人听。往那儿走的时候，他脑子不停地转，暗骂自己抽风犯病，挺大个人跟个女的一般见识。

凌晨的街道，劲风刮面，一路都很安静，树上残叶簌簌掉落，伴着尘土在脚边旋转，路灯熄了，半个人影都没有。

岗亭里，老李已经睡熟，陆强半步没停，直接往小区里面走。

他之前没留卢茵家的钥匙，这会儿被关在外面，怎么叫她都不开。

陆强耐着性子喊：“卢茵。”

没有人应。

他手掌撑在门板上，低垂下头，静静吸一口气，又喊了两声。

这次总算有回应，却是邻居大爷把门打开，隔着铁栅栏：“大半夜的，你找谁？”

大爷眯起眼睛辨认：“哟，这不是小陆吗！”

陆强脸色不好看，侧头看他一眼，又转回视线，猛敲两下房门。

大爷问：“你找小卢？”

陆强盯着门上的小孔，里面隐约透出光亮，问了句：“她出去过吗？”

大爷微愣：“这我倒是没注意，出什么事儿了吗？”

“没事儿。”

陆强转身，想绕去花园看看，还没等动，耳边嗒一声轻响，身后铁门弹开一道缝隙，里面缓慢地探出个脑袋，头发凌乱，眼睛红肿，脸颊的颜色像煮熟的虾米。

卢茵躲在门后，可怜兮兮地望着他。

陆强面色不豫，看她许久，才抬手抹了把脸。

他声音尽量放缓：“这么久才开门？”

卢茵舔舔唇：“我以为做梦有人敲门。”

“打你电话怎么不接？”

“我睡着了。”

陆强不信：“不是接了一个？这么快就睡着？”

她皱眉：“没接过呀！”

陆强咬了咬牙，不跟她计较，伸手把门缝拉开，卢茵自觉往后退了一步，晃晃悠悠，靠在走廊的墙壁上。

他低头进屋，脚步顿了下，侧过头，隔壁大爷还一脸怪异地看着他们。

陆强说：“回去睡吧。”也不等他说话，兀自关了房门。

客厅只开着地灯，幽黄色的光从下面打上来，卢茵脸色憔悴。陆强默默看她，走廊显得格外寂静，直到隔壁传来关门的声音，他才稍微移动，抬手开灯。

卢茵眯了下眼睛，头垂下去。

陆强抬手勾起她下巴：“又哭了？”

“没有。”

她脸上有不明痕迹，陆强戳上去：“那这是什么？”

“是鼻涕吧。”

陆强气笑：“缺心眼儿。”手还没来得及拿开，心却一紧，被她脸上异常的温度烫了下。

他蹙眉：“这烧多少度了？”

“不清楚。”

她摸摸自己的脸：“就是有点儿热。”

来的路上，他想到她可能感冒加重，可下午见她还算正常，没承想会烧得这么厉害。她前言不搭后语，自己做过什么都不记得，其实已经烧得迷迷糊糊。

他问她：“自己能不能走？”

卢茵点点头，扶着墙壁躺回床上。

卧室里开着台灯，地板杂物乱放，床头柜上扔一堆卫生纸团，那后面搁着透明玻璃杯，旁边的瓶盖里放两颗白色药粒。

陆强没有照顾人的经验，更别提还是女的。他面对这场景微愣片刻，看了眼床上的人，她安静乖巧地躺着，被子掩住口鼻，只睁着大眼，眨巴眨巴地看着他。

陆强低斥：“看什么，闭眼。”

床上的人受惊般闭紧眼。

他叉腰站在屋中央，回想小时候他生病，老娘是怎么照顾的。半刻后，他脱下外套扔旁边凳子上，去卫生间准备热毛巾。

卢茵哭过，出了汗，鼻头也擤皱了，一点点绒发贴在额头上，形象搞笑又可怜。

陆强拿毛巾给她抹了两把，底下的人忍不住挣扎起来。

“别乱动。”

卢茵细皮嫩肉的，哪儿扛得住他粗手粗脚，她挡住毛巾：“有点儿疼。”

他手一顿，却不由得放轻了些，帮她把脸上不明痕迹擦干净，问：“退烧药吃没吃？”

卢茵仍然只露出两只眼睛，往床头柜上看了眼：“刚才水热，还没来得及吃呢。”

他端给她：“现在正好。”

卢茵从被子里探出手，触了触杯壁：“有点儿凉了。”

陆强冷哼："事儿还不少。"他收回去，去厨房给她兑温水，先拿唇试了试温度，才端给卢茵。

等伺候卢茵吃完药，他又从桌上一堆杂物里翻出温度计，对着灯光甩了甩，扒开被子，搁到她嘴里。

他在床边坐下，脚腕儿搭在另一条腿上，烟瘾犯了，摸出一根咬上，也没点，垂眼逗她："之前那么爱干净，是不是跟我装呢？"

卢茵张口，温度计差点掉出来，陆强帮她放好："逗你呢，别说话。"

安静地坐了会儿，陆强始终垂头看着卢茵，她额头上有汗，他直接用手掌抹了把，拿手指把她额头的湿发捋到脑后。

待抽出体温计一看，三十九度五，怪不得她刚才一直说胡话。

陆强开始想别的法儿，去卫生间端来一盆温凉的水，把刚才的毛巾重新洗净，撩开被子。

卢茵一惊："干吗呀？"

"帮你降温。"

"别掀被子。"她急忙用手拽。

陆强看她一眼："给你擦擦，再不行就去医院。"

他没管她的反抗，动手解她的衣扣。卢茵穿一件分体式纯棉睡衣，娃娃领，百褶收边儿袖口，前襟一排扣子，看上去有些幼稚。

卢茵还没烧傻，攥住衣摆："我生病了，你想乘人之危吗？"

他拍开她的手，嫌弃地说："我口味再重，也不至于弄个病人，半道儿晕过去，我是救你还是不救你？"

卢茵气结，找不到话顶他。本来就虚弱，根本阻止不了他的蛮力，眼看快解到领口，她一把环住胸口。

陆强把没抽的烟别在耳朵上，瞟她一眼。她用哀求的口吻道："不用了。我里面……里面没穿衣服。"

陆强说："都吸过，还有什么好装的。"

"我不想。"

"由不得你。"

陆强扯下她的衣服往旁边一扔，卢茵整张脸都红透，身上雪白，手臂挡也挡不住，胸前挤压变形，还不如全露着。陆强任她挡，心无旁骛拿毛巾帮她擦。但是，毕竟本性难移，只支撑几秒，她胸前那两团不断在他眼前晃，视线不受控制地迎上去，只感觉下腹收紧，手指有点儿麻。陆强喉咙动了动，咬牙给她翻了个身，面朝下，背朝天，后面同样雪白。脊柱一条凹窝笔直性感，小腰狠狠塌陷，和圆润翘挺的臀部形成一条优美弧线，一高一低，一起一伏。

陆强给她擦背，过程无比难熬，凭空想象睡裤下面掩盖的美好。

他擦了几遍，把毛巾扔到水盆里，手覆上那片布料，怎么都觉得它碍眼。可还未动作，只感觉她身体抽动了两下。

卢茵脑袋闷在被子里，呜呜哭着："臭浑蛋!"

陆强："……"

他吸一口气，把她翻转回来，她手还护着胸口，脸上已经挂满水珠，闭眼撇嘴，要多难看有多难看。

他扯过被子，没好气地甩卢茵身上，冷眼看了会儿，伏低支在她的两侧。

卢茵委屈地控诉："为什么总是欺负我？"

他柔声："哪儿欺负了？"

"现在。"她撇嘴，"还有以前。"

陆强凑近了，不太温柔地抹去她的眼泪，没有说话。

她含混不清道："不是不陪我玩儿了吗？我不是白眼儿狼吗？不是不知道我叫什么，电话号码都不清楚吗？"

她说得断断续续，这会儿什么都记起来了，也不嫌脏，鼻涕直接抽进肚子里，咧着嘴，满腹委屈都挂在脸上，哭得像个孩子。

陆强觉得好笑："不迷糊了？开始跟我翻旧账了。"

听他这么说，卢茵更伤心，有点破罐子破摔的意思，什么淑女贤惠、温柔体贴，通通跟她不沾边儿，鼻腔里发出呜呜的声音。

陆强唇角慢慢拉平，他笑不出来了，低头吮上她的脸颊，叹气说："你就认准我吃这套。"

连哄带吓，好容易阻止她的泪，陆强抽一张干净的纸巾，抵在她鼻子上。

他手指一紧：“往外擤。”

卢茵唱反调，偏偏不配合，往里狠狠吸了下。

陆强咧嘴骂了句：“真恶心。”也不浪费纸，直接给她蹭蹭脸，扔旁边桌子上。她温度比之前降了些，他又给她擦一遍身，这次倒是配合，抿唇没吭声。

之后把她包成一个大蚕蛹，陆强说：“我那些都是气话。”

卢茵垂着眼。

“不是你提要分开的？”

卢茵眼皮抬了下，抽噎道：“是你说话太难听。”

他半撑着手臂侧躺下：“我说什么了？”

“你说我和他是狗男女。”

陆强一愣：“我说过吗？”

卢茵瞪他，眼睛红肿，里面布满血丝。

陆强拍拍“蚕蛹”，不逗她了，妥协道：“算我错，我道歉。”

他顿了顿：“咱俩才是那对狗男女，他算哪根儿葱，只配当狗，行不行。”

“你……”

“行了，见好就收。”陆强厉色说，“闹够了赶紧睡，再不闭眼弄你了！”

他回身关了台灯，也没盖被子，直接把“蚕蛹”裹进被子里躺下。屋里漆黑，卢茵睁着大眼，不知多久，困乏侵袭，在愤愤不平中渐渐睡着。

受感冒的困扰，卢茵这几天都没休息好，大概药效作用，这晚睡得格外沉。

清晨，卧室窗帘没有拉严，第一缕曙光穿透黎明，刚好照在她脸上。卢茵挤了挤眉，感觉身上异常沉重，藏在被子下的身体不着寸缕，被单湿淋淋地黏在光裸的皮肤上。

她不适地动了动，眼睛垂下去，找到沉重的元凶。一条粗壮臂膀横过她胸前，手掌反压回被子下，呈半趴姿势。腿也失去自由，隐约看到牛仔裤的布料，横跨着搭在雪白被面儿上。头顶被一寸坚硬抵住，那是他的下巴。

她像人肉抱枕，被对方禁锢在身下。

卢茵顿时觉得呼吸困难，侧了侧头，撞进他宽厚的胸膛，那里呼吸平缓。

她一顿，脑袋清明许多，昨晚的经历变成一个个片段，紧凑地蹦出来。此时一切记忆都在阳光下放大，她才发觉处境尴尬。

她艰难地抽出一只手，倾身往下，去取被他脱下扔在不远处地板上的睡衣，另一只手紧拽被单，防止走光。卢茵动作小心翼翼，唯恐扰人清梦，她裸臂纤长，腕骨小巧可爱，粉白指尖来回动了两下，差几毫米就能够到衣服。

胸口突地一紧，没得逞便被拖回床上，卢茵惊呼，这次后背靠着他的胸膛，和被子下面不同，是带着体温的热度。

陆强闭着眼，先往她额头探了探："退烧了。"

语调缓慢，低柔得可怕。

卢茵攥紧胸前的被子，庆幸此刻背身，不用面对他。

说完这句，后面忽然没了声音，她屏息，客厅挂钟规律摆动，隔壁大爷在阳台逗鸟，楼下有吵闹的狗叫声……头顶的气息再次趋于平缓，卢茵眨眨眼，过了半刻，才敢继续之前的动作。

陆强隔着被子捏她："别乱动了，干什么去？"

他并未睡着。

卢茵嘴巴埋进被单里："我去厨房，有点儿饿了。"

"昨晚没吃？"

卢茵轻轻嗯一声。

他仍闭眼："想吃什么？"

"稀饭和小菜。"

"我去。"

陆强拿下巴蹭了蹭她头顶："等我缓缓。"

卢茵不动了，和他静静躺在床上。邻居大爷逗完鸟，又在屋里吊嗓子，隐约能听见收音机的吱吱声；楼上住着小男孩，大清早调皮捣蛋，跳得整个房顶都在颤，家长尖声制止，不大会儿，传来哇哇哭声。

旭日东升，比刚才挂得还要高，窗帘是暖黄色，把整个房间照得一片璀璨。卢茵伸出指尖，触碰那一缕裸露的日光，动动手指，有细小尘埃跟着舞动跳跃。

一切的开始都生机勃勃。

陆强蓦地开口："你家太闹了，这么不隔音。"

卢茵没答话，他不知想到什么，鼻腔里轻缓地笑了声。

卢茵动了动："你笑什么？"

"没事儿，我去熬稀饭。"他终于睁开眼，看见大片阳光照在她的背上，白得并不真实。陆强眯起眼，顿了顿，在她细嫩的皮肤上轻啄一口。卢茵一抖，他未有其他动作，帮她把被子盖好："你再眯会儿，要不起来洗个澡。"

他趿着鞋去厨房，在冰箱里找到半碗米饭。复杂的他不会，煮个稀饭还是没难度，兑了些水，直接把锅放在煤气上，洗净蛋壳，往锅里投了两颗。冰箱里还有些冷藏的萝卜干和辣白菜，他拿筷子挑出来些，装在盘子里。

他的眼睛往旁边瞟，流理台上放着几个塑料袋，里面的快餐盒整整齐齐，一动未动，刹那间，陆强终于想起送饭那人是谁了。

他在杜华制衣的门口曾见过，那天下雨，目送卢茵进厂，有个男人蓦然闯入，蓝衬衫、黑西裤，一把黑伞帮她遮住风雨。

陆强拿手背碰碰袋子，冷哼一声，再次确定就是那个人。

很久，他才把目光投回锅子里。这时卢茵也从浴室出来，肩膀搭着毛巾，一下下缓慢搓揉发梢。厨房里的男人背身站着，一只手撑胯，另一只手搅动锅底，低着头，极其认真和谨慎的架势。他身前热气氤氲，玻璃上罩一层浅薄雾气，那高大背影彪悍又温暖。

卢茵动作不由得停下，她咬了下唇："我来吧。"

他身形一顿："你怎么走道不出声？"

卢茵吐吐舌尖，放下毛巾："我来吧，你也去洗洗。"

陆强放下筷子，忍不住多看她一眼，她洗过澡，脸颊净白亮丽，和昨晚的邋遢鬼简直两个人，发尖还有水珠，一滴滴缓慢落下，肩膀浸湿一小片。

他抬手拍了下她脑门儿，错身去洗漱。

浴室的镜子前放着崭新的牙刷和毛巾，都是干净的浅黄色，符合她的风格，并不是特意为他准备。

洗漱完毕，卢茵已将饭菜端上桌，粥没有多少，她只给自己盛了半碗。

陆强把大碗换给她："你吃，我吃别的。"

"家里没有别的了。"

他奚落："就你普通同事给送的。"

卢茵扫了眼他面前的餐盒，她近来没什么胃口，一直没好好吃饭，这会儿闻到那股油腻腻的味道，竟也有些蠢蠢欲动。

她往前伸了下筷子，还没碰到，被陆强打掉："喝你的粥去。"

"我想吃块儿肉。"

陆强哼了声，毫不心软："你那同事脑残吧，知道感冒生病，送这些垃圾？"

他说完顿了顿："再送东西，你少吃。"

卢茵抿抿唇，听出他并不是介意食物本身，琢磨着这人心眼儿和身材真不成比例。

她不动声色，聪明地点点头。

陆强看她一眼，总算满意，拿起旁边的煮蛋，剥去外壳："比肉好吃。"

"……"

两人静静吃完一顿饭，陆强嘱咐说："待会儿再吃一次感冒药，没什么事别出去乱跑，等着换煤气。”

他在沙发上坐片刻，像是想到什么，问她：“你有没有驾照？”

卢茵正收拾桌面：“有啊。”

“明天休息？”

“嗯。”

“那跟我出去一趟。带着证件。”

卢茵纳闷看他，他站起身：“走了，换老李去。”

送至门口，陆强停了停，回身捏起卢茵下巴，挑着眉眼：“咱这算和好了？”

卢茵皱紧眉头，沉思良久，仿佛是给他的一个承诺，她郑重其事地嗯了声。

这个音节轻轻柔柔，像一道清风，送进他耳朵里，陆强忍不住笑了，牵起她腰肢勾进怀里，狠狠吻住她的唇，辗转反复，吸食她口腔的每一寸，直到卢茵身体发软，情不自禁深深地喘息。

陆强放下她，咬了下那柔软的唇瓣：“再留你几天。”

卢茵装傻，轻轻吐气：“感冒会传染你的。”

“这体格不怕。”

陆强离开后，一整天心情都很好。

见到老李，跟他换了第二天的班儿，到晚上时候，接到业主电话，说家里水管爆裂。

陆强问了楼栋号，拿着工具前去维修。

业主住在卢茵家前面，中间隔着小区花园。这里最早是由南方人兴建的，阳台都是露天外跨式。漳州冬天寒冷，这种露台并不适用，有些住户自己找人封起来，有的还维持原状。

卢茵这栋楼基本没封几户，还保持建筑原本的样子，只窗门紧闭，一派死气沉沉。这当中有一处飘荡的景致，三楼某露台，有人穿着单薄，低绾发尾，挂几件浅色衣裤，挂好衣服后缩肩匆匆跑回房间里。

陆强移开目光，也不知卢茵看没看见他。

报修业主住五楼，他敲几下门，里面像并不着急，等待片刻，房门才缓缓打开，还未见人，一股香气扑面而来。

陆强下意识皱眉，抬眼一看，竟是张姓业主。

他不由得冷声："水管坏了？"

张姓女穿着杏色蚕丝睡裙，外面罩一件针织薄开衫，胸前袒露，沟壑一览无遗。

她慵懒靠着后面墙壁，媚眼如丝："看来要麻烦保安大哥了。"

陆强说："谈不上，分内事。"

见他进来，张姓女关紧房门。

陆强站在客厅中："哪儿坏了？"

"浴室里。"

这间格局和卢茵家不同，两室一厅，全面朝阳，浴室在拐弯的角落里。这显然是自己的房子，墙壁地面布置得姹紫嫣红，音乐轻缓，香薰弥漫。外头天色暗下来，房内窗前拉着藕荷色纱帐，沙发旁开一盏极暖的落地灯，又是珠帘又是地毯，不知道的以为进了盘丝洞。

陆强略微扫了眼，找到浴室，没看见水管爆裂，也没有瀑布漫天，旁边一个浴缸，注满热水，热气熏然。

陆强瞟她："逗我玩儿呢？"

张姓女巧手一指："哪儿敢！那喷头不是滴水吗，洗澡水流小，关又关不严。"

她顿了下，往前挺挺身："我这正准备洗澡呢。"

陆强往里走，避开身体碰触。那胸部颇为硕大，无形下垂，以前的他或许有兴致一试，现在审美被某人颠覆，看别的都觉腻味恶心。

他本想随便敷衍几下就撤，背后突然贴上无骨身躯："保安大哥，你热不热？"

声音腻到极致。

陆强转身，她身上那件外套已经褪下，一根细细的带子，脆弱地挂在肩上。

没等反应，她手往他身下去，陆强猛地攥住，粗鲁拽到她的眼前，张姓女一愣。

“怎么，你热？”

她喜欢他的粗鲁强悍，不退反进，贴着说：“我这屋子朝阳，吸收一天的阳光，怎么能不热？”

说着，张姓女的另一手从他胸前一路滑到肩膀，把他的外套往两侧推开，试探地说：“衣服脱了吧！”

“我不热。”

陆强甩开她的手：“看你挺热的，帮帮你？”

张姓女挑眉，听他这么说，觉得事成一半，没想陆强回手开了水龙头。

张姓女一声尖叫，头顶冷雨倾盆，他手拿喷头，把她连连逼到浴缸和墙壁的角落。

他咬牙冷笑：“还热不热了？”

张姓女抱头躲避：“你个疯子。停下，快停下，冷死了！”

“又冷了？真不好伺候。”陆强扔了喷头。

“那再帮帮你。”他说完后，一脚把她踹进浴缸，毫不留情。

先不论身上疼痛，开始是极冷，而后她又瞬间滚入热水中，皮肤像被油煎一般刺痛。水花洒了满地，她喝几口洗澡水，咳嗽不停。

陆强单脚踩着浴缸边儿，居高临下：“还发骚吗？”

透过水雾，上方男人的表情阴鸷狠毒，嘴角一抹笑容极其冷酷，额头刀疤隐隐泛光，并不是平凡角色。

陆强说：“以后见我绕道儿走，收了你那一身本事，搁我这儿行不通。”

他看她一眼：“慢慢享受。”说着捡起门口的工具箱离开。

关门那刻，屋里还在叫嚣：“我要投诉你！

“臭打工的，乡巴佬，披一张人皮……”

房门砰一声甩上，陆强走出楼栋，低头看了看，裤腿湿了，一天的好心情毁她手里。

他站了片刻，吸完半支烟，对面三楼已经挂满衣裤，比他进去时候多一倍，都是浅色衣物，像她的人，干净纯白。

陆强牵了牵唇角，又突然心情大好。

第二日，陆强直接在公交站牌等她。

卢茵老远看见他的身影，他今天穿得格外英挺，一件黑色短款夹克搭配一款收腿运动裤，下面一双休闲鞋，是平日很罕见的打扮，像特意整理过，下巴干净，微微泛青，连发丝都十分清爽，黑密光泽。

卢茵偷偷瞧他。

他像极不耐烦，皱着眉："看什么看。"

卢茵移开目光，咳了声："我们今天去哪儿？"

陆强问："证件带了吗？"

她木讷地点点头，问出疑惑："要我带证件做什么？"

他没答，远处过来一辆公交，他拽她袖子："跟上。"

两人住的地方略靠郊区，这趟公交驶往外环方向，没行几站，陆强拉着她下车。

人迹稀少，道路两侧一溜儿宽敞店铺，出出进进的人流并不多。

卢茵诧异："你要买车？"

陆强拉着她手臂一路向前，手掌顺着布料慢慢滑下，触到她掌心，犹豫片刻，便牢牢地握住。

卢茵只抿一下唇，低下头，并没挣脱。

陆强随意问："喜欢哪个牌子的？小日本儿的还是德国的？"

她隐隐有了猜测，手指一紧："你钱是哪儿来的？"

陆强瞟她："跟你说过，我有的是钱，你偏不信。"

她停下脚步，拉住他手臂，非要一个解释。

陆强只好实话实说："进去之前捞的，没被查出来。"

"非法的？"

他冷哼一声："非不非法我不知道，反正都是卖命挣回来的。怎么，还想让我捐了啊。"

他改为搂住她的腰，贴近说："这笔钱是老婆本儿，要我舍了，没戏。”

卢茵脸一红，偏了偏头，轻掐他的腰肋。

陆强逮住她：“没记性是不是？”

两人笑闹一阵往里走。

最终选定德产大众，一款白色宝来，全新自动挡，十来万并不贵。

试驾一圈儿，直接提了裸车。

卢茵坐在驾驶位，车内充满崭新的皮革味儿，她仍有一丝不安和虚幻感。

陆强说：“我这身份刚出来名下就有车，遭人怀疑，更何况驾照早就作废，只能拿你的证件买。”

他侧头：“车还是我的，就借你开开。”

卢茵不是小孩子，知道他想她安心接受，闷着声：“不用你借。”

陆强说：“以后你开着上下班，总比坐同事车来得方便。”

车里静了几秒，卢茵听出他的意思，扑哧笑了一声。

陆强斜她：“笑什么。”

“没。”

他拍她脑袋：“开你的车。”

窗外人影一晃，陆强看到熟面孔，却不是重要的人，并未挂心。

车子驶上公路，渐渐混入熙攘车流。

张姓女穿一身黑色套装，拽住旁边同事：“刚才那个是你客户？”

“啊。”

“叫什么？”

同事说：“客户秘密，禁止外泄。”

“别跟老娘来这套，赶紧。”

同事嬉笑：“叫卢茵。”

张姓女不耐烦："问那男的。"

"听女的好像叫他什么强。"

"陆强？"

"啊，对对，就是这名，哎，小张，你问这干什么？"

张姓女不答话，看着车子消失方向攥紧拳，昨天的侮辱历历在目，刚才匆匆一瞥，还真的是他。

一直纳闷对方不上道儿，原来是早有了姘头。

陆强却不知有人在背后咬牙切齿。两人拿临时牌照逛了一天，晚上在小区附近吃饭。

卢茵大病初愈，却只能吃些清淡的。

陆强点餐，给她叫了白粥和小菜。自己大鱼大肉大快朵颐，嘴唇直挂油。

真实的视觉折磨。

吃完饭，陆强没上车，捏了捏她的脸颊："我走回去。"

卢茵稍微一想，便知道他的用意。她抿了抿发鬓："上来吧，一起进去。"

"我消消食。"

"其实……"她刚说两个字，陆强摆摆手，已先行往小区走。

她看着他的背影，默默说完后半句："……我不介意了。"

陆强却没听见，走了两分钟，转了个弯儿。

小区门口近在眼前，门口昏暗，却见黑压压围着一圈儿人。

0852

All this is fate

第十四章　得逞

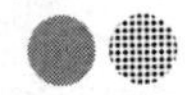

天空一直昏沉沉，今天预报有雨，始终没下起来。滚滚乌云还在远方，落日藏在那后头，只把轮廓镀上一层金边儿。

有风吹过，一滴雨落在他额头。

陆强没管，撩起眼皮看看天色。唇边的烟猛吸一口，被呼出的青雾熏了下眼，他侧开头，在原地站了片刻，才抬腿往小区里面走。

围的都是相熟居民，几个看到陆强，屈肘碰碰旁边的人，一时间都朝他看过来，声音止了，鸦雀无声。

前面自动让开一道缝隙，陆强眯着眼，看见长凳上坐的人，鬈发红唇，紧身皮裤加短款铆钉外套，双臂相环，把胸部托得硕大。对面的人恰巧也看过来，胸口猛烈起伏几次，表情气愤，只有眼里的光暴露出此刻胜券在握的心情。

陆强吸一口烟，单手插在裤子口袋，稳稳站在人群里，看热闹一样，没有上前。

张姓女冷哼一声，刚才已经叫嚣一阵，招来小区居民，主角终于到了，但却一脸置身事外的表情。她思索片刻，也不急了，等着好戏上演。

老李早就怕了她，擦一把冷汗，跑到陆强身边儿："怎么才回来？”

陆强说：“没到换班时间。”

“我不是说这个。”老李急道，“那边儿，找你的，已经闹了一顿。”

他叼着烟卷：“闹什么？”

老李欲言又止，陆强淡淡瞟他一眼，也没追问的兴趣。

老李问：“你昨天给她那儿修水管了？”

他一挑眉：“怎么？”

老李委婉说：“走之前，是不是错装了别的东西？”

“什么意思？”

“张小姐说，她门口放的钥匙不见了。今早出门着急，只好拿的备用钥匙，晚上回家看，卧室里的首饰和几万块现金没有了。”

老李看陆强一眼：“说是昨天没去生人，只有你给修过水管。”

陆强低头抽烟，没见多上心：“说我拿的？”

老李压低声音，用只有两人能听清的音量：“你到底拿没拿，跟我说句实话。”

陆强却倏忽转头：“你信？”

老李吓了一跳，不由得往后退开半步。陆强底细没多少人了解，老李算一个知情的，他年长将近二十岁，更愿意站在长者立场，提醒指点陆强几句，一副好人热心肠。今天才知道，这些也只不过是表面功夫，遇到烧杀抢偷的糟心事，第一怀疑还是他。

陆强是劳改犯，大错小错，只要从里面走一遭，都会成为特殊群类，不被接受、敬而远之、被人戴着有色眼镜看他，这是本能反应，怪不得别人。

烟快烧到尽头，陆强拿两指捏着，狠狠吸了一口，才扔地上踩灭。

他笑了笑：“东西不是我拿的，今天一直在外头，没回来过。”表情淡然，也不知说给谁听的。

老李低头沉思，对面一声冷哼，张姓女终于开腔：“哪个贼会承认自己偷东西？”

陆强瞥她一眼，张姓女不由得退缩，随意淡漠的眼神，却令她毛骨悚然。这男人喜怒无形，瞬间变脸，张姓女昨晚领教过。

但今天场合特殊，她不相信他敢乱来，看一眼周围，缓了缓，才挺着脊梁道：“我家这两天只有你去过，首饰就在梳妆台摆着，一条金链、一对钻石耳钉还有几块翡翠吊坠，另外有三万在床头抽屉里，防盗门没有破坏迹象，窗户完好，很明显拿走东西的人有钥匙。”

她昂头看他：“不是你，难道是我自己拿的？”

陆强说：“没准儿。”

“你！”

张姓女一拳打在棉花上，气得直咬牙：“说多了没用，我要一个交代。”

陆强说：“没交代，不是我拿的。”

“有谁能证明？”

老李眼前一亮，也说：“对了，你今天和谁在一起，让他来帮忙做个证，不都解决了。”

他一顿：“来不了。”

张姓女笃定他们关系不正当，见不得人自然不敢摆在明面儿上。她从椅子上站起来，环着胸，往他身边走了两步，得意扬扬地笑。周围看热闹的人越聚越多，在背后议论纷纷。

老李着急：“怎么就来不了？”

张姓女解一口气，不紧不慢：“说吧，怎么解决。”

陆强说：“报警。”

张姓女愣怔，心想闹到警察局不是好玩的，破绽会被人一眼看出来。

却在这当口，人群后面多出一道声音，唤了声：“陆强？”

陆强一顿，心口被铁锤狠狠重击，几秒工夫那人已经走到身旁。他低头看她，眉目冷峻。

卢茵昂头冲他微笑，表情些许不自然，仍柔着声：“停车的工夫，你怎么自己进来了？”

陆强舌头抵着下唇，静静瞧她，随后指尖温热，渐渐蔓延到整个掌心。

她牵住他的手，安慰地捏了捏。只停顿几秒，指尖一紧，被他反手握住，陆强挑起一边唇角，只看她，也不说话。

卢茵眨眨眼，看向人群："这是怎么了？"

他们虽同住一个小区，却互不相熟，没几人认识卢茵，唯独老李格外错愕："小卢，你们？"

卢茵淡淡地笑："我们今天去买车，吃了饭，才回来。"

张姓女也瞠目结舌，在车行只匆匆一瞥，根本没看见里面女人的样貌，即使看清，也不见得认识。卢茵出现得突兀，张姓女有点措手不及，一时没什么话说，站旁边默默观察。

老李表情夸张："你们、你们……"指指他们牵着的手，半天憋出一句，"什么时候开始的？"

卢茵捏陆强的手，想让他给个反应，一抬头，见他还挑眉盯着自己。卢茵脸热，硬着头皮："挺久的。"

老李缓了一会儿，拿手指点点陆强："好小子，秘密工作做得挺好，一点儿风都不透。"

他笑着，松一口气地向后摆手："散了吧，都散了，误会一场，人家小情侣今天约会去了，根本没回来。"

又冲着张姓女："东西肯定不是小陆拿的，你回家好好找找，指不定忘哪儿了。"

张姓女不甘心，瞪着眼："这不可能，我反复找了几遍，就他去过，一定是他拿走的。"

"这位小姐，你怀疑陆强拿你东西？"卢茵说，"你可能搞错了，我们整天都待在一起。"

张姓女冷笑："那昨晚呢？他可以趁我睡着偷溜进去，更何况……"

她瞥陆强一眼："修水管时毛手毛脚，谁知道有没有其他企图。"

卢茵气得急喘几下，攥紧他的手，让他反驳，陆强却仍不吭声，眸色幽深地看着她。

她一咬牙："昨晚我们也在一起。"

这句话成功地让周围静下来，随后感觉手被握得更紧，她脸颊通红，迎着张姓女目光："他睡在我家，可能真是你搞错了。"

"这不作数，他是你姘头，你当然要帮着他说话。"

卢茵纠正："我们在谈朋友。"

老李也帮腔："人是正当关系，别说那么难听。"

陆强口碑不错，见有人出来澄清，周围的人也指指点点，怪张姓女没搞清状况，冤枉好人。

卢茵说："现在事情清楚，那我们回去了。"

"不行。"

张姓女不肯认输，硬撑着说："没解决，谁也别想走。"

"那报警吧，小区内外都有监控，你家里也可以做取证调查，想要说法，这个最清楚准确。"

卢茵掏手机："我帮你报警？"

张姓女心一惊，登时闭口，一场闹剧总算收场。

人群散去，卢茵拉一把陆强："回家吧。"

陆强没动，她用了点儿劲儿，拽着他往小区里面走。

天色渐行渐沉，乌云压顶，零星雨滴飘然而至，这个季节的雨水格外冰冷，落在脸上，浑身一颤。

卢茵走在前，陆强跟着，两只手始终紧紧牵牢。身边有刚才看热闹的人，偷偷往这方向瞧，卢茵脸都快垂到胸口了，之前情急不觉得，现在才发现成为众人焦点，而她的性格，一向不喜被人关注。

"你手抖什么？"陆强稍稍清了清喉咙，开口声音微哑。

卢茵回头瞪他一眼："你手出汗了。"

他倒没觉出来，掌中的小手冰凉凉，微微一颤，有松开的意思。他反手牢牢握住。

两人一时都没吭声，不知何时角色转换，陆强走到了前头，他步子大，步伐略微急切，她在后面跟不上时，脑袋才嗡一声炸开。

卢茵往外抽手指：“你好像要去换李师傅的班。”

“晚点儿去。”

“那你回家吧。”

陆强往后瞧她一眼，两腮紧绷。

卢茵隐隐觉出要坏事儿，又惊又怕，心跳奇快，不禁拍打挣扎，可力量悬殊，一路被陆强半拖半拽拐进楼道。

她另一手扶住楼梯扶手：“我不。”

“不什么？”

她直接蹲在地上，耍赖说：“不想回家。”

“外头下雨了，你想淋雨？”

“我怕。”

陆强拽她：“刚才的劲头呢。”

她大眼湿漉漉：“求你，去上班吧。”

陆强咬了咬牙，忍耐已到极限，俯身一根根掰开她的手指，托住她腋下，躬身，把整个人倒着扛起来。

卢茵惊呼：“陆强，陆强，你冷静点。我其实还没准备好。”

他一步连跨两级台阶：“不用准备。你躺着就行。”

房门在背后甩上，卢茵知道已经没有退路了，一颗心沉到湖底，天旋地转间，被他抛甩到柔软的床上，一切毫无防备，仿佛又顺理成章。

陆强强劲孟浪，过程中她几乎承受不住，好容易挨过来，卢茵疲惫地闭着眼。

陆强却久久不肯退出，她腿还跷在两边，腿根酸抖，像钉在砧板上的肉，任他宰割。

外面雨越下越大，豆大的雨滴噼啪砸在玻璃上，走时留着缝隙换气，根本没来得及关。冷风吹起纱帘，夹杂着冰凉的一滴落在她手上。卢茵指尖一颤，从床沿下把手臂缩回来，轻轻推他：“透不过气。”

陆强嘴唇贴着她太阳穴，用拇指摩挲她湿滑的额头和发丝："压到了？"

"……你太重。"

陆强亲了亲她："让我再待会儿。"

"我冷。"

他瞟向旁边，漆黑房间里，只看见纱帘鼓起飘落，窗户被风吹得大敞四开，雨滴染上路灯的光，一晃一晃，落在窗台和附近地板上。陆强看一眼身下的人，她低垂着眸，睫毛轻轻颤动。

他翻过来，手臂横在她头顶，大喇喇地平躺。

卢茵身体一空，心也没来由空了一下，瞬时蜷起自己，背对着他。脚趾勾了勾，夹被子的力气都没有。

陆强从下面拽过被子，把她从头到尾裹起来，怕风吹着，抹净卢茵额头的汗，侧过身往怀里拢紧，两人线条切合相贴，他喉咙的位置刚好嵌进她后脑。

陆强拿唇反复蹭着她头顶，心里被填满："……茵茵。"

卢茵轻轻的："嗯。"

"刚才弄疼你了？"

她咬唇，低低骂他："禽兽。"

他笑了："不也挺爽吗？"

卢茵不吭声。

"几次？"他问。

她脑袋不灵光："……什么几次？"

陆强贴着她耳朵说了两个字，卢茵脸又烧起来，屈肘打他，可那点儿小力气，根本也没起什么作用。

他手指在她小腹上漫无目的地点着："你是什么做的，嗯？"最后一个尾音儿从喉结震出来，低低哑哑，她不禁抖了下。他手又缓缓往上攀，隔着被子捏："哪哪都软，真得劲儿。"

他头从枕头上离开些："我呢？还满意吗？茵茵。"

卢茵恨恨地："你闭嘴，别说话。"

他就真不说话了，闭上眼，在背后抱着她。谁都没起来关窗户，任由冷风把纱帘高高刮起，看闪电划过天际，霎时亮如白昼，乌云滚滚，遮天蔽月。一时间，屋里静下来，只能听见雨滴砸在窗户上的声音。

——嗒嗒，嗒嗒，嗒嗒嗒……

听着雨声，陆强想起小时候。

他一直喜欢雨天，五六岁那会儿，乡下时常干旱，一场大雨够村民们乐几天。他还不懂事，却和大人同样期盼下雨，因为等到河水上涨，老爹会带他去摸鱼，十几年前，老爹还年轻，水面刚到他膝盖，却已经没过陆强的腰。

雨后的河鱼格外肥美，有时是鲫鱼，有时是白条，最多时候是鲤鱼，每条都有一尺来长，逮上来，够三口人吃两顿。那时在他心里，雨天比过年还要值得庆祝。后来到了漳州，他几年没回去，尝过无数珍馐美味，却再也没吃过那么新鲜的河鱼。

出狱那天，下了场大雨，眼前不再是那片方圆寸地，外头的世界异彩纷呈，他看着陌生的街道和面孔，有茫然有无措，眼前清明却失去方向感。根子把车停稳，一个雪白影子倏忽出现在车窗外，她淋着雨面相狼狈，一双乌黑的眸子却格外纯粹清澈。皮肤白皙，婚纱纯白，即使是雨天，他也在她头顶看见大片光明。

今天同样下雨，他怀里躺的姑娘，也终于成为他的姑娘……

房间里安静得不正常，身后男人呼吸沉稳，似乎睡着了。

卢茵头转回来些：“睡了吗？”

好一会儿：“嗯。”

“你不冷？”

陆强清清喉咙：“全是汗，凉快凉快。”

卢茵慢慢转过身，把被子撩开一道缝隙：“进来。”

陆强在黑暗里看她一眼，顺从地钻进被窝里，吹了几分钟的冷风，他身体其实已经冰凉，一挨着卢茵，她不由得抖了下，陆强往后挪了挪，等身体回暖，才把她重新搂进怀里。

窗外风雨摇曳，他们在被子下坦诚相依，像一个小小的避风港，无比温暖，无比安心。

卢茵贴着他胸膛，懒懒问："几点了？"

他越过她，从地上裤兜里掏手机："六点多。"

卢茵一惊："这么迟了，你不去换李师傅的班？"

"再躺会儿。"

"他该有意见了。"

"没事，改天给他两条烟。"

他手臂撑在她两边儿翻手机，卢茵抬头看了眼，想起中途响起的电话声："刚才是李师傅打的？"

"嗯。"

卢茵咬了咬唇："……那待会儿你怎么说？"

"实话实说。"

"你敢。"卢茵不经意往他腰上掐了把，陆强却一抖，身体瞬间僵硬，像有千百只蚂蚁在皮肤上乱爬。

卢茵马上意识到做错事，讨巧说："对不起。"

陆强扔掉手机，把她翻了个身，臀被打得啪啪响："不长记性？"

卢茵手臂背过去推他，可怜兮兮："我忘了，真的对不起。"

"晚了。"陆强把她的小腰捏起，这次从后面来，成功听到一声闷哼，顿了顿，细细密密的吻落在她后背和脖颈。

陆强含混说："这回让你终生难忘。"

嘴上放狠话，相反动作格外温柔，方方面面都照顾着她，仿佛和上次是两个人。卢茵又有另一番体验，牙齿紧紧咬住枕头，汗如雨下，手指都在战栗。

她发辫松散，凌乱歪在一侧，陆强轻轻拉下她的皮筋，在枕头上梳顺："你相信我？"

卢茵愣了半刻，才知道他问晚上那场闹剧："你说自己有很多钱。"

"所以我不稀罕？"

“……嗯。”

“要是骗你呢？”

卢茵想都没想：“我相信你不——”

最后一个字被撞散，她缓了缓：“不过……她说你毛手毛脚。”

陆强停下：“你相信？”

卢茵咬唇，缓缓地摇了摇头。

陆强亲亲她耳垂，贴着说：“小没良心的，你要敢点头，今晚非得弄死你。”

他把卢茵翻过来，在黑暗里看着彼此的眼睛，柔声说：“现在我这儿就能搁下你一个人。”

他语调温柔，嗓音低沉得可怕。卢茵心颤，胸腔里升腾一股气流，缓缓冲上来，鼻端酸涩。她抬起上半身，手臂环住他的脖颈，主动亲吻他的唇。

他理智瞬时崩塌，一切都如窗外骤雨，狂风侵袭，天崩地裂……

许久，陆强贴着她：“明天得把床换了。”

好一会儿，卢茵缓过气：“为什么？”

“太硬。”

卢茵不屑：“心眼儿真小。”

“我看你胆儿够肥，敢说我了。”

卢茵撇了撇嘴，还想顶他一句，房门咚咚响起来，她看看他：“这么晚了，会是谁？”

陆强把她塞回被窝：“躺好，我去看。”

他跳下床，直接套上长裤去开门，老李敲了个空，看面前人光着膀子，浑身上下油亮亮淌着汗，一时愣怔，忘了要说什么。

陆强系着裤扣：“怎么找来了？”

老李视线从他裤子上收回来，咳了两声。他穿一件黑色雨衣，衣摆滴水，裤腿已经湿透，陆强堵在门口，没有让他进去的意思。

老李口气不太好：“你看这都几点了？我替你快两小时了，下雨天，老伴儿一直催我回去。”

“对不住，”陆强说，“改天请你喝酒，下周夜班我替你。”

老李这才缓了缓：“打你电话不接，晚上那事儿闹得不愉快，怕你们再有什么事，想来想去，还是过来看看。”

陆强说：“谢了。”

老李眼睛往里瞟了眼，房间漆黑：“没事儿？”

“没，”陆强说，“再替我一会儿，这就过去。”

送走老李，陆强开了卧室的灯，卢茵用被子遮住眼睛，他关了窗，窗帘拉严，拿拖布把地板简单擦了下。往床上看了眼，卢茵还躲在被单下，他拉了拉，没有拉动。

陆强隔着被子：“别洗澡了，直接睡，我得过去。”

陆强摸摸她头顶：“自己行吗？”

片刻，卢茵点了点头。

“早点睡。”

他穿好鞋，从地上捡起T恤套上，准备穿外套。

“门口鞋柜里有雨伞。”小小的声音。

他回身，卢茵不知何时钻出来，两只大眼露在被子外，一眨一眨，双手搭在脸旁，像只乖巧的小懒猫。

陆强俯身，亲她眼睛，又贴了贴她额头：“走了。”

卢茵鼻子一酸，轻轻嗯了声。

陆强说：“晚点儿我回来睡。”

“钥匙在走廊的地上。”

“看见了。”

陆强亲她嘴：“快睡。”

走前关了所有灯，片刻间，房间恢复安静，这次却只剩她一个人，卢茵侧过身，拢紧被子，心里既荒凉又害怕，她害怕依赖，害怕信任，更害怕爱上。

和刘泽成分开的半年里，以为孤独才是生活的常态，她逼迫自己适应和遗忘，也庆幸慢慢走出来。她不想轻易掉进陷阱，百般避让和躲闪，却还是情不自禁跌下来，而这回，陷阱深不深，是否能活下来，都在那人掌中，万事已由不得她控制。

卢茵胡思乱想，身体极其困乏，很快就睡着。

再次醒来，已是清晨。

朗空白云，阳光普照，房檐的喜鹊喳喳叫，有狗叫，有孩子哭闹——一个生机勃勃的早晨。

卢茵看着窗外，腰间沉重，她身后，呼吸绵长。

生活照旧。

一场寒雨，让整个漳州告别秋天，那日起来，路面已挂一层脆冰。

原定说换床，拖了一个多月，之后卢茵忙起来，光震天娱乐城她跑了三四次，几个款式前后都有改动，所有事项她亲力亲为，直到这批衣服下车间生产，才总算松一口气。

这日终于休息，半睡半醒间，鼻端飘来一股淡淡的食物香味，她肚子很应景地咕噜叫，彻底清醒，窗外阳光明媚，已日上三竿。

卢茵动了动，腰腹酸痛。这些日子陆强一直没回家，刚被扶正，便明目张胆赖她这里不肯走，饭后的运动通常在床上，他食髓知味，事无节制，即便已经尽量多照顾她的感受，但她还是有些吃不消。

陆强刷新她在这方面的认知，以往唯一的经验是和刘泽成的后两年，刘泽成本不热衷此事，更不像他愿多花一倍的心思在对方身上，每次只顾自己，草草了事。卢茵一度十分抗拒和他亲热，刘泽成也不勉强，有时一个月都没一回，久而久之，她以为，情侣就应该是这样子，平静如水，相濡以沫，情感沟通胜过一切……但讽刺的是，最后竟沟通出外遇来。

然后，她遇到了这样的老油条，他们原本不是一路人，却阴错阳差地走到一起，她惧他怕他，直到最后，勇敢地站到他身边，偶尔回忆，仍然觉得像是一场梦，虚幻而恍惚。好在这感觉不算太差，他对自己糙，却开始学着照顾其他人，以前被别人伺候，现在反过来，偶尔生疏却乐此不疲……

卢茵思绪被一声脆响拉回来，厨房里安静片刻，随后是拾碗碟的声音。她翻了个身，有液体流出，伸手探了探，才发现迟到一周的老朋友终于造访，身体不适原来是月事作怪。卢茵呼一口气，惴惴不安的心情终于放松，又隐隐有一丝难过和不安。陆强喜欢零接触，每每最后时刻才肯采取避孕措施，事事总有意外，可这么多次，意外却没有出现，她想到刘泽成的孩子和那个大肚子的女人，心情沉重了几分。

她探身捡睡衣，想去卫生间收拾一下自己，没等够到，卧室外响起脚步声，卢茵条件反射地迅速躺下，闭上眼，被子盖住胸口。

没多时，房门轻轻打开，陆强走进来，床边塌陷了一块儿，他捏捏她的脸，她仍然熟睡。陆强刚要起身，窗外阳光眷顾床上的人，枯枝投下阴影，隔出细碎的光斑，顽皮地在她脸上跳跃，那对浓密睫毛颤了颤，眼球微微转动。

陆强笑了笑，促狭心起，又稳稳坐下来，俯身亲吻她，唇齿啃咬她的下唇，舌尖勾绕轻顶，企图撬开她牙齿强势闯进去。她渐渐喘不过气，忍到极限，眼球骨碌碌转个不停。

陆强好笑，捏住她鼻子。

卢茵翻了个身，想借势躲开他的骚扰，伸了伸腰，才睁开蒙眬的眼："几点了？"

陆强并不戳穿："我吵醒你了？"

卢茵眨眨眼："没有，我睡得很好。"

"刚才打碎一个碗。"

"碎碎平安。"

卢茵看着他笑，阳光静好，她笑容格外柔和："做了什么？"

"麦片粥和煎蛋火腿。"

他亲了亲她："晚上卖力的是我，你只管躺着叫，反过来还要伺候你，睡到太阳晒屁股，美不美？"

卢茵捂住那张讨厌的嘴，不让他说话："我去洗澡。"

陆强偏开头："抱你过去。"

陆强一手掀开被子："吃完饭赶紧买床，睡得腰疼。"

"别别，我自己来……"

她来不及阻止，陆强已看到床单上的血迹，他脑袋一蒙："……我弄的？"

卢茵难为情："不是。"

他想了想："那是来例假了？"

她闷闷地嗯了声，往身上套睡衣。

陆强还站着，看了她半刻，勾了勾唇角："需要我做什么？"

"你先出去。"她瞪他，"顺便带上门。"

陆强哼笑一声，转身往外走，半道被她叫住，卢茵抿抿唇："跟你讲个好笑的事。"

他一挑眉，回到床边坐下。

卢茵组织语言："从报纸上看到的，说，一对夫妻结婚很多年没有孩子，婆婆着急抱孙子，以为是儿媳妇不能生，撺掇儿子借腹生子，儿媳妇竟然同意了……好不好笑？"

"不好笑。"

"……"

陆强看着她："那废物就为这个搞外遇的？"

"是报纸上看到的。"

卢茵揪着衣角："不是讲我自己。"

"是不是？"

"……是。"

她顿了片刻："你知道？"

"老李说的。"

"……"

卢茵索性敞开问："那你介不介意没孩子？"

"介意。"

她呼吸一顿，陆强说："咱俩的命得有延续。"

"我身体可能有问题。"

陆强说："谁有问题还不知道，我的基因强，个个冲破头抢着往里挤，到时候多来几次就有了，这事不用你操心。"

说说就不正经，卢茵表情严肃："要没有呢？"

"也找人借腹生子。"

"……你滚。"卢茵眼眶红了，一直介意的事被他当笑话讲，她的痛楚不受重视，成了他的调侃。卢茵沉下脸，自顾穿衣，不再理他。

陆强凑过来："屁大个事儿，闹什么闹，逗你听不出来？再畜生也做不出他那种事，现在医学发达，到处都有不孕不育专科，再不济试管婴儿，孤儿院领养十个八个，有的是办法，没事儿尽在这儿瞎担心。"

卢茵吸吸鼻子："真心话吗？"

"真心的。"陆强长久瞧着她，吻她鼻尖，"我不会骗你，任何时候，你都可以信任我。"

卢茵捶他一下，终于展颜，心思里的敏感多疑，以及无法控制的杞人忧天、多愁善感，因为他一番话释怀不少，面前的胸膛宽厚温暖，她觉得无比安全和心安。

卢茵笑了笑，点点他的额头，轻松问："那你告诉我，这道疤怎么来的？"

陆强眸色一暗，半刻："自己划的。"

"还说不会骗我。"

"我没骗你。"

以前混黑道，指不定哪次火并伤的，卢茵没在意，只当笑话。她套上裤子："听你吹牛，傻子才敢这么做。我去洗澡了。"

卢茵跑去浴室，陆强看着她的背影，直到消失才抬手触上那道疤。

两人出门已是下午，附近就有宜家和红星美凯龙，驱车只要十分钟。

卢茵挑款式，对比价格，陆强不管那些，先试软硬和弹跳度，买完床，索性一同换掉衣柜和窗帘。卢茵选得细致，在商场里耗费一下午，从里面出来，天色已经擦黑。

她身体不适，陆强又只能搞定简单食物，干脆在外面吃。

卢茵开车，陆强往两侧看："你想吃什么？"

"我都可以。"

"火锅呢？"

"好呀。"

陆强降下车窗："右边儿找地方停车，前面有一家。"

卢茵听他指挥，放慢速度，开右闪。车厢里响起铃声，是陆强的电话。

他笑了笑，接起来："根子，找哥有事？"

里面说了句什么，陆强往旁边看一眼："改天，今天没时间。"

根子说："陪嫂子呢？正好呗，让我们几个见见大嫂。"

"滚蛋。"

陆强点了根烟："你们四五不着调，她面皮薄，怕吓着她。"

"哟哟，这么护着。"电话那边明显不是一个人。坤东凑近话筒："强哥，多久没跟你喝一杯了，哥几个可想你了，不特意为见嫂子，真的，就趁今天。"

"滚滚。"陆强笑骂，"哪儿凉快哪儿待着去，别破坏我心情。"

陆强往窗外弹烟灰，那边嚷嚷，他直接挂了电话。往旁边看了眼，卢茵正聚精会神看着他，陆强吓一跳："干什么呢？"

"听你讲电话。"

"都听见了？"

卢茵点点头。

他看一眼窗外："找地方停车啊。"

卢茵表情有点呆："哦。"

陆强提前下车在道边等她，看她慢腾腾把车倒进停车位。

选的大众的餐馆，人满为患，恰巧刚走了一桌，伙计收拾完，他们坐在靠窗的位置。窗户宽阔，上面氤氲一层热气，隐约能看见外面行过的人群。

卢茵收回视线："叫你的朋友一起来啊。"

陆强正翻菜单，抬头瞟她一眼，又落回去："逗我呢。"

"没啊，"卢茵说，"你的朋友总该见一见，还有叶梵，在漳州我唯一的朋友，哪天也应该吃顿饭。"

"说真的？"

卢茵嗯了声。

"那几个都不是东西。"

她撑着下巴："跟你比呢？"

听到这句，他手上动作停了，眯着眼看她。嘴里还斜叼着烟头，只剩最后一口，吸了吸，他拿两指捏起，在烟灰缸里捻灭，黑沉的目光投向她："皮子又紧了，欠调教？"

卢茵瞪他一眼。

他随意翻一页菜单，逗她："求我的时候还一直叫好人，这会儿不知道了？是不是东西，晚上看。"

"你别乱来。"

卢茵身体瞬间紧绷，扫一眼旁边伙计，小声说："我不方便……"

陆强被逗笑了，目光沿着菜单落在她手上，白皙的一双手搭在桌角，细嫩柔软，仿佛带着温度。他只停留一瞬，寻到她的双唇，小小薄薄，唇中有个肉尖尖，洁白贝齿只露出半截，月事中缘故，唇色微微发白。他心道，可以换别的地儿，却没敢真说出来。

他眸色微缩，掉转开："到时候他们逗你，别哭鼻子。我可丢不起那人。"

卢茵闷声："没你说的那么夸张。"

进来足有一刻钟，陆强光顾撩她，一道菜都没点。

伙计等得不耐烦："要不待会儿点？"

陆强扫他一眼："现在点。"

他几下点完菜，真打了通电话。

几人比飞的还快，十分钟就赶来，见面后齐齐喊了声“嫂子”，卢茵脸还是不由得一红。

根子几人出奇地规矩，没乱骂人，更不敢出言调戏，餐桌礼仪周到，就连喝酒都小口小口地抿。

陆强知道卢茵酒量，给她倒小半杯白的，就着热乎乎的火锅，不久吃出一身薄汗，连腹部不适都缓解不少。

中途卢茵去洗手间，她刚离席，那几人肩膀立刻松下来，个个原形毕露，坤东站起来往锅子里连捞几筷子，呼哧呼哧吞了几口。

大龙忙着点烟：“我去，大气儿不敢喘一口。”

陆强坐他对面，在桌下猛踹他两脚，凳子擦出刺耳的响动。

烟掉大龙手上，他叫着拍掉，龇牙咧嘴：“干啥踹我啊，强哥？”

陆强点他：“再眼睛直勾勾的，信不信我给你挖出来。”

“我没看。”

大龙梗脖子，又把烟衔起来：“不过，强哥，哪儿找来这么软乎的小妞？”

陆强没有好眼神，根子连忙起身打他：“还不闭嘴，活腻了！”

大龙往后躲：“得，我不说话……嘿嘿，我抽烟，抽烟。”

根子撂下筷子，给陆强点烟，自己也点一根：“哥，这回认真了？”

陆强瞟他一眼：“猴崽子，懂什么认真不认真。”

“我就懂。”根子嘿嘿笑，“就像我跟李轻一样。”

陆强踢他。

根子一躲，赶紧解释：“不是说嫂子像李轻，哥，是比喻我们之间的感情。”

那两人呕起来：“恶心谁呢！”

根子脸通红：“反正我看出来了，咱老大挑这姑娘没错了。”

陆强也不回答，勾了勾唇，眼睛瞟向窗外。

他这边锅子熄了，热气退去不少，窗外有人稀稀散散地过。不多时，隐约撞进一对拉扯的身影，他看了半刻，眸色渐渐暗沉。

在座的几人也都注意到了，不约而同望过去。

窗外一个高大身影，黑色外衣裹着结实的身躯，紧抿嘴唇，面目冷峻。他前面站个小巧女人，齐耳短发，长相十分姣美，红色棉衣遮住下巴，抱紧背包，眼神却写满愤恨。

她往左边挪一步，他退后挡住，往右挪，他伸臂将她拉回来。她说了句什么，转身欲走，那大块头揽住她的腰，直接连人夹住，往远处的车里拖，女人捶打挣扎，却半点作用也没有。

车尾灯闪了下，黑色车子开出一段，在大马路上画起弧线，没多时，车屁股一顿，横着停住，里面跳下个单薄身影，迅速消失在黑暗里。

车子停了很久，才扬尘离开。

这边陷入沉默，不闹腾了，坤东也放下碗筷，好一会儿，根子才大胆地问："哥，邱震回来了？"

陆强收回目光，烟已燃尽，一截烟灰落在桌角上，他直接捻灭："邱世祖之前找过我。见了一次。"

根子问道："她就是吴琼吧，当年那姑娘。"

陆强："对。"

"听说他们是大学同学。"根子说，"当年那事儿……哎……怎么现在又扯到一起了。"

陆强没说话，又点起一根烟。

根子看着陆强："他打小就跟你屁股后面跑，你也真对他好。哥，你现在什么想法？"

陆强说："没想法。"

"那他找过你吗？"

"没有。"

根子想到了什么，突然一惊，抬头看了看大龙，又看坤东，最后才把目光投到陆强身上。

"哥。"根子叫了声。

"嗯？"

"那事儿，你跟嫂子说过没？"

良久的沉默，陆强缓缓吞吐，被烟熏得眯起眼，抬手挥散。

窗外已空无一人，街灯熏染半边天空，高处仍旧墨黑，无月，无星。

陆强说："没有。"

一根烟的工夫，陆强缓缓回过头，在座的几人都有些闷。坤东离得最远，摆弄手里的筷子，他体积比较大，平时没点儿爱好，就认吃，这会儿也不动筷了，抬头瞅瞅，又埋下头去。

陆强笑了笑，重新开火，往里加一盘牛肉，虾丸生菜也扔了一些，没过多久，玻璃上重新罩上了一层朦胧的雾气。

他招呼一声："都别干瞪眼儿了，赶紧吃。坤东，肉都是你的。"往自己碗里也夹了些，"多远的事儿了。"

他又朝洗手间方向看一眼："你们嘴上有个把门儿的，别胡咧咧就成。"

大龙最先说话："那哪儿能啊。"他拿起筷子，往锅里捞了捞。

有人先动，其余的才跟着动起来。

气氛没几分钟缓和。

陆强斟满酒，把酒瓶放中间，让他们自己倒，问大龙："你最近挪地方了？"

大龙应一声："水产运输不太好做，我那破车设施不行，冬怕天冷，夏怕天热，容量也小，跑一趟外省根本不划算。"

陆强问："现在跑什么？"

大龙说："找了个物流，前进门批发市场那边儿，给滨海一条线的商户送货。"

根子插一句："好跑吗？要行我也跟你跑。"

大龙吊儿郎当跷起腿："好跑倒好跑，就上面有人压着，总不给活儿。"

大龙啐了声："有个叫军子的，来的年头长，当个小领导就欺负新来的，给货少，挣的不如别人。"

坤东笑说："那是让你给上礼呢。"

"上个屁。"大龙一瞪眼，"看他不顺眼，早想揍他了，也不问问我以前吃荤吃素，修理一顿，全都趴地上喊爷爷。"

陆强筷尖支着桌面，掀着眼皮看他："吃荤吃素？"

大龙嘿嘿笑，赶紧改口："那也要看之前跟谁混，不问问我强哥是谁？"

陆强笑着："你强哥现在是看大门儿的。"

他手腕一抬，拿筷尖点点他："你小子老实点，当以前呢，成天喊打喊杀。"

"嘿嘿，强哥，我就随便说说，还当真呢。"大龙不敢顶嘴，埋头塞了口菜。

根子接过话头儿："哥，还真打算一直在那儿干啊？"

陆强一顿，眼睛盯着某处没动："暂时。"

根子笑起来："嘿，有嫂子就是不一样，哥你以前可不这么说的。"

陆强问："原先怎么说？"

"原话我记不住，反正那意思就是说干保安没什么不好。"

陆强哼笑一声，并没搭茬。

大龙活跃起来，拿话臊根子："用屁股想都知道，之前老大光棍一条，挣多挣少吃穿不愁，没什么好牵挂。现在有了小嫂子，还是个柔得跟水似的妙人儿，咱老大哪儿舍得她跟着受委屈。"

他觍着脸问："嘿嘿，老大是不是？"

陆强给气笑，指着大龙："你啊，以后得坏这张嘴上。"

另两人也跟着笑，大龙说："这不嫂子不在吗。强哥，那以后想干点儿什么？"

陆强尾指轻触额头："没想好。"

"咱们搞点买卖做？"

陆强抿唇不语，顿了顿，往洗手间方向看了眼，才想起她进去好一会儿没出来。陆强往后错开凳子："我去放个水，你们喝。"

大堂往里走是条长长的走廊，两边几间大小不同的包间，有的大敞四开，有的房门紧闭。陆强随便瞟了眼，看见一个熟人，他目光没停留，直接往前走。

洗手间在走廊的尽头，旁边有个凹进去的窗户，他走过去，又退回来几步。玻璃上映出他的影子，背对的人回头看了他一眼。

陆强直接去里面放水，出来时手还在调整腰带。

窗户旁的人还在，仍旧背对着他讲电话。

走廊里人声鼎沸，她开一扇窗，稍稍探出头，沉寂的夜色比里面安静许多。

天气已经极冷，她鼻尖冻得通红，夜里有风，轻轻吹起她两侧的发梢。

陆强从身后环住她，低头去嗅她发上的味道。她讲的家乡话，吴侬软语，没有几句能听懂，声调却特别细腻柔软。陆强喝了酒，醺醺然地垂下眼，用鼻子拱了拱她。

卢茵没好气地白了他一眼。

陆强一笑，借由身高的优势，下巴直接放她的头顶上，还需半弓着背。他闭上眼，贴她身后，也没有催促的意思。

卢茵却有些不自在，对着电话："那先挂了舅舅。"

里面是个老态的男声："在外面自己注意身体，有空回来，挂了吧。"

卢茵应下，没等挂断，那边舅妈的声音悠悠传出，关切道："茵茵忙，没事儿你也别让她往回跑，这屋子小，怕她住不习惯……"

卢茵笑了笑，按断电话。

陆强蹭她耳尖儿："打给家里？"

"嗯。"

卢茵耳痒，躲了下："舅舅刚才打过来的。"

陆强关了前面的窗，耳边又充斥一片嘈杂。他胳膊往前挡住，把她收在怀里，卢茵顿时觉得身体回暖。

他问："聊了什么？"

卢茵说："过几天就是元旦，舅舅问我放不放假，想让我回去待几天。”

陆强睁眼：“你怎么说？”

她笑问：“你猜猜？”

眼睛复又合上，陆强不咸不淡：“我吃饱撑的，你爱回不回。”

她哼了声，他又道：“听那意思，也就客套客套。”

“我知道。”卢茵把头稍稍靠在他胸膛，“舅妈容不下我，但也养了我十几年。家里地方小，弟弟妹妹还读书，我不会回去添麻烦。只是有点儿想念舅舅。”

“那过年回去？”

卢茵看着窗外：“嗯。”

两人站窗前一时没动，旁边的包间里走出个人，黑发披肩，面画淡妆，长款毛衣加一条皮裤，几厘米高的皮鞋把身材衬托得修长。

那人往身上套大衣，朝后面喊：“你们门口等我会儿，我上趟洗手间。”

她小跑几步，余光无意瞟向窗前，突然一顿。饭局喝了些酒，她眼神不太灵光，见那方向背对着站个大块头儿，臂膀宽阔，背脊挺拔，头发剪得很短。只一眼，她便认出这人是谁。

谭薇心中一喜，抬腿就要过来：“陆强？”

陆强听见喊声没有动，抬起眼，从窗户里看到谭薇的影子，半刻转回身，仍是抱着卢茵。

谭薇走近了，这才看见他身前还有个女人，五官精致淡雅，身材玲珑，个头才及他胸口，紧紧依偎着，姿态别提多亲密。

谭薇尴尬地笑了笑。陆强身材魁梧，刚才挡着前面的人，她根本没看见。谭薇的目光不由得转向卢茵，卢茵散着发，柔顺地贴在颊边，头顶有一缕发丝稍微凌乱地立着，一双眼睛清澈明亮，鼻巧唇小，说不出的柔软可人。

谭薇便知道她是谁。

陆强先开腔：“谭警官，这么巧。”

谭薇回神，停在不远处，她收起语调中的激动，刻意端正说：“看着像你。跟我师父和同事出来吃个饭。你有朋友在？”

谭薇看一眼卢茵，卢茵有些不自在，拉开他的手臂，在旁边位置规矩站好。

陆强说：“也跟朋友吃饭。”

“这位是？”她笑着，“不介绍介绍？”

陆强搭上旁边人的肩膀：“卢茵。”不用多作解释，动作足能证明一切。

卢茵笑着朝谭薇点一下头

谭薇主动伸手：“我叫谭薇，在宏华区公安局刑侦科。”她抬了抬下巴，介绍时颇有些居高临下的意味。

卢茵往前与她握了握手，脸上笑容恰到好处：“您好。”

“你好，”谭薇说，“我和陆强也算老朋友，认识快有七八年，他曾经在‘巢会’时就打过交道，那会儿我刚刚毕业，老想着抓他的把柄，还闹出不少笑话。后来他进了小牙河，我有公事常去那边，也见过几回，然后……”

谭薇忽然停顿，抽了口气，连忙看向陆强：“这能说吧？”

陆强看她半刻，笑了声：“有什么不能说？这位谭警官在监狱里还救过我，也算半个恩人。”

卢茵听后，善意地对谭薇点点头，从话里便能判断两人之前的关系，之前陆强逗她谭薇是旧相好，她还一直耿耿于怀，现在看来，并非所想。

卢茵看向陆强，不由得抿唇笑了笑。

谭薇却是一愣，原来卢茵全部知情，这是她没有料到的，只好僵硬地说：“这是我的工作，换谁都一样。”

陆强道：“说明你是个好警察。”

对这夸赞谭薇并没觉得多开心，看面前的两人，男的高大魁梧，女的小鸟依人，明明没有多亲密，却透着一股无法言明的暧昧牵连，那般理所应当，越看越无比般配。

气氛尴尬的一瞬，谭薇手放进口袋，紧紧绷住唇。

没什么说的，陆强道：“不打扰谭警官，我们先走了。”

“再见。”谭薇后知后觉。

陆强没看谭薇，已带卢茵往外走，大掌罩了下卢茵的头顶，随后滑下来虚扶她的后背，两人说着什么，很快消失在转角。

回到饭桌又吃了几口，时间不早，道别后各自散了。

离住处没多远，两人把车停着，散步回去。卢茵心情很好，沿途是一条人工水渠，旁边结了细碎的冰，中间仍旧随波荡漾，对岸的灯红酒绿在水面形成倒影，风吹过，碎了一地的五颜六色。

陆强把身上外套脱了，把她整个裹住，在河边站了会儿，才往小区方向走。

陆强是晚班，给她送回去，接替老李。这一晚他睡在岗亭，转天回住处补觉，快到中午的时候，被卢茵的电话吵醒，她在附近买了许多菜，让他出门来接一下。

卢茵第一次来陆强住处，位置偏不太好找，只独一栋的筒体板砖楼，外檐破旧，路上随处都是垃圾，淌着鼻涕的小孩在外打闹。

卢茵跟着他进去，住的一楼，进门就是厨房和卫生间，走廊里摆着桌椅，房间不大，靠墙放一张单人床和老式写字台，写字台前方是一扇窗，正对进来时的路口。

到底是单身男人的住处，这基本变成他偶尔过夜的地方，卢茵那儿他多少还讲究在意，可这里完全是另一番景象。

卢茵头疼，放下菜，先去收墙角的衣服，家里没有洗衣机，他从浴室递出个脸盆给她。

陆强洗澡出来，只穿一条松垮的牛仔裤，上面扣子没系，向两边自由翻开，腹下的毛露了大半，胯骨两边一直延伸到裤腰里。他光裸上身擦头发，刚洗过澡，浑身上下还冒着热气。

卢茵整理杂物，走到桌子前，偷偷瞟他一眼，小声说：“也不把裤子系好。”

陆强不为所动：“让你免费看，没收钱呢。”

她一咬牙，顶回去：“值多少我付给你。”

陆强潦草地擦几把，毛巾扔到椅背上：“凭我一身本领，也是无价。”

“不害臊。”

“我说什么了，就不害臊？”陆强走过去，捧着她的脸亲了会儿，待她呼吸微喘才放下。

卢茵向后扶住写字台，稍稍稳了稳身体，谁都不再说话，开始共同整理桌面杂物。上头全是垃圾，揉皱的卫生纸、快餐盒，还有速食品袋子，她一股脑都扔地上，待会儿一起扫走。

桌子和窗台的夹缝露出蓝色一角，她弯腰夹出来，是个快递纸袋。前后翻了翻，正面的邮寄信息已经淡化，隐约见收件栏里一个名字：钱媛青。

卢茵问：“这是你的？”

陆强眼神一顿，嗯了声。

她不免多看一眼：“那还有没有用？”

“扔了吧。”陆强接过去，把里面那张支票抽出来递给她。

陆强把纸袋扔地上：“没用。”

卢茵微微怔忡，看了眼手中的东西：“这支票……”

“作废了。”

她抿了下唇，捏着手上薄薄的纸片，试探问：“钱媛青，是谁呢？”

陆强又拿起椅背的毛巾，头发已经干了，他还是抹了几下。

沉默很久，卢茵以为不会得到答案，却听他说了句：“我老娘。”

她动作微顿，不由得捏紧手中的纸，张了张口，陆强已拎着菜去了厨房。

卢茵目光下沉，盯着地上的纸袋，久久，才小心翼翼地拾起来。

0852

All this is fate

第十五章　真相

卢茵有轻微强迫症，忙活起来顾不上做饭，分门别类清理完，垃圾收了两三篓，都靠墙边儿，等他一同扔出去。

陆强套上T恤，也没穿大衣，一手拎一篓，扔到小区外面的垃圾桶。

回来时卢茵在拖地。

陆强看了眼，要从她手上接拖把。

卢茵手一紧："你拖不干净，靠边儿待着吧。"

"例假过去了？"

"没。"她看他一眼，"才第二天。"

陆强不懂，就问她："你们女人这几天不能累着？"

"也没那么娇气。"

他想了想："还是别逞能，床上坐着。"

"快完了。"

陆强说："搁着吧。"

卢茵把碎发并到耳后，抿了抿唇，松开手。

屋子没多大，铺着陈旧的黄色地砖。他弓着背，手长脚长，动作不算灵活，脚跟碰到凳子腿，他顺道给踢到旁边，没什么规律地左右乱划，敷衍的态度很明显。

卢茵坐在床边，眼睛跟着拖把转。

屋里暖气十足，过高的温度令空气有些干燥，他进来就脱了衣服，赤裸上身，丝毫没有顾忌。

卢茵目光落在他握拖把的手上，那是一双蕴含力量的手，手掌很宽，掌心有老茧，指头又粗又长，并不像儒雅绅士那样修长干净。他的小臂很结实，上面一根根脉络尤其清晰，就潜伏在麦色的表皮下。眼神跟上去，健硕的背肌随动作一张一弛，他没有系腰带，后腰露出一条，比背上肤色白很多，让人凭空想象，布料下挡着的是什么颜色。

卢茵认真地回忆了一番，不由得脸热，眼神也有些呆滞。

陆强瞥她："还没看够？"

"嗯？"

"看我呢？"

"没。"她挺一下背，"监督你干活。"

陆强冷笑："你这眼神容易让人误会。"

她清了清嗓子，迅速逃离："那你继续，我去洗衣服。"

陆强明显跟不上她，这边拖完地又去夺衣服，有些气急败坏："也不知道瞎干净什么，你能来几次？"

卢茵说："衣服都脏了，你不洗。"

"大老爷们，没那么多讲究。"

她给他让位子，蹲在旁边："臭死了。"

陆强瞟她："哪次亲热臭着你了，不都洗得挺干净。"

"你就不能正经点儿？"

他板着脸："这事儿没法正经。"

明明是下流无耻的话，非说得不苟言笑、理所当然。卢茵站起来："懒得理你。"

她看一眼时间，已经下午一点钟，问他："你饿吗？"

陆强埋着头："早上就没吃。"

卢茵走去厨房："那先煮点儿面，买的菜晚上再做行不行？"

他头没抬："你看着办，做什么吃什么。"

厨房轻微响动。

陆强没那么多耐心，抓起衣服揉两把就扔旁边盆子里。衣服确实积攒挺多，过季的裤子还没洗，他捞起一件，是前些日子经常穿的运动裤，质地柔软，兜里有个略微不同的触感。

陆强顺着掏进去，一个纸团被水泡软，他扔下裤子，展开纸团，上面歪歪扭扭写了几个字，晕成一片蓝色印记。

他眯起眼，隐约分辨上面写的字——市南区锦州道化工家属楼。

他手一顿，才记起是老邓给的那串地址。那天从小牙河回来，因为刘泽成，他跟卢茵闹得不愉快，他光顾她，把老邓的交代忘在脑后。

粗略算一下时间，已经过去两个多月了。

他又看了会儿，把纸团揉了揉，扔进旁边的垃圾桶里。

下午的时候，房间终于恢复整洁，家具虽陈旧，也摆放得当，显得井井有条。

两人窝在窄小的单人床上午休，陆强平躺，臂弯的空间刚好塞下一个她，她两只脚背蜷起，软绵绵地贴在他的小腿上，窝成小小一团。

没几分钟，她的呼吸渐渐绵长。

陆强睁着眼，上午醒得晚全无睡意，他在床上干躺了会儿，把手臂小心翼翼地抽出来，抬着她头，给她垫了个枕头。

卢茵还没睡实，声音含糊："你干什么去？"

陆强腿刚迈下来一条，停下了，抚她的发："出去办点事儿，你睡。"

她眯起眼："什么时候回来？"

陆强拽过被子给她盖上："晚上等我吃饭。"他亲她的鼻尖，轻身下床。

锦州道这一带很好找，同样是老城区，要比他住的地方干净规整不少。家属区颇大，清一色暗黄的小矮楼，一排排井然有序，规矩和保守的格局，彰显搞科研的刻板。

陆强按照门牌号找过去，敲很久里面才有人应，一个四十来岁的妇人探出头，看装扮像乡下人。

门只开半扇，妇人问："你找谁？"

陆强打量她片刻："这家是不是姓邓？"

"不是。"妇人要关门。

陆强单手拦下，他知道老邓女儿叫邓琼，前妻梁亚荣二十年前就再嫁，那时邓琼还没出生，改名换姓也理所应当。

陆强多问一句："这户人家变过吗？"

妇人看着他："不太清楚，不过……我在这家工作八年了，一直没换过。"

陆强说："女主人叫梁亚荣？"

妇人一顿："你认识？"

"有朋友托我来看看她。"陆强知道找对了，把手里几个袋子提起来，在她眼前晃了晃。

妇人戒备心弱，又询问几句，颇热情地把陆强让进去。

房子宽敞明亮，进门直对卫生间，两侧是卧室，客厅很大，通风和采光都不错，非常传统的两室一厅，二十年前能分到这样的房子，在当时已经极其难得。

陆强环顾一圈儿，妇人指着旁边沙发："你坐，我给你倒杯水去。"

她快步走去厨房，提高音量："看你年纪轻轻，应该是梁姐的学生吧，也在化工所工作？"

陆强不愿多解释："朋友跟她熟。"

妇人端来水，在他对面凳子上坐下："梁姐和吴教授白天都不在，但下班挺早，我看看时间……哦，还有一个小时。"

陆强问："吴教授？"

妇人道："对啊，是梁姐的爱人，他们都在化工所上班，平时基本一起回来。"

她顿了顿："哎？你不说认识吗？"

陆强说："没有见过，朋友托我带些东西。"

妇人了然地点点头。梁亚荣和吴国寿都是科研院的教授，带的学生多，德高望重，平时拐弯抹角送礼的就不少，她只把陆强当成其中一个，接待这样的客人多了，也算有点经验。

她推推杯子："你喝水。"

陆强没动，抬眼看了看客厅的摆设，低头翻几下手机，跟她没什么话说，想坐会儿就离开。

妇人说："我给梁姐打个电话说一声。"

"不用，我待会儿走。"

陆强把手机放桌上："平时就他们两人？"

妇人说："有个女儿，还没有出嫁。"

陆强推算了一下："已经工作了。"

"是啊，"她答道，"就在市中心金融街那边上班。"

陆强没再问话，看一眼时间，想起身告辞。那头忽然来了电话，妇人从兜里翻出来，笑眯眯地看陆强："瞧，刚说到她，就来了电话。"

她接起来："琼琼，什么事啊？"

陆强低着头，片刻，目光一凛，迅速投向了妇人。

妇人无知无觉："……我在家……什么东西？我去给你看看啊……"

妇人快步推开一间卧室的门，声音隐约从里面透出来："对，在你床头柜上，着急用？要不我给你送过去……好好，等着你。"

没隔半分钟，妇人出来，她笑着：“琼琼在路上，开会资料落家了，一会儿回来取。那孩子工作太忙，总是很晚才回来。”

陆强手肘撑在腿上，埋着头，电话在手里转了一圈儿：“叫吴琼？”

妇人略怔，反应了一会儿：“你说琼琼？对，大名是叫吴琼，你也认识？”

陆强没有说话，手机转了一圈又一圈。

陆强回神，往嘴里叼了支烟，上下摸摸，没有找到打火机，他也没拿下来，就那么咬着。

妇人絮絮叨叨地讲了些别的，他没听进去，坐了片刻，他站起身：“走了。”

她没反应过来：“哎！小伙子，你不等梁姐他们了？”

陆强低头换鞋。

她追过去：“总得告诉我你叫什么吧，带来那些东西，要问起来我也没法交代啊。”

他当没听见，直接甩门出去。

妇人锲而不舍，从门里张望：“喂，小伙子，你叫什么？”

陆强出了门洞，旁边一楼在阳台开了道门，卖烟酒和日用品，他进去买了个打火机，最简陋那种，只要一元钱。他在门口站了片刻，环手点燃嘴里的烟，深深吸一口，一缕青雾从鼻端涌出。

旁边是一溜花坛，里面树木变成枯枝，烂掉的叶子一半被风吹乱，一半深埋进泥土里。他往那方向挪了两步，很快抽完一支，掐灭了，又往兜里掏火机。

这栋楼在小区最里面，单元门挨着马路，下午三四点的光景，太阳高悬，冷风却极其凛冽。

感觉到冷，他收紧前襟，又抽几口，才往小区大门方向走。

迎面过来一辆的士，在楼栋前堪堪停住，副驾驶的位置坐个女人，一件红色棉衣裹得严实，齐耳短发，长相姣美。她正低头拿包，陆强盯了片刻，叼着烟从车前走过。

里面的女人付好钱，抬头的瞬间，正对上一双深眸，那男人也往车里瞥着，短短的距离，二人面无表情地擦身过去。

她的心脏骤然缩紧，咬住嘴唇，一刹那间，眼中写满情绪，连自己都无法读懂。

吴琼试图让手不要颤抖，开了车门，回过身，静静地矗立在风中。他很快走远，没回一下头。

陆强转到大路，没有建筑物遮挡，冷风骤然加剧，他掐了烟，还有一大截，把剩下的放进口袋里。

呼呼风声中依稀辨别出单调的铃声，他翻出手机：“睡醒了？”

那边语调轻柔：“在准备晚饭。”

他感觉暖了些，也不由得压低声音：“等着我，回去一起做。”

陆强挂掉电话，脚步加快。

出了小区大门，他直接拦一辆的士。

开门的瞬间，无意一瞥，他动作停顿，见旁边停了辆熟悉的车。

黑色奔驰，E350，车牌号：漳A99999，牌照霸气，在漳州花钱都买不到。

是邱震的车。

陆强扶着的士车门站了会儿，冷风灌进车内，司机不耐烦，催促道：“你到底坐不坐？”

他拉回视线，摆手示意了下，关上车门。

司机在里面低声骂，踩油门，轰一声扬尘开走。

陆强在原地停了片刻，抬腿往那方向去。

车窗漆黑，外面并不能看清全貌，只见人形晃动，不止一个人。没等靠近，浓重略带疯狂的低音炮，逐渐取代寒风呼啸，车身跟着节奏颤动。

陆强手肘撑住车顶，敲两下副驾的玻璃。

没多时，车窗降下一半，震耳欲聋的音乐扑面而来。他稍微侧一下头，弓身看向里面，副驾驶上坐一个低胸的姑娘，数九寒天仍然只穿丝袜薄衫，浓妆艳抹的脸蛋儿遮不住真实的年龄，也就十几二十岁。

她秀眉微皱，不耐烦地赶人："去去，小广告别处发去。"

说完就要升车窗，升到一半，陆强抬手压住，瞟瞟她，目光落在驾驶位。邱震两腿叠在方向盘上，半躺着，瞧着他那侧的窗外，眼睛一眨不眨，思维像放空，丝毫不关心这边发生了什么事。

陆强顺他的视线稍微移动，目之所及正对小区大门，隔了将近五十米，看得不是很真切。

这么持续了几秒，那姑娘见陆强不动，火大地直起身："你有病啊，说话没听见，一边去。"

声音盖过音响，邱震一激灵，稍微动了下脚。

陆强抬抬下巴："我找他。"

姑娘说话挺冲："当自己国家元首呢，想找谁找谁。你什么人啊，哪儿跑出来的，起开起开，赶紧地。"

陆强没动气，掀着眼皮透过不大的缝隙往里看，额头因动作聚起浅浅的纹路。他唇角微动，神色镇定，不带任何情绪。

车内响起一声刺耳的尖叫，姑娘头发被里面的人往回扯，眼梢吊起，头皮快被扽下来。

"邱哥，邱哥，快放手，你干吗呀！"

邱震恶狠狠地道："知不知道刚才跟谁说话呢，活腻味了？"

"呀……疼……"

邱震又狠力地扽了下："滚后面儿去。"

姑娘分不清状况，只被邱震怒气骇住，到底岁数小，受点委屈眼里就蒙一层雾气，脸上挂满了无辜，无措地拢起乱发，折身爬到后面去。

邱震连忙开车门："强哥，上车。"

陆强退后坐进去，车身一沉，原本宽敞的空间坐了两个大块头，瞬时显得局促。

邱震笑着："死丫头什么都不懂，你别介意。"

陆强自嘲说："没事，这身儿还真像发广告的。"他出门急，随便抓了件衣服穿，是保安冬天的棉制服，藏蓝色，上面都是银铁扣，毛领外翻，灰突突的，被当成发广告的也不怨她。

邱震啧了声，看后面："还不叫强哥！"

姑娘也是场面人，看邱震态度，知道这人不简单，收起刚才的嚣张，坐正说："强哥好，我眼拙不知道您跟邱哥是熟人，您别跟我一个小姑娘一般见识。"

陆强从内视镜里看她一眼，轻勾唇角当回应。

邱震没刻意介绍她，也就是身边那些莺莺燕燕。

陆强把音响调小了些，耳根立即清净下来："忙着吗？不忙就送我一趟。"

邱震一顿，下意识地往窗外看了眼。

陆强道："不方便？"

"没有，"邱震把椅背往前调，"就上次接你那地儿？"

陆强说："对。"

"那走漳保高速就行吧？"

"漳保高速和曲阜路。"

邱震应一声，在前面掉头，开上高速。

静了片刻，邱震问："怎么上这边儿来了呢，强哥？"

陆强说："看个以前监狱的朋友，住这附近。"

邱震手指紧了紧，陆强看他："你呢，这荒郊野外的，玩到这里来了？"

邱震含糊地应着，眼睛一门心思盯着前面。以前都是陆强给他当司机，拉着他满漳州晃。那还是十四年前，陆强刚满十八岁，从老家出来几年，刚跟着邱老混，邱震才十一，正上小学四年级，还是个什么都不懂的淘小子。

没过几年，陆强逐渐得到邱世祖的认可和信赖，邱世祖把宝贝儿子交给陆强，让他开车接送上下学。陆强沉默少语，能拼能打，邱震不省心，每次惹祸回来，陆强拼了命帮他出头平事儿。久而久之，邱震愿意黏着他，大事小情先跟他分享，无话不说，比跟自己亲爹还要亲。将心比心，陆强自然把他当成亲弟弟待。

直到六年前，陆强入了狱，邱震被送去国外深造，距离远了，几年不联系，再见面关系生疏是自然的。

共处一个空间里，一时找不到共同的话题，连音乐都掩不住沉闷尴尬的气氛。

陆强倒没觉得，头枕着椅背，半垂眼。

后面姑娘坐中间，看看前面两人，也觉得车里太安静，接着刚才的话题："我也想问呢，邱哥，在金融街逛好好的，怎么突然来这儿了呢？"

邱震猛地瞪向内视镜，不冷不热："你歇会儿。"一转头，陆强正侧目看着他。

邱震笑了笑，故作轻松道："强哥，好久没聚，出去喝一杯？"

陆强想了想："成。"

"去哪儿吃？"

"你定。"

陆强应完不再搭话，拿手机摆弄一阵，叮叮咚咚几个信息提示音儿，看着屏幕，暗自低笑几声才收回口袋里。

下了高速，邱震把姑娘放在打车方便的地儿，漳州他几年没回来，有些地方变了样，已经不熟悉。按照记忆，他找到以前两人常去的私房菜馆。

陆强许久不踏足高档场所，狗食馆子吃惯了，坐这儿浑身不舒坦，他懒懒靠着椅背，点一支烟。

邱震递菜单。

陆强一抬下巴，说你来。

邱震在菜单上点了几下，服务员弓身下单，随后带上门迅速地退出去。

上菜速度似乎比之前快，陆强往桌上扫了圈儿，便是一挑眉，四菜一汤中，有小炖肉和熘腰花，是根据陆强的喜好来的。

邱震笑着："没记错吧，强哥？"

"没错儿。"

陆强脱掉外套，小臂的衣料往上拽，在肘部形成自然叠堆的褶皱："难得你还记着。"

邱震说："都在脑子里，忘不了。"

两人面前酒杯都满上，碰了一口，邱震拿筷子每道尝过来，眉头微皱："味道不对。"

陆强往嘴里扔腰花，没什么特别反应："这都多少年，老板都换了，员工也不是之前那茬，厨师更不可能留住，变了正常。"

末了抬头瞧着邱震，停了停："之前那味儿还记得？"陆强目光无波，松散随意地对着邱震，语调低缓，说的话意有所指却并不明显，隐隐听得出，指的是吴琼。

邱震浑身不自在，那道目光形成犀利的压迫感，有点儿无所遁形。

陆强却忽地松松背，笑了笑："吃菜。"

一瓶茅台下肚，又开一瓶。酒精渗透每个细胞，微醺的气息穿过皮肤蒸腾到空气里，话多起来。

邱震吸着烟，看向缥缈的烟雾："我抽烟还是你教的。"

陆强接："那年上高二。"

"蝴蝶泉，才几块钱一包，又劣质又呛人，放着中华黄鹤楼不抽，你就中意这个。"

陆强眸色沉了沉："习惯了，改不了。"

邱震往后靠着，继续回忆："不光抽烟，我那时候特崇拜你，有样学样，你穿什么衣服，喝什么酒，怎么说话，什么表情……到后来，就是找妞的眼光，你喜欢胸大屁股翘摸上去有肉的，后来我发现自己也得意这款。"

想到什么，邱震摇头失笑："我第一次泡妞，你还专门给我传授经验，什么姿势，什么技巧，可我上场头脑一热，全忘脑后了，回来你还骂我……"

陆强手里的烟屁股捏变了形，指头泛白，眉目间沾染极少见的沉郁："跟我学不出好。"

邱震当他玩笑，没觉出什么不好，还兀自笑着。陆强点点桌面，醒神地吸一口气："那行，今天就到这儿，时间不早，我回了。"

邱震嘴角一僵："我打电话找人送你。"

"不用，我打车。"陆强起身，拿过椅背的衣服穿上，往门口走。

邱震没等动，陆强脚步顿了顿，半侧着身，房间光线不明朗，他一半面目隐在黑暗里："昨儿晚上我见着你了。曲阜路四季火锅门口，你跟个姑娘。"

陆强看向邱震："我眼力还不差，没看错儿是吴琼吧？"

邱震脖颈僵硬。

陆强说："你爸给你那娱乐城往正道上引，他年纪不小了，也折腾不了几年，为你铺好路你就走好喽，用心经营，其他都是身外事。"稍一停顿，陆强收回目光。

邱震埋下头，肩膀半垮，头顶的光线被遮住，看不清表情，他高大的轮廓有一丝醉态的颓唐，好不容易放空的大脑又反复出现那道身影，她对他邱震永远都是冷漠的表情，目光憎恨，不会笑，恨他恨到骨头里。

邱震的心狠狠地被刺了下。

陆强握上门把手，身后一道压抑的声音："我不甘心，就想让她给个解释。"

其实陆强心里清楚："单单为这个？"

邱震嘴唇嗫嚅，眼神躲闪："嗯。"他喃喃道，"她到底为什么那样做。"

"为什么你不清楚？"

邱震撑住头。

陆强说："过去的放一放。往前看，别瞎折腾。"

"强哥。"他咽了下喉，酒精作祟，令他声音听上去无比沙哑。

邱震激动地道："你教教我怎么放？怎么往前看？"

陆强顿住了，这问题没法答，他不是邱震，更理解不了邱震此刻的心情。隔很久，陆强不疼不痒道："今天那姑娘我看就挺好。"

邱震讥讽地笑出声："是啊挺好，要多少有多少。"

停顿了会儿，邱震起身："强哥。"

陆强看他。

邱震说："你是不是一直都怪我？"

陆强攥紧门把，片刻："没怪。"

这是实话。

从菜馆出来，陆强在路边拦车，中途老李来了电话等他换班，陆强叫老李锁门走人，这就回去。

陆强在昨晚饭馆附近下车，对面是条人工水渠，这里靠近郊区，往远了都是农田，靠牵引漳河的水灌溉。水面起伏，岸边已经结冰。

陆强走过去，手肘撑着栏杆。天色彻底黑沉，对面灯火绚烂，冷风挟带腥臭气味刮面削骨，香烟在这环境下，很快燃为灰烬。

陆强深深地吸满，掐灭了又点一根。

对岸堤坝旁有零星的光束打向河面，当中有鱼漂在水面轻荡。陆强盯着那个方向，眼前渐渐失焦，唯独闪现那抹亮色。过了半晌，钓鱼人猛地起身，鱼竿一挑，迅速收线，水面波澜更盛，扑腾几下，有什么破水而出。

陆强收回视线，转个身，拿背抵着栏杆，继续抽烟。他没看钓上的鱼有多大，肯定没有村里小河里的大，即使有，味道也未必鲜美。他啧啧嘴儿，眯眼回味小时候的味道，却吸进一嘴油烟子味儿，对面一溜饭馆，大众消费的水准，油烟掺杂着河风，味道特殊而真切。

连回味都无从下手。

他最终放弃，看着行人从面前匆匆过去，风吹乱了发，衣角轻动。

陆强燃起第三支烟。

这晚他没去岗亭，到家已经深夜，房间漆黑，窗外惨淡的月光把窗棂分割成几块，投在写字台和床上。

被单隆起小小的山丘，卢茵没等到他，打个盹儿的工夫竟睡沉。

陆强眼神放软，肩膀自然松了松，他没开灯，除去衣裤，一头钻进被窝里。

身后动静大了，卢茵一激灵，瞬间清醒，条件反射想起身，身后人把她按住，勾着腰拉进怀里，动不了分毫。

她心扑通跳："陆强？"

他半天才回应："……是我。"闭上眼，拿下巴蹭她。

卢茵心脏归位，轻轻呼一口气，脑袋落回枕头上，惊吓过后，感觉也渐渐清晰，她不由得被身后的温度激得一抖，往前躲了躲："你身上好冷。"

陆强没像以往退开，而是贪婪地摄取她的温度："……嗯。"嗓音沙哑。

卢茵觉出不对，却也没贸然回身，睡意全无，眼睛在黑暗里静静地睁着。几分钟过后，身后的体温渐渐回暖，甚至超出正常温度，像个火炉。

被冷风冰冻的酒味弥散开来，并着呛人的烟草味儿。

卢茵皱眉，轻声道："你喝酒了？"

没人说话。

卢茵撑起手肘想起来，被他一把拉住，跌回枕头上。

转了个身，他灼热的呼吸喷到她的脸上，他喝了不少，鼻息里都是浓浓的酒精味儿。

卢茵试着退开一些："我去给你冲杯蜂蜜水。"

陆强始终闭着眼，手臂一拉，她再次被拉回去，两人在黑暗里斗争半天，他难得任性地重复拉卢茵，像个孩子。

她被气笑，捶打一下他的胸膛，停留片刻，手掌复又缓缓地移到他的头顶，安抚地顺了顺，亲亲他的嘴唇，拇指摩挲滚烫的脸颊和额头。动作柔得要命。

卢茵轻声哄：“我就去一下，很快就回来，你乖乖等着我，好不好？”声调软软，缓得像在他的耳边催眠。

也许是一系列温柔的动作安抚了他，很快奏效，她又尝试一次，成功脱身。

卢茵调一杯温暾的蜂蜜水。

开了灯，他的眉头蹙着，眯起眼睛看她，目光并不清澈，醉意迷离，眼角有轻微的红血丝。

她抬不动他，只好把他的头垫在腿上，连哄带骗，勉强灌了大半杯。陆强蓦地撑起手臂，屁股往上蹭了蹭，脑袋凑到她的胸口。身上重量全部给了卢茵，那么大个块头儿，她拢都拢不过来。

卢茵慌忙地把水杯放到柜子上，手掌只够环住他的头：“想吐？”

陆强低笑，也不知道笑什么。

卢茵给他顺背：“喝水吗？”

他嘴唇动了动，断断续续地说着什么。

她贴耳靠近，心不由得一紧。

他的话卢茵清楚听到。

他说：哪天知道我做的错事儿，给个机会，千万别走。

可当时还不明白，直到元旦那晚。

0852

All this is fate

第十六章　天堂，地狱

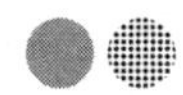

酒后真言，要是搁平时，这话绝不会从陆强口中出，这么卑微无能不是他，所以，她一度怀疑自己听错了。

转天早上卢茵追问，陆强彻底清醒，又变回他自己，怎么都不认账。卢茵纠缠无果，只好作罢。

可卢茵心里始终不安，认识这么久，没见他喝醉过，鬼话连篇，折腾了半宿，罕见地流露出的脆弱和落寞，竟让她的心口微微泛疼。

卢茵心思向来敏感，那句话时常跳入脑海，再加上陆强醉后反常，总觉得隐隐有事发生，就这样惴惴不安了几日，倒也风平浪静到了元旦。

元旦前一天早晨，陆强去看了趟老邓。

老邓似乎比上次见面还单薄，监狱给换了冬天的衣裳，青蓝色囚服鼓鼓囊囊，更加显得棉衣包裹的躯壳骨瘦如柴。

老邓性格闷，从前还有陆强相互照应，说说话逗闷子，枯燥的生活还有些乐趣。自打陆强出去后他便独来独往，除非必要，老邓甚至整天说不上一句话。

见陆强来看他，老邓口上嗔怪陆强又来这鬼地方，浑浊的目光却不由得清亮，眼尾都带着笑。

陆强笑不出来，坐那沉眸看了他半晌。

老邓觉出他视线古怪，不由得转了个心思，试探地问：“亚荣和邓琼……她们，不好吗？”

陆强举着电话，顿了半秒，笑了笑：“挺好，他们两口子还在化工所。你孩子今年25了，漳州理工毕业的，好像学的计算机，长得挺漂亮，个儿也高，打眼儿一看还真有那么丁点儿像你，她现在在市中心科技城工作。”陆强回忆着说，自己几年前知道得有限，结合保姆那儿得来的信息全都告诉了老邓。

老邓眯眼笑，忍不住频频点头。

陆强又说：“她现在不叫邓琼，叫吴琼，继父姓吴。”

老邓僵了僵，苦笑着：“理解。”

梁亚荣上次来还是几年前，来了也不长坐，基本交代几句就走，对吴琼更是只字不提。这是老邓二十几年来，对未谋面女儿唯一的了解，知道她平安，就已经很满足。

老邓冲着陆强咧开嘴，眼尾的纹路密密聚集，是这些日子来发自真心的笑。

陆强手指无意识地刮着桌面，没等狱警催促，坐几分钟就走了。老邓看着陆强的背影，心神不宁，总觉得他欲言又止，有什么话没说完，可就算望眼欲穿也出不去，老邓被狱警领着回了监号。

陆强从里面出来，烟瘾忍了半天，先侧歪着头点一根，狠狠地吸满才拿下来，遂抬头望天，天色白得惨淡，没有一丝蔚蓝，青灰色的乌云遮住太阳，在天边逐渐地向这边靠拢。

陆强把视线拉回来，往对面大巴站牌走。刚才，六年前那事儿已经到嘴边，可对上老邓苍老的眼，转了个圈儿，又生生地咽回肚子里。

陆强不是故意隐瞒或逃避，躲躲藏藏也根本不是他的性格，只是，老邓在里面度日如年孤苦伶仃，如果唯一那点儿念想都变了，应该怎么活下去。

陆强那天在运河边待了半宿，往事重新浮现，他不为别的愧疚，做错的事已经付出代价，可看见吴琼从车上下来那刻，陆强知道，他欠老邓的，这辈子没法还。

天色白晃晃，有什么落在他额头上，他伸手擦了把，一抹濡湿。

陆强抬起头，今冬的第一场雪。

晚上卢茵下厨，这是两人在一起后，真正意义的重要节日，还算丰盛，凑了五个菜一道汤，兴致极佳，卢茵跟着喝了小半杯白的，又伸手要啤酒。

陆强笑眼看她，也没拦着，把拉环拉开才递过去。电视里几乎都在播放元旦晚会，卢茵坐桌边，按了一圈儿，随便停在一个卫视频道，某新星正演唱一首欢快的歌。她把遥控器放旁边，电视音量不高，谁也没看，全当背景音乐。也许是心情好，两个人也觉得很热闹。

吃完饭卢茵去洗碗，陆强推开露台的窗，雪花纷纷扬扬，已经从中午持续到现在，栏杆上积一层薄薄的雪，被远处的路灯照得晶莹闪亮。陆强弓身吹了口，雪片四散，腾出块干爽的地方，他手臂支上去，把玩一阵打火机，摘了耳朵上的烟点燃，吹出去，烟雾弥漫，他稍微咬一下牙齿，望向远处被灯火渲染的雪天。

一根烟的工夫，卢茵也跑出来，手里拿半听喝剩的啤酒，撑在他旁边。

陆强扭过头："回去把衣服穿上。"

下雪天，温度反倒没那么冷，她只穿一件粗线毛衣，发半绾，细嫩的脖颈完全裸露在空气里。

卢茵道："我不冷。"

"别让我废话。"陆强把她啤酒夺过来，"赶紧，先帮你拿着。"

卢茵被赶去穿衣服，他视线从她身上拉回来，就着啤酒喝了口，捏在手里轻轻地转了几圈儿。她穿好棉衣，给陆强也拿了一件，直接为他披上。

陆强没动，让衣服就那样搭在肩膀上。

他把啤酒还给卢茵，卢茵仰头啜一小口，肩膀擦着他的胳膊，并肩而站。

她望了望楼下小花园，侧头问："你看什么？"

陆强说："长得美不就给我看的。"

卢茵哼了一声："就当你夸奖我呢，但别臭美，可不是专门给你看的。"

陆强淡淡地说："别人光看睡不了，看也是白看。"

卢茵的脸一阵红，别过眼，把剩下的啤酒一仰脖全部灌进去。其实统共没剩多少，他那一口就只有小半听，她腮帮子鼓了一下，带几分小女孩的稚气。

卢茵瞪他一眼："懒得理你。"说完折身回去。

陆强笑了笑，一扯她的胳膊，直接把人拽进怀里，圈在手臂和栏杆之间，静了静，两人一同望着幽深遥远的天际。

过了会儿，陆强目光垂下来，落在她裸露的一小片脖颈上。她的棉衣是杏色，质地柔软，刚好遮住翘臀，穿的牛仔裤，脚上穿一双冬天的卡通棉拖鞋，也是浅色。

她多半衣服都是浅色系。

陆强随口问："怎么尽穿些不抗脏的颜色？"

卢茵说："上大学那会儿喜欢黑的灰的重颜色，觉得时尚有个性，现在岁数越来越大，反倒想穿些花花绿绿的或者浅颜色，调节调节心情，当自己正青春。"

陆强说："就是装嫩？"

卢茵鄙夷，经他解释就变了味儿，她哼了哼，也找不到合适的话反驳。

陆强静静地说："瞎折腾，你刚多大，考虑那么多？"

卢茵目光狡黠："和你比起来倒算年轻的。"

陆强一顿，顿了顿："也就隔五岁。"

"三岁一代沟，没听过？"

陆强捏她胸，坏笑："我不够懂你？"

闲聊了一阵，雪似乎比刚才小了些，视野里白茫茫一片，夜都黑得不够纯粹。栏杆外是空调的外置机，上面铺一层绵绵细雪，干净剔透，灯下发着晶晶亮光。

卢茵撑着下巴，一时促狭心起，她拿食指挖下一块儿雪，回过身，想点他额头上。陆强先前还看着远处，余光见她动作，稍偏一下头，轻松地躲过，陆强伸出大掌在雪上抹了把，直接擦在她的脸上。

卢茵先是一愣，随后低叫了声，手指往他脸上戳。

陆强攥住她腕子，一阵低笑，纠缠了片刻，陆强不笑了，定定地看着她，她脸上还挂着雪，莹白的一点落在鼻尖，双唇因为气愤绷得又薄又翘，露出紧咬的一排贝齿，目光炯炯有神。

陆强正过她的身体，面贴着面，将她沾着雪的食指喂进嘴里。

卢茵一激，忘记了反抗，只感觉食指被他嘴唇和舌尖紧紧包裹，囚禁在狭窄的缝隙里，温暖濡湿。他用力吸吮，卢茵的指尖充血发胀，心也跟着颤抖起来。

"你别……"卢茵试图阻止。

他反倒加力，不轻不重地咬了她一下，舌头一吸，整根手指尽数吞没。

陆强两腮深深凹陷，一双黑眸紧紧地盯着她的表情，霸道强势。卢茵呼吸顿住，面若桃红，耳根子都快烧起来，脸上的雪慢慢地化成水。

雪停了，风静止，雪声簌簌，静谧的夜空下，他紧紧搂抱着她。

不知多久，陆强终于放过她的手，唇舌舔上她的脸颊，一寸寸移动，把她皮肤上的雪水全部卷走，最后落回唇上，狠狠地侵略她的口腔。

肤的热，水的冷，他亦是冰与火交融。

没过多久，陆强呼吸粗重，声音哑得不像话："这辈子算是着了你的道儿。”说完弓身，急切托起她的臀胯，架住浑圆的腿根抱着，折身往屋里走。

卢茵低呼一声，搂住他的脖颈。混乱间，他身上的棉衣掉了，她的拖鞋也甩在地上，倒扣在雪里。可谁都没工夫管它们。

长夜漫漫。

这一晚，她先是被他抛上了天堂。

不知睡多久，卢茵听见一阵铃声，随后是他低沉的咒骂。卢茵以为是做梦，迷迷糊糊地转了个身，却见他掐断电话，正往身上套衣服。

卢茵揉揉眼睛：“你干什么去？”

“大龙那边出了点儿事，给人打伤进了局子，我去看看。”

卢茵坐起来：“我跟你一起。”

“不用，天太冷，你睡。”

陆强快步去卫生间放了个水，顺便洗脸醒神儿，一出来，见卢茵已经穿戴整齐，捏着车钥匙在等他。

陆强说：“你还跟着跑什么，回去睡。”

卢茵说：“大半夜的，还赶上个雪天，肯定没有车，送你过去吧。”

陆强说：“雪天路滑。”

卢茵换好鞋：“慢点开就是。”

陆强看了她片刻，没再拒绝。

凌晨一点多，外面一个行人都没有，旁边枯枝上挂着一层白霜，马路被车轮碾轧得泛着冷光。

陆强看她一眼：“要不我来？”

“你没车本，还是算了吧。”

陆强说：“那你看着点儿路，不着急。”

这段路其实不远，却因天气，整整开了半个小时，卢茵把车停在公安局门口，她没下去，在车里等着。

陆强几步跨上台阶，根子迎出来，陆强问根子到底怎么回事。

根子说，大龙现在这个物流公司有个小队长，名叫梁亚军，平时吆五喝六，就爱欺负新人，处处为难大龙。大龙那暴躁的脾气，三番五次实在咽不下这口气，今晚一路跟着，就把人给揍了。

陆强想起来，那天吃饭，倒是听大龙提起过。他跟着问了句："那小队长现在怎么样？"

"还在医院里，大龙被老邢给扣了，在里边儿蹲着呢，听说家属正往这边赶。"

两人边说边进了审讯大厅，不出意外地碰见熟人，谭薇和她师父老邢都在。陆强冲谭薇点了下头，目光扫了一圈儿，大龙正抱头蹲在角落里。

见陆强进来，大龙不自觉地起身："强哥！"

谭薇低声："蹲下，谁叫你起来的。"

谭薇又看向陆强："这事儿跟你有关？"

陆强说："没有，我来保释他。"

谭薇公事公办的态度："先填资料。"

她扔给陆强几张纸，道："受害者家属还没过来，我们不了解情况，暂时不能保释。"

陆强沉眸："什么时候能？"

谭薇看着他："这个不知道。"

陆强面无表情，把笔扔给根子："你填。"

正当这时，外面走廊上一阵细碎的脚步声，两个女人推开审讯大厅的门。

众人目光投了过去，皆是一愣。

空气停滞几秒，陆强最先转回头。

门口一老一小，小的二十来岁，齐耳短发，穿着红色棉衣；老的发型蓬松，鬓角额头上几缕银色，系着粗线围巾。吴琼最初惊讶了片刻，只看陆强一眼，便别开目光。梁亚荣却死死地盯着陆强，眼里的愤恨好像一把刀，要把他生吞活剥。

谭薇是知情的，她看一眼陆强，又看看门口，招呼一声：“你们是受害者家属？”

吴琼连忙：“对对。”

谭薇道：“坐这边儿。”

谭薇记录：“什么关系？”

吴琼道：“梁亚军是我舅舅。”

谭薇看她一眼：“你姓名？”

“吴琼。”

……

情况很快了解完，谭薇说：“根据情况你们可以索要适当的赔偿，刚才我们的人在医院了解情况，梁亚军伤得不算重，你们看看，是否需要警方介入？”

谭薇顿了顿：“或是私下解决？”

吴琼咬住唇：“那就……”

没等说话，梁亚荣扯一把吴琼的胳膊：“我们要起诉，必须追究到底。”

梁亚荣瞪着陆强，意有所指：“那帮畜生尽做些伤天害理的事，法律治不了他们，老天自然会收拾，说不准遭个天打雷劈死无全尸。”

谭薇啧了声：“怎么说话呢？”

吴琼也低声：“妈！”

谭薇说：“你们先回去，有了结果再过来一趟。”

吴琼应下，拉着梁亚荣匆匆地走出门口。

这边屋里也是一静，老邢坐在后面，往茶杯里吹一口气，抬眼打量几个年轻人。没等有下一步动作，走廊里又是一阵凌乱的脚步，伴着尖叫，房门被重重撞开。

梁亚荣去而复返，后面吴琼拽也没拽住，梁亚荣把手里的背包狠狠地向陆强掷过去。

陆强一偏头，背包落在桌上，打翻茶杯。

梁亚荣尖叫："强奸犯、畜生，我女儿一辈子就毁你手上了，现在又来祸害我老梁家。"

吴琼带着哭音儿："妈，您这是干什么，跟他没关系！"

"有区别吗？琼琼，不都是畜生？"梁亚荣不听劝阻，疯子一样，捡起什么都往陆强身上招呼。

陆强这次没有躲，叼着未燃的烟，半垂头颅，那一刻，他心里做了决定——无论怎样，对卢茵，他不会再隐瞒。

陆强生生挨了几下，谭薇上去阻拦。根子也直冒火，指着梁亚荣："你还有完没完，嘴给我放干净点儿。"

大龙站起来："老东西，你再打一下试试？"

一时间大厅里闹闹哄哄，尖叫怒骂此起彼伏。

老邢把瓷杯往桌上重重一蹾，一声闷响。他吼了声："都给我闭嘴。"

瞬间静了。

老邢冲着谭薇："谁再不老实，都给我扣起来，管他是谁，上里面待几天就消停了。"

吴琼抹了把泪，连忙道歉："对不起，对不起，我们这就走。"

老邢说："谭薇，给她们娘俩送出去。"

谭薇半拖半拽把梁亚荣拉出公安局，交代几句，送她们去对面拦出租。谭薇一回身，见门口停了辆白色宝来，里面车灯开着，映出驾驶位上的娇俏面孔，正眨眼看着自己。

卢茵也一时没分清状况，辨认半天，才想起那日在饭馆见过。谭薇站在车前没动，卢茵也不好一直在里面坐着，赶紧下车，笑着打招呼："谭警官，这么巧？"

谭薇两手插着裤兜："你陪陆强来的？"

卢茵说是。

"那怎么不进去呢，外面儿多冷啊！"

卢茵说："应该快了吧。"

“本来是挺快。”她看着卢茵，顿了顿，“谁知道碰上吴琼她们娘俩，闹了一顿。”

“吴琼？”

谭薇便微微一笑，心里有了底：“你不知道？”

谭薇笑得别有深意，卢茵心一凉，面上仍笑着，没说知道，也没说不知道。

谭薇说：“不就六年前那点儿事，她们告陆强强奸，今天陆强那朋友正好打了吴琼的舅舅，好巧不巧，就给碰上了。”

“你说什么？”

谭薇眨眨眼：“我说陆强朋友和人打……”

“不是这个。”

“哦，”谭薇说，“六年前……”

卢茵的耳朵嗡嗡作响，后来谭薇说了什么，她都没听进去。

卢茵感觉自己站不住，下意识地扶住车身，半靠了上去。她像陷进一个密闭的空间，对面的人嘴唇开合，可卢茵的脑袋里只盘旋两个字，压得自己一阵一阵地窒息。

卢茵告诉自己不该信，怎么也应该听陆强亲口说。但警察不会骗人，卢茵也曾问他两次，陆强至今隐瞒，结合那日醉态，他的话又清晰地浮现出来。

陆强复杂的背景，注定这个人的过去不简单，卢茵决定冲破世俗观念的层层障碍跟他在一起的那一刻，便做足了心理准备。无论发生任何事，都希望自己能坦然地面对，可即便这样，强奸这罪名，还是让她无法接受。

对面的人还说着，卢茵用心挤出一个笑：“我先走，你忙。”

卢茵踉跄回身，一步一步踏进黑夜里。

雪早就停了，凌晨的温度越来越低，寒风刺骨，连棉衣都抵挡不住。

卢茵的嘴唇泛白，心脏一下一下收缩、刺痛。

几个小时前，他们还共同吃饭、看雪，还在床上酣畅淋漓地折腾、纠缠。

睡了一觉，世界全变了。

这一晚，他终究把她扔下了地狱。

没过多会儿，老邢送陆强和根子出来，大龙恐怕要在里面蹲几宿。正好碰见谭薇回身，陆强扫她一眼，目光落在门口车上，里面车灯开着，空无一人。

陆强一把拽住谭薇："看见车里人了吗？"

"你说跟你一起来那女的？"

陆强绷唇看谭薇，她有些发怵，硬着头皮："她，她说有事先走了。"

陆强瞳孔蓦地收缩，隐约地猜到了什么，手上下力。

谭薇喊疼："啊！你掐疼我了，放手！"

陆强："你跟她说什么了？"

谭薇的肩膀被他吊起，她咬牙："她就问我里面发生什么事。你所有事不都跟她说了吗，我以为她知道。"

陆强的眼神不由得阴鸷，腮部线条紧绷，拎起她的脖领子，另一只手握拳就要往她的脸上砸。

老邢一把握住："陆强，你冷静点儿，这是袭警你知不知道？"

老邢那点儿力气哪儿能控制住陆强，见陆强要动，老邢赶紧添了句："关你几天事小，这大半夜的，你怎么找人？"

陆强一顿，怒气窝在胸口，拳头攥了攥，回肘掉转方向，狠狠地砸在驾驶室一侧的玻璃，玻璃上面立即浮现一圈圈的絮状痕迹。

老邢和根子合力把陆强拉开，谭薇吓得不轻，往后退了两步，眼里已经有泪，不甘心道："陆强你就是个懦夫，敢做不敢当，有能耐怎么不把那些丑事跟人姑娘说？我今天算做了好人，帮她看清你。"

陆强咬紧后槽牙，指着她："在我动手揍你前，你最好闭上那张臭嘴。"

他怒气难消，深知这件事对卢茵的伤害有多大，最糟糕的是，还借别的女人之口，不敢想象，卢茵当时是什么状态。他没有再停留，怕一时冲动撕烂谭薇的嘴。

陆强开车门，叫根子："上车。"

谭薇终究是有些后悔，最初只想解解气，没想把事情闹大。她往前一步，也不知道说什么好："你重新申请驾照了吗？"

"申个鸟。"

陆强吐口唾沫："你还是在这儿祈祷她没事儿吧。"

卢茵的电话关机。

陆强一脚油门飙出去，拳头还是紧绷的。

根子拽住车门，不安地看陆强一眼。出狱以后，陆强收敛不少心性，上次被陈胜打都淡定自若，半个音儿都没吭，这次为个女人，他差点儿冲动袭警。

不用细想，孰轻孰重，已经清楚明白。

根子咽口唾沫："强哥，你稳当住，要不换我来开？"

陆强的眼睛盯着前面。

根子没话找话："这女警心眼儿忒毒，啥都敢往出胡咧咧，嫂子这大半夜的能去哪儿啊？"

陆强不知听见没听见，仍然未动。

根子忍不住问："哥，咱们上哪儿去找？"

数秒，陆强的眼睛终于转了："先回家看看。"

根子上车后，车速一直未减。

根子提醒："强哥，你速度降一点儿，也就前后脚的事儿，兴许道儿上能碰见呢。"

根子一提醒，陆强才稍微清醒，他猛地刹车，被惯性弹出去，安全带勒得胸口闷痛。前面都是车轮轧实的雪路，一阵刺耳的声响，后车胎打了个滑，横着扫出好几米，车子紧跟着熄了火。

陆强侧头看他，根子眼睛瞪得溜圆，望向窗外，车头冲着高架桥护栏的方向，半米不到就会冲下去，根子胸口起伏，显然吓得够呛。

陆强顺根子往外看一眼，试着松了松方向盘，才发现一手心儿的汗。他把手掌摊在牛仔裤上蹭两把，均匀地呼气，试好几次才把火儿打着。

车子开上正道儿，这次平稳了不少。

然而一路无果，直到小区楼下，他俩都没见到熟悉的身影。

根子随陆强疾步上楼，在门前缓了缓，好一会儿，陆强才掏出钥匙开门。

一股热气袭来，室内的温度将他俩全身包裹，没觉得暖，反而更冷。

走廊只开一盏壁灯，客厅漆黑，一点儿声音都没有。穿过走廊，卧室的门半掩，一丝光亮从里面透出来，陆强紧跨两步，一把推开，却不由得握紧拳头。床上的棉被胡乱地堆着，两个枕头歪歪扭扭地叠在一起，她脱下的睡衣搭在床边。

一切都跟走时没区别，卢茵没有回来。

陆强点了根烟，坐沙发上闷头抽着，临事儿才发现对她关心得太少。根子局促地站了片刻，寻了个位置坐下，没敢多问，客厅里一时静得出奇。

陆强手肘撑着膝盖，一根接着一根地吸烟，烟灰和烟蒂落在脚下，没多会儿就堆成小山。陆强垂下眼，看着地上的狼藉，这在平时是绝对不允许的，卢茵每次都跟他屁股后面唠叨，再不厌其烦地收拾干净。

慌神的瞬间，烟尾烧到了手，陆强一颤，下意识地把烟扔到地上，又去摸烟盒，里面已经空了。陆强看了看烟盒，揉烂一同扔在脚下，抬手搓了把脸。

根子问：“嫂子能不能回娘家？”

“她家不是本市的。”

“那朋友呢？你打个电话问问？”

“没号码。”

“同事呢？”

“也没有。”

根子还想说什么，陆强拍他肩膀："你回去吧，哥累了，就不送你了。"

"可嫂子？"

"没事儿，挺大个人，不能丢了……等消气回来我再和她说。"

根子说："要不再去找找？"

"不用，回吧。"

根子走了没多久，陆强穿鞋直接躺沙发上，手臂打横遮住眼睛，稍微眯了会儿，一阵阵心烦，他躺不稳，抓起钥匙又出了门。

虽然觉得不可能，还是先回自己住处看了眼，之后一直在路上晃荡，漫无目的，两人以往去的地方并不多，没多久就转过来。中途在便利店买两盒烟，打了几遍她的电话，跟着把车开到卢茵厂里。

凌晨两点多钟，外面橘色灯光映着白雪铺天盖地，万物没有了棱角，被白色融为一体。杜华制衣的大门紧紧关着，院子里的雪洁白平整没被人踏足，路上偶尔过去一个行人，穿着笨重，走得小心翼翼。

车上没开空调，一呼一吸间，眼前一团雾气。旁边的窗户遮住视线，陆强直接降下，干冷的空气钻进来，他收紧前襟，半靠着椅背，点了支烟。

车厢里静极了，陆强垂眼看着外面，烟搁在嘴边，半天没吸一口，一阵突兀的铃声响起，他一抖，一大截烟灰落在前襟上，他弹了弹，从副驾座位上摸手机。

刚瞟到屏幕，顿都没顿，立即接起来。

那边半个字都没说，他耳朵贴着手机，能听见里面轻缓的呼吸，陆强腮部线条僵硬，死盯前面，也跟着不说话。

足足沉默一分钟，那边终于出声："你在哪里？"

她声音是哑的。

陆强的心被揪了下，随后稳稳地跌回原处，同时又没来由地蹿起一股火儿。他闭了闭眼，咬牙切齿："你在哪儿呢？"

卢茵不说话。

他换了个手拿电话，调整座椅，把车子火儿打着："再问一遍，你跑哪儿去了？”

耳边有极细微的抽噎声，模模糊糊，陆强屏息，很困难才辨别清楚。

他捏紧手机，语气一下子缓下来：“茵茵。”

他叫了声，随后一阵沉默，陆强又把握着方向盘的手拿下来，极苦涩地笑了声：“就那么不相信我？能听我把话当面说清楚吗？”

良久，卢茵轻轻嗯了声。

他开车疾驰，沿途闯了两个红灯，玻璃上的裂痕太大，看不清后视镜，险些与后面的车撞上。陆强直接降下车窗，一路把车开回去。

卢茵好端端地坐在沙发里，身上衣服没脱，还是那件杏色的棉衣，领口一直遮住下巴。

门锁轻微转动两声，随后闪进来一个人。卢茵侧头看了眼，目光冷清，紧跟着快速移开。陆强站在门口，目光定在她的身上，好一会儿，才褪下外套走进去。

他拿手触了触额头，蹲在她身前：“什么时候回来的？”

卢茵靠着椅背，平视他，紧抿着嘴唇，眼皮还有些红肿。

陆强声音放缓：“找你一晚上，去哪了？”他抬着眼，额头有两条浅浅的纹路，眼底乌黑，红血丝布满眼角。

卢茵轻声：“没去哪儿，从公安局走回来的，回来你不在，等了等，充好电才打给你。”

“冷不冷？”陆强去握她腿上的手，手臂伸出去，却抓了个空。

卢茵把两手改放到腿侧，食指轻搓牛仔裤的缝隙。

他一僵，笑得有些难看，索性放弃，绷直了唇线：“碰一下都不行了？”

她别开目光。

他哼笑了声，吸一口气，站起身，从旁边拿张椅子坐在她身前：“嫌弃我？”

“你现在是不是觉得我下流变态，是个禽兽，有特殊癖好，喜欢来强的。”陆强靠着椅背，肩垂着，手臂随意地搭在两腿间。

两人距离并不算近，脚边还扔着一堆先前抽的烟头，她回来没心情收拾，就那么乱七八糟，满地都是。

卢茵清了清嗓子：“我有话问你。”

“你问。”

她却咬紧唇，半个字儿都问不出。走了一路，想一路，遇事逃避是本能的反应，最初的冲动过去，冷静下来，意识到半途跑开并不理智，毕竟是通过第三者转述，真假难辨。她当时只被那两个字骇住，然后心痛、绝望、难以置信，所有情绪一下子涌过来，无所适从，唯一想的就是离开。

她走走停停，找个街边的椅子坐下，回忆这半年多的相处，陆强虽蛮横粗鲁，没事动动嘴皮子，但对她也算克己守礼，她不愿意，他从未强求，这样看来，那恶心罪名强加给他，确实有些不公平。

说到底，她不完全信任他，他的过去无法给她安全感，酒醉那晚，他说给个机会不要离开，无论做没做过，也一定有事隐瞒。

夜里的风很大，刮在脸上，能脱一层皮，她的眼睛灌进风，因为刚哭过，感到一阵刺痛。卢茵从兜里翻出手机，电量不知何时耗尽。

她身无分文，一路走回来，全身已经冻僵。

卢茵出了会儿神，最终还是对上他的眼睛：“谭警官，她……说你犯的强奸罪。”

“你信吗？”

卢茵只问：“是不是？”

陆强答是。

她呼吸一顿，这屋里像被抽走所有的氧气，她胸口沉闷，大脑忽然一片空白。

陆强说：“但我没做过。”

她的嘴唇颤抖着：“什么意思。”

陆强说：“我代别人坐牢。”

卢茵心脏狂跳不已，锁紧眉头，两手不自觉地又握到一起。这个答案不是做了，也不是没做，却相当出人意料，她张了张口，喉咙发紧，说不出一句话。

陆强说："那人可能你见过，有天早上在公交站，他就在车里边儿。"

卢茵试着回忆，那人她不止见过一次，在震天娱乐城看得要更仔细，高高的个头，健壮挺拔，眉目与陆强有几分相似，一打眼儿她还可能会认错，以为那就是陆强。

卢茵骇然，不由得挺直背，努力地控制着自己的声音："为什么？"

陆强说："邱震比我小七岁，我一直都把他当亲弟弟待，感情很深。那时混黑道，他不学无术，吃喝嫖赌都是我教的。他犯了事儿，责任在我。"

"就为这？"

陆强道："他看上个姑娘，一直搞不到手，让我帮他。"

他顿了顿："出事儿那晚，是我给那姑娘强弄过去的，本以为臭小子闹着玩儿，也没上心，哪儿承想就给用了强。小姑娘性格刚烈，要死要活，还给他的额头开了一刀，往自己身上也没少招呼，在医院里住了一个月，就剩一口气，精神也受不少打击。那之后本想拿钱平事儿，可是姑娘一家都懂法，就给报了警。"

卢茵的身子重重跌回去，努力地消化这件事情，知道真相以后，并没多轻松。那姑娘她见过，刚才天黑，她匆匆一瞥，只觉得那姑娘身材瘦小纤细，看着没多大，却经历了这世上的丑陋和肮脏。

她手心儿出了汗："后来呢？"

陆强轻描淡写："那年邱震才十九，没成型，总有机会改过。本来罪名已经成立，他爸黑道白道通了不少气儿，化验结果和证据都换成我的，所有人心知肚明也没办法。"

"我代他坐牢，他被送出了国，继续学习深造。"

这就是事情的全部，长至六年，他寥寥几句全部概括，没什么特殊情绪，平平淡淡，显得毫不在意。

良久的沉默，卢茵声音极冷："那为什么从不和我说。"

陆强笑了下："没对别人说过，强奸不是什么光彩事。"

他前倾支着膝盖，好一会儿才道："也怕你像今天这样，什么也不听，就突然离开。"

她沉默片刻："你没做过。"

"也没什么区别，算是帮凶。"

陆强站起来，坐在旁边沙发上，手掌覆上她的后颈，一使力，她的头落在他的怀里。

陆强拢紧，无奈道："这是个心病，压得我疑神疑鬼，就怕你不信，一脚把我给踹了。"

怀里半天没吭气儿。

"茵茵，"他叫她，"跟你撂了底儿，能不能接受就听你一句话。"

半晌，陆强手下的身体开始发颤，抽抽噎噎的声音传出来，卢茵猛地推他一把："不接受，你凭什么？以为自己多高尚多伟大，他做了错事就理应付出代价，你凭什么替他坐牢？"

卢茵语无伦次，又狠狠推他，脸上已经挂满泪，仿佛无限委屈没处发泄，含糊不清地控诉："你想赎罪想心里好受，有没有想过我、想过未来？不管你做没做，这罪名要戴一辈子，别人怎么看你、怎么看我……"

卢茵泣不成声，鼻涕一把泪一把，陆强想笑，又不免一阵难过："当初还不认识你。"

她一顿，随后哭得更大声，对他又捶又打。她的头发凌乱，衣服走了位，像个十足的疯子："我不接受，不接受……以后有了小孩儿，别人说他爸爸是强奸犯，他该怎么办？怎么解释？"

"对不起。"

"你凭什么无缘无故招惹我，应该离我远一点儿，我根本就看不上你！"

"我的错儿。"

"人渣，浑蛋……每次都是死皮赖脸，你知道我多讨厌你吗？"

"我是人渣。"

陆强把她弄进怀里，轻轻地拍她的背，无比认真道："但凡知道以后会遇见你，这浑水我肯定不会蹚。不走黑道，不干伤天害理的事，不吃喝嫖赌，把雏儿都给你留着，但是……"

怀里扑哧一声，卢茵突然笑出来，抹了把泪，又哭又笑。

陆强见她笑了，也咧开大嘴。

高兴得太早，还没反应过来，卢茵扑过去，一口咬住他的肩膀。陆强一颤，疼得低吼了声，也没阻止，任由她咬。

这下力气十足，卢茵感觉牙都颤巍巍地跟着疼，直到嘴里充斥着血腥味儿。

最后，陆强捏着她下颌给松开，他的肩膀已经麻木，折腾半天，两人都气喘吁吁。

他没管肩膀的伤，帮她抹干泪："解不解恨？"

0852

蟹总 著

All this is fate [下]

青岛出版社
QINGDAO PUBLISHING HOUSE

0852

All this is fate

第一章　分开

离天亮还有几个小时，卢茵在外面待了半宿，又听陆强讲述完事情的经过，生理和心理已经绷到极限，没多久便和衣睡着。

陆强给她抱卧室里，褪去棉衣和牛仔裤，扯过被子盖严。

从客厅里找到手机，里面有两通未接来电，是根子打的。陆强随手摸了根烟，走去露台，给根子回过去，报了个平安。

外面依旧干冷，尽管路灯熄了，白雪映衬的天空却不那么黑，垂下眼，空调外置机上的手印还在，是他之前印上去的。

陆强抽完手上的烟，折身回去。

他往掌心哈了口气，咬牙闭了闭眼，又扯过领口闻闻，迅速脱得精光往浴室走。

热水淋到身上，肩膀传来一阵尖锐的疼，陆强蓦地睁开眼，一撇头，左肩的伤口浸了水，有淡淡的红色向四周散开，一颗颗小巧的齿痕都很明显。

陆强走去洗手台，用手抹掉一层雾气，他坚实的胸膛清晰地映在镜子里，触了触肩膀的伤口，到底多难过才下这么大的力？他摩挲了一阵，用冷水洗一把脸，甩甩头，镜子上落满细碎的水珠，雾气再次蔓延，彻底模糊了视线。

陆强撑起手臂，半弓着身子，卢茵的话，让他一时有些走神。

洗完澡，他潦草地擦了擦，直接跳上床。卢茵已经睡熟，单手垫在耳下，侧躺着，姿势有些别扭。卧室里温度高，她被冻过，又暖回来，整张脸都红扑扑的。陆强支着脑袋看了会儿，帮她把吃进嘴角的头发拉出来，贴了贴她的额头，在唇上逗留许久才离开。回手关灯，也跟着一同躺下。

这一觉相对安稳，不知几点，陆强被额头的细痒扰醒。

陆强半眯起眼，她的眉目撞进瞳孔，微抿着唇，目光清澈，正仔仔细细地打量他。

卢茵比他醒得要早。窗外阳光耀眼，白雪把天地染得银灿灿的，干枯的树影在墙壁上来回摆动，带几分虚晃的不真实。

陆强握住卢茵的手，送到唇边亲了亲："醒了？"声音极轻，昨天吸烟太多，乍一张口，嗓子沙哑得发不出音儿。

卢茵没有回答，目光上移，再次落在他的额头上。右侧太阳穴有一道细长的疤痕，坏死表皮不同于别处，反射出极淡的光。

"那道疤是怎么留下的？"

陆强："你不是问过。"

她重复："怎么留的？"

"刀划的。"

上次她问他，陆强也是这个答案，之前以为只是闹着玩儿，根本没往深处想。昨天他提了一句，她便大概猜出前后。

卢茵说："因为做戏要全套，他头上有伤，所以你划了相同的？"

"是。"陆强说，"即使刀口不吻合，明面儿上的，也要做做样子。"

"真下得去手。"

"没多疼。"陆强说。

卢茵不是滋味地笑了下，鼻子酸涩，不知应该心疼他，还是骂他愚蠢。

她别开眼，撑起手臂打算起来，却动不了分毫。

卢茵问："你不口渴吗？"

陆强望着她的眼睛，没有松开的意思。

半晌，她叹一口气，顺从地躺下来："昨天我半夜跑开，是因为一时没想明白。你解释过，而这个结果我可以接受。那些是你的过去，即使我再不甘愿，也无法改变。"

说到这里她停了停，眼睛盯着房顶，那里有细小的光斑不断地变幻。她继续："如果再给我一次机会，一定会躲你远远的，没有开始，就不用强迫自己去接受。"

"我这个人比较轴，刚开始会犹豫不决，一旦认定，就不想随便玩玩，一早考虑好了很久以后的事情，"她缓缓地说，"所以，我没打算和你分开，但，以后，你不会让我失望的吧？"

她的表情很淡，唇角弯起若有似无的弧线，目光坚定，执拗地等待他的答案。

陆强长久地望着她。

卢茵重复了遍："我们好好过日子，好不好？"

陆强的喉咙动了下，最后闭上眼，低低地说好。

卢茵倾身往他唇上碰了碰："喝水吗？"

晚点儿的时候，陆强和根子碰面儿，去了趟公安局。大龙在审讯室蹲了一宿，胡子拉碴，眼睛熬得通红，浑身上下颓败不堪。他见到陆强差点哭出来，揍人时候的霸气荡然无存，像只斗败的公鸡。

梁亚荣一直不松口，要求警方干预，大龙被暂时关进拘留所。

陆强从公安局出来时间还早，谭薇跟着跑出来，叫了声陆强，她在两米以外就停下。

陆强回头，冷冷地扫她一眼。

谭薇有些不安，两手插进口袋，挺了挺背："那个，她没事儿吧。"

陆强抬腿要走。

她一着急，跟了两步，拽住他肘上的衣服："我是想说……对不起。”

陆强不领情，倏忽垂眼，她像触了电，手臂立即缩回去。

谭薇说完就后悔了，一时面子上挂不住，努力镇定道：“我好心才关心你们，也惦记了一晚上。你这什么态度？”

陆强说：“我这人护食，最恨别人碰我的东西，就算动个歪心思也不行。管好你那张嘴，再往外蹦一句废话，别怪我给你撕烂喽。”

说完提步。再怎么样，他也不想跟个女人一般见识。

谭薇却气得不轻，吼了声：“陆强。”

她咬咬唇：“别忘了我救过你，小猫小狗还懂得知恩图报，我就多说几句话，杀人不过头点地，你想我怎么样？”

“想你离我远点儿，”陆强说，“要是你脱了这身警服，监狱那一枪，我陆强感恩戴德报答一辈子。别拿职责当事儿说。”

谭薇愣在当场。

陆强看她一眼：“要对得起这身儿衣服。”

他看根子：“走了。”

根子开他那辆破面包来的，两人上了车，根子忍不住问：“强哥，你是不是骂得狠了点儿？毕竟人是小姑娘，多可怜。”

陆强哼道：“碎嘴时候怎么没见可怜。”

根子边开车，见陆强心情转晴，也敢调侃：“变了！强哥，嫂子让你改邪归正了！”

陆强：“别跟这儿阴阳怪气的。”

根子傻笑，揉揉后脑勺：“咱接下来上哪儿？”

陆强一顿：“刚才不让你问医院地址了吗？”

“去医院？”

陆强应了声：“大龙还在公安局，医院里的那位也总得去看看。”

根子点点头，踩油门提了速，错过上班早高峰，一路都格外顺畅。

陆强先走进医院大厅，等根子去停车。早间医院人满为患，熙熙攘攘，到处都是排队缴费的家属。陆强往旁边走两步，从兜里翻出支烟点着。没等吸满，远处过来个小护士冲他直皱眉："医院不能吸烟。"

陆强半口烟闷在嘴里，冲她抬一下手，折身往外走。

路上积雪被铲到两侧，露出原本光秃的地面，台阶上还有些湿滑，上来的人都小心地颠着碎步。陆强往墙根让了让，呼出口里的烟。

停车场较远，嘴里的烟抽完，根子还没回来，他低头想再找一支，没等垂眼，门口闪出个人，穿黑色风衣和休闲裤，大踏步往外走。

门口撞上路人，那人一把给甩开，侧身的瞬间，陆强看清那人满身狼狈，衬衫的前襟和裤子有被水淋过的痕迹。那人跨下台阶，疾走几步倏忽停住，低了下头又抬头望去，这一看就过了很久。

根子不知何时过来，往陆强眼前摆摆手："强哥，看什么呢？"

陆强又瞅了瞅，抬腿往里："没什么。"

梁亚军住的高档病房，这也是梁亚荣昨晚见过陆强故意换的，在医院的顶层。

走廊里悄寂无声，窗明几净，环境十分清幽。

病房外面有个不大的休息室，陆强手覆在门上，顿了顿，敲两下推开。一条腿还没迈进去，眼角余光见里面飞出个物体，陆强一收手臂，重物击中门板，砰一声闷响。

隔了几秒，陆强重新推门。

吴琼坐在沙发上，蓦地回头："叫你滚，别出现在我面前恶心人。"

那一刹那，她表情带几分狰狞。随手抓过靠垫要扔，待看清门口的人却是一顿，无措片刻，她张了张口，竟一句话也没说出来。

当年过不在陆强，却也免不了他无意促成，他替邱震受罚，起先她恨得快要发疯。在医院躺那一个月，她生无可恋，情绪消极，院方下过几次病危通知，久经折磨，在与死神擦肩后，硬是活了过来。那之后她接受很长的心理辅导，心情慢慢平稳，连同对陆强掺杂的那点情愫，也一并带走了。

这几年她无欲无求，情绪再没失控过，直到前些日子遇到邱震。

噩梦还是来了。

吴琼握住发抖的手，强装镇定："你们走吧，我妈下去买饭，很快就回来。"

陆强站门口没动："你舅舅伤得什么样？"

吴琼看了陆强两秒，转向别处："多处外伤，头部轻微脑震荡，鼻骨骨折，左腿胫骨粉碎性骨折。"

"人醒着？"

"没有，"吴琼说，"打过麻药，昏睡呢。"

"费用大龙给出，让人尽量看好了。"

吴琼低着头没说话。

陆强顿了顿："大龙还在拘留所里蹲着，打架斗殴的事，该赔多少赔多少，让大龙过来当面认错儿都成。有些事大龙不知情，算是无辜的，硬咬着不放也没什么意思。"

吴琼才稍稍缓过来，她放下手："这事我说了不算。"

陆强说："希望你能想清楚。"

没有久留，从病房出来，根子先跑下楼缴纳费用，陆强慢悠悠落后一步，乘的下趟电梯，门将闭合那刻，有人从外面按了下。

吴琼追出来，气息有些不稳："我还有几句话。"

过了几秒，陆强从墙壁上直身，跟着出来，两人找个安静的地方说话。

转角的位置有个吸烟室，窗外正对医院的草坪，冬天里不见绿色，一片白雪皑皑。

两人中间隔了一米，陆强刚好拿烟来抽，空间不大，没多会儿就烟雾缭绕。

陆强单手插着口袋："要说什么？"

吴琼说："你朋友那事儿，我可以说服我妈，叫她不再追究。"

陆强抽了口烟，眯起眼："然后呢？"

她低下头，两手在身前揉搓了几下："他……"

吴琼吸了口气，努力稳定一下情绪，才道："邱震……前一段时间突然在路上遇见我，那次之后，又跟以前一样，总是阴魂不散，时不时地出现，说一些莫名其妙的话。我怕得要命，想躲也躲不开。"

陆强看她一眼，目光垂下去，落在她的手上。她有些抖，拼命地控制着，骨节捏得泛白。

好一会儿，吴琼看着他的侧脸："以前的事儿就当过去，我认命。他从前最听你的，能不能……让他别来骚扰我？"

陆强没答她的话，眯眼看着窗外，嘴上咬的烟一直没动，要不是烟雾丝丝缕缕，世界好像都定格了。

窗外白得晃眼，从高处看下去，人群如同蝼蚁，缓慢地在自己的轨道上爬行。

等烟快燃到尽头，烟灰再也支撑不住，一大截掉落在窗台上。

陆强拿下来，直接弹进垃圾桶："他的事儿，我现在管不了。"

这之后陆强没再露面，让根子送过两次钱。梁亚军除了腿上的伤，其他部位基本痊愈，出了院又进康复中心，前后折腾一个月才肯回去。

又过不久，大龙也被放出来，吴琼终究说通梁亚荣，否则凭借那些验伤报告，梁亚荣想追究到底，大龙蹲个一年半载也有可能。

大龙被物流公司辞退，医院的钱全由陆强垫付。大龙出来之后，把几人约出来喝个痛快，臭脾气收敛不少，几杯白酒下肚，抱着陆强大腿痛哭流涕，不知怎么报答才好。

陆强笑骂他一通，转向窗外，细碎的雪花飘飘荡荡。

这一年的冬天似乎特别冷，大雪小雪没断过，整个城市仿佛被白色掩盖，冷寂而荒凉。

离春节还有一周的时候，卢茵的舅舅又打电话来，和她确定回家的时间。她本打算今年同陆强待在漳州，细想起来，自打毕业只回去过一次，即便再不愿意，舅舅毕竟是亲的。

和陆强商量后，他只短暂沉默片刻，笑着让她回去。

卢茵说："也就五六天，初四能回到漳州。"

"我去接你。"

她收拾几件换洗衣物："那你过年去哪儿？"

"有根子呢，我们几个能凑一桌麻将。"

卢茵终究有些歉意，在他的脸颊上亲了亲："等我回来。明年陪你一起过。"

想到明年，陆强笑了笑。许诺总能让人陷入美好的憧憬，但和现实仍旧存在差异。

他顺势吻上去："好。"

离开那天是夜里，陆强送的她，舅舅家还要偏南一些，住在一个小县城，火车要比飞机方便，十几个小时的路程，睡一觉很快过去。

卢茵拎着一个小巧的行李箱，随身包里被他塞满零食。

赶上春运高峰，候车室里各路人物随地躺卧，陆强扫了眼，不由得皱眉，到底弄了张站台票，把她送上车。

买的下铺，他把行李放好，折身下去。

衣角被拉了下，陆强回头，她坐在床榻上，抬眼看着他。

陆强躬身，笑着："舍不得我？"

卢茵抿抿唇，小声问："你会想我吗？"

周围都是攒动的人群，陆强捏起她下巴，邪笑："不想。难受了找别的女人去。"

卢茵只听到前面两个字，嗓子哽得难受，轻轻地咬住下唇，头顶的影子也有些模糊。

陆强一顿："不识逗呢。"

卢茵迅速地眨了眨眼，掩饰地笑笑："快走吧，要开车了。"

陆强头埋得更低，看了她一会儿："初四来接你。"

门口列车员吹起哨声，陆强亲亲她："我走了。"

卢茵吸了吸鼻子，撩开窗帘，站台上昏昏暗暗，只剩两三个人影，没几秒，陆强出现在窗口，两手插着口袋，齿间咬着未燃的烟，冲她轻动唇角。

两人隔着薄薄的玻璃，却要渐行渐远，五六天不是多长的时间，只是卢茵害怕分离。

车窗外，陆强掏出手机，在上面按了一气，朝卢茵抬了抬，示意她看短信。

他没等到列车开走，留给她一个背影，高高大大的身躯，垂着头，弓着背，走得不慌不忙，好像回家也没那么急不可待了。

卢茵放下窗帘，揉了揉眼睛，才想起从兜里翻手机。

她看一眼，反应了半天，便气得扔出去，觉得刚才简直浪费感情。

屏幕上几个字：想你还有手呢。

隔了会儿，卢茵又拿起来扫了眼，脸颊不由得发热。

卢茵到黔源已经是大年二十九，下车那刻，一股湿润的气息扑面，不觉嗅了嗅，卢茵轻动嘴唇，有一种久违的亲切感。

出了站台，远远地见卢友正踮脚张望，身上穿的灰色外套和粗布裤子，裤脚挽起，露出一截黑色棉袜。

卢茵的鼻子没来由地泛酸，赶紧冲他摆手。

卢友正见了，憨厚一笑，大踏步往这边走。

卢友正接过卢茵行李："累了吧？"

卢茵道："不累，睡了一道儿。"

卢茵问："舅妈呢？"

"她在家，两个孩子都放假了，闹腾得很。"

卢茵喜滋滋，跟他抢行李："我来吧。"

卢友正坚持："我来，我来。"

他一躲，往前紧走几步："车就在门口。"

躲过接踵人群，卢友正的人力三轮停在背巷，他开了锁，把箱子搁在旁边，帮她拉着车门。

卢茵抬头看了眼，还是几年前的那辆，车身锈迹斑斑，轮胎沾满污垢，顶棚的遮阳布已经看不出颜色。

她迈上去，卢友正把车门插好，动作敏捷地蹬上去骑走。

穿过人潮拥挤的火车站，他速度快起来。

卢茵坐在后头，望着卢友正左右晃动的背影："舅舅。"

音量被喧嚣掩盖，她大声："都年二十九了，还出来拉活儿吗？"

卢友正半侧着头："待着也是待着，顺便接你。"

小城没多大，一条街道直通到底，路的两旁全是卖年货的，一派喜气祥和。

卢友正家住在一条老巷子里，房屋年代久远，是卢茵外婆留下的。

进了门，两个孩子正在打闹，都是丫头，大可和小可，大可今年刚上大学，小可才11岁，是卢茵离家那年出生的。

见卢茵站在门口，大可认出来，笑嘻嘻地喊了声姐。

小可认生，躲在大可的后面偷偷地打量她。卢茵和善地笑笑，走过去捏捏小可的脸蛋，刚巧兜里还剩一块巧克力，翻出来递给小可。

卢友正冲厨房喊了声，没多会儿，一个中年妇女探出头，笑着："茵茵回来了。"

"是啊，舅妈。"卢茵放下背包，"需要帮忙吗？"

舅妈上下打量卢茵一眼："算了，等着开饭就行，别跟着弄脏了衣服。"

卢茵一愣，忙脱下外套："没事儿，反正在车上滚得也不干净。"

卢茵进厨房里忙活一阵，有一搭没一搭地跟舅妈闲聊几句。她本身不善言辞，关系并没亲到无话不谈的地步，冷场时只有碗碟碰撞的声音。

晚饭四菜一汤，上桌时，卢友正提议碰个杯，对面的人迟迟没动。

卢友正叫了声："李岚，举杯啊。"

李岚抬眼看他几秒，拿起筷子，笑着："拿茵茵当外人呢，怎么说也在这里住了好几年，吃的穿的不都跟自己人一样。碰什么碰。"

卢茵一顿，手臂举得有些僵硬。

卢友正忙道："咱爷俩来，茵茵，别管你舅妈。"

卢茵笑了笑，与他稍微碰了下。

饭桌上都是些平常菜肴，有南方的笋丝和茭白，汤是粉丝豆腐汤。

小可挨个盘子扒了扒，噘嘴道："都是菜，我想吃门口的烧鸡。"

李岚没好气地瞪她："以为自己是富家千金呢，想吃什么有什么，烧鸡不要钱的？"

李岚往小可碗里夹两片茭白："赶紧吃饭。"

小可放下筷子，嘟嘴哼了声。

气氛有些尴尬，卢友正缓和地笑笑："这孩子……爸给你钱，去买吧。"

没等掏出来，李岚那边重重地撂了筷："你又有钱了？天天挣那点儿还不够买菜的，孩子下学期费用有着落了？两个孩子呢，在这儿逞什么能？"

卢友正老脸被她臊得通红，一只手插在口袋里不上不下。

卢茵嘴里的饭咽不下去，嗓子像卡着一块木塞，堵得难受。她扯扯嘴角："舅妈，学费的事别担心，到时我给大可交。"

这话一出，李岚的脸色立即阴转晴："哎呀，舅妈不是这个意思。"

卢茵道："没事儿。"

她笑着从钱包拿出一百块："小可，快去买。"

小可眼睛一亮，接了钱跑出去。

李岚忙道："看看你，什么都依着她，小孩子都给惯坏了。油腻的怕你吃不惯，知道你们这年纪都怕胖……合不合口？明天舅妈做顿好的。”

卢茵：“不用，很好了。”

一顿饭吃得食不知味，结束已经八点多，卢茵把行李箱拉开，里面多半是漳州特产。两个孩子闹哄哄，在不大的小屋里抢来抢去。

住的是老两室，只有一间卧室，客厅旁边支着高低床，大可小可睡在那儿。卢茵回来，并没有多余的地方给她睡，大可小可挤在上面，卢茵睡在下面。

小城并不像漳州热闹，更谈不上什么夜生活，卢茵早早去洗漱。

出来时，见大可小可正翻她的行李箱，卢茵暗自皱眉，也没立刻阻止。

大可见她出来，举着手里的护肤品，眼睛亮晶晶：“姐，你有一整套！我们宿舍就有用这牌子的，都说用完特别好。”

大可一咬唇：“我能试试吗？”

卢茵边擦头发，笑着说：“其实你的年龄不适合这牌子，我回去给……”

她的话还没说完，李岚斥了声：“赶紧搁回去，没看你姐生气了吗？”

卢茵一愣，忙道：“没有，大可喜欢的话，拿去用吧，我回漳州再买。”

大可欢呼起来，抱出瓶瓶罐罐往浴室跑，李岚过去拉起小可，想把行李箱拉上，犹豫了一瞬：“呦！茵茵，这是你的衣服？”

说着拿起一件褐色的羊绒打底衫，前后看了看：“样式倒是好。”

李岚看了卢茵一眼：“年轻人怎么挑个这种颜色？”

卢茵说：“为了抗寒，也没特意选颜色。”

李岚摸了摸衣料：“是挺暖和。”

卢茵道：“舅妈要是不嫌弃的话，拿去穿吧，我没上身几次。”

“那怎么好？”

“没关系的。”卢茵笑着。

最后又让李岚挑了两件，卢茵基本没剩什么，一闹腾，时针走过九点。

卢友正从屋里出来，让关灯睡觉。

直到房间彻底黑暗，卢茵仍然觉得不真实。这个地方满眼陌生，其实她从未融入过。

回家不叫家，离开这儿才叫回家。

迷迷糊糊不知几点睡着，又被手机振动吵醒，其实刚过十点，这个时候，陆强还躺沙发上看电视。

卢茵披上外衣，轻声去阳台讲电话。

黔源的天气要比漳州好很多，没有白雪也没有枯枝，月色温柔，连风都是湿润的。

卢茵趴在护栏上和他讲了会儿，怕声音太大吵到舅舅他们，草草地挂断。

她踮脚回去，尽量不发出声音。

卧室的门没有关严，这会儿一丝光亮从里面透出来，伴着压抑的争论声。

卢茵脚步一顿，捏紧衣角，缓了缓，才重新躺回床上。

这之后她睁着眼，夜静极了。

里面舅舅说：“你消停点儿吧，别把她们吵醒了。”

李岚道：“听见又怎么样，我说得不对吗，她现在婚也结不成，还霸占老太太给的钱，你看咱闺女两人挤一张床上，不心疼吗？”

隔了会儿，卢友正才道：“我妈给茵茵留的嫁妆钱，你别想。房子都咱住着，你还想要什么？”

“这也叫房子，还没人家厕所大，你也好意思。咱两个闺女，你不为我想，也得为她们想想吧？”

“想什么，又不是儿子。”

“你这什么意思？”李岚情绪激动，“是怪我没给你们老卢家生儿子了？”

“我没那意思。”

卢茵翻了个身，强迫自己闭眼，没多会儿，又不自觉地睁开，盯着黑暗里那道光。

客厅里静极了，里面的声音传出来有些空旷。

李岚道：“听说男方家把买房子钱退回来了，你和她说说，就算我们先借的，先换套大点儿的住住。”

卢友正不吭声，李岚重复：“跟你说话呢？”

卢友正被逼急，低喝：“我不去。”

里间传来哀哀的抽泣，好一会儿：“我命太苦，爸妈不在身边儿，嫁个男人还是个没能耐的，两个孩子学费都是问题。”

“茵茵自打工作，哪年不给大可交学费？给你寄的钱还少吗？做人不能没良心。”

“她吃我住我的时候不算了？”

“那这些年也该还完了。”

第二天是除夕。

卢茵后半夜没怎么睡，早起眼有些肿。

她洗漱完去了趟银行。这几年黔源变了样，经济比之前发达，商场和饭店开了几家，她读的中学已经拆迁，现在是便捷酒店。

卢茵脚步停在酒店旁，去里面开了间房，回到家时正好赶上中饭。

李岚端着盘子出来，笑着看她，不阴不阳道：“茵茵，大早上就出去玩儿了？小可一直闹着饿，我让等你回来一道儿吃。”

卢茵换好鞋，把背包捏在手里：“舅妈，我有几句话想跟您说。”

“说什么？”李岚在围裙上擦擦手。

卢茵拿出几沓钱：“这里有三万，我离得远，一直也照顾不到，多少您先拿着用。”

卢茵顿了顿：“大可上学的钱我单给。外婆留下的我一直存着，这个钱我不能动，将来嫁了人，手里总得有点儿才能挺直腰板。”

李岚有点难为情，知道昨晚的话全都被卢茵听见了，可一细想，钱都不给了，也没什么过意不去的，索性放开了谈。

李岚道：“那还挺远的事儿吧，我是想，先把……”

“不远了。”卢茵截住她的话，“也就这一两年的事儿。”

李岚怔忡：“又有人了？什么时候的事儿？”

卢茵点头说是。

李岚问不出什么，苦口婆心地劝说一通，完全为卢茵考虑，怕她选错人，再碰见刘泽成一样的渣滓男人。

到最后钱没要出来，李岚脸有些冷。

卢茵顺便说：“大可小可挤在一起也不方便，我今晚吃过饭，去住酒店吧。”

李岚捏着钱，动作一顿：“是家里床不舒服？”

卢茵张了张口，没等答，又听李岚道：“的确，这破床也该换换了，我睡着都腰疼。那吃过饭，让你舅舅送你。”

吃过年夜饭，卢茵收拾了东西出门。

卢友正提着行李，闷不吭声地跟在后面。卢家就只剩下卢友正，书没读过多少，很早辍学干苦力。卢友正性子闷，不会说话，老婆说什么是什么，一辈子都被李岚拿捏。

更多时候，卢友正只能忍气吞声，勉强过活。

卢茵见卢友正情绪不高，故作轻松地和他聊了一路，临了塞几千块给他。

卢友正摆手不肯收。

卢茵坚持：“大过年别那么累，给舅妈买件衣服，还有大可小可的零用钱。您收下吧，就当让我安心。”

卢友正最后还是收下钱，一双老眼有光闪烁，深深地埋下头：“明早回来吃饭。”

卢茵目送卢友正离开，等他的身影消失在黑暗里，才转身进去。

除夕夜万家团圆，酒店过分冷清，不见半个住客，前台小妹交过钥匙，不免多看卢茵一眼。

卢茵此刻感到了孤独，孤独了，会想一个人。

她打开电视，每个频道都在播放春节晚会，外面爆竹齐响，烟花染红半边天。但卢茵仍没觉得多热闹。

还有几分钟就是春节。

卢茵拿了电话给陆强拨过去，刚接通就听到陆强的声音。卢茵一愣，那瞬间便打算明早去车站。

心情突然大好，卢茵笑着："等我电话呢？"

那端过分安静，陆强嗯了声："刚想给你打。"

卢茵仰躺到床上，可能是心理作用，真觉得酒店的床要比舅舅家的舒服些，她问："抽烟呢？"

隔着电流，她能听见轻轻的呼气声。

陆强："嗯。"

"你最近抽得有点儿凶。"

"没什么事儿干。"

"总抽对身体不好。"

陆强说："要孩子就戒。"

卢茵咬了咬唇，暗自傻笑了一会儿，故意换话题问："吃饭了吗？"

"吃了。"

"和根子在一起？"

陆强一顿："在旁边儿呢。"

他话不多，聊了几句，卢茵听出他语气不对，响彻天地的爆竹声里，他那边出奇地安静。

卢茵翻了个身，食指轻轻地抠着床单，低低问："你在做什么？"

隔了两秒，陆强回答："在路上。"

卢茵的手掌压在床单上："这么晚还在外面？"

那端呼一口烟，他好像开了车窗，有呼呼的风声送到她的耳边。

陆强扔掉烟头："初四可能接不了你了，我和根子在路上，回一趟老家。"

卢茵屏息，心跳快了半拍。陆强说："老娘那头出了点儿事儿。"

她猛地从床上坐起："严重吗？"

"去房顶补瓦，腿给摔折了。"

卢茵心一揪："你别太着急，什么时候能到？"

"明儿一早。"

她轻轻地嗯了声。

一时没有别的话，但谁也没有挂断。

卢茵的脑袋转得快，不由得回忆那张快递单子上写的地址。

突然间，窗外数朵烟花爆开，姹紫嫣红，渲染整片天空。

她侧头看向窗外，爆竹声震耳欲聋，激烈地到达巅峰。电视里，主持人齐齐出场，满脸欢乐地开始倒数。

满世界喧嚣的气氛里，耳边低低地传来一句："新年快乐！茵茵。"

0852

All this is fate

第二章　心结

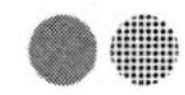

一路向北，车开了一夜。

半途根子爸就来了电话，说钱媛青人没事儿，腿已经找村医给接好，让他们别着急。后面陆强、根子两人换着开车，到钱树林村时已经早上五点。

村里没有路，根子把面包停在村口。陆强下车，站旁边抻了抻筋骨，环手点烟，呼出的气体仿佛能凝固。

寒风凛冽，这里是真正意义的北方。

村落对面一马平川，空荡荡杳无人烟，这里被厚重的积雪覆盖，到春天便是大片的庄稼。

陆强往庄稼地走过去，直接解开拉链放水，憋了一路，不禁打了个哆嗦。他把烟咬在嘴里，微昂起头，被白色晃得眯起眼。

身后一阵脚步声，根子也来凑热闹，两人并排站着。

陆强侧头瞥他，又把眼睛投向远处。根子叹口气，两人上次共同站在这儿不知是多久以前了，一时感慨万千。

根子笑嘻嘻地问：“哥，还记得吗？小时候站一溜儿，比谁撒尿撒得远！”

陆强说："记得。"

"那会儿你最猛，能整一两米。"

"现在也不赖。"陆强往根子身下扫了眼，笑笑。

根子吹着口哨，状似无意地侧了侧身，挡住陆强的目光，眼儿也往陆强身下瞧。

陆强浑不在意，大大方方地给他看。他先尿完，拉上裤链去上面等根子。

他们两家住的离村口不远，两家是邻居，中间隔着一道篱笆墙。根子家条件要好些，两间瓦房，去年刚翻修。钱媛青只把正房好歹弄了弄，西屋还是之前的土坯房。昨天就是西屋掉了块瓦，她不愿麻烦人，想自己给搭上，雪天梯子滑，一没留神儿，就从房上摔了下来。

根子步伐略快，不回来还好，这会儿到家门口，反倒有种近乡情怯的感觉。

眼看家门敞着，根子回头，不知不觉和陆强拉开十几米。陆强手插着口袋，不紧不慢地跟在后面。他停了停，又往回撤了几步。

根子催道："哥，快着点儿啊！"

陆强垂眸瞅根子一眼，也没有个笑模样。

根子一愣，便知道陆强的顾忌，不敢催了，随陆强一步一步往前挪。

先去的陆强家，根子走在前面，撩开厚重的棉窗帘，过道里阴暗破旧，旁边只有一扇门，里面透出光线。

"钱大娘？"根子喊了声，"我是小志啊！回来看您了。"

王全志，根子本名。

屏息等了等，门里一串脚步声传来，根子推开门，看见自己老娘，眼睛一亮："妈！你也在呢！"

王母上来揪他耳朵，给他拖进去："小兔崽子，总算知道回来了是不？"

根子吊着脑袋，龇牙咧嘴，哎哟哟地直叫唤。

屋里充斥着一股刺鼻的药膏味儿，只开了盏白炽灯，窗户对面是个通长的老火炕，旁边有炉子，上面搁着暖水壶。炕上的人平躺着，一条简易的束带吊着她的腿，另一头拴在房顶晾衣绳上。

钱媛青看过来，笑了笑："小志回来啦？"

根子逃脱魔掌，半趴在炕边儿："大娘，怎么弄成这样，严不严重？疼不疼？"往她腿上看过去，她小腿周围用特制的木板固定了一圈儿，缠着红线绳，看上去粗糙又简易。

根子回头："妈，这能治好吗？要不行送医院吧，我车停村口了。"

王母骂他忘本的玩意儿，出去几年不知自己姓什么了，小时候他摔断腿，也没见现在瘸着。

根子撇撇嘴，钱媛青拍了拍根子的手："大娘没事儿，快跟你妈回去吧。"

钱媛青又对着王母："妹子，昨儿小志他爸不还念叨他了吗，快回吧，我这儿没事了。"

根子顿了顿，没有动："我不是自己回来的。"

王母忙接："有对象了？"

根子没理她，握着钱媛青的手："强哥在门口呢。"

刚才没注意，这会儿几人把目光投过去，见那儿戳了个人，人高马大，黑衣黑裤，几乎挡住整个门口。

陆强并未察觉别人的目光，视线定在房门正对的柜子上。

根子明显地感觉掌中钱媛青的手在颤抖。接着钱媛青突然把手抽出来，搭在自己的胸口，闭上眼："滚出去。"

声音是极力克制的冷漠。

陆强身形微动："妈。"这声叫得生硬，嗓子带着久不说话的沙哑。

钱媛青的胸口起伏不定。

陆强站在原地："伤得重不重？"

钱媛青骤然睁眼："别管我叫妈，我没你这么畜生的儿子，你进错家门了，给我滚！"

陆强沉了沉眸，仍旧没动。

钱媛青手抖得厉害，抓过炕头儿茶杯使劲掷过去，动作大了，扯到腿上的伤，疼出一头冷汗。

陆强不动不躲，杯里的水滚烫，全部淋在他半截脖子和前襟上。

他咬了咬牙，一声没吭。

王母见钱媛青情绪激动，赶紧去拢陆强，叫根子："你先带强子回咱家，让你爸给找烫伤膏，先住下，有话往后再说，别搁这儿添乱。"

根子回神，应了声，半推半送地把陆强弄出去。

王母上前查看钱媛青的腿，帮她调整了下位置。钱媛青情绪不稳，仍旧有些气喘。

王母叹了声，拽了把椅子坐在钱媛青旁边："大姐，你这是何苦，亲生儿子还能一辈子都不认？"

"这畜生跟我没关系。"

"别说气话，都是当妈的，我懂。做再多错事也是心头肉，何况现在孩子回来了，你还真能把他往外赶？"

钱媛青眼睛一涩，眼泪直打转儿："老陆被他活活气死了，他还有脸回来。"

王母叹息地摇了摇头："我陆大哥在天之灵也一定希望你们好。"

陆强随根子回去，直接进了主房的偏屋。屋子的格局和钱媛青那儿不同，主房左右两个房间，分别住着老两口和根子。西屋没人住，成了柴房顺便养牲口。

根子爸找来烫伤膏，根子着急，伸手就要往陆强的脖子上涂。

陆强偏头，接过去："自己来。"

两人折腾了半宿没吃饭，根子爸煮了一锅大年夜的饺子，冒着热气端上来，又给拿了瓶白酒和花生米。根子饿急眼，没多会儿就吃了半盘，一抬头，见陆强光顾抽烟，没动几口。

根子说："哥，不合口儿？让我爸给弄点别的？"

"不饿，你吃。"

"那你喝口酒暖暖身？"

陆强夹烟的小指勾了勾额头："睡一觉就行，没精神。"

根子火速吃完，他不困，把偏屋让给陆强，自己出去看电视。

陆强褪下外套，蹬掉鞋，仰躺在火炕上，后背暖烘烘的，身上寒气被一寸寸地逼出来。

他睁了会儿眼，望着房顶，脑袋空荡，什么也没想。眼睛渐渐泛酸，他抬臂遮住眼睛，没盖被子，也不知什么时候睡着的。

这一觉睡到了下午，一睁眼已经三点钟。

陆强从炕上打挺儿坐起来，揉揉脸，外屋偶尔传来说话声，电视机正重播春节晚会。

身后的手机振个不停，陆强扭身摸过来。

电话是卢茵打的，说了两句，陆强都没怎么听清，那边人声嘈杂，乱乱哄哄，仔细一听，还有列车室里的广播声。

陆强心一跳，预感到什么，沉声问："在哪儿呢？"

隔了会儿，那边说了句什么。

陆强皱眉："大点儿声。"

"我说，我在武清火车站，刚下车，接着应该怎么走？"卢茵用喊的，这次很清晰，每个字都像锤子，狠狠地敲在陆强的心口上。

陆强咽了下喉："你说你在哪儿？"

她大声："武清。"

"淮州武清？"

"是啊！"

陆强手撑着炕沿儿，用力地捏了捏，骨节泛白，好一会儿没说话。那边焦急地问："然后呢，然后怎么走？"

陆强终于有反应，拽过大衣，举着电话几步跨出去："待那儿等我。"

他猛地拉开门，屋外几人吓了一跳，齐齐看向他。

陆强冲着根子喊："车钥匙。"

根子一愣，行动先于思考，将钥匙隔空抛给他。

陆强一把接住，没作解释，快步往外走。

卢茵吸着气："你要快一点儿，冷死了。"她声音颤颤巍巍，带点埋怨带点娇气，听着都让人心疼。

陆强抿唇："我很快。你在候车室里待着。"

陆强说完这句就挂了，卢茵不由得缩了下肩。

现在室外温度零下二十度，她一下火车，一口凉气从鼻端蹿到后脑，太阳穴突突地跳。身上只穿一件羊绒大衣和小短靴，怎能抵挡住东北的温度，风吹过，瞬间把她吹透。

这么北的地方她头次来，早上的航班到淮州，再转火车到武清，接下来她不知道怎么走，先前怕陆强忙着，现在才给他打电话。

卢茵收好手机，转身回了候车室。

武清并不大，火车站历史悠久，是前苏联修葺的，黄墙绿瓦，仅一层。工作人员都穿军大衣，取暖措施并不完善。卢茵坐了会儿，双脚已经失去知觉。

她在车站的角落里，门在右前方，小站乘车的并不多，偶尔才会进来一个人。她目不转睛地盯着那个方向，不知过了多久，门帘被大力撩开，一个高大的身影走进来。

卢茵眼一亮，猛地起身，脚一麻，又跌回去。

陆强也仿佛有感应，目光直直地落在她身上，那一瞬，谁也没动，就隔空看了彼此好一会儿。

他下意识地摸了下衣兜，却没继续，大步过来。

卢茵活动了下脚，慢慢起身："这么快？"

前后也就半小时。

陆强冷着脸："不会打我电话？"

"我打了。"

陆强有点怒气："早干什么去了？"

他的目光落在她红红的鼻头上，声音一软："走吧。"

他一手拎行李，一手去牵她，像握到冰块儿。

卢茵步伐缓慢。

他停了停："冻僵了？"

"你们这里太冷了。"

陆强看她一眼，放开她的手，半弓下身。卢茵不明所以，下一秒，天旋地转，被他捏住膝弯儿扛起来。

卢茵低呼，拍他背："快放开，这么多人看着呢。"

"怕人看就消停点儿。"

他不顾别人的眼光，一路把她扛出去。

车子停在前广场，陆强拉开面包后门，把她扔进去，褪下大衣，将她团团裹住，才绕去前面打火儿开空调。

陆强没急着开走，坐到卢茵旁边。

她的脸颊因为充血微微发红，缩在角落里，身上覆着大衣，只露出两只眼睛。

陆强拽过她的脚，把鞋和袜子一并脱下。

卢茵小小挣扎："你干吗？"

陆强一拽，掀开胸前的衣服，把那两只小脚贴在肚子上。他浑身一抖，不由得低咒起来。

卢茵咬唇，缩了缩："其实不用的。"

"等了多久？"

"没多久。"脚心慢慢感受到热度，"刚下车就给你打电话了。"

"不是要初四回来？"

卢茵拉下脸："我其实不应该去的。"

"对你不好？"

"也不是。"卢茵没法定义，毕竟舅舅待她是真心的，舅妈为人刻薄，却也没撕破脸皮，人都是爱财的，也或许是她舅妈太需要了。

归根到底，那不是家，倘若真有一丝归属感，卢茵现在也不会出现在这里。

不想继续这个话题，卢茵转过来问："阿姨的伤怎么样了？"

陆强往前靠了靠，索性把她双手也塞进来："大夫看过，估计得养。”

卢茵嗯了声，手和脚都在他胸口，蜷缩着，姿势别扭。

两人闲聊了会儿，车里的温度升上来，手脚回暖，终于不那么冷了。

在车里耗费半小时，太阳西斜，红灿灿，照在车窗的冰凌上，闪烁奇异的光。

卢茵问：“我们什么时候回去？”

“不冷了？”

“嗯。”

陆强把她的脚拿出来，上下捏了捏，白皙柔软，脚指甲圆滑剔透，透着粉，也就他的巴掌那么大。

卢茵缩了下，陆强手一紧，很自然地把她的脚送到鼻端嗅了嗅，故意逗她：“真臭。”

卢茵的脸涨得通红，手往他的胸口拧：“那你还闻？”

陆强又闻了下，嘴贴上去，亲她脚心和脚趾：“我不嫌弃呗。”

“你有毛病吧。”

两人打闹到一起，纠缠半天，陆强寻到她的唇狠狠吻住，这一吻很久没分开，到最后，呼吸凌乱。

陆强终于放过她，低沉着声音：“为什么会来？”

卢茵的嘴唇嫣红：“反正也没地方去。”

陆强掐她肉。

卢茵龇牙，改口说：“想见你。”

陆强看着她，长久说不出话来。

不可否认，他阴沉的心情好了不少。

驱车回去，速度慢得她想打瞌睡，路是坑洼不平的土路，由积雪覆盖，然后被车轮碾轧得泛光。

卢茵迷迷糊糊一阵，看了看腕表，已经六点钟。

他去接她只用半小时，回去却花了更多的时间。

卢茵舔舔唇，不禁看向他。陆强歪头靠着椅背，唇线松弛，本是一副颇慵懒随性的姿态，双手却不含糊地紧握方向盘，目光沉着，紧紧地盯着前面的路况。

因为另一个人的存在，不得不为任何未知而谨小慎微。

车子开到村口，天已经完全沉下来，原本白灿灿的原野陷入死寂，寒风肆虐，吹动着树梢，像巨兽在嘶吼。

卢茵从小生活在南方小镇，依山傍水，空气温润宜人，她从没来过北边儿的乡下，所以脚落地时有些傻眼。还没缓过神，厚重的大衣从肩膀落下来，陆强把卢茵身上的大衣一拢，拥着她往里面走。

乡间的夜格外黑沉，没有车马喧嚣，也没有华灯异彩，眼前黑咕隆咚，她完全被他带着走。

大概五六分钟，眼前终于出现光亮，院落渐渐多起来，才发现并不是死气沉沉，每家每户都挂着大红灯笼，耳边偶尔有爆竹声，小孩三五成群，穿着棉袄，脸蛋儿冻得像苹果。

卢茵看得走神，踏到冰上，一个趔趄，呀了声。

陆强反应敏捷，提着她的腰，把她扶正。

“扭到没有？”

“没。”她拽住他手臂，“你冷不冷？”

衣服给了她，他只穿了件薄毛衫，还是个宽领的。

“你说呢？”

“要不给你。”她往下拽衣服。

“穿着。”

卢茵握住他裸露的手，想帮他暖暖：“还要走多久？”

“十来分钟。”

“那我们走快点儿。”

他在黑暗里看她：“要不扛你？”

卢茵一惊：“别闹，也不看看场合。”

她心里是有些忐忑的，刚才在车上，有几次犹豫想回去，强忍着没敢说。一时脑热，今天就这么过来终归贸然，没带礼物，着装不够正式，还蓬头垢面的，要多狼狈有多狼狈。

无论怎么讲，她对这次见面都不够重视。

前后琢磨一路，等她站在灯火通明的屋里时，才发现，情况有些出乎她的意料。

根子见两人进来，先是张了张嘴，眼睛一转，笑着喊了声嫂子，老两口也目不转睛地盯着卢茵瞧。

陆强站着："叔，婶子，这是卢茵。"

又对卢茵说："这是根子爸妈，你跟着我喊就行。"

卢茵嘴角僵了僵："叔叔，婶子，你们好。"

王母立即回神，热情地握住卢茵的手，眼里满是欢喜和羡慕，冲着陆强："强子，这是你媳妇呀？"

陆强和卢茵对看了眼，一个低头，一个答是。

王母又转向卢茵，这次上上下下认真地打量："好，好，姑娘长得可真标致！"

卢茵被夸得难为情，头埋得更低。

根子解围："妈，你别唠叨没完，肯定都饿了，做饭去吧。"

王母一拍头："我这记性，今晚……"

王母突然停住，想到什么，尴尬地笑笑："今晚就住婶子这儿，你和强子睡那屋，小志跟我们挤挤。等着，这就给你们做饭去。"

卢茵勉强地笑笑，跟着陆强坐下。

她的情绪完全不对，吃饭时，强迫自己往下咽。王母给夹的菜堆成小山，到最后卢茵只吃掉小半碗。

陆强闷不吭声，垂眸看看卢茵，把那半碗扣在自己碗里。

王母一愣："这就吃饱了？"

卢茵看陆强一眼，忙笑着说："我减肥呢，婶子。"

"瞧这瘦的，别减了。"

王母恐怕怠慢，客气道："来，再喝点儿汤。"

吃完饭聊了一阵子，王母让陆强和卢茵两人回了偏屋。偏屋的炕被已经铺好，炉子上烧着热水，可卢茵怎么都觉得不自在，心情不可控地沮丧。

陆强半靠在炕沿儿，长腿直直地叠着，摸了支烟点着，默默地看她。

卢茵拉开鞋子拉链，叹了声："我是不是不该来？"

陆强吸了口烟，透过烟雾瞧她。

卢茵脱掉袜子，往后一撑，坐在炕上。炕太高，她双脚垂在半空："都睡在根子这儿，不太好吧？"

旁边火炉发出吱吱的声音。

她问："我们为什么不回家？"

陆强指间的烟还剩一小截。

卢茵轻轻地拉他袖子，小声地问出自己的猜测："阿姨她……不同意你交女朋友?

陆强终于说话："跟你没关系。"

她松一口气，但还是想不通："你也一直没回去？"

陆强没答，两腮狠狠凹陷，火星璀璨一瞬，燃到了尽头。烟头丢在水盆里，他抬起她一只脚搭在腿上，低头给她穿袜子。

卢茵满头雾水："这是要干吗？"

陆强弓身拿鞋："回家。"

王母刚给钱媛青送过饭，钱媛青不能走路，叫王母把院门在外面反锁。陆强拿来钥匙，带着卢茵回去。

王母不放心，打算跟去看看，被根子拦下来。

撩门帘的瞬间，陆强忽然停下，卢茵感觉到他拉自己的手紧了几分。

两人在黑暗里站了会儿，陆强说："这门儿我不一定能进去。"

卢茵等着他解释，半刻，陆强又跟了句："她或许会喜欢你。"

卢茵想说点什么，陆强已拉着她进了屋。

一股暖流扑面，钱媛青正半靠着纳鞋底，她头顶上方的墙壁燃一盏黄灯泡，房间昏昏暗暗，和根子家气氛很不同。

见有人闯进来，钱媛青吓了一跳，定睛一看，脸立即沉下来。

陆强也没往前走，他叫了声："妈，给你带回来个人。这是卢茵。"

卢茵并未注意陆强正介绍自己，全神贯注地盯着对面的柜子，上面正中摆了张黑白照片，前面一碟水果、一碟糕点还有一盒烟，烟盒类似银色，舅舅以前抽过，卢茵依稀记得好像叫蝴蝶泉。

房间里摆着遗照，第一眼看到，卢茵吓得不轻。等再偷偷瞄的时候，画框里老人慈眉善目，眼尾带笑，瞳孔里的颜色偏灰褐色，看上去很温和，莫名有种亲切感，卢茵竟不那么怕了。

察觉到陆强捏她手，她已经不知走神多久。

卢茵看着陆强，陆强说："这是我妈。"

她连忙冲钱媛青微笑："阿姨好。"

钱媛青这才把目光睇向卢茵，打量片刻，冷哼一声："出去。"

卢茵一愣，笑容僵在唇角。

陆强拉着卢茵没动："我们没地方住，第一次回来，住根子家不方便，今晚跟你睡，行吗？"

卢茵还是第一次听陆强用这种口气说话，不像哄她那样温柔，更不像对别人冷硬强势，带点儿生疏，带点儿敬畏，还有一丝不易察觉的讨好。

钱媛青专注手里的活计："庙太小，容不下你这尊佛。"

卢茵感觉陆强的手心出了汗，只听他继续道："妈……以前的事我其实……"

"住嘴。"钱媛青大声呵斥，手里的东西变了形。

钱媛青怒道："你想他在下面也不安生？"

陆强绷住唇，没有继续，过了会儿，他说："茵茵本来在家过年，听说你摔倒了，早上坐飞机赶到淮州，又转几个小时火车到武清，折腾了将近一天。她是南方人，第一次来北方，气候不适应，穿得也少……"

钱媛青手一顿，却没抬头："不关我的事。"

陆强说："晚上别让她睡炕头，我怕太热也不行。"

那边传来一声冷哼。

陆强接着说："晚上起夜，给开着灯，咱这儿太黑，我怕她摔倒。"

钱媛青不愿意听，皱眉说："滚出去，别等我动手。"

陆强沉眸，狠了狠心，不轻不重地把卢茵往前推了把："你儿媳妇，看着办吧。"

卢茵被陆强推得一歪，下意识地回身拽他，却只碰到他的衣角，往后跟了两步，又突然停住。

走也不是，留也不是，有点生气陆强把她推到浪尖儿上，但转念一想，娘俩之间有隔阂，必然是他搞不定，利用她来打温柔牌。

卢茵暗自咬牙，不禁在心里骂了那男人几百遍。

钱媛青却也没开口撵人，只低头专注干活，当卢茵是空气。

卢茵局促地站了会儿，觉得应该开口说句话："阿姨，您这做什么呢？"

没人理她。

卢茵吐了吐舌："是做鞋子吗？"

意料中没得到答案。

卢茵第一次脸皮这么厚，又在心里骂陆强。独自站了会儿，脚掌酸痛，卢茵挪了挪，悄悄坐在旁边的小凳上。

时间一分一秒过去，卢茵手支着下巴，刚开始还能关注钱媛青，可奔波了一天，困乏袭来，她频频点头，眼皮重得撑不开。

不知过了多久，忽然一道声音："上来睡，等我请你呢？"

卢茵头一磕，瞬间清醒。

钱媛青仍旧低着头："睡那边儿，自己拿被子。"

卢茵连忙答："好。"

炕东头是一排矮柜，卢茵按照指示，随便抽了条被子铺好。乡下毕竟不方便，卢茵没有洗漱，也没换睡衣，在角落里躺好，两人中间能隔一条河。

钱媛青收拾好杂物，脱掉外套，身子艰难地往下溜。

卢茵半撑起身："要我帮您吗？"

那边没答，一把关了灯，黑暗降临，空气立即静下来。

卢茵呆愣片刻，跟着躺回去。

这一次，卢茵很久没睡着。

另一边呼吸平稳，过了很久，卢茵神志渐渐模糊的时候，却听钱媛青说了句话。

卢茵："嗯？"

钱媛青重复："你跟那小畜生认识多久？"

"他出狱的时候。快一年了。"

又没了声音，卢茵却知道钱媛青没睡，窗外稀薄的月光洒进来，把墙壁分割成六块儿。

夜晚，风息了，却依旧寒冷。

钱媛青问："知道他为什么坐牢吗？"

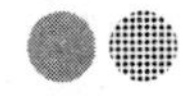

0852

All this is fate

第三章　调解

钱媛青说："看你年纪不大，别让那小畜生给骗了。"

卢茵沉默了几分钟，从那封被退回的邮件，到今天相见的一幕，她在脑中大致将事情捋顺，看样子母子两人根本没好好地说过话。钱媛青不给陆强机会解释，陆强性子也不是死皮赖脸的，那事毕竟不光彩，让他低声下气解释不太可能。

卢茵心一颤，身体跟着紧绷。也就是说，陆强替别人顶罪，钱媛青可能根本不知情。

钱媛青见卢茵不说话，又问一遍："知道吗？"

卢茵轻轻地道："知道。"

这回换钱媛青没话了。

卢茵偏头，在黑暗中辨出钱媛青的轮廓，没有继续说下去，问了别的："阿姨，陆强的性格像您吧？"

钱媛青鄙夷地哼了声，觉得自己简直多余，卢茵知道了还能跟着陆强，她也不见得是什么好人，图钱图乐还是图刺激，钱媛青没法理解。

钱媛青想转个身，腿没法动，只好亮个后脑勺给卢茵，表示想终止谈话。

卢茵却不知趣，夸赞道：“一看您就是外冷心热的人，嘴上不爱说，都搁在心里，指不定背后怎么疼人呢。”

卢茵稍微停了下，旁边没有动静，她接着说：“别看我年纪小，其实还挺会看人的，您特正派吧，眼里揉不得沙子，也特别有责任心，是个有担当的人。”

钱媛青冷声说：“甭奉承我，我听着都假。”

卢茵：“……”

被钱媛青噎了下，卢茵脸有些红，停了停，她翻了个身，面朝着钱媛青。

卢茵咬咬唇：“刚才我说那些，其实更像是陆强。”

钱媛青问：“他给你多少钱来说好话？”

卢茵一愣，有些气，故意说：“十万。”

钱媛青冷笑：“还挺有钱。”

“那钱是打算给您的，被您退回来，后来支票作废了。”卢茵还是解释了一句。

片刻，卢茵又道：“其实您想没想过，这中间可能有误会？”

钱媛青皱了下眉，合上眼：“闭嘴吧，明天赶紧收拾收拾滚蛋。”

又来了。

卢茵越发觉得两人出奇相似，稍不顺心就放狠话，脾气暴躁，性格强硬。

但陆强吃软不吃硬，卢茵一哭，陆强立即方寸大乱，低头服软。

不知放钱媛青身上管不管用。

卢茵手心儿攥出了汗，豁出去了。卢茵努力酝酿情绪，专挑伤心事来想，想陆强怎么隐瞒她，怎么欺负她，加上连日来的奔波，从钱媛青这儿受到的冷待，一股脑全都涌上来。

没过多久，卢茵竟真的开始鼻腔泛酸，眼前模糊。

卢茵故意抽两下鼻子，轻轻地咽喉咙。在这样安静的环境下，很细微的动静都能被放大。

钱媛青把头转回来，静待片刻，半撑起身开了灯。

卢茵被光亮刺激到，用被子遮住脸，抽泣不断。

钱媛青傻眼："你这是干什么？"

卢茵又哭了会儿，才从下面探出头，含糊地说："我大老远地跑来，人生地不熟的，就是为了看看您，您还总说让我滚。"

钱媛青一愣，往旁边靠了靠，语气降下来："你这丫头。"

钱媛青叹口气："那也用不着哭啊。我现在腿脚不好，还真能下去撵你不成？"

卢茵的眼睛都红了，说得断断续续："我从黔源来的，这一路十几个小时，拿着地址到处问，越往北走越冷，又在火车站等了他半小时。我就穿那么少，晚饭也才吃了几口，陆强就把我推到您这儿来了，可您还……"

卢茵顿了顿，拿手背抹眼泪。她哭不招人烦，只流泪，不出声，安安静静地，看着都让人心疼。

抹完泪卢茵又继续："陆强太过分了，总是看我好欺负，现在又把我自己扔到这儿。我明早就走，回去了要跟他分手。"

钱媛青冷哼："这就对了，那畜生不是什么好鸟儿。"

卢茵说："的确不是好东西，追我的时候阴魂不散的，还事事隐瞒我。刚知道他犯强奸罪那会儿，简直恨死他了。我要跟他分手，迫不得已，他才跟我透了底，说那些事他根本没做过，其实是替别人顶罪的。"

卢茵恐怕钱媛青打断，没个停顿，一口气说完。

房间一下子静了，卢茵忘了哭，偷偷拿余光扫她。

钱媛青很平淡："什么？"

卢茵一顿，又把刚才的话说了一遍。

这回时间彻底静止，钱媛青没有任何反应，半靠了好一会儿，抬手关灯。

卢茵哑然，这反应出乎意料，但卢茵知道钱媛青听明白了。

关灯后，一开始无睡意，旁边的气息并不匀称，黑暗中隐约有细小的摩擦声，钱媛青一直睁着眼。

后来卢茵睡着，再醒来已经天亮，她猛地从炕上坐起来。

那边钱媛青一抖，针扎到手，她吮了吮：“你这一惊一乍的，吓我一大跳。”

卢茵反应片刻，意识到是在陆强家：“对不起阿姨，我不是故意的。”她侧头看，钱媛青昨天那双鞋做了一半，现在又重新做起另一双。

钱媛青没理卢茵。

卢茵视线偏了偏，才注意到，地上还站了一个人。王母早起就过来了，这会儿正重新生炉子。

王母笑着问：“丫头，醒了？”

卢茵笑着打招呼，连忙起身：“婶子早，我帮您吧。”

王母挡了下：“可不用，这活儿你不会，赶紧躺被窝里，早起冷，等我把炉子生暖你再起来。”

钱媛青也皱眉：“你别跟着添乱。”

卢茵这才坐回去。

那两人闲聊一阵，王母说：“小志和强子一大早儿就出门，去东头月亮河凿冰窟，钓鱼去了。”钱媛青没给什么反应，王母又说，“中午我那边儿做，做完让丫头给你端过来。”

钱媛青淡淡说：“我吃什么都行，妹子别麻烦了。”

王母笑着：“不麻烦，家里也是吃。”

晚点儿的时候，根子过来叫卢茵吃饭。

卢茵套上大衣跟着过去。

昨天来时是傍晚，到处黑漆漆，给她的感觉荒芜败落。这会儿天空湛蓝，太阳高悬，光圈一束束洒在积雪覆盖的村庄，雪又白又厚，漂亮得耀眼。

卢茵拿手遮挡额头，眼前就像一个童话世界。

根子陪她在外面站了会儿，风吹过，一阵瑟缩，卢茵缩肩膀，这才赶快进去。

王母炒了三道菜，她也没把卢茵当外人，过年剩的酱货一起端上来，厨房的锅里还炖着鱼，只等熟了马上开饭。

卢茵进去，陆强坐在凳子上，手拿电视遥控器正在换台。见到卢茵，眼睛就再也没离开。

卢茵的脸有点儿冷，坐在稍远的位置，故意不看他。

陆强把遥控器放桌上，往她身边一靠，卢茵半边肩膀被他压住，小身板挤在角落里。

卢茵扭了扭，往前撤出来。

陆强双腿叉得大开，拿膝盖碰她："眼睛怎么肿了？"

卢茵翻个白眼，没想理他，坐了会儿，去厨房帮王母拿碗筷。

刚好鱼出锅，王母端着盘子先出去，卢茵随后，却在门口被人一挡，陆强回手关门。

卢茵偏开头。

陆强垂眸看了会儿，挑起她的下巴："昨晚睡得好不好？"

卢茵拂开他的手，闷声说："不是太想和你说话。"

"那想跟谁说？"

卢茵推他，小声反抗："你走开。"

他像一堵墙："我妈骂你了？"

她不吭声。

陆强说："那你骂我。"

"稀罕。"她小声嘀咕。

陆强的唇角微扬，勾住她的腰，倾身就要往她脸上亲，卢茵不许，手掌按他嘴上往远推。她怀里还抱着碗，筷子哗啦啦掉满地。

卢茵竖眉："你讨不讨厌。"

"就亲一口。"

没等亲着，背后被撞了下，根子嚷嚷着："强哥嫂子，叫你们吃饭呢。"

根子探头探脑，一看这两人姿势别扭地纠缠着，龇了龇牙，就要逃走。

卢茵顺势把碗推给陆强，蹲下身："你们先进去，我洗筷子。"

吃完饭，卢茵带了些鱼和蔬菜回去，钱媛青只吃了半碗饭，那盘鱼一口未动。

卢茵把鱼刺一根根地挑出来，头部和尾巴扔掉，雪白的鱼肉沾了些汤汁，顺着肌理形成规则的纹路。

钱媛青瞥着她："不用在这儿费心思，没什么用。"

卢茵挑出一根细刺："我知道啊。"

"那你还耗时间。"

卢茵说："等您腿好了我们就走，您自己住，做什么都不方便，也不能总麻烦别人吧。"

她又说："您不原谅陆强我挺理解的，即使他没做过什么，以前也不是什么好人。但他现在真的不同了。"

卢茵笑了笑，把筷子放下："我更愿意接受现在的他。一辈子那么长，谁能不犯错，一个重新做人的机会都不给，也太吝啬了吧。"

她眨眨眼，并未劝说和强迫，提到陆强时，眼睛亮晶晶，嘴角的笑容温和柔软。

钱媛青看着卢茵，不禁一震，这姑娘身体有种能量，能让人心窝格外温暖。

钱媛青冷哼一声，别开眼。

卢茵说："这鱼就晚上吃吧，挺新鲜的，另外我再炒两个菜。"

下午医生来换过药，教给钱媛青一些护理方法和注意事项。

乡下的生活简单纯朴，不难融入。卢茵学会了怎样添柴怎样烧水，没事的时候，就盘腿坐炕上玩儿手机，时不时和钱媛青聊聊，钱媛青爱答不理也能回两句。

时间过得很快，夜幕降临，袅袅炊烟让村庄蒙上一层雾气，原本的童话世界，增添一股人间烟火的气息。做饭的大锅在西屋，需要另外起火，钱媛青让卢茵直接在炕边的炉子做。

卢茵穿上大衣，去院子里拾柴火。

她拿手机照明，余光见旁边院子有个黑影，侧过头，那人指尖一点红色，正缓慢地吞吐。

卢茵没理，走到院子角落里，弯腰拾柴。

没多会儿，陆强叫：“卢茵。”

她当没听见。

他又叫了声。

卢茵抿唇，回头看过去。

陆强轻声：“过来。”

她犹豫了一阵，不情愿，还是扭扭捏捏地走过去。

篱笆墙只有半人高，薄薄的一层，中间是菱形空隙，无人踩踏，下面的雪又厚又平整，踩上去嘎吱嘎吱地响。

卢茵没走得太近：“干吗？”

“走近点儿。”

卢茵又迈了一步，他手长，勾住她后颈给拉过来：“吃了吗？”

“才要做。”

“想做什么？”

“一些芹菜还有西红柿。”

陆强拿拇指摩挲她的颈后皮肤，一点月光洒在她的脸上，平静而安好。

他忍不住吻她的眼睛：“委屈你了。”

卢茵撇撇嘴，不忿地说：“凭什么你做错事，要我给你擦屁股。”

陆强一噎：“老娘我搞不定。”

“那跟我有什么关系？”

他理所当然：“你是我媳妇。”

卢茵不自在地推他一把：“谁同意了，你还到处说，要不要脸？”

“要脸？”他笑了笑，“要脸？要脸怎么把你弄到手。”

后来，卢茵让陆强弄来点儿棒骨，这几天一直给钱媛青熬汤补身体。

钱媛青面上冷淡，内心却没那么平静，抛开陆强那层面，她和卢茵无亲无故，卢茵照顾得细心周到，她终归有些过意不去，赶了卢茵好几次，卢茵也只温和地笑笑，说过完十五就走。

年味儿渐渐淡了，村民恢复忙做，一早起来，就见有人牵着奶牛去挤奶站。

卢茵穿一双黑色的棉鞋，宽宽大大，没什么款式，衬着笔直圆润的小细腿。

她拾了柴，颠颠往屋里跑。

棉鞋是钱媛青第二天就做好的，鞋面絮满厚厚的棉花，鞋底足有一寸厚，踩在雪上异常耐寒。

那天，钱媛青板着脸把鞋扔地上：“对付穿吧，把你冻残了，我可不负责。”

卢茵呆了呆，忽略钱媛青的态度，内心还是欢喜的。她褪下自己的短靴，两脚直接踩进去，试着走了两步，像踩在棉花上。

卢茵展颜：“谢谢阿姨。”

钱媛青轻动唇角，极嫌弃地冷哼了声。

这鞋一穿就好几天，其实不太跟脚，像小孩偷穿了大人的鞋，但却非常暖和。

陆强从外面进来，不免往她脚上多看两眼，把刚钓的鱼递过去。

钱媛青没有之前那么抵触，只最初瞥他一眼，不招呼不撵人，待他像空气。陆强在中间站了会儿，觉得待下去招人烦，没什么意思，便抬腿往外走。经过卢茵身边，他说：“汤好了你也喝一碗。”

卢茵抿唇点头。

一室安静。卢茵搬来小板凳，坐地上处理刚才的鱼。炉子上的汤锅咕嘟冒泡，白雾热气腾腾向四周蔓延，散发出浓郁鲜美的味道。

她擦擦手，过去蹲在炉子前，用小勺浅浅地尝。

钱媛青给人做手工，扫她一眼："他对你还挺好的啊？"

卢茵手一顿，嗯了声，才又尝了尝："以前不知道怎么样，现在学得挺细心，菜也会做一些，勉强能吃。"

她给钱媛青盛了一碗："您现在喝吗？"

"搁那儿吧。"她坐累了，调整姿势，"别管我，喝你自己的。"

卢茵在炉边蹲着，两手叠在膝盖上："等您好了，能不能给我做回馒头吃？"

钱媛青瞟她："那又不是什么好东西，村口就有卖的。"

卢茵说："陆强总念叨，想念得不行。我最初也跟您一样，就想啊，馒头不都一个味儿吗，有什么好吃不好吃的。他就说您从前总做，一顿能吃三四个。所以想尝尝。"

钱媛青的目光闪烁："我这腿做不了。"

"怎么就做不了？木板都撤了。"卢茵撇撇嘴，又细细地哼了声，"好歹我也任劳任怨给您熬这么多棒骨汤呢，就算礼尚往来，您也得付出点儿吧？"

钱媛青不吃那一套："到时候看吧。"

卢茵听这话有门儿，跟着笑了笑。她给自己盛汤，没挪地儿，蹲着喝了口，状似无意地问："陆强小时候什么样？"

钱媛青动作一顿，停了片刻，冷声说："从小就不是省油的灯。"

卢茵支撑下巴等着，又听钱媛青继续："前脚给人脑袋开瓢，他爸后脚就赶紧去道歉，成天拉帮结伙的，别人家小孩儿看见他都躲着走。有一年，好像九岁，他偷着往刘权儿家锅炉里塞鞭炮，第二天人生火，鞭炮全爆了，刘权儿差点毁容。"

卢茵浅浅地笑出声："那他为什么爱吃馒头？"

钱媛青手没停，垂着眼，日光把她的面孔照得极柔和："还不是因为嘴馋。以前家穷，逢年过节才杀一次猪，杀完基本都卖了，就剩点儿囊膪和猪皮。我拿铁锅给炖上，上面蒸馒头，炖肉的汤渗上去，馒头都是带肉味儿的。”

卢茵手里的汤才喝几口，时间久了，捧在手里温温的，她的眼睛盯着地面，不知想什么。

屋里安静得不太自然，钱媛青这才意识到说多了，她一皱眉：“要吃饭坐桌边好好吃，蹲这儿像什么话？”

卢茵对钱媛青的冷言习以为常，端着碗筷移到桌边，不禁又侧头去看钱媛青。她眼里那一瞬的柔软卢茵没看错，再冷硬的心肠也抵不过血脉相连。

卢茵知道，钱媛青得知真相那晚没合眼，不是不肯原谅，她只是处在怨恨的模式里，一时无法转换。

也许，现在更需要的是时间。

又过了几天，钱媛青已经可以下床，踮着脚，扶住椅柜，借助卢茵的支撑，去桌边吃饭。

卢茵煲了乌鸡汤，炒了两道素菜。外面有人撩帘进来，卢茵背着身，回头伸脖子看。没几秒，陆强推开屋里的门，手上拿了根拐杖。

卢茵起身，接过来：“你买的？”

“早上去了趟镇里。”

卢茵掂量几下，搁在桌边，笑着：“阿姨，以后您下床可以用这个。”

钱媛青往嘴里夹菜，眼皮都没抬一下。

两人站得有些局促。卢茵搓搓手问陆强：“你吃饭了吗？”

陆强：“没有。”

卢茵咬了下唇，试探问：“坐下一块儿吃？”问完去看钱媛青，陆强也不禁看钱媛青一眼。

钱媛青无动于衷，吃自己的，像没听见。

卢茵见有戏，拉拉他的袖子：“你坐，我去拿碗筷。”

陆强舔舔唇角，拎了下裤腿坐在钱媛青的对面。

一顿饭卢茵如履薄冰，一点儿声音都不敢发，偷偷打量钱媛青的表情。又看了看陆强，他大口吃饭，垂首敛目，和平时没什么两样。

卢茵腹诽，谁知表面的镇定是不是装的。

她因为吃饭不专心，被米粒呛到，咳得面红耳赤。

陆强问："呛着了？"

卢茵点头不能答。

陆强搁下碗，凳子往卢茵旁边挪，大掌轻轻拍她的后背。

卢茵捂住口鼻，眼圈儿咳得泛红。

钱媛青皱眉，抬头瞥了眼："倒口水喝。"她的语气没什么温度，也不知对谁说的。

陆强往桌面上扫了一圈儿，才起身给卢茵找水。

几口水喝下去，卢茵终于顺了气儿，抬手擦了擦逼出来的泪。

陆强帮卢茵拿掉嘴角饭粒："真能耐，饭也吃不明白。"

卢茵瞪他："没注意。"

"还喝不喝，再给你倒点儿？"

"不了。"卢茵拿筷子，"好多了，吃饭吧。"

她给他夹菜："尝尝这个。"

陆强说："豆腐做得不错，西蓝花有点儿淡。"

"是吗？"

卢茵夹起一块儿，尝了尝："是有点儿，那你吃别的。"

陆强没吭声，往嘴里扒饭。

卢茵给他盛汤："这个煲了三个小时，味道应该不错。"

陆强端起来喝了口。

卢茵问："怎么样？"

"好喝。"

卢茵笑了笑："饭还要吗？再给你来一点儿？"

"嗯。"

两人以往的相处模式就是如此，一时忘记了钱媛青还在场，有些旁若无人。

卢茵端着饭碗起身，没等动，那边啪一声，钱媛青撂了筷："吃个饭也不消停。”她撑着饭桌起身。

卢茵忙去搀扶，伸手拿过旁边拐杖：“阿姨，试试这个。”

“不用。”她转了身，“惯的。”

说的是谁显而易见。

卢茵搁下拐杖，回头朝陆强吐了下舌，小心地扶着钱媛青上了床。

这样持续了两天，陆强回来次数渐多，钱媛青爱答不理，半个眼神儿都没赏他。可不管怎样，气氛有所缓和，这让卢茵总算松一口气。

正月初十的晚上，下了场大雪，漫天雪花如飞絮般从天空坠落，没多久，之前地上的痕迹全部被掩盖，有孩童嬉笑着，跑跑闹闹，在外面打雪仗。

卢茵趴在窗边，贴着玻璃看了好一会儿，院子里，灯笼的光越发柔和。漳州没下过这么大的雪，即使有，也没这里纯净剔透。

她拿出手机给陆强发了条信息，没多久便有了回音儿。

卢茵笑了下，回身看钱媛青：“阿姨，我出去一趟。”

钱媛青看卢茵：“外面下雪，你出去干啥？”

卢茵含糊其词：“随便转转。”

“跟他？”

“……”卢茵点头。

钱媛青哼了声：“去呗，我又没绑着你的腿。”

“哦，我很快回来。”卢茵应了声，拎起大衣往外走。

门还没推开，钱媛青喊住卢茵：“你等会儿。”

钱媛青缓慢蹭到炕梢，从柜子里翻了半天，找出条棉裤：“换上它再出去，我给自己做的，还没来得及穿。”

那棉裤全部由棉花絮成，非常之厚，在当地十分普遍，几乎每人都穿。只是太过臃肿，一点儿线条都显现不出来。

钱媛青顿了顿，又在柜子里翻一气：“棉袄也换上。”

卢茵有些吃惊。棉袄是大红色，带着粉色暗花，是偏古老的对襟式，一颗颗盘扣小巧精致，领口周围绣一圈儿金丝线。卢茵是学服装的，打眼儿一看就知道手工上乘。

卢茵问：“这是您做的？”

“没事儿做着玩儿。”

卢茵反复看半天，棉袄红红火火，喜气洋洋，以钱媛青的年龄这衣服不是她的风格，何况颜色艳丽，更像是……卢茵抿了下唇，更像是嫁衣。

她一早为陆强准备的？这一想，愣神许久。

钱媛青不耐烦，以为卢茵嫌丑：“大黑天的谁看你，臭美个什么劲儿。那小身条一阵风给你刮跑喽。”

卢茵笑着，说马上换。

棉裤不是按卢茵的尺寸来的，又肥又长，她扎了条腰带还好。棉袄尺寸倒合适，袖口到虎口，下摆到臀中，腰有些肥，反倒显得大大方方。

钱媛青不禁上下打量了一番，见卢茵还傻站着，又硬塞了条围巾才放行。

陆强站门口等了半天，半根烟的工夫，才见门口闪出个人，晃晃悠悠，走得相当吃力。

待人到跟前，陆强烟灰掉手上，他烫得一抖，垂眸看了半天，才抬手挥开。

“走吧。”他淡淡说。

卢茵把手主动地放在他的掌心中，昂头问：“你那是什么表情？”

“怎么了？”

“好像挺嫌弃的。”

陆强答：“没有。”

他看着前面的路，带她往东头月亮河走：“你这围巾搭配得不对。”

卢茵不明白：“有什么不对？”

“红袄应该配个绿色的。”

卢茵哼了哼：“那是不是应该给你配顶绿帽子……啊！疼……”

她还没说完，手指被攥到一块儿，他哼道：“那你试试呗，想挨揍吱个声儿。”

指尖充血，有点儿凉。卢茵察觉失语，赶紧讨好地说：“我错了。”

陆强也没真生气，往她指尖儿狠狠地咬了口才罢休。

此时的雪小了些，扑簌簌安静地往下落，没有风，整个村庄沉浸在一片冷寂中。

其实没有特意要去哪儿，卢茵单纯想看看他长大的地方。

一路向东，村落越来越远，灯笼的红光在远处形成一条线，安宁而祥和。今天有星有月，白雪铺满大地，天色黑得并不纯粹。

到了月亮河，陆强指给她看。是路是河已经分辨不出来，皑皑白雪一望无垠。

卢茵有些失望。

陆强带她沿着河边走，月光拉长他们的影子，走一路，后面留下两串长长的脚印，交错而凌乱。

走了会儿，前面出现一座小拱桥，经历风霜，石礅侵蚀老化，看不出原本的面貌。

两人站上去，陆强从后面环住她。站在高处，眼前的一马平川才有些震撼。

卢茵问：“鱼是从这儿钓的？”

陆强贴着她的耳心，低低地嗯了声。

她躲开：“冬天也能钓到鱼？”

“用特殊工具，凿洞。”

“都能钓到吗？”

“看技术。”陆强说，“没几个行。”

卢茵回了声："就你行？"

他又低低嗯了声，拿唇抿她的耳垂，手掌也攀上来，覆在她的胸口，抓到一手的衣服："手感不好。"

卢茵轻轻地笑。

他问："我们多久没亲热了？"

卢茵："……"

陆强扳过她的脸颊："想没想我？"

"没有。"她撇开眼，"天天都能看见啊。"

"那它呢？"他靠近她。

卢茵呼吸一滞，感觉脸都冻透了，反倒火辣辣的："思想就不能健康点儿。真不要脸。"

"想你想得疼。"陆强一笑，贴在她耳上，虚音儿说，"就疼才健康的。"

冰天雪地，实质性的事情做不了，陆强调戏几句，他们开始接吻。

雪不知何时停了，天空明朗，今天的星星格外闪亮。站在桥头，纠缠的身影缩成小小的一个点，天地辽阔，他们仿佛陷入无人之境，只有在广袤的白色中彼此依偎。

卢茵偷偷地睁开眼，他的轮廓清晰深刻，闭着眼，力道从未有过的轻柔。

月光下，他的亲吻少一分侵略，多一分虔诚。

眼尾一束细光划过，卢茵微微侧头，是道流星。流星并不罕见，罕见的是陪着一起经历的人。

她轻轻地闭上眼，在心中细细描绘一个愿望。

她的愿望并不奢侈，有个家，稳定的生活，和一个彼此生命的延续。

他们是太阳和月亮，注定会经历坎坷和崎岖。但只要有交汇的可能，哪怕再难，对她而言，结局都是好的。

0852

All this is fate

第四章 母子连心

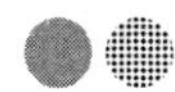

在桥头待了一会儿，他们往回返。途中陆强去不远的林子里放水，卢茵站河边等他。

脚下的雪未经污染，厚厚的，像是一层奶沫子。卢茵玩心起，脚陷进去，踩出一行行参差不齐的脚印来。

她玩得忘了时间，只听后面陆强喊：“卢茵。”声音凉凉的，略低沉。

她应一声，回头看。没等反应过来，一个松软的雪团扣在她脸上。

一秒，两秒，三秒……凉意一点点渗透到皮肤里，有些调皮地钻到围巾下，那里温度高，雪花瞬间融化，冰凉一片。

她咧了下嘴，嗓子里发出呜呜的假哭音儿，抹一把眼睛才勉强睁开。陆强迎着月亮站着，脸上的促狭笑意全被她看见，他轻勾唇角，眼神黑亮。

“凉吗？”他问。

卢茵吼：“你说呢？”她迅速地弯下身，用手捧起一把，朝他掷过去。

陆强敏捷抬臂，一捧白白的雪全部砸在他的袖子上，四散开来，在月色下闪烁点点银光。

他不厚道地笑出声，往后躲了两步，去拍袖子上的雪。

卢茵心里还有气，哪儿肯罢休，又从地上捧了一些，往他的方向扔。

陆强个头占优势，雪团没等砸过来，抬臂打散，另一只手上的雪轻易地扣到她的头上。卢茵并没占到便宜，越发不甘心，平时她不敢这样放肆，也许雪夜太美，让一切都变得太梦幻，她仿佛回到儿时，和小伙伴们纵情地玩耍嬉戏。

陆强成心让她，到后来干脆不躲了，雪团频频地灌进脖领里，他打个冷战："行行，我错了。"

她一抿唇，双手迟疑半秒，还是朝他的脸上砸过去。

陆强面上一冷，腮帮子咬紧："上脸是不是？"

他去抓她胳膊，一闹，一扭，两人踩入冰面，向后滑倒。卢茵惊叫一声，趴在他的身上。

咚一声响，在寂静的夜晚无比惊心。陆强的后背生疼，尾骨像要裂开，然而倒下那一秒，他还是本能地护住卢茵，让自己先着了地。

耳边笑声清脆，她还有心思笑。

陆强闭了下眼，摧毁的欲念顿起，一翻身将卢茵压在下面。

"接着笑。"他声调阴险，单手攥紧雪团悬在她的上空，因为背光，面目略凶，只能看清脸侧的一点皮肤和冻红的耳朵。

她立即乖巧道："我不敢了。"

雪团迟迟没有落下，周遭突然安静，陆强紧紧地盯着她。

卢茵不安："怎么了？"

他把雪团扔掉，双臂撑在她两侧，两人距离极近，急促呼吸间团团白雾遮住彼此的视线。地上积雪足有半尺厚，将她的头部嵌在当中，月光昏暗，寡淡地铺洒在大地上，把她的皮肤衬得剔透白皙。

恍然间，陆强忆起那个雨天。他想到了家乡的雪，柔软、纯粹、不见尘埃，是他污秽世界里，最难得的纯白。

陆强的目光幽暗："去年七月八号，记得吗？"

这日子太敏感，卢茵抿了下唇："那天是我的婚礼。"

“我出狱。”

卢茵不禁看向他。

陆强：“你穿的什么，还有印象没有？”

她穿的是一件包臀鱼尾式白色婚纱。

卢茵说：“有。”

“再穿一次。”

她的心咯噔一下，完全乱了，随后潜伏已久的幸福和喜悦渐渐地蔓延开。半晌，卢茵故作轻松玩笑道：“这不会是跟我求婚吧？”

陆强没答，深深地亲吻她。

回来的时候是晚上八点，数九寒天的，他们在雪地里滚了半天，即使穿得再厚，也被冻透。

陆强拉着卢茵进了院子，主房的灯已经熄灭。钱媛青向来睡得早，但给卢茵留了门，没有上锁。

卢茵轻轻地拉开一道缝隙，回过头去。陆强仍旧在黑夜里看她，双手收在上衣口袋里，仿佛攥着一根线，另一头拴住她的腿，迈步困难。

她感到一丝不自在：“你回去早点睡吧？”

陆强沉默。

没好好说晚安，她心里有些空落落的，等待片刻，她咬了下唇：“那我进去了。”

安静的黑夜里，旧门吱嘎一声轻响，卢茵的心底震颤得不敢喘气。

陆强往前迈步，抵住门板，轻轻地推了回去，胸前抵住她的背。

卢茵呼吸顿住，胸被迫挺起，问了句：“你做什么？”

陆强不说话，拉着她往院子西面儿走，接近栅栏，旁边就是根子家。西屋门上一把黑色的大锁，钱媛青脚伤了，几天都没来这边做饭。

陆强从窗台上摸了根铁丝，用手捋顺，抽空看她一眼，正好与她的目光碰上。

卢茵一颤，回身要走："你自己在这儿发疯吧，我要睡了。"

陆强逮住她："你那眼神儿不挺期待吗？"

"我听不明白。"卢茵被他说得窘迫，想努力证明什么，扭着身子要逃。

"诚实点儿。"他沉声道。嘴唇在她的脸上随便碰了碰，三两下撬开那把黑锁。

这间比钱媛青住的小很多，进门是厨房，角落里有个半人高的灶台，上面一口大锅，旁边有一些干透的柴火。

只有一间正屋，陆强牵着她的手进去。

卢茵还介意他刚才的话，别扭地拧了下手腕儿，一抬眼，便微微顿了顿。

这间屋子一目了然，家具很少，只有写字台、木椅和衣柜，对面是火炕，旁边的墙上贴了几张古惑仔的海报，年代久远，已经掉色泛黄。

虽然很久没人住，却异常地干净整洁。

她手还被他攥着，卢茵昂起头："这是你的房间？"

陆强神色未动，隔了会儿，嗯一声。

说话间呼出一团白雾，屋子里没有生火，寒气能渗透皮肤里。卢茵指尖冰凉。

陆强放开她："柜子里有被子，你先铺上，我去烧水。"说着转身去厨房。

卢茵在屋子中央站了片刻，往前走几步，写字台桌面压着旧照片，都是黑白照，有几张一家三口的全家福，明显是为照相而照相，没有多余的动作。卢茵一张张看过来，多数是陆强的单照，小时候已经很帅气，还没长开，但看镜头的眼睛冷漠敏锐，板着脸，和现在一个德行。

她手指对准他的脸戳了戳，轻轻滑动，落在照片的右下角，那里标注了时间和地点，她看了看，几乎每张照片都有。

卢茵欣赏够了，才想起去炕上拿被褥，铺到一半，又觉得未免太听话，明知道他存什么心思，总好像自己迫不及待似的。

这么想着，卢茵的脸有点热，屁股下面温度也升高，她拿手摸摸，的确不像之前冰冷，他已经把炕烧起来。外间的门大敞四开，厨房里灰烟渐渐飘到屋外。

陆强烧了一锅热水，屋里有个纯柏木的浴桶，一直放在角落里没人用。浴桶很大，是陆强老爹亲手做的，陆强小时候在里面能游泳，现在恐怕只能勉强坐下。用热水仔仔细细地刷了几遍，他把浴桶搁在屋子中央，注满了热水。

陆强关了门，没多会儿，房间里的温度终于升上来。

卢茵还在炕头坐着，呆呆地看他里外忙活。

陆强瞥她一眼："别傻坐着。脱衣服过来。"

他边说边一把扯下身上的毛衫，随后伸手解腰带："要我抱你？"话音刚落，已走到床前。

卢茵的脸冻过头儿，红得不正常。她还想躲，陆强拖着她的脚踝给拽过来，大红棉袄几下离了身，棉裤也不是阻碍。

坦诚相见。不知因为冷还是太紧张，她的身上浮现一层小疙瘩。

陆强没急着动，两手撑住炕沿儿，垂眸一寸寸地看她。她的手臂横过来，压过胸前，手掌盖住另一边，青色的脉络浅浅隐在皮肤下。

陆强的眸色越来越沉，埋头亲她，一室安静，只剩略微凌乱的呼吸声。

终于，他暂时放过她："先洗澡。"说罢横抱着把她丢进浴桶里。

水的温度刚刚好，氤氲雾气弥漫在她的周围，皮肤被热水激出淡淡的粉色。陆强亲她肩头，手顺着下去，在她的胸前逗留不走。

卢茵口不能言，下唇咬出一排齿痕。他的大掌肆无忌惮，在她身后往水下探寻，强行闯入她的腿间，水面上，泛起阵阵涟漪。

卢茵的牙齿是抖的，呼吸急促，抑制不住地战栗。

这场折磨不知持续多久，她终于解脱。

然而她刚刚松一口气，哪儿承想，陆强抬腿跨了进去……

真正的攻伐才刚刚开始。

过了很长时间，他才退出来，找到干净的纸巾，给她清理。陆强点了支烟，半靠着炕沿儿吸，目光没什么焦点，淡淡地投在地上。中间的浴桶挪了位，水已经凉透，溢出来洒了满地，一片狼藉，看着又蠢蠢欲动。

他的眼神飘忽，低垂着头看她，被子只遮盖一角，她白得剔透，眼眸半合，一呼一吸都很清浅。

他把烟衔在嘴角，拇指蹭蹭她的脸颊："很累？"

卢茵轻轻嗯一声。

"还有力气吗？"

卢茵警惕地撑起眼皮："没有。"

陆强笑笑，被烟熏得眯起眼，终是不忍心："喝水吗？我……"

话没说完，他眸色一凛，睇向门口。

卢茵说："喝。"

"嘘。"他一把拽过被子，把她遮严，动作敏捷地套上长裤。

卢茵一惊，也听见门口的声音。

外头喊："谁在里面？"

钱媛青的声音。

卢茵差点弹起来，心跳奇快，想一头扎进地缝里。

拉门的声音继续。

陆强要过去，被她死死拉住，卢茵硬着头皮："阿姨，阿姨，是我。"

门口动静停了，卢茵屏息。

好一会儿，拐杖重重地砸向门板，钱媛青说："让那畜生给我出来。”

陆强知道这是根引线，钱媛青想修理他很久了，正好碰到这事，断然不会轻易过去。他套上毛衫，含烟眯眼，拽了拽裤腰，随后弓身蹬上鞋。

他抽空侧头：“你把衣服穿好，在这儿待着。”

卢茵还盯着门口，眼神木讷，很久以后，才想起看陆强。

他的烟还剩一半，用手掐了，呼出最后一口浓烟。

卢茵从被子下伸出胳膊，衣服在旁边：“你别过去了，还是我先去看看吧。”

他两手捧住她的头，她的眼睛湿润，脸色煞白。陆强认真看了看，拇指蹭蹭她的唇角：“乖乖待着。”

卢茵问：“阿姨会对你怎么样？”

“总算逮着机会了，”陆强说，“她以前爱动手。”

卢茵抽一口气：“那怎么办？”

“让她出出气，我对不起她。”

卢茵身体一挺：“那我也跟你过去，有外人在，她或许不会太为难你。”

陆强轻笑，半真半假地说：“别，给我留点儿面子。”

卢茵没考虑到这个层面，裹被坐在炕上，看他穿戴整齐，末了她一咬牙：“我还是得去。”

陆强看向卢茵，压住她的头顶，沉默片刻道：“刚才在屋里干什么了？不怕难为情？”

卢茵皱了下眉，许多限制级的画面蹦入脑海，她的身体一僵，脸颊瞬间红成猪肝色。

陆强眸色深沉，拍了拍卢茵：“我连累你了。”

“没有。”她脸仍红。

陆强吻她的唇，逗留片刻：“乖乖睡觉。”

他没穿大衣，直接开门出去。

主屋灯光大亮，门没关严，钱媛青在旁边放一把椅子，手里的拐杖还是陆强买的。

陆强猫腰撩帘子："妈。"

钱媛青无动于衷，两手叠在拐杖上，磕了磕地面。

陆强没动，手指勾几下额头。

她说："不明白？"

陆强讨好地笑笑："别了吧，我都三十好几了。"

"跪下。"她的语调极重，不容反抗。

陆强沉了沉眸，也严肃下来。他转头看向对面的柜子，上面新换的供品，刚来那天是几个香橙，现在换成了苹果。他又看一眼钱媛青，顿了片刻，右腿向后撤一步，膝盖磕在地面上，跟着是左腿，动作徐徐缓缓，却也掷地有声。

他还没跪稳，余光里钱媛青已经扬起拐杖，毫不犹豫地敲在他的后背上。

木棍和骨骼相撞，一记闷响。

陆强一颤，咬紧牙关，后背挺得笔直，挡也没挡一下。

紧跟着又是一拐棍儿。钱媛青下了力，气息微微不平。

陆强的眼睛盯着前面，看着镜框里那个男人的脸，镜框里的男人唇角上扬，牙齿稀疏，舒展的眉头有不规则的"川"字。那个男人满面褶皱，肤色黝黑，标准劳动人民的脸。

陆强看着，竟轻勾唇角，轻轻地笑了。

钱媛青吃惊地瞪大眼，胸口起伏："亏你笑得出来。"说完又赏他一棍子。

陆强转头："妈，你肯跟我说话了。"

钱媛青有些愣怔，却并不看陆强，坐回凳子上，声音冷静不少："你在外面爱怎么浑蛋就怎么浑蛋，我不认你。那丫头虽然是你领来的，干什么我也管不着。但现在是在我家，人有父有母，是正经姑娘，你胡来，我不能让。"

陆强说："我没胡来，认真的。"

“你也懂认真？”

钱媛青嗤笑一声，眼睛看向柜子上的照片，很久才说：“子不教父之过，他闭眼的时候还后悔没教好你，说当初不应该放你出去。他不恨你我恨你，要不是你，他还能多活几年。”

说到这儿，钱媛青眨眨眼睛：“你进去一个月，小志托人带的话，知道你犯了丢人的事儿，他一口气没上来，当场就中风了。村医给看过，又赶紧往镇上医院赶，哪儿承想……”

陆强攥紧拳。那一个月他也忘不了。

钱媛青接着道：“哪儿承想半道就断了气。”

屋子没什么声音，火炉里柴木噼啪作响，很细微，却听得十分清晰。

钱媛青的眼睛清明了些，她踮脚站起来，手下棍子毫不含糊：“说你错没错？”

陆强咬牙忍着：“您问哪件？”

“加一块儿。”

陆强说：“茵茵是你未来儿媳妇，这变不了，我没错。”

他两腮的肌肉动了下，直直看着前面：“以前……我后悔走错路，对不起我爸对不起你，现在想补救也来不及，如果还有下辈子，我不配做你儿子，就当牛做马来赎罪。”

他看着地面，声音沉稳：“上次写的信您没看，我想结婚，是碰上了卢茵，想真心改过。我不值得原谅，只希望您看看她，她是好姑娘。”

这番话出自肺腑，以往做事情，对与错的界限很模糊。他不是轻易低头的人，这辈子只跟两个女人道过歉，一个是钱媛青，一个是卢茵。

短暂的沉默。

钱媛青攥紧手里的拐杖，想起卢茵说的话，多年来的揣测怀疑，在那个晚上终于被点透，她的儿子做事正大光明，强奸那种下作事，他干不出来。

但无论是非对错，陆强气死老陆是事实。因为她心里埋藏的恨意太深，所以对陆强不闻不问，不听解释不让他回来，就当他死了。

可她忘了一点，母子连心，至亲血缘这辈子更改不了，她是个母亲，心再硬，陆强也是她的弱点。

陆强欠她一个解释。

钱媛青眼前模糊："有没有要说的？"

陆强跪着，没有说话。

"为什么替人顶罪？"

他顿了顿，一五一十地说了。钱媛青沉默，手里的拐杖再没举起来。

半夜刮了一阵大风，卷起的雪粒像展开一幕幕青纱帐。

陆强被钱媛青赶回根子家，西屋一片漆黑，他在门口站了片刻，没去打扰，直接出了院门。

此刻，卢茵并未睡，在黑暗里睁着眼。主屋和西屋离得远，外头大风呼啸，一点音儿都听不见。她辗转反侧半个晚上，脑袋不断地运转，猜测那边到底怎么样。

临近午夜时，精神绷到极限，加之身体乏力，她才迷迷糊糊地睡过去。

这一觉并不安稳，偶尔惊醒，拿起手机看才凌晨四点，她重新躺下，命令自己多睡会儿。蒙昽间，耳边有断断续续的说话声，既熟悉又遥远，随之鼻端冲进浓郁的食物香味，她吸吸鼻子，猛然睁开眼。

天光大亮，一束阳光从头顶照过来，棉被外的双手雪白透亮。卢茵的目光迟钝，翻开手心看了眼，又仰头看窗户，玻璃上的冰花色彩绚烂，亮得直晃眼。

她终于清醒，突然坐起来，一看时间，都将近九点了。

屋外说话时断时续，卢茵屏息，侧耳倾听，竟是陆强和钱媛青。她惊讶地张开口，呆坐着，忘了接下来做什么。

说话声并不清晰，基本陆强说三句，钱媛青勉强应一声。

陆强问："还要多长时间能出锅？"

"十五分钟。"

静了会儿，钱媛青说："把那丫头叫起来，这都几点了？"

卢茵精神一绷，下意识地钻回棉被里。

又听陆强道："让她多睡会儿。"

一声冷哼："她吵着吃馒头，做好又不起。待会儿凉了不好吃，叫去。"说话硬邦邦的。

卢茵没听到陆强回话，半刻，门口一声轻响，她迅速遮住头。

脚步声越来越近，不知怎么，阳光从缝隙透过来。恍惚间竟生出一丝不真实感，卢茵压抑着内心的兴奋，还有隐隐的不安。

脚步停在头顶，还未有动作，她猛地掀开棉被。

陆强本撑在她上方，敏捷地撤开头："缺心眼儿吧。"他愤愤低骂。

卢茵呼吸了几下，她头冲着屋中央，看他是倒立的："你们……阿姨原谅你了？"

陆强垂着头，想了想："算是吧。"

卢茵的眼睛发光，露出牙齿："那真是太好了。"

她的牙齿像莹白的碎玉，颗颗饱满，温润诱人。陆强心下一动，忍不住凑下去，就着姿势亲吻她。他的胡楂触碰她的鼻端，谈不上多舒服，却比任何一个吻都美好。

九点一刻，卢茵磨磨蹭蹭地出去，钱媛青已经去了主屋，饭桌上摆着馒头和炖肉，还有两样蔬菜，全家人都等着她开饭。

钱媛青最初淡淡地瞟她一眼，和往常一样爱答不理，埋头吃自己的。

卢茵的神经终于松懈，心底的最后一丝顾忌也放下。钱媛青并未对昨晚的事情责难或刻意点拨，随意而和谐的气氛，让人很舒服。

她出神的瞬间，钱媛青扫她一眼："傻笑什么劲儿？赶紧吃，馒头凉透就硬了。"

卢茵连忙唉了声，用筷子夹起一个馒头，捏在手里，松松软软，表皮光滑，中间爆开一朵花。她抬头看陆强，陆强表情依旧很淡，已经吃完大半个。

钱媛青添了句："炖肉嫌腻，你吃菜。"

卢茵笑着："谢谢阿姨。"

接下来几天，陆强住回西屋，卢茵仍旧跟着钱媛青睡。钱媛青的脚好了七八分，也难得在她脸上见到一丝笑容。

正月十四的早上，卢茵和陆强准备回城，钱媛青没送他们，也没问什么时候再回来。临走前塞给陆强一个方方正正的文件袋，外面用塑料纸仔细地裹着。钱媛青只嘱咐卢茵多穿点别饿着，看也没看陆强，转身回了屋。

他们站在雪地里，目送钱媛青的背影直到消失，那背影一瘸一拐，有些孤单，有些落寞，让人心底不由得泛酸。

根子要在家待一阵子，他开车把两人送到淮州机场。

飞机两点四十分准时落地，漳州温度已然回暖，薄雪融化，路面湿滑，吹的风不再寒冷。卢茵深深地吸一口气，短短半个月，却感觉离开很久了。

她在机场去了趟洗手间，在楼梯的左首边。半途听见外面吵闹，像是保洁正在阻止旅客在洗手间吸烟，那人声音低柔，连连道歉。卢茵出来的时候，正好与那人相撞，比她矮了半个头，弱不禁风，脸色苍白。

卢茵赶紧扶住她："对不起，你没事儿吧？"

对方理理短发，稳住身体，尽量挤出笑容说："没关系。"

卢茵看清她的脸，眉目精致，俏丽非常，只眼神恍恍惚惚，逃避与人对视，看上去不太正常。

她笑了笑，点点头，对方进了隔间，卢茵错身离开。

卢茵拐过电梯转角，低头拍打身上的褶皱，抬眸搜寻陆强时，脚步一顿。

不远处，陆强正与人说话，两人隔着不远不近的距离，静静站着，听不见说什么，也没有过多的肢体语言。卢茵无意上前打扰，耐心地站着等候。

她随意扫了眼那个男人，他身材魁梧，样貌端正，外形与陆强出奇地相似。她垂在身侧的手指抽动一下，心被揪紧，瞬间认出那个人，依稀记得他叫邱震——当年的强奸犯。

陆强代替他蹲了六年。

她的内心惴惴不安，下意识地不想陆强和他有牵连，欲抬步向前时，陆强恰巧往这方向看过来。

卢茵再次止步。

陆强不动声色地收回视线，和对方说了什么，滑着皮箱往她这边来。

卢茵不禁再次看向邱震，他侧身矗立，仍然等在原地。陆强过来揽着她，她从两人手臂间隙里往后看，邱震已走到卫生间的门口，拦住保洁，正低声交谈。

0852

All this is fate

第五章　修成正果

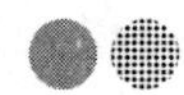

吴琼把自己关在狭小的空间，手掌撑住门板，呆站了会儿，额头无力地覆在手背上。

她穿得并不多，刚从海岛回来，里面是短袖长裤，外面罩了件米黄色的风衣。鞋是单鞋，抵挡不住漳州的湿冷，一股寒气从脚底蹿到小腿，她跟着抖了抖。

吴琼感觉自己快支撑不住了，蓦地抬起脑袋，往后退了几步，一屁股跌坐在马桶盖上。

她的脸上没有血色，眼睛呆滞茫然，还是冷，最后她双脚离地，屈膝抱紧自己。

隔壁门板轻轻地撞了下，有人讲着电话进来，吴琼稍稍侧过头，不是特意，又不由自主地随便听了几句，对方边说边笑，平凡人讲一些平凡事，却让她心生羡慕。没隔几分钟，响起冲水的声音，随后门板再次碰撞，鞋跟声远去，没人了，空城一样死寂。

吴琼突然一阵慌张，两手用力攥了攥，像想起什么，从身上翻了根烟咬在嘴上，火苗蹿起，凑近烟头时，她一下收了动作，拇指渐渐地松下来。她把烟卷凑近鼻端，闭眼努力地嗅闻，烟丝的味道稍微稳定心神，许久后，下巴才落回膝盖上。

在隔间里不知待了多久，保洁在外高喊了声。

吴琼一震，睁开眼。

等待片刻，保洁敲响隔间的门：“里面是位姓吴的小姐吗？”

吴琼呆了呆，应一声。

保洁说：“外面有位先生让我进来看看。”

她手不可抑制地抖了下，停顿数秒，才拉门出去。

邱震已不在原先的位置，等候在电梯转角，斜靠着，眼神并没什么焦距，轻飘飘地投在远处。

吴琼冷脸走到他的身侧。

他把玩儿着手机，过了会儿，目光才找到焦距：“出来了？”

“……嗯。”

邱震垂头看她，语气慵懒：“我以为你掉里头了，正打算报警呢。”

吴琼攥紧拳，低着头不吭声。

邱震站直身，收了手机：“走吧。”

“等等。”

邱震停住：“怎么？”

“我履行承诺，跟你去了这一趟……你是不是也应该遵守诺言，把那些东西还给我。”

邱震勾唇：“可我玩儿得并不舒心。”

他点点她：“成天面对这张死人脸，简直倒足胃口。”

吴琼咬牙切齿：“你到底想怎么样？”

邱震回身勾住她的腰，引领她往外走：“送你回去？”

吴琼用力挣脱，他的手臂收紧：“科技城附近新开一家酒店，请的是泰国大厨，还能汗蒸。你下周几有时间，我去接你？”

吴琼的脊背僵硬，被他一路拖抱出机场大厅。邱震的司机在路边等候，他打开后座的门，要把吴琼往里面送。

吴琼撑住车门："告诉我，你怎么才肯罢休？"

她的声音冰冷，眼中像有一把淬毒的利刃，想把他千刀万剐。室外的温度偏低，那眼神让邱震由里到外冷得彻底。

邱震几不可闻地缓缓吸气，抬眼看向远处，眸中黯淡无光。只调整几秒，他无所谓般淡淡一笑，两手收回口袋里，轻佻地挑起眼梢："再陪我一次。"

吴琼呼吸微顿："你别得寸进尺。"

邱震两手摊开。和陆强不同的是，邱震的骨节分明，手指修长，指肚圆润地弯起一个弧度，一双手十分好看。

他耸耸肩："去报警啊？"

邱震的声音扬起来，内心有种一同下地狱的快感，他咬牙笑道："告我骚扰，这次我什么都认，绝对不逃避。但是，我这人爱乱说话，那件事……"

他顿了顿，忽然转移说："原以为梁教授多正直，眼里揉不得沙子，可是你爸收受建昌那笔研究款项，怎么没见她高风亮节主动自首呢？"

吴琼气得直发颤："这是谁下的圈套，你心里应该明白。"

"我不明白。"

邱震懒散地垂着头，手指轻托起她下巴，舒服地吸气："真不用我送？"

吴琼狠狠地盯着他。

邱震又道："那等我电话吧。"

"姓邱的，你别把我逼急了。"吴琼猛地扯住他的领口，骨节泛白。

邱震没挣脱，随着她的力道微微弓身，距离拉近，他看到她近乎狰狞的面孔，和眼里烈火一样的凶光。他的胸口一阵沉闷，但看她崩溃，他心里涌起变态的畅快感。

邱震笑笑："会怎样？"

吴琼的齿缝里挤出来四个字："玉石俱焚。"

邱震收了笑："好，求之不得。"

车子轰一声并入主道，邱震重重地靠向椅背，呼吸不畅，好像吴琼刚才的力道还在。邱震解开两颗扣子，眼朝后看去，那抹人影渐渐变小，侧身长立，站那一动没动。

邱震心里沮丧到极点，不想承认又挥之不去。他跟自己较劲，翻出电话乱划一气，随便拨通一个，刚好是上次那个大波妹。

他换了语气，冷冰冰问："在哪儿？我过去找你。"

陆强和卢茵在候车区等候，乘上的士用去十分钟，车流缓行，逐渐开出机场车道。

卢茵摘下围巾，低头一绕，眼睛无意地瞟向窗外，车子经过一号航站楼，看到门口停着许多私家车，她的身体直了直，又朝外认真看去。

陆强注意到："看什么呢？"

她往后让了让，手指轻点着玻璃："是他。"

陆强抬眼，往她指的位置看过去。车附近站着一高一矮，瑟瑟寒风中，剑拔弩张冷漠对峙。

车速很快，那两道身影在车窗上一晃而过，卢茵坐回去，侧头看陆强，他早已收回视线，后脑轻靠着椅背。

卢茵舔舔唇："那个女人我刚才见过。"

他附和地应一声。

卢茵又说："在机场的卫生间，她躲在里面吸烟，后来我还差点碰倒她。她看上去精神不太足，比我还要瘦，没想到和他是一起的。"

陆强问："累不累？"

"不累，睡了一路。"卢茵随意答。她总觉得那个女人特别熟悉，好像在哪里见过。

"晚上出去吃？"

她想了想："在家里做吧，一会儿刚好经过市场。"

卢茵往他身上靠了靠，陆强就势把她搂进怀里，听她问："那个女人你认识吗？"

他不想骗她，更不想她对过去事情了解得太多，便闭目养神，当没听见。

卢茵贴着他的胸口，努力回想，蓦地记起那个风雪交加的夜晚，在警局门口，卢茵看见谭薇带领那女人出来，那天她穿一件红色棉衣，利落的短发，微弱光线下，映出一张模糊柔和的五官。

也是那晚，卢茵从谭薇口中得知了她的身份。

生活终于回到离开前的轨道，卢茵年后公休加请假，工作堆积如山，忙了一个多月才闲下来。

在走廊上偶遇陈瑞，两人若没有公事接触，很难碰面。自打去年和陆强确定关系，她坦然告诉了陈瑞，他也知情识趣，之后便没再纠缠。

寒暄了几句，陈瑞说自己交了女朋友，是休假期间相亲认识的，两人谈得来，工作家庭相当，有深入了解的打算。

卢茵真心替他高兴，又不免唏嘘时间过得太快，脑中忽地弹出一个名字——刘泽成。陈瑞对她初现好感时，她和刘泽成刚刚分手，原先以为，除了刘泽成她不会再碰见真心喜欢的人，即使碰见，感情必定不如这份深刻。一晃过去一年，她身边已有了另一个人，最初的想法，也在不知不觉中悄然改变。

卢茵笑笑，走到路的尽头，推开窗，窗外是不断晃动的树梢，拿手指碰了碰，枝条已沾染了绿意，春风和煦，全新的一年。

她轻轻地呼吸，站了片刻，给陆强发了条信息。

陆强今天白班，他工作照旧。

老李女儿生子，夫妻二人忙着照看，老李提前辞职去了外省。小区物业陆续有几人离开，这工作没多大意思，如今他不是一个人，得早为将来打算，于是他也开始寻思别的生钱道儿。

保安亭临时招来新人，是个农村来的孩子，比陆强小一旬，为人憨厚老实，工作上也专心称职。

陆强住在卢茵那儿，市场里的房子交了三年钱，他索性便宜转租给这个孩子。那孩子心中感激，一口一个大哥地叫着，但凡重活累活都抢着干。

这日那孩子按时和陆强换班，陆强和卢茵约在外面吃饭。

曲阜路新开一家商场，五层楼，中高档消费的水准，餐厅在顶楼，两人吃完逐层转下来，四楼卖床上用品和厨具餐具，随便转了几家，价格牌上的数字令人咋舌。

卢茵看向他，调皮地眨眨眼。

陆强问："想买？"

她摇头："只看看，价格太贵了。"

"又不是买不起。"

"能买起也没必要，况且家里什么都不缺，弄得再好也不是自己的房子。"

陆强一挑眉："暗示我呢？"

卢茵把碎发捋到耳后，脸颊泛红："你想歪了，我没那个意思。"

她顿了顿，把话说清楚："即使以后要买房，我们也要一人出一半，我不会让你自己拿。"

这个话题他喜欢，逗她说："拐弯抹角跟我提结婚？"

卢茵的心思被戳中一半，嘀咕了句："在老家你也提过的。"

"什么？"

她咬咬唇："我不小了。"

这回他听见了，道："急什么，我比你大多了。"

卢茵的指尖动了动，接不上话，窘迫的同时，气他语气的轻佻和随意。她有些颓败，又有些失落。她稍稍偏过头，一时间，说话的心思也没了。

两人出了商场，卢茵走得不太配合，陆强用了点劲儿才把她收到怀里。

夜幕降临，城市的灯光炫彩夺目，衬得头顶的星空黯然失色，灯光映在二人脸上，遮住了面孔原本的颜色。

他们沿着街道慢慢走。

陆强问："我妈给那包东西知道是什么吗？"

"不知道。"

"户口本。"

卢茵一愣。

陆强说："别瞎琢磨，该担心的不应该是你。"

"什么意思？"

"我没文化没好工作，过去不好，还有案底，怎么看都是我配不上你。"

他亲亲她鬓侧："是我死皮赖脸地把你弄到手的，所以，该担心的是我。"

卢茵抿抿唇，说这番话时，他情绪里未见明显的波动。

他又紧跟着问了句："什么时候把证先领了？"

"……啊？"

陆强说："我儿子总得名正言顺。"

卢茵没明白："哪儿来的儿子？"

陆强笑着："依咱俩这频率，也快了。"

卢茵做了这辈子最重要的决定。

这天是农历四月初八，早起天空飘着雨雾，春夏交替，空气里有泥土翻新的气息。

陆强特意向老家问的日子，乡下人讲究黄道吉日，钱媛青掐算良久，挑三拣四地选了今天，结果还碰上个坏天气。

陆强在屋里待不住，提前一步下来，蹲在花坛边点了根烟。他没打伞，手中烟雾融进雨里，抽到一半时，掀起眼皮看看天色，低声嘀咕了句什么。

半刻钟卢茵才下来，她脚上穿一双七厘米的浅口皮鞋，脚背粉白，细细的脉络显得格外脆弱。陆强挑挑眉，视线从她的脚上移开，一寸寸地往上看，她的腿上紧裹深色的铅笔裤，浅灰背心打底，外面套着白色简约休闲的小西装。

陆强多看两眼，手中的烟突然没了味道，他随手掐灭，站起来。

“打扮这么漂亮。”他目光直白，嘴角挂着若有似无的弧度。

卢茵抿抿碎发，眼神略微闪躲：“可以走了。”

她今天画了淡妆，嘴唇特意用口红勾勒过，这种颜色她不常用，夸张、醒目、红艳欲滴，此刻却超乎想象地明艳动人，让整张面孔都鲜活起来。

陆强轻搓手指，想拿指肚在她的唇上狠狠揉蹭几把。

卢茵抬头：“怎么了？”

他一攥拳，下唇抵在齿间左右磨了磨：“走吧。”顺手接过雨伞，随口问，“证件都带齐全了？”

“嗯。”

陆强看着前面的路：“不用检查一遍？”

“不用。”

“钱包呢？”

“……带了。”

两人往花园后面的停车场走，雨大了些，他的手臂倾斜，半个膀子都露在外面，想了想又问：“驾照在身上吗？”

卢茵没答，忍不住轻轻地笑了，把手送进他的掌中，昂起头：“你不会是紧张吧？”

陆强一顿，极淡地勾了勾唇角，卢茵还狡黠地望着他。

前面是坑洼不平的红砖路，积一汪雨水，散开朵朵水纹。陆强把她的脑袋掰回去：“别看我，看路。”

雨天堵车，路上花了一个小时，今天是好日子，办证大厅聚集了许多情侣，陆强他们排到四十号以后。

等了许久，见缝插针地拍完照片抽了血，工作人员扔过来两张声明书，没有座位，陆强弓身在桌边几下填好，之后换卢茵。

他块头儿大，侧身帮她挡住周围的人群，两人挤在角落，陆强垂眸看她填。

上面是一些个人及配偶的基础信息，下面需要声明人签字。卢茵的字很漂亮，信息部分不用想，没花多长时间就填完。下面是段长长的文字：本人与对方均无配偶，没有直系血亲……现依据《中华人民共和国婚姻法》的规定……

卢茵握笔的手跟着往下滑，落在最后几个字上——自愿结为夫妻。

她顿了顿，在齿间反复地咀嚼这两个字，想到以后要用在彼此身上，这感觉既新鲜又附有魔力。

一年以前，她和刘泽成没领结婚证，刘母执意先买房后结婚，房本名字是刘泽成。那时卢茵蠢透了，给刘泽成添了一部分钱，傻傻地以为，牵了手就一辈子，那时满心都是对未来的憧憬，房本写谁的名字她根本没介意。后来装修和婚礼筹备同时进行，那一纸约束便抛到脑后，只等来日方长再补齐。可哪想这期间横生变故，婚礼没了，她被刘泽成抛弃。

卢茵攥紧笔，一时心思飘忽，停顿的时间有些长。

大厅里乱哄哄的，不断有人碰撞陆强的背，空气不流通，他的胸口闷得想抽烟。

陆强问："忘自己叫什么了？"声调已经不爽。

"嗯？"她没听清。

"还是字儿不会写？"

"不是。"

"结个婚，用考虑这么久？"他默默地咽了下喉。

卢茵抬头看看他，他垂眸不笑，脸色有点儿臭，可能大厅温度太高，他的额头密布了一层细汗。

她本能地先给他拿纸巾。

陆强一把攥住她的手，压低声音道："走到这步，你想撂挑子？"

卢茵的头上也出了汗，她扭扭手腕："你轻点儿。"

陆强的手上松了松，发狠说："今天签也得签，不签也得签。"

她被逼在小小的角落，喧闹都隔在他的身后，耳边只有他低暗的威胁，和一双穷追不舍的冷眸。

卢茵知道陆强误会了，回握一下他的手："谁说我不签？"

她没再犹豫，执笔潇洒地挥下两个大字，下笔坚定，力透纸背。

后面的程序十分简单，卢茵不再分心，半小时以后，终于走出来透了口气。

陆强从烟盒里抖出烟，打火机擦了两下才点着。他站旁边默默抽了口，神情平淡，嘴角咬着烟，半抬起眼帘看向重重雨幕。

雨没有要停的架势，淅淅沥沥，和着青草和泥土的气味。柳枝低垂在河面上，树下有人撑着伞走过，也有半大的孩子在雨中奔跑。

陆强眯起眼，望向灰白的天。

今天的确是个好日子，因为他自小就喜欢下雨天。

在台阶上站了片刻，他侧头，卢茵还拿着小本子翻看。陆强勾勾唇角："下午去找你朋友？"

卢茵嗯了声："我说今天登记她吓坏了，很久没见，去逛逛。"

陆强说："那把我送到公交站。"

"送你回去吧？"

"不用。"

卢茵点点头："晚点儿给你电话，我们和叶梵一起吃个饭。"

陆强往她手上看了眼，一抬下巴："行，东西收好。"

卢茵送了陆强，拐去叶梵的公司。这里离科技城有段儿距离，幸好不是下班高峰，一路还算顺畅。叶梵还在那家软件研发公司做HR，接到卢茵的电话直接出来了。

卢茵把车泊在对面的停车位，站在大楼门口等她。

没几分钟，叶梵跟个女孩儿出来，卢茵冲她挥手。叶梵见了，也笑着摆手回应，转头跟身边的女孩说了几句话。

卢茵的眼神随意一瞟，立即怔住。

叶梵走近，她一把挽住卢茵的胳膊："等多久了？"

卢茵的视线还追着那个背影："刚才的女孩你认识？"

叶梵顺卢茵的视线看去。吴琼手里拎个硕大的电脑包，已经穿过马路，半垂着头，头发长了些，没有特意打理，随便耷在后颈上。身形似乎比机场看到的还单薄。

叶梵哦了声："是去年新招的研究生啊。"

"你们一个公司？"卢茵有些诧异。又看过去，才见马路对面停了辆高级轿车，门边半靠个高大男人，一身休闲装束，戴墨镜，头发稍稍遮住眉峰。

"你好像见过吧？"叶梵回忆了一下，"就去年，你找我那次，带了两盒蛋挞，我还分给她一盒呢。"

卢茵皱了皱眉，事情她记得，但当时那女孩头发半遮住脸，卢茵并没看清她的样貌。

"你认识？"叶梵又问。

卢茵不知怎么答，只好说："朋友的朋友。"

叶梵没在意，拉着卢茵往相反的方向走，这附近商场林立，餐饮娱乐相当发达。叶梵说："小姑娘最初特别刻苦，安安静静很本分，领导都挺喜欢她的。可最近有事没事总跟我请假，工作不上心，还经常出错。"

她说着往后看了眼，八卦道："年轻人随意放纵惯了，领口里能发现点不明的痕迹，人也神神道道的。听说傍个大款，谁没个特殊癖好，都是可以理解的。"

卢茵有些骇然，一时不知作何感想。

叶梵又说了几句，卢茵都没怎么听进去。

两人进了商场，叶梵才反应过来，问卢茵："今天真去领证了？”

叶梵没见过陆强本人，以往都通过卢茵转述，对陆强的情况了解个七七八八。叶梵对陆强本身并不认同，也理性帮卢茵分析过。但卢茵柔弱却不冲动，很明白自己要什么，几次之后，心意仍然坚定，叶梵也不好多说，毕竟鞋子是否合脚，只有自己知道。

卢茵直接把结婚证给叶梵看。证件上的照片还算完美，陆强表情难得柔和，嘴角勾出浅浅的弧度，收起眸中的锋芒，头发也长了些，半拥着卢茵，姿态自然亲密。

叶梵看了会儿："还挺帅的。"

卢茵笑笑："晚上一起吃个饭吧。"

两人找了间咖啡店喝下午茶，两三个月没见面，话题总是谈不完。结婚有许多事情要准备，叶梵替卢茵高兴，爽快揽下杂事，的确，选礼服做头发之类，还是和闺密最合适。

聊起来时间很快，四点钟的时候，卢茵给陆强打了通电话，告知他具体的位置。接着，两人去楼上逛了逛，下班的点儿，人多起来。卢茵试了两件套装，没买成，倒被叶梵看上。逛了半天，卢茵只买了双新款单鞋，给陆强带了两件质地高档的短袖汗衫。

看时间差不多了，她们穿过空中走廊去C区，走廊宽阔，两侧是巨大的窗，能看到下面的车水马龙。人群从中穿梭，比商场里要安静许多。

身后突然一阵骚动，伴着女音的尖叫怒骂。卢茵不禁驻足，回过头张望，她张了张口，今天真是巧了。

那边动静渐大，路人纷纷停下看热闹。

一对男女拉扯纠缠，女的身材瘦小，企图逃脱男人的钳制。男人口中谩骂不断，话语不堪，难以入耳。

叶梵惊讶低语："那不是吴琼吗？"

卢茵没答话，微微抿着嘴唇。

那男人正是邱震，他们刚从楼上KTV下来，他浑身狼狈，当着朋友面儿，被吴琼泼了一身酒。邱震脸色奇差，不管吴琼死活，半拖半拽着她往前走。

纠扯了几米，吴琼突然发疯，一口咬在他的手臂。

邱震疼得咧嘴，抬手挥开她："你他妈疯了吧？"

吴琼瞪大眼，面孔近乎狞恶："你不要玩儿吗，我以后认认真真地陪你玩儿啊！"

邱震揉着手腕，瞟一眼周围，忽地冷静笑笑："想在这玩儿？我还没那么开放。"

他钳住吴琼的下巴："咱找地方玩个够。"

"禽兽。"吴琼咬牙切齿，猛地抡起手臂，给了邱震一巴掌。这下力量十足，饶是邱震体型健壮，也被她打得一趔趄。

邱震头歪向一边，诡异地静了下来，他拿拇指抹抹唇角。吴琼转身要走，没迈开步，被邱震从后拽住脖领，轻巧一拎，随后一巴掌当头盖下来。那小身板根本抵挡不住，吴琼一头撞在旁边的玻璃上。

卢茵下意识惊呼，往前冲了一步又停下。

叶梵要上前："靠，没王法了。"

那边吴琼扶住墙壁，缓了好一会儿。邱震走过去，冷眼站着："给你脸你不要，我看你是自讨苦吃。"

啪——

他话音没落，又挨了吴琼一巴掌。

邱震怒喝，真被激怒，一把揪起吴琼的领口，手掌举起来，眼看着就要挥过去。

吴琼执拗地瞪大眼，嘴角带着畅快淋漓的笑。

邱震动作一顿，黑眸痛苦地眯了眯，谁也看不懂他眼里隐藏的情绪，忽然就抽不下去了，好一会儿，他缓慢地攥成拳。

又恢复到最初的一幕，邱震拖着吴琼往前走，吴琼全力抵抗。

那两人离叶梵和卢茵越来越近。叶梵性格耿直，吴琼又是叶梵认识的人，叶梵往前挡一步："这位先生，吴琼未必愿意跟你走。"

吴琼一愣，有些茫然地看向叶梵。

邱震正在气头上："滚开。"

叶梵偏偏吃软不吃硬，偏偏没让，加之路人围观，挡住了邱震的去路。

邱震耐心耗尽，拽住叶梵的领口往旁边甩。卢茵正站在叶梵身侧，被猛力碰撞。她本身鞋跟就不稳，脚一歪，身体连带着往后倾。

摔倒的瞬间，后背被人一把托住，鼻端撞进熟悉的气息，顷刻间，她内心悄然安定。陆强及时出现，另一手稳稳扶住叶梵。手臂收紧，两人平安无事。

待叶梵站稳，他放手。

陆强护着卢茵的手没放，仔细打量一圈儿："有没有事？"

0852

All this is fate

第六章　吴琼之死

邱震的动作顿住，诧异不已："强哥。"

陆强头没抬，注意力都在卢茵脚上："活动活动。"

气氛僵持到极点，卢茵稍稍抬眼扫视，心不在焉地转几下脚腕儿："没事。"

"没崴脚？"

"嗯。"

陆强这才看向邱震，没有说话，视线落在邱震和吴琼两人纠缠不分的手上，又往吴琼的方向瞥了眼。

目光相触时，吴琼像触电，用力甩开邱震的手。这会儿邱震心思不在她的身上，他手中一空，吴琼成功挣脱。

吴琼的反应成功刺痛了邱震，他双臂垂落，攥紧拳，骨节泛白。他沉默两秒，没有继续拉扯吴琼，勉强笑笑："强哥，这么巧。"

陆强说："来吃个饭。"

"商场老板是我朋友，去哪儿吃，我打个招呼。"

陆强说："随便吃点儿，不用麻烦。"

"那行，"邱震忙道，"就不打扰了，我们先撤，强哥，回头咱再聚。”

邱震把手臂搭在吴琼的肩膀上。吴琼和刚才判若两人，不疯不闹，也忘了反抗，她的视线在卢茵的脚下徘徊良久，最终没有勇气抬起头。

吴琼被邱震带出几步。

陆强说：“等等。”

邱震身形一顿。

陆强说：“人你就别带走了。”

陆强的语气平稳，缓慢地提了要求，没见多强势，邱震却没敢轻易迈步。

邱震沉思片刻：“强哥，我俩的事，你就别管了吧？”

陆强顿了顿：“我确实也管不了。这不碰上了吗，她好像跟我那位朋友也认识，就一起吃个饭。”

邱震脸色微沉：“不凑巧，我们在上面吃过了。刚才她还吵着累呢。”

他说着垂头，手臂用力箍紧吴琼：“告诉强哥，是不是？”

邱震语气中的威胁，不傻都能听出来。

吴琼却置若罔闻。

僵持了会儿，陆强说：“这么着，吃不吃让她自己定。”

叶梵见势往前紧走两步，虽未和陆强正式认识，但显然彼此阵营相同。她说：“吴琼，有什么事你说话，要不要留下？”

吴琼缓慢抬起眼，她瞳仁浅淡，毫无神采，目光中有一种濒临绝望的死寂。

她的视线在叶梵身上逗留两秒，偏离寸许，落在陆强身上——他始终以保护的姿态站在卢茵侧前方。

卢茵的身体被遮住一半，她攥紧双手，担忧地看着吴琼。

那眼神清澈灵动，眨一眨，吴琼就能读出她此刻的情绪。她的皮肤细腻干净，没有任何特殊痕迹，身上的衣服洁白无瑕，不掺杂一丝脏污。她就纤纤弱弱地站在那儿，阳光地、新鲜地、肆无忌惮地绽放美丽。

而自己正在腐朽溃烂。

吴琼猛地抽气，慌张掩住领口："我……"

她嘴唇颤动："我累了，想回去休息。"

邱震始终垂头看着吴琼，紧皱的眉松了松，吐了一口气，卸下箍紧吴琼肩膀的力量，最后看向陆强："强哥，先走了。"

两人转身，卢茵急着拽陆强："陆强？"

陆强没动，半侧着头看他们离去的背影。

卢茵问："就这么走了？"

陆强沉默少许："别管闲事。"

抛开立场，现在不同于以往，打他从泥潭抽身的时候起，陆强就知道，有些事已不是他能左右。他骨子里也有自私，亏谁的欠谁的，都只想下辈子再偿还，这辈子身边有了卢茵，他贪婪地想和她平淡到老，以至每一步路都走得格外小心。

陆强回身，蹭蹭卢茵的脸颊："走吧。"

卢茵嗯了声，不禁又往那方向看去，吴琼罩着一件薄薄的风衣，垂到膝下，显得身材尤为瘦小，她缩在邱震的臂弯，随意被拉拽着，像个牵线的木偶。

那背影融进熙熙攘攘的人群，显得格外落寞，完全没有女孩该有的朝气蓬勃。

陆强带着卢茵走，和他们背道而驰。

卢茵忍不住再次回头，吴琼的身影渐渐消失。

那时卢茵还不知道，这一眼竟变成了永恒。

……

吴琼不知是怎么被邱震拽上车的，她的脑袋放空。邱震的讽刺和羞辱都变成单调的声波，她根本听不清。

外面的雨还在继续，玻璃窗上挂满冰凉的水珠，隔开混沌灰暗的世界。吴琼头枕着车窗，眼睛睇向雨幕中，满眼都是湿淋淋的，似要把压抑沉闷都渗进皮肤里。

她把车窗开到一半，冷雨夹杂湿润的气息扑进来，砸在她的脸上和脖颈里，这令她呼吸总算畅快起来。

吹了会儿风，邱震突然问："你还惦记着他？"

吴琼的脖颈轻微动了下，保持着姿势，没给他任何回应。

邱震扳住她的肩膀，拉过来，收进怀里。她已经不再反抗，无比顺从地靠着他的胸口，扭过头，仍旧看窗外。

邱震的手背碰碰她的脸颊："还疼吗？待会儿拿冰块敷一下。"

他像跟自己对话，怀里的人毫无回应。

不知开了多久，车子在一处停好。

熄火了，车内安静少许，邱震低声道："下车。"

那一声贴在耳边响起，吴琼才恍然惊觉，他们已经离开科技城，现在中环线庐州道附近。她抬眼，着装规整的侍者候在车边，邱震身后的酒店大堂灯火通明，大理石地面光可鉴人。

她仿佛突然从自己的世界抽离出来，神情慌张，一头冲进雨里。

邱震甩上车门，急着去拉她。

很快，两人身上沾满雨露。

邱震吼："你闹够没有？"

吴琼不顾一切地挣扎："你放手，我不进去，我要回家。"

邱震冷笑一声："好，你回家吧，我不拦你，明天就把那些证据……"他的声音越来越小，最后变成气音儿贴着她的耳朵说，一字一顿语调阴森。

吴琼渐渐放弃挣扎，已然浑身僵硬。她的额头发丝被雨打湿，狼狈地贴在皮肤上。

邱震垂眸看看她，嘴唇在那些湿发上轻轻贴了贴。

雨声掩盖了他的情绪，他闭上眼："你乖一点儿好不好？"

站了许久，吴琼终于听话了，邱震拉着她往酒店大堂走。旋转门里一行人鱼贯而出，在狭窄过道里错身，其中有人不经意地与邱震相撞。邱震肩膀一歪，回头冷冷地瞥那人。

只停顿片刻，邱震平淡地错开眼，带着吴琼进去。

站在台阶上，谭薇发现老邢的异样："怎么了，师父？"

老邢还看着后面："你刚才没看见？"

"看见什么？"

老邢沉吟片刻，抬抬下巴："那两人，邱震和吴琼。"

谭薇也愣住了。

当年案子是老邢经手的，其中内情没人比他更清楚，邱震逃脱法律的制裁，全因背后有个只手遮天的爹。陆强知情重义，老邢佩服却并不赞同，他从一开始就下错了棋。

随着时间流逝，整个案件已经尘封，但这是个疙瘩，在老邢的心里永远纠缠着解不开。

回忆的空当，同事凑过来："邢队，那后天和市局的会议就定在这儿了？"

老邢整整衣襟："就这么办吧。"

进到酒店房间。

邱震没等吴琼湿润就进入，近乎发泄地占有，手指唇舌恶意地在她身上留下痕迹，想通过这种方式惩罚她。

他气她不知好歹，气她情绪轻易受另一个人牵制。她从没把他放在眼里，无论当年低声下气的追求，还是把她伤得体无完肤之后。明明瘦小的身体，骨子里总藏了那么多不屈服。

他想看她低头，看她求饶，更想看她对着他真心地笑。

可他从不曾醒悟，整个征服的过程，似乎选错了方式。一个强硬，一个偏激，他们仿佛陷入死循环，谁也救不了谁，只有拉着彼此，陷入万劫不复。

邱震越想越气，动作更加不管不顾。

他想得到一丝回应，身下的人却像个牵线木偶，双眼空洞，越过他呆呆地望着屋顶。

邱震气息渐浓，亲着她发肿的脸颊："还疼不疼？嗯？"

吴琼全然置身事外，声音透着冰冷："完了吗？"

邱震一顿，恨意袭来："早着呢。"故意忽略她的厌恶，动作继续，"有没有感觉？"

"有。"吴琼说。

邱震一喜，刚想取悦她，紧接着听到了下半句："恶心算不算？"

那一刻他怒气丛生，胸口掠起惊涛骇浪，想把她整个人颠覆。

他停下来，把她翻了个身，从后面来。这姿势在有情人眼里叫情趣，放在此刻全然变成了屈辱。

邱震咬牙瞪目："别老拿话硌硬我，最后遭罪的还是你。"

说完掀起狂猛攻势。

很久以后，邱震半趴在吴琼的身边，呼吸渐缓。

房间静得出奇，邱震摸着她的发丝："洗个澡吗？"

吴琼趴着不动，侧头望向房间里仅有的光源："我认输，求你放过我。"

邱震双目半合："怎么放？"

"当初算我错，不应该不知天高地厚去告你，你不甘心，这段日子就算惩罚，你把东西还给我，我们两清，行吗？"

半刻，他笑一声："那我也跟你商量件事。"

"什么？"

邱震埋下头，嘴唇贴贴她脑后的发丝："我们好好在一起。"

吴琼微顿，往前躲开他，像听到一个天大的笑话，耸着肩膀，笑得不可抑制。

邱震也笑："所以别天真了，不可能。"

"为什么？"

邱震蓦地睁眼，抿紧了唇。其实答案已在他心底，只是他说不出口。

他回道："你别较真儿，凡事看开或许会好过点儿。"说着撑起手臂，从床上下来，"我洗个澡。"

吴琼拉住他，仍是问："怎么才肯放过我？"

邱震居高临下地俯视她，冷哼一声："你还真是油盐不进。"

他不留情地甩开手："玩腻了，你就滚。"

"什么时候？"

他残酷地说："等我死。"

浴室里，水声单调持久。

吴琼的手臂垂落，无力地搭在床边。她的眼里一片灰暗，看不见半分生机，他的三个字，终于成功地压垮她。她盯着那盏幽暗的灯，忽然淡淡地笑了。

凌晨一点，邱震已经睡沉，吴琼穿戴整齐，认真地洗了几把脸，拢好头发，拿上邱震的手机出了门。

雨没停过，她看看天色，把帽子盖过头顶，没有打伞，直接走出长廊。

这一天，对陆强和卢茵意义非凡，晚上他百般温柔，结束后，她疲惫睡去。

陆强睡不着，借着灯光仔细地看她的眉眼。她睡相安稳，呼吸平缓，陆强忍不住在她的额头轻轻碰了碰。

夜已深，电话铃声突兀响起，他看向屏幕，不禁蹙紧眉头。

电话在手里转了一圈儿，陆强又看看屏幕，顿了会儿，他接起来。

他没着急说话，手机贴着耳朵，另一端意外地沉默了，透过话筒，有街道的嘈杂声和细细的雨声。

片刻，陆强先开口，他喂了声。

那边又安静几秒，却不是邱震："……强哥，我是吴琼。"

陆强沉默片刻。对方可能也觉得冒昧，停顿数秒："你方便出来一趟吗？"

他有些诧异，侧头看向卢茵，她的脑袋在枕头上不安地蹭蹭，睫毛轻颤。陆强摸摸她的发，手掌滑下来，在她的背上安抚地轻拍几下。

"太晚了，恐怕不太方便。"

那端没了声音，陆强手机又在耳朵上贴了几秒，拿下来挂断。

他调成振动，紧接着又有电话进来，仍然是这个号码。

陆强沉眸接起。

吴琼说："强哥，我有几句话想跟你说。"

他思考片刻："在哪儿？"

吴琼报出地址，他一句话没说便掐断通话。

陆强的动作很轻，捡起床下的平角裤套上，接着是牛仔裤。

床头的灯只开到最暗，散发着橙黄的颜色。陆强系好腰带，回头往床上看了眼，视线一晃，随即又定睛看过去。

"我吵醒你了？"

卢茵脸贴着枕头，半趴着，只盖一条薄被，露出起伏的身体轮廓。

她眼里一片暖意："没有，一直没怎么睡实。"

陆强站着看她一会儿，把手里衣服扔掉，罩在她的上方："那刚才的电话你听见了？"

"嗯。"

陆强说："是吴琼打的，就今天跟邱震一起的那个小姑娘。她人在庐州道呢，想让我过去一趟。听说话情绪不太对。"

他沉默片刻："我觉得应该过去看看。"

他声音很低，语气里夹带点儿不易察觉的询问。

卢茵轻轻翻身，扯过薄被遮住胸口："外面还下着雨吗？"

陆强看一眼窗外，窗帘没有拉严，有细密的水珠从玻璃上挂下来。

他点头说是。

卢茵问："那你怎么过去？"

和她真没什么好隐瞒的。陆强说："你醒了，那正好跟我去一趟，下雨天可能不好打车。"

卢茵并不知过去的细节，可敏感的直觉告诉她这并不合适，很显然对方不想见其他人，否则下午吴琼会留下，不会随邱震一块儿走。

即便对陆强足够放心，但今天日子特殊，对方还是女性，卢茵心中难免酸涩，却仍道："我太累了，你自己去可以吗？"

"你在车里坐着就行。"

卢茵捏捏他的手指："我想睡觉，打不起精神。"

陆强回握住她的手："那行，你睡，我去看一眼，很快就回来。"

卢茵垂下眼，浅浅点头："嗯。"

陆强亲亲她的肩头，帮她把被子盖好，床头灯熄灭，他轻手轻脚地出了门。

他忘记拿伞，等车的工夫，去便利店顺手买了把。

他的住处离庐州道并不近，好在是夜里，一路开过去花了半个小时。这里是漳州的不夜城，有几家高档的酒店，也有酒吧和KTV，路边名车云集，虽然是雨天，出入娱乐场所的人仍然络绎不绝。

吴琼蹲在路口店铺的房檐下，她戴着风衣帽子，遮住眉眼，远处霓虹在她的脸上投下各种颜色，也看不出她是什么表情。

陆强下了车，收起伞，把伞立在旁边墙壁上。

他垂眼："你找我什么事？"

吴琼脑袋抬高几分，蹲着仍没有起身："这么晚，谢谢你能来。"

陆强没有说话，往嘴上衔了支烟，单手环着点燃，他冲天空呼出烟雾，垂下眼，吴琼正抬头看着他。

吴琼问："能给我也来一支吗？"

陆强直接把烟盒抛给她。

吴琼抽出一支："火儿。"

打火机在他手里攥着，他递过去。

两人静默无言地待了会儿，陆强半支烟抽完，她已经点了第二支，反复看了陆强几眼，欲言又止。

陆强先问："这么晚你不回家？"

吴琼说："我和邱震住这附近。"

她指了指："就街尾那家酒店。"说完余光落在陆强的脚上。

陆强并未如她所愿，只看着街道，闭口不问。

吴琼抿住嘴唇："商场里碰见那个，是你女朋友？"

他点头说是。

吴琼身体略僵，无意问："看你们感情挺好的，什么时候结婚？"

陆强也没多想："今天刚领的证。"

吴琼夹着烟的手指在唇边一停，随后继续裹入口中："那真抱歉，这么重要的日子把你叫出来。"

陆强说："没事儿，她知道。"

吴琼的手一紧，烟身被她捏弯。她从地上站起来，腿蹲麻了，扶住墙壁缓了好一会儿："她很漂亮，你有福气了。"

陆强没搭茬，又问她一遍："你找我什么事？"

吴琼笑笑，把最后一截烟抽完，之前想说的话，没了意义，她差点儿忘了，在医院那天他的拒绝。

六年以后，那个曾在漳州有一席之地的人已经消失，现在的陆强再普通不过，他们新婚燕尔，她又何必提出无理的要求，打扰他的生活。

内心私存的侥幸彻底破灭，某种程度上，终于让她坚定了之前的抉择。

上帝无法对每个人都公平，这样苛刻残忍的安排降临到她身上，她终于知道，除了认命，别无选择。

吴琼掐了烟："不好意思啊，我其实也没什么事儿。"她突然异乎寻常地平静，语调也淡如白水。

陆强忍不住侧头："你不是有话跟我说？"

"没有。"她坚决道，"时间不早了，我该回去了。"

陆强还想再问两句，她已率先往前迈步。

他沉眸看着她的背影："我送你。"

吴琼回道："不用，走过去挺方便的。"

她回身把手递过去："烟还你。"

陆强垂眼，没有接："你拿着抽吧。"

"那谢谢了。"吴琼连同双手一同收回口袋，往前跨了步，鞋尖儿踏进水坑里，散起细小的水花。

陆强叫她，她停下，他把伞递过去："打着走。"

吴琼心脏一紧，封存许久的回忆翻涌而出，原先在意过、恨过、忘记过，兜兜转转，再次重逢后，好似又回到了原点。

也是此刻她才明白，她打他电话，或许只为单纯地见他最后一面，好好告个别。

她的拳头缓慢松开，接过伞柄："谢谢。"

陆强点点头。

吴琼撑起伞，穿过马路，她最后一次回头，看着静静矗立在路灯下的男人。

他们中间隔着雨幕，隔着车流，隔着遥不可及的距离。马上即将天人永隔。

"再见。"她笑着挥了挥手。

这一次，吴琼义无反顾地踏进黑暗里。

雨伞很大，帮她阻挡风雨，雨滴在头顶砸落发出悦耳的节奏，她的心底前所未有地平和。

雨声漫漫，吴琼唇角带笑。

如果有来生，她必将洗净纤尘，才配与他并肩。

吴琼回了趟家，她没敢上去，站楼下抬头往上看，这一侧正对父母卧室，夜很黑沉，他们早就睡着。

她盯着漆黑的窗口，不知站了多久。脖颈有些僵硬，她缓慢地转了转。

兜里电话已经响了几遍，为了给陆强打电话，她一直拿着邱震的手机。

屏幕在黑夜中闪烁，显示号码是自己的。

她接起来，那边沉默几秒，邱震的声音急促地传过来："大半夜的，你跑哪儿去了？"

吴琼沉默。

"问你话呢？在哪儿？我去接你。"

她耳边只有他粗重的呼吸。

半晌，吴琼平静地说："这就回去。"

她到达酒店房间已经凌晨三点，邱震没有睡，穿着浴袍半靠在沙发里。他的手上拿一只高脚杯，见她的瞬间像松了一口气，随后恢复常态，手腕动了动，杯中的暗红色液体缓慢晃动。

桌上的红酒瓶空了，他的两腿搭着茶几，紧迫又狠戾地瞥着她。

吴琼没脱风衣，手臂紧紧地抱在胸前，在房中央站了片刻，走去坐在床尾："这么晚了，少喝点儿吧。"

邱震放下酒杯："拿我电话干什么去了？"

吴琼把手机放在床上，没有回答，只是垂着眼："你快点儿，我要睡了。"

她的情绪还算平稳，并未见明显异常。邱震从沙发上起身，走过去坐她的旁边，距离近了，吴琼闻到浓烈的酒味。

她嫌恶地皱眉，头歪向一边，被他强硬地掰过来："上哪儿去了？"

她强忍着："去散散心。"

邱震吼道："大半夜的散心，当我傻呢？告诉你别在我面前撒谎。"

他一把揪住吴琼头发，大力往后扯："是找他去了？"

"谁？"

邱震咬紧后槽牙，狠狠扽住她的头发："你知道我说的谁。"

吴琼的下巴被迫昂起，呼吸顿了几秒："是啊。"她的音量提高。

邱震的腮帮子绷紧，另一手捏住她的下巴："贱到那份儿上了你都，还知不知道什么是廉耻？"

吴琼唇齿微张，喉咙里发出变音儿的笑声："天天跟你这种畜生在一起，廉耻是什么？"

她挑衅地看他，嘴角那抹笑容讽刺至极，一个表情足够勾起他的怒火。邱震低声咒骂，捏她头发的手掌越收越紧，他喝了酒，精神亢奋，受不了一丁点儿挑拨。

吴琼的姿势别扭，斜眼瞥他："你气什么？气我出去见了他，还是气我说你是畜生？"

邱震盯着她，满目猩红。

"难道你不是吗？"她发觉自己再也忍不住，手在衣襟里颤抖不已。

他的目光阴狠，突地残忍一笑："看来我不能平白受了这污名。"

邱震撤开手，一把扯开她的衣领，连同里面的内衫，布料撕裂，露出雪白的肩膀。她的胸口遮遮掩掩，一柄银色幽光晃进他的眼底，邱震瞬间有了防备。

她满腔恨意不加掩饰，抽出匕首，突然向他刺过去。邱震行动敏捷，本能地向后仰倒。

人在愤怒的瞬间，力量无穷，她目眦欲裂，半跨在他的身上，刀尖对准他的脸孔。

邱震握住她的手腕："停下！吴琼，你疯了！"

"我要杀了你——"她怒吼。

邱震大惊失色，慌神的瞬间，刀尖差点扎入他的眼球。他拼命地翻了个身，把她压在身下，手上使力，匕首稍微偏移方向，横亘在两人中间。

她的面容恐怖，双手死死地握着匕首。

邱震骇然："琼琼！"

他试图放缓声音："你别冲动……有话坐下来好好说。"

她已陷入疯魔，根本听不进去，膝盖狠顶，结结实实撞到他的胯下。

邱震闷哼，往上挺动身体，胸口压住她的脸颊。

吴琼打挺翻身，两人纠缠着滚落床铺。

他只感觉她被垫在身下，砰一声闷响。身下突然没了声音，房间转瞬之间陷入诡异的安静。

他惊魂未定，鼻孔里喷出火热的气息，胸口渐渐沾染温热的湿腻。他心下悚然，猛地从她的身上弹起，跌坐在地板上。

吴琼一动不动地躺在那儿，颈间横的那把匕首触目惊心，已入肉七八分，暗红色的鲜血源源不断地顺着刀锋溢出来。她的瞳孔放大，四肢频频地抽搐。

邱震怒吼一声，脱了身上睡袍去堵她的伤口。

她目无焦距，喉咙里的血往外汩汩流淌。

邱震青筋暴起："琼琼？"他嘴唇颤抖，一遍遍地叫着她的名字，双手僵硬，从没有一刻这样惊慌失措。不过几秒时间，雪白的睡袍快速被血染红。

邱震如遭雷击，双手从她的脖颈移开，扯掉睡袍。他的双手鲜红，哆嗦着捧住她的脸："琼琼，你别……挺一挺……"他连滚带爬摸到床边，往手机上按了三个数字120，屏幕显示正在拨号。他的拇指一动，又突然下意识地挂断，烫手山芋般扔出老远。

吴琼姿势怪异地躺着，抽搐已不那么频繁，神经时而跳动一下。

他扑过去，拢起地上的血液，不管不顾地往她伤口送，眼里氤氲一片，渐渐看不清她的面孔。

邱震抬臂抹了把眼睛，她安静地躺在血泊里，满身脏污。他慌不择路，喉咙逸出扭曲的吼叫，多么盼望能得到一丝回应，哪怕她跃起来，将那把匕首刺进他的身体。

然而一切都晚了。

手上的液体凉了，满屋腥味。那个姑娘没了气息，她圆目微睁，眼角有一滴液体缓缓滑落，她还是选了这种极端和偏激的方式结束了一切。

破晓时分，窗外微光打在她苍白的脸上。

邱震突然一惊，连滚带爬地冲进卫生间，他已呆坐了两个小时。他万般慌张地洗净手上的血，套上衣服，抓起手机，逃命般跑出房间。

连续一天一夜的细雨终于停了，街道被洗刷得干干净净，只有零星几个路人和几辆车。

邱震没有方向，开了半个小时，眼尾瞟到手机。

慌乱中他点向手机屏幕，无意翻到通话记录，他的眼睛扫过去，却是一愣，上面显示最后一通打给了陆强，时间是凌晨一点零三分。

本以为她在说气话，原来真的去见了陆强。邱震大脑混乱，理不出头绪，没有心思再想别的事。

他拨了通电话出去。

很快，对方接起来。

隔了许久，邱震口中嗫嚅：“爸，我杀人了。”

0852

All this is fate

第七章　风波

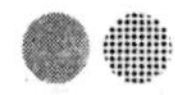

第二天，终于雨过天晴。

卢茵醒来的时候，陆强不在身边，她半撑起来，对着外面轻唤了声，没有人应，浴室的方向隐约传来水流声。

她穿好睡衣，脚尖落在地上，昨天被他直接抱进卧室，一只高跟鞋甩在门口，另一只不知去向。卢茵拾起鞋，光着脚走出去。

客厅里没人，餐桌上摆着外面买的早餐，油条还在塑料袋里，豆浆拿保温桶装着，旁边是叠在一起的碗筷。她侧过头，浴室里好像又没了声音。卢茵在茶几下找到另一只鞋，一同摆在门口的鞋架上。

她折回来，在浴室门口逗留片刻，手搭在扶手上，轻轻一压，开了道缝隙。有朦胧的雾气钻出来，她的肩膀松了松，又把门拉大了些。

陆强澡洗一半，半弓身体站在洗手台前，听见动静也没回头，单从镜子里瞟过来。他的腮上挂满泡沫，微昂起头，盯着门口，手上动作没有停，剃须刀从颈下流畅地滑上来，露出清爽、干净的一溜，泛着淡淡的青色。

卢茵往他身上扫了眼，低下头，要帮他关门。

陆强看着镜子："早。"

卢茵手一紧，脚尖又转回来："……早。"

这声问候和平时有些不同，藏着心事，早晨起来不算轻松，可因为身份的转换，听到这个简单的字眼，蓦然感觉柔情蜜意，使得暴风骤雨后的早晨稍现美好。

陆强说："要方便你就进来。"

"不是，"她解释说，"我还以为你不在。"

陆强胡子几下刮完，弓下背，往脸上撩两把水，他赤着身，也不特意避讳，大大方方地给她看。

卢茵的目光垂下去，落在他大腿后方，那里有两块流畅结实的肌肉，随他动作收缩绷紧。她的眼神上移少许，脸一热，赶紧避开视线。

陆强抹了把脸，挑起眼皮，从镜子里淡淡地打量她："要不要一起洗个澡？"

他一侧的眉峰自然上挑，唇线笔直，用最平常的口吻问她，可卢茵却心跳快半拍，总觉得他语调轻佻。

陆强说："昨晚累够呛，过来洗洗？"

"不用。"

"水是热的。"

卢茵忍不住瞪他："我待会儿再说。"

九点钟的时候，两人收拾妥当，坐在餐桌旁吃早餐。

陆强给她盛一碗豆浆，将油条分开一半递过去，剩下半根送到嘴边咬两口。

卢茵拿手指捏着，掐成一截一截投进豆浆里，等泡软了，用小勺舀着吃。

陆强看看她的碗，想起一年前，他们刚认识，在早点摊她就是这种吃法，埋着头，小口小口地抿，跟小猫崽子似的。

那时候他没想到有今天。

卢茵察觉到他的目光，舔舔唇："怎么了？"

陆强问："吃鸡蛋吗？"

她点点头，小勺在碗里搅了两下："你，昨晚什么时候回来的？"

陆强把蛋壳在桌上滚碎："两点左右。"他来回路上基本一小时，除去等车走路的时间，在街角就逗留了十分钟。

卢茵问："她有什么重要事情吗？"

"没有。"

她疑惑地抬头。

陆强说："她昨晚住街尾那家酒店，和邱震一起。"

他鸡蛋剥开一半，在手里转了转，还是解释了句："她是当年和邱震有牵扯的那个姑娘。"

"我知道。"

陆强有点意外："怎么知道的？"

"那天在警局外谭警官说的。"

陆强沉默，半晌，才想起手上还有剥了一半的鸡蛋。

两人并不知道吴琼已经出事，卢茵对吴琼多少是同情的，她没有追问他们过去的纠葛，也不细想半夜里为什么单单叫陆强。她心里盘算着，抿抿唇道："要不过会儿你给她打个电话再问问？"

"我没她号码。"陆强说，"她拿邱震手机打的。"

卢茵张张口，没什么话说了。陆强把鸡蛋放她碗里，也埋头吃饭。

客厅里一时陷入安静，窗外暖色日光洒向桌角，地板上映出窗棂的轮廓，两人相对而坐，只有瓷勺撞在碗碟上的脆响。他们还不知道，这样宁静安稳的早晨，对彼此来说已经相当难得。

警察是在第三天下午找上门的，陆强和卢茵从外面看房回来。那天一早钱媛青通知他们，定了日子，阴历六月二十，嫁鸡随鸡，酒席在乡下办。

房子领证之前就陆续看过，今天签了合同，是曲阜路上新开发的楼盘，精装修，交房后拎包就能入住。

陆强想着下午约根子他们喝个酒，谈谈一块儿搞物流的事儿，没承想刚进小区，就被几个便衣拦下来。

其中有陆强眼熟的警察，是老邢部下，以前的案子和陆强有过接触。警察公事公办，要陆强回去协助调查。

卢茵心跳不止，两只手不约而同地抓住他的手。

陆强沉了沉眸：“什么事？”

便衣说：“十号那天发生一起凶杀案，希望你能配合我们的调查，跟我们走一趟。”

陆强明显感觉他拉着的手抖了下，他回头看她，卢茵神色慌张，难以置信地摇摇头，嘴唇已经干出细纹。

陆强捏捏她的手，转头问：“什么凶杀案？跟我有什么关系？”

便衣口气不太好：“别问这么多，回去会有人给你做笔录。”

陆强瞟一眼那人，去看卢茵，她的嘴唇咬得煞白，手已经出了汗，指尖冰凉。

“没事儿，”他笑着说，“这么没用呢，协助调查，多大点儿事啊。也许是找目击证人什么的。”

卢茵知道他在安慰她，双腿发颤：“陆强，这到底是怎么回事？”

他拿手背碰碰她的脸颊：“我去看一眼，你回家，晚上自己吃，冰箱里还有昨天买的菜。”

卢茵根本没从惊吓中缓过来，没听进去，被他拉住往前送了几步，她机械地回头，小声问：“……那你什么时候回来？”

“晚一点儿。”

“我也想去。”

他一皱眉，压低说：“回去，赶紧。”

陆强的手掌放她的后脑勺上，轻轻送出去，看她慢慢地往小区里面走。

卢茵的步子都是虚的，频频地回头张望。陆强抬了抬下巴，冲她泰然自若地勾唇角，卢茵嘴唇僵硬，也试图挤出一个笑。

她的身影终于消失，陆强随那几个便衣上了车，想当年进出警局是家常便饭，这套流程他太熟悉。虽然他感到疑惑，但问了他们也未必会说，于是一路沉默。

他被带到单独的审讯室，对面一张桌子，两把座椅，桌上有电脑和茶杯，屋子里空荡荡的，旁边是一台摄录机。等了大概十分钟，有两名警员进来，抱着厚厚的资料，分别在桌上摊开。

两人低语一阵，慢悠悠地喝几口茶水，其中一人在本子上写着什么，侧头应话。

陆强冷冷扫了眼，脊背滑下几分，两腿叉开，舒服地靠着。

两人聊了几分钟，终于进入正题，一个询问，一个记录，面目立即变得威严肃立。

刚开始是些基础信息，陆强一一答了。

警员问："五月十号凌晨两点到五点之间你在哪里？"

陆强回忆了下："在家。"

"在家干什么？"

陆强一挑眉："睡觉。"

"谁能证明？"

"我媳妇。"

对面警员抬头看陆强一眼："还有没有别人能证明？"

"没有。"

"财富豪为酒店你知道吗？"

陆强神思一顿，突然抬头："庐州道上那个？"

"你去过？"

陆强有种不好的预感，隐隐知道叫他来和什么事有关："知道，但没进去过。"

警员拿锐利的眼神打量陆强，想从他的表情中发现一丝破绽。陆强从容不迫，回视警员的目光。

隔了几秒，对方收回视线，在一沓文件里翻了片刻，朝陆强亮出一张照片："这个人你认不认识？"

照片里是个年轻的女孩，穿一件蓝色高领毛衣，短头发，下巴尖翘，表情淡淡的，没有笑。

陆强唇线绷直："她怎么了？"

警员一拍桌子："正面回答问题，认不认识？"

陆强回答："认识。"

"你和她是什么关系？"

陆强又重复一遍："只认识。"

警员放下照片，往后靠了靠："单纯认识这么简单？你在我们这里有案底，六年前，你曾犯过强奸罪，当时的受害者就是照片上的人。"

警员点点桌面："老实交代，十号晚上两点到五点之间你在干什么？"

陆强说："在家睡觉。"

警员面目严肃几分："你别撒谎，你当时在哪儿，我们随便调个监控就能知道。"

陆强说："随便。"

警员冷哼一声，审问这种思维冷静的嫌疑人很费头脑，他扔了笔，直接从脚边篮筐里取证物，证物外面用塑料袋密封，警员掐住一角："这个你见没见过？"

陆强看过去，那是把折叠伞，伞面纯黑，伞柄是原木色。他眸色微沉："是我的。"

警员放下，又举起另一件："这个呢？"

袋子里是个塑料打火机，绿色的，上面沾一块黑色的墨印。陆强承认："我的。"

警员举起最后一件，也不问陆强了："这烟盒上面也有你的指纹。"

警员终于找到破绽，眼神泛光："你刚才说没去过财富豪为酒店，但这些证物是从1202房间找到的，鉴证科已经验过，上面大大小小均有你的指纹。"

警员步步紧逼："你怎么解释？"

卢茵一下午在煎熬中度过，晚饭没心情吃，坐在沙发里，眼睛盯着墙上的挂钟。她从小到大没遇过这样的事，认识陆强以前，警局的大门都没踏进过。凶杀案这几个字一直徘徊在脑海里，她相信陆强什么也没做，但他现在人在警局，她坐立难安。

等到晚上十点，陆强还没有回来，打他电话，仍然关机。

卢茵像热锅上的蚂蚁，心中慌乱，怎么都坐不住，又等了一刻钟，她抓了件外套，开车出门。

这个时间，审讯大厅里仍然有人办公，卢茵站门口踮脚张望，并未看见陆强的身影，她随便问一个警员，警员并不知道陆强是谁。

她在走廊靠墙站着。

警员进出了几次，忍不住好心提醒她："如果是被带回来审问的，可能在二楼的独立审讯室，这个时间就四审好像还有人。"

卢茵道谢，话音儿刚落，人已经往楼上走。

警员伸着脖子喊："你只能在走廊等着，里面进不去。"

看了半晌，人影消失，没有人给他回应。

卢茵找到四审，在走廊倒数第二间。一整面墙上都没有窗，只有几扇暗红色的防盗门，对面一溜长条凳，头顶是惨白的节能灯。

走廊里静得过分，能听见她鞋跟磕在地面的声音。

卢茵用右手握住左手，缓慢地调匀呼吸，她往后退了两步，坐在后面座椅上。她不知道里面是不是陆强，虽然做不了什么，在这儿守着，总比在家里安心许多。

大概十分钟，走廊里响起窸窣的说话声，夹杂零散的脚步。卢茵侧头看去，楼梯上拐过来两个人，说着话，正往这方向来。

走在前面的是位老者，腋下夹着保温杯，背着手，步伐稳健。卢茵目光偏移，落在后面女警身上。

她眼睛一亮，不由自主地起身，往前迎过去。

老邢看了卢茵一眼，没在意，直接敲几下四审的防盗门。

卢茵拦住谭薇：“谭警官，能碰见你就好了。”

谭薇两手插着裤袋，眼神一顿，打量片刻：“你是哪位？”

“我是陆强的……”

卢茵顿了顿，不太好意思，只说：“我是他女朋友。”

谭薇抬着下巴，像是回忆，然后了然地哦了声：“想起来了。”

卢茵这会儿没心思研究谭薇的表情，赶紧问：“请问，这里面的人是陆强吗？”

谭薇淡淡地看她：“是。”

卢茵心沉下一半，攥了攥拳：“他今天被几个警察带过来，说要调查一起凶杀案。请问一下，方便告诉我到底是怎么回事吗？”

谭薇笑了声：“哟，这我可不敢说。”

卢茵微微皱眉。

谭薇说：“上次告诉你那件事，陆强差点把我杀了，我可不敢再多嘴。”

卢茵抿抿唇：“抱歉。”

谭薇笑了笑：“你有什么错，道哪门子歉啊？”

卢茵不想跟她说别的，直接问：“审讯多久结束？陆强他什么时候能走？”

谭薇说：“要看他怎么交代了，没他事儿随时走，有他事儿……”

谭薇顿了下，撇撇嘴：“难说。”

卢茵心里咯噔一下，还要再问两句。

谭薇敲几下防盗门：“回家等着吧，你也不能在这挨一宿啊？”

“我能见见他吗？”

里面有人开了门，谭薇说：“不能。”

卢茵紧走几步，门的缝隙开得并不大，有微弱的黄光从里面溢出来，她看到一张桌子，旁边摄录机的红点一晃而过。几秒的时间，她的目光快速搜索，落在对面的椅子上。

那当中坐着个高大男人，懒散地靠着椅背，两肩松垮地垂着，手掌搭在双腿间。

卢茵的视线移上去，看见他的脸，他正侧着头，也往这方向看过来。

目光相触，下一秒，防盗门砰一声闭合。

卢茵迈了两步，手掌搭在门板上，走廊里瞬间恢复安静，只剩头顶凄白的灯光。

老邢进了审讯室，里面两个警员站起来，其中一个问："邢队，查到了吗？"

老邢把保温杯搁在桌角，脱了外套搭在椅背上，他点点头："两点就回去了。你们收拾收拾就撤吧，剩下的我和谭薇来。"

警员神色失望，看来案子还有的查。他们把桌上的资料拾了拾，恰巧谭薇敲门，警员和谭薇打了声招呼，错身离开。

谭薇关了门，两手仍插回裤袋里，在旁边站了片刻，看一眼面前男人。

陆强侧着头，正往谭薇的方向看过来，却不是在看谭薇，眼睛紧紧地盯着闭合的防盗门，眸色暗沉。

谭薇横移一步，挡住他的视线。

陆强眼神晃动，瞟谭薇一眼，摆正头，又恢复到原来的状态。

老邢递过来一杯水，陆强没接，挑起眼皮："问完了吗？我什么时候能走？"

手中的纸杯在陆强的面前举了片刻，老邢收回手，走到桌子后面坐好，谭薇也过去提笔记录。

老邢沉默一会儿，问道："五月十号凌晨两点到五点之间，财富豪为酒店1202房间，有一名中国籍女子疑似被人谋杀，今年26岁，在优瑞科技工作。”

陆强看着他。

老邢说：“这人你认识。她是吴琼。”

陆强神色仍旧未动，看着老邢。谭薇点点桌面：“陆强，跟你说话，你听见了吗？”

老邢拍拍她的胳膊，叫她少安毋躁，靠向椅背，也没催促。

过了会儿，陆强挪开视线。

老邢过去递给他一支烟，陆强看了看，这次接了。

陆强就着老邢的手把火儿点着，深深吸一口。老邢自己也点了一支，靠在桌上慢慢抽。

一时间，密闭的审讯室里烟雾缭绕。

陆强这支烟下得很快，老邢问：“再给你来一支？”

陆强：“不用。”

老邢直截了当：“我们查过你家小区的监控录像，上面显示，十号凌晨一点零三分你曾出去过，当天凌晨两点你打车回来，再次出门是上午十点整。”

老邢掐了烟：“被害者吴琼的死亡时间，大概在十号凌晨三点。时间上不吻合，你基本可以洗脱嫌疑。”

老邢接着说：“我没卖关子，查到什么，一五一十地告诉你，是希望我们之间有最起码的信任，你能配合我们调查。”

陆强抱着手臂，看了他一眼。

老邢说：“我们在1202房间找到附有你指纹的打火机和雨伞，你能解释解释吗？”

片刻，陆强说：“我之前见过吴琼。”

老邢蹙眉，和谭微对视一眼：“你是说，凌晨一点到两点之间你出门，是去见了吴琼？”

“对。”

“东西是你给她的？”

陆强说：“当时下着雨，她没打伞，我把自己的伞给她用。烟和火机也是她借去的，后来我没要。”

老邢沉思片刻：“也就是说，很有可能，你是吴琼死前，除犯罪嫌疑人以外，最后见到她的？”

陆强沉默，没有答话。

老邢问：“你们在哪里见的面？”

“街角服饰店的门口。”

老邢神色一顿，朝谭薇抬抬下巴，让她仔细记录好。

“你们说了什么？”

“什么也没说。”

老邢看着他，拧开保温杯喝了口茶，笑了声：“半夜见面，什么都没说？”

陆强说：“她之前有话对我说，后来见到，又没话了。”

老邢一双犀利的眼紧紧盯着他，陆强神色自若。

半晌，老邢问：“吴琼没说她要去哪儿？”

陆强沉默片刻：“没有。”

“她情绪怎么样？”

“天太黑，我没注意。”

“那你们干什么了？”

“抽了几根烟，待了不到十分钟。”

这段谈话没问出什么，陆强的回答过于简单，根本听不出是真还是假。

谭薇不由得冷哼：“我不信你们什么都没说，黑天半夜就为见一面？你们到底是什么关系？”

陆强垂着头，理都没理她。

谭薇被忽视，扔了手中的笔：“你这什么态度？不配合警方调查，知不知道我们有权拘留你！”

“谭薇！”老邢慈声阻止。

老邢又说：“今天就到这儿吧。谭薇你整理一下笔录，去查查街角的监控。”

他转头对陆强说：“陆强，可以走了，感谢你的配合。但在案子查清以前，你最好不要离开漳州，我们需要随时请你回来问话。”

陆强站起身，冲他点一下头。

他多一分钟都不想待，急不可耐地开门出去。

已经过了凌晨，警局里的人走得差不多，大灯关了，只留下几盏壁灯。走廊里昏暗无声，尽头漆黑，窗外半点光亮也透不进来。

陆强一眼瞧见长椅上坐的人。她一手环在胸前，另一只手肘撑在手腕上，手掌盖住额头，低垂脑袋，似乎睡着了。

她的身形很小，静静窝在冷硬的座椅里，外套也单薄，长裤下露着细细的脚踝，一动也不动。

陆强的视线别开片刻，舔了舔下唇，他两拳握紧，站了两秒才抬步往她的身前去。

卢茵只是浅寐，隐隐感觉到一股温热的气息靠近，有人手指覆上她的头顶摸了摸，她一颤，登时睁开眼，紧跟着就要站起来。

肩膀上压下一双手，陆强蹲在她身前，柔声问：“睡着了？”

卢茵慌乱中认清是他，眼睛一亮：“你没事了吗？”

陆强没答，咬牙佯装发狠，刮一下她的鼻头，温声呵斥：“想造反是不是。大晚上谁让你跑来的？”

两人的距离很近，陆强脚尖着地，脚跟微微悬着，蹲在她的身前，比她还要高一点儿。

她紧紧盯着他，一句话也说不出来。

陆强倾身亲她的额头：“傻了？”他逗她一句，脱下外套，把卢茵整个裹住，手臂用力，夹着她一并站起来。

陆强问：“车在外面？”

卢茵缩在他的怀里，低低地嗯了声。紧绷的神经一下子松懈，双脚脱力般走不动。

夜晚比白天气温低很多，狡猾的冷风直往裤腿里钻。

开了车门，陆强把她送进驾驶位，自己快步绕过去，坐去副驾驶。

卢茵打了两次火，她握着方向盘，往家的方向开。

车厢里没开灯，陆强侧头看她一眼，把空调打开，手背贴着出风口，没多会儿，温热的暖风源源不断地吹出来。

陆强调整风向："还冷不冷？"

卢茵眼睛盯着前面。

他看过去，她的脸孔被路灯晃得一时明一时暗。陆强手掌覆上她的后脖颈："晚上吃饭了吗？"

卢茵抿紧唇，仍然目不斜视。

陆强看了眼前面，又掉转回视线："让你担心了，茵茵。"

她有满腹委屈与担心急需发泄，他不说这话倒还好，控制一路的情绪被他逼出来，鼻腔发酸，眼泪忍也忍不住，她觉得自己很没用。

轻轻眨眼睛，眼泪不少反多，她拼命地克制，陆强还看着呢。

恰好行过市中心商业区，车窗外灯火通明，幽暗的光亮映进她的眼里，陆强心一跳，她颈后的手掌不由得捏紧。

卢茵吸吸鼻子，眼前越来越模糊，像雨幕一样阻隔了车窗。

陆强轻哄："别哭。"

她看不清路，手一歪，车子在马路上划了条弧线。

陆强沉眸："卢茵，先靠边儿停车。"

卢茵听了他的话，打右闪，在僻静的路边拉下手刹。

陆强扭亮车灯，扳过她的双肩，不大的脸上挂满泪，她紧紧咬住下唇，努力不发出声音来。

他的胸口被狠狠揪住，感觉车厢里闷得令他快要窒息。他提着她的腋下，把卢茵从驾驶位抱出来，横搁在自己腿上，收紧双臂，让她窝进自己的胸口，俯身拿唇贴她的额头："害怕了？"

卢茵细细地抽泣。

陆强叹口气，缓慢地说："我又什么都没干，你怕什么？"

她的眼泪鼻涕都蹭在他的胸口，陆强捏起她的下巴，唇覆上去，尝到了涩涩的味道。

车厢里很安静，偶尔有车从后方嗖一下开过去。陆强关了头顶灯，视线乍然漆黑，他捏着她下巴的手轻轻抬高，把她的唇送到嘴边，一口含住，温柔地亲吻。

卢茵略微挣扎，便被他攫住后脑，更深刻认真地吞没。他的吻里带着不易察觉的讨好，小心翼翼地取悦她，不似平时凶猛地长驱直入，而是带着她的唇瓣浅浅地吸吻。

她的头脑一片混乱，忘了哭，甚至忘记两人为什么会吻在一起。

气息微乱，陆强离开寸许，把她的手贴在自己的脸颊："摸摸看，我在这儿呢，还怕吗？"

她的手指冰凉，陆强拉到唇边贴了贴："对不起。"这三个字带着无奈的叹息，还有对她无能为力的歉意。

卢茵心中一软，万分后悔自己的失态，赶紧抹了把眼尾，从他的身上坐正些，摇头说："不怕了。"

她主动亲亲他："晚上吃饭了吗？"

"没有。"他也问，"你呢？"

"没。"

"那回家做给你吃？"

她又靠回他的胸口："还是我做吧。"

两人在路边耽搁了会儿，卢茵的情绪稳定，突然想起问正事儿："他们说的凶杀案到底怎么回事？"

陆强的脑袋靠着椅背，半合双目，过了好一会儿，她才听到他的声音："吴琼死了。"

卢茵讶异地张大口，时间流走，她很久也没说出一句话。

事情告一段落，陆强过了半个月平稳日子。

老邢电话在这天中午打来，没有去审讯室，他约了间茶室，跟陆强在外头见面。

陆强本意不想去，挨不住老邢亲自来请。

老邢爱喝茶，偏爱色重味浓的乌龙，叫了壶上等大红袍，热气蒸腾间，满室茶香。

他给陆强斟了半杯，拿食指推过去。

陆强低头扫了眼，没动："有话直说，我没时间在这儿耗着。"

老邢笑笑，端起茶杯浅抿一口才道："街角的录像我们查过，证实你没说谎。"

他看陆强一眼："上面清晰地记录了你给吴琼打火机和雨伞，整段儿视频七分二十三秒，吴琼独自离开，你在原地站了一分钟，才往相反方向打车走。我们又按照你说的行迹路线调了路边监控，你中途没去其他的地方，二十四分钟后，出租车出现在你家小区门口，你下了车，直到上午十点才和另外一个女人出来。"

陆强静静地听老邢叙述完，不知道他这番话的用意是什么，所以没搭茬。

老邢说："那天我看见有人带吴琼进了酒店。是谁杀了她，其实你我心里都很明白，是不是？"

知道陆强不会回答，老邢低下头，慢慢地喝杯中的浓茶。旁边水壶咕嘟冒泡，有白烟顺壶嘴顶出来。

安静了片刻，老邢说："我们转天中午十二点接到报案，由于到时间她没有退房，服务员才上去查看，因此才发现了吴琼的尸体。"

"而在这之前，据相关负责人说，上午十点钟，酒店发生一点儿小故障，机房电线损毁，停电十分钟。令人诧异的是，酒店连续三天的监控记录全部消失。房间明显被人动过手脚，提取不到任何可疑的指纹，凶器不翼而飞，连半片毛发都找不到。"

老邢转了转茶杯："前台登记是邱震的身份证号，这几乎成为案件唯一线索，可我们的人找他回来问话，你猜他怎么说？"

陆强挑了挑眉。

老邢盯着他说道："邱震说，他的身份证已经丢失一个月，财富豪为的房间并非他所开。”

陆强垂眸听完，手指在桌面点了点：“这是警方的内部机密，现在可以公开了？”

老邢笑笑：“说我心急也好，能力不够也罢，万不得已，我不张这个口。”

“恐怕你找错人了。”

老邢说：“和七年前的案件相同，你替人顶罪大家心知肚明，但苦于没有证据，把他放走，在国外一待就是六年。我不知道你们其中恩怨，但你有没有想过，这对一个无辜的小姑娘公平不公平？这是条人命，如果这次放他走，很可能他马上离开漳州，再也不回来。这案子破不了，吴琼永远也得不到安息。”

陆强点了根烟，嘴里发出缓缓的呼气声：“你想怎么样？”

老邢沉默好一会儿，抬起头：“澄清七年前的事，拖住他，一年半载，我不相信找不出证据来。”

与此同时，城市的另一边，邱家别墅里。

陈胜大喇喇地靠着沙发，抬头瞥一眼邱世祖。

邱世祖双腿搭在桌角，手里夹一根雪茄，他半天没抽：“门外最近还有警察守着吗？”

陈胜说：“一直都有。”

“他们掌握多少证据？”

“应该不知道什么。”

邱世祖满意地点头，目光落在远处的餐厅上：“小震说，那晚那姑娘见过陆强？”

陈胜点头说是。

邱世祖靠回椅背，眼神迸射冷光，数秒后，交代说：“去查查怎么回事。”

陈胜刚想应声，楼上突然传来一声响动，两人齐齐地往那方向看过去。没多会儿，用人端着托盘，慌张失措地从上面走下来。

邱世祖问："什么事，顾姐？"

顾姐说："小震把碟子打翻了。我这就过去清理。"

邱世祖皱眉头："你先回去。"他冲陈胜说，接着快步往楼上走。

楼上房间窗帘拉得严实，正午阳光充足，但丝毫照不进来。屋里没有开灯，漆黑不见五指。

邱世祖推开卧室的门，刚抬步，就踩到破碎的碟片，脚底发出轻微的挫响。他顿一顿，脚掌转了个方向，落在平地上。房间静得诡异，细细听，才能辨别大床方向传来短促的呼吸声。

邱世祖压下心头怒气，按亮顶灯。

邱震抱臂侧躺着，双目紧闭，灯打开那一瞬间，眉头不可察觉地皱了下。

"关了。"邱震声音嘶哑。

邱世祖走进来："你要睡到什么时候？"

半刻，邱震睁眼，下意识地抬臂，遮住惨白刺眼的光线："不睡干什么？"

"没人限制你自由，怎么总是闷在屋子里，震天娱乐的事情还少吗？"

没得到回应，邱世祖又道："晚上约了陈老板，你是不是忘了？赶紧起来收拾一下，我让司机去下面等你。"

邱震说："让别人去。"

"你……"邱世祖气得说不出话，在外头素来雷厉风行，他说一，别人不敢说二，吩咐下去的事情没人敢忤逆，但此刻面对自己的儿子，却越发束手无策。

邱世祖两手掐在腰间，在床边冷静好一会儿："小震，你不要过分担心那件事，已经过去很久，警察方面根本没掌握到什么线索。那姑娘的死也不要太内疚，毕竟是过失……"

邱震的呼吸失衡几秒，倏忽翻身，拿后背对着他。连日下来，邱震很少进食，原本高大的背影瘦削几分，他这些天什么都不做，大多时间用来睡觉，更像个废人。

“小震，你别怕。”邱世祖撑住膝盖，缓慢坐下，“爸就你这么一个儿子，就算拼了这条老命，也不会让你吃牢饭。所以你大可放心，以前什么样还什么样，爸都帮你安排好了，不必消沉。”

邱世祖说完，房间就突然静下来，张了张口，还想说话的时候，邱震道：“出去顺便把门带上。”

显然这些话邱震不想继续听，脸往枕头里埋了埋，闭上眼，准备入睡。

邱世祖侧头看着那道背影，枯坐一阵，突然想到一种可能：“小震，跟爸说，你现在这副德行，是不是对那姑娘来真的？”

邱震的后背一僵，随后剧烈起伏，枕头挥手扔过来，歇斯底里：“出去。”

邱世祖吸了口气，怕邱震情绪太激动，怒气忍了下来。待走到门口，他无情道：“人已经死了，我不管你有什么想法，给我尽快调整回来，我邱世祖的儿子不是窝囊废，女人有的是，别在这为个死人半死不活。”

话毕，房门砰一声关严，邱世祖顺手关了灯，一切恢复如初，密闭空间再次陷入死寂。他的心脏突如其来一阵绞痛，黑暗里仿佛出现了一个人的影子，邱震的呼吸停滞，蓦然睁开眼，一眨不眨，绝望茫然地盯着前方。

0852

All this is fate

第八章　崩溃

陆强和卢茵的婚期还剩一周，天气已然进入盛夏，闷热难耐。

乡下结婚讲究不少，陆强嫌烦，打算一切从简，被钱媛青臭骂了一顿。

两人抽时间去订礼服，乡下地方，婚纱用不上，为图个喜气，卢茵打算选一条旗袍。工作的缘故，她认识一位婚纱设计师，在风情街开了间私人定制会所，是个男人，但举手投足间，颇带一股阴柔范儿。这位设计师在业内小有名气，找他定制婚纱须提前两个月以上。

因为相熟，设计师便行了个方便，但定做新款式仍旧来不及，卢茵身材标准骨架小，他准备选几件做好的样品给她试穿。

会所百十来平方米，分上下两层。他们去时只有两个店员为顾客试衣服，卢茵来过两次，直接拉着陆强上二楼。楼上不如下面装修奢华，基本是他的工作间，一张通长的木桌，上面铺满各种设计稿，旁边立着模特架子，婚纱刚做一半，雪白蕾丝零零落落地挂在身上。

卢茵站在楼梯口："Beat！"

男人从画稿里抬起头，看是卢茵，放下手里东西迎过来，目光落在陆强身上几秒，上上下下看一遍。

陆强穿汗衫和收口休闲裤，脚上还是双老布鞋，但质感样式比去年高档许多。这一身都是卢茵选的，汗衫布料柔软贴合，隐现胸部的两块肌肉，肩头尺寸刚好，裹住有力壮硕的胳膊。休闲裤是黑色，松紧裤腰省去腰带，收口卡在脚踝。他没穿袜子，直接蹬了双浅口布鞋。

陆强过去不文雅，是不加修饰的随意，相反，现在有种粗野的精雕细琢。他的品位提升全拜身边这位女人所赐，既凸显他身上阳刚健康的一面，又活得更加细致。

这两人站一块儿，中间隔开半臂距离，举止没多亲密，可就是有种道不明的亲密黏腻。

Beat来回看两眼，道："茵茵，这是你老公？"

卢茵哦了下，立即介绍："他叫陆强。"

Beat转向陆强，伸出手，面带笑容地道："叫我Beat就行。"

陆强插兜站着，垂眼扫扫他白嫩的手，一挑眼皮："逼什么？"

卢茵吸一口气，拿胳膊撞他，满怀歉意地看了Beat一眼。对方局促地笑笑，收回手："罗胜楠。中文名。"

在门口寒暄几句，把陆强请到试衣镜对面沙发坐下，Beat为卢茵挑选了几件红色旗袍，叫她拿去里面试穿。

Beat想和陆强随便聊聊，回过头，发现根本没自己坐的位置。陆强抱着手臂，两腿叉得大开，几乎占据整个沙发。

他在原地犹豫片刻，走过去，贴着沙发扶手坐着。

他找话题聊了两句，陆强爱答不理，到最后，只能把目光落在试衣间门上。

卢茵刚开始试了几件，陆强都说不好，不是嫌腰太细，就嫌胸口莫名开个洞，或是裙子两侧是高开衩，整条大腿都快露出来。

卢茵失了兴致，敷衍地试了最后一条。

她踩着高跟鞋出来，陆强看过去，挑一下眉。

这件不是无袖，对襟高领的款式，但腰还是太细，下摆同样短，却比之前几件好很多，最起码不开衩不露胸。

旗袍合身，把她细腰的优点体现出来，双腿笔直，脚踝纤细柔弱。

连Beat都看呆了。

“这件好，很显茵茵气质，大小也合适，合着给你量身定做的啊！”Beat兴奋得忘乎所以，拍拍陆强，把手自然搭在他的肩上。

陆强斜睨着Beat，一抖肩，把他的手甩出去，冲卢茵抬下巴：“转个身看看。”

卢茵扯扯裙摆，听话地缓慢旋转，把后背亮给陆强。她在镜中看见自己的样子，也一时有些惊艳。

却见后面男人皱紧眉，啧了声，手从抱着的胳膊间抽出来，指挥两下，意思让她换掉。她的整个后背没有一块完整的布料，都是红色欧根纱，又薄又露，低至腰线，脊柱那条浅浅的凹陷都能清楚看见。

卢茵退回更衣间，陆强问：“你这儿有没有正经的衣服？”

“……”

Beat又给卢茵选了一件，不是传统意义的旗袍，经过改良，下摆有个蓬松的弧度，上身也端庄大方。

最后选了这件。

陆强掏出钱夹付钱，他目光瞟向更衣室的方向：“刚才那个也捎着。”

卢茵纳闷：“不是说不好吗？”

陆强意味深长地笑笑，耳语说：“留着今晚穿。”

卢茵的脸颊登时火烧火燎，往他的腰上掐了把。

陆强一跳，犹如百爪挠心，他拿口型对她说脏话，碍于外人在，给她留几分面子，没有报复。

卢茵挑挑眉，终于占一次上风。

和Beat道谢后，两人离开。

穿过古老幽静的小路，卢茵牵住他的手，晃了晃：“你是不是对Beat有意见？”

陆强自然握住：“还想问你，哪儿认识这么个不男不女的？”

“人怎么就不男不女了，只是举止文雅了点儿。”

陆强呵了声：“行不行的两说，就那德行，等着让人搞。”

卢茵脚步一顿：“你……”

她扔开他的手：“你是不是变态？”她气咻咻地不理他，快步走起来，辫子在脑后左右乱颤。

陆强看着她的背影，手指挠挠额头，刚想跟上去，兜里手机振了起来。

他拿出扫了眼，不禁皱眉。电话号码是老邢的，这段时间打过几次，后来陆强不接。

老邢也去过保安亭，陆强态度挺坚决的，他不想惹麻烦，更何况不止澄清这么简单。

他现在不能和卢茵分开，哪怕一分一秒也舍不得。

卢茵走出一段儿，发现陆强没跟过来，回头看，他站在原地，松散地低着头，一下下掂着手里的电话。

她叫了他一声。

陆强抬头，一顿，在屏幕上按了几下，揣兜里，向她的方向走过来。

这条路出去是繁华地段，时间已经下午三四点，他们找地方吃饭，陆强待会儿要换班。

商场外面一溜儿的底商，有的新开业，锣鼓喧天。

他们过去凑个热闹，是一家文身店，门口聚满了人，有师傅在纸上表演精湛的画功，下笔流畅，图样复杂霸气。

这种招揽顾客的方式很新颖，卢茵忍不住多看了会儿。

陆强站在她的身后，像一堵墙，很好地为她隔开人群。微微弓身，贴着她的耳朵大声说：“这东西我也会。”

卢茵往后仰头：“真的？”

“从老家刚出来那年，在文身店当打杂小弟，会简单的。”

卢茵笑眼弯弯，踮脚仰头。陆强低垂脖颈，将就她的身高，贴近她的唇。卢茵说：“我不信，你还有这种技能？”

陆强挑眉：“哪天给你来一个，你就信了。”

卢茵知道这是玩笑，就问：“那要文什么图案呢？”

他突然轻咬一下她的耳尖，双唇贴紧那个小小的洞，不让她躲：“陆强的陆，就文你屁股蛋儿上。”

一股电流在她的颈后乱蹿，卢茵缩脖躲闪：“我又不是牲口。”

他暧昧至极：“你不就是我的小牲口吗？”

卢茵脸热，顶了句：“那把你天天坐屁股下面？”

陆强道：“求之不得。”

卢茵反应几秒，突然明白他是什么意思，震天的锣鼓声都变成嗡嗡杂音，在她的耳边鸣响。

都怪她段数不够，被逗弄完只好乖乖地闭了嘴。

又看没多会儿，陆强拨开人群，带卢茵出来。在商场五楼吃的日式料理，她撑得走不动道儿，陆强还好，基本没动几筷。卢茵喜欢，但他吃不惯小日本儿那一套，还不如馒头就咸菜。

饭后他们在商场转了转，买一些新居用品，等消化差不多，才开车往回走。

一路开回小区，卢茵把他放在门口岗亭，下车前，陆强扯过她的身体，一通深吻，卢茵咬了他一下，才停止。

他下车，还没站稳，卢茵一脚油门踩出去。

陆强目送车尾消失，抬手摩挲一阵嘴唇。

后面一道懒散声音：“哟！够激情了。”

陆强没动，听出那道声线，皱紧眉。

接替老李的农村孩子跑过来：“哥，那人说找你，都在这儿等半天了。”

陆强点头：“下班回去吃饭吧。”

“哎！”

陈胜从长椅上站起来，掐灭了烟：“还真是贵人事忙，以为干什么去了，原来忙着泡妞呢。”

他往车子消失的方向看了眼：“长得不错啊，哪儿找的？”

刚才车窗是开着的，卢茵的样貌，陈胜看得很清楚。

陆强瞳孔微缩：“有事？”

“不欢迎？”陈胜嗤笑，“以为我愿意呢，邱老交代的。”

陆强没应声，回岗亭换上制服，陈胜跟过来：“邱老不方便和你碰面，发生什么事你清楚。不绕弯子，手机呢，给我吧？”

陆强：“什么手机？”

陈胜扫他一眼。曾经他们同时跟着邱世祖，一块儿进的巢会，明明自己脑筋更灵活，可偏不受重用。陆强光有一身蛮力和不要命的劲头，却得到邱世祖的赏识。

他原先顾忌陆强的地位，但上次夜晚的偷袭，陆强变得跟脓包似的。打那以后，陈胜更一门心思地想把陆强彻底制服。

陈胜吼道：“别装蒜，我要你手机。”

陆强手机设置的自动录音，那晚吴琼给他打电话全程录下来，虽然没什么重要内容，却能证明是吴琼拿着邱震的手机打的。案发之前，吴琼拿着邱震的手机，这点对邱震并不利。邱世祖虽然不知道陆强设置的功能，但必须消灭一切可能证据，保证邱震的安全。

陆强说：“前几天进水，给扔了。”

陈胜气急败坏：“警告你，别跟我在这耍花样，对你一点好处都没有。”

陆强目光平静，淡淡说：“真扔了。”

陈胜低骂一句，两人块头差距很大，为掩人耳目，他没敢带人来。论单打独斗，他占不到半点儿上风，更不敢贸然去陆强身上抢。

陆强换好衣服，在值班表上画了几笔，该干什么干什么。

陈胜冷眼瞥着他，脑筋一晃，突然笑了笑，没有强求，只接着问：“听说你最近跟个老刑警走得挺近？”

陆强手一顿，没接话。

陈胜说：“你交友面儿还挺广的，都跟条子混一起了？邱老让我点你一句，不该说的别说，不该做的更别做。”说完冷哼一声，踢开脚边凳子，往小区外面走。

陆强手撑木桌边缘，低垂头。他扔了笔，转着脖颈往门外看一眼：“等会儿。”

陈胜站住。

陆强直起身：“跟邱老说一声， 陆强一心过好小日子，请他放心，我什么都不知道。陆强说话算话，今天敢下保证就不会食言，他应该了解我的为人。”

陈胜拿眼尾瞥他，扯扯唇角，开车走了。

车子一路开到会馆门口。

邱世祖在后院泡温泉，池边放着水烟和红酒，他的胳膊搭在两侧，闭眼养神。

陈胜半蹲半跪：“邱老。”

邱世祖懒洋洋地嗯了声，眯起眼：“回来了？强子怎么说？”

“他说手机不能给，他留着保命。”

邱世祖蓦地睁开眼，存有疑惑：“他真这么说？”

陈胜面色凝重，点点头：“我还打探到，他最近跟刑警队的邢维新走得很近，对方经常去找他。”

“邢维新？”

“就是六年前小震那事挑头儿的刑警，后来就他追着不放，没找着证据才算完。”

邱世祖问：“他俩凑一块儿能说什么？”

“不清楚。”

“那手机倒没多大用处，只怕……”邱世祖顿住，猜出大概。

陈胜说：“今天看他跟个女的在一起，听说他前段儿领证了，看来就是他那小媳妇。”

邱世祖抬眼看他："你什么意思？"

陈胜勾唇，头埋下几分："瞧他对那小媳妇还挺重视的，要不搞点事情警告警告他？"

邱世祖沉默半晌："你看着办吧。"他慢慢晃动手中高脚杯，末了来了句，"注意分寸。"

陈胜一笑，应了声是，冲邱世祖颔首后起身告辞了。

邱世祖仰靠在池子边，刚合上眼，旁边有人轻唤一声："邱老，电话。"旁边的人把手机贴至邱世祖的耳边。

没听几句，邱世祖双目突地睁开，一把夺过手机："你说什么？"

那边道："震哥不让我上车，他开自己那辆吉普出去的。"

"他那状态能开车！"邱世祖吼起来，"人去哪儿了？"

"去、去了震哥上大学的地方。"

"去那儿干什么？"

"不太清楚。"那边窘迫地答。

邱世祖的眼神阴鸷，胸膛剧烈起伏，一把挥掉池边的水烟和红酒："一群废物。"

转眼，钱媛青给定的日子马上就到，回去办喜事要请假一周。

卢茵手头有几个样本没完成，走之前必须交稿，所以事情积攒了不少。她连续两天加班到六七点，满身疲惫地开车回去。

好在陆强做好饭等她，好吃不好吃，总算有口热乎的，吃完基本瘫到床上，陆强也不用她干活，简单洗洗就睡。

虽然连续加班两天，但只搞完一个样本，卢茵有些心急。

这天到九点，陆强其间打来电话，说和根子他们在外面喝酒，问她几点结束。

卢茵看一眼时间，天色太晚，也想早点儿回家，便问了地址，顺便去接他。

陆强和根子几人吃露天烧烤，在七道街夜市上。

卢茵不太顺路，她查了下导航，定位后，跟着指示走。

这个时间车不算多，马路上空荡荡，她忍不住看一眼后视镜，踩了脚油门。

后面一辆黑色标致，似乎也跟着快起来，始终和她保持五米的距离。卢茵眯着眼睛，想努力看清他的车牌号。

不知是不是错觉，这车跟了她好几天，每次都在她家前面一个路口就转弯离开。

也或许这几天她太累，出现错觉也不奇怪。

一时神思有些飘忽，她从后视镜里收回视线，瞳孔微缩。

前面红灯处，一辆银灰色的轿车堪堪压住斑马线停稳。

卢茵猛踩刹车，和前车只差一两米，她刚呼一口气，只感觉身后受到巨大的冲力，砰一声闷响后，黑色标致擦着她的车身划过去。对方猛踩油门，声声轰鸣中，闯过红灯开走了。

卢茵手软脚软，恰巧红灯转成绿灯，她开了双闪停边儿上，坐着缓和一阵，才下车查看。

她到时比原定时间晚了会儿，陆强蹲路边等她，刚掏出手机，面前就有车鸣笛。

他抬眼皮，车窗开着，卢茵在里面向他摆手。

他两指捏着烟屁股，眯着眼吸满最后一口，在马路牙子上碾灭，低头看着，烟雾吹到脚边。

卢茵问："根子呢？"

陆强把裤腿放下："先回了。路上堵车？"

"没。"

他开车门，眼神一晃，往车身上扫了眼，左车屁股有点凹陷，一路剐蹭的痕迹很明显，一直延伸到后车门。

陆强问："怎么回事？"

卢茵也下来："刚才路上被人追尾，蹭到一点儿。"

"你伤没伤着？"

她赶紧摇头："就是吓了一大跳。"

陆强把她上下扫了遍，目光落回车上，他拿手指触了触："上车，我来开。"

卢茵乖乖听话，现在手心还在冒冷汗。

她系好安全带，咬咬唇："今天追尾那辆车，我觉得它跟了我好几天。"

陆强手指一紧，面上却没见变化，平淡道："想多了吧？"

"也可能。"卢茵鼓了下嘴，"最近太累，可能是幻觉。"

陆强把窗户降下来，车里还开着空调，晚风吹进来。

他不经意地问："看清车牌了？"

"尾号好像是756，我三百度散光，也不太敢确定。"

"没看清人？"

"车窗关着的。"

陆强没再问，一路沉默开回小区。

夜色深沉，路灯把两人的身影拉得很长，她高跟鞋嗒嗒脆响。陆强两手插着口袋，卢茵把手自觉地插进他的臂弯。

一片冰凉。

陆强牙齿兜住下唇，拿舌舔了舔："这几天还要这么晚？"

她点点头："还有三四个样本没弄完。"

"明天别开车了，晚上我接你。"

卢茵想起来："你什么时候去补考驾照？"

他没答，说："一两次查不着。"

接下来几天，卢茵没有开车，早上都挤公共汽车，下班时间虽然不可控制，但每次出来，家里的车都停在厂子门口。陆强两腿叠在方向盘上，半躺下来，玩手机打发时间。

连续几天的观察，他并没发现她说的那辆黑色标致，稍稍放心。

临走前头两晚，卢茵终于结束所有画稿，可以提前休假。她看了看腕表，七点刚过，外面尚未完全黑透。卢茵想了想，把画稿整理好，分门别类地放到主管办公桌上，背着包锁好门。

从厂门出来，陆强还没有到，她左顾右盼，刚好对面过来一辆的士，卢茵挥挥手，这边拿手机准备给陆强打个电话。

卢茵坐进副驾驶，报出地址，的士开了起来。

身后角落车灯一闪，一辆红色中型卡车诡异地滑上车道，轰一声鸣响，跟了上去。

电话响了几声才接通，那边根子在开车，陆强靠着椅背："多会儿完事？和根子吃个饭，他跟咱一块儿回老家。"

卢茵说："我在路上了，今天结束得早。"

陆强倏忽坐正，锁紧眉毛："怎么回来的？"

"打车。"

陆强眉间松开一道褶："我在去你厂里的路上，你到哪儿了？"

卢茵举着电话侧头。驾驶位一侧，一辆红色卡车冲过去，左转弯拐去龙景路。

前面红灯，的士师傅降速停车，卢茵看向路标："龙景路和张泉路的交口，在等红灯。"

陆强说："我也在张泉路上，还有两个路口，你叫师傅往前开。"

下个路口是围华路，绿灯还剩十几秒，师傅踩一脚油门，想开过去。

卢茵电话没挂，目光始终盯着对面的车道，她眯起眼，见远处一辆白色的轿车缓缓驶过来，便道："我好像看见你了，你别过路口，在那边停着吧。"

绿灯时间还剩九秒，卢茵把电话拿下来准备挂断，未料左侧路口车灯骤然大亮，眼前突然变成空盲的世界，什么也看不清。师傅方向盘一歪，两人同时抬臂遮挡，一个庞然大物不顾红灯，横冲直撞开过来。

耳边响起一声惊叫，她已不知道那声音是谁发出来的。随后重物袭击车门，一阵天旋地转，安全气囊弹开，震得她五脏俱裂。

耳边是玻璃破碎的声音，她脑袋混乱，感觉哪儿哪儿都疼，又感觉哪儿哪儿都不疼。眼前是倒置的街景，她右手在扶手上挣扎片刻，渐渐麻痹，无知觉地落在车窗外。

破碎的前车窗上鲜血淋漓，安全气囊挤压在胸口，上面一团浓稠的血块儿。她咳嗽了声，喉间滚烫，一股红色液体涌出来，模糊了双眼。

卢茵努力侧过头向外看，蒙眬的视野里，有个男人撞开路人，飞奔着向这个方向跑来。

根子车还没停稳，陆强便一步飞出去，几秒奔过红绿灯。

他双目猩红，连番撞开路人，有的跌下自行车，冲着他破口大骂。

耳边只有卢茵的尖叫，久久不断地剐着他的心窝。蓝色的士在卡车面前脆弱不堪，他眼看着车子被撞翻个儿，看卡车肇事后急速驶过。

他无能为力。

陆强怒吼一声："叫救护车。"

的士车身面目全非，车头散架，倒置着斜在路中央。

陆强找到副驾驶一侧，半跪下去。一只手臂垂挂在车窗外，他的额头青筋暴起，脸孔紫红，双手攥紧又分开，不敢碰她，最后缓慢地撑在地面上。

他半趴下，对着她的脸颊，轻轻唤："茵茵……"嗓子哑得只剩虚音儿。

卢茵半合双目，轻轻扫他一眼。

陆强贴近："哪儿疼，告诉我……"

卢茵张了张口，手指不自觉地抽搐一下。她头很晕，很累，想闭眼睡一会儿。

陆强把头钻进车窗，整个人匍匐在地上，头凑过去亲她的脸颊，满室血腥，陆强眼眶滚热："你给我……撑住了。"

他一抹眼睛，去看卢茵卡的位置。

驾驶室也有人涌过来解救。

卡车是从他的方向驶过来，卢茵卡得不深，左脚就吊在手刹附近。陆强探手进去，摸索她右脚的位置，夹缝只卡住鞋跟儿，他拖住她的脚心，把她右脚从鞋里顺出来。

“没事儿，没事儿，茵茵……”

他用力掐一把她的脸颊，颤声低吼：“卢茵，你给老子清醒点儿。”

卢茵被疼痛拉回几分神志，清醒了些，陆强离她咫尺之遥，面目痛苦狰狞，眼尾湿润。

他的手臂一撑跳起来，车门已经变形，他用双手握住，臂间根根经络像要爆开，肌肉绷到极限。

根子来帮忙，他吼：“去开车。”

根子一惊，连忙往马路对面跑。

陆强一股蛮力，硬生生把车门拽下来。

他护住她的头颈，另一手托着后腰，小心翼翼地给卢茵拽出来。

他们一路飞驰到医院，医生接过卢茵，马上进入手术室。

陆强浑身是血，气喘如牛，他两手撑着手术室的门，低垂的脑袋上，留下了不规则的血印子。

根子踟蹰良久，还是上前：“哥……你别太担心，嫂子不会有事的。”

陆强突然扯过根子的双肩，将他一把甩在对面墙壁上。

根子骇然，陆强眼中的凶光许久未见。

他死死地盯住根子，半刻后，身体顺着墙壁滑落，垂首蹲坐在墙角。

手术室的灯光持续不灭，他的手机突兀地响起来，是个陌生号码。

陆强眼底暗黑，感应到什么，迅速接起来。

那边低笑："听说嫂子出了点儿事，怎么样，死没死？"

陆强咬碎牙齿："是你？"

陈胜说："邱老的吩咐，给你个小小的警告，管住你的嘴。"

陆强的身体缓缓站起来，面部扭曲，瞳孔爆裂。他的手臂扬起，电话狠狠地掷向地面，震天响声里，他怒吼："啊——"

0852

All this is fate

第九章　参透生死

陆强一步蹿出去，带着满身煞气。

根子手疾眼快，这种时候他顾不上别的，从后面一把抱住陆强。

“强哥，强哥，你别去……”根子低声劝阻。

他的眼圈儿有些热，印象里陆强做事狠戾，但能分清轻重。他向来处事冷静，从没这样冲动过，现在一副誓死相搏的架势，根子不能不拦。

但他身材瘦小，勉强才能环住陆强的腰腹和手臂。陆强回肘一撞，根子就倒退了几步。

陆强魔障般往门口冲，他满眼愤怒，脸部的肌肉紧绷，手臂和前襟沾满血污，脸颊也有几滴。

根子稳住脚，提步再次追出去，转身拦在陆强身前，推他的胸口。

陆强速度变缓。

根子举起手臂挡住电梯门，态度坚决：“哥，我不能让你去。”

陆强说：“给我滚开。”

他梗着脖子：“不滚。”

陆强浑身紧绷地颤抖，上前揪起根子的前襟，声嘶力竭地低吼：“那畜生动了卢茵，知不知道？”

根子双脚离地，恐慌地盯着陆强。

陆强的眼眶通红：“躺在里面的那是我女人，我碰一下都怕她疼，你看她现在是什么德行？我非剐了陈胜。”

陆强一把把根子扔开，手掌拍在电梯按钮上。

根子急了，心底涌上一股气，低叫着冲过来拽住陆强的手臂，狠狠一抡，陆强竟被他拉离了门口。

“你哪儿也别想去！”

陆强冲根子左脸挥出一拳：“别等我先废你，滚。”

根子捂住脸，不知哪儿来的勇气，半跳起来击中陆强的下巴，全身重量压过去，推着陆强后背撞上墙壁。

根子激动地说：“你要是心疼她，现在就应该守在这儿，哪儿也别去！”

陆强的身体一僵，根子缓口气儿：“强哥，你先别冲动……”

陆强下意识地要挣脱，根子使劲抵了抵：“嫂子还在里面抢救呢，这时候你不能离开。一切都等她脱离危险再说，你想怎么对付陈胜，强哥，我和你一起。”

根子说到最后有些哽咽。

陆强挣开他，猛地回身，一拳砸在墙壁上，旁边窗户都震出颤音。

手术室的门突然打开，护士摘掉口罩，指着他们：“里面的人还想不想救？”

根子快速看看陆强，见他这会儿冷静不少，赶紧冲手术室走几步：“救，救，大夫一定要救活，多少钱我们都给。”

护士气急败坏：“要救你们出去打。”

“不打了，大夫，不打了……真是对不起。”

护士皱眉看看陆强，又扫扫根子：“保持肃静。”

“哎，好好……”

手术室的门再次关闭，走廊上空荡荡的，一瞬间静得诡秘。根子回头，陆强一屁股坐地上，埋着头，手掌盖住眼睛。

他揉揉脸，在原地站了片刻，蹭到椅子边儿坐下，没敢过去。

不出五分钟，电梯叮一声，随后是凌乱细碎的脚步声，后面救护车刚到，几名医生推着病床迅速跑进来，的士司机已经陷入昏迷，沾血的手掌搭到床沿外。

陆强抹把脸，拳攥紧，满眼赤红地见一伙人涌进手术室。

又过了十几分钟，没等电梯门打开，先听见女人哭号，二十几岁的年轻姑娘搀扶着中年妇人，跌跌撞撞地一路走过来。妇人半头白发，泣不成声，姑娘还穿着拖鞋睡衣，满面泪痕。

两人扑到门边，哭声撕心裂肺。

陆强手肘撑在膝盖上，手掌揪住短发。

他从前刀口舔血，稍不小心，性命说没就没，但他从来没怕过。刚入狱的头一个月，得来老爹的死讯，他那时痛苦难过，有后悔，有迷茫，却从不曾惧怕，觉悟后反倒坚定了以后重走正途的想法。

但半个小时前，的士在他眼前被撞得粉碎，卢茵浑身是血翻在车厢里，气息微弱，眼睛一旦合上就不知道什么时候能够醒来。一路上，他拼命哄她说话，哄她别睡，心脏揪到一起，指尖颤抖得发凉，他才知道什么叫害怕。

耳边嗡嗡哭叫，走廊里回声震天，陆强神思混乱。

他抓起地上的手机残骸，掷向对面墙壁：“别号了，里面儿人还没死呢。”

他一脸凶神恶煞，恐怖得像要吃人，那两人抖了抖，声音转小几分。

根子立即上前解释，说不要影响医生手术。

妇人无措，赶紧茫然地点头，脸上的泪一抹，哭声全部堵在嗓子里。

根子把她们搀到长椅上。四个人，面对着手术室，每一秒都变成了煎熬。

不知过了多久，手术室的门再次打开，还是刚才那名女护士，她手里拿着两份文件："谁是卢茵家属？还有赵喜民的家属？"

妇人说："我是，我是！"

陆强心一跳，蹿起来几步到她的身前："手术完了？"

"想什么呢！"护士皱皱眉，见他一身脏污，偏一下头，"这是病危通知书，你们赶紧签字。"

时间仿佛静止两秒。

陆强猛地钳住她的手臂："什么？"

女护士低叫一声，两肩被他捏得缩起："你干吗？赶紧放手。"

陆强虎口收紧："你再说一遍？"

护士被他吓得够呛，收起之前的傲慢态度，认真回答："病人在手术过程中出现休克，实质性脏器有不同程度的破裂，颈椎小关节轻度错位。由于撞击，头部中度颅脑损伤，我们需要马上进行清创手术。"

她顿了顿："形式上需要家属签字……手术有一定的危险性。"

陆强心脏炸裂，嘴唇煞白，艰难地问："能救活吗？"

护士泛起几分同情，即便外表再野蛮也能看出他内心的恐惧。她也不便多说，只道："你赶紧签字，我们马上准备手术。"

她把文件塞到陆强手里，转头去找赵喜民的家属，那边哭声一片。

陆强攥不住笔，低垂着脑袋，扫到几个致命的字眼儿：趋于恶化、病危、随时危及生命、脏器破裂、颈椎错位、脑颅损伤。

恐惧快将他吞没，他眼前模糊，蓦地高昂起头，喉结艰难地滚动。

根子着急，轻声说："哥，快点儿签字吧。"

护士走过来："签好了吗？怎么还不签？"

陆强捏紧手中的纸。

护士说："你别耽误事儿了，时间宝贵。"

根子直跳脚，要从他的手里抢文件："我签！"

陆强侧身，挡开根子，手指颤了颤，在文件的下方正式又歪扭地写下两个大字。

女护士从他的手中接过文件，回身瞬间又被人攥住手腕，这次力道轻缓。

她回头，陆强盯着她，近乎哀求地道："救活她，求你。"他咽了咽喉。

护士动容："我们会尽力。"

她下意识地看了眼他的名字，神色微顿："你叫陆强？"

陆强看着她。

护士叹一口气："里面病人清醒时叫过这个名字。"

手术室的灯再次亮起。

空灵的夜晚，走廊尽头，响起痛苦的吼声，随后是一阵压抑近乎扭曲的呜咽。

这一晚注定不眠，要在煎熬和等候中度过。

手术进行了七个小时，医生先出来，一脸疲惫地摘掉口罩。

根子看看陆强，赶紧跑过去："大夫，能讲一下情况吗？"

医生说："病人脑颅中的血块基本清除，现在转入ICU，前三天是危险期，如果能顺利度过，就可以转到普通病房了。"

根子说："谢谢，辛苦您了。"

对方笑笑："一会儿让家属穿上无菌服，可以和病人待几分钟。"

卢茵被转入ICU，他们来得匆忙，并没办理单独监护。根子去下面交钱办手续，陆强被要求洗净双手，穿上无菌服和鞋套，跟着护理人员进去。

重症监护室有十几个病人，并未分区，他们身上都插满各种仪器，通过显示屏精准反映病人的生命体征。

这里充满濒死的气息，陆强透不过气，每一步都走得格外艰辛。

卢茵仍旧昏迷，她的头上缠着纱布，颈肩用支撑架固定，身上盖着白色被单，唯一露在外面的小脸微微肿胀，呼吸机里稀薄的雾气，提醒他卢茵依然在他的身边。

没有凳子，陆强怔怔地站在床边，他不敢靠近，不敢碰她，生怕一个细微的动作会影响仪器的运转。

感觉过去了很久，他僵硬地往前挪了步，稍稍撩起她身侧的被单，卢茵食指夹着指脉测定器，虎口朝上，松散地弯曲。陆强拳头在身侧攥紧，缓慢松开，把食指插进她的虎口。

她手指冰凉。

耳边仪器突然发出尖锐刺响，他一慌，连忙缩回手。身后一阵凌乱的脚步，隔床病人突然呼吸急促，显示屏的数据不规则地跳动，几名医生围着进行抢救。

有人过来请陆强出去。

陆强盯着那方向，始终没动。

没过多久，一声刺耳没有起伏的声响响彻室内，医生遗憾地摇头，最终为对方盖上白单。

一个鲜活的生命，从生到死，也不过短短几秒，一无所有地来，两袖清风地去。

花开花落，也不过尔耳。

那一刻，陆强倏忽释然地笑了，超乎寻常地冷静下来。

护士又来催促。

他半俯下身，两手轻轻地撑在床边，拿唇碰了碰她的额头，附耳轻语了几句。

他希望，他说的话，她都能够听见。

陆强从ICU出来，根子已经办完手续。

陆强问根子："有烟吗？"

根子翻出来递过去。

"我去楼下透口气。"

陆强的态度转变太大，根子神经紧张："我也去。"

陆强回头看根子一眼，也没阻止。

凌晨三点多钟，气温舒适凉爽，医院草坪上空无一人。

陆强一屁股坐下，面对着住院大楼，大楼多数窗口漆黑一片，只有几间亮着微弱的光。

陆强不知道卢茵在哪间，他良久凝望着前面，从烟盒抖出根烟，点着后扔给根子。

两人静默地坐在草地上，慢慢地吸烟。

陆强点了第二根："的士司机怎么样了？"

根子说："伤势可能比嫂子严重，在她后面出来的。"

根子看陆强一眼："听说左腿截肢了。"

陆强手一紧，猛地吸了口烟，雾气融进黑夜。他沉默了会儿，从皮夹里掏出一张卡："你把手术费用留下，剩下的给人送去。"

根子顿了顿才接过来："都给？"

"都给。"

陆强没有再抽第三根，拿两指捻灭了，四下看看，又揣回兜里。

他向后仰躺在草地上，身上汗液快速蒸发，风一吹过，胳膊上的汗毛都立起来。高度紧张后，浑身虚脱，地上草根扎着皮肤，他无知无觉。

根子也躺下。

陆强侧头看他一眼，拍拍他瘦弱的胸膛："还疼不疼？"他问的是之前揍根子那拳。

根子摸摸脸，口是心非："不疼。"

陆强没说话。

根子不安地说："哥，我那会儿着急，也打了你一拳，你别记恨。”

陆强两手枕着后脑，心里一热：“小劲儿吧，挠痒痒呢？”

根子嘿嘿笑，稍微调整一下姿势。

两人望着天空，有种劫后余生的错觉。

根子沉吟良久，还是问：“哥，你打算怎么对付陈胜？”

陆强牙齿狠狠地咬住下唇，神色阴狠：“搞死他。”

去年陈胜在巷子口对他动手，陆强浑身是伤，生生忍下来没还手。

共事多年，陈胜了解陆强的秉性，知道怎样才能激怒他。几天前，他看见两人在车里依依不舍，查到他们已经结婚，陈胜就知道，这女人对陆强意义非凡，动她会比动他更有趣。

虽然欠缺几分考虑，但电话里听见陆强失控的声音，他只感觉浑身舒爽。

今非昔比，以陈胜现在的地位，根本没把陆强放眼里。

根子问：“那邱老呢？”

陆强一顿，下意识地摸摸口袋：“我电话呢？”问完止住，又碰碰根子，“手机。”

根子把电话递给他，又献上陆强的电话卡。

陆强鼻端喷出短促的气流，拍一把根子的头，把卡接过来，在手里把玩儿一阵。

根子说：“邱世祖势力太大，他那人你最清楚，出手狠毒不留情面，我只怕触及他，他会对你和嫂子下手。”

陆强看着天空。

根子自言自语，嘿了声：“大不了就离开，也不是漳州一个地方能待，到时候我跟你们一起走。”

陆强打挺坐起来，从草地上捡起烟盒，又开始吸烟。

根子跷着二郎腿，瞎出主意：“移民也行，反正你那边账户里有钱。”

陆强手掌顿在嘴边：“移民？”

“对啊，你和嫂子在这儿无亲无故，到时候把老娘一接，出去了，吃穿不愁。”

烟灰凝聚一大截，手指悬在唇边，陆强一口都没有抽，最后直接捻灭。

他静静坐在草地上，很长时间没有说话。

就这样过去一小时，天边开始泛白。

凌晨四点的时候，陆强换上自己的电话卡，调出号码，拨打过去。

对方很快接起。

陆强说：“我有一个条件。”

那边痛快：“说。”

保证我和卢茵的人身安全。

陆强用一个小时做了决定，到八点的时候，和根子交代好所有事情，拜托他跑这一趟。

根子走之前把手机留给了陆强，方便以后跟人联系。

陆强一夜未合眼，在洗手间随便抹了把脸，又穿上无菌服去里面看了一次卢茵，她没有任何起色，眼睛沉稳地闭着，呼吸浅弱，只有仪器有规律的声音，提示她的生命体征正常。

ICU里空气冷凝，陆强这次抓住她的手，似乎多了一丝温度。

他的心脏落回一半，弓下身，虚浮在上方，小心地避开她身上插的管子。周围很静，头顶的灯光浅淡清冷，他们同一对寻常夫妻没任何区别。陆强拿手指摩挲她的脸蛋儿，纱布上一团浅黄的印记，夹带淡化的红色，额头也不像以往光洁，沾着药水。

陆强静静地看着她，目光舍不得离开，每一秒都像最后一秒，显得弥足珍贵。

探视时间只有五分钟，护士过来催促。

陆强又看了几秒，浅浅亲吻她的脸颊，低声说：“别害怕，我在外面守着你。”

他出来走到窗前，外面太阳高升，光芒被摇晃的树叶融成点点的光斑，撑着窗台眯眼看向楼下草坪，有种恍若隔世的感觉。

昨天像经历一场噩梦，有些片段不经意跳入脑海，卡车横冲直撞、的士连续翻滚，她的惊叫、她在车底短暂困难的呼吸声，还有他眼里一抹抹的猩红。

陆强猛地吸一口气，低了低头，感觉一阵一阵地心悸。

他直起身，去吸烟室抽了根烟，出来坐到尽头的长椅上。他把双腿叉开，后脑勺枕着后面墙壁，神思空下来，困意才一阵阵席卷。

没挺多一会儿，也不顾形象，他直接在长椅上侧躺下来，抱着手臂，头枕扶手。他迷迷糊糊的，不知道自己睡着没有，耳边是空旷的噪音，偶尔伴随着凌乱的脚步声。

真正睡沉也不过十几分钟，只感觉有人在耳边叫他，恍恍惚惚间，陆强神经一凛，猛地从长椅上翻起来，提步就要往重症监护室走。

大龙一把拽住他：“强哥，你上哪儿去？”

陆强心脏狂跳，紊乱的节奏快冲破嗓子眼儿。待看清是大龙和坤东，他瘫回椅背上，搓了搓脸：“你们怎么来了？”

大龙说：“根子临走给我打的电话，要不我们还不知道。”

坤东站在窗边：“强哥，嫂子怎么样了？”

陆强说：“在重症监护室，还没清醒。”

坤东问：“这回真是陈胜干的？”

陆强手肘垫在膝盖上：“嗯。”

大龙手里的车钥匙往旁边一扔，愤愤不平道：“那孙子从前就跟咱们对着干，一肚子花花肠子，天天作死，就怕自己活得太长。”

大龙弯下身体，看陆强：“强哥，你想怎么对付他，吱个声，哥几个跟你一起。”

陆强回视大龙，笑了笑：“没你们的事，该干吗干吗去。”

坤东坐在陆强另一边，激动地说：“我们必须去，从前都是你罩着我们，现在嫂子有事，睁眼看热闹那就是忘恩负义。”

“对。”大龙立即应和地拍一下掌。

陆强现在没心情谈这些，他往两人肩上拍了拍，重重一压：“有这份儿心就行。”

又坐了几分钟，三人去吸烟室吸烟，坤东问陆强吃饭了没有。

陆强这才想起，从昨天下午到现在，他水米未进。

陆强说：“我不饿。”

坤东把烟一掐：“那不行。你俩先抽，我去楼下看看有什么吃的。”

没过多久，坤东大兜小兜买了一堆回来，放旁边长椅上。陆强翻了翻，有包子油条、豆浆和黑米粥，还有几样小咸菜。他捡了个包子，勉强咬两口，喉咙发堵，根本咽不下去。他把剩下那半个扔回袋子里，起身在窗边半靠着。

大龙递过一瓶水，吞吐地问：“明天……老家那边儿怎么办？”

陆强瓶盖拧开一半，停滞几秒，经提醒才想起明天是大喜日子。他把矿泉水搁在窗台上，看着外面，半天没说话。

直到晚上，陆强才给钱媛青打电话。他实话实说，把昨天的经过跟她讲了一遍。

那边沉默良久，钱媛青叹息：“真是作孽啊。”

陆强看着外面沉沉的夜色，心情沉到谷底。

听他的语气，钱媛青没忍心责备，只问：“那丫头伤得重吗？”

陆强想了想，避重就轻：“昨天刚做完手术。”

“你自己能照顾好吗？”

陆强说：“我行。”

“那我明天通知他们延期，等事情办完，我去看看她。”

陆强说：“别来了，你找不着。”

老家到漳州一千多公里，要坐长途汽车和飞机。钱媛青一辈子生活在村里，去武清县的次数都有限。她不识字，没有手机，更不习惯用钱包，钱还是拿布口袋系在裤腰上，陆强不放心。

那边没说话，陆强道：“再看几天，不行我叫人去接你。”

钱媛青没搭茬，又交代几句才挂了电话。

在重症监护室的三天，陆强寸步不离，晚上就窝在走廊的长椅上对付一宿。护士阻止过几次，说这里不能睡人，告诉他大可放心，ICU里有医生值班，出现问题会第一时间通知他。

陆强不走，从皮夹里掏钱，要给护士住宿费。

护士哭笑不得，三番五次，就随他去也不再劝了。

第四天上午，大龙和坤东早早就过来。

卢茵被推出ICU，转去楼上的高级病房，里面有电视沙发、独立卫生间，还有个简易的小厨房。

医生合力把她挪到了病床上。她身上的仪器一样没少，她现在呼吸还要借助氧气，人仍旧昏迷，没有醒来的迹象。

陆强靠墙站着，看眼前一团忙碌，心里惧怕又茫然。

医生调试好显示屏，在手里的本子上记了几笔，交代护士换药输液，便匆匆往外走。

陆强拦了一把：“大夫，她现在情况怎么样？”

医生说：“病人送来得及时，我们第一时间为她手术，她脑部瘀血基本清除，从监测反应上看，恢复良好。”

陆强听到这话，整个面部向外舒展，勾勾唇角，随后又问：“那她什么时候能醒？已经昏迷三天了。”

“一到两周的时间是正常范围。”医生说完顿了顿，把丑话说在前头，“但是，不排除一些不可控的因素，之前也发生过后期病情恶化的情况，脑干细胞存活量下降，直接导致脑死亡。”

陆强一下子僵住，唇线抿得笔直。医生见他的表情，忙道：“不要担心，这种概率是很小的，病人生命力很顽强。”

他说完眼睛往下扫了扫，对陆强说：“你不用时刻在这儿，让朋友帮忙照看，适当回去休息一下，洗个澡放松放松。”

陆强心情大起大落：“我不累。”

医生拳头抵住嘴唇，轻咳一声：“其实，病人在恢复期间，免疫力薄弱，需要一个相对干净无菌的呼吸环境。”

陆强一顿，听明白了。

他还穿着几天前的灰色汗衫，领口浸出盐渍，前襟的血污干枯变暗，身上的汗液干了又起，起了又干，胡子拉碴，口气浓重。

他不敢离开，三天里一个澡没洗过。

陆强手指触触额头：“谢谢大夫。”

“不客气。”

陆强终究还是不放心，把钥匙给坤东，让他回去收拾几件衣服和洗漱用品，在病房卫生间里洗的澡。

大龙他们吃过午饭，下午三点多才离开，病房里安静下来，就剩下他和卢茵两个人。

陆强搬了张凳子坐在床边儿。卢茵脸色灰白，嘴唇干出细纹，他拿棉签蘸了点水，往她的唇上轻轻擦拭。天气炎热，病房里空调没敢调太低，她的脸颊和胳膊出了些细汗。

他从卫生间打来温水，又把空调调高几度，用湿润的毛巾帮她擦手和脸。薄被掀开一角，解开宽大的病号服，她里面的衣服手术前被除去，陆强看得一清二楚。

从胸口到上腹十几厘米，用医用胶条覆盖，一整片胸口都是手术残留的碘液，浑浊的黄色遮住了原本的白皙。

她光洁的身体，以后会横出一道丑陋的疤痕，那道疤痕背后，是她今天所受的痛苦和折磨。

陆强攥紧拳，太阳穴突突地跳动，又不自觉地露出阴鸷的眼神。

后来几天，陆强一直睡在旁边沙发上，日夜相对，卢茵仍然是老样子。

离医生给的时间还剩几天，陆强反复问过，可目前除了等待没有任何办法。

他时常怔怔地坐在凳子上看她，渴望她突然睁开双眼对他笑，哪怕捕捉她身体的细微变化也好。时间过得漫长煎熬，每一分钟的期待都以失望收场。

陆强看了眼时间，夜里十一点，他起身帮卢茵盖好被子，只留了一盏壁灯。

他躺到沙发上，闭上眼，脑中混乱，浑浑噩噩地不知过了多久才睡着。

他始终睡不踏实，隐约听见床上有细微响动，耳边规律的仪器声突然乱了节拍，发出刺耳的响声。

陆强猛地跳起来，愣怔两秒，几步跳到床边。

卢茵情况不好，氧气罩里的白雾短促浓稠，她张大口，胸口急速起伏着，想要摄取更多的氧气。

她两手握紧被单，双腿在床上不断蹬踹，眉头蹙起，表情极为痛苦——

陆强吓坏了："茵茵……卢茵！你哪儿不舒服？"他去固定她的手，却不敢用力，只松松地圈着她。

他拍下床头的呼叫器，冲外面高喊："大夫，大夫！"

可不管怎么叫，却始终没有人进来。

时间一分一秒地过去，渐渐地，卢茵动作缓下来，又恢复到昏迷之前的状态，呼吸机里的白雾越来越淡，直至消失。

旁边仪器发出恒久不变的嘀声。

陆强意识到什么，铺天盖地的疼痛向他袭来："啊——"

"啊——"

陆强从沙发上弹起，冷汗涔涔，汗滴顺着脖颈流到领口里，他的胸口起伏难平，浑身不可抑制地颤抖，下意识地往床上看去。

病房里静谧安逸，旁边仪器正常运转，一切如常，没有任何异样。他盯着她的胸口，努力确认那微弱的一起一伏，冷静片刻，陆强撩起衣摆抹了把额头的汗，起身坐到凳子上。

陆强目不转睛地看着她，呆坐很久，眼睛盯得发红，他昂起头眨了眨眼，喉结滚动，很久视线才落回来。

他把凳子往前拉，握住她的手，在掌中揉了揉，随后放到唇边亲吻，苦笑着问：“你还想睡多久？嗯？宝贝儿。”

声音空空落落，回荡在冰冷的房间里，陆强埋下头，用她的掌心轻轻盖住眼睛。

房间没了声音。

陆强在床边趴了一夜，早晨六七点的时候，走廊里渐渐喧闹起来。

他闭着眼，额头压在自己的手背上，有什么东西在他的太阳穴上蹭了蹭。

耳边，有人轻轻和他说了一句话。

0852

All this is fate

第十章　短暂的平静

额头微痒，陆强伸手挠了挠，他换个姿势，换一面脸颊枕着手臂。

卢茵这回看见他的脸。她的食指上有指脉测定器，只好拿剩余三根触碰他的眼睛和脸颊。她刚刚苏醒，眼半垂，浑身虚弱无力，头脑昏沉，只有手指还能动。

她有些茫然，甚至不明白自己躺在这里的原因。

她的手指覆上他凹陷的脸颊，又说一遍："怎么瘦成这样。"

声音隔着呼吸机，她一句话说完，废了好大力气，呼吸微微急促。

手下的身体一抖，陆强倏忽睁开眼，却也只是睁开眼，他没敢动，就那么半趴着，掀起眼皮瞅她，额头上挤出两条浅浅的纹路，眼神难以置信。

卢茵努力给他一个笑。

陆强抓住脸上的手，好一会儿，猛地坐起来。

他张开口，不知道说什么好，僵硬地问："醒了？"

卢茵闭一下眼："……嗯。"

他面上冷静："什么时候醒的？"

“……刚刚。”

陆强起身，掌心在大腿上抹两把，四下看看，把她的右手平稳地放到身侧，凳子拉到不碍事的墙边，走过去，一把拍下床头呼叫器。

卢茵拿眼追着他，看他有条不紊地做着这一切，问了句：“这里是医院？”

陆强怔忡：“你不记得？”

卢茵皱着眉：“我头有点儿晕。”

空气瞬间凝重，陆强俯下身，紧紧地盯着她的眼睛：“那我是谁？”

她好笑，轻轻地道：“……陆强。”

陆强唇线松了松，低了下头：“很晕吗？”

卢茵想撑起脑袋，还未动，被他一把扶住：“先别乱动，身上都是管子。”

没说两句话，外面的小护士跑进来：“怎么了？”

一看床上的俩人：“呀，醒了？我去叫陈主任。”

护士又噔噔跑出去。

没几分钟，陈主任带了几名医生匆匆赶来。小护士往外推陆强，没推动，踮脚在他眼前挥了挥手，他眼神一晃，看向小护士。

小护士说：“家属先去外面等等。”

“我站这儿行吗？”

小护士摇头：“你会影响医生治疗的。”

“我不出声儿。”

“不行。”小护士无情地拒绝，又把他往外面赶。

陆强被推着倒退了几步，隔着人群，两双眼睛在空中安静对视。他目不转睛，卢茵活生生的，真的睁着眼正朝他微笑。

护士把门推上，陆强透过小窗口只能看见床尾。他咽了下喉，两手撑住旁边的墙壁，这会儿才感觉小腿肚子转筋。

他转个身，身体一寸寸滑下来，后腰抵着墙壁蹲下，手肘撑在膝盖上，半天才从兜里摸出烟盒。

走廊上方贴着禁烟标志，陆强管不了那么多，抽出一根咬在齿间，去兜里掏火儿，唇一抖，烟卷掉在地上。陆强盯着看了半天才捡起来，吹了吹，重新衔在口中。

一道青烟升起来，在半空迂回弯曲地飘荡，陆强后脑枕着墙壁，终于感觉到几分真实。

医生在里面待了十几分钟，开门出来，主动招呼陆强："病人基本清醒，恭喜你。"

陆强弯唇："还要谢谢陈主任。"

对方摆摆手："完全是你照顾得好，我刚才看过她身上的伤口，愈合情况不错，后面注意营养，定期复查。你们毕竟年轻，很快就可以康复。"

陈主任指了指："去里面看看吧。"说着要离开。

陆强喊住他："她刚才不知道自己在哪儿。"

陈主任脚步停住，侧身对着他："情况算是正常，手术过程麻醉剂量偏大，加上脑干曾受到挤压撞击，暂时会对记忆力造成影响。接下来很长一段时间，病人可能随时感觉头晕恶心，别着急，放松心态。"

陈主任笑了笑："给她一点儿时间。"

陆强回到病房，卢茵又昏睡过去。

小护士正调整药水的流速，陆强心一沉："这是怎么回事？"

小护士扫他一眼，解释说："病人身体虚弱，陈主任看完，她就睡了。"

"那什么时候会醒？"

小护士给问笑了，不禁多看他一眼。他眉目英挺，身材魁梧，紧蹙的眉头下，表情冷硬认真，最难得是他对病人的态度。

半个月前，病人刚被送来，他几乎天天守着，晚上只窝在走廊的长椅上，几乎寸步不离。

她曾劝过几次，这人竟一本正经地说要给钱，除了吃惊，她更多的是对他们感情的动容。

小护士安慰说：“你别担心，睡好了她自然会醒。”

陆强真给吓怕了，缓口气，也觉着刚才的问题没脑子。

卢茵反反复复了几日，醒着的时间短，说不上几句话，又疲累地睡去。后来倒不至于怀疑自己的处境，只是还来不及细想，头就晕得厉害。

她真正清醒是在三天以后，身上仪器终于除去，已经不需要依靠氧气罩，可以自主呼吸，皮肤也比前几日红润不少。

她醒来的时候是傍晚，陆强斜躺在沙发上看电视，他一手枕着后脑，一手拿遥控器。

电视没放出声音，他看得也心不在焉。新闻联播的时间，每个频道内容都一样，他播了一圈儿，把遥控器放在肚子上。

病床的方向传来微弱的抽泣声。

陆强侧头看过去，卢茵醒了，两眼直直盯着天花板，咬着下唇，眼尾有晶晶亮亮的东西流出来。

他心惊，几步跨过去，柔声问：“怎么了？茵茵，做噩梦了吗？”

他抹去她眼尾的泪，卢茵把目光移到他的脸上：“没有。”

“那是头疼？我叫大夫过来。”他要按头顶的呼叫器。

卢茵握紧他的手，哭出点儿声音：“陆强，我好害怕。”

她清醒了，终于记起那一晚的经历。骤然大亮的车灯，伴随天崩地裂的撞击，她天旋地转，五脏六腑全部移了位，随着车身颠簸翻滚。

一切发生在电光石火之间，恐惧骇然湮没一切，那一瞬间，她几乎以为自己没命了。

她死里逃生，回想那个场景，满身惧意顺着毛孔透出来，不禁瑟瑟发抖。

卢茵看向他：“我当时想，这次一定完了，以后再也见不到你。”

陆强压着腿坐床边，从上方将她整个罩住：“别怕，我在呢。”他何尝不怕那就是永别。

他吻去她眼尾的泪，嘴几乎贴着她的唇角说话。

卢茵吸吸鼻子：“明明是红灯，那辆卡车是闯红灯过来的。”

陆强轻轻地拍抚安慰：“我知道。”

他顿了顿，抬起眼睛看着她：“车主知道是红灯。”

“什么？”

陆强支起手臂，顶顶腮：“我对不住你。”

他顿住，咽了口唾沫：“那群人冲着我来的，以前有过过节，从我这儿找不着平衡，专挑我在乎的下手。很抱歉，卢茵，这次又连累你了。”

卢茵的眼睛眨了眨，手掌不自觉地握住他的小臂：“他们……”

她把眼泪憋回去：“因为什么事找你麻烦？”

“吴琼和邱震。”

她愣了愣，好像明白了。

两人静默半刻，谁都没说话，隔了几秒，几乎异口同声地发问。

“再找你麻烦怎么办？”

“后悔吗？”

稍微停顿，陆强先低头苦笑，回答说：“他知道我的脾气，暂时不敢再来挑事儿。”

他拿手背蹭蹭她的脸蛋儿，又问一遍：“后不后悔？”

“后悔什么？”

陆强说：“认识我。”

她抿抿唇，眼睛亮了几分，实话实说：“好像一开始就不是我自愿的，你像牛皮糖一样怎么都甩不掉，当时对你简直怕死了。”

陆强的脸有点儿黑，咬了咬牙，忽略她的比喻：“只是怕？”

卢茵垂着眼，抿唇不答，陆强咬一下她的指尖儿，故意恶声恶气：“问你话呢，只是怕？”

她转移问："那要知道今天，你还会跟我好吗？"

"为什么不？"

卢茵想起电影里的片段，故意说："不应该是你怕别人伤害我，即使特别喜欢，也远远地看着吗？"

陆强被她说出一层鸡皮疙瘩，掐她脸上的肉："还迷糊呢吧。特别喜欢？谁说过？"

卢茵弯眼睛笑了一下。

陆强正经地回答："如果知道有这天，我一定提前整死他。"

他调整姿势，翻个身，在床边儿半躺下。病房里没开灯，只有电视机的幽光不停闪烁，窗帘半开，天色并未黑透。

陆强低声说："这半个月像一场噩梦，看你半死不活地躺那儿，真恨不得把你拽起来，我自己躺着，也让你尝尝这滋味儿。"

他的声音带几分惆怅几分委屈，顿了几秒："你没醒那几天，我后悔过。我过往太黑，怎样漂洗，到头来还是一摊烂泥。你那么干净，也许是我错了。"

卢茵忍住笑："还可以离婚的。"

他难得煽情，被她的几个字堵回来。

陆强呼吸一顿，手不由得攥紧，低头看见她狡黠地笑。

他磨磨牙齿："还没好利索呢，就皮子紧了？"

陆强架势十足，落下去一口咬住她的唇。他拿手肘支撑，小心避开她的伤口，不敢轻易碰触她的身体。

卢茵只有手脚活动自由，只好拿手掌抵住他的胸口。

刚开始是浅短的碰触，陆强小口小口地吸食她的唇瓣。他脑袋抬起寸许，手指抚摸她的脸颊和鼻尖，认真看了看，再次埋下头。这次，灵巧的舌往里探了探，滑过她的牙齿，意外碰触到迎出来的小舌。陆强脑中一白，几乎是下意识地吸住，脑袋一偏，寻找舒服的方向，继续吻她。

不知过去多久，陆强的呼吸逐渐浓重，但他也懂分寸，克制着自己，捏着她的两颊分开两人。

卢茵短暂缺氧，头有些晕，她闭上眼冷静片刻。

待睁开，陆强正含笑看她。

他握住她的手，不怀好意地捏了捏，从她身侧慢慢地向下滑去，卢茵不明所以。他的手掌微微掉转方向，盖在她的手背上，抓起她的手一同往他的拉链下方按去——坚硬无比。

卢茵有些无语。

他们每次亲密接触，心思都截然不同。他总能把一些复杂的感情转嫁成欲望，从索取中释放，而她，只因为醒来还能看见他的那份感动，是感性多于理性，所以才会主动迎合，主动亲吻他。

卢茵有些气："你还有没有人性？我病着呢。"

陆强本就逗她，挑挑眉："手是好的。"

"你……"她往外抽手。

陆强怕她扯到伤口，没敢握太实，直视她因为气愤憋红的脸蛋儿。房间突然静下来，陆强就那么怔怔地看着她。卢茵察觉到，也稍微侧头与他对视。

陆强喉咙动了动，又捉住身侧的手，往上提起，垫在颊下。

他闭上眼，良久："真好。"陆强头一次感觉到，这样冰冷苍白的地方有了一丝温度。

卢茵的目光柔软，落在他略凹的脸颊上，不用想都知道他这些天是怎么过来的。她的眼眶发热，忙眨了眨，把头正回去，也闭上眼睛。

在两人几乎睡着时，陆强的电话嗡嗡振动。

他撑起头查看，顿了顿，看向卢茵："是根子。"

卢茵点点头。

陆强按了绿色键，先问："找得怎么样，根子？"

那边说了很久，陆强专心听着，两人离得近，卢茵隐约能听到一些内容，但没听懂。

根子终于交代完，陆强看看卢茵，说："其他事情你定，但小区安全性必须保证，要有院子，安静点儿的。了解了解周围的邻居。”

陆强想了想：“还有，别忘了请护理和营养师，最好是中国人。”

那边应下。

陆强停顿片刻：“什么时候回来？”

“下周。”

“自己在外面注意点儿。”

根子说：“放心吧，我天天好吃好喝，都舍不得走呢。”

陆强淡笑，没挂电话，隔了很久说道：“根子，哥这回谢谢你了。”

通话结束，卢茵一脸疑惑地看着陆强。

陆强从床上起来，把病床摇高一些，搬了把凳子坐在床边。

卢茵等着他说话。

他把玩儿一阵手机，抬起头：“我们可能要出去住两年。”

她不明白：“出去？去哪儿？”

“意大利。”

根子一周后回来。那边事情办妥，房子按照陆强的要求所选，刚好够三十万美金，符合当地的暂居政策。

卢茵的身体一天天地好转，已经能在床上坐着，由陆强搀扶在病房里溜达几分钟也没问题。

她第一次去卫生间时，被镜子里的自己吓到，头部做过手术，头发全部剃光，裹着惨白的纱布，加之瘦了不少，脸颊凹陷，简直人不像人鬼不像鬼。

卢茵为此哭了好几次鼻子，陆强开始还耐心地哄她，说我都不嫌弃，你怕什么。后来一看不管用，被闹得心烦，就粗声吓唬她，要扔下她自己走，卢茵的眼泪掉得更凶，到头来陆强还得忍着脾气哄。

磕磕绊绊，日子好似恢复如初。

看她身体好起来，陆强终于放心去做该做的。这几晚，根子一来，他就出去，每每大半夜才回来。

不光如此，卢茵总能捕捉到他直白的目光，那目光追随她的身影，每当与卢茵视线相撞，那目光又无所谓地撇开。

那眼神复杂，她读不明白。

卢茵试着问他，陆强什么也不说，和根子也好像商量好似的，卢茵一问根子，根子打哈哈说不知道。

几天下来，陆强把陈胜的行踪摸得一清二楚。根子摩拳擦掌，就等到时候叫上坤东、大龙来，前仇旧恨一起报。

陆强笑笑，却没打算加上他们。

转眼就是一个半月，有一天，陆强接到一通陌生电话。

那边吵吵嚷嚷，接通后没人说话。

陆强："喂。"

耳边只有吱吱的电流声，过了会儿，一个中气十足的音调："我在火车站，你来接我一趟。"

陆强听出来，但不太敢确定："你是谁？"

"你妈。"

陆强微顿，心里泛起酸涩，喉咙哽住。

一千公里，她坐村民驴车出来，由长途汽车转火车，没坐飞机。

她没打电话，东问西问，还是来了。

陆强和卢茵交代几句，一路开到火车站。

钱媛青打完电话就没敢乱走，在马路对面的报刊亭等着。快接近中午，日头火烧火燎，她坐在旁边的树荫下，手里拿着报纸，叠了几下，当扇子扇风。

她穿一件蓝白花的绸子短袖，青布长裤，脚上是自己纳的黑布鞋，旁边两个老旧旅行包塞得鼓鼓囊囊，另一侧放着手编竹篮。

陆强从车上下来，几步的路已经汗流浃背，他快速地穿过马路，一眼瞅见树荫下坐的人。

他腿上像灌了铅，停了停，很难才迈出下一步。

“等累了吧。”他也没看她，先弓身拎起两个旅行包。饶是他身强体壮，手下也吃了点劲儿。

路途遥远，不知道她怎么提来的。

钱媛青本没注意到他，默默地打量着陌生的城市。她瞅他一眼，也没见多惊喜：“到了？”

陆强闷头嗯一声，两个行李袋换到一只手上，要去提竹篮。

她连忙拿手稳住：“我自己拿，你别都给我摔碎了。”

陆强松开手，瞟了眼，里面是一篮子柴鸡蛋。他脱口说：“卢茵现在只能吃流食。”

钱媛青瞟瞟他：“别人就不吃了？”

陆强一噎，手指触触额头，不乱说话了，只道：“车子停在前面。”

钱媛青随他过去，陆强没话找话：“电话里都说没事了，其实不用你亲自跑来的。”

后来钱媛青又打过电话，那时卢茵已经清醒，伤口愈合情况很好，陆强便告诉钱媛青不用过来。

钱媛青说：“农活干完了，闲着也是闲着。”

“地里呢？”

“让小志爸给看几天。”

两人说着到了车边，陆强为她拉开副驾驶的门，把行李袋放到后备厢里。

车子启动几分钟，温度才降下来。

钱媛青把竹篮放脚下，拿手拢了拢头发。她的发丝掺杂不少白色，两鬓用卡子卡在耳后，发型规整，干净利落。

陆强开得很稳，转头看她一眼。

钱媛青望向窗外，头一次来大城市，多少带点儿新奇。

他点着方向盘，欲言又止，过了会儿，他侧头：“妈。”

钱媛青收回视线。

陆强说："你就跟我们一起走吧，手续都办完了，就差你的。"

"我不去。"

"以前的事我没处理好，这一走，我怕他们回老家找你麻烦。"

钱媛青冷哼一声："就一个老太婆，谁能把我怎么样?"

陆强试图劝说："那边环境好，房前有个院子，到时候你想种菜种花都可以。和国内没什么不同，有些老人晚年都过去养老。"

他停顿片刻："况且卢茵伤才好，需要您照顾。"

"那你是干什么吃的？"

陆强手一紧，唇线不由得自主绷直，心中烦躁，很想抽根烟。

前面红灯，陆强缓慢停稳车。

他把窗户开了条缝儿，摸出烟来抽。后脑稍稍地枕在椅背上，看前面红色数字一秒秒变少，最后转成绿色。

陆强踩了脚油门，重新开起来。

一根烟抽完，他说："妈，其实出去……"

话还没出口，钱媛青皱眉啧了声："去你们的，非拉着我干什么，不去。"

再说就急了，陆强的话哽在喉咙，生生地咽回去。

后半程谁也没说话，陆强把车开到医院。

医院楼梯间的高窗正对马路，陆强撂下一句话就走了，卢茵听说钱媛青来了，惊诧过后有些激动。她在病房里坐不住，晃荡到楼梯间，窗户有些高，她踮着脚，抬头往外看。

下面是熙熙攘攘的车流，医院门口都减速慢行。她住的五楼，根本什么都看不见。

卢茵头有些晕，眼前冒出金星，她落下脚，缓了缓，返回走廊上。

不出十分钟，电梯口走出两个人，陆强拎着行李在前，钱媛青落后一步，手上挎着竹篮。

卢茵的眼睛亮了亮，有些不自然地压低帽子，迎上两步："阿姨，您来了！”

钱媛青嗯了一声。

钱媛青从上到下看卢茵一圈儿：“这瘦的，一阵风都能给你刮跑喽。”

卢茵笑了笑：“没那么夸张。阿姨，路上累了吧？”

陆强在旁边直皱眉，点一下卢茵的后脑勺：“称呼。”

卢茵慢半拍才反应过来，脸颊泛红，她张了张嘴，一下子要改口还不大适应，没有叫出来。

钱媛青摆摆手：“叫什么不一样。别在这儿站着了，哪间？”

卢茵忙哦了声，带着钱媛青往病房里面走。

钱媛青打量一番，病房很高级，外间有个会客区，再往里走才是病房。房间整洁干净，并没多少药水味儿，窗帘是宜人的浅绿色，有个卫生间，不大的回形洗手台上，放着电磁炉和简单的厨具，旁边是半人高的小冰箱。

钱媛青打开冰箱看了看，朝陆强摆手，叫他把旅行包拿过去。

卢茵好奇地凑头看。

钱媛青把东西一样一样拿出来，卢茵微微有些怔然。

一个包里装了两只处理好的土鸡和棒骨，怕天热坏掉，拿冰块包裹，装在密封的泡沫箱里，旁边塞满红枣和黄豆；另一个装着三条鲫鱼，每条都有两三斤重，用同样的方式装着，拆开来，鱼鳃鲜红，鱼鳞整齐，比市场里现宰的还新鲜。这两个旅行包，冰块占去一半的重量。

陆强的喉咙发涩：“大老远还带这些过来，漳州都有卖的。”

钱媛青又从里面拿猪肝和猪心，没抬头：“鸡是我自己养的，鲫鱼是小志爸听说我要来现捕的。”

东西陆续放到冰箱里，钱媛青抬头看卢茵：“你今晚想喝什么汤？”

卢茵手指盖着眼尾，还没来得及拿下来。陡然撞上钱媛青的目光，她忙吸吸鼻子笑着：“我想喝鸡汤。”

迎着阳光，卢茵泛白的脸上洋溢着鲜活的神采。

钱媛青不禁笑了笑：“那行。”

征求过医生意见，卢茵晚上喝了两小碗鸡汤，半碗小米粥，里面加一枚鸡蛋黄。

陆强自己吃了半只鸡，钱媛青又给剥了两枚鸡蛋，他几口吞进去。

房间开着空调，可他还是满头大汗。三个人挤在桌边，短暂的时光，舒畅又温馨。

天快黑的时候，卢茵被允许去花园散步半小时，钱媛青没什么事儿干，跟着一道去了。

陆强慢悠悠地走在后面，看着两个女人的背影，心里塞得满当当的。他轻勾唇角，脚步停在原处，环手点了根烟。

那两人在草坪边的长椅上坐下。

隔着十来米的距离，陆强站在草坪这边，他的手掌伸进去摸摸肚皮，比前几天撑几分，上面密布一层黏腻的汗。他把衣摆撩起来，往上折两下，露出半个肚脐，中间纵贯一撮黑密的毛发，渐行渐疏，延伸至胸口。胸口上缘露出小截龙身，盘亘在右肋附近，龙身上的纹理刚毅紧凑。

陆强拿手掌拍两下肚皮，又把烟送到嘴边，昂头吸两口。

半支烟抽完的时候，他兜里的电话振起来。

他拿出来看，神色微顿。电话又振了几下，他才接起来。

省去寒暄，老邢直截了当地问：“你那边还要多久？”

陆强看向远处，目光落在那道瘦削的身影上：“半个月。”

对方沉默少顷：“能不能提早？如果超出审查时限，警方没权力再让他留在国内配合调查。”

陆强说：“想办法拖着吧。”

“不能提早吗？”

“不能。”

陆强挂了电话，又摸出烟来抽，看看天色，已经隐约可见点点繁星，此时温度降下来，不时带着一阵凉爽的清风。

陆强抬步过去，难得今天卢茵心情很好。

村里作息规律，这个时辰，她基本已经关灯睡觉。

钱媛青从椅子上站起来，手扶住腰："天气挺好，你们愿意就再坐会儿，我先上去睡。"

陆强问："记得哪间吗？"

"知道。"撂下两个字，钱媛青独自往住院部的方向走。

卢茵目送钱媛青离开，眼睛一直都是笑眯眯的。

陆强站在卢茵身前，居高临下地捏捏她的脸颊："就这么高兴？"

卢茵说："吃得很饱，能不高兴吗？"

陆强笑道："平时饿着你了？"

卢茵拍掉他的手，把他衣服平整放下来，抱怨说："你做饭的水平实在不敢恭维，和阿姨差很远。"

"惯的。"陆强点点她，坐在不远处的草坪上。

陆强又道："能吃我陆强做的饭，你还是头一个，知足吧。"

卢茵哼了声，起身到他身边，也要坐下。

"等会儿。"

陆强阻止，把她披的薄毯取下来，叠成方块儿，放到自己旁边："坐吧。"

卢茵扶住伤口，借助他手臂的力量，缓慢地坐在草地上。

陆强后仰身体，垫着胳膊躺下来，大喇喇地支起一条腿，抖两下。

夜色越来越浓，小径旁边有一道道清冷的白光，对面大楼灯火通明，还有零星几个病人在旁边散步。

微风轻拂，吹起他的衣摆，露出一小截皮肤。

卢茵忽地回头："你老看我做什么？"

陆强目光闪烁，移了移，又落回她的身上："怕看？"

“不是。”卢茵问，“你是不是有话和我说？”

过了会儿，他把视线转向天空：“没有。”

卢茵也跟着看过去。星空浩瀚，如同熠熠碎金点缀天空。细风吹着树叶沙沙作响，小草湿润地贴在腿肚上，这样的夜晚显得格外澄净。

卢茵感慨万千：“不知道那边的星星也这么亮吗？”

陆强说：“都一样。”

“真不敢相信，我们就要离开了。”

陆强换了条腿支着，低低嗯一声。

卢茵说：“我还没有办离职。”

“出院办。”

“走之前还要和叶梵见一面。”

陆强转头看她：“明天让她来？”

卢茵想了想：“算了，她那脾气又要担心，反正也快出院了。”

陆强：“嗯。”

卢茵抿抿唇：“还有……”

“什么？”

卢茵说：“我舅舅。”

她回头看他：“还能回一趟黔源吗？”

陆强一顿，从地上坐起来，表情郑重地说：“茵茵，机票早就订好了。我们不是永远不回来，这次比较急，你能不能……”

“我明白。”她小声说。

夜色把她的身影掩埋得很小，陆强看着，胸中犯堵。他从兜里摸出烟，想起什么，没有点燃。

他把烟卷含在嘴里：“你高中之后就自己住？”

话题转得太快，她疑惑地点点头。

“能照顾好自己？”

卢茵说：“那当然，不然我怎么健健康康地长这么大？”

陆强笑着逗她：“要把你自己扔国外，肯定怕得哭鼻子。”

卢茵看向他，不服气地挑挑眉："千万别小看我，我适应能力很强的。"

她得意地说："环境越艰苦，我会越坚强。"

"真的吗？"

"当然。"

陆强咬着烟卷看她，眼中的光被黑暗遮住，情绪无法捉摸。

半刻，她的手被他握住。

0852

All this is fate

第十一章　发芽

钱媛青在医院待了一周，从老家背来那些，基本都给卢茵熬汤补身体了，陆强跟着没少沾光。两人到后来红光满面，体重虽然暂时补不回来，但精神气色却好很多。

钱媛青订了第二天的火车票，她脾气倔，拒绝坐飞机，也不让别人送，谁也劝不住。最后陆强只能顺她意，给订了张卧铺票，怎么来的怎么回去。

晚饭过后，根子也来了，两人坐在走廊里说话。

陆强问："吃了吗？"

"吃过了。"根子给他散了根烟。

走廊里禁止吸烟，陆强捋了捋烟身，顺势别在耳朵上。

根子叫他："哥。"

"嗯？"

"我听说一个事情。"根子插兜坐着，"听说前两天邱震跑了趟急诊。"

陆强看看他，又把目光移向外面，他的手臂撑在窗台上，并没接茬问。

根子接着道："据说他好像吃药吃多了。"

陆强舔舔下唇，隔了会儿，转回身："因为什么？"

"他们说睡觉前吃的安眠药太多，没掌握好剂量，发现后送到急诊赶紧洗胃，再晚一步可能命就没了。"

根子啧啧嘴儿，感叹道："这人就活该，要不是亏心事做得多，能吃安眠药吗？不吃安眠药也不会药物中毒，都是报应……"

他滔滔不绝地说着，陆强看着病房的方向打断道："行了。"

卢茵缓慢走过来："我和阿姨去楼下走走，你们慢慢聊。"

根子回神，连忙起身："嫂子，能行吗？"

卢茵笑笑，象征性地活动活动胳膊："没事，好得差不多了。"

正说着，钱媛青慢悠悠地出来，根子叫："婶子，脚下慢着点儿。"

钱媛青应一声，笑着往病房指："保温瓶里还有鲫鱼汤，待会儿喝了。鱼还是你爸钓的呢。"

根子嘴甜："哎！这就去，我最爱喝您熬的汤了。"

钱媛青被他哄得直乐，摆一下手，率先往电梯方向走。

卢茵磨蹭几秒，低头看陆强："那我去了啊。"声音温温顺顺。

陆强看着她，眼神跟了几秒，两人旁若无人地对视了会儿，他语调柔和："别往远走。"

"就在楼下的小花园。"

"早点儿上来。"

"行。"

卢茵打完招呼，碎步去追钱媛青。

钱媛青两手背在身后，低声呵斥："别跑，抻着伤口。"

卢茵稳住脚步，把手伸到钱媛青的臂弯间，虚虚地扶着。

天气比前几日热，外面快达到三十摄氏度，即使傍晚，余温还在，她们刚出去汗就起来了。

两人沿着小花园走了一阵，绕到和门诊连接的长廊上，长廊夹在两栋楼之间，风吹过来，还算凉爽。

两人找椅子坐下，钱媛青拿小手绢抹头上的汗，忍不住抱怨：“这鬼地方，像蒸笼一样，可不比我们淮州。”

“淮州很凉快吗？”

“凉快。”钱媛青说，“下地干活都没出这么多汗。”

卢茵顺着话头儿注意到钱媛青的手，那双手是久经日晒的浅棕色，手背上皮肤干裂，致使根根脉络都看得很清晰。大概是常干农活的缘故，骨节增生粗大，但指甲却很短，修剪得十分干净。

钱媛青的手就那么随意地放在大腿上，她不用触碰就知道那双手温暖干燥，好像蕴含着无穷的力量，让人心里很踏实。

卢茵没敢盯着看太久，她抿抿唇：“阿姨，真是对不起，您第一次来漳州，没能带您好好玩一下，全在医院里陪着我们了。”

钱媛青说：“大热天有什么好玩儿的。”

“那也不应该待在医院。”

钱媛青看看卢茵，把她肩头落的叶子摘下来：“你们没闹这一出，以为我会来呢？”

说完冷哼一声，看向匆匆过往的人群。

卢茵也没有说话，低头绕着病号服上的线头儿。

好一会儿，钱媛青才说：“都成一家人了，你别想那么多，抓紧时间把身体养好才是正事。”

钱媛青停了停：“以后日子长着呢，等你有了孩子，我给你看着。”

卢茵心里咯噔，线头儿缠紧手指，在根部倏忽断开。她想起另一个问题：“阿姨，您真不和我们一起走吗？”

“不走。”

卢茵咬咬下唇：“陆强很希望您能改变主意。”

钱媛青说：“别劝了，我是不会去的。”

“能告诉我原因吗？”

钱媛青转头看看她。面对卢茵，钱媛青从来都是耐心细致的，没有一点儿坏脾气。

她说："那是我家，哪儿能抬起脚说走就走。"

"还会回来的。"

钱媛青摇头笑笑。一阵风吹过来，她头顶的白发竖起一缕，风跑远，发丝又缓缓地落下来。

她说："那我老头子怎么办？"

卢茵一顿。

"他儿子愚钝，做傻事替别人顶罪，把他气死。老陆死得不值，他儿子明明什么也没干。"

钱媛青叹一口气，靠向椅背，隔了会儿才继续说："陆强不在他身边，可我不能跟着走了，留他一个人。"

"你明不明白？"钱媛青忽而看向卢茵。

卢茵的眼睛黑亮，狼狈地错开视线，她低下头："明白。"

钱媛青笑着拍拍卢茵的肩膀，抬头看天色："回去吧，不早了。"

她扶住腰要站起来，卢茵轻轻按住她的肩膀："阿姨。"

钱媛青又坐下。

卢茵犹豫一阵，从病服口袋里掏出样东西，塞到钱媛青的手上。薄薄的坚硬的材质，钱媛青摊开手掌，手心儿里一张深绿浅绿交杂的卡片。

钱媛青看了两眼："他让你给的？"

"啊？"

钱媛青重复："陆强让你给我这张卡？"

卢茵反应过来，赶紧摆摆手："不是，这是我的钱。"

钱媛青一愣："拿回去，我用不上。"

卢茵两手推拒，硬是握实钱媛青的手，把那张卡片攥在她的手心儿，五官因为焦急都快揪到一块儿。

"里面没有多少钱，是我平时生活攒下的一点儿。阿姨，您收着，这事陆强不知道，是我自作主张。"

钱媛青看卢茵表情激动，忍不住笑笑："你给我钱，我在乡下真用不上。”

“那就存着。”

钱媛青还想拒绝，卢茵抢先说：“您刚才还说我们是一家人，如果硬要还给我，我会很伤心。”

卢茵知道，对付钱媛青说软话装可怜比什么都管用，她的表情极其到位，轻轻皱着鼻翼，一副要哭不哭的样子。

钱媛青无奈地看她，末了肩膀一松：“放开吧，手都攥疼了。”

第二天早上，他们送钱媛青上车。

卢茵硬要去，医生查完房以后，她换上便装，避开小护士的视线，偷偷跟去了火车站。

送别的场景总有些难过，两人都很沉默，钱媛青却满面轻松，像完成一项任务。钱媛青什么也不肯带，只把自己的竹篮提走。

他们到候车室时，时间尚早。现在不是春运高峰，等车的人并不多，大厅里都是空位。卢茵拉着钱媛青坐下，陆强隔了两个位子，坐在旁边。

他们断断续续聊了些话题，时间过得很快。

钱媛青要他们回去，赶了几次，两人也没动。

远处屏幕上播报此次列车正点运行，到站时间是十分钟以后，有乘客陆续涌向检票口，前面排起长长的队伍。

离别越来越近。

钱媛青朝那方向看了眼，起身撵人：“快走吧，我要进去了。”

他们也站起来，跟着排在队伍的最后面。

卢茵问：“车票和身份证拿好了吗？”

钱媛青拍拍兜：“在这呢。”

“火车上记得要换票。”

“知道。”

“晚上睡觉盖好被子，车上冷气足。”

钱媛青不耐烦地扫卢茵一眼，视线投向前方。她知趣地闭上嘴，抬头看陆强。

陆强始终沉默，说不出口的嘱咐卢茵都帮说了。他淡淡地扫一眼前面瘦小的背影，钱媛青仍旧穿着来那日的青布裤子和黑布鞋，不过今天她换了件米色的短袖衬衫，颜色虽陈旧，却没有一丝褶皱。钱媛青个头并不高，只到卢茵的眉毛，她背部稍稍有些佝偻，挂着篮子站在人群里，穿着过时，看起来灰头土脸，显得与周围格格不入。

陆强不敢再看，移开眼，对上卢茵的目光。

卢茵抬着头，捏捏他的手："给我点儿零钱。"

他不知卢茵要干什么，从钱夹里掏出两百块。

卢茵接过："等我一下。"

她小跑几步，朝旁边的便利超市过去。超市离得很近，在陆强能触及的范围内。

此刻就剩下他们娘俩，他们不约而同地看着超市里的人影。

一分钟过去，候车室里正广播：乘坐此次列车的乘客在二站台候车，列车马上进站，请把证件准备好，等待检票。

陆强收回视线："妈……"

钱媛青问："有话和我说？"

话在嘴边嗫嚅良久，陆强说："没有。"

钱媛青斜眼看他，冷哼一声，又把视线落到远处。超市里，卢茵的速度很快，拿起一样，看过生产日期投到购物筐里。

陆强忽然道："过去三十年，我好像一直在做错事，如果现在有一个补救的机会，代价是，我要和你们分开一阵子。"

他顿了顿："我该不该把握？"

钱媛青未见惊讶："你心里有答案吗？"

陆强道："下不定决心。"

钱媛青看着超市里忙碌的背影，隔了会儿，她道："那你觉得自己配得上她吗？"

陆强沉默。

那边卢茵已经付款。

钱媛青并没给他准确的答案，只道：“不管以后的路怎么走，都要记住，你现在已经成家了，要担得起那份责任。”

她就嘱咐这一句，又沉默下来。

陆强喊了声：“妈……”

钱媛青皱眉。

陆强哽咽：“您还怪我吗？”

钱媛青一顿，没有说话。前方有了松动，列车员开始检票。

钱媛青跟着往前挪动，周围的人都往中间簇拥，瞬间吵闹起来，她飞快地说了两个字，混乱间，他并未听清。

卢茵快步回来，手里的塑料袋有些重量，陆强虚扶着，帮忙递给钱媛青。

卢茵说：“给您路上吃的。”

钱媛青低头看了看，这次没有拒绝，接过来放进篮子里：“回吧。”

人群都挤在检票口，身体互相碰撞，他们止了步，不能继续往前行。

钱媛青忽然停下，干燥的手掌重重地捏紧卢茵的手：“你是个好孩子。”

卢茵下意识地反握住她。

钱媛青说：“我们老陆家亏待你了。”

钱媛青的话在一片嘈杂中清晰传过来。一瞬间，卢茵的眼里溢满泪水，喉咙哽住，张口不能言。

钱媛青笑笑，又拍拍卢茵，放开手，头也不回地淹没进人群里。

陆强带卢茵走去另一端，隔着栏杆，过很久，才看见那个略微佝偻的身影。

卢茵抹了把泪，忽然叫了声。

钱媛青突然一抖，脚下踉跄地回头。

卢茵又喊了一声：“妈。保重身体。”

钱媛青的眼眶滚热，那两个孩子的身影渐渐模糊。

从火车站出来，卢茵的眼睛仍是红的。

陆强把她抱在怀里，低头吻她的头顶。

车子行起来，里面有些沉闷，这个时候，两人都不知道该说点儿什么。

陆强看了看她，把空调温度调高，车窗开了道缝隙："凉吗？"

"不凉。"

陆强转回头看着前方，胳膊伸过去，握住她的手，隔了几秒，卢茵的手指摊开，与他十指相扣。

赶上早高峰，路有些堵。一路经过学校、闹市区和高架隧道。

卢茵的心情慢慢平复，紧紧手指问陆强："在想什么呢？"

陆强表情松动："没想。"

"不要太担心她，她比我们谁都清楚该怎样生活。"

"我知道。"

卢茵看着他："嗯。"

又一阵沉默，很久后车才开到医院门口，前方需左转弯过减速带进入院门。陆强突然轻踩刹车，车身一晃，堪堪地停在车道上。

卢茵心中一惊，拉住上方扶手："怎么了？"

他看着前方，眼神难辨，心中犹豫不决。后面车队鸣笛，一声赛过一声，医院门卫跑出来查看情况。

陆强对上卢茵的目光，好似一瞬间有了结果，他笑了笑："没事。"

他踩一脚油门，冲过了门口："有个地方想去。"

车子在医院门前绕了一圈儿，又按原路返回，过隧道，上高架，下了路口，直接往城郊方向去。

卢茵心中疑惑，也只安静地坐着。

大概过了半个小时，车子在一片树林中停稳，周围绿荫环绕，却在中间开出一条崎岖的小路。其实漳州很多地方她都没去过，这里更是头一次来。

陆强拉稳手刹："走吧。"

锁好车门，陆强的掌心朝后，手指勾两下，没几秒，掌心凑过来一只温软的小手，他一把握住，牵牢她，往小路的深处走。

耳边翠鸟啼鸣，树叶随风微晃，半个人影都没有。陆强的余光注视周围的动静，他明白这种时候随意走动存在危险性。整段路，有一辆不起眼的轿车不紧不慢地跟着，他知道，那是老邢派来的。自打那日他答应老邢的要求，就一直有人暗中保护。

这让陆强安心不少。在送她走之前，他想带她来一趟。

小路是一条向上的缓坡路，又走几分钟，才见有人陆续下来。她没问陆强要去哪儿，鼻端越来越浓的香火味儿，已经告诉了她答案。

卢茵身体还虚弱，头有些晕，后半段儿趴在陆强的背上，两人相贴的部分，冒出一层热汗。可她还嫌不够，双臂搂紧他，拿鼻尖轻蹭他汗湿的脖子。

陆强回过头，她也抬头，对视片刻，两人默契地送出唇瓣，轻吻彼此，然后淡笑。

卢茵又亲一下他的耳根，头枕回他宽厚的肩膀上。经历过生死，她比以前还要依赖他，更大胆、更主动、慷慨地表达内心的情绪。

陆强笑声逸出："佛家重地，女施主谨言慎行。"

卢茵没说话，就那么侧着脑袋看他。

陆强腾出手，朝她的腿上捏了把，喉咙一动："你现在身体行吗？"

他手上的动作意有所指，卢茵瞬间明白。

她脑袋稍微放正，抿抿唇，还是有些难为情："应该，行吧。"

陆强看着前方，意外地，没有出言调戏。

跨上最后一级台阶，迈过高门槛，他把她放在平地上。前方是青石板铺就的院落，年代久远，随风雨侵蚀，已经坑洼不平。

庙宇很小，外檐陈旧不堪，庙两旁的两株菩提反倒苍翠茂盛。

知道这里的人并不多，门庭稍微冷落。

陆强带着她跨过数道门槛，气氛肃穆严谨。卢茵没特意追求过这些，这也是她第一次来这种地方，内心一丝惶恐，但更多的是不解。

她小声问："你以前常来这里？"

陆强拿眼打量周围："头一次。"

"我们为什么会过来？"

他回答得有些敷衍："随便看看。"

陆强放开她的手，先走一步。寺庙前有个硕大的圆形香炉，香烟缓缓上升，里面布满厚重的香灰，旁边有个窗口，是请香的地方。

陆强在门前站了片刻，有人在前面烧香拜佛，他认真地看了一遍，掏出钱夹，去旁边请香。

卢茵有些呆滞地站着，看这个男人目无他物地走回来，左手持香，右手拿烛，他点燃手中的三炷，在胸前停了片刻，然后高举过头顶，认真作揖。

卢茵的心口热流汹涌，手心儿出了汗，她有点难以置信，他这样粗犷野性的男人，会相信有佛祖的存在。

作完揖，陆强把三炷香插到香炉，没有看卢茵，抬步走入寺庙里。

当中佛祖宝相庄严，慈悲肃穆。他抬起头，瞧见它正满面笑容地俯瞰众生。

陆强始终昂头站着。卢茵不知何时进来，立在他的后面。

眼前的画面像是一瞬间静止，晨光穿过大门和破旧的窗棂，照亮整间内堂。佛祖法相金身，金光笼罩在陆强的身上，他在一片光芒中，双膝微屈，缓缓地跪在面前的蒲团上。

卢茵的心脏一揪，下唇咬出痕迹，他第一次见这男人以卑恭的姿态立于人前。她不知道他在想什么，也不知道他在祈求什么，只见他双手合十，置于胸前，原本不羁张狂的身体里透出异样的虔诚。良久，他摊开掌心，朝上放在身侧，随后上身拜倒，匍匐于地。

久久没有直起来。

卢茵满脸泪水，只觉得这样的他让人无比心疼。她捂住口鼻，抑制失控的声音，脚步向后错，悄悄退了出去。

不知多久，陆强从里面出来，抬起头，眼前是一望无际的天空。

卢茵站在树荫下，摆手朝他笑。

陆强过去。

卢茵挽住他的手臂：“跟佛祖求了什么？”

陆强笑说：“早生贵子。”

卢茵不会相信，却也不再想深究到底。

他帮她遮住炽热的阳光，神情专注认真。

对视几秒。

陆强抬起她的下巴，不分场合，低头吻住她的唇。

一个多月以前，卢茵被推进重症监护室，深度昏迷，生死不定。

陆强站在她的旁边，看着身后有人离去。生老病死，不过是眨眼之间，只要能相随，又何必在乎人间与黄泉。

刹那间，陆强悟了。

他释然地笑，异乎寻常地冷静。

他附在卢茵耳边轻声说：“你若能活下来，我酬神拜佛，吃斋诵经，去他老人家面前叩首谢恩。你死了，我也绝不独活，陪你下黄泉。”

从山上下来后，陆强沉默，一句话也没说。

卢茵侧头反复看他几眼，有点不懂他。

现在凡事似乎都朝着好的方向发展，可这段日子，陆强态度反常，好像很多话都藏在肚子里。卢茵惴惴不安，刚才在寺庙里时这种感觉尤为强烈。她向来敏感，一时觉得离开的事将有变数，一时又怕陆强变心，怕自己现在的样子已经对他失去了吸引力。

卢茵无法凝神，她打破沉默，蹭蹭他的手臂："今天已经九号了。"

陆强神色微动，手从方向盘上拿下来，握住她的手："嗯。"

卢茵想想说："十三号。机票是那天的，我们能顺利离开吗？"

他揉捏她小巧的手骨，听到这话，动作停了停，几秒后，复才继续。

陆强说："能。"

停了会儿，卢茵问："你最近有心事吗？"

陆强侧头看她一眼："没有。"

"那看你总是闷闷不乐的样子。"她眼神探究，轻轻地皱着眉头。

她大病初愈，嘴唇仍然不如之前润泽，肤色白白淡淡，透出几许惹人疼爱的病态美。

前方是荒无人烟的林荫路，陆强这才敢肆无忌惮地看着她，他脸色缓和下来，对着她勾勾唇角。

"有那么明显？"他单手握着方向盘，把她的手拉到唇边啄了啄。

卢茵点点头："是的。"

陆强转回去盯着前方："没碰你，给憋的。"

卢茵哼一声，抽回手，侧头望向车窗外，心情并没因为他的逗弄而放轻松。

好像冥冥中有种错觉，卢茵突然问："平时光听你说了，机票在哪儿？我还没见到呢。"

陆强没看她，好一会儿才答："根子那儿。"

"他订的？"

"嗯。"

卢茵打量他一眼，他目光深沉，面色淡然，始终目视前方，认真开车。

她心里略微起疑，可她宁愿相信是自己疑心太重。她深深吸气，话咽回去，便没有继续追问。

两人回到医院已是中午，停好车，他们被小护士堵在走廊上。

上午本来还有一项重要的检查，护士找不到人，翻出之前登记的家属号码，拨打过去，无人接听。

原本和主治医师定好的时间，病人没来，主治医师难免责备小护士几句。小护士心中委屈，好容易抓到人，说话有些刻薄。

陆强站在走廊里，让个小姑娘训了一顿，面子挂不住，脸色黑臭，隐忍着像要爆发。

他刚一抬胳膊，卢茵抽口气，忙把他的手臂压下来握手里，解释说："早晨送我婆婆回老家，他们不让，是我硬要跟去的。"

"要送一上午？"小护士吓唬说，"别以为你现在能走能跑就没事了，不好好地配合我们检查，万一有残留血块儿压住主干神经，到时候后悔的是你们。"

小护士瞪一眼陆强："尤其是家属还跟着胡闹的。"

卢茵连忙道歉："不好意思啊，下次不会了。"

小护士来回打量片刻，哼了声，端着托盘一扭头，准备离开。

陆强跟上一步，卢茵以为他的臭脾气又上来了，环住他的手臂和腰往后压了压："你要干吗？"

陆强看她一眼，老实地被她抱着，转头冲着小护士："你等会儿。"

对方站住："还有什么事？"

陆强问："检查时间定在明天行吗？"

"这我哪儿知道。"

"能不能帮忙问问？"

小护士不情愿："我过会儿去找主任一趟吧。"

陆强顿了顿，尽量和气："那麻烦你了。"

对方的面色这才稍有缓和，嗓子眼儿里嗯了声，走掉了。

卢茵手没放开，身子贴着他的，眼里写了三分惊讶。

陆强："你以为我要干什么？"

"我……"

卢茵松了力道："以为你要发脾气。"

陆强手掌按在她的帽子上，拍了拍："我让你没有安全感？"

卢茵昂着头，瞳孔里有他严肃的样子，噘着嘴，点头。

陆强牙齿抵住她下唇，拿舌舔了舔。

他侧过头，窗外阳光明媚。

过了半晌，他微眯一只眼，在她的额头轻触即离，低声说："给我点儿时间，茵茵。"

"什么？"

"你要的安全感。"

三天以后，卢茵终于出院。

这天是八月十二号，飞机是第二天凌晨三点的，他们还有些时间。卢茵办完离职，从厂里出来已是下午。她找了家银行，给舅舅寄去几万块钱，又去附近的商场买了些必需品。

一切做完，天色已经转暗。

在科技城约了叶梵吃晚饭，陆强并没参与，只在车里等卢茵。

叶梵从外面进来，见到卢茵的样子时震惊不已。卢茵避重就轻，只说自己出了车祸，做了个小手术，现在已经痊愈。

之前电话中卢茵对此事只字未提，所以叶梵免不了埋怨，说卢茵不够朋友，但她转头就抓着卢茵的手问长问短，担心车祸是否会留下后遗症。

简单的相聚，令彼此都格外珍惜，也不知道下次见面是什么时候。

两人吃完聊了许久，从饭馆出来，已是华灯初上。

叶梵在大堂门口拥抱卢茵："等你回来。"

卢茵眼窝子浅，被叶梵的一句话逼出眼泪。她枕着叶梵的肩膀，抬起眼，看到轿车旁斜倚的那道身影，肩膀宽阔，腰腹瘦劲，一条腿踩着马路牙子，显得身材格外壮硕修长。他捏烟的手随意地搭在外视镜上，手腕低垂，烟雾缥缈间，只拿幽深的目光看着卢茵。

卢茵原本沉重的心情得以好转，她说："好。"

"自己保重身体。"

"你也是。"

"到了发我号码。"

"好。"

两人又抱了一会儿，只剩离别。

挥手再见后，陆强掐了烟走过来，卢茵的眼睛还是红的。他拢住卢茵，把她带到副驾上，一路开回租住的小区。

这里将近两个月没住人，开了门，迎面一股潮湿的气息。

陆强打开所有的窗户换气。

卢茵先去洗澡，中途陆强敲门问她要不要帮忙，没有直接闯进去。

她洗好已经八点多，换陆强去洗。

陆强出来时，卢茵正蹲在地上整理旅行箱，旁边放着几件他的汗衫和裤子，叠得整整齐齐。

陆强只穿了条平角裤，身上挂满水珠，擦头发的手一顿："这些不用带，那边都准备了。"

卢茵抬头："基本的衣服还是要带一些吧。"说着，把叠好的几件码进箱底。

陆强在床边坐着，背微弓，毛巾扯下来拿在手里，垂眸看着床边忙碌的那个瘦小身体。

卢茵一抬眼："怎么不穿拖鞋。"

他赤着脚，脚很大，牢牢地踩在地面上，旁边有几个凌乱破碎的水印。卢茵往上扫了眼，瞟到他结实的小腿，上面一层黑密的腿毛因为潮湿贴在皮肤上。

她的心脏几分期待地跳了跳，落回视线，没敢继续往上瞅。

陆强说："我的不用带。"

卢茵一顿，那种不好的错觉又来了："为什么？"

"到时候买新的。"

她咬了下唇，把手头的衣服放进箱子里："可是，这些也是新买的。"

陆强这几天很少有笑，幽暗的灯光从头顶打下来，他面部的棱角更生硬几分。

卢茵蹲在那儿看他。

陆强身体动了动，把毛巾甩到凳子上，捏住她的腋下把卢茵提到床边。

"刚出院别累着，还能睡几个小时。"

"我还没整理好。"

陆强关了灯，扯过毛毯盖在两人身上："早起再收。"

黑暗降临，窗外的光一点点地透进来，时间还早，花园里传来嘈杂的音乐声。

卢茵乖乖地躺下，眼睛在黑夜里眨了眨。陆强呈大字平躺，一手垫在脑后，另一只胳膊穿过她的颈下，手掌回握住她的手臂。

太安静了。此刻的他不具一点儿攻击性，两个月没在一起过，躺一张床上，相安无事，这根本不像他。

卢茵有一刻的挫败，出事以来她总是患得患失。眼睛逐渐适应黑暗，她盯着墙上不断晃动的树影，咬咬嘴唇，侧过身来面对他。

陆强手臂收了收，搂紧她的背。

卢茵攥住拳，过了会儿，又缓缓地松开，一咬牙，指尖儿落在他的小腹上。她明显感觉手下的皮肤绷紧，触感硬邦邦的。

卢茵声细如蚊："你，想不想？"

陆强说："老实点儿，你身子太虚。"

"我已经好了。"

"明天还得坐飞机。"

他没听到回答，身上作乱的手还在。他感受到她的温度，她的指尖向下滑去，钻进陆强的内裤边缘。

陆强咬紧后槽牙。

只犹豫一瞬，卢茵一把握住，心下便骇然。以往她太过被动，大多在晚上，不识庐山真面目，就算被迫看到，也只敢偷偷瞟一眼，根本没正式碰面打过招呼。眼见和触碰是两个概念，这次真真切切，它带着特殊的温度，会跳动。

掌中的体验新鲜又陌生，回忆曾经做过的事，简直无法想象，她是怎么接纳他的。

这样想着，卢茵一瞬间赧然，刚才还一鼓作气，现在又想退缩。

她手上松了松，却突然被一把握住。

陆强意志力在她面前几乎为负数，三两下简单的撩拨，他便低哑着嗓子咒了声，翻身压住她。

他的动作温柔至极，重量也不敢都压到她身上。

他撑着手臂，缓缓地动，像身下是个易碎的瓷娃娃。因为隐忍，汗液顺下巴滴到她的身上："头晕吗？"

"……不。"

"难不难受？"

卢茵咬唇摇头，指甲抠进他的手臂里。

陆强心中一疼，此刻真实的瞬间让他想到未知的将来，她这么柔弱，需要人保护要人疼，让他怎么忍心。他喉咙滚动，埋下头混乱地亲吻她的唇。卢茵刚开始还积极配合，到后来便无力招架，呼吸有些不畅。

陆强放开她，唇移下去，亲她心口那道刚结痂的伤疤，那道疤痕丑陋、扭曲，在她的身上烙下永不磨灭的痕迹。

卢茵敏感地往后缩，想推开他的头。

陆强好似蜻蜓点水："别怕。"他的声音像一剂良药，卢茵心口湿湿凉凉，不由自主地抱住他的头。

整个过程都以舒缓的速度进行着，陆强像一头温驯稳重的公鹿，他并没有尽兴，却不想卢茵感到一丝不适应。

她两条细嫩的小腿攀上他的腰，最后时刻，陆强想抽身离开，身后的力量却越发紧，他哑声说："茵茵乖，把腿放开。"

"没关系。"

"别闹。"陆强低声呵斥。

卢茵心思敏锐：“你是不是嫌弃我了？”

“什么？”他极力隐忍。

“我变丑了，所以你不愿意亲近我？”

陆强一顿，被迫停下，他内心的一丝顾虑使她没有安全感。他撑着手臂，看淡淡的月光在她眸中投下影子，晶晶亮亮的。

陆强吻她的眼睛：“怎么，还有精力胡思乱想？”

卢茵咬住唇：“可是，以前你都主动要求的。”从老家回来后，陆强一直想要孩子，很多次他们都没做避孕措施。

他慢慢动作着：“稀罕你还来不及。”又拿下巴蹭她的额头，柔声说，“我的茵茵怎么都美。”

卢茵鼻腔酸胀，突然感到一丝委屈，紧紧地抱住他的背。

陆强动了一会儿，问：“能受得住？”

她没吭声。

陆强一咬牙，终于遵从本能。最原始的亲近，持续了很久。

他哑着嗓子：“叫叫我，茵茵。”

“陆强。”

“你是我媳妇。”

卢茵嘴唇咬得煞白，颤颤巍巍地叫出来：“老公。”

“叫。”

“老公——”卢茵一遍一遍，机械又凌乱地叫着，语调破碎。

陆强后脑发麻。他永远忘不掉，去年在昏暗的走廊里，她冲着电话那头喊老公的样子，声音轻轻柔柔，像夏夜绵软的风，拂过他的心头，再也挥之不去。

他胸中激涌，没人知道，这一天对他而言来之不易。

他喉咙滚动，在她期期艾艾的声音里释放。她想要的，他陆强全部给了她。

夜深人静，终于平息。

卢茵疲倦过度，背对着他，迷迷糊糊地睡着。

陆强没合眼，借着月光，静静地描摹她的轮廓，时间一分一秒走，已经过了午夜，离飞机起飞还剩三个小时。

他撑起身体，半靠着床头，点了根烟吸起来。

被角只搭住她的腰臀，陆强垂下眼，月光洒在她洁白的背上，像铺了一层晶莹的珠光。

床边电话振了几遍，陆强才拿到眼前。

邢维新的电话半夜打来，陆强敛眸，掐灭烟，坐直身，接了起来。

对方焦急："邱震那边有动静，要坐船离开漳州。陆强，不能再等了。"

陆强说："我需要三个小时。"

老邢急得想骂人："你还想干什么？三个小时都游过太平洋了，你来有屁用。"

"我必须送卢茵离开。"

那边吸一口气，耐着性子："有警方的人跟着，我向你保证，会安全送她上飞机。"

老邢等了片刻："别再犹豫了，你这算是戴罪立功。之前坐牢六年，即使判决，也不会再蹲太久，你们总归能团聚。哪边儿事情紧急，你自己掂量，千万不能功亏一篑。"

陆强沉默片刻，看向身侧的背影，目光移动半分，她的头发刚长出寸许，里面潜伏一道扭曲的伤疤。她的脑干受损，在ICU里躺了三天，险些没命。

陆强牙关咬紧："给我一个小时。"

"你……"老邢气得说不出话。

"必须。"

"你干什么去？"

"解决个事情。"

"必须去？"

"是。"陆强说，"叫你的人别跟着。"

陆强没等回复，掐断通话。

他捡起刚才抽剩那半截烟，点燃了又吸起来，手指划过她的肩头，留恋片刻，俯身在那位置落下一吻。

等烟抽完，陆强往身上套衣服，眸里冷光凝聚，像变了一个人。

他没回头看，狠心关上身后的门，急步走出去。

他给根子打了通电话。

那边睡得正香，迷糊了一阵。

陆强说："你半个小时后过来一趟，把卢茵送机场去。"

根子有些蒙："哥，那你呢？"

"找陈胜。"

那边急了："不是说好送嫂子走以后再办他吗？"

陆强走出小区："邱震那头儿有变。"

根子像是开了门，一连串下楼梯的脚步声："哥，你等我，我跟你一起去。"

陆强吼起来："我让你过来接卢茵，听不懂人话吗？"

那边一顿："可陈胜早有防范，你自己过去不安全，会没命的。"

陆强吸一口气："王全志，现在告诉你，老子的命现在就在那屋里，卢茵交给你，她万一有什么闪失，兄弟没的做，别怪我剐了你。"

根子脚下磕绊，险些摔倒，忙道："哥，你别着急，我这就过去。"

陆强脚步极快，在路边拦了辆车，报上地址。

根子说："哥，那你小心，我挂了。"

"等等。"

根子重新把手机贴回耳边。

陆强侧头看向窗外，顿了顿，手指抵住额头："帮我给她带句话。"

0852

All this is fate

第十二章　尘埃落定

卢茵从睡梦中惊醒，一头冷汗，伸手摸摸旁边，没有陆强的身影。

她穿上衣服，冲客厅里喊两声，没人应她。

心里有种不好的预感，从枕头下翻出手机，没等拨打，先响起敲门声。

她心落回一半，打开门，愣了愣，门口站着王全志，却不是陆强。

这个点，巢会仍旧人声鼎沸。一楼舞池里暗光闪烁，音乐震天，男男女女贴面劲舞，一片靡费的气息。

二楼一整面圆形玻璃窗，里面灯光昏黄。

陈胜瘫在沙发上，搂着个女人，斜眼瞥着楼下。

半刻后，陈胜的神经一紧，有东西从血管里挤压式地撑开。他浑身发冷，皮肤麻痒，不可抑制地打战，把手移到女人的腿上拼命掐了几把。

女人一声尖叫，立即躲开。

陈胜蜷起身体，龇着牙齿，面目狰狞地看着那个女人。

那个女人知道他为什么这样，她取来工具，半跪在他的脚边，拉过他的手臂绑紧皮筋……

一次不行，他又要求女人加大剂量。

精神亢奋过后，陈胜浑身瘫软，又坐了片刻。那女人把他搀起来，颤抖着走出房门，身后几名黑衣保镖立即跟上。

这两个月以来，陈胜没有单独行动过。去年交锋中，他已经把陆强的底摸清，根本没把陆强放在眼里。脱离了邱世祖，陆强连狗都不如，但直到那日车祸，他出了一口恶气，才觉得真正地战胜了陆强。

虽然今时不同往日，但他算计良多，身边一直带着人，行事都小心谨慎。

穿过走廊，坐电梯直达地下一层，停车场里空旷阴森，头顶的大灯散发着白惨惨的光。一行人过来，皮鞋踏在水泥地面上，打破原本的死寂。

三辆黑色轿车停在角落里，行至那边，光线更加昏暗，陈胜走在当中，下意识地往车边扫了扫，有一抹淡淡的烟雾萦绕在半空中。他双脚顿了顿，突然停下，眨眨眼，再往那方向看去，才发现是自己眼花，根本什么都没有。

身后保镖警觉，刚想上前查看。陈胜拦住，挥了挥手："没事儿，上车回去吧。"

陈胜和那女人坐进第一辆车，他靠向椅背，闭上眼，旁边的人往他的身上蹭了蹭。陈胜抬起手臂，把她搂住。司机同样体型庞大，从后视镜里看了眼，见他们坐稳，拿对讲机交代了两句，其余几人依次坐入后面车中。

司机戴上耳麦，启动车子后，手指放在中控键上，只慢了两秒，倏忽间，后车门被人大力地拉开，车体一沉，一个身形魁梧的影子，弓下身，一屁股坐在副驾驶后面的位子上。

陈胜悚然睁眼，侧头看过去，浑身一凛。

陆强就这么明目张胆地过来，穿了件薄薄的黑色汗衫和宽腿麻布裤子。他的两腿叉开，懒散地靠着椅背，嘴角咬着烟，半垂眼皮看着前方，并没看陈胜。

司机发现情况不妙，对耳麦里讲了几句，身后保镖冲过来，有人拉开陆强那侧的车门。

陆强仍未动，也没用手扶烟，吸了口，烟雾在鼻端缓慢地散开。

陈胜定了定神，恢复自如："哟，稀客。"

陆强鼻腔里喷出一声。

保镖拉住陆强的手臂，要把他拽出车外，然而这一下未撼动他分毫。

陈胜看了看陆强，朝外一摆手，保镖松开，往后退开两步。

"今天这么有空，强哥。"陈胜不阴不阳地叫了声。

他打个哈欠："难道嫂子救过来了，没死成？"

陆强神色不明，拇指和食指捏住烟身，吸满，轻吹了口气。

陈胜打量他片刻，颤着身体耸耸鼻："那小妞儿到底美成什么样，把你迷得神魂颠倒，就这么自个儿跑来了？"

这话也没见陆强动气，他把烟屁股在指间揉搓片刻，手垂下来，捻灭在腿间的昂贵座椅上。

陈胜看着陆强的动作，嘴角下撇，已是不悦。他紧凑地吸两下鼻子，皮笑肉不笑："怎么着？强哥，什么意思？"

陆强说："你应该想到，我得来找你。"

陈胜挑挑眉："还真没想到。早知道她那么重要，当初拿卡车碾死她好了。"

陆强淡笑："这回看你本事。"

陈胜原本上扬的嘴角僵住，扯了扯，露出里面参差的银牙，他见不得陆强目中无人的嘴脸，更痛恨陆强身上运筹帷幄掌控一切的气势。陈胜冷哼一声，拉开身侧的门，把那女人一把推出去，不再你来我往地说废话，朝后一摆手："上车，去仓库。"

一行有七个彪形大汉，个个受过特殊训练，加之体型健壮，一屁股能把人压断了气。后备厢里放着砍刀匕首，陈胜现在神志不清，脑中唯一的想法就是弄死陆强。

陆强只有一个人，硬碰硬占不了半点儿好处。

三辆轿车风驰电掣地开出市区，沿着火车车轨，往二公里半的仓库开去。

陆强头枕着椅背，垂眼看向窗外，不急不躁，未见半点儿惧色。车厢内诡秘莫测，他一下一下地拨动手中的打火机，仿佛数着节拍，伺机而动。

陈胜瘫在座椅上，身体几乎快溜下去，他眼睛睁开条缝，撇撇嘴，把陆强的行为理解成慌乱，又用食指堵住鼻端蹭蹭："要不试着求求我？"

陆强手指一顿。车子顺道拐弯儿，绕过几栋厂房又开回来。

天色黑暗，窗外荒无人烟，只剩两盏照明路灯孤单地立着。一条笔直公路和铁轨交错着延伸到不同方向。

前方交叉点上，一座破旧岗亭，隐约见门口站了个人，挥动手中的红旗，要求止步。

司机踩了脚刹车，减速慢行。

陆强神色凛然，嚓的一声，一簇火苗终于明晃晃地亮起，他的手松开，车厢又彻底地恢复黑暗。

一切发生在电光石火之间，陆强突然扯住陈胜的头发，迅猛地撞向对面车窗，又扯回来，另一手罩住陈胜的额头，左右一扭，陈胜还没来得及反应，瞬间休克。

司机瞳孔放大，望向后视镜里，手摸下去，抓住座椅旁边的铁棍，同时冲着耳麦里喊话。

陆强余光瞥到，岗亭边的交通杆正缓缓落下。他用手臂支撑着身体，借助腰部的力量，双腿齐飞，一脚踹在司机太阳穴上。司机头部撞上车窗，玻璃爆裂，铁棍还没出手，已经被陆强扔下车。

陆强掌控驾驶位，关上车门，扫了眼后视镜，几名保镖正往这方向冲来。

他目视前方，交通杆已经降下一半，伴随轰隆隆的鸣笛声，远处火车灯光大亮。陆强腮帮子紧绷，半刻不停地踩死油门，擦着交通杆开了过去。

火车大灯从侧面打入车厢那一刹那，白光闪现，陆强终于懂了卢茵那日的恐惧。

不知什么时候，陈胜醒了过来，自己躺在冷硬潮湿的地上，四周昏暗，隐约能分辨是一片空旷坑洼的土路，树叶茂密，有山也有水。

陈胜撑着手臂坐起来，脖颈疼痛，左右转动脑袋，瞟到个人影，惊得缩起了身体。

不远处停着他的轿车，火儿熄了，静静地潜伏在黑暗里。

驾驶位车门大开，陆强朝外坐着，一条腿踩在车里，另一条腿直直地撑着地面。他的手臂搭着膝盖，指尖一点猩红，在唇间忽明忽灭。

陈胜下意识地看向四周，空空荡荡，他的人一个都没跟来。陈胜咽了口唾沫："这是什么地方？"

"齐罗山。"

陈胜暗暗吸气，这里荒山野岭，和巢会仓库南辕北辙，一到晚上，鬼影子都见不着。

陈胜神色稍现慌张："你想怎么样？"

"你说呢？"陆强淡淡地瞥着地上的人。

陈胜从前不惧陆强，是因为身边跟着几个训练有素的保镖，七个干一个，陈胜稳胜。但是论单打独斗，陆强的块头像野兽，陈胜却身形细长，真打起来根本赢不了一招半式。不是那群保镖反应迟钝，只不过陈胜千算万算，还是低估了陆强。

陈胜的心思一时千回百转："我们中间可能有误会。"

"什么误会。"

"我们俩本身无仇无怨，何必总是揪着彼此不放。"

陆强坐着没动，冷哼了声，低头抽了口烟，弹了弹。片刻后，站起来走到陈胜的旁边，一脚踹在他的胸口上。

陈胜闷哼，屁股滑出半米。

陆强语气淡淡，一字一顿地说："你千不该万不该，不该动我的女人。"

陈胜低咳："我也是按邱老的吩咐办事，其实身不由己。"

他顿了顿："我只是狐假虎威，和你说那些狠话，就是当初有点不服气，想气气你罢了。"

"是吗？"

"邱老怕你把信息透露给警方，让我直接找人办了你，我那天去找你，回来把话和邱老说了，他不信任你，非要我给你个教训，让你闭嘴。"

陆强脚踩陈胜的胸口："说的是真话？"

"真话。"

"动卢茵也是他的意思？"

陈胜舔舔嘴唇："是。"

"那看来，你只是听命办事？"

陈胜说："你之前跟过邱老，应该很清楚他的办事风格。"

陆强垂眸瞥了陈胜半刻，把脚挪开。

陈胜的两眼深深凹陷，身体虚弱，手无缚鸡之力，简直跟刚才的嚣张跋扈判若两人。陆强扔了烟，两手插回裤子口袋里，里面手机振了两遍，他没拿出来看。

陈胜借着月光看陆强的表情，捂住胸口缓缓起身："邱老是多狠戾的人物，你我都知道，他为保小震，什么事都做得出来。"

陆强没吭声，低头又点了根烟。

陈胜说："你要是不相信我，今天就直接弄死我，反正这儿也没个喘气儿的，神不知鬼不觉，谁也不知道。"

陆强昂头吐出烟圈儿。

陈胜继续说："我愿意和你……"

"你走吧。"

"什么？"陈胜诧异地瞪大眼。

"趁我改变主意之前。"

陈胜的脚尖下意识地偏移方向，朝着空荡荡的前路。他吸吸鼻子："你怎么突然……"

陆强意味不明地笑笑："冤有头债有主，听了你一番解释，我觉得更应该去找邱世祖。"

陈胜挪了半步："你别冲动。"

"滚不滚。"

"我可以帮助你。"

"滚。"

陈胜闭嘴，连续往斜后方退了几步，打量片刻，陆强站那儿未动，只知道埋头吸烟，并不像说假话。

陈胜迅速扭过头，向着视野里唯一有亮光的大马路冲过去。

陈胜嘴角咧到耳根，亢奋地低骂："真是蠢货。"

陆强侧身看，陈胜跌跌撞撞地往前跑。他一根烟总算抽到头，两指一揉，火熄灭了。兜里的手机再次振起来。

为配合警方办案，游轮已在岸边停靠许久。

邢维新像热锅上的蚂蚁，焦急万分。邱震一干人等在闸口，工作人员借口过去两次，要求配合检查。时间拖延了近半个小时，再找不到合理的理由，游轮马上会离开。

相关部门只能再拖延十分钟，邱震若是乘船出国，再转飞其他国家，便可永远地逍遥法外。

邢维新叉着腰，透过落地窗看向闸口那堆人影。邱震一身黑色装束，佝偻着脊背，比上次见面时要消瘦许多，旁边邱世祖侧头和他讲话，他埋着头，半点儿回应都没有。

邢维新视线移开，目光落在大厅正中的巨大表盘上，时间一分一秒地走过，广播正提醒乘客准备好船票，等待入闸。

邢维新的脸色越来越沉，从兜里掏出手机，按下那个号码……

陆强转身往轿车方向走。

陈胜气喘吁吁，离光亮越来越近，马路上不时有车飞驰而过，嗖的一声，从眼前消失。陈胜今天药打得过量，比往日虚弱，他脑中混乱，脚下发颤，迈着机械的步伐，一刻不停地往前跑。希望就在眼前，他咧开大嘴笑出声。

一声轰鸣，他的脚步顿住。

陈胜回过头，身后车大灯乍亮起，他抬臂挡眼，空地亮如白昼。

黑色车身缓缓向陈胜靠近，陈胜的汗毛立起来，恍然明白了陆强的用意，他哪儿能轻易放过自己。陈胜脚下磕绊，险些摔倒，也顾不上别的，连滚带爬地往前跑。

手机在兜里振动不停，陆强没管它。

他的唇线笔直，眼神阴鸷，一脚油门冲着那个狼狈的人影开过去。

人比车灵活，陈胜左躲右闪，身体往旁边滚倒，爬起来，朝相反方向跑。

陆强重踩刹车，降挡，车身重心前移，猛打一把方向盘，车尾甩出去，一个漂亮的横移。

地面上尘土飞溅，刺耳的声音响彻山谷。

陈胜已经跑出了一段距离。

陆强开车的速度极快，他眼前浮现出那日两车相撞的画面，卢茵躺在车底浑身是血，奄奄一息，她在手术室里与死神抗争，她面无血色的小脸，她胸口和头顶的伤疤，她剃光头发的脑袋……无一不像一把利刃，剐在陆强的胸口上。

陆强脚底越踩越重，陈胜近在眼前，只要他再坚持两秒，从陈胜的身上碾过去，便可偿还卢茵遭受的一切痛苦。

他握紧方向盘。

陈胜呼吸急促，不停地跑，浑身上下仿佛有千万条蚂蚁在啃咬，皮肤发冷，血管快要爆裂。

没坚持几秒，他脚下一软，再也撑不住，摔倒在地上。

陈胜手脚并用，连爬了几步，翻过身，手臂支撑屁股往后蹭。车速极快，眼看车就要从他的身上碾过，陈胜瞳孔放大，惊恐地怒吼出声。

车前轮蹭过他的脚，陈胜一口气卡在喉咙里出不来。车速依旧，车盖住他的腿，他只感觉一股液体从喉咙滚出，太阳穴涨痛，眼球快要暴出来。

然而就在这一刻，车头贴着他的鼻尖猝然停下。陆强踩了刹车。

短短时间里，一帧帧画面在陆强脑海中不停回放——他们一起试旗袍，在车中拥吻；领证那天下了雨，但两人照片却以相依姿势，烙刻在那纸证明上；他和卢茵在家乡拱桥上看流星、打雪仗，回到老房子，他们忘情缠绵。

时间迅速倒退，回到初识，卢茵一身洁白的婚纱站在雨幕里，她带着惧怕嫌弃的眼神看他，她站在走廊那一声柔软的“老公”。还有，陆强第一次吻她，就在此地，齐罗山下的小舟里。

最后，陆强想起那日火车站，钱媛青对他最后的嘱咐。

他踩了刹车。

他推开车门，往前走了两步。陈胜半截身子埋在车身下，脸色青紫，浑身抽搐，口中有白色污秽物不断地溢出来。

车子停得恰到好处。

陆强走远几步，点了根烟。

手机又在兜中振动，他稳了稳情绪，这次接起来。

邢维新显然没想到陆强会接听，愣了几秒，没等开口，陆强说：“我自首。”

当日凌晨两点三十分，机场里。

卢茵没有等到陆强。

根子交代一切，卢茵神色不明地听完，没掉眼泪，没吵着闹着要回去。

她问根子：“所以机票从来只有这一张？”

根子点头。

卢茵咬住唇，怕听到答案，还是问：“陆强会有危险吗？”

根子一愣，赶紧摇头骗她：“不会的。”

“他希望我走？”

“这样才最安全，邱世祖势力大，强哥更怕别人伤害你。”

卢茵低下头，久久盯着手中的机票，离飞机起飞还有半小时。

根子心中焦急，却不敢催促。

几秒后，卢茵深深吸一口气：“好。”

根子说：“嫂子，你把我号码记住了，到那边安顿好，把联系方式发给我。”

卢茵点头。她努力地让自己笑得好看：“那我走了。”她只带了个随身包，转身往安检口走去。

“嫂子，等等。”根子忽然又叫了声。

卢茵停步，根子追上来：“强哥还有句话让我带给你。”

卢茵抿唇。

“他说，再见面的时候，他会清清白白地站在你的面前。”

根子顿了顿：“他让你等她。”

一瞬间，卢茵泪如雨下。

她埋头，良久，只说：“知道了。”

陆强直到第二天下午才被带入审讯室，对面坐着老邢，另外还有两个人，一老一小。老的坐中间，小的坐在最外面。

等待就绪，小警员把一沓表格捋顺，拿起笔，准备记录。

小警员例行公事：“姓名。”

陆强说：“我先打个电话。”

小警员抬起眼：“现在是审讯期间，不能打电话。”

陆强没搭理小警员，看着老邢。

小警员移了移纸张位置：“姓名。”

陆强不吭声。

老邢定了定神，把水杯放下。他倾身和旁边的人耳语几句，对方拳头抵着嘴唇，看陆强一眼，点了下头。

老邢起身关了摄录机，把电话从兜里掏出来递给陆强。

陆强没接："我要我的。"

老邢看陆强一眼，把手收回来："你别说太久。"

他冲着小警员："张儿，在证物篮里呢，你给拿过来。"

陆强拿到自己的手机，按了开机键。等待几秒后，振了两下。

有两通电话是根子打来的，他没管。手指向上滑，他目光微动，下面连续的几通都是个陌生号码，号码特殊，不是按照国内数字规律排列的。

陆强舔舔下唇，拇指虚空地晃了晃，点了回拨键。

陆强沉眸看了眼屏幕，问老邢："能不能给根烟？

老邢就站在他旁边，递出去顺手帮他点着。

陆强深深吸了口，瞟向手机，直到快自然挂断的时候，屏幕才亮起来，上面开始记录时间。

他又看几秒，才抬起来贴在耳朵上。

"喂。"

隔了会儿，那边："喂。"

陆强叫："卢茵？"

"……是我。你在哪里？"她声音略微焦急，隔着遥不可及的距离，带了点颤音儿传过来。

陆强吸气，捏烟的手送上去，顿在嘴边，他滚动喉咙，垂下头，手又落回腿上。末了，终是抬起烟裹进嘴里抽了一口。

顿几秒，陆强回答："审讯室。"

那边像松一口气，没吭声。

陆强问："到了？"

"嗯。"

"都安顿好没有？"

卢茵说："好了。"

陆强努力放轻松，手搭在腿上弹了弹烟灰："刚才干什么了？这么久才接电话。"

卢茵说："睡着了。"

"那头现在是上午？"

"嗯。"

除了确认陆强的安全，卢茵总共就吐出几个简单的音节。

陆强问："不想理我？"

他问完，那边不说话了，陆强屏息，好一会儿，电话里隐约传来几不可闻的抽泣声。烟屁股被陆强咬变了形，另一手紧握成拳，房间里几双眼睛都盯着他，他视若无睹，就那么坐着。

片刻后，电话里的情绪像是稳定了："陆强，我恨你。"她的声音总算带了点儿力气。

陆强心沉了沉，低声细语："恨我干什么？"

卢茵说："我哪儿都不认识，这儿根本见不着几个黄种人。"

陆强说："根子给找的看护是中国的。"

"邻居我也不熟悉。"

"都说远亲不如近邻。"陆强道，"没事儿的时候多聊聊，根子说是对老夫妻。"

"房子太大，就我一个人。"

陆强腮帮子动了动，隔很久："对不起，卢茵。"

"……我想回家。"听到陆强的声音，卢茵还是抑制不住，终于哭出来。

这四个字令陆强前所未有地沉重，他一颗心都被她狠狠地揪起，恨不能马上飞过去，哪怕只帮她擦擦眼泪也好。

陆强眼眶发热，狠下心："你就当是休假，要不了多久，我就能过去找你。"

"真的？"

"我保证。"陆强闭着眼都能想象到她擦眼泪的样子。

他前倾身体，手肘撑着膝盖："你别哭，卢茵。"

"嗯。"她呼气。

"我的女人必须坚强，我相信你能照顾好自己。"

他顿了顿："你应该知道我留在这儿情非得已，但也非留不可。吴琼的死和我脱不了干系，错了这么多年，我不希望糊里糊涂地跟你过日子。"

"这是一笔债。"陆强沉声说，"懂不懂？"

卢茵吸吸鼻子："我知道。"

他眉头松了松："在那边安心地等我，行吗？"

"要多久？"

"现在还不知道。"

卢茵心中委屈，故意说："时间长，我就不等了。"

陆强心一沉："你要干什么？"

她小声哼哼："去找别的男人。"

沉默片刻，陆强才想起手上还有烟，烟灰掉了一地，只剩小半截。

他吸了口："你去吧。"

陆强冷笑一声："不过千万别让我看见，不然我把那孙子命根给割下来。"

卢茵扑哧一声，在电话那头又哭又笑。陆强也随之眉头舒展，嘴角扬起笑意。

老邢来回踱步，腕表伸到陆强的面前点了点。

陆强看一眼："茵茵，我不能聊太久。"

"嗯。"

"有事给根子打电话。"

他轻挑眉头："如果……情况不好，你能给我写信。"

"好。"

他捏紧手机，听着里面的电流声："那我挂了。"

手机在耳边迟疑数秒，那边没有回应，陆强手指按下去那刻，听筒里仿佛传来遥远缥缈的两个字。

卢茵说："等你。"

老邢返回桌边，他把杯子撂在角落，气氛瞬间严肃起来。

老邢问："可以开始了？"

陆强靠回椅背："可以。"

后来的日子，陆强都在提审和问话中度过，有邢维新照顾，陆强并未受到严重的精神轰炸，只是时间熬人，睡眠不足，他眼下青黑，胡子长出来一直没有理。

警方尽量收集资料，没日没夜地忙了一个月。

在第三十四天的时候，材料终于准备妥当，老邢在紧迫的时间里，把东西送往检察院。又经过几个工作日的等待，那边来了消息，给的答案是，同意正式逮捕犯罪嫌疑人邱震，同时把资料递交给内部公诉处，向法院提起诉讼。

由于案件的特殊性，法院很快受理，并安排时间开庭。

开庭那天，已经进入十月中旬，天气转冷，漳州城里满地落叶残花，气氛颓败。

陆强当天见到了邱世祖，他一脸淡定地望向审判席，他们请了最好的辩护律师，当天没有出结果，由审判席商定，择日宣判。

审判长最后发言："法庭审理结束，现在休庭。请法警将被告人押回监所继续羁押。下次开庭时间，另行通知。"

邱震戴上手铐，被法警从侧门带走。

旁听席的人群渐渐散去，陆强回过头，邱世祖一干人已先行离开。陆强的眼神晃了晃，对上一道仇恨的目光。梁亚荣由丈夫和梁亚军搀起来，一同看着陆强的方向。梁亚荣佝偻着身体，头发花白，皮肤干瘦，眼里写满仇恨和愤怒，如果目光是一把刀，那刀刃早已插进陆强的身体里。

陆强眼神落下来，片刻，转回头，现在不管他怎么补救，都无法减轻梁亚荣对他的憎恨。

宣判日定在一周以后，法网恢恢，这天出奇顺利，邱震以强奸并逃脱法律制裁的罪名，被判处有期徒刑十年。

陆强包庇罪行恶劣，致使犯罪分子长期不能归案，被判处有期徒刑八年四个月。由于之前已服刑六年，并检举有功，积极协助警方办案调查，又减刑十五个月二十一天。最终判决结果，陆强入狱十二个月零七天，立即执行。

法庭肃静几秒，陆强抬起头，看向被告席上的人，只几秒间，陆强目光锐利地捕捉到一抹解脱的笑，极轻极淡挂在邱震的唇角。

审判长最后道："宣读完毕。"

旁听席传来几乎扭曲的嚎叫，梁亚荣无法接受女儿被害，而邱震却能逃脱死刑的判决。梁亚荣拿拳头砸着自己的胸口，用最恶毒的话咒骂被告席上的人，她满面泪痕，披头散发，嗓子喊到沙哑。在座的人们拿手指轻轻地戳着眼角，同情地看着这位满面悲怆的母亲。

梁亚荣被提前请出法庭，周围沉痛的气氛久久不能平息。

陆强侧头与邱世祖对视，邱世祖用手耸耸衣领，嘴角下撇着看了陆强一眼，一言不发地转身出去。

自此，尘埃落定。

邱震被送去小牙河服刑，陆强去了邻市监区，被特殊保护起来。

从审查到宣判，历时四个月之久。邢维新松一口气后，又马不停蹄地开始侦查吴琼被害一事。

陆强接到卢茵来信已经是一月末，还有二十几天就是新年。

他在狱警的监视下把信展开，一共三页纸，洋洋洒洒都是她对那边生活的描述。她找了份轻松的工作，就在住处附近的私人裁缝铺，不是很大，但老板很照顾她。她身体养得很好，请的看护是位五十几岁的阿姨，孩子都在那边生活，她退休过来顺便打些散工。偶尔周末，阿姨的儿子儿媳会跟过来凑热闹，一同聚餐，一同郊游。住处前面有个世纪公园，她晚饭后时常去散步，草坪上有一排长椅，从那个方向可以看到火红的日落。她说，当红霞映满半边天的时候，她很想他。

陆强咽了咽喉，继续看下去。

她说，公园再往前走有家华人开的超市，那里有许多从中国空运的新鲜食材，这里的东西她吃不惯，通常都是买菜回去和阿姨一起做。

早餐没有油条和豆浆，她很想念。晚上睡觉的时候床太大，她可以从这边滚到那边，但有时半夜会被冻醒。外国人很开放，他们毫不掩饰心中的情感，在喧嚣的大街上就能深情拥吻，每每看到这画面，她都很想念很想念他的怀抱。

卢茵说，起初的三个月很难熬，她不能进食，闻到油腥味儿就吐得昏天暗地，头晕，乏力，晚上辗转反侧。她睡不着，抱着被子压抑地哭，反复拨打他的号码，可那边永远是冰冷的忙音，这时候她最恨他……

陆强手有点儿抖，这段话他没读明白，又认真看了一遍。

翻过去，还有一页纸。

他读下来，目光落到最后四个字上，身形一顿，手指颤抖得厉害。

旁边的狱警察觉到："你怎么了？"

陆强恍惚，连忙把信纸递过去："帮我看看，最后这是什么字儿。"

狱警诧异地看看陆强，怀疑他精神不正常，帮他读了出来。

陆强好半天不知想什么，手里的纸被他捏皱了，他还盯着那四个字瞧。

狱警："你没事儿吧？"

陆强突然道："警官，我要回信。"

狱警发给他两张纸。陆强没上过几年学，握笔的姿势别扭，想了很久，他才在纸上落下第一笔。

他的字迹粗糙，下笔很重，有好几下都划破了纸张。不会写的字就问狱警，狱警索性搬来凳子，坐在他的旁边，找了纸笔，陆强问的字就写下来给他看。

问到最后，狱警有些不耐烦。

终于写好，满满的一页纸。陆强拿过来看了遍，抿抿唇，突然一把揉碎了。

狱警："……"

陆强笑了声："写得不好。"

狱警气得想冲他挥警棍，把笔一扔，站旁边不管他了。

陆强思考半天，抓耳挠腮，握着笔杆儿，最终只在信纸上写下八个大字：卢茵，你真是好样的。

陆强当晚失眠，几乎一宿没合眼。

第二天向监区申请见王全志。

根子来的时候看陆强春风满面，笑意直达眼底。

陆强说："帮哥办个事儿，把老太太给弄出去。"

根子直咧嘴，摆摆手说："哥你别难为我，咱家老太太那倔脾气你不是不知道，当初你劝都没用，我哪儿好使啊。"

陆强靠着椅背，食指轻巧地勾了勾额头，得意地挑眉。他胸有成竹地哼笑两声："你这么说。"

根子呆愣愣地："怎么说？"

"你和她说'你儿媳妇怀孕了'，让她看着办。"

根子一愣："你说谁怀孕了？"

陆强说："你嫂子。"

根子眨眨眼，一拍大腿："真的？"随后跟着笑起来，冲他竖拇指，"哥，你真强。"

陆强这会儿不经夸，嘴角就快咧到耳根上了，他昂头看向铁窗外，看入了神。半天后，他自语道："必须强。"

没聊几句，陆强催根子赶紧走。

根子从监狱回来，立即赶回淮州，去办陆强刚刚吩咐的事儿。

一晃眼，就是除夕夜。

监区这天张灯结彩，小黑板上写满了祝福语，晚上吃过饺子，搬了小板凳看春节联欢晚会。

监狱里难得这么热闹，比平时睡觉要晚。

躺到床上已经午夜，陆强睡不着，看着高窗外的一小片天。这里远离市区，听不见爆竹齐鸣，也没有烟花漫天，显得异常宁静。他想起去年春节也没一起过，卢茵去了舅舅家，而他正赶在回乡的路上。

今年同样分离，他在牢里，她却在八千多公里外的异国。

好在以后不同，跟老娘，跟他儿子。陆强想到没成形的那个小家伙儿，连翻了几个身，更是毫无睡意。

上铺的兄弟探出头，小声问："你折腾什么呢？"

陆强说："睡不着。"

那兄弟下巴垫在胳膊肘上，一脸坏笑："想女人了？"

陆强看他一眼，翻了个身，眼睛望着黑夜，嘴唇动了动："想媳妇。"

日子有了期盼，过得特别快。

出了正月以后，刑期还剩七个月。

某天，有人去监区探视陆强。他没想到的是，外头坐着的人是邱世祖。

两人对望了片刻，邱世祖拿起话筒，问他："陈胜死了你知道吗？"

陆强说："知道。"

那晚陆强没撞死陈胜，但后来陈胜因摄毒过量身亡。警方只例行公事盘问过陆强，陈胜的身上没有任何碰撞的外伤，陈胜的死，和陆强毫无关系。

邱世祖直截了当："我想知道你千方百计送小震坐牢的目的。"

陆强垂下眼，过了半刻："良心过不去。"

邱世祖没想到陆强会这么答，一双精锐的眼睛透过镜片看他，几秒后，讽刺地大笑出声："强子，你以前伤天害理的事做得多了，现在跟我讲良心？"

陆强靠着椅背，淡漠地看邱世祖，没吭声。

彼此间像无声的较量，邱世祖收了笑："不管你什么目的，陆强，我不会让小震在牢里待太久，不瞒你说，这几个月我内外疏通，事情已经办得差不多。"说完，邱世祖志得意满地看着陆强。

陆强眉头轻蹙，随后放松下来，仍旧没说话。

邱世祖说："我也是后来才查出来，陈胜从中挑拨你我关系，害了你女人，我前后根本不知情。"

他看着陆强："我一直都很信任你，更了解你的为人，相信你不会出卖小震，所以自始至终都没把精力放在你的身上，没想到……"

邱世祖撇嘴摇了摇头："我很失望。"

陆强说："我对他也一样。"

又对视片刻，邱世祖忽然动了下，整整衣领，仿佛赞同地点点头："也是，小震这脾气，应该受点儿教训。"

"这事情我不追究，就算偿还当年欠你的人情。"

邱世祖站起来："强子，以后好自为之，你现在并不能独善其身。"

陆强定了定眸，朝邱世祖轻轻笑了下。

陆强是在四月初得知邱震的死讯的，很突然，也很诧异，消息由邢维新传递进来。

邢维新说："是老邓干的。"

一个月前，梁亚荣去小牙河见过老邓，老邓去年年底查出得了肺癌，刚刚初期，但人已经消瘦不堪。两人谈了整整十分钟，回来后，老邓异常沉默。

前一段儿去上工，老邓偷偷地把十厘米的钢钉钉在大腿内侧，拿布缠紧，带回了小牙河。

老邓就是用这支钢钉要了邱震的性命。

没人知道老邓干瘦的身体是怎样做到的，可能是出于父亲的本能，抑或是鱼死网破那一瞬间爆发的力量。

那之后，老邓耗尽所有，只剩下微弱的一口气。

邢维新说："在熬日子了，也就这几天。"

陆强问："人在哪儿呢？"

"市医院。"

陆强的两手挪上来搁在桌面上，埋着头，过了许久："能给我根儿烟吗？"

邢维新递过去一根，看陆强慢慢地抽完。

老邢起身离开的时候，对上陆强发红的眼。

陆强说："帮忙给找个好地方。"

此刻，另一头。

邱世祖刚刚苏醒，独子亡故，他气血上脑，中风进了医院。

短短几天，他老了十岁。

清醒过来后，他仍不能接受现实，悲痛交加，连续抢救了两次。

邱世祖脱离危险后的第一件事，就是让陆强家破人亡。

然而，几天后，下属传递来的消息是，陆强的妻儿老母早已离开，去了国外。

0852

All this is fate

番外一：我的丈夫，陆

八月份，意大利天气闷热，时常下雨。

卢茵从裁缝铺出来，与安吉洛道别，抬头看了看，天气阴沉，又飘起毛毛的细雨。

她一直随身带着雨伞，从包里翻出来，撑开。

沿途经过一间小教堂，是文艺复兴时期修建的，古老的墙体呈现一种斑驳陈旧的青灰色，雨打风吹，大理石已被磨平棱角。教堂常年对外开放，有橘黄色的光从里面透出来，轻缓的圣歌能让人心情出奇地平和，信徒零散地坐着，双手相握，虔诚祷告。

教堂前方有一个喷泉广场，地面落着上百只白色信鸽，每到傍晚，当地的居民都会带着食物来这里喂它们。广场边有几个黄发碧眼的小男孩，戴着头盔，脚下踩着滑轮，调皮地从中间穿过，惊起一路白鸽，和着喷泉声，扑棱棱地盘旋在广场上空。

卢茵抬起雨伞，往天空望了望，笑着看向那几个小男孩，一时忘了走路。

电话这时候响起，是钱媛青打来的，透过话筒，她能听见咿咿呀呀的声音，卢茵心都融化了，收起手机，脚步变得急切起来。

她中途拐去附近超市，按照钱媛青的吩咐拿了两罐奶粉和奶嘴儿。这附近新开许多小商店，卢茵的脚步不停，一路看过来，眼神忽然顿了一下。

这是一家中国店，黑色的牌匾，用简单的四个大字勾勒：天舞刺青。旁边用红色的英文标注，边角画着简单的图腾。

卢茵不禁驻足，想起去年在漳州商场里，陆强还说要她刺个"陆"字，在身体最隐秘的位置。卢茵咬咬唇，脸不自觉地红起来，只犹豫两秒，她的脚尖一转，推开了这家店的店门。

回到家已经晚上七点钟。

在院子外碰到邻居雷德太太，站在门口聊了几句，卢茵打开院门。

阿姨正准备晚饭，钱媛青迎出来，接过卢茵手上的东西："刚才说什么呢？"

两人进了屋，卢茵直奔沙发旁的婴儿床："雷德太太说，最近治安不太好，山脚住的韩国人家里，前几天被盗了，让我们小心一点儿。"

小婴儿看到卢茵过来，挥舞着胖胖的小手和小脚，咯咯笑起来。

钱媛青道："那以后记得锁好院门和房门。"

"嗯。"卢茵点头，倾身亲吻小家伙送过来的小胖手，顺便把臂弯的背包放下，就要去抱她。

钱媛青啧了声，拍掉卢茵的手："洗洗你再抱。"

"好疼！"

钱媛青瞋了卢茵一眼："没记性，活该。都说好几次了，别把外面的细菌带到我孙女的身上。"

卢茵揉着手："……"

又是一个周末，天气晴朗无比。

卢茵拉开窗帘，深深地吸一口气，心情大好。

晚一点儿的时候，卢茵和钱媛青把婴儿床搬到院子中央，今天的小婴儿格外兴奋，咿呀大叫，笑声回荡在空气里。

她们约了阿姨的儿子儿媳来聚餐，人还没到，钱媛青和阿姨在厨房里准备食材，院子角落支着烧烤架，炭火已经烧起来。

钱媛青什么都不用卢茵管，卢茵变成大闲人，坐在摇椅里捧着一本书。旁边就是婴儿床，婴儿嘴里吐着泡泡，挥舞着四肢，啊啊不知说什么。卢茵半个字都没读进去，就那样呆呆地看着她。她的长相更多像自己，眼睛很大如同乌黑莹亮的黑珍珠，鼻子小巧，嘴也很小，唯独耳朵轮廓和另一个人极相似。卢茵渐渐看入迷，什么都不做，心中一片安然。

不知过了多久，卢茵抬头望向天空，突然想念一个人，从手机里点开日历，下个月十八号的位置上，有个特殊标记，拿手指点了点，还剩三十七天。

卢茵笑得眯起眼，天空的云朵稍纵即逝，和煦的阳光铺洒着大地。也许卢茵想要的幸福，现在只差一点点。

出神的瞬间，钱媛青蓦地喊了卢茵一声。

卢茵应下，蹬上拖鞋往客厅里面跑。

院子外，有个黑影鬼鬼祟祟，吸完一支烟，踩灭了。他把旅行包隔空扔进院子，双手撑着栏杆，轻巧地翻了进来。

小婴儿打了个嗝，听见动静，睁着大眼好奇地看过去，小腿乱挥。

钱媛青把奶瓶调好温度：“别把我孙女渴着了。”

卢茵笑了笑，拿着奶瓶往外走。

室外光线晃眼，婴儿床旁边蹲了个大块头，背对着门口，正试图伸手去抱婴儿。

卢茵心中惊骇，突然想起那日雷德太太的话，失声尖叫：“妈——”

她大步往外冲，混乱中，拖鞋踢飞了一只。

那大块头已经笨拙地抱起小婴儿，耸着肩膀，转回身。

卢茵倏忽停住。

隔着五六米的距离，她傻子一般盯着面前的人。面前的人皮肤黝黑，秃脑袋，黑眼睛，身上穿着汗衫和麻布裤子，脚上一双老北京布鞋，脚跟儿踩在外面。

他满身阳光，对着卢茵斜着唇角笑。仿若初见。

陆强笑着，慢声说："卢茵，你男人回来了。"

卢茵无动于衷。

他说："傻了？"

她眼前渐渐模糊。

陆强滚动喉咙，笑收回来一些，柔声道："过来，给我抱抱。"

那一刻，卢茵分明见到，小婴儿的小胖手，轻轻地，触上他的下巴。

听到喊声，钱媛青几乎吓晕过去，和看护对望一眼，两人扔下手里的东西往外跑。

到门口的时候，瞧见外面的情形，钱媛青拦了看护一把，又双双停住。

院子当中种着一棵柠檬树，是之前户主留下的，精心培育，每年开花结果，这时节，叶片间挂满未成熟的柠檬。有风吹过，树枝摇曳，送来一阵奇特清新的味道，使整个小院儿都鲜活起来。

树下相拥一对男女，男人单手扣住女人的后脑勺，女的双臂环紧他的腰，脑袋埋在他的胸口。

他们中间夹着一个小婴儿，小婴儿自打出生就不爱哭，很懂事，很好养。此刻小婴儿被挤在中间，一点儿不认生，以为他俩在逗她，竟咯咯笑起来。

看护一脸的诧异，看向钱媛青，便愣了愣。

察觉到注视的目光，钱媛青蓦地别开脸，拿手背拭去溢出的眼泪。

看护姓于，比钱媛青大两岁。钱媛青笑笑："于姐，那是我儿子。"说出这句话的时候，钱媛青脸上难得地露出温柔的神色。

看护在这个家帮工一年有余，其中情况多少了解，此刻看到钱媛青的表情，再去看亲亲热热的那两人，眼眶一热，也跟着高兴起来。

钱媛青缓了缓情绪，迈下台阶。

陆强垂头贴着卢茵的发顶，却不知觉。

钱媛青走过去，板着脸："行了，你们俩。"

陆强这才抬起眼："妈。"

钱媛青嗯了声："回来了。"

钱媛青没看陆强，只着急去接他手里的孩子，五大三粗的男人，手里哪有轻重，婴儿筋骨脆弱，万一闪到脖子，不是闹着玩的。

钱媛青瞥一眼陆强，想训他几句，忍了忍，终究没有开口。

那两人已经分开，卢茵垂着头抹眼泪。

看护也走过来。

卢茵抬抬眼，鼻子有点堵，介绍说："这位是于阿姨。"

"他是我老公陆强，刚从中国来。"

看护稍微打量几眼，也没多问，笑着说："来了好，来了就好。"

陆强嘴唇轻动，隔好一会儿才说："费心了。"

卢茵钩住陆强的小手指："你就这么来的？"

陆强朝门口轻抬下巴，草地上扔着一个黑色的旅行包，瘪瘪的，就装了几件衣服。他从里面出来以后，只来得及回家简单收拾一下，便被邢维新等人送过关。

看护去门口把背包捡回来，钱媛青交代两句，抱着孩子先进了屋。

卢茵往前两步，昂头看陆强："不是要下个月才出来？"

陆强握着卢茵的手："表现好，提前释放的。"

"怎么不说一声，我去接你。"

陆强说："想给你个惊喜。"

卢茵的眼睛仍然湿漉漉的，嗔怪道："有门你不走，偏偏翻墙进来，我以为是偷小孩儿的。"

她惩罚地捏紧陆强的手指："惊喜没有，惊吓倒是有。"

陆强把她往前一带，她的手掌贴住他坚硬的胸口，他哑声："真没惊喜？"

他的目光直接，目光浓得化不开，坦坦荡荡看着她。

片刻，卢茵还是败下阵，别开眼，抿紧了唇。

稍晚时候，陆强从楼上洗完澡下来，换了家居衣裤和拖鞋。看护的儿子儿媳已经到了，院子角落摆满食材，炭火更旺，周围空气飘浮着躁动的薄烟。

双方简单介绍一番，陆强还真与他们寒暄了几句，没多久，气氛便活络起来。

串好的肉和蔬菜分门别类地放到烤架上，烤出吱啦啦的声音，没多会儿焦香的味道荡漾开来。看护开了几瓶啤酒，大家举起杯，为这个意外的团聚碰了碰。

陆强一口咽进去，垂下眼，目光落在对面女人的身上，今天人太多，他们还没有好好说过几句话。

陆强的身体靠向椅背："卢茵。"

"嗯？"两人目光不期而遇。

陆强眼神往客厅方向挑了挑："去拿几个碟子出来。"

他的声音缓慢低沉，似笑非笑，眼皮半垂着懒散地看着卢茵，烟只吸了几口，提前在桌角捻灭。

卢茵舔舔唇，周围说话声都变成了噪音，只能听见心底如擂鼓的震颤声。她的脸颊猛地烧起来，放下筷子，慢半拍地哦了声，跑回厨房拿碗碟。

片刻后，陆强起身："去趟厕所。"

没人注意他们，钱媛青和看护笑着逗弄小孩子，剩余两人忙活着烤肉和分调料。

陆强跟着进了房里。

这间房的客厅很宽敞，装修简约朴素，家具整体乳白色，都是之前房主留下的。门廊左右是客厅和餐厅，客厅旁边有两个房间，住着钱媛青和看护。往里走有通往楼上的旋转扶梯。

正对的是厨房。

卢茵踮着脚，从上面橱柜里拿新碟子。她今天穿一件简单白色的T恤和短裤，动作的缘故，露出一小截后腰。

身后忽然嗒的一声，房门轻轻地落了锁。

她的颈后汗毛瞬间竖起来，心绪紊乱，跳得奇快。她早有预感般咬了咬下唇，回过身，陆强反手站在门口，目光幽幽地盯着她后腰的位置看。

她声音是飘的："你怎么进来了？"

窗外杂草丛生，隔着围栏，能看见雷德太太家的厨房。卢茵站在窗口，背着光，看不清表情。

陆强走过去。

空气变得紧促暧昧，他急切直接地抱紧她的腰身："茵茵……"

他喑哑地叫："想没想我？"

说话间，他已气喘如牛。

卢茵脚跟被迫抬起，眼神两分怯懦，两分期待，剩余的都是想念，她开口："想……"

一个字都没吐全，她便被夺去呼吸。陆强思念更甚，这一年时间里，只能在脑海中勾勒她的样子，像一个画饼充饥的可怜鬼，在阴暗逼仄的监狱里，一日日挨过来。

卢茵双手搭在他的肩膀上，含糊地说："我们该出去了。"

陆强的身体前倾，几乎把她按在料理台上，呼吸相闻，他的拇指摩挲她额头接近发根的皮肤。她的头发已经长出来，乌黑浓密，刚及肩膀。

陆强手下不平，是她手术留下的疤痕。

卢茵推推他："外面有人呢。"

"管他。"陆强再次吻住她的唇，把她瘦小的身子揉进怀里，大掌不老实，顺着衣摆覆上她的后腰。

卢茵的裤腰是松紧的，他逗留片刻，撑开摸了进去。

卢茵被他吻得喘不过气，昏头涨脑，只感觉整间厨房失火，快要烧起来。屁股又疼又麻，他的手指顺着缝隙往下滑。

卢茵脑中警铃大作，清醒不少，往他的下唇狠狠咬一口。

陆强粗喘着停止，终于分开来。

卢茵的嘴唇红艳，眉毛紧锁："陆强，你真讨厌。"

他的手还待在里面，用唇蹭她的耳后和发鬓："这么多人。上楼疼疼你？"

卢茵心一跳，缩肩推他："你只想着这个。"

他理所当然："没错儿，谁让你是我媳妇。"

卢茵的脸颊通红，却因他最后两个字感动得想流泪，他多久没这样叫她了？她伸开五指，轻轻覆在他的侧脸，拇指缓慢地摩挲两下，手底的触感很真实。

卢茵吸了下鼻子，心不在焉地阻挡："人都在外面呢，你注意点儿行不行？"

陆强未动，低头看着她。

卢茵也不再扭捏，细声道："等晚上。"

他的鼻子凑近，在她的发顶深深嗅了嗅，松缓力道，他本身也没打算干什么，拉着她的手往身下碰了碰，终于分开些距离。

陆强懒懒地问："你后腰上是什么？"刚才距离远，他没看清。

卢茵扭着身，不给他看。

她越是别扭，他越好奇。

陆强目光幽暗，反手勾住她的腰，稍使巧劲儿，弓起膝盖，把卢茵的小腹按在自己大腿上。

卢茵惊呼，陆强一把扯开她的裤子。他的目光移了移，落在她腰臀相接的位置，那个文身完全袒露在他的视野里。他呼吸微顿，那一刻，说不上是什么情绪。

片刻后，两人一前一后回到桌前，卢茵的脸上红晕未退，还有些不自然。

她埋头吃东西，陆强聊天，两人再没过多交流。

一顿饭到下午两点才散席，收拾妥当后，看护随儿子回家住几天，钱媛青带着小宝贝睡午觉。

天气很好，带了丝丝凉风。

陆强什么都没拿，他们索性换好衣服，去外面采购一些回来。

卢茵拉着他的手，十指相扣，直到这一刻，她才真切地感觉到，他们分开一年之久，时差六小时，隔着八千多公里的距离。这一次，陆强是真的回来了。

她不争气地想流泪，抬起头，睁大眼，天空瓦蓝澄净，满目明亮。她又忽然笑出声。

陆强看她："笑什么？"

卢茵拉起他的手，贴在唇边轻轻啄了下，没有说话，看着他，眼睛都笑弯了。

陆强手背灼烫，喉咙发紧，他能看见她眼底隐忍的水汽。

前方红灯，神色各异的欧洲人在路口驻足，小镇上建筑古老，街道狭窄，马路是起伏不平的上坡路。陆强牵过她的腰，站在红绿灯下，毫无征兆地垂头吻下去。

卢茵有一瞬错愕，本能地想推开，耳边混杂的都是异国语言，蓦然回到当下。她手上一紧，便顺从地闭上了眼。

他的吻温柔怜惜，单单触碰她的嘴唇，大掌捧着她的脸颊，吻得忘情。

卢茵唇角上翘，眼尾终究滑落一滴泪。

绿灯亮，人群穿梭。

好一会儿，陆强放开她。他瞟了眼四周，轻挑眉头："站老外面前干这事儿，就美了？"

"嗯？"她吸鼻子。

陆强说："这不是你的心愿吗？"

"……"

在外走走停停，花了一下午时间，卢茵把平常的生活轨迹带他走了一遍。

买完东西，到家傍晚六点，吃过饭，直到临睡时，钱媛青才肯把孩子交还给他们。

陆强洗完澡，仅穿了条平角裤就出来。

卢茵侧躺在大床上，胳膊垫在脸颊下，垂着眼，目光温柔地落在臂弯下的小婴儿身上。

陆强把毛巾扔旁边，在另一侧半躺下来。

卢茵轻声道："轻一点儿。"小宝贝已经睡着。

陆强半趴着，才有时间仔细打量他的小公主。她的睫毛纤长卷翘，鼻头圆滚，小小的粉舌含在嘴唇间，口水迎着顶灯莹莹发光。

真不可思议，这么粉嘟嘟的小东西是他造出来的，她会呼吸，会动，会眨眼睛，会对着他大笑，将来长大了，还会甜甜地叫他爸爸。这感觉相当奇妙。

陆强胸膛里气流翻涌着，争先恐后往上冲，他忍不住俯身亲了又亲，摊开大掌放在小公主的脸旁比了比，新奇地问："这么小。"

卢茵好笑："刚出生时候还小呢，皮肤都皱皱巴巴的，才五斤多一点儿。"

他的手指细微收缩："好生吗？"

卢茵一顿："她不足月，有些早产。"

陆强握住拳，腮帮子紧绷："害怕了？"

她轻描淡写："有什么好怕的，妈在身边儿，我还能走呢，叫了辆车就去医院了。"

陆强好一会儿没说话，把婴儿的小手贴在唇边轻轻地蹭。卧室里静极了，只有床头闹钟有规律地跳动着。

陆强问："当时是不是恨我？"

卢茵笑笑，一脸的轻松："是啊，是啊，杀了你的心都有。"

陆强说："不会了。"

"什么不会了？"

他隔空抚摸她的后脖颈："等生下一个的时候，我哪儿也不去，就待你身边儿，好好伺候你。"

听这话，卢茵挤了下鼻头："我才不要生，疼死了。要生你自己生。"

陆强想了想，认真道："但凡我有那套设备，生十个八个都不让你遭罪。"

卢茵扑哧笑出声，赶紧捂住嘴，陆强却一本正经地说："你得给咱家添个带把的。"

她哼了哼，小声嘀咕："还说不是重男轻女！"

陆强说："不是。"

"骗人。"

他抬起眼，拇指滑过她的脸颊，在耳垂上揉了揉："闺女是留着宠的，生个小子，将来要代我撑起这个家。”

卢茵一愣，鼻腔倏地酸胀：“只会哄我。”

陆强没有说话，房间灯光大亮，衬着她白皙的皮肤，格外晃眼。他的手蹭着蹭着，滑过她的肩头，落在她笔直的锁骨上。卢茵的睡裙领口略大，侧着身的缘故，胸前形状明显。

陆强目光越来越沉，气氛在一瞬间变了味道。

他长腿跨过来，翻身把她压住，睡裙从下掀到脖颈上，她里面什么也没穿，每一分起伏都映入他的眼里。

陆强身下有了变化，立即撑起老高。

卢茵阻止：“你快起来，别碰到孩子。”

“给她先放小床上？”

卢茵咬咬唇，片刻，点了点头。

陆强起身，在她的指导下，小心翼翼地托抱起来，放到旁边的婴儿床上。

他俯下身，在小公主的脸上亲了亲，低声说：“少儿不宜，你不准偷听。”

卢茵气恼：“乱讲什么。”

陆强不再废话，重新跳上床，这次身上一块布料都不剩了。

她推他：“我还没洗澡。”

陆强直接横抱起她：“现在去。”

浴室里，热水喷洒而下，浇灌在纠缠不清的两人身上，陆强再也无法忍耐，挑起她的一条腿挂上肩膀，没做太多准备就冲了进去，一时之间也顾及不到她的感受，莽撞向前。

直到卢茵渐渐撑不住，腿开始打战。

陆强退出去，把她翻了个个儿，卢茵胸前贴在冰冷的瓷砖上，身后热水流淌，犹如冰川与火山的交融，全部化作蚀骨的折磨。他顺着她的脊背蹲下，双眼赤红地盯着那个文身看，他哪曾想到，这样传统的小女子，会为了他，在身上留下特殊的痕迹。

她后面文着一头公鹿，占据了那窄腰的大部分。鹿眼墨一样深沉，稳重淡定地盯着前方，脸部线条硬朗，嘴抿着，表情严肃；鹿角向两侧伸展开，嶙峋着蔓延到卢茵的肋骨。

这还不够，她右侧的臀上文了一行小字。

Mio marito 陆

陆强眯起眼，蹭掉水花儿，仍然只认得那一个字。

他哑声："这什么意思？"

卢茵只会咬唇摇头，怎么都不肯说。

陆强知道从她这得不到答案，索性节省口舌，从别的地方找回来。

终于，一切平息。夜深人静，陆强对着幽幽的显示屏，对照着抄下来的纸条，食指在键盘上一个字母一个字母地敲上去，点了回车键，片刻，五个汉字映入眼帘。

虽然不是她亲口说的，但他想，这是他此生看到的最美的情话。

我的丈夫，陆。

0852

All this is fate

番外二：你冷的时候，我来给你温暖

迎来新生命四年以后，他们早已返回漳州居住。

那年陆强只拿到三个月的探亲签证，他有案底，移民是个棘手事。

意大利很快进入秋季，这里受地中海气候影响，空气湿润，阳光明媚，满地落叶把小镇装扮得金灿灿。

陆强没事做，每天接送卢茵上下班，从裁缝铺出来后，在小教堂的广场边坐一会儿，有时喂喂鸽子，有时依偎闲聊，也有时候，凹眼睛高鼻梁的游客递来相机，叽叽咕咕地说一通，陆强听不懂，也不问，面无表情地接过来，对准他们敷衍地按几下快门。

日子闲散舒适，更多时间，他都在家陪伴他的小公主，陆强见证了她翻身、爬和扶床站立的整个过程，这种感受相当喜悦又奇妙。陆强小心翼翼地抱着小公主，像捧在手心儿会化掉的小糖人儿，目光柔软，嘴角抹了蜜。

小家伙儿和他也越来越亲密，会目不转睛地盯着他看，伸出小手触碰他的下巴，拿指头抠他的嘴角，咯咯地笑。小公主喜欢趴在陆强的肚皮上睡觉，一大一小，窝在客厅沙发里，醒来后，前襟的衣服沾满口水，但陆强觉得，这口水都是带了香味儿的。

到后来，小家伙只跟陆强关系好，父女俩整日黏在一起，有他在绝对不会找卢茵或者钱媛青。卢茵在小家伙儿心中的地位一落千丈，她既甜蜜又心酸，辛辛苦苦十月怀胎，全是为这个男人服务的。

钱媛青不咸不淡地说："心里不是滋味儿了？那就再生一个。"

卢茵抿抿唇，也是从那时候起，她的心中就有了决定。

惬意的日子稍纵即逝，三个月很快过去，签证到期，陆强不得已秘密地返回漳州，却没想到漳州大变天。

自陆强出狱，在警方护送下安全出国，邱世祖气急攻心，加之思念儿子，病情一再恶化，勉强支撑了两个月，最后还是不治而亡。邱世祖无子送终走得凄凉，身边人想方设法搜刮他的钱财，没有一个是真心的。巢会和震天一团混乱，没有主事人，生意一落千丈，内部团体也随之渐渐瓦解，兄弟四散，各谋出路。

没过多久，后台经营的各种漏洞浮出水面，见不得光的勾当巢会的人都有涉及。上面派人全盘审查，只不多数日，便被勒令停业。

一夕之间，巢会倒闭，邱世祖从漳州消失，整件事只留给人们茶余饭后一个谈资。

邱世祖的死不是仇家寻仇，更没有轰轰烈烈的黑帮火并，而是因为思儿成疾。

这就是天意。一切自有老天安排。

善得善果，恶食恶果，所有善恶，都会在因果轮回中得到果报……

一片雪花落在他额头，陆强掀起眼皮看了看天，天色暗沉。

陆强懒散地站着，把目光又挪回墓碑上。

年关将至，漳州又迎来了冬天，墓碑旁枯枝散叶，上面积满灰尘，整个墓园笼罩在阴沉的气氛中，萧然冷寂。陆强没带鲜花，也没供奉蔬果点心，他蹲下身，耸着肩膀，双目盯住碑上的几个字看。

——慈父邓启明之墓。

落款人刻的是邓琼。老邓身后事由梁亚荣和吴教授亲手操办，在得知往事和吴琼死因后，吴教授悲痛不已，是他的行为不当，才给吴琼留下受制于人的把柄，他愧疚难当，暗自揽下这场悲剧的责任。“儿 邓琼 敬立”几个字，是吴教授坚持刻下的。

在老邓的一生中，也只有此刻才得圆满，方寸的石碑上，他与女儿团聚，不再是遥不可及的距离。

陆强目光动了动，从兜里掏出烟，点燃一根立在碑前，环过手掌又燃起另一根。他垂眼盯着火光，咬着烟，含糊地问：“邓老头，你不想看见我吧？”

瑟瑟寒风中，没人能回答他。枯枝剐蹭着墓碑，尘土在角落里聚集成堆。

碑前燃着的香烟倒了，陆强伸手扶起来，后来又被吹倒，他没有再扶。整个墓园空旷阴森，冷风在上方盘旋，发出近乎扭曲的号叫。陆强眯了眼，拿夹着烟的拇指关节揉两下，眼里通红。

他沉默着，站起来，抽完这根烟才道：“我以后就不来看你了，没有用，有什么恩怨等我死了以后说。”

陆强掸掸身上的灰尘，转身离开。

他是因为遇见卢茵，每一个决定才有了顾忌，不惧怕别人憎恨，只怕她难过流泪。他自私，但这并非十恶不赦，也许老邓不会原谅他，但陆强想，他一定能理解。

这年除夕，陆强又飞去意大利，过了一个团圆年。出了正月，他匆忙赶回漳州，在大龙牵线下，搞了三辆中型货车，注册了一个小公司，承接滨海一线的物流业务。

这一行只有大龙做过，但大龙也是个半吊子，行规流程一知半解，前期营运起来很困难，步履蹒跚，每走一步都格外艰辛。他们只启用一辆车，大龙和坤东跑线路试水，陆强和根子帮忙装货卸货。年中时，陆强驾照终于重新拿下来，根子的也升了B本，行情了解了，才三辆货车轮换运转起来。到年底，中型换成大型，又另外搞了几辆，在附近厂房租了间办公室，招上一批人，陆强总算松了一口气。

这几年陆强一直两头跑，有时候飞过去，只为看她们一眼又着急赶回来。等这里一切安排妥当，卢茵和钱媛青才带着小公主返回漳州。彼时，小公主三岁了，头上戴粉嫩嫩的蝴蝶结，穿着蓬蓬裙，短胳膊短腿儿，能抱着他的大腿甜甜地喊爸爸。

他们住进走前买的高层里，三室一厅，客厅宽敞，落地窗外是个露天阳台，视野宽阔，正对南山公园里的人工湖。

经历过大风大浪以后，生活终于恢复平静，绕了一个圈儿，总算回到原点。

在一起的时候多了，关起房门只剩下一件事。卢茵体质不易受孕，怎么折腾，都没有动静。

直到第二年冬天，卢茵生日，陆强把孩子扔给钱媛青，带卢茵出去潇洒了一回。漳州城外新建的度假酒店，山水林间，私人温泉水汽袅袅，鲜花配香槟，情到浓时肆意放纵。自打那次，卢茵月事一直没来，偶尔出现厌食恶心的症状，去医院查过，才知道好事将近。

这回不同，卢茵有过一次经验，也有陆强的陪伴，早孕症状很快熬过去。五六个月的时候，肚子已经凸显，随之脾气也变得暴躁易怒，看到陆强就心烦，更讨厌他的碰触，晚上睡觉总喜欢拿后背对着他。

这天，陆强看过小公主，轻手轻脚地进来：“睡了？”

卢茵背对着，懒懒地嗯了声。

床头只开一盏幽暗的灯，她的长发安然摊在枕头上，形成一道柔和起伏的波浪。陆强俯身在她的发丝间嗅了嗅，一路上来，吻在她的太阳穴上。

卢茵心烦，回手把他的脑袋推开：“离我远点儿。”

身后静了几秒，一只大手覆在她的腰侧，捏了捏，顺着衣角溜进去，落在她的乳上。本没想干什么，自打她怀孕就没亲热过，欲望压制在心底渐渐习惯了，可掌中柔软，终于唤醒某些本能。

陆强的胸膛抵住她的后背，动作不单纯，手指有技巧地拨动几下："医生说，侧着来不影响胎儿。"

卢茵被他弄得又痒又烦，拽住他的手指往后使劲儿掰："你烦不烦。"

陆强轻推她的肩膀："缺心眼儿吧，下死手？"

卢茵头没回："谁叫你动手动脚的。"

"碰碰都不行？"

"烦你。"

陆强咬牙切齿，狠狠掐了她一把，还嘴道："烦我也是合法的。"

这一下掐疼她，卢茵不知从哪儿蹿上一股气，猛地起身，绵软的枕头招呼在他的脸上："陆强，你真讨厌。"她又打又掐，情绪激动，竟挤出几滴眼泪来。

陆强呆了呆，反应慢半拍，倾身过去抱她，脸颊结结实实地又挨了几下。

他舌头抵住唇，偏开头："错了，错了，你别乱动。"

卢茵拧他胸口的肉："你下去。"

"让我上哪儿去？"

"别待床上。"

陆强屁股只搭在床边，本就没坐稳，卢茵踹了他一脚，滑下来的时候，他的手臂撑住地面，灵巧地跳起来。衣服被她抓乱了，翻上来露出肚皮，裤腿卷起一半，光着脚，形象滑稽又狼狈。

卢茵看向他，抹了把脸，竟扑哧笑起来。

陆强脸色不好："卢茵，你见好儿就收。"

她现在根本不怕他，指指门口："你去睡客厅。"

他把枕头扔旁边，想强行躺床上："客厅冷。不去。"

卢茵推了他一把，又委屈起来："你是不是成心气我，我怀着孕呢！"

陆强胡噜两把后脑勺，卢茵还气呼呼地瞪着他，她侧身坐着，手掌支撑床垫，肚子上像扣个锅盖儿，负担沉重。陆强的心软下来，想抱抱她又不敢，他惹不起她，暗暗吸气，弓身抱起被褥往外走。

卢茵说："关好门。"

他回头拿手指点点她："尽情地矫情，就给自己积攒材料吧。等你生完。"

陆强淡淡地笑了下，返回去硬是往她的额头亲了口，磨着牙齿说："有你受的。小宝贝儿。"

嘴上放狠话，却不能跟她一般见识，他热了杯牛奶，看她喝尽才退了出去。

陆强偷着钻进小公主的房间，跟着挤了一个月。这下反倒把小丫头美坏了，平时不能和他们睡，现在天天缠着陆强讲故事，睡前他总要陪小丫头胡言乱语几分钟。钱媛青知道也当不知道，一门心思煲汤给卢茵补身体。陆强在家中没有地位，忍气吞声终于快熬到卢茵的预产期。

这天产检，医生说卢茵营养过剩导致胎儿偏大，建议清淡饮食，这几天多活动多散步。

他们从诊室出来，迎面碰见一个女人，她大着肚子仍旧穿着高跟鞋，妆容靓丽，扎起高高的马尾。卢茵莫名眼熟，不免多看了几眼，她突然想起一个人，很多年过去了，但在那种场合见过，总让人记忆犹新。可想想又觉得不对，那女人旁边的男人肥头大耳，大腹便便，满身的名牌细软，却已中年谢顶，根本不是当年那个外表斯文的男人。

陆强环住她的腰身："医生怎么说？"

她回神："让多散散步。"

"你看什么呢？"陆强往身后扫了眼。

卢茵终于收回目光，贴着他的胸膛，突然增生一股幸福感。她笑笑："没什么。我们走吧。"

从医院出来，外面飘起毛毛细雨。陆强抬头看看天，心情大好。

两人对望一眼："去那边走走？"

"好。"

陆强从车上取来雨伞，扶着她沿街边往前走，绵绵雨丝打在伞面上，一时间，耳边只剩有规律的落雨声。

卢茵问："你喜欢下雨？"

"还行。"

"为什么？"

陆强说："出狱那天下了雨。"

卢茵想了一下，最后笑笑："重获新生，的确值得高兴。"

陆强没有解释。

走过几个路口，雨势逐渐变大。他们躲到商场的回廊里避雨，雨水形成水柱顺屋檐流下，把车水马龙的大街分割成两个世界，淅淅沥沥地砸在路面上，散开朵朵水花。

有情侣头顶衣服，搂抱着从面前跑过，笑声轻快。

卢茵看着他们跑开，玩笑着问："你当初为什么喜欢我？"

陆强说："你身材好。"

她捶了他一把："怎么没个正形。"

陆强看她："你有正形。那你说说，什么时候看上我的。"

卢茵不语。

陆强猜测："蹦极的时候？"

卢茵瞪他一眼："哪儿那么早。"

"你都同意让我亲了，还说没看上？"

卢茵一阵脸红，忸怩地说："是你死缠烂打。"

她抿了下唇："当时只觉得有一点点好感。"

陆强笑了笑，忽然贴着她的耳朵："你这人看着挺古板，心里面儿其实开放得很，想找刺激又胆儿小，正好碰上我陆强。”

他吹了口气儿，继续说：“碰上个身体结实又会讨好你的，眼巴巴等着我疼你呢吧。”

卢茵像被踩了尾巴，低叫一声，往他的腰上拧。

陆强敏捷地逃开，跟她保持一些距离。

陆强问：“那是什么时候？”

她扭开头不理他。

他道：“不开玩笑。”

撑了会儿，卢茵终究回答说：“可能发烧那天，也可能再晚一点儿。”

两个人的事，哪有那么多缘由和理智，更谈不上接受得快与慢。感情最薄弱的时候，对方“乘虚而入”，给予最需要的温暖和保护，本就日久生情的事，慢慢地，也就由习惯变成了爱。

陆强屈指弹她的额头，不忿说：“有多晚？之前一直把我当牛郎呢。”

卢茵笑起来。

陆强问：“服务还满意吗？”

她难得厚脸皮，眨眨眼：“给你个好评。”

他嗤笑一声，看看外面又看看她：“冷吗？”

卢茵说：“有点儿。”

“过来。”

陆强拿手臂环紧她，揉搓她裸露的皮肤，最后大掌护在她鼓起的肚子上。

穿过雨幕，看向熙攘的大街。回廊下只剩他们两个人，彼此依偎。

天气转凉，但他怀里有一座温暖的城池，为她遮风挡雨，免她寒冷。

所谓的疼惜也不过如此。

就是——在你冷的时候，恰好我能给你温暖。

0852

All this is fate

番外三：邱震的独白

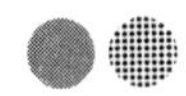

当我站在被告席上，站在所有人的对立面，有千千万万双眼睛盯着我，或憎恨或埋怨，抑或是站在道德的制高点谴责我，那都不要紧，我已经没有任何感觉。

审判长宣布：被告人邱震犯强奸罪，罪名成立，被判处有期徒刑十年。所有人都以为我会忏悔，会悔不当初，但只有我自己知道，她永远不会爱我，与其做两条没有交点的平行线，我宁愿用这种卑鄙的手段拥有她。对此，我从没后悔过。

我后悔的是，再也无法与她相见。对，我是个胆小鬼，我是懦夫，我没有勇气……

当我在四季火锅店的门口和她重逢时，我就知道我完了。

那天傍晚，我随几个朋友到附近吃饭，中途出去接电话。她从对面走来，看得不真切，只是一个模糊轮廓便足够扰乱我的心绪，她已剪掉长发，穿一件红色的棉衣，下巴埋进衣领里，瘦瘦小小，毫无存在感地从我身边过去，但我就是认出了她。

鬼使神差，我伸手拽住她的胳膊。一阵错愕后，从她的眼中，我看到惧怕和憎恨的光，相隔六年，她对我的恨意丝毫没变过。

我讽刺地笑了笑，很好，她最起码没有忘记我。我主动打招呼："好久不见，老同学？"

她避开目光，往回抽手臂，但没成功，我感觉到来自她身体的颤抖，那一定发自内心。

"松开。"她声音比这鬼天气还要冷。

曾经无数次，在异国陌生的房间里，我会梦到她，她拿着锋利的匕首，毫不犹豫地向我刺过来，那时候她的声音同样冰冷，一遍一遍地质问我，为什么要那样对待她。

"因为我爱你。"我却只有勇气在梦中说。

她无情地要将我置于死地。

我蓦地惊醒过来，抚着胸口，已是满头冷汗。旁边呼吸匀称，这提醒着我房间里还有另外一个人的存在，那女人金头发白皮肤，是个刚见过一面的外国妞。对，这些年来，我身边并不缺女人，她们要身材有身材，要脸蛋有脸蛋，召之即来挥之即去，一个个乖巧又可爱。我常常把她们幻想成她，我和她们上床，但每次都拿衣服盖住那张陌生的脸，我不准她们发出声音，不准她们碰我，我闭上眼，幻想她的脸，幻想她一声声唤我的名字。

我就这样病态而压抑地想念她，白天依旧不可一世肆无忌惮地混着，午夜梦回，才会认清自己的心。我知道不能再这样继续下去，但可笑的是，有一次我尝试把衣服拿开，看着下面的女孩，竟然半途就不行了。

我意识到自己病得很严重，这促使我盼星星盼月亮，终于盼到回国那一天。

然而，这次重逢，却不在我的意料之内。

事情很糟糕，也许我们都是性格强势、不会妥协的人，我不懂如何表达感情，只希望她能无条件地服从我。那次不欢而散，之后我开始跟踪她，摸清她的工作和住址，派人查她的亲戚、朋友还有同事，稍微动一动手脚，便弄到她父亲的把柄。

一切都在我的掌控中，她愤怒过，也歇斯底里地反抗过，但那都没有用，她只有一条路，那就是向命运妥协。在分开六年后，我终于重新拥有了她。

新年的时候，叫人订了两张去海岛的机票，那里风景很美，沙滩细腻，海水清澈，拥有大片的灿烂阳光。也许是心情稍好，她不像以往那样抗拒，我们白天出海、垂钓，傍晚踩着松软的沙滩看日落，能心平气和地交谈几句，甚至在床上，她也没那么紧绷，会给我一丝细微的回应。在这个陌生的国度里，我们只有彼此，海水洗刷掉过去，一切都好似崭新的开始。

这变化令我欣喜若狂，我挖掘出我内心的另一面，我从来不知道自己说话能那样柔声细语，做任何决定也没有一意孤行，会事先询问她的意愿，没发脾气，没恶语相向，这几乎是我几年来度过的最美好的时光。

回国日期一天天临近，最后一晚，我们从餐厅就餐出来，夕阳已落到海平面，红霞把云和椰树裁成剪影，远处的酒吧街传来热闹的音乐声。人们都朝那方向集中过去。

我们逆着人流走，吴琼在我前方，晚风托起她顺滑零散的短发，霞光落在她肩头的皮肤上。

不知走了多久，音乐声淡去，耳边海浪滔滔。

吴琼终于停下脚步，埋着头，用细嫩的小脚丫蹭着白沙滩。

我和她并排站着，安静好一会儿，我问她："在想什么呢？"

她脚丫一下一下地划着，没有应我。

我又问："喜欢这里吗？"

吴琼抬起头，微昂着下巴，看海的尽头。在喧闹海涛声中，我还是听见她低低嗯了声。

"这地儿是不错。"我淡笑。

我的手掌不由自主地滑过她的头发，落在她纤细的脖颈上，我又说："那我们每年都来这里住一段时间？"

我的语气是自己都察觉不到的温柔，然而，手下的身体一僵，我亲眼看见她眸中的光彩幻灭，嘴角也拉平了。她一声不吭地转过身，躲开我的手掌，往岸边酒店走。

心脏蓦然抽搐，我攥紧拳，脚下细沙还保留白天的余热，但我丝毫感觉不到温暖。原来，从头到尾都是我一厢情愿，她憎恨我，一直没有改变过。

吴琼已走出几米，我迈步把她扯回来：“怎么？”

我残酷地笑：“不喜欢？”

刻意维持的平静宣告结束，她在我怀中挣扎：“不喜欢。这地方不适合你我来，我们都脏透了。”

她几乎吼出来。

我痛，也不能让她好过，我吼道：“脏就洗干净。但是，去哪儿可由不得你。”

我把她囚禁在怀里，两指捏着那瘦削的下巴，埋头吻住她的唇。几秒反应时间，吴琼开始奋力挣扎，用手打我、掐我，脚掌狠狠地往下踩，我却未动分毫，相反越吻越深，已近乎啃咬。

当血腥味儿在彼此的唇齿间荡漾开，吴琼终于不再反抗，作为回报，我含住她的下唇，牙齿狠狠咬合，成功听到一声闷哼，腥味儿更浓。

我们就这样吻了很久，我托起她的腰，两唇相贴，含糊地说：“别老是试图激怒我，你得不到一点好处。”

我亲亲她，迷醉而低哑地道：“乖一点儿。”

关系再次陷入僵局，回城的飞机上我们分坐过道两端，几乎一句话都没说。快要降落时，我让身边随从问她去哪儿，意料中没得到回复。

走入机场大厅，当双脚踏在冷硬大理石地面上，周身围绕的凉气提醒我，醒醒吧，已经回到漳州了。我默默吸一口气，侧过头看，吴琼里面是短袖长裤，外面仅罩了件米黄色的风衣，鞋是单鞋，这让她瘦小的身体显得更加弱不禁风。

我攥了下拳，翻开两襟将大衣褪下，身侧的脚步却突然止住，眼睛盯着前方，她终于主动和我说了话：“我去洗手间。”随后便匆忙往回走。

我冲她刚才的视线看去，前方十米处站了个男人，一身黑衣黑裤，手腕随意地搭在粉色拉杆箱的拉杆上，正懒散地看过来。那人棱角明朗，高大挺拔，浑身上下散发一种独特的气质，在整个机场大厅中，让人一眼就能记住。

那么，吴琼的反常也变成正常，因为那个人是陆强。

我还记得她与陆强第一次见面时的情形，还在念大学的时候，我苦追吴琼未成，借由集体活动把同学约到巢会，那天开了很多酒，叫大家敞开喝。都是一群穷学生，平日里宿舍、食堂、教室三点一线，顶多去校外下个馆子，没几个来过这种高级会所，因此玩得很尽兴。拿来的洋酒几乎都喝光了，不爱闹的提前回去，还有一些在沙发上横七竖八地躺着，像摊烂泥。

我也喝了很多，当室内逐渐安静下来，我凑到吴琼身边，她正打算离开，也许是酒精麻痹了神经，我一把将她捞回来，两人磕磕绊绊中滚到沙发上。

呼吸间酒气更浓，我一时冲动便吻了她，她越挣扎我越觉得这个吻来之不易，手也往她身上摸索过去。

那时我还是个毛头小子，沾上情欲几乎一发不可收拾，却在这个时候感觉到后脖领一紧，被人从后面直接揪起来，我刚想破口大骂，一回头，却见那人是陆强，瞬间就熄了火儿。

吴琼像抓住一棵救命的稻草，起身跑到他的身后躲着。

陆强的拳头毫不留情地挥在我的脸上："臭小子，长能耐了！"

"强哥，你打我干什么？"对于陆强，我既崇拜又尊敬，同时也有些畏惧，被他打了，最多敢顶一句嘴。

"谁教的你，跟个女人用强？"陆强咬牙切齿地问我。

我垂下头不吭声。他又狠狠地踹了我一脚，我直接跌到沙发里。陆强当年也不是个好人，名利场上你来我往，无所不用其极，但他向来光明磊落，凡事都摆在人前，是真正大丈夫所为，在手下面前一呼百应，没人不听他的。相同，他身边的女人也多，合则来，不合则分，没见他强求过谁。

从小到大，我连我爸都不服，却偏偏佩服他。

同样，他待我也像亲兄弟，那天他气得不轻，他指着我说："道歉。"

我捂住被踹疼的肚子，看向吴琼，她当时站在陆强的斜后方，就那么昂着头看他，那目光暗含的深意我很久后才读懂。

我坐直了些："对不起，刚才是我喝多了。"

吴琼躲在陆强的后面不说话。

站了会儿，陆强对旁边的人说："根子，先给这姑娘送回去。"转头又对我说："你跟我过来。"

我知道，挨一顿拳头在所难免，但可笑的是，他最终没能教育好我。那以后我和吴琼之间发生了微妙的变化，只要提到陆强，她一般不会抗拒和我出去，对于我的示爱，不同意也没有强烈拒绝。

第二年我生日，她借口有事不来，我只好一再拜托陆强出面请她。

她来了，陆强却没久留。可是，谁也没料到，那一晚过后，改变了我们三个人的命运。

我一时有些恍惚，目光聚焦的时候，陆强已经朝我走来。

我努力调整面部表情，迎上去："强哥，你怎么在这儿？"

他道："等人。"

我们站着说了些不疼不痒的话题，我能看出，陆强现在已经不屑管我，也许是失望吧，从我再次纠缠吴琼那时候起。

没待多久，他就和一个女人离开，而我在原地等了将近十分钟，吴琼才低着脑袋出来。

那天我没送她回去，我们在机场外面吵起来，确切地说是她跟我吵，主动权一直掌握在我手里，不是吗？

她拽住我的领口："姓邱的，你别把我逼急了。"

我笑笑："会怎样？"

"玉石俱焚。"

我看她半晌，终于收了笑："好，求之不得。"

那时候我想，玉石俱焚也是好的吧，最起码我们不用彼此折磨，都能得到解脱。但事实证明，我是个胆小鬼，彻头彻尾的胆小鬼……

身旁的人碰碰我，我回过神，面前是一张菱形的铁丝网，对面操场正在打篮球，他们着装统一，发型统一，旁边有人看守，动作放不开，显得有些拘谨和小心翼翼。

那人偷着递给我一盒好烟，是我爸叫进来特别关照我的。我收好烟，朝他摆了下手，便顺着护栏往右走。台阶上蹲个老头，他睡在我的旁边，听说判的是无期，去年年底刚查出得了肺癌，看来也在这儿待到头了。

我坐老头的旁边："抽吗？"

老头摇摇头。

我说："是好东西，里面没的卖。"

他说："抽完咳得厉害。"

我不再劝他，两人安静地坐着，某种程度上，我觉得我们出奇地相似，都已病入膏肓，只是他有死期，我没有罢了。

半刻，老头随便劝了句："你也少抽点儿，病不是刚好吗？"

我无所谓地耸耸肩，抖出根烟点着。一年的时间，我掉了将近四十斤，一米八几的个头，瘦成皮包骨头，由于免疫力低下，经常发烧，加上监狱环境低劣，病了根本连床都起不来，整宿被噩梦困扰。

梦境从吴琼走后就没断过，刚开始我整日整夜地睡觉，就为能够再看看她。有一次我梦见入学那天，恰巧学校的四季桂开花了，浅黄色的花瓣缀满整个林荫路，有风吹过时，花瓣飘飘落落，像下了一场桂花雨，伴着淡淡清香。她就站在树下面，穿一件纯白连衣裙，头发很长，轻轻地扫着她裸露的肩膀，那时她的笑容很灿烂，脸蛋儿透亮白皙，是一种青春的、健康的颜色。

我朝她走过去，前面却突然冒出另外一个女生。我和别人打赌输了，被怂恿上前捉弄第一个走过来的人，身边都是群纨绔子弟，面子上过不去，哪儿能临阵退缩。于是，我拦住先一步过来的那个女生。

那女生躲躲闪闪，被我缠得面红耳赤，身后那帮家伙高声起哄，轻佻地吹口哨。吴琼绕着路走，擦身的瞬间，我分明见她的眉头轻微皱了下，一脸不屑跟厌恶。

我回头看吴琼，她越走越远，我叫她的名字，她的背影越来越淡，像抓不住的空气，渐渐地散开了……

我蓦地从梦中惊醒，双手捂住脸，有水从指缝溢出，已经分不清是汗还是别的。

我希望时光倒流，可谁能成全我。

那天我不顾反对，驱车去了趟学校，没见到四季桂开花，更不可能见到她。

后来我睡眠质量变得很差，开始整夜整夜地失眠，身体在一个月内迅速消瘦下去，我感觉自己病得越发严重，一两片安眠药已经不起作用，所以吞下一整瓶。可我没死成，因为我是个胆小鬼，所以仍旧活到了今天。

放完风，排好队伍回监号，中途老邓被叫出去，说是有家人探访，我进来这么久，还是头一次见有人来看他。

老邓回来却极为反常，我同他讲话，他半句都没答应。

当天半夜里，睡梦中我迷迷糊糊地转了个身，眯眼看见旁边的黑影，蓦地一抖，老邓坐在他的床铺上，正侧头看我。

我定了定神，支起身：“怎么还不睡？”

老邓忽地来了句：“我有一个女儿。”

过了好半天，他又说：“她叫邓琼。”

我心脏骤然缩紧，哪怕和她名字相似的汉字也足以让我心绪不宁，喉咙像哽了团棉花，吞咽艰难。

在我反应跟不上他思路的时候，他又道：“你做过亏心事吗？”

我觉得好笑，进到这里面的人，有哪个是身家清白。“做过。”我说。

老邓看了我半晌，竟一句话没说，躺下睡觉了。

那天凌晨变了天，我毫无悬念地再次发烧，浑身滚烫，头痛欲裂，每一块肌肉都撕扯般疼痛，身体和精神遭受双重摧残，就像生活在炼狱里，简直生不如死。

一定是报应吧，我想。多希望有人拿把刀，帮我结束这条烂命。

这样想的时候，我绝对没有料到，有一天它竟然成真了。

这天是农历三月十五，入夜后，我难得睡了几个小时，隐约中只感觉脖颈多了股压力，一直卡在喉咙处，呼吸十分困难。

我以为又在做梦，试图冲破梦境努力将气息调匀，然而这股压力越来越大，我胸口一闷，呼吸停了几秒，突然惊醒。人在面临危险时的本能反应是反抗，当见到老邓跨在我的身上，蛮力卡着我喉咙时，我双手交叉捏住他两侧小手指往后掰，瞬间控制住他。

房间里只开一盏暗灯，但我知道这足够让监控室看清一切，我轻声呵斥："老邓你疯了，快下去。"

老邓双目赤红，竭尽所能地挣脱我的钳制："你亏心事不是做多了吗？现在是不是特别害怕死？"

我怔了怔："你什么意思？"

"想要杀了你。"老邓入魔一般咬牙切齿，好像无所畏惧，并未刻意压低声音。他一只手挣脱出去，在腰后摸索了半天。

直到那刻，我仍然以为他在开玩笑："不想蹲小号赶紧下去，马上来人了。"我话音刚落，只见他从身后抽出钢钉，迅速朝我的喉咙刺过来。

我的瞳孔收缩，在钢钉离我只差两厘米时，扼住他的手腕。我们都足够虚弱，在身体碰撞中彼此抗衡，没多久，均已气喘吁吁。

我说："你来真的？"

"我要杀了你。"老邓重复。

"我和你有仇吗？"

"血海深仇。"

我皱了下眉，从现有记忆里努力地搜索邓启明这个名字，发誓从前根本不认识他。

余光里，其他床铺已有人战战兢兢地靠过来，我快要虚脱："你先放手。是不是有什么误会？”

“我有一个女儿……”老邓喃喃。

“老邓，冷静点！”

老邓说：“但我一次都没见过她，原本以为还有机会，这条老命硬是撑到了今天……”

他的眼里一片猩红，嘴唇哆嗦着：“可她已经死了。”

室内响起警报，有人上来试图拉开他，可那一刻老邓用尽了全身力气，我几乎抵挡不住。

老邓吼道：“我女儿叫邓琼！”

“老邓！”我浑身布满冷汗，双手颤抖得厉害。走廊传来靴子踏在水泥地上的声音，急促而凌乱。狱警过来了。

老邓继续吼道：“她还有一个名字叫吴琼，吴琼你认识吧。”

所有动作倏忽停止，我骇然睁大眼：“什么？”

人在那一刻的直觉真神奇，我心中似乎有了答案，却无意识地说：“哪个吴琼。”

“被你害死的那个。”老邓怒吼出来。

我在错愕中走神，他所作所为都有了解释。耳边嗡嗡作响，隐约听见狱警呵斥其他犯人归位，一片混乱，伴随着铁锁铁门碰撞的声音。

我扼住他手腕的力道松了，意识回到那晚，我独自坐在血泊里到天明，吴琼脸色惨白，双目空洞，已经没了气息。一切已成定局，她与我天人永隔的现实再也无法挽回，而我握着那把匕首，几次试图插进自己的身体里，却在最后一刻放弃。

对，我是个胆小鬼，也曾吞下一瓶安眠药企图自杀。等待的时候最可怕，当胃里开始造反，五脏六腑翻江倒海往喉咙口涌时，我害怕了，在失去神志前慌忙叫了救护车。

很讽刺吧，所以我活该面临今天这样的局面，我没有勇气，那就换别人来，也许应该感谢老天怜悯，让我早些脱离苦海。

余光里，狱警已经冲进来，我突然放弃所有的挣扎，那一刻，老邓手中的钢钉毫不犹豫地插进我的大动脉……

“谢……谢。”我笑着，对老邓吐出最后两个字。

他连眼都没眨一下，钢钉凶狠地向下划开，我听见破肉的声音。血液喷涌，一股浓稠的液体从我的口鼻溢出，紧接着有人推开老邓，狱警上前堵住我的伤口，后来几分钟我都在路上颠簸。我没感觉到疼，身体很冷，不断地抽搐，意识渐渐模糊。

我被推到了室外，天空漆黑，没有一颗星，但今天是农历三月十五，月圆之夜，这似乎是个好兆头。

耳边有人说：“挺一挺，你别睡。”

而我太累了，眼皮渐渐地撑不住，终于就要见到她，我有点儿兴奋。

眼前白茫茫一片，没有一丁点儿声音，我盲目无从地向前走着，有什么东西落在肩头上，我侧头看，是一片淡黄色的花瓣，花瓣接二连三地落下来，带着一股淡然的香味。我抬起头来，发觉自己正站在一条熟悉的林荫路上，两旁树木参天而立，花团锦簇，挂满整片树梢。

有人从远处走来，清风吹起她白色的裙摆。

是我的姑娘。

我迎上去，用最温柔最虔诚的目光看着她。

她双眼含笑，好奇地眨了眨：“有事吗？同学。”

我喉结滚动，说：“你好，我叫邱震。”

一片花瓣落在她的发上。

她认真地注视着我，片刻，朝我露出从未有过的笑容。

0852

All this is fate

小剧场

系列一：陆强与小公主

（一）吃醋

卢茵即将临盆，在家待产很少走动。她的身边不能没人，钱媛青接不了小公主，重任交给了陆强。

陆强也心焦，货运的事儿不上心，每天要往家里打几遍电话才放心。傍晚他很早回来，把工作交给根子，亲自开车去接小公主。

小公主快满四岁，上个月刚转到幼儿园中班，他去得晚，附近没有空车位，缓速绕行几圈，只好把车停在另一条街的背巷里。

园外聚集许多家长，三五一堆聊着天，没多时，里面有了动静，一群短胳膊短腿儿的小家伙儿，排好队，手牵手，晃晃悠悠地走出来。

陆强定睛，一眼便看到他家的小公主，她穿红色的套头娃娃衫，白裙子，白袜子，黑色的软皮皮鞋。一群娃娃中，她最醒目。

陆强插着口袋，往前走两步，嘴角上扬自己都没发觉。

走近了才看清，他家的公主被个稍高的男孩拉着，跟在老师后面走出来。

小公主看见他，眼睛亮了亮，脆生生地大叫：“爸爸。”

却不如往常热情，没有扑过来抱他的大腿，也没跳脚求他抱，仍是拉着小男孩的手。陆强不禁垂眸看着那两只小手，半刻，调开视线，大掌罩在她的后脑勺：“走了，回家。”

小公主没动，踮脚张望，冲着男孩问：“你妈妈还没来吗？”

男孩也左看右看，皱起小眉头：“哎，又来晚了。”

小公主奶声奶气地说：“那和我爸爸一起走吧。”

男孩使劲仰头瞅了瞅高大的男人，正好对上陆强的眼光，陆强面目严肃，没有笑，看上去凶巴巴的。

男孩抿唇：“我还是等我妈妈吧。”

小公主拽拽陆强的裤腿儿：“爸爸，我可不可以陪着小志哥哥等呢？”

陆强不悦：“不可以。”

她抬起头：“可他妈妈还没来啊！”

“有老师在。”

“我想陪陪他，爸爸。”她嘟嘴央求。

陆强皱眉：“陪什么陪。”

“爸爸，爸爸……”

陆强弓身，手臂撑住膝盖：“你妈在家等着呢，她也要你陪，怎么办？”他看那两只小手有点碍眼，不动声色地拎着她另一只手，往回拽了拽。

小公主瘪着嘴儿，认真思考了一会儿，还是觉得妈妈比小志哥哥重要。冲着男孩不舍地说：“小志哥哥，那明天见。”

“再见。”

男孩突然探过身，往小公主的脸上吧嗒亲了口。

陆强微怔，胸腔一空，感觉心脏狠狠地往下坠，愣神儿的几秒，只见他家的公主嘴唇嘟起老高，凑过去，也要亲对方。

陆强反应敏捷，大掌蓦地伸过去，挡开两人。他的掌心罩住小公主的嘴，往回一收，把她的身体拢在两腿间，感受到手心湿湿的。

他的眼神充满敌意：“毛长齐了吗，你就敢亲她。”

男孩当然听不懂，却能看出他的态度不善，害怕地往后退两步，眨眨眼。陆强已经带小公主离开，走几步，把她抱起来，让她坐在手臂上。

陆强告诉她：“陆澄，以后不准别的小朋友亲，知道吗？”

公主抱着他的脖子：“为什么不准？”

陆强没答，她却锲而不舍，追问个不停。

“脸会烂。”他吓唬她，“澄澄想变成丑八怪吗？”

公主夸张地捂住小脸蛋儿：“不要，我不要。”

“那还亲不亲了？”

“不了，不了……”她摇头，两根辫子甩呀甩，像一个小拨浪鼓。

陆强看着她可爱的模样，心情大好，没忍住，吻了吻她的额头。哪想到过了几秒，小公主忽然咧开嘴儿，泪眼蒙眬：“我要变成丑八怪了吗？”

陆强一顿：“爸爸是个例外。”

这天晚上回来，陆强想起白天的事。

临睡前，他小心翼翼地躺在床上，问：“小志是谁？”

卢茵反应半天，哦了声：“楼下王琦家的孩子，我们经常一起接送他们。”

陆强想了想，半靠起来，郑重其事地说：“他今天亲了陆澄。”

卢茵翻身：“怎么了？”

“那是我闺女。”

她渐渐明白他的意思，笑了下：“小孩子懂什么，闹着玩儿呗。”

陆强气不打一处来，往她的脸上掐了把：“当初亲你，怎么没当闹着玩儿？”

她软软地说道："讨厌……你几岁？"

陆强翻过身，赌气背对她："等孩子生完，好好管管你闺女。"

"……"

关了灯，房间静下来。

卢茵昏昏欲睡。

倏忽，陆强叫她："茵茵。"

她声调懒懒："嗯？"

陆强说："你说，你闺女是不是快长大了？"

卢茵睁开眼，他的声音低哑。朦胧的星光照在他的背上，宽厚如山，在此刻却显得有些落寞和脆弱。卢茵艰难地往前挪了挪，从后面搂住他的腰，脸贴上去。

卢茵笑他："她才四岁。洒脱点儿，你还有我呢。"

陆强哼了声，转过身，把她的脑袋扣在怀里："睡觉吧。"

（二）喜欢谁？

陆澈出生后几个月，终于换了大房子。

一天晚上。

一家三口躺卧室里准备睡觉，气温未降，屋外知了仍然叫得欢。

陆强赤裸上身躺着，把卢茵拢进臂弯，另一只手枕在脑后，肚皮上的澈澈光着屁股，呼呼大睡。

卢茵把头往下埋了埋，闭上眼，两人将睡不睡地聊着天。

陆强扯过被角搭在卢茵和陆澈身上。他感觉到胸口凉冰冰的，后脑勺离开枕头，往胸膛上扫了眼："卢茵，你儿子流口水了。"他嫌弃地直皱眉，要把陆澈放下去。

卢茵睁了下眼又闭上："你别动，他醒了不知要闹到什么时候。"

陆强的脑袋支撑半刻，推晃她几下："把纸递给我。"

卢茵迷迷糊糊地哦了声，翻身去拿床头的纸巾，眼尾扫到门边，见门缝儿露出一颗小脑袋，大眼睛眨巴眨巴地看着他们。

“澄澄，过来。”卢茵柔声朝她招手，“怎么醒了呢？”

公主穿着松垮垮的三角内裤和小背心，一只肩带垂到胳膊上，她扭着小屁股跑过来，手脚并用地爬上床。卢茵往后挪了挪，在两人中间给她腾出块地方。

公主头发睡乱了，皮筋只圈住发尾，额前的发丝能翘到天上去。

她在枕头上蹭了蹭，陆强给她压压头发：“你才睡半个小时。”

公主轻轻地叹了声，奶声奶气地说：“我刚才想嘘嘘，可醒过来妈妈不在床上。”

卢茵半撑起来，要抱她：“那妈妈现在带你去。”

“奶奶带我去过了。”公主眨了眨眼，“弟弟这么睡不累吗？”

陆强笑着：“你问问他。”陆澈浑然不觉，口水越来越多，毫不客气地流到陆强的胸膛上。

公主说：“爸爸，你让他下来睡吧。”

“为什么？”

公主手指被自己吮得直泛光，想了半天：“天太热了，他会长出很多很多小豆豆，会变丑的。”

卢茵说：“可房间里开着空调呀！”

她昂起头，看看卢茵，又看一眼陆强，酸酸地说：“反正他肯定不舒服。”

卢茵看出她的小心思，成心逗她：“怎么会，你小时候也喜欢睡在爸爸肚子上的呀。”

公主眼睛一亮：“真的吗？我都不记得啦，那我可以再试试吗？”

卢茵说：“不可以哦，你都长大了，爸爸现在是弟弟的。”他说完冲陆强挤挤眼睛。这边还没反应过来，毫无预兆，两人中间忽然传来低低的抽泣声。

公主翻了个身趴着，脑袋埋进枕头里，小肩膀一抖一抖地哭起来。

卢茵一愣，意识到玩笑开大了，忙去哄她。

陆强头疼，用胳膊托住陆澈，把他小心翼翼地放在旁边床上。他撑着身体半靠着床头，捏住公主的腋下，让她骑在肚子上。

公主鼻涕一把泪一把，一抽一抽，特别委屈。

公主抹抹眼睛："你和妈妈都不喜欢我了吗？"

陆强粗糙的指肚抹掉她的鼻涕，柔声说："别的没学会，这矫情劲儿跟你妈一模一样。"

卢茵嗔怒地打他一下。公主脸上还挂着泪，看看两人："什么叫矫情劲儿？"

"别说话。"陆强把她头按回胸口，"走吧，去睡觉。"

他轻轻起身，横抱起小公主。

她又不死心地问："可妈妈说你是弟弟的。"

陆强穿上拖鞋，朝卢茵笑得不怀好意："你妈调皮，等爸爸回来收拾她。"

"那你还喜欢我吗？"

"喜欢。"

"那弟弟呢？"

陆强说："还行吧。"

"那和我比呢？"

"喜欢你。"

"真的吗？"

"真的。"

一再确认。公主抿抿唇，终于破涕为笑："好吧。"

公主大方地宣布："那你以后也要对弟弟好一点儿。"

"……嗯。"

开了门，走廊里只开着夜灯，他们的声音越来越模糊。

陆强道："陆澄，你又胖了吗？"

小公主反问："爸爸，你抱不动我了吗？"

"谁说的，还能把你扛起来。"

随后传来咯咯咯的笑声，安静的夜里，十分悦耳。

卢茵翻了个身，无声地笑了，心中塞着满满的幸福。她闭上眼，听卧室外两人窸窸窣窣的说笑，又孩子气地哼了声，感觉自己的男人快被抢跑了。

不知过了多久，她将要睡实。

感觉耳窝里一阵阵热气，濡湿的吻落在她的脖颈、肩头和手背上，她的身体轻飘飘的，被半抬起来。

卢茵眯起眼。

他完全换一副嘴脸，讨好而急切地吻她："宝贝儿醒醒，别睡了。"

卢茵推他："干吗……"

他不正经地道："带你飞。"

"我好困。"

陆强没打算罢休，含糊地问："这里，还是别的房间？"

系列二：蟹总的文具店

（一）老板，来块儿橡皮

一日，我昏昏欲睡。

门口风铃叮咚，有人唤了声："老板……"

我迷迷糊糊，眯眼望，门口的光被遮住，一个男人站在面前，人高马大，眉目深刻。

我忙正襟危坐，捋顺秀发，轻柔道："想买点什么？"

那人嗓音低沉："来块儿橡皮。"

正纳闷儿，他的后头钻出个小公主，穿粉色的蓬蓬裙和白凉鞋，发半绾，头顶戴着精致的皇冠发卡。她有一双水汪汪的大眼睛，机灵调皮地转来转去。

我忍不住多看两眼。男人问："没有？"

我这才将视线转回他身上。原来是小公主的爸爸。

我略失望，肩膀松了松，指道："在最下面的格子里。"

男人没一句多余的话，手掌罩住旁边小人儿的后脑勺，两人走过去，挑选橡皮。

种类五花八门，她挑花眼：“爸爸，我想要两块儿。”

只听他无情地拒绝：“不行，你妈只让买一块儿。”

小公主转转眼珠儿：“粉色是我的，这个蓝色是买给弟弟的。”

男人冷笑一声，轻弹她的额头：“他现在用不上，当我傻呢！别耍心眼儿，你赶紧。”

她低头，最后选了好看的粉色：“要这个。”

男人扔回去：“不行。花花绿绿上课光顾玩了。”

小公主只好继续挑选。

“那这个吧。”

男人叹了口气，轻声呵斥：“滚蛋，这么小，没法用。”

公主：“那买什么样的？”

“实用的。”

“哪个实用？”

他也伸手挑挑拣拣，父女俩低声嘀咕，半天选不出一块儿。

半刻，蹲累了，男人起身，站旁边看着。

她仰头：“爸爸，我喜欢这个。”

他轻皱眉头：“再选选，上次买了，擦不净。”

公主：“哦。”

过了会儿，门外传来高跟鞋嗒嗒的响声。我看过去，门口进来个女人，面容温婉，身材纤弱，一件包臀小裙裹出美好的曲线。她的声音细细柔柔，轻唤了声：“陆强？”

里面应：“这儿呢。”

女人朝我点头微笑，走进去：“这么久？快一点儿，我怕车被贴条。”

他答：“她太磨叽。”

公主委屈：“我没有。”

他说：“那快挑。”

女人跟着蹲下，看了看，拿起一块儿黄色的：“这个好不好，澄澄？上面画了米菲小兔，擦得也干净，妈妈小时候就一直用。”

小公主的眼睛笑弯，竟愉快地答应了。

三人过来，我忙收回目光。

男人掏钱包："老板，多少钱？"

"一元。"

付过钱，他们出了门。

小公主跑在前面，那两人相携在后，女人侧头笑着，说了什么。男人也笑，回手往她的臀上拍了把，又勾住她的腰，拢在怀里。

日落西沉，余晖染红天际，三人被橘光笼罩。微风乍起，她的秀发飞扬，发丝飘到他的脸上。

透过窗户，我忍不住拍下这个画面，画面定格，那两人眼中只有彼此，温暖的笑，永久而美好。

（二）又见陆强

再次见到小公主，是三个月以后。

她和那个魁梧的男人进来，胳膊向后拉着他的手，前倾着小身体，稍微有些费力。

我连忙抬起头，稍微打量男人片刻，因为他的长相身材都太过抢眼，我一眼便认出他之前来过。他灰衣黑裤，身材挺拔，手上随意圈着把车钥匙。滑稽的是，宽厚的臂膀上挂个小书包，粉红色的，上面印着冰雪奇缘里的安娜和爱莎，同他硬朗的形象有些不符，却又平添那么几分专属的亲切感。

我清清嗓子："想买点儿什么？"

公主放开他的手，跑进去，东瞧瞧西摸摸，看什么都新鲜。她好像比几个月前长高了些。

男人没看我，冲她抬抬下巴："看她。"

他站在门口等，侧身站着，眼睛始终跟随公主："你利索点儿。"

公主拿起一罐水晶泥："爸爸，我想要这个。"她的声音柔弱好听，娇娇气气。头发长长了，从中间分开，编了两条麻花辫，下面拿藕荷色蝴蝶结绑着，搭配白色的公主裙，很淑女。

男人皱了下眉："不行。家里都快堆成山了，玩完再买。"

公主看了又看，不舍地把东西放下，又在屋里转起来。

过了两分钟，男人换了条腿站着："好了吗？"

她磨磨蹭蹭，偷瞄他一眼，有目的性地又绕回到刚才的地方，捧起水晶泥："爸爸，我只想要这个。"

男人皱眉："家里还有呢。"

"可是黄颜色的用完了。"

"不能买。"他说。

公主有些委屈："为什么？"

男人顿了顿，不耐烦地道："你妈不让买，买回去挨说的是我。"

她站那儿不动了，捧着水晶泥，大眼睛眨巴眨巴地看着他。

他沉声警告，手指点着她："陆澄，放下。"

原来叫陆澄。我心中窃喜竟知道了小公主的名字。

可能是他的表情有些严肃，公主撇了撇嘴角，轻轻地吸两下小鼻头，眼泪说来就来。几滴泪珠儿安静地掉下来，也没哭出声儿，整张小脸儿都皱着，就拿大眼睛望着他。

那表情既可怜又招人疼。

几乎是瞬间，男人握车钥匙的手一紧，忙道："又犯毛病是不是？把眼泪憋回去……"话虽硬，但声调已经柔得不像话。

公主眼泪更凶。

他说："憋回去就给你买。"

只僵持几秒，他冲她招手："过来。"

陆强边掏钱包："多少钱？"

我说："二十。"

男人搁下票子，弓身拉住她的小手，闷闷地说了句：“跟你妈一个德行，就知道哭。”

两人出了门。

我觉得好笑，忍不住抬头往外瞧。

他们在门口停住，男人把膝盖的布料往上拽了拽，蹲下来，脚跟半悬着。

他把公主拉到身前：“我看看，还有没有眼泪？”

她噘着嘴儿。

男人掏出纸巾，轻轻地盖在她的脸蛋儿上：“你已经上学前班了，今后是大孩子，要买本和笔……”他絮絮叨叨一阵儿，小公主低着头，也不知听没听进去。

可能也觉得没用，他把纸巾叠过来：“擦擦鼻涕……擤，使劲儿。”

片刻后，他站起来，拉住小公主的手。旁边停着一辆白色宝来，车锁嗒一声后，又传来他的声音，吓唬她：“再不听话，回家让你妈揍你。”

公主娇哼：“让妈妈揍你！”

只听一声冷笑，他颇具意味：“都是我揍她。”

“你吹牛，我怎么不知道？”公主天真地仰起头。

“我从来不吹牛，经常把你妈揍哭喽。”

公主不依不饶：“骗人，什么时候揍的？”

男人说：“晚上。你睡着了。”

（三）“吃货”陆澈

第一次见到陆澈，小公主已经七岁左右的样子。

小公主扎着马尾辫，穿蓝白相间的学生校服，佩戴红领巾，俨然一副标准小学生的模样。她的脸蛋儿依旧粉嘟嘟的，却多一分小小少女的灵动美丽。

她蹦蹦跳跳地进门，已经很熟悉，朝柜台大喊："阿姨好！"

看见是她，我眯眼笑起来："澄澄，你好哇！"

我不自觉地往她身后瞟了眼："你自己来的吗？"

她向外一指，脆生生地道："还有爸爸和妈妈。"

我顺着她小手的方向看出去，透过玻璃窗，见马路边停靠一辆白色轿车，副驾一侧车门大开，许久不见的男人侧身坐着，正环手点烟。他一腿落在车里，另一条腿伸出踩在马路边，穿休闲裤和一双千层底黑色布鞋，膝盖微弯，把整个腿部线条拉得修长。

烟点着，刚吸两口，他的身体被人往外推动两下，回过头，他和车里的人逗弄几句，淡笑着走下来，改为依靠车门吸烟。

他端着香烟，目光淡然地落到文具店门口。我心下一惊，本能地收回视线，却蓦地对上一双大眼。

大眼的主人刚及柜台高，梳那种卷卷的锅盖头，脸蛋儿肉嘟嘟的，眉毛像个小月牙。他双手扒着柜台，看看我，又望向面前的糖果盒，舔了舔小嘴巴。

我好奇地看看他，又问询似的看公主。

小公主嫌弃中不自觉地透出骄傲："他是我弟弟，陆澈小跟屁虫。"

小公主拍拍他的头，小大人儿般："叫阿姨。"

陆澈继续舔嘴唇，奶声奶气地喊："阿姨。"

我捏他的脸："你叫小陆澈？"

他的脸被我捏得变了形，我不禁温柔道："第一次见面，你好呀!"

他的眼睛笑得眯成缝儿，露出几颗豆子大的白牙齿，可爱至极。

我顺手摘下一颗棒棒糖，剥掉糖纸送到他的手中。

"阿姨，谢谢，他不吃……"公主连忙摆手，有礼貌地道谢。可还没来得及阻止，陆澈一口把糖果塞到嘴巴里，昂起头，朝姐姐讨好地笑起来。

公主叉腰，气咻咻地道："爸爸不让你管别人要东西吃！上次揍你屁股，不长记性吗？"

陆澈眨眨眼，嘴里裹着棒棒糖："没有要呀，是阿姨给的。"他的表情可怜巴巴，想要努力证明自己没错的样子，笨笨地往上蹦了一下。

公主轻哼："待会儿我要告诉爸爸。"

小家伙瞪眼儿看了她几秒："姐姐！"他腻声地叫。

他万般不舍地把棒棒糖举起来："给，你吃。"

那棒棒糖上还带着他的口水，橙色糖果被吮得晶晶亮。

"才不要。"公主双手藏到胸前，嫌弃地躲开，一转身，跑到里面选文具。

姐弟俩这一幕令我情不自禁地笑出来，再看向陆澈，他却完全没有发觉，皱着小眉头看手里的棒棒糖，没多久，咧嘴一笑，重新塞回嘴里，开心地跑去找姐姐。

里面响起嬉闹声。

公主："脏死啦"

陆澈吐字不清："姐姐舔舔。"

"小跟屁虫，离我远一点儿。"

"跟我玩。"

公主揉他的鬈发，笑起来："陆澈是个吃货！"

"我似（是）吃货。"他跟着大喊。

"咯咯咯咯……"

"哈哈哈……"

窗外的阳光都被笑声融化。

好一阵儿，公主七七八八地选完东西放在柜台上。

外面的男人吸完烟，等得不耐烦，插着口袋晃进来。

他皱眉："陆澄，差不多得了，有完没完。"

两个小不点儿根本没注意到他，听见声音微微一怔。

"爸爸。"公主迎上去甜甜地叫。

见他把目光落到陆澈身上，蹦跳着转移他的注意力："爸爸，爸爸，快付钱。”

他的手掌按住公主的头，朝远处站的小家伙勾勾手指：“背后藏的什么？”

小家伙的嘴角满是糖汁，舌头反复舔下唇，他拼命地摇头：“爸爸，我真的没有偷吃糖。”

我不厚道地笑出声，意识到失态，连忙抿紧双唇缩下肩。

他根本没看我，冲着他的儿子：“你来，来。”

陆澈背着手不动。

他强装好脾气：“现在过来都好说。”

小家伙停了停，似乎也被他的语气唬到，磨磨蹭蹭地走过去，凑近了，怯生生地昂头看他。

他问：“加上那糖，多少钱？”

我摆手：“糖是送给小朋友的，不要钱。”

他看我一眼：“多少钱。”气场迫人。

我只好说：“51块。”

他付了钱，低头往钱夹里塞零钱：“别乱给好处，让人贩子骗小孩儿变得更容易。”

语调冷冰冰，是冲我说的。

我：“……”

他没有再说一句话，收好钱夹，弯下身夹起小的那个，折身往外走。

距离远了，只听他沉声道：“把你老子的话当耳旁风呢？等着屁股开花吧。”

陆澈小胖腿儿乱蹬，在他的臂弯下哇哇大叫。

见这架势，公主吊在他的另一只手臂上，跟着抗议：“爸爸，你要是揍陆澈，我再也不跟你好了。”

那男人手臂一扬，借力把公主也夹在腋下，一边一个。

他迈开大步，冷笑：“好不好，只有我说了算。”一侧头，拿下巴蹭公主的脸。

公主闪躲，立场不坚定，很快忘记统一战线，和那男人笑闹起来。

……

直到这刻，我也终于缓过神儿，细细想他刚才的话，竟也觉得无比有道理。

（四）怎样的男人？

新学期开始，无比忙碌。

这天晚上九点，顾客终于走光，我收好东西准备打烊。

小公主急匆匆地跑进来："阿姨，等一下好吗？"她已经升到二年级，好像比去年还拔高一些，我见她妈妈的次数有限，但也能看出，公主清丽的样子和她妈妈很相似，将来会美得不可方物。

我笑着："别跑，慢慢来。"

她的身后还跟着个小尾巴，左摇右晃地撞到我的腿，也喊："阿姨，等一下。"

陆澈肉滚滚的，小肚子吃得鼓起来，我弯下身忍不住地捏他的脸，他缩脖一躲，呵呵笑着跟姐姐往里跑。

公主这次速度很快，只拿了一部学习机，这是二年级老师要求买的。

我返回柜台，把东西装到袋子里。

"四百块。"我说。

公主双手环在嘴边，朝外面喊："爸爸，付钱。"

没等人进来，柜台上又多了样东西，是和公主一模一样的学习机。小家伙也比去年高了些，手臂交叠地搭在柜台上，跟着凑热闹："我也要。"

公主皱眉："你又用不到，要它干什么？"

"里面有乐迪。"他的小胖手指着包装盒，上头画的是超级飞侠乐迪。

公主耐心地解释："那只是包装盒而已，里面没有的，你刚上幼儿园，用不到呀。"

“我要。”陆澈坚持。

“大不了我把外面的盒子给你。”

“不嘛，我就要。”陆澈小嘴噘起老高。

“要什么？”一个男人的声音。

外面天色已暗，只有寥寥几盏路灯将就照明，他侧身站门口，面目半明半暗，垂首盯着两个孩子，并没进来。

公主说：“弟弟也要学习机。”

陆澈小声说：“爸爸，我想要。”

“别扯淡，你识字儿吗？”他转向我，“多少钱？”

我看看柜台：“是要一个还是两个呢？”

“一个。”

“那四百块。”我报出价格。

他低头翻皮夹，索性把里面的钞票都拿出来，其中有几张是红色的，还有一些零钱，他数了数，统共三百六十块。

“……”我尴尬地清清嗓子，忍住没说话。

他却神色自然，坦荡地抽出十元，把剩余的全部放桌子上，转头对公主：“去，管你妈要五十。”

公主应了声，快步跑出去。

陆澈一听着急了，弯曲膝盖颠了两下：“那我的呢，爸爸？”

“从哪儿拿的放哪儿去。”

好像了解爸爸说一不二的态度，小家伙撇撇嘴，眼泪吧嗒吧嗒地往下掉。

“我想要乐迪。”得不到关注，陆澈咧开嘴，大声哭起来。

男人根本不吃这一套，付好钱，抱起小胖墩儿折身离开。

几人融入黑暗里。

我不禁想，在出门就烧钱的社会，一个皮夹零花钱不足五百的男人，究竟是怎样的男人？

还没想出个所以然，清脆的鞋跟声把我唤回来。

来人抱着陆澈，柔声细语："抱歉，耽误您关门了。"

我认出是公主的妈妈，笑着道："顾客至上，没关系的。"

她的身材比例极好，一米六几的个头，看去有些柔弱，被小胖墩儿八爪鱼一样缠着，稍显吃力。

我问："落下什么东西了吗？"

"不好意思，麻烦刚才的学习机我再要一部。"她面上的笑容恰到好处，嘴角的弧度让人瞬间变柔软，目光专注真诚，带着友好的客气。

"好的，这就拿给你。"我也柔声道。此刻，我觉得大声说话好像都冒犯了。

终于随他愿，陆澈抱着学习机，另一只手搂着妈妈的脖子，一抽一抽，脸上还挂着泪珠。

她亲亲陆澈的小脸蛋儿："宝贝不哭啦，回家妈妈陪你玩好不好？"

陆澈不高兴，转头趴在她的肩膀上耍赖。

"那澈澈要不要吃棒棒糖呢？"她摘下一颗哄他。

挺了几秒，陆澈奶声奶气地说："爸爸不让。"

"妈妈让就好啦！"

他犹豫了："我要听爸爸的话。"

"但是，你爸爸听我的哦！"她剥开糖纸，拿到他的眼前转了转。

小家伙皱眉想半刻，又抽搭一下："爸爸会揍屁股。"

"有妈妈在，爸爸不敢。"

"真的吗？"

"真的。"她把棒棒糖递过去，"先亲妈妈一下，好不好？"

陆澈照她的脸上吧嗒亲了口，举着棒棒糖，终于开心地笑出来。

她也笑，转向我："您见笑了。一共多少钱？"

"四百零一。"我说。

收好钱，目送他们离开。

今天关门比往常晚了半小时，走在路上，刚才的疑问我才终于想明白。

假如我是男人，假如我遇见了这样的女人，生活就像这样——我赚钱，你管钱。有了你，我不会花天酒地，柴米油盐，口袋里几百块也就足矣。

系列三：琐碎的幸福

1. 卢茵从意大利搬回来以后，陆强忙货运，她忙着找工作，还要同时兼顾小公主。生活重心发生转移，从前只有她们俩，现在上有老下有小，很久没过二人世界。

卢茵生日，陆强带她泡温泉。

私人领域，放眼看，人烟荒芜，苍翠的林间唯有水汽袅袅，仿佛坠入仙境。

情到浓时，肆意妄为，他们返回房间时太阳已西沉。

卢茵乏得睁不开眼。

他在耳边说："拆礼物。"

"是什么？"

她抬起眼皮看，床正中一个巨大香槟色的礼盒。她掀开盖子，拿手指轻轻地挑起，碎钻璀璨，裙摆纯白，美得耀眼。

"婚纱？"是包臀长拖尾的款式。她终于想起来，在一起的这些年，她始终都没为他穿过一次。

他命令："穿给我看。"

2. 延迟几年的婚礼，终于着手办起来。

钱媛青带他们回了趟钱树林村，村里的七大姑八大姨都赶过来凑热闹。

卢茵抱着小公主，公主打扮洋气，眼睛大大的，皮肤水嫩嫩的，吸引很多人的目光，都要上来捏捏她的小脸蛋儿。

小公主对着来人笑弯眼，实在惹人爱。还有的更过分，上来直接亲一口。

陆强在旁边看得直皱眉。

乡下婚礼，流水席要连续摆三天。

第二天，公主戴了粉色的小口罩。

有人问："这娃怎么啦？"

陆强面无表情："感冒了。"

3. 冬天刚过，陆强带卢茵去医院，恰巧赶上礼拜一，电梯间里人满为患。

卢茵先上去，被挤在电梯的最后面。人群越拥越多，都想赶早一波提前上去。

陆强转过身，两臂一撑，半弓着背，把卢茵圈在安全的角落里。他手臂长，给了她足够的空间呼吸跟活动。

后面有人碰他："喂，你往里面站一点儿，后头上不来了。"

陆强说："站不下了。"

那人说："有点公德心好吧，你前面最起码能站两个人，你的手臂收一收。"

"收不了。"

门口开始议论纷纷，卢茵也拽他的手臂："不用，我没事儿。"

那人故意撞了撞他："怎么就收不了？"

"有孕妇。"

人们不约而同地看过来，他面前的女人身材匀称，小腹平坦，根本不像有孕在身。

有人说："骗人的吧！几个月了？"

"20天。"

众人："……"

简直小题大做。

4. 陆强奔波几天，和外省水产公司谈合作。早起，卢茵没忍心叫醒他，直接把小公主抱到大床上，简单交代陆强几句，便和钱媛青去医院做产检。

陆强和小公主两人睡到日上三竿，被大龙的电话吵醒，大龙刚出差回来，想攒局喝一杯。

陆强本想改到晚上，但根子下午就得去邻市。

他偏头看看小公主。公主吮手指：“爸爸，肚肚饿！”

陆强索性抱着孩子去，众人见了，心中有怨却不敢言。

逗过公主后，根子问：“哥，酒都买好了。咱是涮锅子还是吃烧烤？”

陆强转而问公主：“澄澄想吃什么？”

“肯德基。”她脆生生地道。

众人：“……”

半小时后，快餐店的角落围坐一群大男人，陆强面无表情，往公主嘴里喂了口土豆泥。平时这种东西卢茵不让吃，此时公主高兴得手舞足蹈。

其他人强颜欢笑，根子摸摸口袋，里面还揣着一瓶二锅头。

5. 怀陆澈的时候，卢茵胖了将近二十斤，头发剪短，脸颊长出几个小黑斑，她不敢照镜子，变得敏感极其没自信。

一日，外出。

迎面走来两个年轻女郎，着装性感。

卢茵看陆强，狠狠地掐他：“眼睛都直了。好看吗？”

“嗯，凑合。”

卢茵甩开他往前走，两天没理他。

还有一次，傍晚在小区散步。

长椅上坐一美女，卢茵看陆强：“好看吗？”

他学聪明了：“丑。”

“丑你还看得挺来劲。”卢茵一甩头，扭着屁股自己回家了。

后来，去商场给陆澈选婴儿床。

已深秋，但姑娘们穿得依旧花枝招展。

卢茵看陆强："你看什么呢？"

"我没看。"他条件反射道。

卢茵吸一口气："你知道我问的是什么吗？还说你没看？"

陆强："……"

看她气呼呼地走远，陆强咬碎钢牙，这日子简直没法儿过。他冷笑，再也不想忍，阴狠地想，管她身体方便不方便，今晚狠狠修理没商量。

6. 卢茵工作步入正轨，年初，她代表设计部去外省培训一个礼拜，恰巧钱媛青在老家没回来，两个小不点儿都交给陆强带。

卢茵在外第二天，收到他的短信：什么时候回来？

她回：礼拜日啊！怎么了？

他说：没事。

卢茵看着屏幕，想了想又问：两个宝贝听话吗？

好半天，陆强只发来一个字儿：听。

五天后，培训提前结束，卢茵订了机票一心往家返，开门的瞬间，她以为错进了垃圾处理厂，空气污浊，满地杂物，瞬间感觉很头疼。

她终于知道宝贝们为什么会听话。

澈澈玩得正开心，他把颜料涂在白色墙壁上，浑身上下五颜六色，差点就吃到嘴巴里。

刚缓一口气，公主从房间蹦跶出来，趿拉一双高跟鞋，脸上画得像小鬼儿，卢茵的新彩妆被公主抠得七零八落，完全不能用。

卢茵瞪陆强："你要不要解释一下？"

陆强先发制人："以后少出差，见过哪个老爷们在家带孩子。"

"……"

7. 一转眼陆澈四岁了，他调皮，在幼儿园掀小朋友的裙子，吓得小朋友哇哇直哭，跑去告诉老师。

陆强没忍住，在路上就把他揍哭了。

开车回家，卢茵抱着澈澈，心疼得不行，扒开裤子看，屁股上几个鲜红的手掌印。

她气恼："孩子是不是你亲生的？"

陆强瞥她："你不清楚？"

卢茵抿了下唇："那万一打坏了怎么办？下手就不能轻点吗？"

"轻点不长记性。"陆强握着方向盘，嘀咕，"刚多大点儿就这么色，这臭毛病也不知随谁。"

卢茵轻哼，还回去："你不清楚？"

陆强："……"

半刻后，他拿小指勾了勾额头。

8. 某晚，陆强洗过澡，赤着身在镜前照。

卢茵："你看什么呢？"

他的肌肉紧绷，仍旧结实有力："我是不是老了？"

卢茵打量他："干吗突然这样问？"

他昂头，对着镜子摸下巴："你闺女今天管我叫老爸。"

"……"

9. 陆澈幼儿园组织亲子互动，活动内容是做蛋糕。

卢茵提前做好了蛋糕坯，桌上摆着奶油和模具。老师宣布开始后，现场热火朝天地忙起来。

陆强臭着脸，也不得不配合："我干什么？"

卢茵翻了翻参考书，指挥说："你先把奶油抹到蛋糕坯上。"

"蛋糕坯在哪儿？"

"桌上。"

"没有。"

"就在桌子上啊。"

"你自己看。"陆强碰碰她的手臂。

卢茵抬起眼，愣了愣，大白天的闹鬼了，蛋糕坯不翼而飞。

两人找半天，旁边陆澈小朋友突然打了个饱嗝，肚皮圆圆，嘴角还沾着蛋糕屑。

陆强、卢茵：“……”

后来，由于对亲子活动态度不端正，他们被叫去老师办公室被训了好半天。

10. 陆澈在学校惹了祸，陆强打算狠狠地教训他。陆澈拔腿跑到钱媛青的房间里，跳上床躲在钱媛青身后。

“奶奶，我爸说要打折我的腿。”陆澈颤声道。

钱媛青慢条斯理地拢头发，瞟了眼戳在门口那人，冷哼了声。

陆强指着陆澈：“兔崽子，你出来。”

陆澈快要急哭了：“奶奶，奶奶，快点儿救救我。”

“没事儿。”钱媛青拍拍陆澈的手背，慢声说，“我还没死呢，轮也轮不到他。”

陆强：“……”

他站了片刻，吸气：“有种你躲里边儿再也别出来。”

0852

All this is fate

问答

Q：为什么书名叫《0852》呀，有什么特殊的含义吗？

A：没有特殊的含义。其实有人已经猜中，是我太懒，而且这几个数字读起来比较顺口。

Q：铁汉男主角是你心中的完美情人吗？

A：是的。

Q：强哥在生活中有原型吗？

A：没有原型。

Q：想知道还有啥事是强哥不肯为茵茵做的？

A：命都肯舍，应该没有。

Q：强哥的腰是他的敏感点？还是因为有其他的含义？

A：陆强只是怕痒而已，并没有其他的含义。

Q：想问问茵茵前男友是不是不孕不育，他是不是被那个第三者戴了绿帽子?

A：不是，孩子是前男友的。卢茵和他交往几年一直没怀孕，这不算不正常，孕育一个新的生命要看时机跟缘分。这一点我始终相信。

Q：想问如果有一天小公主谈恋爱了，强哥是什么反应?

A：跟天下所有的父亲相同，精心呵护的小棉袄被人抢走了，会失落、难过、觉得生活缺少一部分，不如以前完整了。但就他的性格而言，应该会憋在心里，什么都不说。

Q：强哥打算要三胎吗?

A：绝对不打算再要，这两个小鬼头已经够他头疼的了。再来一个他会少活十岁。

Q：豆浆泡油条是什么味道?

A：浸泡之后，油条很软，混合了豆汁的香甜，不会像之前那么油腻。具体还要亲自尝一尝。

Q：强哥第一次见茵茵的时候，茵茵给他量尺寸，强哥当时在想什么?

A：嗯，身材真好，皮肤真白。

Q：强哥留了许多老婆本，他到底有多少钱?

A：在买下漳州那套三室、意大利那套小别墅，还有回国开那间物流公司以后，已经所剩无几。

Q：以后会再写同类型的文章吗？会不会写小公主的故事？有没有考虑过发展古言（古代言情小说）呢?

A：不会写小公主长大的故事，因为接受不了陆强变老。没考虑过发展古言（古代言情小说），对古言不感兴趣且笔力不够。

Q：邱震有真正爱过吗？

A：有。相信在看完邱震的独白以后，应该很清晰了。他很爱，只是不会爱，选错了方式，一错再错，最终不可挽回。

Q：吴琼对邱震的感觉？真的一点没动过心吗？

A：第一次见面，邱震给吴琼留下的印象太差，这导致她对邱震一点好感都没有，吴琼性格刚烈，如果邱震换一种方式，或许会不同。吴琼对邱震没有动过心。

Q：作者为啥把邱震和吴琼写成BE（悲剧），我想看HE（喜剧），可不可能会有两版结局？

A：吴琼的死是推动剧情发展的重要环节，不可能HE。但我没料到的是，塑造出来的配角会被人喜欢，心里还是蛮欣慰的，所以暗地里又给他们加了剧情，希望可以弥补你们。

Q：蟹总对爱情是怎样理解的？

A：相濡以沫。

Q：对蟹夫有怎样的期许？

A：只希望他平安延年，比我活得长，送我百年归老。

Q：强哥和茵茵的日常，是否有蟹总和蟹夫的影子？

A：故事来源于生活，多少会受到影响。日常的话，我们俩还要更闹腾一些，我是挑事儿的一方（说起来，有时会强哥上身），总之，就是平常人的小幸福。

Q：这本小说中，最令蟹总你感动的一句话。

A：在你冷的时候，恰好我能给你温暖。

Q：蟹总喜欢什么运动项目？喜不喜欢乒乓球？

A：其实我是个比较宅的人，不喜欢任何运动，平常去健身房是为了强化身体素质（都是被逼的！）。乒乓球看看还可以，羽毛球倒是经常打。

Q：我想知道蟹夫有做过让你感动的事吗？如果感动的事有很多，就透露一个最最让你感动的。

A：有过很多。最感动的，爸爸旅游途中身体不舒服，他二话不说和我飞到旅游城市，从始至终都冷静睿智，条理分明地安排着一切，我倒像是个闲人和儿媳妇，男人有担当的样子就是如此，他很帅，我很感动。

Q：蟹夫和强哥性格是一样的吗？

A：性格不同，蟹夫是个很暖的人，很少说脏话。

0852

All this is fate

后记

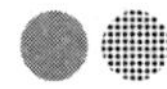

这本书真正以文字体的形式和大家见面，估计距起初在网络上连载的时间已超过一年，但这只是你们看到的，其实它比第一部小说《寻爱游戏》成型的时间还要早，所以准确来说，《0852》构思于2015年年初。

由于某些原因，我曾一度放弃这个故事，可是梗塞在脑海里，不用浪费，本想拿它来填补《寻爱》之后的空当，压缩成一万字的短篇贴出来给大家看，但没想到的是，很多读者在文下留言，希望能把故事继续写下去。作为一个新人，我的文能得到读者喜欢，对我是莫大的鼓舞和肯定，于是，我像打了鸡血一样，重新开始琢磨细节、梳理大纲。

总有读者问我，这个故事的灵感来自哪里，每当这个时候，我都要眯起眼好好地回想一番。

那是2015年春节以后，我随蟹夫去中北镇和朋友小聚，途中经过红桥区人民医院附近，蟹夫是土生土长的本地人，他不知怎么和我谈起，说这个地方旧址是天津市监狱，百姓俗称“小西关”监狱。监狱规模很大，足有一百年的历史，可以追溯到清末年间。

蟹夫说，医院后面至今还留存角楼，当时正好搭建在监狱的第二道城墙上，平时都有武警站岗，一旦发现有人越狱，大有当场击毙的可能性。

他所描述的情景对我而言既陌生又遥远，同时又对那种危险阴暗的地方充满好奇。

那天是傍晚，我不禁侧头看向窗外，曾经冰冷威严的城墙不复存在，取而代之的是高楼林立，每个窗口都开一盏白炽灯，根本想象不出它原本的样子。车子在红灯前停稳，我收回思绪的瞬间，一道影子蓦地闯入我的视线，一个人耸着肩蹲在马路牙子上，手里燃一支烟。由于光线昏暗，没有看见那人长相，但是，我后脑突然一紧，几个画面闪现，于是陆强这个人的雏形就出来了。

当然，把陆强定义成铁汉和那个人一点关系都没有，铁汉属性完全是我的“恶趣味”。提到铁汉，有人会问我，为何对这种人物情有独钟？也许地域关系，我从小生活在北方，对男性的解读就应该是阳刚的、豪放的、大方的、不拘小节的和有担当的。而且我觉得，女性与男性，一刚一柔，一阴一阳，这种互补的属性，才是造物主创造人类的精妙之处。

那么问题来了，一个故事里男主角形象很容易塑造，很容易被读者所接受，但女主角不同，写不好，就会被说成是白莲花或者绿茶婊。所以，在定义卢茵这个角色的时候，我想了很久，甚至已经做好被骂的准备，但最终还是遵从本心，设定成为外表柔弱内心坚强的性格。

某种程度上，和余男（《寻爱》女主角）比起来，我更喜欢卢茵的性格，她更贴近生活更贴近我。卢茵有很多小缺点，心思敏感、胆子小、爱耍小聪明、太过在意世俗的眼光、遇事犹豫不决、委屈了爱哭鼻子，以上种种我觉得你们都会在自己的身上多少得到印证。但卢茵有一个优点，一旦认定的事情就会坚定不移、死心塌地，这种像水一样的女人，改变了陆强的生命轨迹，让他无怨无悔地放下过去，死心塌地和她过好小日子。

这样看来，铁汉配柔情，再合适不过。

所幸，直到故事完结，喜欢的人要比骂的人多，这一点令我甚是欣慰。

追过连载的读者都清楚，我手速很慢，尤其到后期，一周三次更新都保证不了，但我每个章节都反复地修过十几二十遍，对这个故事是真正倾注了感情的。

过程很煎熬，但我又很幸运，因为有你们。

感谢大家一直不离不弃，你们的鼓励，一直是我坚持下来的动力。

出版过程也诸多坎坷，感谢我的出版编辑，给予《0852》一个呈现在你们面前的机会。

未来的日子里，我将继续向前，下一个故事《寒冬将至》，听我娓娓道来。

蟹总
2016年9月26日凌晨